读客

读客三个圈经典文库

经典就读三个圈　导读解读样样全

Идиот

白痴

（全2册）上

[俄]陀思妥耶夫斯基 著
(1821—1881)
耿济之 译

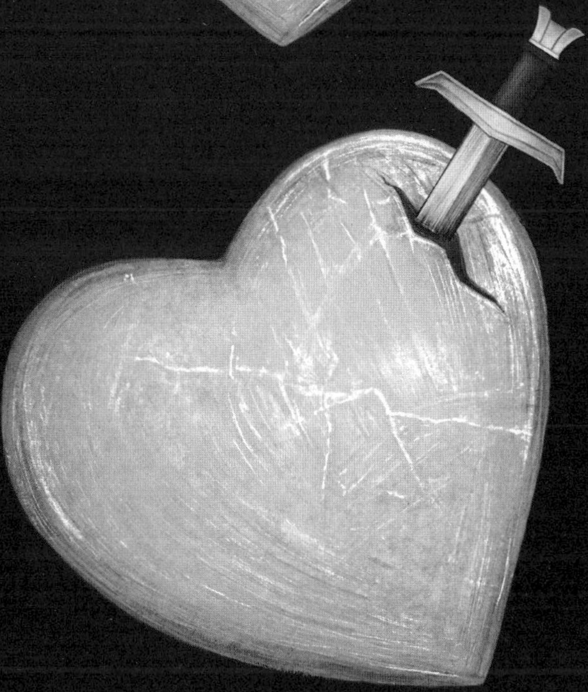

读客三个圈经典文库

经典就读三个圈　导读解读样样全

江苏凤凰文艺出版社
JIANGSU PHOENIX LITERATURE AND ART PUBLISHING

图书在版编目（CIP）数据

白痴：全2册 /（俄罗斯）陀思妥耶夫斯基著；耿济之译. -- 南京：江苏凤凰文艺出版社，2023.1
（读客三个圈经典文库）
ISBN 978-7-5594-6603-7

Ⅰ. ①白… Ⅱ. ①陀… ②耿… Ⅲ. ①长篇小说－俄罗斯－近代 Ⅳ. ① I512.44

中国版本图书馆 CIP 数据核字 (2022) 第 052347 号

白痴：全2册

[俄] 陀思妥耶夫斯基 著　　耿济之 译

责任编辑　丁小卉
特约编辑　车　童　　罗李彤
封面设计　汪　芳　　白益凡
责任印制　刘　巍
出版发行　江苏凤凰文艺出版社
　　　　　南京市中央路 165 号，邮编：210009
网　　址　http://www.jswenyi.com
印　　刷　嘉业印刷（天津）有限公司
开　　本　890 毫米 × 1270 毫米 1/32
印　　张　24.25
字　　数　646 千字
版　　次　2023 年 1 月第 1 版
印　　次　2023 年 1 月第 1 次印刷
标准书号　ISBN 978-7-5594-6603-7
定　　价　89.90 元

目　录

第一部

既然有了判决，又明知道避免不了，所以可怕的痛苦便全在这上面，世界上就没有比这更痛苦的事情。

第一章

十一月底，融冰的日子，早晨九点钟左右，彼得堡—华沙铁路有一趟列车开足马力，驶近了彼得堡城。天气阴湿，且有重雾。从车窗向外望去，铁路两旁十步以外，几乎什么也看不清楚。旅客中也有些是从国外回来的；三等车比较拥挤，里面坐的全是短途乘车的小生意人。大家自然都很疲乏，经过一夜的旅程，眼皮都抬不起来了，人人都冻得发僵，脸是灰黄色的，好像雾的颜色一样。

在三等车一个车厢内，有两个旅客，从黎明时起就对坐在窗边。这两个人都很年轻，都没带多少行李，他们的衣服都不讲究，面貌都很特殊，再有，两个人又都愿意攀谈。假如他们俩彼此知道他们在这时候有什么特别出色的地方，那么，他们对在彼得堡—华沙铁路三等车车厢里相互对坐的巧遇，一定会表示惊讶了。他们中间一个身材不高，二十七岁模样，头发卷曲发黑，眼睛是灰色的，很小，但是炯炯有神。他的鼻子扁平，脸上颧骨隆起；两片薄嘴唇不时露出一种傲慢、嘲讽，甚至恶毒的微笑；但是他的额头很高，形状也很好看，弥补了面孔下部的缺陷。在这个青年人的脸上，特别显眼的是像死人一样苍白的面色，青年的体格虽然十分强壮，可是由于面色的关系，使他的全部面貌都带有倦态。同时，他还露出一种极端热烈的表情，这和他那傲慢的、粗暴的微笑，和他严厉的、自负的眼神都不相称。他身上很暖和，穿着一件宽大的、小羔皮的黑色紧领大氅，夜里没有受冻。但是，他的邻人对俄国十一月潮湿的寒夜显然缺乏准备，所以只好浑身发抖，饱尝寒冷的滋味。他穿着一件十分肥大和厚重的斗篷，上面有一顶风帽。这件斗篷和在遥远的异邦（如瑞士或意大利北部）的旅客们冬季常穿的斗篷一模一样，当然啦，那些旅客并不打算走从埃特库宁到彼得堡这样长的路程。但是，在意大利有用，而且感到十分满意的东西，到了俄国便不完全有用了。这件带风帽的斗篷的主人是一位青年，也有二十六岁或二十七岁，身材比普通人高些，一头浓密的金发，脸颊内陷，疏疏落落地生着一点几乎全白的小胡子。他的一双碧眼很大，经常凝聚不动；它们流露着一种平静的但是沉痛的神色，它们充满一种奇怪的表情，有些人冷眼一看，就会猜出他患有癫痫症。但是，这个青年人的脸是愉快的、柔嫩的、干净的，只不过缺乏血色，现在甚至冻得有些发青。他手里摇晃着一个用褪色旧绸裹着的小包袱，这大概就是他的全部的行李了。他的脚上穿着带有鞋罩的厚底皮鞋——全不是俄国式的。那个穿着紧领外套、生着一头黑发的邻座旅客看清了这一切，一方是由于无事可做，终于就问起话来了；他带着一种冷嘲的样子，当人们对邻家的失败幸灾乐祸时，有时会表现出这样无礼的、粗鲁的神情。他问：

“冻僵了吗？”

说罢，耸了耸肩膀。

“冷得厉害。”邻座的人异常爽快地回答说，“您瞧，这还是融冰的日子呢。假如到了大寒，那又该怎样呢？我真没想到，咱们国家会这样冷。我已经不习惯了。”

“您是从国外回来的吧？”

“是的，从瑞士回来。”

“啊！原来如此！……”

黑发的人打了个口哨，哈哈大笑起来。

两人攀谈起来。披着瑞士斗篷的金发青年在回答那个黑脸邻人的一切问题时，表现出惊人的直爽；他对于一些十分鲁莽、无关痛痒、毫无意味的问题，并没有任何的怀疑。他回答说，他离开俄国的确已经很久，有四年多了，他到国外去是为了养病，他患有一种奇怪的神经病，这病类似癫痫或者维多司跳舞病，有些震颤和痉挛。黑脸的人听他说话时，冷笑了好几次。他问："怎么样，外国医生给您治好了吗？"金发青年回答说："不，没有治好。"黑脸的人当时笑得特别厉害。

"吓！钱大概花费了不少吧？咱们国里的人偏偏相信外国医生呢。"黑脸的人带着讽刺的口吻说。

"这是实在的！"一个坐在旁边的人插嘴说。这位先生穿得很坏，好像是个很冷酷的小官僚，四十来岁，体格强健，红鼻子，满脸疙瘩。"这是实在的，他们只是白白地骗取俄国的一切资源！"

"在我这件事情上，您是不对的。"从瑞士回来的病人用平静而和蔼的声调说，"由于我不了解整个的情况，当然我不能够同您争辩；不过，我的医生却拿出他最后的钱给我做回国的路费，而且当我在国外的时候，他差不多养活我两年。"

"怎么？没有人供给您钱吗？"黑脸的人问。

"是的，在国外的时候，本来由伯夫里柴夫先生供给我钱，可是他在两年前去世了；后来，我写信给国内的叶潘钦将军夫人，她是我的远房亲戚，但是没有接到回信。所以我只好这样回来了。"

"那么，您投奔什么地方呢？"

"您是说，我要住在哪里吗？……老实说，我还不知道呢……是这样……"

"还没有决定吗？"

两个听话的人又哈哈大笑起来了。

"您的全部财产大概都在这个包袱里吧？"黑脸的人问。

“我敢打赌，一定是这样，”红鼻子的官员带着扬扬得意的样子，附和着说，“他在行李车里一定没有寄放什么东西。不过我们还要提一下，贫非罪也。”

结果确实是这样。金发青年特别爽快地马上承认了这一点。

“您的包袱总是具有一些意义的。”官员继续说，那时候他们已经笑了个饱了（应该注意的是最后，包袱的主人也望着他们笑了起来，这更增加了他们的乐趣），“我们虽然可以打赌，说里面没有法国、德国以及荷兰的金币，只要看您那双外国皮鞋上的鞋罩，就可以确定这一点，但是……假如在您的包袱上再添上一个像叶潘钦将军夫人那样的亲戚，那么，这个包袱就具有另外一种意义了；当然，假如叶潘钦将军夫人果真是您的亲戚，您没有由于疏忽大意而弄错的话……人们由于粗心或者想象力太丰富，常常会发生错误的……”

“您又猜对了，”金发青年接着说，“我真是几乎弄错了。这就是说，她跟我差不多没有亲戚关系。我没有得到她的回信，老实讲，我当时一点儿也不惊奇。我早就料到了。”

“您白花了寄信的邮资。唔……至少说，您是坦白而诚恳的，这倒可以夸奖！唔……我认识叶潘钦将军，因为他是社会名流。在瑞士供给您生活的那位已故的伯夫里柴夫先生，假如他就是尼古拉·安德烈维奇·伯夫里柴夫的话，我也认识。姓伯夫里柴夫的有两个人，是堂兄弟。另一个至今还住在克里米亚。至于已故的尼古拉·安德烈维奇，倒是一个很可尊敬的人，平日交往很多，在世时有四千名农奴。”

“对，他的名字就叫作尼古拉·安德烈维奇·伯夫里柴夫。”青年人回答以后，就以好奇的眼光不住地打量这位万事通先生。

在某种社会阶层内，有时会遇见，甚至常常遇见这类万事通先生。他们无所不知，无所不晓。他们把全部的智慧和才能，把经常活跃的好奇心，不可遏止地集中到一个方面。当然啦，现代的思想家一定会解释说，这是因为他们缺少比较重要的人生趣味和见解的缘故。不过，所谓

“无所不知，无所不晓”这几个字只是指一个非常狭小的范围而言，就是说，某人在什么机关服务，他认识谁，他有多少财产，在哪一省当过省长，娶什么人为妻，妻子陪送多少嫁妆，他的堂兄弟是谁，表兄弟是谁等，诸如此类。这类万事通大半都穿着捉襟见肘的衣服，每月领十七卢布的薪俸。他们熟知底细的那些人物当然想不出他们这样做的动机，不过，他们有许多人都从这种简直和整门科学相符的知识得到充分的慰藉，达到自尊自大，甚至精神极度满足的地步。这倒真是一门富有魅力的科学。我看到一些文人学者、诗翁和政治家，在这门科学里寻求而且居然找到高度的舒适生活和目的，甚至根本就靠这个起家。在这番谈话的整个期间，黑脸的青年都在打哈欠，毫无目的地向窗外张望，急不可耐地期待旅程的终了。他心神不定，而且心神不定得很厉害，几乎露出惊慌的样子。他的举止有些奇怪：有时似听非听，似看非看；有时笑起来了，连自己也不知道笑的是什么。

“请问贵姓？……”满脸疙瘩的先生忽然对那个拿着包袱的金发青年说。

“列夫·尼古拉耶维奇·梅思金公爵。”金发青年马上很爽快地回答说。

“梅思金公爵吗？列夫·尼古拉耶维奇吗？我不知道。我甚至听都没有听过。”官员一边沉思，一边回答说，“我讲的不是姓，这个姓自古以来就有，在卡拉姆辛的历史里可以而且应该能够找到它。我指的是您本人。真的，在任何地方都遇不到梅思金公爵族下的人了，简直是消息渺茫。”

“那自然喽！”公爵立刻回答说，“梅思金公爵一族的人，现在除了我以外，已经完全没有了。我觉得，我是梅思金家最后的一个男人。至于我父亲一辈和祖父一辈的老人，都是乡下的田主。不过，我的父亲是士官学校出身，当过陆军少尉。我不知道叶潘钦将军夫人怎么也算是梅思金公爵的一族，大概她是族里最后的一个女人了……”

"嘿嘿嘿！自己族里最后的一个女人！嘿嘿！您说得多么幽默啊！"官员嘻嘻地笑起来了。

黑脸的人也冷笑了一声。金发青年也吃了一惊，他奇怪自己怎么会说出这样相当下流的俏皮话来。

"您要知道，我是完全无心说出来的。"他终于很惊异地解释了一句。

"当然当然。"官员很愉快地迎合着说。

"公爵，您在国外跟大学教授学过科学吗？"黑脸的人突然问。

"是的……学过。"

"我可从来没有求过学。"

"我也只是学了一星半点儿罢了。"公爵补充说，几乎带着道歉的口气，"我因为有病，他们认为我不能按部就班地求学。"

"您认识罗果静家的人吗？"黑脸的人快嘴问道。

"不，我完全不认识。我在俄国认识的人很少。您姓罗果静吗？"

"是的，我姓罗果静，名叫帕尔芬。"

"帕尔芬吗？不就是那个罗果静家的人吗……"官员特别郑重地说。

"是的，就是那个，就是那个。"黑脸的人带着很无礼的急躁样子，连忙打断官员的话。不过，他连一次也没有拿满脸疙瘩的官员当对手，一开始就只对公爵一个人说话……

"但是……这是怎么回事呢？"官员惊讶得发呆了，他的眼睛几乎要瞪了出来，他的整个面孔立刻露出一种崇拜和谄媚，甚至畏惧的神情。"您就是那位世袭荣誉公民谢敏·帕尔芬诺维奇·罗果静的少爷吗？他不是在一个月以前去世，留下二百五十万卢布的遗产吗？"

"你怎么知道他留下二百五十万卢布的遗产呢？"黑脸的人打断了他的话，这回连向官员望也不屑于望一眼。"您瞧！（他对公爵使个眼色，指着官员说）他们马上钻营上来，这对他们有什么好处呢？我的父亲的确是死了，我过了一个月才回家奔丧；我是从蒲司可夫来的，几乎连一双皮鞋都没有。我的浑蛋兄弟和我的母亲，既不给我寄钱，也不通知我一声！简直像对待狗一样！我在蒲司可夫害了热病，整整躺了一个月。”

“现在您一下子可以拿到一百多万卢布啦。这还是最少的估计呢，我的老天爷！”官员摆着双手。

“请问，这与他有什么相干！”罗果静又很恼怒地、恶狠狠地冲他点头，“哪怕你就头朝下在我面前走路，我也不给你一个戈比。”

“我一定这样走，我一定这样走！”

“你瞧！哪怕你跳一星期舞，我也绝不给你，绝不给你！”

“你不给就不给吧！我本来就该这样做；你不给就不给吧！我就是要跳舞。我就是把老婆孩子都扔掉，也要在你的面前跳舞。我应该对你表示敬意，我应该对你表示敬意！”

“去你的吧！”黑脸的人吐了一口唾沫。“五个星期以前我也像您一样，”他对公爵说，“拿着一个小包袱，离开父亲，跑到蒲司可夫的婶母那里；我在那里害热病，躺下来了。当我不在的时候，父亲去世了。他得了急病，一口气上不来噎死了。给死者一个永恒的遗念吧！不过，他当时几乎活活把我打死！您信不信，公爵，这是真的！当时我如果不逃走，他就会一下子把我打死了。”

“您做了什么事情使他生气？”公爵问，带着一种特别好奇的神情仔细打量穿皮大氅的百万富翁。公爵虽然觉得万贯家私和承袭遗产确有可以注目的地方，不过，他感到有趣而且惊讶的却还有别的东西。罗果静不知为什么特别乐意跟公爵攀谈。不过他之所以想对谈，多半是由于肉体上的需要，而不是由于精神上的需要；多半是由于心神不宁，而不是由于为人坦率；他由于心里忐忑不安，心烦意乱，所以总想看看什么人，讲讲什么事。他觉得自己至今还害热病，至少是在发烧。至于那个官员，他死盯着罗果静，连大气都不敢出；他倾听着，掂量着罗果静每一句话，仿佛寻觅金刚钻似的。

“他的确是生气了，而且他的恼怒也许有道理。”罗果静回答说，“但是我的兄弟对我可太坏了。我不能责难母亲，因为她是个老太太，读《殉教传》[1]，和老太太们坐在一起闲聊。我的兄弟仙卡说怎么办就怎么办。他为什么当时不来通知我呢？我明白他的鬼心思！不错，我当时的确病得昏迷不醒。听人家说，家里打电报来了。但是，那电报是打给我婶婶的。她在那里守寡十三年，从早到晚同疯僧们鬼混。她不是个正派的修女，比修女糟糕多了。她接到电报以后十分害怕，没有拆开，就把它送到警察局去，它至今还留在那里。只有郭涅夫——瓦西里·瓦西里奇·郭涅夫——很帮我的忙，他把一切情形都写信告诉我了。有一天夜里，我的兄弟把我父亲的锦缎棺罩上的金璎珞割下来了，说道：‘它们值多少钱啊！’为了这一桩事情，只要我愿意的话，就可以把他流放到西伯利亚去，因为这是亵渎圣物。喂，你这个稻草人！”他向官员说，“在法律上，亵渎圣物有什么罪？”

“亵渎圣物！亵渎圣物！”官员立刻随声附和。

“犯了这种罪，是不是该充军西伯利亚？”

“充军西伯利亚！充军西伯利亚！立刻送到西伯利亚去！”

“他们以为我还在那里生病呢，”罗果静又对公爵说，“但是我不声不响地、悄悄地带着病上了火车，动身回家。小兄弟谢敏·谢敏诺维奇，你给我开门吧！我知道他对我那去世的父亲说过我的坏话。不过，我当时的确为了娜司泰谢·费里帕夫娜把父亲惹恼了，这是实在的。这是我一个人做的事。我做错了。”

“为了娜司泰谢·费里帕夫娜吗？”官员谄媚地说，似乎在那里考虑什么事情。

“你不会知道她吧！”罗果静不耐烦地对他喊道。

“我知道！”官员带着胜利的口吻回答说。

1 关于圣徒的宗教传说集。——译者注（如无特别说明，本书注释均为译者注）

“又来了！娜司泰谢·费里帕夫娜有的是呢！我对你说，你真是个无耻的家伙！我早就知道，一定有这种家伙立刻来纠缠的！”他继续对公爵说。

“也许我知道啊！”官员坐立不安了，“我莱白及夫是知道的！公爵大人，您现在责备我，但是假如我拿出证据来又怎样呢？说起娜司泰谢·费里帕夫娜，您的老太爷就是为了她要用狼木杖教训您一顿。娜司泰谢·费里帕夫娜姓巴拉士柯娃，也算是个贵族小姐、公爵小姐之类，她和一个姓托慈基的相识，那个人的名字叫作阿法那西·伊凡诺维奇，她只和他一个人要好，他是地主，又是大资本家，是许多公司和会社的股东，因此和叶潘钦将军成了至交……”

“啊，原来是这样的呀！”最后，罗果静的确大吃一惊，“活见鬼，他果然是知道的。”

“我全知道！莱白及夫统统都知道！公爵大人，我曾经给阿历山大·李哈曹夫当过两个月跟班，也是在他的父亲死后。我知道一切的道路和角落，结果，没有我莱白及夫，他连一步路也走不了。他现在住在债务监狱里。当我随着他走动的时候，就有机会认识阿尔孟司、科拉里亚、柏慈卡耶公爵夫人和娜司泰谢·费里帕夫娜，而且也有机会知道了许多事情。”

“娜司泰谢·费里帕夫娜吗？难道她和李哈曹夫在一起吗？……”罗果静恶狠狠地看了他一眼，气得嘴唇都发白了，不住哆嗦着。

“没有什么！没有什么！真是没有什么！”官员看到话头不对，连忙解释说，“李哈曹夫用多少钱也弄不到她！不，她绝不是阿尔孟司那样的女人。她只跟着托慈基一个人。她晚上坐在大戏院或法国戏院的包厢里面。军官们自然可以信口开河，但是他们也找不到什么把柄，只是说‘这就是那个娜司泰谢·费里帕夫娜’，也就完了；他们再也没有往下说什么！因为根本也就没有什么可说的。”

“的确是这样。”罗果静皱着眉头，很阴郁地肯定说，“扎聊芮夫当时也是这样对我说的。公爵，我当时穿着我父亲穿了三年的外套，跨过涅瓦大街。她正从一家商店走出来，上了马车。我立刻像浑身起火似的。我后来遇到了扎聊芮夫，他跟我完全不一样。他好像理发馆的伙计，架着一片单眼镜。但在我父亲的家里，我们穿的是涂油的皮靴，喝的是素菜汤。他说，你和她配不上。他说，她是一位公爵小姐，她的名字叫作娜司泰谢·费里帕夫娜，姓巴拉士柯娃，和托慈基同居。托慈基现在正不知道怎样摆脱她才好，因为他已经完全达到人生最好的年龄——五十五岁，想要全彼得堡第一的美女为妻。他当时又对我说，今天就可以在大戏院里见到娜司泰谢·费里帕夫娜，她一定坐在楼下的包厢里看芭蕾舞。在我父亲家里，假如你想去看芭蕾舞，那准会受到惩罚，父亲恨不得把你打死！但是，我偷偷地跑去看了一小时，又见到娜司泰谢·费里帕夫娜。当天晚上，我整夜都没有睡好。第二天早晨，去世的父亲给我两张五厘的证券，每张五千卢布。他说，你去卖掉它，然后给安得列夫事务所送去七千五百卢布，你不要到别处去，剩下多少立刻给我拿回来，我等着你。证券我卖掉了，钱到了手，但是我没有到安得列夫事务所去，我一直跑到一家英国商店，挑了一对耳环，每只耳环上的钻石差不多有胡桃那么大。我拿出所有的钱，还短四百卢布，我说出自己的名字，人家才赊给我。我拿了耳环去找扎聊芮夫，如此这般地向他说了一套，我央求他说，好兄弟，领我到娜司泰谢·费里帕夫娜那里去吧。于是我们就去了。当时我的脚底下是什么、前面是什么、旁边是什么，我一点儿也不知道，而且也不记得了。我们一直走进她的客厅，她亲自出来接见我们。我当时没有说出我姓甚名谁，只是由扎聊芮夫说：‘这是帕尔芬·罗果静送给您的，作为昨天的见面礼。请您收下吧。’她打开一看，笑着说：‘请您向贵友罗果静先生致谢，谢谢他的盛意。’然后她鞠了一躬，就走出去了。我当时为什么不死在那里呢？我所以前去，就是因为我心里想：‘我反正不活着回家啦！’最使我生气的，就是那个小鬼扎聊芮夫竟把一切好事都揽到自己的身上。我的个子很小，穿得极坏，因为感到惭愧，就一言不发地站在那里，睁大眼睛看着她。扎聊芮夫却十分时髦，头发抹着亮油，烫得卷曲，面色红润，领带是带格子的。他真是十分漂亮，十分潇洒。她当时一定把他当作我了！我们出来以后，我就说：‘我告诉你说，你今后不许再胡思乱想！’他笑着说：‘但是，你现在怎样回复谢敏·帕尔芬诺维奇呢？’我当时真想不回家，就往水里一跳，但是我又想：‘事已如此，怎么还不一样？’于是，就怀着绝望的心情，回家去了。”

“啊哟！喔唷！”官员扮了一下鬼脸，浑身哆嗦起来，“您那位老太爷不要说为了一万卢布，就是为了十个卢布，也会把人送上西天。”他对公爵点点头。公爵以好奇的眼光打量着罗果静，罗果静的脸色这时候好像更加惨白了。

“把人送上西天！”罗果静重复着说，“你怎么会知道呢？”他继续对公爵说，“我父亲立刻把事情打听清楚了，扎聊芮夫更是逢人便讲。父亲把我捉住，锁在楼上，整整教训我一小时。他说：‘我这只是给你一点儿预备，等到夜里，我再来和你道别。’您猜怎么着？老头子竟跑到娜司泰谢·费里帕夫娜家里，向她鞠躬到地，淌眼抹泪地央求她；她终于把那个盒子拿出来，扔给他说：‘老胡子，把你的耳环拿去吧。这对耳环既然是帕尔芬在那样的风波中给我买来的，我现在觉得它的价值已经增加了十倍。请你向他问候，我谢谢他。’当时我得到母亲的帮助，向赛聊沙·博洛图申借了二十卢布，就坐火车到蒲司可夫去了，一到那里，我就生了热病。我喝醉了酒坐在那里，老太太们对我念《殉教传》。后来我用最后的几个钱到酒店乱窜，整夜躺在街头，失去了知觉。到第二天早晨，身上就发起高烧来。在夜里的时候，还叫狗啃了我一夜。我好容易才算醒过来。”

“好了，好了，现在娜司泰谢·费里帕夫娜可以给我们唱歌啦！”官员搓着双手，嘻嘻地笑了起来，“大人，现在耳环算得了什么！现在我们可以赏给她一对同样的耳环……”

“你要是再提娜司泰谢·费里帕夫娜一个字，上帝做证，我一定要揍你一顿，不管你给没给李哈曹夫当过跟班！”罗果静紧紧抓住他的一只手，这样喊道。

“假如您揍我，那就是说您不会把我推出去了！您揍吧！您一揍我，我的身上就会留下您的手印了。……啊，我们到了！”

火车果然已经进站。罗果静虽然说自己是秘密旅行，但已经有几个人前来接他了。他们呼喊，朝他挥着帽子。

“噢，扎聊芮夫也来了！”罗果静喃喃地说，露出很得意的，甚至似乎恶毒的微笑，看着那帮人。然后，他忽然转向公爵说：“公爵，不知道为什么我很喜欢您，也许是因为在这时候相遇的缘故。但是，我也遇到了他（他指着莱白及夫），却并不喜欢他。公爵，你到我家里来吧！我们可以把这双皮鞋给你脱下来，给你穿上顶好的貂皮大衣，再给你定制一套头等礼服，白色的，或者别的什么颜色的背心，把钱塞满你的口袋……咱们一同到娜司泰谢·费里帕夫娜那里去！你来不来呀？”

“您要听好，列夫·尼古拉耶维奇公爵！”莱白及夫用郑重而且得意的神气应声说，“您千万不要错过这个机会！千万不要错过这个机会！”

梅思金公爵站起来，很有礼貌地和罗果静握手，并且很客气地对他说：

“我极乐意到您府上去，承您这样喜欢我，我真是感激不尽。假如来得及，也许今天就去。因为，我对您说老实话，我很喜欢您，尤其在您讲起那段钻石耳环的故事的时候。就是在讲耳环以前，虽然您愁眉苦脸，我也喜欢您。您答应送给我衣服和大衣，我也要向您道谢，因为我马上就需要这些东西。现在，我身上几乎一文钱也没有。”

“钱会有的，今天晚上就会有的，您来好了！”

“会有的，会有的，”官员附和着说，“不等天黑就会有的。”

“公爵，您很喜欢女人吗？请您预先说一下！”

“我在这方面不行！我……您也许不知道，我由于先天的缺陷，完全不知道女人的味道。”

“既然如此，”罗果静喊道，“公爵，你完全等于一个疯僧，上帝喜爱你这样的人。”

“上帝喜爱你这样的人。”官员又附和说。

“小官僚，你跟我去吧！”罗果静对莱白及夫说，三个人一齐下了火车。

莱白及夫到底达到了自己的目的。熙熙攘攘的人群很快地朝升天大街走去了。公爵要拐到李铁因大街去。天气潮湿，快下雨了。公爵问了问过路的人，原来他想去的地方还有三俄里远，于是他就决定雇一辆马车。

第二章

叶潘钦将军住的是自己的房子，在李铁因大街旁边，离“变容救世”教堂不远。除去这所豪华的房屋（其中有六分之五已经出租），叶潘钦将军在花园街还有一所大房，房租也很多。除了这两所房产，他在彼得堡城郊还有一大片收益极大的田产。在彼得堡县里，他还有一所工厂。大家都知道，叶潘钦将军从前包收过捐税。现在他是几家殷实股份公司的股东，拥有很大的表决权。他是一个出名的忙人，富有钱财，交游广阔。在某些地方，特别是在他的服务机关，他很会装腔作势，显得非他不可。但是，人家也都知道，伊凡·费道洛维奇·叶潘钦不学无术，是一个普通士兵的儿子。讲起他的出身，那无疑只会给他增添荣耀。将军虽然为人聪明，但是也不能没有小小的、大可原谅的弱点，同时，他不爱听一些暗示性的话。不过，他总算是一个精明能干的人。例如，他坚持着一个原则，就是在应该悄悄躲开的地方，他绝不出头露面。许多人敬重他，正是因为他平易近人，正是因为他永远知道自己在哪个地位。但是，如果那些评论他的人看到这个深知自己地位的伊凡·费道洛维奇的心灵里有时发生什么情况，那就太好了！他虽然在人际交往方面的确有些实际经验，而且也有些卓越的才能，但是他总喜欢表现出自己不妄作主张，专门依照别人的意图行事，表现出自己是一个“不善巴结的老实人”，而且顺应时代潮流，成为一个心地诚恳的俄罗斯人。在这方面，他还闹过几次有趣的笑话。但是，即使闹出天大的笑话，将军也永远不会垂头丧气。再有，他这人运气很好，连赌牌也是如此。他下的赌注很大，他不但不愿意隐瞒赌钱这个小小的、使他多次得到教益的嗜好，反而故意地拿它来炫耀一番。他交的朋友很杂，当然都是所谓的“大亨”。不过，他的前途非常远大，他有的是时间，有时间办一切事情，一切荣华富贵都会应时来到的。而且，拿年纪来说，叶潘钦将军也还正在所谓的“好时候”——就是五十六岁，不多不少；无论如何，这正是壮年，真正的生活就是从这个年龄开始的。身子健康，满面红光，虽然有些发黑但是结实的牙齿，短小而坚强的体格，每天早晨上班时的愁眉苦脸，晚上坐下赌牌或者在大臣那里的愉快形象——这一切使他现在和未来都会得到成功，给这位将军大人的生命路程铺上了玫瑰。

将军拥有一个花团锦簇的家庭。当然，他家的小姐也并不都是玫瑰花，不过，将军大人已经早就对这方面非常注意，把他的最主要的希望和目标都寄托在这里了。而且，在人生中，有什么目标会比父母的目标更重要和更神圣的呢？一个人不依靠家庭，还依靠什么呢？将军家里有一位夫人和三位成年的女儿。将军结婚很早，当陆军中尉时就娶妻了，新娘年纪和他相仿，既不漂亮，又没有学识。将军娶她，一共只弄到五十名农奴的嫁妆，但是在实际上，这些农奴就成了他日后飞黄腾达的资本。以后，将军从来不抱怨自己的早婚，从来不把这件事当作不幸的青春的迷恋，他十分尊敬自己的夫人，有时还怕她，因此竟发生了爱情。将军夫人出身梅思金公爵一族。这一族虽不是望族，但是来源很古。她因为出身名门，自视很高。当时有一个极有权势的人物，一个可以不费力量施恩的保护人，愿意关照年轻公爵小姐的婚姻。他给这位青年军官开了门，推他进去，就是不推，只要看上一眼，也不会白白费事了！除去很少的例外，他们夫妇一辈子过得很和睦。将军夫人由于出身名门，而且是她那一族的最后一个公爵小姐，但也许是由于她个人性格的关系，在她很年轻的时候，就给自己找到了几个高官显宦做保护人。后来，当她的丈夫有了财产和地位的时候，她在上流社会里也开始立住了脚跟。

近几年来，将军的三位女儿阿历山大拉、阿台拉意达和阿格拉耶，全都长大成人了。她们三个人虽然只是叶潘钦家的人，但是她们的母亲出身公爵氏族，她们拥有不少陪嫁的财产，她们的父亲前程远大，指日高升。而且，更重要的是，她们都生得貌美如花，连最年长的已经过了二十五岁的阿历山大拉也不例外。老二是二十三岁，最小的阿格拉耶刚满二十岁。这位最小的姑娘长得十分漂亮，在社交界已经开始引起人们很大的注意。这还不算，她们三人又都很有学识、智慧和才能。大家都知道，她们彼此十分亲爱，互相扶助，甚至有人说，两位姐姐为了幼妹——全家的共同偶像——宁愿牺牲自己。她们在社会上不但不爱出风头，甚至过于谦逊了，谁也不能够责备她们傲慢和自负。不过，大家都知道她们是骄傲的，而且了解自己的身价。大姐是音乐家，二姐是杰出的画家；但是许多年来，差不多没有人知道这一点，只是最近才被人偶然地发现。一句话，人家夸奖她们的话太多了。可是，也有一些不怀好意的人。他们带着恐怖的口气，说她们读过了多少书。她们并不忙着出嫁。她们虽然也看重一定的社会地位，但是并不很过分。最应该注意的是，大家都知道她们父亲的志趣、性格、目的和愿望。

当公爵按将军住宅的门铃时，已经十一点钟左右了。将军住在二层楼上，他住的房子尽可能得朴素，但还是和他的地位相称。一个穿着镶金边制服的仆人给公爵开了门。公爵不得不向这个仆人费很多唇舌，因为仆人一开始就很怀疑地望着公爵和公爵的包袱。经过他再三确切地声明，他的确是梅思金公爵，有要事必须谒见将军，那个怀疑的仆人才把他引到一个小小的前室里，这间小前室紧接着客厅旁边。那个仆人把他亲手交给另一个每天早晨在前室里值班、专管向将军通报来客的仆人。另外这一个人穿着礼服，年纪四十岁左右，带着一副殷勤的面孔。他是专门伺候书房，执掌向将军大人通报的任务的，所以也很知道自己的身价。

“请您在客厅里等一等，把包袱留在这里。”他一边说，一边不慌不忙地、大模大样地坐到安乐椅上。他带着十分惊讶的神情看着公爵。公爵立刻在他身旁的椅子上坐下了，手里拿着包袱。

“假如您允许，”公爵说，“我顶好是在这里等候，同您在一块儿。我一个人坐在客厅里有什么意思？”

“您不应该留在前室里，因为您是访问者，换一句话，就是客人。您想见将军本人吗？”

仆人显然不愿意放这个客人进去，所以又放胆追问了一句。

“是的，我有一件事情……”公爵说。

“我不问您什么事情——我的职务只是通报一声，说您到来了。但是，不经过秘书，我是不能给您去通报的。”

这人的疑心似乎越来越大了；公爵不太像日常那般客人。将军虽然经常地，几乎每天，都在一定的时间内接待宾客，特别是为了公事，有时甚至接见三教九流的客人，仆人虽然已经养成习惯，而且得到放松限制的训令。但是，他心里还是非常疑惑，他觉得非通过秘书去报告不可。

“您真是……从国外来的吗？”他终于不由自主地问，并且感到惶惑起来。他也许是想问：“您果真是梅思金公爵吗？”

“是的，我刚下火车。我觉得您是想问：我真是梅思金公爵吗？由于客气，没有问出来。”

“唔……”仆人很惊讶，这样含混地说。

“我告诉您，我没有对您撒谎，您不会因为我受到申斥。至于我这副样子，还带着包袱，您也不必惊讶。现在我的境况不大好。”

“唔。您要知道，我怕的并不是这个。我应该去通报，秘书也会出来见您，除非您……除非您……这句话可真难出口……我冒昧问您一句，您是为了贫穷来向将军求助吗？”

“不是，这一点请您完全放心好了。我另有事情。”

“请您原谅，我是看着您的样子才问的。您等一下秘书，他现在正和上校商量事情，商量完了以后，秘书就会来的……这是公司里的秘书。”

“既然要等很久，那我要请求您一件事情：能不能在这里找个地方抽一口烟？至于烟斗和烟叶，我都带在身边。”

“抽烟吗？”仆人用轻蔑的、疑惑的眼光朝他扫了一下，似乎还不信自己的耳朵，“抽烟吗？不，您不能在这里抽烟，而且，您怀着这个念头就很可耻啊！嘿……真是奇怪！”

“哦，我不是请求在这间屋子里抽，我知道这里的规矩。我想走出去，到您指定的地方去抽，因为我有抽烟的习惯，现在已经三个钟头没抽啦。但是，随您的便吧。您知道，常言说得好：入境问俗……”

“叫我怎样上去通报呢？”仆人几乎不由自主地、喃喃地说，“第一，您不应该留在这里，而应该坐在客厅里，因为您在访问者的行列里，换句话说，就是客人。人家会质问我的……您是打算在我们这里住下吗？”他补充着说，又斜眼去望公爵的包袱，他显然对那包袱不放心。

“不，我不想住在这里。即使他们请我，我也不能留下。我只是想来认识一下，并没有别的意思。”

“怎么？认识一下？”仆人带着惊讶和三倍的疑心问，“您起初怎么说是为了事情来的呢？”

“差不多不是为了事情！事情是有一桩的，不过想请教一下。但是，我主要是想认识一下，因为我是梅思金公爵，叶潘钦将军夫人是梅思金一族最后的一个女人。除了我和她，梅思金一族就再没有人了。”

“那么，您还是亲戚啦？”仆人大吃一惊，几乎哆嗦起来。

“大概不是。但是，如果扯长了说，我们当然是亲戚啦，不过是很远的，不能算作真正的亲戚。我在国外给将军夫人写过一回信，她没有回答我。现在回国以后，我仍然认为必须发生一点关系。我现在把这一切对您解释一下，使您不发生怀疑，因为我看您还不放心。您去通报梅思金公爵求见吧，在通报时就会发现我来访问的原因。接待我呢，这很好；不接待我呢，也许同样很好。不过，他们好像不能够不接待，因为将军夫人自然想见一见自己族里长辈的和唯一的代表。她对于自己的氏族是很珍重的，我的确听人家说过。”

公爵的谈话好像是极随便的。但是，在现在的情况之下，越随便就越显得离奇。富有经验的仆人不能不感觉到，人和人之间完全适合的一切，在客人和仆人之间是完全不合适的。因为仆人的头脑要比他们的主人一般设想的聪明得多，所以这个仆人也就想到，现在是二者必居其一：要不公爵是个骗子，一定是上门来请求救济，要不公爵只是一个傻瓜，没有尊严的感觉。因为聪明而有尊严感的公爵绝不会坐在前室里，和仆人谈论自己的事情。如此来说，在这两种情况之下，自己会不会为他受责备呢？

“您还是请到客厅里去为好。”他极力坚持着说。

“假如坐在那里，便不能对您解释一切了。”公爵很畅快地笑了，“那么，您瞧着我的斗篷和包袱，就会更加不安起来。现在您也许可以不必等候秘书，自己上去通报一下吧。”

“像您这样的访问者，不经过秘书，我是不能上去通报的。何况大人刚才说过，上校在那里的时候，不许任何人打扰他，只有笳佛里拉·阿尔达里昂南奇不经通报就可以进去。”

“他是官员吗？”

“笳佛里拉·阿尔达里昂南奇吗？不是。他在公司里服务。您可以把包袱放在这里。”

“我已经想到这一层，只要您能允许就行。再有，我要不要把斗篷脱下来？”

“自然喽。不能穿着斗篷进去见他啊！”

公爵站起来，连忙脱下身上的斗篷，露出式样极体面、缝得很精致、已经穿旧的西服上衣。背心上挂着一条钢链，链上系着一块日内瓦制的银表。

仆人已经确定公爵是一个傻瓜。但是，他觉得自己作为将军的侍从，如果再继续和访客谈话，总不是体面的事。不知为什么，他很喜欢公爵，自然是另一种喜欢的样子啦。然而从另一种眼光来看，公爵又使他产生一种强烈的、很大的愤恨。

“将军夫人什么时候见客？”公爵问，又坐到原来的位置上面。

“这不是我的事情。她见客是断断续续的，看来的人而定，十一点钟接见裁缝。笳佛里拉·阿尔达里昂南奇总是比别人先得到接见，甚至还请他用早餐。”

“冬天，你们的屋子里比国外温暖得多。”公爵说，“外国的街上比我们温暖，但是到了冬天，俄国人如果没有住惯，是住不了他们的房间的。”

“他们不生火吗？”

“是的，而且房屋结构不同，就是说火炉和窗子不一样。”

“唔！您去了多久？”

“四年。不过，我差不多老是住在一个乡村里。”

“对我们的生活已经不习惯了吧？”

“这是实在的。不知您信不信，我对自己没有忘掉说俄国话感到很奇怪。我现在同您谈话，自己心里这样想：‘我说得还好。’也许为了这个原因，我才说许多话。自从昨天起，我的确想说俄国话了。”

“唔！嘿！您以前在彼得堡住过吗？”仆人无论怎样努力约束自己，也不能不参加这种有礼貌的、客气的谈话了。

“在彼得堡吗？差不多完全没有住过，只是路过而已。我从前一点儿也不知道这里的情形。但是，现在我听说这里的新鲜事太多了。据说连那些原来熟悉彼得堡的人，也只好对它重新认识一下了。现在，这里有许多人谈论法院的事情。”

“唔！……法院。法院倒确实是法院。外国怎么样？他们的法院裁判得公平一些吗？”

“我不知道。关于我们的法院，我倒听过许多议论。我们这里又废除死刑了。”

“外国处死刑吗？”

“是的。我在法国的里昂看见过。施涅台尔带我去看的。”

“绞死的吗？”

“不是。法国一概砍头。”

“怎么？罪犯喊不喊？”

“哪里会喊！只是一眨眼的工夫。他们把罪犯放在那里，一把大刀就落下来。他们用一种机器，叫作断头台，又沉重，又有力量。……不等你眨眼，脑袋就掉下去了。准备工作是极可怕的。当宣告判决，穿上服装，绑上绳子，带到断头台上去的时候，那才可怕呢！许多人跑来看热闹，甚至还有妇女，虽然说那里是不欢迎女人去看的。”

“那不是她们看的事情。”

“自然喽！自然喽！她们哪能看这样悲惨的事情！……我看到的那个罪犯是一个很聪明的人，勇敢的、强壮的、岁数不小的人，他姓莱格洛。我对您说，信不信由您，他一上断头台就哭了，脸白得像纸一般。难道这是可以忍受的吗？难道这不是可怕的事情吗？谁会由于恐惧而哭泣呢？我真想不到，他又不是个小孩子，而是一个从来没有哭过的大人，一个四十五岁的人，竟会由于恐惧而哭起来。在这时候，他是怎样的心情呢？是怎样地颤抖呢？那只是对于灵魂的污辱啊！《圣经》上说：‘不要杀人！’那么，因为他杀了人，就该把他杀死吗？不，这是不可能的。我看见这桩事有一个多月了，可是至今还好像在眼前一样。我梦见过五次了。”

公爵说话的时候竟兴奋起来，惨白的脸上浮起一些红晕。不过他的语调依旧是很柔和的。仆人带着同情的样子看他，似乎不愿意离开对方的眼睛；大概他也是一个富有想象力和喜欢动脑筋的人吧。

“头掉下来的时候，”他说，“不很痛苦，这还算好。”

“您知道不知道，”公爵热烈地接着说，“您注意到这一点，大家也正和您一样注意到了，因此就发明出断头的机器。我当时有这样一个念头：这万一更坏的话，又怎样呢？这话您觉得可笑，觉得很奇怪，但是，您多少想象一下，脑子里是会出现这样念头的。您想一想，譬如拷打吧，便有苦痛、创伤和身体的折磨，这一切反而使你能分散精神上的痛苦，只是感到肉体的痛苦，一直到死为止。你要知道，最主要的、最剧烈的痛苦也许不在创伤上面，而在于你明明知道再过一小时，再过十分钟，再过半分钟，现在，立刻——灵魂就要离开肉体，你将不再成为一个人；而且知道这是固定不移的，主要的是，知道这是固定不移的。你把头放在刀子下面，听见刀子在你头上滑下来了，这四分之一秒钟是最可怕的。您知道不知道，这并不是我的幻想，而是许多人这样说的。我相信这些话，所以很直率地对您说出我的意见来。为了杀人罪而杀人，这是比犯罪本身更大、大到无可比拟的一种刑罚。按照判决的杀人，要比强盗杀人可怕到无可比拟的程度。一个人被强盗杀害，不论是黑夜在树林子里被砍死，或是用别种方式弄死，他一定还希望能够得救，在最后的刹那还有这种希望。有过这样的例子：一个人的喉管被割断了，他还怀着希望，或者是逃走，或者是哀求饶命。但是，在这种情况下，一切最后的希望，要比死去容易十倍的那个希望，一定被剥夺了。既然有了判决，又明知道避免不了，所以可怕的痛苦便全在这上面，世界上就没有比这更痛苦的事情。您把一个士兵领来，放在战场上的大炮对面，对他射上一炮，他总还有一线希望。但是，如果对这士兵宣读一定处死的判决，他会疯狂或哭泣的。谁说人类的天性能够忍受下去而不发狂呢？为什么要有这种丑恶的、无用的、白费力的辱骂行为呢？也许有这样的人，人家对他下了判决，让他受些折磨，以后才说：‘你去吧，饶你的命。’这样的人也许会讲一讲的。基督也讲过这种痛苦和这种恐怖。不，人是不能这样来对待的！”

仆人虽然不能像公爵似的表白出这种思想，但是，已经了解了（当然不是全部了解）重要的意思，从他那受感动的脸上，就可以看出这一点。

“您既然这样想抽烟，”他说，“这也可以，只是要快一点儿。因为我怕将军忽然有请，而您又不在这里。您瞧，楼梯旁边有一扇门。您走进门去，右面有一间小屋子；您在那里可以抽一下烟，只是请您把小窗户打开，因为这不合我们这里的规矩……”

然而，公爵没有来得及去抽烟。一个青年手持公文，忽然走进前室。仆人给他脱大衣。青年斜眼看了公爵一下。

“笳佛里拉·阿尔达里昂南奇，”仆人偷偷地、很亲昵地说，“有一位梅思金公爵求见，他说是太太的亲戚，乘火车从国外回来，手里带着包袱，只不过……”

因为仆人开始耳语，下面的话公爵就听不清楚了。笳佛里拉·阿尔达里昂南奇注意听着，带着极好奇的样子打量公爵。最后，他不再去听仆人的话了，不耐烦地走到公爵跟前。

“您是梅思金公爵吗？”他非常和蔼地、客气地问。这是一个漂亮的小伙子，约有二十八岁，体格匀称，头发金黄，中等身材，蓄着拿破仑式的小胡子，有着一张聪明的、很好看的脸。他的笑容虽然很客气，但是显得有点儿过于狡猾；他露出有点儿过分整齐的牙齿，好像珍珠一般；他的眼睛虽然流露着愉快和十分坦白的神情，但是有点儿过于凝聚，咄咄逼人了。

“当他独自一个人的时候，绝不会这样看人，也许永远不会笑的。”公爵产生了这样的感觉。

公爵尽可能迅速地解释一番，和以前对仆人以及更早以前对罗果静所解释的一样。可是，箚佛里拉·阿尔达里昂南奇似乎想起什么事情来了。

“是不是您，”他问，“在一年以前，也许不到一年，从瑞士寄一封信来，寄给丽萨魏达·博罗可菲耶夫娜？”

“正是。”

“那么，这里是知道您的，一定会记得您。您想见将军阁下吗？我立刻去通报……他一会儿就有空。不过请您……请您暂时到客厅里去坐一坐……客人为什么在这里呢？”他很严厉地问仆人。

“回您的话：他自己不要……”

这时候，书房的门忽然开了，有一个军人挟着皮包，一面大声说话，一面鞠着躬，从屋里走了出来。

“你来了吗，箚纳？”书房里有人喊道，“请到这里来吧！”

箚佛里拉·阿尔达里昂南奇对公爵点了点头，匆忙地走进书房去了。

过了两三分钟，门又开了。听见箚佛里拉·阿尔达里昂南奇响亮而欢迎的声音说：

“公爵，请进来！”

第三章

伊凡·费道洛维奇·叶潘钦将军站在书房的中央，异常好奇地看着走进来的公爵，甚至迎着他走了两步。公爵走上前去，向他作自我介绍。

“是的。”将军回答说，“您有什么贵干？”

“我并没有任何急事；我的目的只是想和您认识一下。我打扰您啦，因为我不知道您见客的日子，也不知道您安排好的时间……但是，我是刚下火车……从瑞士回来。”

将军本想微微一笑，但是他想了一下，就不笑了；后来他又想了一下，眯缝着眼睛，又把客人从头到脚打量一遍，然后很快地指给客人一把椅子，自己也坐下来，稍微歪斜一些。他转身对着公爵，露出不耐烦等待的样子。笳纳站在书房一角的写字台前面，整理文件。

“我通常是没有时间来互相认识的，”将军说，“但是，因为您一定有自己的目的，所以……”

“我早就料到，”公爵打断他的话，“您一定认为我的拜访具有一种特殊的目的。不过，我的确没有任何私意，只是觉得和您认识一下很愉快。”

“自然，我见了您也是非常愉快。但是，人生并不老是游戏，有时也会出些事情……而且，我至今还没有发现我们之间有什么共同点……所谓夤缘[1]……”

“没有什么夤缘，这是无可争辩的，自然也很少有共同点。因为假如我是梅思金公爵，而尊夫人和我同族，这自然不能算作夤缘啦。我很明白这一点。但是，我到这里来的理由也只有这一点。我有四年多不在俄国了。我怎么离开的，那简直摸不清楚。当时我一点儿也不知道，现在更加不知道了。我想认识一些好人。我有一件事情想做，但不知道从哪里下手。在柏林时我就想：‘他们既然差不多是亲戚，那就从他们开始吧；我们也许可以互有用处，他们对我有用，我对他们有用——假如他们是好人的话。’我已经听说你们是很好的人。”

“我很感谢。”将军惊奇起来，“请问，您住在哪儿？”

“我还没有住的地方呢。”

“这么说，您是一直从火车站到我家来的吗？还有……行李呢？”

“我的行李只是一小包内衣，别的什么都没有。我平常都是提在手里的。我今天晚上还来得及去住客栈。”

“您还打算去住客栈吗？”

“那自然喽。”

“听您的口气，我以为您是一直到我这里来住的。”

“这也可能；但是，这非得您邀请不可。说老实话，即使我受到您的邀请，也绝不留在这里，这不是为了别的原因，只是……由于脾气的关系。”

“正好我没有邀请您，而且也不想邀请您。公爵，让我们一下子把事情全弄清楚。因为我们刚才已经讲明白，关于亲戚一层，我们之间无话可说。当然，我是感到极端荣幸的，所以……”

“所以，只有站起来走出去，是不是？”公爵站起来了，虽然他

1　夤（yín）缘，此处指攀附关系。——编者注

的处境显然十分尴尬，但他还是很愉快地笑了，“将军，我的确一点儿也不知道这里的实际习惯，不知道这里的人们怎样生活，但是我早就料到，我们一定会发生像现在这样的事情。也许应该这样……那时你们也并没有回我信……唔，我告辞啦。打扰您，真对不起。”

公爵的眼神这时候十分和蔼，他的微笑也没有一点儿隐秘的、敌视的样子，这使将军忽然站住了，并用另一种方式看了客人一眼。他在一刹那间改变了态度。

“您知道，公爵，”他几乎完全用另一种声音说，“我还没有了解您的情况，丽萨魏达·博罗可菲耶夫娜也许想见见她的同族人……如果您有时间，请您等一等。”

“我是有时间的，我的时间是完全属于我的，”说着，公爵立刻把圆檐的软呢帽放到桌子上。“说老实话，我希望丽萨魏达·博罗可菲耶夫娜会记起我给她写过一封信。刚才我在前室等候您的时候，您的仆人疑心我是上门来请求救济；我看出来，您府上对于这一点大概是下过严厉训令的。但是，我实在不是为这桩事情来的，实在只是为了想和人们来往一下。我只怕有点儿打扰您，因此心里很不安。”

“是这样的，公爵。”将军赔笑道，“假如您真是这样的人，那么，我很高兴同您认识；不过您瞧，我是一个忙人，立刻就要坐下来看公文，签字，然后还要去见大臣，还要到衙门去。所以，虽然我很喜欢见人……那就是说见好人……但是……不过，我相信您受过极好的教育……公爵，您贵庚？”

“二十六。”

“喔唷！我觉得还年轻得多。”

“是的，人家说我的脸长得很年轻。我可以学会怎样不妨碍您，而且您很快就会了解这一点，因为我自己很不喜欢妨碍别人……还有，我觉得，从许多情况看来，我们在外表上是十分不同的人……我们也许不会有许多共同点。但是，您知道，我自己并不相信我刚刚说的这个想法，因为常有这样的事情，只在表面上看，似乎没有共同点，但在实际上却是有很多的……只由于人们懒惰，所以才按照外表进行分类，找不到任何共同的……但是，我的话也许太腻烦了吧？您仿佛……”

“我直截了当地问您：您究竟有没有财产？也许，您想做点儿什么事业吗？对不住，我这样说……”

“哪里的话，我很珍重而且了解您的问题。我暂时没有任何财产，暂时也没有任何职业，但是，我必须有。我现在的钱是别人的，是施涅台尔给我的旅费，他是我的教授，我在瑞士时，就在他那里治病和学习。他给我的旅费正好够用，譬如，我现在只剩下几个戈比了。我确实有一桩事情要做，我需要人们的意见，但是……”

“请问，您暂时打算怎样生活，您有什么计划？”将军打断他的话。

“我想干点儿工作。”

“您简直是个哲学家啊！但是……您知道自己有什么天才和能力吗？哪怕是可以混点儿饭吃的能力呢。我又要请您恕我直言……”

“您不必告罪。不，我想，我既没有什么天才，也没有特殊能力；甚至恰好相反，因为我是病人，没有按部就班地上过学。至于说到混饭吃，我以为……”

将军又打断他的话，开始盘问了。公爵又把说过的那套话重复了一遍。原来，将军不但听过已故的伯夫里柴夫的事情，甚至跟他认识。伯夫里柴夫为什么注重公爵的教育呢？公爵自己也解释不出这个问题——也许只是为了他和公爵的亡父有老交情的关系吧。公爵丧失双亲时还是一个小小的婴儿，因为他的身体不好，需要乡下的空气，所以他一直是在乡村里生活和长大的。伯夫里柴夫把他托付给自己的亲戚——一些老女地主；起初给他雇了一个保姆，后来又雇了一个家庭教师。公爵说，他虽然什么事情都记得，但是他对过去的种种解释多半不能令人满意，因为他对许多事情都搞不清楚。他时常发病，因而使他几乎完全变成一个白痴（公爵这样说出“白痴”两个字）。最后，他讲述伯夫里柴夫有一次和瑞士教授施涅台尔相遇的故事。施涅台尔恰巧专门研究这种病，在瑞士的瓦里省开设一个医院，用独创的冷水和体操法进行治疗。他不但治白痴病，也治疯狂病，同时还进行教育，使病人得到一般精神上的发展。大约在五年前，伯夫里柴夫打发公爵去瑞士求医，但是在两年以前，他本人竟突然死去，没有留下任何遗嘱。施涅台尔又留他在那里治了两年。他没有治好公爵的病，但是对公爵有许多帮助。最后依照公爵自己的愿望，又因为发生了一桩事情，医生便打发他回俄国来了。

将军十分惊奇。

"您在俄国没有一个熟人吗？根本没一个熟人吗？"他问。

"现在没有一个熟人，但是我希望……我还接到了一封信……"

"至少，"将军打断他的话，没有听清楚关于信的事情，"您一定学过什么东西，您的疾病不会妨碍您从事一种工作吧？譬如，在某机关里干个轻松的差事。"

"那一定是无妨的。我倒很愿意找个差事，因为我想试验一下自己究竟能够干什么。我四年来一直在学习，虽然不是正规的教育，而是用他的特殊方法。我还读了不少俄文书。"

"读过俄文书吗？那么，您认识字，并且会没有错误地写字？"

"很会。"

"好极了。笔体怎么样？"

"笔体很好。我在这方面很有天才，可以说是一个书法家。您给我一张纸，我立刻可以写几个字试试。"公爵热烈地说。

"费心得很。这是很有必要的……公爵，我喜欢您这种爽快的态度，您的确很可爱。"

"您这里的文具非常讲究。您有这么多钢笔，这么多铅笔，您有多么平整可爱的纸……您的书房多么可爱呀！这幅山水画我知道，这是瑞士的风景。我相信这个画家是写生的。我相信我看到过这个地方。这是在乌里省……"

“也许是的，不过这是我在此地买的。笳纳，给公爵一张纸。这是钢笔和纸，请坐到这张小桌子旁边写吧。这是什么？”将军对笳纳说。当时，笳纳正从公文包里掏出一张大相片，递给将军。“啊，这是娜司泰谢·费里帕夫娜！这是她本人送给你的吗？是她自己送的吗？”他怀着极大的好奇心，急切地问笳纳。

“刚才我去道贺的时候，她给我的。我早就请求她给我一张。我不知道这是不是她给我的一个暗示，说我在这样的日子竟空着手前去，没有送礼。”笳纳补充说，发出不愉快的微笑。

“不是的，”将军信心十足地打断他的话说，“你这个人的想法真是古怪！她哪里会暗示……她也完全不是一个想图利的女人。再说，你拿什么去送礼呢？送个礼要几千卢布啊！难道送相片吗？顺便问一下，她还没有向你要相片？”

“没有，还没有要，也许永远不会要的。伊凡·费道洛维奇，您一定会记得今天的晚会吧？您是特邀的客人。”

“记得，当然记得，我一定去。哪里还能不去，这是她的生日，二十五岁的生日啊！唔……你知道，笳纳，我应当对你宣布一下。你自己预备预备吧。她答应阿法那西·伊凡诺维奇和我，今天晚上在她家里，说出最后的一句话：是或否！你知道，你要留神呀！”

笳纳忽然窘得脸色都有些发白了。

“她果真这样说的吗？”他问道，他的声音似乎在颤抖。

“她是前天说的。我们两人死皮赖脸地缠她，叫她说出来。但是，她请我们不要预先告诉你。”

将军盯着笳纳。笳纳的窘态显然使他很不高兴。

“您要记住，伊凡·费道洛维奇，”笳纳露出惊慌不安的神情说，“在她自己做出决定以前，她给我完全自主的权利，就是到她决定的时候，我还有说话的余地……”

“你难道……你难道……”将军忽然很惊慌地说。

“我没什么。”

“那么，你想把我们弄到什么样的地步呢？”

“我并不是拒绝。我也许话没说清楚……”

“你还要拒绝吗！”将军很恼恨地说，甚至不愿意克制这种恼恨，“老弟，问题已经不在于你不拒绝，而在于你要爽快地、欢喜地、高兴地来听她的话……你家里怎么样？”

“家里有什么？家里的事情全由我一个人决定。只有父亲照旧发傻，但是他完全变成一个胡闹的人了。我已经不和他说话，但是对他还是抓得很紧。说老实话，假如不是母亲，我早就把他从家里轰出去了。母亲自然老是哭；妹妹很生气。然而，我终于对他们直说了，我是自己命运的主人，希望家里的人都……服从我。至少，我把这一切当着母亲的面，对妹妹交代清楚。”

“老弟，我还是没弄明白。”将军沉思着说，他微微耸起肩膀，摆了摆手，“尼娜·阿历山大洛夫娜前些天来的时候，你记得吗？也是唉声叹气。我问她：‘您怎么啦？’原来在她们看来，这是不名誉的事情。请问，有什么不名誉？谁能责备娜司泰谢·费里帕夫娜，说她有什么地方不好？谁能举出反对她的理由？难道为了她和托慈基在一起吗？但是，这只不过是胡说八道，特别是在一定的情况之下。她说：‘您不是不放她到您的几位小姐面前去吗？’啊！这样的！尼娜·阿历山大洛夫娜竟是这样的！她怎么这样不明白，怎么这样不明白……”

“自己的地位吗？”笳纳帮助陷入困难的将军说了出来，“她是明白的。您不要生她的气。我当时就教训了她一顿，不许她管别人家的闲事。我家里至今之所以还很平静，只是因为还没有说出最后的一句话，不过，现在已经到了山雨欲来的时候了。只要今天说出最后的话，全家都会发作起来。”

公爵坐在屋子的一角试写字样的时候，听到两人全部的谈话。他写完以后，走到桌旁，将纸递过去。

“这不就是娜司泰谢·费里帕夫娜吗？”他注意而且好奇地望了相片一眼，说，“好看极啦！”他立刻又热烈地补充说。相片上的确是一个美貌出众的女人。她穿着式样十分朴素雅致的黑色绸衣；头发显然是深棕色的，梳得很简单，家常的式样；眼睛又深又黑，额角带着凝思的样子；脸部富于热情，似乎很傲慢。她的脸有点儿瘦削，也许是苍白的……笳纳和将军很惊讶地看着公爵……

“什么？娜司泰谢·费里帕夫娜！难道您认识娜司泰谢·费里帕夫娜？”将军问。

“是的。我回到俄国虽然只有一昼夜，却已经认识了这样的美人。”公爵回答说，接着他便叙述他和罗果静相遇的情形，并把罗果静的话一五一十转述了一遍。

“又出新闻了！”将军又慌乱起来。他非常细心地倾听公爵的话，用探询的眼光望着笳纳。

“大概这只不过是捣乱罢了，”笳纳喃喃地说，他也有点儿慌张，“一个商人的儿子在那里放荡游玩。我已经听人家说过他的事情。”

“是的，老弟，我也听说过。”将军应声说，“在发生耳环的事件以后，娜司泰谢·费里帕夫娜把这个笑话全盘端出来了。但是现在，情况已经不同了。他也许果真有百万家财……再加上热情。即使是胡闹的热情，但是，到底露出了热情的味道。大家都知道，这类先生们喝醉了酒，什么事情都能干出来！……唔……不要弄出什么笑话来！”将军沉思着结束了他的话。

“您害怕他的百万家财吗？”笳纳龇着牙笑了。

“您自然不怕啦？”

“公爵，您以为怎么样？”笳纳忽然朝他问道，“这是一个正经人，或者只不过是一个捣乱分子？您的意见怎么样？”

笳纳提出这个问题时，有着一种特别的心情。好像有一种新的、特别的理想在他的脑子里燃烧着，很急切地在他的眼睛里闪耀着。将军诚恳而坦白地露出不安的样子，他也斜眼看着公爵，但是对于公爵的回答并没有怀着很大的期望。

“我不知道怎样对您说。”公爵回答说，“不过，我觉得他这人很有热情，甚至是病态的热情。他自己还好像是一个很严重的病人。到了彼得堡以后，不到几天，他很可能又要病倒，特别是如果乱喝起酒来的话。”

“是吗？您以为是这样的吗？”将军抓住这一点追问说。

“是的，我以为是这样。”

“但是，这类笑话也许不在几天以内发生，而是在今天晚上以前弄出点儿花样来。”笳纳对将军笑了一下。

“唔！……自然喽……也许会的。一切都要看她的脑子里怎样想。”将军说。

“您知道她有时是怎样的？”

“是怎样的？”将军极度懊丧，又这样喊叫道，“我跟你说，笳纳，你今天不要太和她作对。要努力这样，你知道……总而言之，要努力使她高兴……唔！……你为什么那样歪着嘴？笳佛里拉·阿尔达里昂南奇，顺便说一句，现在真要顺便说一句：我们这样张罗，到底为了什么？你要明白，关于这件事情，我自己的利益早就有了保障；无论怎样，我会把事情解决得对自己有益。托慈基已经斩钉截铁做出决定，所以我完全有了信心。因此，我现在只是希望你得到利益。你自己判断一下，你不信任我吗？并且你这个人……你这个人……一句话，你是一个聪明人，我很倚重你……在现在的情况下，这是……这是……”

“这是主要的。”在将军为难的时候，笳纳又出了一臂之力，帮将军把话说完。他撇着嘴唇，露出极恶毒的微笑，他也不想加以遮掩。他激动的目光，一直投向将军的眼睛，似乎希望将军从他的眼神里看出他的全部思想。将军涨红了脸，生起气来。

“对，聪明是主要的！”他附和着说，很严厉地看着笳纳，“你真是个可笑的人，篚佛里拉·阿尔达里昂南奇！我看出你很喜欢那个商人，把他当作自己的一条出路。但是，在这件事情上面，首先应该考虑一番；应该明白……应该从两方面诚实而且坦率地做去，否则……便应该预先声明，不要连累别人，而且时间是足够的，就是现在也还有很多的时间（将军别有意思地扬起眉毛），虽然只剩下几个小时了……你明白了吗？明白了吗？你究竟愿意不愿意？假如你不愿意，你可以说，请你说好啦。篚佛里拉·阿尔达里昂南奇，没有人阻拦你，没有人硬拉你落入陷阱，假如你认为这里有陷阱的话。”

“我愿意。”篚纳低声说，但是声调很坚决。他垂下眼帘，愁眉苦脸地不出声了。

将军满意了。将军闹了一阵脾气，但是他显然后悔自己做得太过火了。他忽然转向公爵，他的脸上好像忽然闪过了一个不安的念头：他想到公爵在旁边听到了所有的话。但是，他立即安心下去：只要一看公爵，就会完全安心的。

“喔！”将军看着公爵送上去的书写字样，喊了起来，“这写得太好啦！这是少有的书法！你瞧，篚纳，真有才气！”

公爵在厚厚的牛皮纸上，用中世纪的俄文字体写了下面的字句：

鄙人伯夫努奇方丈亲笔书此。

“是这样，”公爵非常愉快而兴奋地解释说，“这是伯夫努奇方丈亲笔的签字，从十四世纪的影印本摹写的。我国这些老方丈和主教全都写一笔好字，有时具有多么高尚的风趣，多么精妙的笔法！将军，您这里果真连鲍哥廷的藏本都没有吗？我在这里又用另一种字体写了一些字，这是十八世纪法国的粗大字体，有些字母的写法完全不一样。这是市场的字体，职业书法家的字体，我从他们的样本上誊下来的（我有一个样本）。您会同意这种字体是有一些特点的。您看这个圆圆的‘g’

和‘a’。我把法国字母的写法运用到俄文字母上去，这是很困难的事情，可是结果还算成功。还有一个美丽而别致的字体，就是这个句子：‘努力可以克服一切困难。’这是俄国的字体，是一般书记的字体，或者是军界书记的字体，给重要人物的公文都是这样写的。这也是一种粗字体，可爱的黑体，写得黑黑的，但具有特殊的风格。书法家不赞成这种花腔，或者，最好说是花腔的尝试，就是这些没有写完的‘小尾巴’，请您注意这个。您再整个看一看，这些字可以表示一种性格，的确可以显露出整个军界书记的灵魂：他一方面想潦草塞责，一方面想表现出天才，而军服领子又扣得太紧，从字体上透出严格的纪律来，真是妙极了！新近有一张这类字体的字样使我非常吃惊。我是偶然碰到的，您猜在什么地方？——在瑞士！这是平常的、普通的、纯粹的英国字体，没有再比这更雅致的了。这种字体太妙了，好像一粒粒的珍珠。这种字体很完美。还有一种，也是法国字体，我从一位法国的旅行掮客那里誊写下来的。这和英国字体一样，但是黑线比英国字体稍微浓些，而且粗些，您瞧，连比例也弄坏了。您还要注意：椭圆体有点儿变动，比较圆一些，还加花腔，这花腔是最危险的东西！花腔需要特别的格调。假如弄得好，假如找到适当的比例，那么，这种字体就成为无可比拟的东西，能使人看着生爱。”

“喔唷！您竟达到这样精细的地步。”将军笑了，“亲爱的公爵，您不仅是一位书法家，还是一位美术家啊！对不对，笳纳？”

“妙极了，”笳纳说，“他还认识到自己的天职。”他嘲笑着补充说。

“您尽管笑吧，尽管笑吧，但是这是有前程的。”将军说，“公爵，您知道我们现在让您抄写给什么人物的公事？在最初，每个月可以给您三十五卢布的薪水。但是已经十二点半钟了，”他看了看表，结束说，“公爵，我得赶紧出去办事，今天咱们也许不能再见面了！您坐一会儿，我已经对您说过，我不能时常接见您；但是，我很愿意帮您一点儿忙，一点儿小忙，当然是最必要的忙了，其余的您就可以随意做去。我可以在衙门里给您找一个小差事，不大难做的，但是需要很认真。现在，我再谈另一件事情：在笳佛里拉·阿尔达里昂南奇·伊伏尔金的房子里，也就是在他的家里，就是我这位青年朋友，我要给您介绍一下——他的母亲和妹妹在自己的住宅里打扫出两三间带家具的房屋，预备租给有妥靠保人的房客居住，带有伙食和仆役。我相信，尼娜·阿历山大洛夫娜会接受我的介绍的。对于您来说，公爵，这再好也没有了。因为，第一层，您不会感到孤独，可以投入家庭的怀抱。据我看来，您绝不能一下子就在彼得堡这样的京城独自居住。尼娜·阿历山大洛夫娜——就是笳佛里拉·阿尔达里昂南奇的母亲，瓦尔瓦拉·阿尔达里昂诺夫娜——就是他的妹妹，都是我特别尊敬的太太。尼娜·阿历山大洛夫娜是阿尔达里昂·阿历山大洛维奇的夫人，阿尔达里昂·阿历山大洛维奇是位退伍的将军，我最初当差时跟他做过同事，现在为了某种关系已经和他断绝往来了，不过，在我这方面，对他仍然是很尊敬的。我对您解释这一切，公爵，是为了使您了解，我亲自介绍您，同时我也就是替您作保。房金很少，我希望您的薪水很快就能完全够用。自然，一个人总需要零用钱，哪怕一点儿也好。但是，公爵，假如我说您最好不用零钱，根本不要在口袋里放什么钱，您千万不要生气。我所以这样说，是由于我对您有这样一个印象。不过，因为您的口袋现在完全空虚，让我先借给您二十五卢布吧。自然我们以后可以算账，假如您是一个诚恳真挚的人，照您说话时所露出的那个样子，那么，我们中间是不会发生困难情况的。我之所以这样关心您，就是因为我对您有一些目的；您以后会弄清楚这一点。您瞧，我和您完全随便；笳纳，我希望你不会反对公爵搬到你们家里去吧？”

“完全不反对！家母一定会很高兴……”笳纳客气而且殷勤地说。

“你们那里好像还只有一间屋子住人。那个人叫什么名字……费尔特……费尔……”

“费尔特申阔。”

“对。我不大喜欢你们这位费尔特申阔。他是一个龌龊的小丑。我不明白，为什么娜司泰谢·费里帕夫娜这样器重他？他真是她的亲戚吗？”

“不，那完全是玩笑的话！并没有亲戚的痕迹。”

“不去管他！怎么样，公爵，您满意不满意？”

“谢谢您，将军，您对待我真是太好了，况且我并没有提出什么请求。我所以这样说，并不是由于骄傲。我的确没有栖身之所，刚才罗果静叫我到他那里去住。”

“罗果静吗？那不行。我像慈父一般，或者说您更爱听一些的，是像朋友一般，劝您忘掉这位罗果静先生。我给您一个笼统的劝告，就是您要和您现在被介绍去的那一家好好相处。”

“您对我既然这样好心，”公爵说，“我有一件事情想要请教。我接到了一个通知……”

“对不住，”将军打断他的话，“现在，我再也没有一分钟工夫了。我立刻就去对丽萨魏达·博罗可菲耶夫娜说，假如她现在就愿意接见您（我要竭力为您保荐），我劝您利用这机会去博得她的欢心，因为丽萨魏达·博罗可菲耶夫娜对您可能大有用处，况且你们又是同宗。假如她不愿意，您也不必埋怨，下一次再说。笳纳，你暂时看一看这些账单，我刚才和费道赛夫争了半天。你不要忘记把这些账单加进去……”

将军走了出去，公爵竟来不及说出他已经四次想说的那桩事情。笳纳点了一根纸烟，又递给公爵一支；公爵接过烟，但是因为不愿意妨碍笳纳办事，并没有说话。他开始仔细观看书房。笳纳不大去看将军指给他的那张写满数字的纸，他露出心神不宁的样子。在屋里只剩下他们俩的时候，公爵看到，笳纳的微笑、眼神和凝思的样子更显得沉重了。笳纳忽然走到公爵面前。这时候，公爵又站在娜司泰谢·费里帕夫娜的相片前面，仔细瞧着它。

“您非常喜欢这样的女人吗，公爵？”笳纳忽然问公爵，眼光很锐利地望着公爵，好像有一种特别的用意似的。

“奇怪的脸！”公爵回答说，“我相信她的命运不会和寻常的一样。她的脸上笑容可掬，可是她受过可怕的痛苦，对不对？她的眼睛可以说明这一点，您瞧这两根小骨，脸颊上端和眼睛底下这两个点。这是一张骄傲的脸，异常骄傲的脸，我不知道她的心地善良不？如果善良才好呢！一切就会都得救了！”

“您愿意娶这样的女人吗？”箭纳接着问，一对激动的眼睛死盯在公爵的身上。

“我有病，我不能娶任何的女人。”公爵说。

“罗果静能娶她吗？您以为怎样？”

“我以为他会娶她的，也许明天就会结婚；在结婚以后，也许过上一个星期，就会把她砍死。”

公爵刚说出这句话，箭纳忽然很猛烈地哆嗦了一下，公爵吓得几乎喊叫出来。

“您怎么啦？”公爵一面拉着箭纳的手，一面说。

“公爵！将军请您进去见夫人。”一个仆人在门口出现，报告说。公爵随着仆人进去了。

第四章

叶潘钦的三位小姐全都十分健康，像花一般鲜艳，身材高大，肩膀宽阔，胸脯外挺，手强壮得像男子一样。她们因为身体健壮，有时当然爱多吃些，而且根本不愿意遮掩这种情况。她们的母亲，将军夫人丽萨魏达·博罗可菲耶夫娜，有时对于她们的食欲公开表示看不上眼，但实际上，将军夫人早就在她们中间丧失了原先的、无可争辩的威信；女儿们在接受她的一些意见时，表面上仍显出毕恭毕敬的样子，背地里却往往采取一致行动来对付她们的母亲，甚至常常占了上风。所以，将军夫人为了自己的尊严，认为不加争论、对她们让步较为方便些。当然，性格时常是不肯听话的，不肯服从理智的支配；丽萨魏达·博罗可菲耶夫娜一年比一年更加任性、更加急躁，甚至成为一个怪物了，但是因为她的手底下到底还有一个绝对服从和极端驯良的丈夫，她肚子里的气积蓄得过多了，通常都是向丈夫发泄，所以在发泄之后，家庭间又和谐起来，一切事情都顺利地进行。

不过，将军夫人自己也没有丧失食欲，照例在十二点半和女儿们一起参加几乎和午餐差不多丰盛的早餐。在吃早餐前，十点整的时候，也就是刚睡醒时，小姐们就在床上各喝一杯咖啡。她们喜欢这个规矩，始终没有改变过。十二点半，在靠近母亲居室的小餐厅里铺好桌子。如果时间允许的话，将军本人有时也进来参加这顿亲密的家庭早餐。除去红茶、咖啡、奶酪、蜂蜜、奶油、将军夫人爱吃的一种特殊炸饼，以及肉排以外，甚至还端上浓浓的热牛肉汤。在我们这部小说开始的那个早晨，全家的人都在餐厅内等候将军，他答应十二点半进来吃饭。如果他迟误一分钟，便会立刻打发人去催请；但是，他准时进来了。他走上前来，向太太问安，吻她的手，并且注意到她的脸上有些过于特别的神色。一桩“笑话”（他惯用这两个字）——他在头一天就预感到了——今天一定会这样的。他昨晚上睡觉时就很不安，现在又胆怯起来。女儿们来和他接吻；她们虽然没生他的气，可是好像也有一些特别的样子。将军为了某种情况，的确过分怀疑起来；但是，因为他是一个富有经验、手段灵活的父亲和丈夫，立刻就采取了自己的办法。

假如我们在这儿停顿一下，做一番解释，直接而且确切地阐明叶潘钦将军的家庭在这部小说开始时所构成的关系和环境，我们也许不至于损害我们小说的眉目吧。我们刚才已经说过，将军虽然没有什么学问（他自己称为“自学的人”），但是，他是一位富于经验的丈夫和手段灵活的父亲。譬如，他采取不忙着打发女儿出阁的原则，也就是“不使她们烦恼”，不以父母对子女幸福的过分关心而引起她们的不安，甚至那些养活着几个成年女儿的最聪明的家庭，也常常自然而然地、不由自主地发生这种情况。他甚至想办法劝丽萨魏达·博罗可菲耶夫娜也实行这个原则，虽然一般讲来，这事情是困难的——因为不自然，所以就很困难。但是，将军的论据是十分有意义的，是根据彰明的事实。父母既然听任那些待嫁的女郎自由决定，到了最后，她们自然不得不自打主意，那时候事情便会成熟，因为她们会自愿着手办理，把任性的行为和过分的挑剔抛在一边。父母们只要毫不疏忽地在暗中加以观察，不使发生某种奇怪的选择，或是不自然的偏差，以后抓到合适的机会加以全力帮助，凭着一切势力把事情办妥；最后，她们的财产和社会地位就会一年年按几何级数增长起来。结果，时间过得越多，女儿们的待嫁身份就越占便宜。但是，在所有这些无可辩驳的事实中间，又发生了另一桩事实，那就是：长女阿历山大拉忽然几乎完全出于意外地（事情永远如此）过了二十五岁。几乎在同时，阿法那西·伊凡诺维奇·托慈基，一个上等社会的人，具有阔绰的亲友和相当的财富，又暴露了想娶亲的夙愿。他年已五十五岁，性格文雅，具有特别细致的风趣。他想攀一门好亲事；他是一个特殊的美女鉴赏家。因为他和叶潘钦将军亲密的交谊已经有了一个时期，两人又都参加某些金融事业，他们的交谊就更加强了，所以他就把自己的心事告诉了叶潘钦将军，向将军商量和请教：他能不能和将军的一位女儿结婚？叶潘钦将军平静美好的家庭生活里，发生了一个明显的变动。

上面已经说过，小妹妹阿格拉耶在全家中是个无可争论的美女。就是像托慈基这样十分自私的人，也明白自己不应该在她身上打主意，阿格拉耶绝不是供他享受的。也许由于两个姐姐有些盲目地爱她，她们的姐妹情谊过于热烈，所以把事情过分夸大了。不过，她们之间已经以极诚恳的方式认定阿格拉耶的命运不是普通的，而要成为地上乐园至上的理想。阿格拉耶的未来丈夫应该具有一切美德和成就，财富就不必提了。两个姐姐虽然没有特别多说，但却已经互相约定：她们为了阿格拉耶的利益，在必要时宁愿牺牲自己；她们预定给予阿格拉耶数量极大的、前所未闻的妆奁。父母知道两个姐姐所做的这种协定，因此当托慈基求教的时候，他们中间几乎没有疑问地感到：一位姐姐一定不会拒绝实现他们的愿望，何况阿法那西·伊凡诺维奇对于妆奁一层是不会为难的。将军对人生有独到的见解，他对托慈基的求婚立刻给予了极高的评价。因为某种特别的原因，托慈基本人对于这件事情进行得十分谨慎，还在试探阶段，所以父母对女儿们只透露了一些极微妙的猜测。女儿们的回答虽然还不完全确定，但至少是一个好消息，表明大姐阿历山大拉也许不会拒绝。这位女郎虽然性格倔强，但是心地和善，富有理智，和人们十分处得来。她甚至很乐意嫁给托慈基。她如果说出了一句话，一定会诚恳地去实行。她不爱虚荣，同她在一块儿，不仅没有发生各种麻烦和剧变的危险，而且能使丈夫得到愉快和平静的生活。她的面貌虽然不是特别吸引人，但是很美。托慈基还能找到比这更好的妻子吗？

然而，事情还在暗中继续进行。托慈基和将军共同友善地决定：暂时避免采取一切形式上的、无可挽回的步骤。父母还没有完全公开地向女儿们讲；家里好像还发生了不协调的情况：身为一家之母的叶潘钦将军夫人不知为什么表示很不满意，这是很重要的事情。当时有一桩阻碍一切事情进行的情况，一桩麻烦复杂的事件，由于这种事件，全局都会受到无可挽回的摧毁。

这桩麻烦复杂的“事件”（如托慈基所说）很早就开始了，远在十八年以前就开始了。在俄国某一个中部省份里，阿法那西·伊凡诺维奇富裕的领地附近住着一个破落贫穷的地主。这个人以屡次遭到失败而闻名，他的失败都成了人们的笑柄。他是一个退伍的军官，出身世家（在这方面比托慈基都好些），名叫费里帕·阿历山大洛维奇·巴拉士柯夫。他欠了一身债，将财产典押一空；他做了很长时间艰苦的、和农人差不多的工作，才算差强人意地建立了一个小小的产业。每当他得到一点点成就，他就特别精神鼓舞。他鼓舞起精神，怀着满心希望，动身到小县城里去几天，想和他的一个主要债主见面，在可能的范围内作彻底的谈判。在他进城的第三天，他那个小村庄的村长骑马赶来。村长的脸颊烧伤了，胡子烧得精光。村长报告他说，头一天正午他的“领地失火”了，“把他的夫人烧死了，只剩下几个孩子”。巴拉士柯夫本来是“倒霉”惯了的人，但是他也忍受不住这种意外的灾祸了；他疯了，过一个月就害热病死去了。他那块烧剩下的田产，连同变成乞丐的农奴，都被拍卖还债了。阿法那西·伊凡诺维奇·托慈基发了慈悲，把他的两个小女儿（一个六岁，一个七岁）收留去，予以抚养。她们和阿法那西·伊凡诺维奇的总管的子女们一同受教育。这总管是个退职的官员，家中人口众多，而且是一个德国人。不久以后，只剩下一个女孩娜司卡，小的患百日咳死了。托慈基住在外国，很快就完全忘掉了她们。过了五年，阿法那西·伊凡诺维奇有一次路过那里，想上自己的领地去看望一下，忽然在他乡下的房子里，在那个德国人的家里，看到一个很好看的孩子——十二三岁的小姑娘，举动活泼，面貌可爱，头脑聪明，是个美人坯子。在这方面，阿法那西·伊凡诺维奇是一个精确无误的行家。这一次，他在领地里虽然只住了几天，但是他还是办理了这件事，使小姑娘的教育发生了极大的变化：聘请了一位可敬的老女教师。她是瑞士人，对于女郎们的高等教育颇有经验，而且学问极好，除法文以外，还教过其他各种学科。托慈基请她住到乡村的房子里，于是，小娜司泰谢便开始接受范围很大的教育。整整过了四年，这种教育已告完成，女家庭教师走了。有一位太太，是个女地主，她和托慈基在另一个远方省份里的田产为邻，她得到阿法那西·伊凡诺维奇的指示和委派，就跑来把娜司卡带走。在这块小小的领地里，也有一所不大的、刚建好的木板房子。房子里收拾得特别幽雅，那个小村仿佛故意似的，竟也叫“快乐村”。女地主一直把娜司卡带到这所平静的小房里，因为她自己是个寡妇，又没孩子，住的地方离这个小房只有一俄里远，所以也搬来和娜司卡同住了。娜司卡在那里见到一个看门的老妇人和一个年轻的、有经验的女仆。屋内有乐器，专为女郎预备的优美图书、油画、铜版画、铅笔、毛笔、颜料，还有非常好看的猎犬。过了两个星期，阿法那西·伊凡诺维奇亲自来了……从那个时候起，他似乎特别爱上了这个偏僻的草原小村，每年夏天来一趟，住上两三个月，就这样安静地、幸福地、有趣地、美妙地度过相当长的时间，有四五年。

有一次在初冬的时候，从阿法那西·伊凡诺维奇夏天到“快乐村”小住以后（这次只住了两星期），又过了四五个月，流传着一个谣言，更恰当地说，是有谣言灌进了娜司泰谢·费里帕夫娜的耳朵，就是说阿法那西·伊凡诺维奇将要在彼得堡娶一个名门闺秀，那个女的很有钱，长得又漂亮——总而言之，他是攀一门人财两旺的亲事。此后，这个谣言的许多细节显得很不正确：当时婚事只在计划阶段，还没有十分确定。不过，在娜司泰谢·费里帕夫娜的命运里，从这时起就发生了一种特别的变动。她忽然表现出异常的决断，显示出极其出人意料的性格。她没有多加思索，就抛开乡村的房屋，忽然在彼得堡出现，一个人直接去找托慈基。托慈基惊讶起来，他开始讲话；但是从第一句话起，他忽然就发现必须完全改变音节、腔调，以前用得很成功的、有趣的、文雅的谈话题目，还有逻辑——一切的一切都得改变；他面前坐着的完全是另外一个女人，一点儿也不像他以前所认识的、七月内才在“快乐村”里分手的那个女人。

最先表现出来的是，这位新的妇女知道和了解的事情特别多，多得使人非常惊讶：她究竟从哪里能够得到这些知识呢？她怎么能够养成这样精确的见解呢？（果真是从那个女郎专用的图书馆得到的吗？）不但如此，她对法律也很精通，即使不是对于整个世界，至少对于世界的一些时事拥有正确的知识；其次，她的性格和从前完全不一样了，已经一点儿没有畏缩的、女学生式的琢磨不定的神情，有时由于淳朴天真显得可爱，有时忧郁、沉思、惊讶、怀疑、爱哭、不安。

现在不是这样：她已经成为一个异乎寻常的、意料不到的生物，她在托慈基面前哈哈大笑，极刻薄地讽刺他，公开向他表示，除去深深的轻蔑，她的心里对他没有别的情感——这种轻蔑已经到了要呕吐的地步，在初次发生意外事件以后立即就感觉到了。这个新的妇女又声明说，哪怕他现在立刻和任何女人结婚，她都满不在乎；她之所以来阻止这种婚姻，怀着憎恨来加以阻止，只是因为她想，而且也应当，——“让我任意地嘲笑你一番，因为我现在也想笑一笑了”。

至少她的措辞是如此；至于她心里所想的一切，也许没有表示出来。然而，在新的娜司泰谢·费里帕夫娜一面哈哈大笑，一面叙述这一切的时候，阿法那西·伊凡诺维奇暗自考虑这件事情，尽可能整理一下自己的多少有点儿凌乱的思想。这种考虑持续了不少时间：在两星期中，他反复研究，要下最后的决心。过了两个星期，他终于作了决定。事情是因为阿法那西·伊凡诺维奇那时候已五十岁左右，他是一个十分稳重、已经具有一定习惯的人。他在世界上和社会里的地位早就有了极坚固的基础。他对于自身，对于自己的安宁和舒适，比对于世界上所有的一切都珍爱，正如一个极体面的人所应做的那样。他在一生中所建立，而且取得了如此美丽的形式的一切，是绝对不许有丝毫损坏和动摇的。从另一方面来说，托慈基由于富有经验，对事物有深刻的观察能力，因此很快而且特别正确地了解到，现在他所交结的是一个完全不寻常的人物，这个人物不仅是恫吓，而且一定说得出做得出，主要是因为她根本不顾一切，因为她根本不珍重世界上的任何事物，所以就无从诱惑她。显然，这里另有别的什么，含着一种精神上的和心灵里的纷扰——有点儿像某种浪漫派不知道对谁和为了什么发出的愤懑，有点儿像贪得无厌的、完全溢出范围的轻视感情——一句话，有点儿十分可笑的、在体面社会里不被容许的东西，凡是体面的人碰到它便成为纯粹的上帝的惩罚。自然，拿托慈基的财富和交游来说，他为了避免不愉快的事情，本来可以立即做点儿小小的、完全天真的恶行。从另一方面说，娜司泰谢·费里帕夫娜本人显然做不出有害的事情。例如，采取控诉的手段；她甚至不会做出重大的捣乱行为，因为永远可以很容易地陷害她。但是，只有当娜司泰谢·费里帕夫娜决定像别人在这种情况下一样行动而不出格的时候，这一切才能有用。

但是，在这方面，托慈基的正确眼光又有用处了。他猜出娜司泰谢·费里帕夫娜心里十分清楚，她在法律方面是不足为害的，而在她的脑子里……在她的明亮的眼睛里，完全有另外一种意思。娜司泰谢·费里帕夫娜既然不珍重世界上的一切，尤其是自身（必须有绝顶的聪明和深刻的眼光，才能在这时候猜到她早已不再珍重自己，才能使他这样的怀疑派和体面社会的犬儒派相信这种情感的严重性），她一定能够戕害自己，做出无可挽回的丑恶事情，她宁愿流放到西伯利亚或者服苦役，也要侮辱她深恶痛绝的那个人。阿法那西·伊凡诺维奇永不隐瞒这一点。他是有些胆怯的，或者最好是说具有极度的保守性。例如，假如他知道他将在举行婚礼时被杀，或者发生这一类极不体面的、可笑的、在社会上令人不快的事情，他自然是会害怕的；不过，他怕的不是自己被杀、受伤流血，或者被当众唾脸等，而是怕这件事在如此不自然和难堪的情势下发生。娜司泰谢·费里帕夫娜虽然没说出来，其实已经透露了这个意思。他知道她十分了解他，对他有过深刻的研究，所以也知道用什么方法向他攻击。同时，因为阿法那西·伊凡诺维奇的婚事的确还在筹划阶段，所以他也表示服从，向娜司泰谢·费里帕夫娜让步。

还有一桩事实推动他做出这个决定：这个新的娜司泰谢·费里帕夫娜的脸蛋完全和以前不同了，甚至不同到难以想象的地步。以前只是一个很美丽的小女孩，现在则……托慈基许久不能宽恕自己，因为他看了四年，竟没有看清楚，固然有许多是由于两方面在内心里突然发生了变动的原因。可是，他记得，譬如，以前在一刹那间望着这双眼睛的时候，他有时会产生一些奇怪的念头：似乎在里面预感出一种深沉的、神秘的黑暗。这个眼神似乎在那里猜谜。最近两年来，他时常惊异于娜司泰谢·费里帕夫娜脸色的变化。她的脸色变得异常苍白，奇怪的是，因此倒更加好看了。托慈基像所有一生浪荡的绅士似的，由于他起初很容易就把这个没有生命的灵魂弄到手里，未免怀着轻视的态度，近来他对于自己的眼光却有点儿疑惑起来。还在去年春天，他就决定把娜司泰谢·费里帕夫娜尽快地、好好地、阔绰地嫁给一个在别的省做官的、明达而且体面的绅士。（现在娜司泰谢·费里帕夫娜怎样恶毒而且可怕地取笑这件事情呀！）但是，阿法那西·伊凡诺维奇现在被新鲜的味道所吸引，甚至想他可以重新利用这个女人。他决定叫她搬到彼得堡来居住，给她安排一个奢华的、舒适的环境。他怀着失此得彼的心思，想利用娜司泰谢·费里帕夫娜在特定的团体里面出出风头。阿法那西·伊凡诺维奇很重视他在这方面的名誉。

彼得堡的生活已经过了五年，自然在这时期内有许多事情已经弄清楚了。阿法那西·伊凡诺维奇的地位不见得乐观；最糟糕的是：他一旦露了怯相，以后就无从安静下去了。他害怕——自己也不知道为什么害怕——他简直怕娜司泰谢·费里帕夫娜。在最初两年内，有一段时间，他疑惑娜司泰谢·费里帕夫娜是想和他结婚，但是因为太爱面子，就没有启口，坚决等候他来求婚。这样的要求本来是奇怪的，阿法那西·伊凡诺维奇的疑心又很重：他皱紧眉梢，深深思虑起来。使他感到非常惊讶并且有点儿不愉快的是（人心本来如此！），他从一桩事情上忽然相信，即使他真的求婚，对方也不会接受。他很长时期不明白这个道理。他觉得只有一个解释是可能的，那就是"一个受侮辱的、好狂想的女人"的骄傲心已经达到疯狂的程度，因此她宁愿用拒绝的方式一下子表露出她的轻蔑心，而不肯永远确定自己的地位，达到登峰造极的荣华富贵。最坏的是，娜司泰谢·费里帕夫娜在许多地方占了上风。她不肯为了金钱的利益上钩，甚至用极多的钱也是一样。她虽然接受给她布置的舒适环境，但是她过得仍旧十分俭朴，五年以来毫无积蓄。阿法那西·伊凡诺维奇为了弄断自己身上的锁链，冒险想出一种十分狡猾的手段：他借着技巧的助力，悄悄地、灵活地，用各种最理想的诱惑物打动她的心，但是那些理想的化身，如公爵、骠骑兵、使馆秘书、诗人、小说家，甚至社会主义者等，一点儿也没有使娜司泰谢·费里帕夫娜留下任何印象，她的心好像石头一般，情感永远枯竭和凋谢。她的生活大半是孤独的，她自己读书，甚至向人学习。她喜爱音乐。她的朋友很少；她只结交一些贫穷可笑的官员夫人，认识两个女演员，一些老太太；她很喜欢一个可敬的教师的人口众多的家庭，在这个家庭里，大家也很爱她，极乐意接待她。晚上时常有五六个朋友来找她，没有更多的人。托慈基经常按时到她这里来。叶潘钦将军最近费了不少周折，也和娜司泰谢·费里帕夫娜相识了。但是，有一个年轻的官吏，却非常容易、丝毫不费什么力气，便和她认识了。那个人姓费尔特申阔，是一个很不讲礼貌的、爱说龌龊字眼的小丑，好喝酒，带点儿乐观的性格。她还认识一个年轻的、奇怪的人，姓波奇成。他为人朴素勤谨，举止优雅，出身贫穷，现在已经成为一个高利贷者。最后篩佛里拉·阿尔达里昂南奇也和她相识了……结果，娜司泰谢·费里帕夫娜建立了一种奇怪的名声：大家都知道她长得美，但也只是如此；谁也不能由于她特别垂青而夸口，谁也不能讲出什么占便宜的话来。这样的名誉，还有她高深的学问、文雅的姿态、机智的辩才——这一切使阿法那西·伊凡诺维奇最后决定了一个计划。就从这时候起，叶潘钦将军开始很积极地参加了这段故事。

当托慈基很客气地与将军商谈将军的一个女儿的婚事时，他就用极正直的方式，完全开诚布公地说明了自己的心情。他说自己为了取得自由，决定不择手段；即使娜司泰谢·费里帕夫娜亲自对他宣布，说以后完全不打扰他，他也不会安心；他觉得空口无凭，他需要最充分的保障。他们讨论的结果是：决定共同采取行动。他们首先决定采取最温和的手段，试着触动所谓“正直的心弦”。两个人一起到娜司泰谢·费里帕夫娜家里去，托慈基直截了当地向她说明他的处境是怎样的狼狈不堪，并将一切责任归到自己身上。他老实说，他对她所做的最初的举动并不后悔，因为他是一个根深蒂固的好色之徒，不能把控自己，但是现在他想结婚，而这桩十分体面的上等社会的婚姻的命运完全掌握在她的手中；一句话，他对于她的正直的心怀有许多希望。接着，叶潘钦将军开始用父亲的态度说话，说得有条有理，避免用刺激性的言语，只说他完全承认她有决定阿法那西·伊凡诺维奇命运的权利，并且很巧妙地露出自己的驯顺态度，表示他的一个女儿的命运，也许另外两个女儿的命运，现在都由她来决定了。娜司泰谢·费里帕夫娜问，他们需要她做什么事情？托慈基仍然用以前完全显露出来的直率态度，对她承认说，在五年以前，他受了惊吓，所以现在在娜司泰谢·费里帕夫娜没有出嫁以前，他是不能完全安静下去的。他立刻补充说，如果这个请求没有根据，在他这方面自然是十分荒诞的。他已经很清楚地看到，而且很确切地知道，有一个青年人，属于很好的氏族，生活在极体面的家庭里，那就是箔佛里拉·阿尔达里昂南奇·伊伏尔金，她认识他，而且接待过他，他也早已十分热烈地爱上了她。自然，单单希望获得她的同情，他就可以牺牲半条性命。箔佛里拉·阿尔达里昂南奇由于相互的友谊和年轻人纯洁的心，早就对阿法那西·伊凡诺维奇承认了这一点，而对这个青年人赐予恩惠的伊凡·费道洛维奇，也早已知道这一点了。如果阿法那西·伊凡诺维奇没有弄错的话，娜司泰谢·费里帕夫娜早就知道这位青年人的爱情了。他甚至觉得，她对待这份爱情是很宽大的。自然，他比任何人都难以启齿讲这件事情。但是，假如娜司泰谢·费里帕夫娜认为托慈基除了自私自利和想安排自己的命运外，对她还抱着几分好心，那么，她一定会明白，他看到她的孤独早就觉得奇怪，甚至难受了。这种孤独完全是由于漠然的忧郁和对生命革新没有信心造成的，其实在爱情和家庭里，生命可以很完美地复活，从而取得新的目的。这种孤独也许会糟蹋掉光辉灿烂的才能，使她落得一腔烦闷，自我欣赏，一句话，就是娜司泰谢·费里帕夫娜还有一些与她的健全的理智和高贵的心灵不相适应的浪漫主义存在。他又重复了一句自己比别人更难启齿的话以后，就结束说，假如他表示他是诚心诚意想保障她未来的命运，送给她七万五千卢布，他总希望娜司泰谢·费里帕夫娜不以轻蔑的态度回答他。他又解释说，反正这笔款子在他的遗嘱里已经规定给她；一句话，这并不是什么报酬……再说，他很想做点儿事情来减轻良心的不安，像他这种具有人性的愿望，为什么不可以容忍呢？此外，他还说了许多话，全是在这种情况下关于这个主题所应该说的一套话。阿法那西·伊凡诺维奇说了半天，话很婉转，顺便还加上一个很有趣的消息，说这七万五千卢布是他现在初次提出来的，就是在座的伊凡·费道洛维奇都不知道；一句话，没有一个人知道。

娜司泰谢·费里帕夫娜的回答使两个朋友惊讶起来。

她不但没有露出一点点以前的嘲讽、以前的怨恨、以前的哈哈大笑（托慈基一想起来，至今背上还会发冷），恰恰相反，她好像很喜欢同任何人开诚布公地、很友善地谈上一谈。她承认说，她自己早就希望作友善的商谈，只是因为自尊心很强，没有开口，可是现在坚冰已被击破，这再好也没有了。她起初带着忧郁的微笑，后来就快乐活泼地大笑起来，她自己承认，绝不会再像以前那样激动；她早已变更了一部分对于事物的看法，虽然她的心并没有变，但是对既成的事实到底不能不多少加以容忍。凡是做过的事情，都木已成舟；凡是过去的事情，永远不会回头。她觉得奇怪的是，阿法那西·伊凡诺维奇为什么还那样战战兢兢？说到这里，她回身转向伊凡·费道洛维奇，带着极其尊敬的态度，说她早就听到关于他的女儿的许多话，早就深深地、诚恳地尊敬她们。她一想到自己可以做出对她们有利的事情，她就感到幸福和骄傲。她又说，她现在的确心里很难过，而且十分沉闷；阿法那西·伊凡诺维奇猜到了她的幻想；她感到一种新的目的，希望即使不在爱情里，也要在家庭里得到复生；但是关于笳佛里拉·阿尔达里昂南奇，她差不多没有什么话可说。他爱她，这大概是实在的；她认为，如果能够相信他的爱情是坚固的，自己也可以爱他，但是，即使他很诚恳，到底年纪还轻；因此，婚姻大事还很难决定。她最喜欢的一点就是：他能够吃苦耐劳地工作，独自维持全家的生活。她听说他又是一个很有毅力，也很骄傲的人，希望活动活动，总要往上爬。她又听说笳佛里拉·阿尔达里昂南奇的母亲尼娜·阿历山大洛夫娜·伊伏尔金娜是一个卓越的、十分可敬的妇人；他的妹妹瓦尔瓦拉·阿尔达里昂诺夫娜是很有风趣而且很有毅力的女郎；她从波奇成的嘴里听到瓦尔瓦拉的许多事情。她听说她们母女很勇敢地忍受自己的不幸；她很愿意和她们相识，但是，她们能不能接纳她进入自己的家庭，那还是个问题。总之，她并没有说这段婚姻不能成立，但是应该仔细想一想，她希望不要催她。至于七万五千卢布的事情，阿法那西·伊凡诺维奇用不着这样难以启齿。她自己明白金钱的价值，自然是肯收下来的。她感谢阿法那西·伊凡诺维奇的举动得体，不但对箣佛里拉·阿尔达里昂南奇没有提，就是对将军也没有讲过这笔款子。但是，为什么不能叫箣佛里拉·阿尔达里昂南奇预先晓得这件事呢？她拿了这几个钱，走进他们的家庭里去，并没有什么可羞耻的。无论如何，她绝不打算向任何人请求饶恕，希望人家也了解这一点。她在没有肯定箣佛里拉·阿尔达里昂南奇或他的家庭对她丝毫没有恶意以前，绝不嫁给他。无论如何，她绝不承认自己犯了什么罪过，最好要让箣佛里拉·阿尔达里昂南奇知道，她在彼得堡的五年是怎样生活的，她和阿法那西·伊凡诺维奇有什么关系，积蓄的钱多不多。最后，如果说她现在肯收下这笔钱，那完全不是为了补偿处女的名誉（在这方面她没有什么过错），而只是作为对被蹂躏的命运的一种报酬。

这些话讲到最后，她的态度十分激烈，甚至有些恼怒的样子（这是当然的），叶潘钦将军感到十分满意，认为事情已经了结；但是，一度受过惊吓的托慈基，到了这时候也还不敢完全信以为真，他总是害怕花里藏着毒蛇。但是，谈判开始了；两个朋友的策略的立足点——就是娜司泰谢·费里帕夫娜可能垂青箣纳，越来越清楚，越来越确定了，这样一来，连托慈基有时都相信可能会成功。后来，娜司泰谢·费里帕夫娜曾经向箣纳解释了一番：她说得很少，说多了好像会使她的贞节受到伤害似的。她承认而且允许他爱她，但是她坚决声明，她一点儿也不愿意使自己受到拘束。她在结婚之前（如果能结婚的话），要保留说出“不”字的权利，一直到最后的时刻。她也给予箣纳同样的权利。不久以后，箣纳借着一个侥幸的机会，确切地知道他全家对这件婚事以及对娜司泰谢·费里帕夫娜本人的敌对态度（这是在家庭口角中暴露出来的），娜司泰谢·费里帕夫娜已经知道得十分清楚。她自己并没有向他讲起这件事情，即使他每天都等候着。由于这次说媒和谈判而暴露出的一切历史和情节，本来还有许多可说，但是，我们已经跑得太远了，而且有些情节还只是不太确定的，所以搁下不谈。例如，托慈基不知从什么地方得知，娜司泰谢·费里帕夫娜和叶潘钦家的女儿们发生了某种暧昧的、秘密的接触——这是一个完全不可思议的谣言。但是，他对另一种谣言不由得不信，并且怕得像梦魇一般：他确实听说，娜司泰谢·费里帕夫娜心里很清楚，箭纳只是为了金钱和她结婚，箭纳的心是龌龊的、贪婪的、急躁的、妒忌的，而且自高自大到没有边际和不成比例的程度。箭纳虽然以前真正热烈地想征服娜司泰谢·费里帕夫娜的心，但是，等到两位朋友决定为了自己的利益利用双方发生的好感，把娜司泰谢·费里帕夫娜出卖给他做正式妻子，以此来收买他的时候，他就像恨自己的梦魇一般恨她了。爱和恨似乎在他的心灵里很奇怪地交织着，他经过一番痛苦的思想斗争，虽然最后同意娶这个“坏女人”，但是他在心里赌咒发誓，一定要狠狠报复她，照他自己的说法，以后要“收拾”她。娜司泰谢·费里帕夫娜好像知道这一切，暗地里在那准备着。托慈基非常胆小，连自己心里的不安都没敢告诉叶潘钦。但是，有时候他也和一般软弱的人一样，重新鼓起精神，突然壮起胆子来。例如，在娜司泰谢·费里帕夫娜终于告诉两位朋友，说她在自己生日的晚上将要讲出最后的话时，他就特别鼓起精神来了。然而，可叹的是关于受人尊敬的伊凡·费道洛维奇本身的极奇怪的、极荒唐的谣言，却越来越真切了。

初看上去，这一切是纯粹荒诞不经的话。人们很难相信，以伊凡·费道洛维奇这样大的年纪，具有如此优越的智慧，对于人生的正确知识，竟受了娜司泰谢·费里帕夫娜的诱惑，使他的任性几乎达到和热情相似的程度。他在这件事情上希望什么，这是很难想象的；也许是希望箭纳本人的帮忙。至少托慈基有这样的疑惑，疑惑在将军和箭纳之间已经存在着一种近乎无言的、以相互了解为基础的契约。大家都知道，一个受情欲驱使的人——尤其是上了岁数的——会完全盲目起来，准备到根本没有希望的地方去找寻希望。不但如此，他会丧失理智，即使过去很聪明，也会做出像婴孩一般愚蠢的举动。大家都知道，娜司泰谢·费里帕夫娜的生日那天，将军会以自己名义送一串上好的、价值很贵的珍珠。他明知娜司泰谢·费里帕夫娜是个不贪财的女人，但对于送礼的事情很重视。在娜司泰谢·费里帕夫娜生日的那天，他虽然很巧妙地掩饰自己，但是实际上却像热锅上的蚂蚁一样。叶潘钦将军夫人所听到的也就是这串珍珠。诚然，丽萨魏达·博罗可菲耶夫娜早就感到丈夫不够忠实，甚至已经习以为常；但是，她不能放过这种事情，因为关于珍珠的谣言已经引起她极度的注意。将军预先侦察到这种情况，头天晚上就说了一些小话。他预感到一定要有重大的解释，因此极为惧怕。在我们开始讲述故事的那天早晨，他之所以很不愿意和家人一起吃早饭，就是这个道理。在公爵没来以前，他就决定推托有事，设法避免。所谓避免，对于将军来说，有时就是逃走。他希望这一天，主要是这天晚上能好好挨过去，千万别出乱子。真是无巧不成书，公爵来了。“他好像是上帝打发来的！”将军去找他的太太的时候，心里这样想着。

第五章

将军夫人对于自己的出身颇为骄傲。她曾经听说过族中最后的一个梅思金公爵，现在突然有人告诉她说，这个公爵只不过是一个可怜的白痴，跟乞丐差不多，并且还要接受别人的施舍，她心中该怎样想呢？将军所以来这一手，就是要一下子引起她的兴趣，把她的注意力转移到另一方面去。

在发生非常事件的时候，将军夫人照例瞪着眼睛，身躯稍朝后仰，带着犹疑的神情向前直望，不发一言。她是一个身材高大的女人，年纪和丈夫相仿，头发黑而浓，夹杂着许多白发，鼻子有点儿弯，身体瘦瘦的，脸颊发黄而且下陷，嘴唇很薄，而且凹进去。她的额头很高，但很狭窄；在那双相当大的灰眼睛里，有时会出现让人意料不到的神情。她有一个弱点，就是相信自己的眼睛特别勾引人，而且这个信念一直无法磨灭。

“接见？您说现在，立刻就接见他吗？”将军夫人的眼睛用力瞪着在她面前不住张罗的伊凡·费道洛维奇。

“接见他是用不着什么客套的，只要你，我的亲爱的，肯见他就好了。”将军忙着解释说，“他完全是一个孩子，甚至是一个极可怜的孩子。他得了一种什么癫痫病；他刚从瑞士回国，才下火车，打扮得很奇怪，有点儿德国式，再加上连一个铜板也没有，真正的没有；他几乎要哭出来。我送给他二十五卢布，还想在我们的衙门里替他谋一个书记的位置。Mesdames[1]，我请你们给他点儿东西吃，因为他可能饿了……"

"您真使我惊讶，"将军夫人照从前的样子说，"他又饿，又有癫痫病！哪一种癫痫病？"

"他这病不是常发的，而且，他简直像小孩子一般，不过很有学问。我想请你们，mesdames，"他又对女儿们说，"考他一下，这样就可以知道他能干什么了。"

"考——他——吗？"将军夫人拉长声音说，她露出非常惊讶的神情，又瞪起眼睛，从女儿们身上转到丈夫身上，再从丈夫身上转到女儿们身上。

"亲爱的，你不必把这件事情看得这样重要……但是随你便好了。我的意思是要对他客气些，把他引到我们家庭里来，因为这几乎是一件善事。"

"引到我们家庭里来？从瑞士吗？"

"瑞士并没有什么妨碍；但是我重复一句，这随你的便吧。我之所以这样想，第一是因为他和你同姓，也许还是亲戚；第二，他无处安身。我甚至想，你一定会对他产生兴趣的，因为你们到底是同姓啊！"

"Maman[2]，既然可以和他不讲什么客套，那又为什么不见他呢？再说，他刚刚下车，一定想吃东西。他既然没有地方可去，为什么不请他吃一顿饭呢？"大女儿阿历山大拉说。

"再说，他完全是一个小孩子，我们可以和他捉迷藏呀。"

"捉迷藏？怎么捉法？"

---

1 法文：太太们。

2 法文：妈妈。

“唉，maman，请你不要装模作样了吧。”阿格拉耶很惆怅地插嘴说。

第二个女儿阿台拉意达的性情爱笑，她忍不住大笑起来了。

“爸爸，叫他进来吧，妈妈答应了。”阿格拉耶决定说。将军按铃，吩咐请公爵进来。

“但是有一个条件，当他坐下吃饭的时候，一定要在脖子上扎上餐巾。”将军夫人决定说，“叫费道尔或玛佛拉来……站在他的背后，看着他吃饭。他在发病的时候，至少会安静吧？他不挥手吗？”

“恰好相反，他受过很好的教育，举止非常文雅。有时太随便了一点儿……现在他来了！来，让我介绍一下，最后的梅思金公爵，同姓，也许是亲属，请你们和和气气地招待他。早饭立刻开上来，公爵，请你赏光……对不住，我耽误事情了，我忙着走……”

“我们知道你忙着到哪里去。”将军夫人很威严地说。

“我忙得很，我忙得很，亲爱的，我耽误事情了！把你们的纪念册给他，mesdames，请他在上面给你们题几个字，他的书法是稀有的！他真是天才！他在我那里写了几个古体字：‘方丈伯夫努奇亲笔书此。’……唔，再见吧。”

“伯夫努奇？方丈？你等一等，等一等，你到哪里去？伯夫努奇又是谁？”将军夫人带着十分苦恼、近乎惊慌的神情，朝着跑出去的丈夫喊叫。

“是的，是的，亲爱的，这是一个古代的方丈……我到伯爵那里去，他早就等着我，主要是他亲自约我去的……公爵，再见吧！”

将军快步退出去了。

“我知道他到哪一位伯爵家里去！”丽萨魏达·博罗可菲耶夫娜厉声说，眼睛很恼怒地转移到公爵身上。“是干什么来的？”她一面十分暴躁和恼恨地回想着，一面开口说，“喂，是干什么来的？啊，对了！哪一个方丈？”

“Maman。”阿历山大拉说，而阿格拉耶竟跺起脚来了。

"你不要搅我，阿历山大拉·伊凡诺夫娜，"将军夫人对她说，"我也愿意知道。公爵，请您坐在这里，就在这张软椅上，在我的对面，不对，是在这里；您到有阳光的地方，靠近光亮的地方，我好看得见您。那是什么方丈？"

"伯夫努奇方丈。"公爵很注意地，而且很严肃地回答说。

"伯夫努奇吗？这很有趣。他怎么样呢？"

将军夫人不耐烦地问着，说话迅速而且严厉，她目不转睛地朝公爵身上看着。当公爵答话的时候，她随着他的每一句话点头。

"伯夫努奇方丈是十四世纪的人，"公爵开始说，"他曾经在伏尔加河沿岸，就是现在我们的郭司脱洛姆司卡耶省内，当过修道院长。他由于神圣的生活而著名。他常到鞑靼人那里去，帮助他们处理当时的事务，并且在一份文件上签过字，我看见过这个签字的照片。我很喜欢他的笔法，我学会了。刚才将军想看看我的字体，以便替我谋事，我便用各种字体写了几句话，又用伯夫努奇方丈本人的字体写出'方丈伯夫努奇亲笔书此'几个字。将军很喜欢，所以他刚才提起来。"

"阿格拉耶，"将军夫人说，"你要记住：伯夫努奇，最好是写下来，要不我会永远忘记的。但是，我心里想，还要有趣些呢。这签字在什么地方？"

"大概留在将军的书房里，在桌子上面。"

"立刻叫人去取来。"

"假如您愿意，我可以给您再写一遍。"

"自然喽，maman。"阿历山大拉说，"可是现在最好吃早饭，我们想吃东西啦。"

"也好。"将军夫人决定说，"来吧，公爵，您很饿了吗？"

"是的，现在很饿，我很感谢您。"

"您这样客气，这很好。我看出您并不是那样的……怪人，像人家所介绍的那个样子。来吧。您坐在这里，对着我，"在走进饭厅的时候，她让公爵坐下，张罗起来。“我要看看您。阿历山大拉、阿台拉意达，你们给公爵端菜。对不对，他完全不是那样一个……有病的人？也许用不着餐巾……公爵，您吃饭的时候有人给您系餐巾吗？”

“早先，当我七八岁的时候，人家给我系过餐巾，现在我吃饭的时候，照例把它放在膝头上。”

“应该这样。但是癫痫病呢？”

“癫痫病吗？”公爵有点儿奇怪，“现在我不常犯病。但是，我不知道究竟怎样；听人家说，这里的气候对我有害处。”

“他说得很好，”将军夫人朝女儿们说，继续随着公爵的每一个字点头，“我真没有想到。这样说来，和平日的情况一样，全是胡说八道。公爵，您请吃。请您讲一讲，您是在什么地方出生的？在什么地方受的教育？我愿意全都知道，您引起我极大的兴趣。”

公爵道了一声谢，一面津津有味地吃着东西，一面重新把他今天早晨已经说过好几遍的故事又讲了一回。将军夫人显得越来越满意了，姑娘们也很注意地听着。他们谈起族谱来，公爵对于自己的家谱十分熟悉。但是，他们无论怎样往一块拉，他和将军夫人之间几乎没有任何同族的关系。他们的祖父和祖母之间还算得上是远族。这种枯燥的材料使将军夫人特别感到喜悦，她虽然满心愿意谈论她的家谱，却一向无从谈起。因此，当她从桌旁站起的时候，精神很兴奋。

“大家到我们的集会室去吧，”她说，“咖啡将送到那边去。我们有一间公共的屋子。”她一面领公爵出去，一面说，“其实只是我的一间小客厅，在没有客人的时候，我们就聚在那里，每个人做自己的事情：阿历山大拉，就是这个，我的大女儿，奏钢琴，或者读书，或者缝纫；阿台拉意达画山水画和肖像画（她怎么也画不完），只有阿格拉耶坐在那里，什么事也不做。我也是手拙心笨，什么也做不成。好，我们到了。公爵，您坐在这里，坐在火炉旁边，再讲点儿什么。我愿意知道您怎样讲故事。我愿意得到充分的信心，在下次和那个老太婆，白洛孔司卡耶公爵夫人相见的时候，我要把您的一切事情讲给她听。我希望您也使她们大家发生兴趣。唔，现在说吧。”

“但是，maman，这样讲是很奇怪的。”阿台拉意达说。她那时候整理好自己的画架，拿起画笔和调色板，从雕版上描摹早就开始画的山水画。阿历山大拉和阿格拉耶一块儿坐在小沙发上，叉着手，预备听谈话。公爵看到，他已经成为各方面特别注意的焦点。

“假如人家这样吩咐我，我是什么也讲不出来的。”阿格拉耶说。

“为什么？这有什么奇怪的地方？为什么他不能讲呢？他有舌头啊！我愿意知道他怎样善于讲话。唔，随便讲什么都成。请您讲一讲，您喜欢不喜欢瑞士？您最初的印象是怎样的？你们可以看到，他立刻就开始说，而且开始说得很好。”

“印象是很强烈的……”公爵开始说。

“喂，你们瞧，”性急的丽萨魏达·博罗可菲耶夫娜附和着，对女儿们说，“他已经开始了。”

“您至少要让他说下去呀，maman。”阿历山大拉阻止她，“这位公爵也许是一个大坏蛋，根本不是一个白痴。”她对阿格拉耶耳语说。

“一定是这样的，我早就看出来了，”阿格拉耶回答说，“他装腔装得真讨厌。他想用这种方法占些便宜吗？”

“最初的印象是很强烈的。”公爵重复了一句。

“在人家领我离开俄国，经过许多德国城市的时候，我只是默默地看着，我记得，我连一句话也不问。这是在我发作了许多次厉害的、痛苦的癫痫病之后。在疾病加深，癫痫连续发作好几次的时候，我便陷入完全愚钝的境况，完全丧失了记忆力，脑筋虽然还能活动，但是思想的理路似乎断了。我不能将两三个以上的观念按顺序连接在一起，我自己这样觉得。但是，在癫痫病减轻的时候，我又健康强壮了，像现在似的。我记得，我按捺不住内心的忧愁，我甚至想哭，我老是感到惊讶和不安。我看见一切都是陌生的，这对我发生极大的影响。我了解到这一点。陌生的一切压抑着我。我记得，我完全从这种昏暗状态里醒过来的时候，是在一天晚上，在巴再尔，就是进入瑞士的地方。城内市场上的驴鸣把我惊醒了。这头驴子使我大吃一惊，不知为什么，我特别喜欢它。当时，在我的头脑里，一切都忽然清楚了。”

“驴子吗？这真是奇怪。”将军夫人说，“但是，这也没有什么可奇怪的，我们中间还会有人跟驴子讲恋爱呢。”姑娘们笑了起来，她很愤怒地看了她们一眼，说，“在神话里就有这样的事情。您继续说下去吧，公爵。”

“从那时候起，我就很爱驴子。它们甚至引起了我的同情心。我开始打听关于驴子的一切，因为我以前没有看见过它们。我立刻相信，这是极有益的动物，会干活，有力气，吃苦耐劳，价钱便宜。由于这驴子，我忽然对整个瑞士都喜欢起来，以前的忧愁也就完全消失了。”

“这一切都很奇怪，但是关于驴子可以暂且不谈，让我们转到别的题目上去吧。你为什么总是笑呀，阿格拉耶？你也笑了，阿台拉意达？公爵讲驴子的事情讲得很好。他自己看见过驴子，你看见过什么？你没有到外国去过吧？”

“我看见过驴子，maman。”阿台拉意达说。

“我也听人家说过。”阿格拉耶附和着说。三个人又笑了。公爵也同她们一块儿笑了起来。

“你们太坏啦。”将军夫人说，“公爵，请您原谅她们，她们的心是善良的。我总是和她们争吵，但是我爱她们。她们是轻浮的、没思想的、疯狂的。”

“为什么呢？”公爵笑了，“我如果是她们，我也是一样不肯放过的。不过，我还是拥护驴子：驴子是善良而有益的东西。”

“然而，您是善良的吗，公爵？我由于好奇才这样问。”将军夫人问道。

大家又笑了。

“又遇见这该死的驴子，我没有想到它！”将军夫人喊道，“请您相信我，公爵，我并没有任何……”

“任何暗示吗？哦，我毫无疑惑地相信！”

公爵也不停地笑了。

“您这样笑太好了。我看您是一个非常善良的青年。”将军夫人说。

“有时候也不善良。”公爵回答说。

“但是我是善良的。”将军夫人突然插嘴说，“当然啦，我永远是善良的。这是我唯一的缺点，因为人不应该永远善良。我时常对这几个姑娘发怒，特别是对伊凡·费道洛维奇发怒，但是最坏的是：我在发怒的时候竟最为善良。我刚才在您进来以前，生了气，假装出一点儿也不明白，而且不会明白的样子。这在我是常有的事，我好像小孩子一般。阿格拉耶给了我一个教训；谢谢你，阿格拉耶。但是，这一切全是无聊。我并不像外表那样愚蠢，并不像女儿们所想象的那样愚蠢。我有性格，不大害羞。不过，我这话说得并不含有恶意。你到这里来，阿格拉耶，吻我一下，唔……温柔得够了。”当阿格拉耶带着情感吻她的嘴唇和手的时候，她说：“继续说下去吧，公爵。也许您会想起比驴子更有趣的事情。”

“我还是不明白，怎么能够这样直接地讲出来，”阿台拉意达又说，“我无论如何也想不出来。”

“公爵会想出来的，因为公爵特别聪明，至少比你聪明十倍，也许十二倍。我希望你以后会发现这一点。公爵，您对她们证明一下。您继续说下去吧。至于驴子，的确可以放下不谈了。您在国外，除去驴子还看见了什么？”

“关于驴子的话也是说得很聪明的。”阿历山大拉说，“公爵把自己生病的情形，把他怎样由于外在的刺激而对一切都喜欢起来的话，讲得十分有趣。我对于一个人发了疯，以后又痊愈起来，是永远感兴趣的。尤其在这种情形忽然发生的时候。”

“这不对吗？这不对吗？”将军夫人喊道，“我看出你有时也会聪明起来的。唔，不要再笑了！您大概讲起了瑞士的风景，公爵，是不是？”

“我们到了柳城，人家带我到湖上去。我感到湖的风景太好了，但同时心里又觉得异常难受。”公爵说。

“为什么？”阿历山大拉问。

“我不明白为什么。当我初次看到这种风景时，我总感到难受和不安，又痛快，又不安；但是，这都是在我病中的事情。”

“我倒很想看一看。”阿台拉意达说，“我不明白，我们什么时候才能到国外去。我已经有两年找不到图画的题材了，东方与南方早就描写尽了……公爵，请您给我找图画的题材吧。”

“我对于这个是一窍不通。我以为您只要看一下就能够画呢。”

“我是不会看的。”

“你们为什么净打哑谜呢？我一点儿也不明白！”将军夫人打断他们的话说，“什么叫作不会看？既然有眼睛，看好了。你不会在这里看，到外国也是学不会怎样看的。公爵，您最好谈一谈，您自己是怎样看的。”

“这好极了。”阿台拉意达说，“公爵在国外学会怎样看了。”

“我不知道。我只是在国外恢复了健康。我不知道我学会看了没有。然而，我在那里差不多总是很幸福的。”

“很幸福的！您会成为很幸福的吗？”阿格拉耶喊道，“那么，您怎么说您没有学会看呢？您还可以教我们呢。”

“请您教我们一下。”阿台拉意达笑了。

“我没有一点儿可以教人的东西。”公爵也笑了，“我在国外的时候，差不多一直住在瑞士的一个乡村里，只是偶尔到不远的地方去一趟；我能够教你们什么呢？起初，我只不过不烦闷；我很快地恢复了健康；以后，我觉得每一天都很宝贵，日子越多，越觉得宝贵。因此，我也注意到这一点了。我躺下睡觉的时候就十分快乐，而在起床的时候，更感到幸福了。这究竟是什么原因呢？我很难讲出来。”

“那么，您就不想到别的地方去了吗？什么地方都不能吸引您了吗？”阿历山大拉问。

“起初，就是在最初的时候，吸引过我的。我当时非常不安。我心里老想我将如何生活，老想试验一下自己的命运，有些时候特别觉得不安。您知道，是有这样的时候的，尤其是在孤独中。我们那里有一个不大的瀑布，从山上高高地落下来，成为一条很细的线，几乎是垂直的——颜色很白，发出闹声，翻着水沫。这瀑布高高地落下来，看起来却显得很低，我离它半俄里远，却好像只有五十步似的。我在夜里爱听它的喧哗声；在这种时候，就常常感到极大的不安。有时在正午，我到山上去玩，一个人站在山上，周围尽是粗大的、带有油脂的古松；悬崖上面有一座中世纪旧城堡的废墟。我们住的小村子在山下的远方，看不大清楚。太阳是鲜明的，天空是蔚蓝的，一片静寂。在这时候，我觉得有什么东西招引我到什么地方去。我总觉得，假如一直向前走，不住地走，到达天地相交的那条线，那么，一切哑谜就可以得到解答，我立刻会看到比我们的生活丰富而且热闹一千倍的新生活；我幻想着一个像那不勒斯那样大的城市，里面充满宫殿、喧哗、热闹和生活。的确，我的幻想真是不小！但是后来我又觉得，一个人在监狱里也可找到伟大的生活。”

“最后这种高尚的思想，还是我十二岁的时候，在国语读本里读到的。”阿格拉耶说。

“这全是哲学。”阿台拉意达说，“您是一个哲学家，您是来教训我们的。”

“您的话也许是对的，”公爵微微一笑，“我也许确实是一个哲学家，谁知道呢？我也许的确有教训的意思。……也许是这样；真的，也许是的。”

“您的哲学和叶夫拉姆比亚·尼古拉夫娜的一样，”阿格拉耶又接着说，“她是一个官吏的寡妇，常到我们这里来，像个女食客。她的整个生活目标就是要便宜；她尽可能便宜地生活下去，她所谈的也是关于几分钱的事情。您要注意，她有的是钱，她是一个狡猾的女人。这真和您在监狱中的伟大生活一般，也许还和您在村中的四年快乐生活一般，您为了这种生活，把您的那不勒斯城出卖了，虽然只卖几分钱，却好像还得到了利益。”

“关于监狱中的生活，还可以有不同的意见。”公爵说，“一个在监狱里住过十二三年的人向我讲过一个故事。他是一个病人，在我的那位教授那里医病。他有癫痫病，他有时感觉不安、哭泣、痉挛，有一次想要自杀。他在监狱里的生活是很悲惨的，这我敢肯定地说，但是，自然并不是便宜的。他所认识的只有一只蜘蛛和窗下生长的一株小树……但是，我最好对你们讲我去年和一个人相遇的情形。这里面有一桩事情很奇怪——奇怪的就是，这类事情是很少见的。有一次，这个人同别人一起被押到断头台上去。因为政治罪，他被判枪毙。过了二十分钟以后，又宣布了特赦的命令，定了另一种刑罚。但是，在这两次判决的中间，在这二十分钟的时间内，或者至少一刻钟的时间内，他肯定地相信，再过几分钟后，他就要突然死去了。他有时提起当时的印象，那时候，我就非常想听一听，我有好几次重新追问他。他对于一切情形记得特别清楚。他说，他永不会忘记这几分钟内所经历的一切。断头台旁边站着一些民众和士兵，在离断头台二十来步远的地方，竖了三根柱子，因为有好几个犯人。他们把最前面的三个犯人拉到柱子那里去，把他们绑上，给他们穿上处死刑用的服装（白色长袍），把白软帽拉到眼皮上，使他们看不见枪。随后，有几个兵组成的小队排列在每根柱子的对面。我的朋友列在第八名，所以第三次才轮着他到柱子前面去。神父已经拿着十字架在大家面前走过了，因而我的那个朋友只有五分钟可活，没有更多的时间了。他说，这五分钟在他看来是无穷的时间，是巨大的财富；他觉得这五分钟内他将度过很长的生命，他现在还无须去想那最后的瞬间，因此他还做了各种处置。他匀出时间和同志们告别，这规定用两分钟；以后又匀出两分钟，规定最后一次反省自己；完了以后，再最后一次向四围环视一番。他很清楚地记得，他确实做了这三种处置，确实这样分配了他的时间。他在二十七岁，正当年富力强的时候，就要死去了。当他和同志们告别的时候，他记得自己曾向一个同志提出了极不相干的问题，甚至对对方的答话还十分注意。当他和同志们告别以后，就到了他匀出来反省自己的那两分钟。他预先知道他要想些什么。他老想弄明白，而且越快弄清楚越好，这究竟是怎么回事：他现在还存在着，还活着，但是再过三分钟，他就要成为一种东西——什么人或什么东西。但是，究竟是什么人呢？究竟在哪里呢？他想要在这两分钟内决定这一切！附近有一所教堂，金碧辉煌的屋顶在鲜艳的阳光下闪耀着。他记得，他曾经目不转睛地盯着那个屋顶和屋顶上闪耀出来的光线。他的眼睛离不开那些光线；他觉得那些光线是他的新的本体，再过三分钟，他就要和它们融合到一起了……他觉得这种未知的状态和对于这种立刻就要来到的新东西的嫌恶感情，都是可怕的。但是他说，他在这时候最感到难过的是一个不断的念头：‘假如我不死有多好呢！假如我能挽回生命——那我该有无穷无尽的时间呀！一切都会是我自己的！那时候，我将使每分钟成为整整一个世纪，一点儿也不糟蹋，每分钟都计算清楚，我连一分钟也不白白浪费！’他说，他这种念头最后变得非常强烈，他很愿意把他赶快枪毙才好。”

公爵忽然不出声了。大家等候他继续说下去，并且得出结论。

“您说完了吗？”阿格拉耶问。

“什么？完啦。”公爵说，他从片刻的沉思中清醒过来。

“您讲这段故事，有什么用意呢？”

“就是……由于我们的谈话……我想了起来……”

“您的话是接不上气的，”阿历山大拉说，“公爵，您一定是想表示，任何一个瞬间都不能用金钱来估计，五分钟的时间有时比一个宝库还珍贵些。这一切都是值得赞扬的，但是，那位对您讲出这件惨事的朋友……他的刑罚减轻了，那就是说，给予他这种‘无尽的生命’了以后，他怎样支配这笔财产呢？是不是连每分钟都‘计算’着生活呢？”

“不，他亲自对我说——我已经问过他这件事了——他根本没有那样生活，因而丧失了许许多多的时间。”

“如此来说，您得到了一些经验。如此来说，生活的确是不能‘计算’的。不管为了什么原因，这是不可能的。”

“是的，不管为了什么原因，这是不可能的。”公爵重复着说，“我自己也觉得如此……但是，我总有点儿不能相信……”

“那么，您以为您能比所有的人生活得聪明些吗？”阿格拉耶说。

“是的，我有时这样想。”

“现在还这样想吗？”

“现在……还这样想。”公爵回答说，依旧露出温和的，甚至羞怯的微笑，望了阿格拉耶一下；但是，他又立刻放声大笑，很快乐地看着她。

“这真是谦虚呀！”阿格拉耶说，她几乎恼怒起来。

“你们真是勇敢，听了这个故事会笑起来。但是，我从前听到这个故事时吓了一跳，以后做梦都梦见它，就是梦见了这五分钟……”

他的眼睛好奇而严肃地，又向那几个听他讲故事的女人扫了一遭。

“你们不会为了什么事情对我生气吧？”他忽然问，似乎心里很慌乱。但是，他还直勾勾地望着大家。

“为了什么？”三位姑娘很惊讶地喊道。

“就为了我似乎在教训人……”

大家全笑了。

“假如你们生气的话，就请你们不必生气吧。”他说，“我知道我的生活经验比别人少些，我对生活的了解也比别人差些。我有时也许说得十分奇怪……”

他显出非常惭愧的神情。

“您既然说您过去很幸福，那么，您的生活经验就不会比别人少，而要比别人多些。您为什么装腔作势，说出抱歉的话来呢？”阿格拉耶很严厉地、喋喋不休地开始说，“请您不必为了教训我们而感到不安，您并没有占什么上风。以您那样清净无为，很可以享百年的清福。假如有人给您看死刑，又给您看一个手指，您会从这两方面同样得出高尚的思想，并且感到满足。人是可以这样生活下去的呀。”

“我不明白，你为什么老是生气。”将军夫人抢上去说。她早就观察着说话人的脸色，“你们说的是什么话，我也不明白。什么指头？这是多么无聊的话呀。公爵说得很好，只是有点儿悲伤的调子。为什么你净使他扫兴呢？刚才他一边说，一边笑，现在却完全忧郁起来了。”

“不要紧，maman。公爵，可惜您没有见过死刑，否则我倒想问您一件事情。”

“我看见过死刑。”公爵回答说。

“看见过吗？”阿格拉耶喊道，“我应该猜到这一点！这是一切问题的关键。您如果看见了，那么，您怎么会说您的生活始终很幸福呢？我对您说的不是实话吗？”

“你们乡村里莫非也处死刑吗？”阿台拉意达问。

“我是在里昂看见的。当时，我同施涅台尔到里昂去，是他带我去的。刚到那里，就碰上了。”

“怎么样？您觉得很有趣吗？里边有许多教训吗？有些有益的东西吗？”阿格拉耶问。

“我一点儿也不觉得有趣，我在看了以后生了一场病，但是，说老实话，我在看的时候像被钉在那里似的，眼睛一点儿都不能离开。”

“如果叫我看，我也不会离开眼睛。”阿格拉耶说。

“他们那里不喜欢女人去看，后来，在报上都记载过这类女人的事情。”

“既然他们认为这不是女人的事情，那么，他们的意思是想说（也就辩白）这是男子的事情。我为了他们这种逻辑而向他们祝贺。您自然也是这样想吧。”

“请您讲一讲处死刑的情形。”阿台拉意达插上去说。

“我现在很不乐意讲……”公爵感到为难，几乎皱起了眉头。

“您好像舍不得对我们讲似的。”阿格拉耶说了一句带刺的话。

“不，我是因为刚才已经讲过这次处死刑的事实。”

“对谁讲过了？”

“对你们的管家，当我等候……”

“哪个管家？”四面八方追问着。

“就是坐在前室里，那个白头发红脸的人；我当时坐在前室里等着谒见伊凡·费道洛维奇。”

“这真是奇怪。”将军夫人说。

“公爵是民主派。”阿格拉耶抢着说，“您既然对阿莱克谢讲过，更不能拒绝我们呀。”

“我一定要听一听。”阿台拉意达重复说。

“我刚才的确，”公爵对她说，又有点儿眉飞色舞起来（他好像很容易就眉飞色舞似的），“我的确发生一个念头。在您问我要图画的题材的时候，我想给您一个题材，就是画一个被处决的人在断头刀落下去一分钟前的脸部，那时他还站立在断头台上，没有躺到木板上面去。”

“什么脸部？只是脸部吗？”阿台拉意达问，“这是一个奇怪的题材。那算什么图画呢？”

“我不知道，为什么不算呢？”公爵很热烈地坚持说，“新近我在巴再尔看见一幅这样的图画。我很想对你们讲一讲……我以后要讲一讲……这幅图画使我十分惊讶。”

“关于巴再尔的图画，您以后一定要讲给我们听。”阿台拉意达说，“现在先给我解释那幅处死刑的图画吧。您能不能传达出像您所想象的意思来？这脸部应该怎样画？就是一张脸部吗？是怎样的脸部？”

“这是在临死的前一分钟。”公爵非常痛快地开始说。他沉浸在一种回忆里，显然立刻忘却了其余的一切，“就在他登上小梯、刚走上断头台的一瞬间。他朝我这一方向看了一眼；我看了他的脸，全都明白了……但是这怎样讲呢？我真希望，我真希望您或是别的人能画下来！最好是您！我当时就想到，这张图画是有益的。您知道，这里必须将以前所有的一切全都设想一下，一切，一切都设想一下。他住在监狱里，估计行刑的日子至少还有一个星期。他希望根据普通的手续，希望判决书还要送到什么地方去批，过一星期后才能回来。但是，由于某种缘故，结案的期限缩短了。早晨五点钟，他还睡着。那是在十月底；五点钟的时候，天气还冷，天色黑暗。监狱的执行官带着卫队，静悄悄地走进来，很谨慎地推他的肩膀；他抬起身来，身体斜靠着，看见灯光以后，就问道：‘什么事？’——‘十点钟处死刑。’他半睡半醒地，并不相信，起初辩论着说，手续过一星期才能批回来，但是，等到完全清醒过来的时候，便停止辩论，一声不出了——人家是这样讲的。后来，他说：‘这样突如其来，总是很难过的……’又沉默了，以后就不想再说什么话。以后的三四个小时，都用在尽人皆知的事情上：神父，早餐，早餐时有葡萄酒、咖啡和牛肉（这不是取笑吗？你想一想，这是如何的残忍！但从另一方面说，这些天真的人还真是怀着赤诚做出来的，他们相信这就是人道呢），以后是梳洗（您知道，罪犯的梳洗是怎么回事？），最后，便押着他游街，到断头台去……我以为他在被押着游街的时候，总还觉得可以无休止地活下去。我觉得，他一定在路上想：‘还长远呢。还留下三条街，可以活下去；现在把这条街走完，还剩下另一条街，以后还要走过右面有面包店的一条街……离面包店还远得很呢！’四周是民众、呼喊、喧闹、一万张脸、一万双眼睛——这一切都要忍受下去，而主要的念头是：‘在这成万的人们中，没有一个要被杀头，而我的头就要被切断了！’这一切只是预备阶段。一座小梯通到断头台上。他在小梯前面突然哭了。他是一个强壮果敢的人，听说是一个极大的凶手。神父一步不离地和他在一起，和他同坐在大车上面，一直说着话，——但是，他大概是听不见的。他起初是听着的，听了两句就不明白了。事情一定是这样的，他终于走上小梯了，他的两腿被绑着，只好小步行动。神父大概是个聪明人，停止了说话，不断地把十字架递过去，让他吻。他在梯子下面的时候，面色就很惨白，一走上梯子，站到断头台上，他的脸忽然白得像一张纸了，完全像写字用的白纸。他的腿一定瘫软而发僵，他会感到恶心——喉咙里好像堵着什么，因此似乎在发痒。在您惊恐的时候，或是在很可怕的时间内，当理智还存在着，却没有一点儿权利的时候，您曾经有这样的感觉吗？我觉得如果一个人面对着避免不掉的灭亡，例如房屋要倒塌在你的身上，你会忽然索性想坐下来，闭上眼睛，等候着——随它去吧！……在开始发生这种瘫软情况的时候，神父连忙用敏捷的姿势，一言不发地，把一只小十字架，银质的、四角的小十字架，忽然送到他的嘴唇上去——不停地送过去。十字架刚触到他的嘴唇，他张开了眼睛，在几秒钟内又似乎活过来，腿也走得动了。他贪婪地吻着十字架，赶忙吻着，好像忙着记起抓住什么东西，以备万一的用处，但是，他在这时候未必有一点儿宗教的感情。这样子一直到躺在木板上为止……奇怪的是，在这最后的几秒钟，竟不大有人晕过去！恰好相反，头脑特别灵活地工作着，大概工作得十分强烈，像开动的机器一般。我想象：这时他会产生各种各样的念头，都是不完全的、也许是可笑的、不相干的念头：‘那个人张望着——他的额角上有一个小瘤子；这个刽子手的下面一个纽扣长锈了’，在这时候，他一切都知道，一切都记得；有一个点怎样也不会忘记，他不会晕过去，一切东西都围绕着它，围绕着那个点转动。你想一想，一直到最后的四分之一秒钟都是如此，那时候，他的脑袋已经躺在砧板上面，等候着……他明明知道，而且忽然听见铁在头上唰唰地响着！他一定会听得见的！假如我躺在那里，我会特地听着，而且一定会听得见的！您想一想，至今还有人在那里争论着：当脑袋飞落的时候，也许有一秒钟会知道它飞落的——这是怎样的想入非非啊！假如有五秒钟，那会怎样呢？……您可以画一个断头台，画得只有小梯的最后一个台阶成为近景，看得很清楚。罪犯跨上这级台阶，一个头部，脸白得像纸，神父把十字架递过去，罪犯贪婪地伸出发青的嘴唇，眼睛望一下，一切他都知道。十字架和头——就是这个画。神父、刽子手和刽子手的两个随从的脸，还有下面的几个脑袋和一些眼睛——这一切可以画作远景，色调半明半暗，作为细部……就是这样一幅画。"

公爵沉默了，望了大家一下。

"这自然和清净无为主义不同。"阿历山大拉自言自语地说。"现在您讲一讲，您过去是怎样恋爱的。"阿台拉意达说。公爵很惊异地看了她一眼。

"告诉您，"阿台拉意达似乎很匆忙地说，"您还欠一段关于巴再尔的那幅图画的故事。但是，现在我想听一听您过去是怎样谈恋爱的。您不必推托，您一定恋爱过的。您现在一开始讲，就不会成为哲学家了。"

"您只要一讲完，立刻就对所讲的一切感到惭愧，"阿格拉耶忽然说，"这是什么原因？"

"你问得多愚蠢！"将军夫人喊道，很愤怒地望着阿格拉耶。

"不够聪明。"阿历山大拉肯定说。

"公爵，您不要信她的话。"将军夫人对公爵说，"她是怀着一种恶意故意说的，她所受的教育并不这样愚蠢。她们这样乱问，您不要介意。她们一定有什么计谋。然而，她们已经爱上您了。我从她们的脸色看得出来。"

"我从她们的脸上也看得出来。"公爵说，特别加重自己的语气。

"这是什么意思？"阿台拉意达好奇地问。

"您从我们脸上看出什么来了？"另外两个姑娘也好奇地问。然而公爵沉默着，态度显得十分严肃；大家等候着他的回答。

“我以后对你们说。”他很严肃地小声说。

“您是想引起我们的注意，”阿格拉耶喊道，“瞧您那郑重其事的样子！”

“好吧。”阿台拉意达又忙着说，“您既然是观察脸部表情的行家，那您一定是恋爱过的；我就算猜对了。您讲呀。”

“我没有恋爱过，”公爵还是很严肃地小声回答说，“我……有过另一种幸福。”

“怎么样的？哪方面的？”

“好吧，让我对你们讲出来。”公爵似乎沉思着说。

第六章

“现在你们大家，”公爵开始说，“这样好奇地望着我，假如我不能使你们满足，你们也许要怪罪我的。不，我是说着玩的。”他连忙赔笑说，“那边……那边全是小孩子，我在那边永远同孩子在一起，只同小孩子们在一起。他们都是那个村子里的孩子，在小学校里读书。我并不教他们，教他们的是小学教师叙里·帝包。我也许教过他们，但是我多半只是和他们在一起，我的四个年头就这样过去了。我并不需要别的什么。我什么话都对他们讲，一点儿也不隐瞒。他们的父亲和其他亲属全都生我的气，因为到了后来，孩子们非找我不可，他们全都聚集到我的身边，连那个小学教师也成为我的最大仇人了。我在那里有许多仇人，全是为了孩子们的缘故，连施涅台尔都责备我。他们为什么这样害怕呢？一切都可以对小孩子说出来，一切都可以的。有一个念头经常使我惊讶，那就是大人们何以不大懂得孩子们，甚至父母都不大知道他们的子女。万万不要以他们年纪还小、知道这些还早为借口瞒住孩子们。这是一个多么恼人的、不幸的念头！孩子们自己看得很清楚，父亲认为他们年纪太小，一点儿也不懂事，其实他们是全都明白的。大人们不知道，孩子即使对极困难的事情，也能够提供特别重要的意见。喔，上帝呀！当一只美丽的小鸟那样信任而且愉快地看着您的时候，您欺骗它会感到可耻的！我所以称他们为小鸟，就是因为世界上再没有比小鸟更好的东西。村里的人们生我的气，多半是为了一件事情……至于帝包，他只是忌妒我而已。他起初一直摇头称奇，何以小孩子们能从我这里了解一切，从他那里不能了解什么东西。以后我对他说，我们俩不会教给他们什么，他们反而会教我们，他便笑起我来。他自己也同孩子们在一起生活着，他怎么能忌妒我、还造我的谣言呢？心灵由于孩子们而得到治疗……在施涅台尔的医院里有一个病人，一个很不幸的人。那真是极大的不幸，无可类比的不幸。那个人是因为疯狂病而被送来治疗的；据我看，他并不是疯子，他只是异常痛苦，他的病就是这样。假如你们知道，我们的孩子们以后对于他是怎样的，那么……但是，我不如以后再对你们谈这个病人的事情吧。我现在先来谈谈一切事情的来源。孩子们起初不爱我。我是这样的大，永远带着点儿笨拙的样子；我知道我的相貌不好看……而且我是一个外国人。孩子们起初笑我，后来看见我和玛丽接吻，甚至往我身上扔石块。但是，我只吻了她一次……不，你们不要笑。”公爵连忙阻止他的女听众，“这里面并没有爱情。假如你们知道她是一个如何不幸的人，那么，你们自己就会十分同情她，和我一样。她是我们村里的人。她的母亲是一个老妇人。在她们那所完全破旧的小屋内有两扇窗户，其中有一扇经村长的许可另外隔开，准许她的母亲从这扇窗户里售卖丝带、针线、烟叶、肥皂，这些东西全是零零碎碎地出卖，她就靠这个过日子。她有病，她的腿全肿了，所以只好坐在那里不动。玛丽是她的女儿，二十来岁，身体软弱而且消瘦；她早就得了痨病，但是还去给人家做零工干重活，如擦地板、洗衣服、扫院子、收拾牲畜。一个过路的法国掮客奸污了她，把她带走了；但是过了一个星期，竟把她一个人扔在路上，自己悄悄逃走了。她沿途求乞，走回家来，满身污泥，穿着破烂的衣裳和带窟窿的鞋子；她徒步走了一个星期，夜间睡在田野里，害了重伤风；两脚受了伤，手肿起来，而且破裂了。她本来就不大好看；只有眼睛是文静的、善良的、天真的。她是一个最不爱说话的姑娘。有一次，还在以前的时候，她忽然在工作时间唱起歌来，我记得大家全感到惊讶，笑着说：‘玛丽唱歌啦！怎么回事？玛丽唱歌啦！’她听了非常难为情，以后就永远不出声了。那时候，大家对她还很温存，但是等她生了病，受了摧残，走回家来的时候，就没有人对她抱一点儿同情了！他们真是残忍！他们对于这种事情抱着多么顽固的观念！母亲首先对她露出怨恨和轻蔑的神情：‘你现在丢尽了我的脸！’她首先把她交出来，供人们羞辱。村里的人听说玛丽回来了，就都跑来看她，几乎全村的人都挤到老妇人的小屋子里：老头子、小孩子、姑娘、媳妇，大家全来了，一群急切而贪婪的人们。玛丽躺在地板上，在老妇人脚下，肚子是饿的，衣服是破碎的，她哀哀地哭泣着。当大家全跑来的时候，她用散乱的头发掩住自己的脸，脸朝下趴着。大家围着看她，像看毒蛇一般。老人们斥责和辱骂着，年轻的人们甚至笑着，女人们骂她、责备她，很轻蔑地看着她，好像看蜘蛛一样。母亲任凭大家这样做，自己坐在那里点头赞许。母亲在这时候病得很厉害，几乎要死去。过了两个月，她真的死了。她知道自己快死了，但是无论如何不想在临死以前与女儿和好，甚至对女儿连一句话也不说，赶她到门道去睡，几乎不给她东西吃。母亲时常需要把病脚浸在温水里。玛丽每天给她洗脚，侍候她。她老是默默地接受玛丽的一切效劳，连一句亲热话也不对女儿说。玛丽忍受着一切。后来，当我认识她的时候，我看出她自己竟同意这一切，自认为是一个最下贱的生物。当老妇人完全卧床不起的时候，村中的老太婆们挨着班前来侍候她，这是那边的一种规矩。当时，人们已经完全不给玛丽东西吃了。村中的人们驱逐她，也没有人像以前那样愿意叫她干活。每个人都唾她的脸，男子们甚至不把她当作女人，大家对她说很难听的话。有时候（这种时候很少），酒鬼们在星期日喝醉以后，为了取笑起见，扔给她几个铜板，全部扔到地上。玛丽默默地捡了起来。她当时已经开始咯血了。最后她的破衣裳完全成了烂布，不好意思在村中露面了；她自从回家以后，就光着脚走路。在那时候，特别是一些孩子，成群结队，共有四十多个小学生，开始逗弄她，甚至往她身上甩烂泥。她恳求牧人允许她去放牛，但是牧人把她赶走了。于是，她不得人家的允许，自己就随着牲畜，整天离开家。因为她使牧人得到很多好处，所以牧人看见她也就不再撵她，有时还把自己吃剩下的东西，如牛乳乳酪和面包之类的给她吃。他认为这样做，就是莫大的恩惠了。玛丽的母亲死后，牧师居然在教堂中当众羞辱玛丽。玛丽站在棺材旁边哭泣，还是穿着破烂的衣服。有许多人围上前来，看她如何哭泣，如何随着棺材往前走。那位牧师还是个青年人，他的最大志愿就是成为一个大布道师。他当时面对大家，指着玛丽说道：‘你们看，她就是这位可敬妇人死去的原因（这是不对的，因为老太太已经病了两年），她站在你们的面前，不敢正眼看你们，就是因为神力已经施到她的头上了。她现在光着脚，穿着破烂的衣裳——这正是丧失道德的人们的下场！她是谁？她是死人的女儿！’他说着诸如此类的话。你们想想看，这种丑恶行为几乎使他们每个人都很高兴。但是……后来发生了一段特别的故事。孩子们出来打抱不平，因为他们这时候已经站在我的一边，爱起玛丽来了。事情是这样发生的。我想帮玛丽些忙；她很需要钱，但是我的身边永远没有一文钱。我有一只小钻石别针，我把它卖给一个收买旧货的人；他到各村行走，买卖旧衣服。他给我八个法郎，但是那只别针其实值四十法郎。我费了许多时间，想和玛丽单独见面。最后，我们终于在村外的篱笆旁边，在入山侧面小道的树后边相遇了。我当时给她八个法郎，对她说，叫她好好保存着，因为我再也没有钱了。然后我吻她，并对她说，让她不要以为我有什么坏心思，我吻她不是因为我爱上了她，而是因为我很可怜她，我从最初就完全不认为她有罪，只是认为她是一个不幸的女人。我当时很想安慰她，使她相信，她不应该认为自己比一切人低贱，但是她似乎没有了解我的意思。虽然她几乎始终默默地站在我的面前，眼睛低垂，带着非常羞愧的样子，但是我立刻看出了这一点。我说完了以后，她吻我的手，我立刻抓起她的手，想吻一下，但是她连忙挣脱了。这时候，忽然有一群孩子张望着我们。我以后才知道，他们早就在那里侦察我的行动了。他们起初呼啸、拍掌、哗笑，玛丽跑走了。我想说话，但是他们开始向我身上扔石子。当天大家都知道了，全村的人都知道了。一切重又向玛丽身上袭来：大家更不喜欢她了。我甚至听说有人打算判她的罪，惩罚她，但是，谢天谢地，总算混过去了。不过，孩子们一点儿也不让她安宁，比以前逗弄得更加厉害，朝她身上甩烂泥。他们追她，她从孩子堆中逃走。她的肺部很弱，跑得喘不上气来，而孩子们追在她的后面，呼喊和辱骂着。有一次，我甚至跑过去和他们打架。以后我就对他们讲话，只要有可能，每天都说。他们虽然还在辱骂，有时也止步倾听。我对他们讲，玛丽是一个如何不幸的女人；不久以后他们停止了辱骂，默默地走开了。我们渐渐谈起话来，我什么话也不瞒他们。我把一切事情都对他们讲了。他们很好奇地听着，很快就怜惜起玛丽来了。有些孩子碰见她的时候，很亲热地向她问候。那里的习惯是，无论相识或不相识，一见面就要鞠躬，并且说：'您好呀。'我可以想象得出，这使玛丽如何的惊讶。有一天，两个女孩弄到一些食物，送到她那里，交给她，回来以后对我讲了。她们说玛丽哭了，她们现在很喜欢她。不久以后，大家全都喜欢她了，同时也忽然喜欢起我来。他们时常到我家里来，要我给他们讲故事。我觉得我讲得还好，因为他们很爱听我讲。以后我也用起功来，只是为了向他们讲故事，我读了许多书，以后我向他们讲了整整三年。后来大家都责备我——连施涅台尔也在其内，怪我同他们说话时像同大人说话一样，一点儿没有隐瞒，我当时回答他们说，对孩子们撒谎是可耻的事情，无论你怎样隐瞒，他们也会都知道的，他们听到的也许是一些坏话，从我嘴里是不会听到坏话的。大家只要回忆一下自己儿时的情况就行了。他们不赞成我的话……我吻玛丽是在她母亲去世的两个星期以前。当牧师布道的时候，孩子们已经完全站在我这方面了。我立刻对他们讲话，说明了牧师行为的错误。孩子们都对他很愤慨，有几个人用石子击破了他窗上的玻璃。我阻止他们，因为这是不好的行为。但是村中立刻都知道了这件事情，他们开始责备我，说我把孩子们教坏了。以后大家听说孩子们全爱玛丽，便十分惧怕起来；但是，玛丽已经很幸福了。村里的人甚至不准孩子们和玛丽见面，但是他们偷偷地跑到她放牛的地方去找她，那地方很远，离村子差不多有半俄里路。他们给她带去糖果，有些孩子只是特地跑去拥抱她，吻她，对她说：'Je vous aime, Marie!'[1]说完就赶紧跑回去了。由于这天外飞来的幸福，玛丽几乎乐得发狂了。她又羞愧，又喜悦。孩子们，尤其是女孩子们，最爱干的就是跑到她那里去，告诉她说我爱她，向他们讲了许多关于她的话。他们对她讲，是我把一切事情转告他们的，所以他们现在喜欢她、怜惜她，而且永远会这样。然后他们又跑到我这里来，露出快乐和急切的脸色告诉我说，他们刚刚看到玛丽，玛丽对我问候。到了晚上，我常到瀑布那里去。那边有一个地方是从村中完全看不到的，四围长着白杨。每到傍晚，孩子们便跑到那里去找我，有的甚至是偷偷摸摸来的。我觉得，他们看我爱玛丽，自己心里一定十分愉快，然而就在这一件事情上，在我住在那里的整个期间，我是欺骗了他们。我没有告诉他们，我根本不爱玛丽，那就是说我并没有迷恋上她，我只是十分可怜她罢了。我从一切的情形上看出，他们最希望实现他们所想象的和他们相互间决定的一切，因此我只好沉默着，装出他们已经猜到的样子。这些小小的心是多么温柔体贴。他们以为，他们的好Léon[2]如此爱玛丽，而玛丽竟穿得如此的破，还没有鞋穿，这实在是不能忍受的。你们想想看，他们居然给她弄到了鞋、袜子、内衣，甚至还有一件衣裳。他们究竟是用什么巧妙的方法弄到的，我不明白。他们全体工作着。我问他们，他们只是快乐地

---

1 法文："我爱你，玛丽！"

2 法文：莱昂，梅思金公爵的俄语名字"列夫"的法语读法。

笑着，女孩们拍巴掌，还吻我。我有时也偷偷地跑去和玛丽相见。她已经病得很厉害，勉强走着路。后来，她完全不给牧人服务了，但是每天早晨仍然随着牛群出去。她坐在旁边，在一个差不多垂直的、险峻的峭壁旁边有一块凸出的地方。她坐在一个隐秘角落的石头上，差不多整天坐在那里，连一动也不动，从早晨起一直到牛群回家的时候为止。她由于患有痨病，身体十分虚弱，一直闭着眼睛，坐在那里，头倚在岩石边，打着盹儿，很沉重地呼吸着。她的脸瘦得像骸骨一般，额头和两鬓都冒着汗。我遇到她的时候永远是这样的。我到她那里去一会儿，我也不愿意人家看见我。玛丽刚一看见我，立刻就哆嗦一下，睁开眼睛，奔上前来吻我的手。我不把手抽回来，因为这对于她是一种幸福。当我和她坐在一起的时候，她始终哆嗦和哭泣着。她虽然有好几次开始说话，但是她的话难以理解。她像疯子一般，露出异常激动和欢欣的样子。有时候，孩子们和我一块儿去。在那种情况下，他们照例是站在不远的地方，保护我们，防备什么东西或什么人，他们认为这是异常愉快的事。我们走后，玛丽又独自留在那里，照旧连一动也不动，闭上眼睛，头倚在岩石上面。她也许在那里做什么梦。一天早晨，她已经不能出去放牛，留在自己空空的屋子里。孩子们立刻听说了，当天几乎都到她家里去探望。她孤孤单单地躺在床上。孩子们侍候她两天，轮流着到她那里去。后来，村里听说玛丽真的快要死了，老太婆们便从村中跑来，坐在屋里守着她。村里的人们似乎怜惜她了，至少不像以前那样阻止小孩们接近她，也不骂了。玛丽一直在那里打盹儿，做着不安的梦。她咳嗽得十分厉害。老太婆们把孩子撵走，但是他们仍然跑到窗前，有时只待一分钟的工夫，只为了说一句话：‘Bonjour, notre bonne Marie.’[1]她只要一看见他们，或是一听见他们的声音，便活跃起来，不听老太婆们的劝告，立刻用力支起胳膊，朝他们点头，向他们道谢。他们照旧送给她糖

1 法文：“你好呀，我们的好玛丽。”

果，但是她几乎一点儿也没有吃。我可以告诉你们，由于这些孩子，她死时几乎是很幸福的。由于这些孩子，她忘记了自己可怕的灾难；她好像从孩子那里得到饶恕，因为她一直到死都认为自己是一个极大的罪犯。他们像小鸟一般，在她的窗前拍着翅膀，每天早晨对她喊道：'Nous t'aimons, Marie.'[1]她不久就死了。我心里想，她会活得长久些的。在她死的头一天，日落之前，我到她那里去了一趟。她似乎认出我来了。我最后一次握她的手，她的手是多么消瘦！第二天早晨，忽然有人到我这里来，对我说玛丽死了。那时候，孩子们是无法加以拦阻了。他们在棺材上面放满了鲜花，在她的头上放了一个花圈。牧师在教堂里已经不再羞辱死者，但是送殡的人很少，只有几个人为了好奇而前去。在抬棺材的时候，孩子们一拥而上，抢着去抬。他们虽然抬不动，但是他们仍然帮忙抬，所有的孩子们在棺材后面跑着，大家全哭了。从那时候起，孩子们时常到玛丽的小小坟头致祭。他们每年在她的坟上放些鲜花，周围种上玫瑰。但是自从送葬以后，全村为了孩子的关系，把我当成主要攻击的目标。主谋者是牧师和小学教师。他们严禁孩子和我见面，并叫施涅台尔留意监督这件事情。然而，我们还是见面，从远处用暗号互相交谈。他们写小纸条送给我。后来一切都顺利解决了，而且反倒更好起来：由于村人的迫害，我和孩子们更接近了。最后的一年内，我和帝包与牧师，差不多都重归于好了。施涅台尔对我讲了许多话，批评我对待孩子的有害'方法'，就好像我真的有什么方法似的！最后，施涅台尔对我发表了一个很奇怪的想法，这是在我要离开那里之前，他对我说，他已经充分相信，我完全是一个孩子，简直就是一个婴儿，只是身材和脸部像成年人，至于在发育、心灵、性格，也许甚至在智慧方面，我都不是成年人，即使我活到六十岁，我也会这样的。我大笑起来：他自然说得不对，我哪里还是个小孩呢？但是，他有一点是对的，

1　法文："我们爱你，玛丽。"

我的确不喜欢和成年人，也就是和大人们在一起。我早就注意到这一点了。我所以不喜欢跟他们在一起，就是因为我不善于和他们相处。他们无论同我说什么话，无论怎么对我好，不知为什么，我同他们在一起就感到难受。在我能够很快地到同伴们那里去的时候，我非常高兴，而我的同伴们永远是孩子。但是，这并不是因为我自己是婴儿，而是因为有一种力量牵我到孩子们那里去。还在我住在乡间的初期——当我一个人跑到山里发闷的时候，当我独自溜来溜去，有时（特别是在正午放学时）遇见一群小孩，而他们一面喧闹，一面背着书包和石板奔跑，又喊又笑又玩耍的时候，我的全部心灵忽然就萦注到他们的身上了。我不知道是怎么回事，但是，当我每次和他们相遇的时候，我总开始产生一种异常强烈和幸福的感觉。我时常止步，由于幸福而发笑，瞧着他们的小小的、闪现的、永远奔跑的小腿，瞧着一起奔跑的男女小孩，瞧着他们的笑和泪（因为有许多孩子在从学校到家的时间中，要打架、哭泣、重新和解、一同游戏）。于是，我就忘记了我所有的烦闷。在以后的三年内，我竟无从了解人们怎样会烦闷，为什么会烦闷？我的全部命运都聚集到他们身上了。我从来没有想过离开村庄，我的脑子里绝没有想过，我在什么时候会回到俄国。我以为我会永远寄居国外，但是，我终于看出施涅台尔不能养活我了。当时忽然发生了一件事情，这件事情似乎极为重要，竟使施涅台尔自己催我动身，并且代我答复，说我就要回来。我要看一看这究竟是怎么回事，和什么人商量一下。我的命运也许要完全改变，但是，这完全不是主要的事情，主要的事情是：我的全部生命已经改变了。我在那里遗留了许多东西，太多的东西。一切都消逝了。我坐在车厢内，心里想：‘现在我走向人间，我也许一点儿也不知道，但是新的生命已经开始了。’我决定诚实而且坚定地完成自己的事业。和人们在一起，我也许会感到寂寞和难受。首先，我决定以礼貌和诚恳对待一切人；总不会有人向我提出更大的要求。在这里也许有人会把我当作婴儿——随他去吧！不知为什么，大家还认为我是白痴，我的确生过病，当时很像白痴的样子。但是现在，我既然明白人家把我当作白痴，我还算什么白痴呢？当我走进来的时候，我心里想：‘人家把我当作白痴，然而我到底是聪明的，他们猜不到。’……我时常有这种念头。当我到柏林时，我就收到瑞士小朋友寄来的几封信，由于他们写信给我，我才明白我是如何喜欢他们了。收到第一封信的时候，我是很难受的！当给我送行的时候，他们是如何的怅惘！他们在我起身的一个月以前，就开始准备送行；‘Léon s'en va，Léon s'en va pour toujours!’[1]每天晚上我们照旧在瀑布旁边聚会，大家谈论我们将如何分离。有时候，我们还是和以前一样快乐；只有在夜里分手时，孩子们才紧紧地、热烈地拥抱着我，这是和以前不同的。有些孩子瞒着一切人，偷偷地跑到我这里来，只是为了单独地，不当着大家的面，来拥抱、吻我。当我动身的时候，大家成群结队地送我上车站。火车站离我们村子大概有一俄里路。他们竭力忍住眼泪，但是有许多孩子忍不住了，结果放声痛哭起来，特别是小姑娘们。我们害怕误车，赶紧往车站走，但是时常有一个孩子忽然从人群里跑出来，奔到我的面前，用小手抱着我、吻我，因此使全部队伍都停止了。我们虽然匆忙，但是大家全都站住了，等候他和我道别。当我坐进火车，火车开动了的时候，他们齐声对我呼喊：‘万岁！’久久地站在那里，一直等到火车完全不见了为止。我也望着他们……你们要知道，当我刚才走到这里来，看到你们的可爱面孔——我现在很仔细观看面孔——并听到你们最初的几句话的时候，自从和孩子们别离以来，我的心里初次感到轻松。我刚才已经想到，也许我真的是一个幸福的人。我知道，一个人很难遇到一见生情的人，但是我刚下火车，立刻就碰上了你们。我很清楚，一个人向大家诉说自己感情是可羞的事情，现在我对你们说这话，我并不感到羞愧。我不善于交际，也许会很久不到你们这儿来。但只愿你们不要把这话当作坏念头：我说这

1　法文：“莱昂要走啦，莱昂要永远走啦！”

话，并不是因为不尊重你们。你们也不要以为我生了什么气。你们问我，你们的脸是怎样的？我在你们的脸上看出了什么？我很乐意对你们讲这一点。阿台拉意达·伊凡诺夫娜，您的脸是幸福的，在所有的三张脸中最表现出同情的神气。您的容貌除了长得十分美丽以外，别人一见了您会说道：‘她具有一副善良妹妹的脸。’您待人很直爽而活泼，但是您能很快认识人们的心。我对于您的脸就是这样的看法。阿历山大拉·伊凡诺夫娜，您的脸也是很美丽的，很可爱的，但是您也许有某种秘密的忧愁；您的心灵无疑十分善良，但是您并不快乐。您的脸上有一种特别的色调，好像藏在特莱兹邓的那幅霍尔边画的圣母的脸一样。这就是我对于您的脸的看法。我猜得对吗？您自己会承认我猜得很对的。至于说到您的脸，丽萨魏达·博罗可菲耶夫娜。”他忽然对将军夫人说，“从您的脸上看来，我不但以为，而且简直深信您是一个十足的婴孩，虽然您已经上了岁数。可是，在一切方面，在一切好的方面和坏的方面，都是这样。我这样说，您不会生我的气吧？您知道，我把孩子看作怎样的人。我刚才很坦白地谈出我对你们的脸部的意见，但是你们不要以为我是随随便便说出来的。不，完全不！也许我自有一种用意。”

第七章

公爵说完后，大家快乐地看着他，连阿格拉耶也在内，而丽萨魏达·博罗可菲耶夫娜尤其如此。

“这算考完啦！”她喊道，“小姐们，你们以为你们像保护穷人似的保护他，但是他并没有把你们放在眼里，而且还提出一个附带条件，说他只能偶尔来一两趟。我们倒成傻子啦，尤其是伊凡·费道洛维奇，不过，我对这一点是很高兴的。妙极了，公爵！人家刚才叫我们考您一下。您对于我的脸的意见完全是对的：我是个婴儿，我自己知道这一点。我比您知道得还早一些。您用一句话把我的意思表达出来了。我认为您的性格和我完全相似，我很高兴，真像两滴水一样相似。只不过您是一个男子，而我是女人，又没有去过瑞士。只有这一点区别。”

“你不要急着说吧，妈妈，”阿格拉耶喊道，“公爵说，他在自己叙述的话里都有特别的意思，不是随随便便说的。”

“是呀，是呀。”另外两个姑娘也笑了。

“亲爱的，你们不要取笑他，他也许比你们三个人合在一起还要狡猾呢。你们以后是可以看到的。但是公爵，您为什么对阿格拉耶没有说什么话？阿格拉耶等候着，我也等候着。”

“现在我不能说什么。我以后再说。”

“为什么？她的相貌不是很出色的吗？”

“是很出色的。阿格拉耶·伊凡诺夫娜，您是一位绝代的美女。您美丽得使人都怕看您。”

“只是如此吗？她的品性呢？”将军夫人追问道。

“美是很难判断的。我还没有学会审美的本领。美是一个谜。”

“那就是说，您给阿格拉耶出了一个谜语。”阿台拉意达说，“阿格拉耶，你猜猜吧。她到底美不美呢？公爵，美不美呢？”

“太美了！”公爵很热烈地回答说，他贪恋地瞧了阿格拉耶一眼，“差不多和娜司泰谢·费里帕夫娜一样美，虽然脸型完全不同！……”

大家惊讶地对看了一下。

“像谁？”将军夫人拉长声音说，“像娜司泰谢·费里帕夫娜吗？您在哪儿看见娜司泰谢·费里帕夫娜啦？哪一个娜司泰谢·费里帕夫娜？”

“刚才笳佛里拉·阿尔达里昂南奇把她的照片给伊凡·费道洛维奇看过。”

“怎么？他把照片给伊凡·费道洛维奇拿来了吗？”

“给他看过。娜司泰谢·费里帕夫娜今天送给笳佛里拉·阿尔达里昂南奇一张照片，他拿来给伊凡·费道洛维奇看。”

“我想看一下！”将军夫人喊了起来，“那张照片在哪里？假如是送给他的，那就应该在他的手边。他自然还在书房里面吧。他每逢星期三到这里来工作，四点钟以后才走。立刻叫笳佛里拉·阿尔达里昂南奇来！不，我并不急着要见他。劳您的驾，公爵，亲爱的，请您到书房里去一趟，向他要那张照片，拿到这里来。您说有人要看一看。劳驾劳驾！”

“人是很好，不过有点儿太简单了。”公爵走出去以后，阿台拉意达说。

“是的，有点儿太那个，”阿历山大拉肯定说，“甚至有点儿可笑。”她们两人似乎都没有说出自己的全部意思。

“但是，他对于我们的脸却说得很漂亮，”阿格拉耶说，“他把大家都恭维了一番，连妈妈也在内。”

“请你不要说俏皮话，”将军夫人喊道，“不是他恭维我，是我受了恭维。”

“你认为他狡猾吗？”阿台拉意达问。

“我以为他很不简单。”

“去你的吧！”将军夫人生气了，“据我看，你比他还可笑。他虽然简单，但是自有聪明之处，我当然是指最良好的一面。他完全和我一样。”

“我顺嘴说出照片的事情，这自然很不好。”公爵一面走向书房，一面寻思着，感到一种良心的谴责。“但是……我多了嘴，也许反倒好了……”他开始闪出一个奇怪的念头，不过这个念头还不十分明显。

笳佛里拉·阿尔达里昂南奇还坐在书房里，正埋头处理公文。大概他的确不是白白领取股份公司的薪俸。当公爵索要那张照片，说出女人们怎样晓得照片的事情以后，笳佛里拉·阿尔达里昂南奇露出很窘的样子。

“唉！您何必这样多嘴！”他恶狠狠地喊道，“您一点儿也不知道……真是白痴！”他又喃喃地自语着。

“对不住，我完全没有思索，顺嘴说了出来。我说，阿格拉耶差不多和娜司泰谢·费里帕夫娜一样好看。”

笳纳请他详细讲一讲是怎么回事，公爵述说了一遍。笳纳又带着嘲笑的神情望了他一眼。

“您倒把娜司泰谢·费里帕夫娜记在心上了……”他喃喃地说，但是没有说完，就沉思起来了。

他显然感到恐慌。公爵又提起那张照片。

“公爵，我跟您说。”笳纳猛地说，似乎他脑子里突然有了主意，

“我对您有一个极大的请求……不过，我真是不知道……”

他感到不好意思，没有把话说完。他心里在决定事情，似乎正在作思想斗争。公爵默默地等候着。筛纳又用试探的、凝聚的目光朝他看了一眼。

“公爵。”他又开始说，“她们现在对我生气……为了一桩非常奇怪的事情……可笑的……我并没有错的事情……一句话，这是多余的——她们好像有些生我的气，所以她们如果不找我，我一时不愿意去见她们。我现在非常需要和阿格拉耶·伊凡诺夫娜谈几句话。我预先写了几句话（他的手里有一张小小的、折叠好的纸条），可是不知道怎样交给她好。公爵，您现在能不能替我交给阿格拉耶·伊凡诺夫娜，不过只能交给阿格拉耶·伊凡诺夫娜，也就是不要让别的人看见，您明白吗？这没有什么了不起的秘密，并不是那一类的东西……但是……您可以做到吗？”

“我不大高兴做这件事情。”公爵回答说。

“公爵，这对我是十分重要的！”筛纳开始央求他，“她也许会回答的……您要相信，我只是在逼不得已、十分逼不得已的情形下才求您……哪有另外的人给我送去呢？……这是很重要的……对于我十分重要的……”

筛纳生怕公爵不答应，带着哀求的样子望着公爵的眼睛。

“好的，我给您转交。”

“不过，不能让任何人看见。”筛纳高兴起来，又恳求着，“公爵，我能希望您以名誉担保吗？”

“我绝不给任何人看。”公爵说。

“这信没有封，但是……”筛纳十分慌张地说，由于惭愧，又止住了。

“我绝不看。”公爵十分简单地回答说，他拿起照片，从书房走出去了。

笳纳独自留在那里，捧着自己的头。

“只要她说一句话……我……我，真的也许会一刀两断！……”

他由于心慌意乱，不能再坐下办理公事了。他开始在书房内踱步，从这一角走到那一角。

公爵一边走，一边想。笳纳委托他办的事情，使他感到很不愉快。他一想到笳纳给阿格拉耶写信，心里也感到很不愉快。但是，当他走到离客厅有两间屋子远的地方，他忽然站住了，似乎想起什么事情，向四周张望一番，然后走到窗前，靠近光亮，看起娜司泰谢·费里帕夫娜的照片来。

他似乎想要猜出这张脸上所隐藏的、刚才使他惊讶的一切。他始终没有忘掉刚才的印象，现在好像忙着对它重新检查。这张在美貌方面和在别的方面都不寻常的脸，现在更加使他惊讶了。这张脸上似乎有无限的骄傲和轻蔑，差不多是仇恨，同时还有一点儿信任的、特别坦白的样子。在看到她的脸的时候，这两种对比似乎引起了一种怜悯心。这种眩人的美甚至使人感到受不了，一张惨白的脸，几乎凹陷的双颊和炯炯发光的眼睛的美，好奇怪的美！公爵看了一分钟，忽然惊醒了，朝四周看了一下，匆忙地把照片挨近唇边，吻了一下。一分钟后他走进客厅时，他的脸已经完全平静了。

但是，他刚走进饭厅（和客厅隔着一间屋子），阿格拉耶便从里边走出来，和他在门口几乎撞个满怀。她是单独一个人。

“笳佛里拉·阿尔达里昂南奇叫我转交给您。”公爵说，把信递给她。

阿格拉耶站住了，她接过信，很奇怪地望了公爵一眼。她的眼光里没有一点儿惭愧的样子，只是多少有一些惊异的神情，这惊异似乎也只是和公爵一人相关的。阿格拉耶好像用眼神要求他明白作答，他在这些事情上，怎么会和笳纳串通到一起了？——她很安详而傲慢地要求着。他们相对站了两三秒钟。最后，她的脸上微微露出一点儿嘲讽的样子。

她微微一笑，走了过去。

将军夫人默默地、带点儿轻蔑地，对娜司泰谢·费里帕夫娜的照片仔细观看了一番。她伸出手，握住照片，用特别的装腔作势的神气，把照片放在离眼睛远些的地方。

“是的，很好看。”她终于说，“的确太美了。我见过她两次，只是从远处看。您喜欢这样的美吗？”她忽然对公爵说。

“是的……我喜欢这样的……”公爵回答着，有点儿吃力的样子。

“就是这样的美吗？”

“就是这样的美。”

“为什么呢？”

“在这张脸上……有许多悲哀……”公爵说，他好像不经意地自言自语着，并不是回答她的问题。

“您也许是在那里说胡话。”将军夫人说着，用一种傲慢的姿势把照片抛在桌上。

阿历山大拉把它拿起来，阿台拉意达走过来，两人仔细观看。这时候，阿格拉耶又回到客厅里来了。

“真有力量！”阿台拉意达忽然喊道，从姐姐的肩头后边，贪婪地观看照片。

“在哪里？什么力量？”丽萨魏达·博罗可菲耶夫娜厉声问道。

“这样的美就是一种力量，”阿台拉意达热烈地说，“一个人有这样的美，就可以推翻整个世界！”

她凝思着，退到自己的画架那里去。阿格拉耶只是朝照片瞥了一眼，眯缝着眼睛，翘了翘下唇，便往后走开，坐在一边，交叉着手。

将军夫人按铃。

“请笳佛里拉·阿尔达里昂南奇到这里来，他现在在书房里。”她对走进来的仆人吩咐说。

“Maman！”阿历山大拉意味深长地喊了一声。

“我要对他说两三句话，就够了！”将军夫人连忙喊叫着，阻止女儿的抗议。她显然很恼怒，“公爵，您瞧，我们这里现在全是秘密，全是秘密！这是应有的文章，这是一种礼节，真是愚蠢极了。这种事情最需要的是开诚布公，一清二楚，老老实实。现在准备几桩婚事，我不喜欢这些婚事……”

“Maman，您怎么啦？”阿历山大拉又忙着阻止她。

“你怎么啦，我的宝贝闺女？你自己难道喜欢吗？公爵听见也不妨，我们是朋友。至少我和他是朋友。上帝要找的自然是好人，他不需要任意胡为的恶人，特别不需要那种今天一套明天又一套的任意胡为的人。你明白吗，阿历山大拉·伊凡诺夫娜？公爵，她们说我是怪物，其实我是会认清好坏人的。因为主要的是心眼儿，其余的全很无聊。自然也需要脑筋……也许脑筋是最主要的。阿格拉耶，你不要笑，我并不自相矛盾。有心而无脑的傻子和有脑无心的傻子一样不幸。这是古老的真理。我就是有心无脑的傻子，你就是有脑无心的傻子。我们俩都很不幸，都很痛苦。”

“您因为什么那样不幸呢，maman？”阿台拉意达忍不住问道，在座的人中，大概只有她一个人没有丧失快乐的心情。

“第一，是为了有几个学识渊博的女儿。”将军夫人厉声说，“只是这一样就足够了，其余的事情可不必多讲。我已经费了很多的唇舌。我们来看吧，你们两个人（阿格拉耶不算在内）将来会怎样约束你们的烦恼和多嘴多舌的毛病。最可尊敬的阿历山大拉·伊凡诺夫娜，你将来和你的尊贵的先生会不会有幸福？……啊！……”她看见笳纳走进来，便喊道，“又一个‘婚姻联盟’进来了！您好呀！”笳纳鞠躬，她这样回答着，但并不请他坐下，“您快要结婚了吗？”

“结婚？……怎么？……什么结婚？……”笳佛里拉·阿尔达里昂南奇被弄得目瞪口呆，他喃喃地说着。他非常不好意思。

“您是不是要娶老婆啦？假如您偏爱听这种说法，那我就这样问。”

“不，不……我……不。”篚佛里拉·阿尔达里昂南奇撒着谎，满脸臊得通红。他向坐在一旁的阿格拉耶溜了一眼，很快又把眼光移开了。阿格拉耶用冷淡的、凝聚的、安静的眼光，死死地盯着他，观察他那一副窘态。

“不？您说不吗？”丽萨魏达·博罗可菲耶夫娜毫不容情地追问说，“得了吧，我一定会记得，您在今天，在星期三的早晨，曾经用‘不’字回答我的问题。今天星期几？是不是星期三？”

“大概是星期三，maman。”阿台拉意达回答说。

“她们永远不知道日子。今天是几号？”

“二十七号。”篚纳回答说。

“二十七号吗？从某种原因来说，这是很好的。再见吧，您大概很忙，我也要穿衣裳出门了。把您的照片拿去吧，替我给不幸的尼娜·阿历山大洛夫娜请安。再见，亲爱的公爵！您常来玩呀。我要特地到白洛孔司卡耶老太婆那里去谈您的事情。亲爱的，我跟您说，我相信是上帝为了我把您从瑞士引到彼得堡来的。也许您还有别的事情，但主要是为了我。上帝是这样安排的。再见吧，亲爱的女儿们。阿历山大拉，我的宝贝姑娘，你到我屋里来一趟。”

将军夫人走出去了。篚纳带着垂头丧气、仓皇失措的样子，恶狠狠地从桌上拿起照片，歪嘴微笑着，对公爵说：

“公爵，我现在就要回家。假如您不变更到我家去住的原意，我可以领您去，否则您不知道在什么地方。”

“您等一等，公爵。”阿格拉耶说，她忽然从安乐椅上站起来，“您还要在纪念册上给我写几个字。爸爸说您是书法家。我就去给您取来。”

她也出去了。

“再见吧，公爵，我也要出去。”阿台拉意达说。她紧紧地握住公爵的手，向他客气地、和蔼地笑了一下，便出去了。她没有看篚纳一眼。

“这全是您干的好事，”大家刚走出去，篰纳便扑到公爵身旁，咬牙切齿地说，“我要结婚的事，是您对她们说出来的！”他飞快地低声喃喃道，脸上带着疯狂的样子，眼睛闪着恶狠狠的光辉。“您是一个无耻的搬弄口舌的人！”

“我告诉您说，您弄错了。”公爵很镇静地、很有礼貌地回答说，“我并不知道您要结婚。”

“您刚才听见伊凡·费道洛维奇说，今天晚上要在娜司泰谢·费里帕夫娜家里决定一切事情，您把这话传给她们了！您说谎！她们还会从哪里知道呢？除了您，有谁会告诉她们呢？难道老太婆没给我暗示吗？”

“假如您认为她们给您暗示，那么，您就会更清楚究竟是谁告诉她们的了。关于这件事情，我连一句话也没有说过。”

“信转交了没有？……回音呢？”篰纳用非常不耐烦的态度打断公爵的话。但是，在这时候，阿格拉耶回来了，公爵没有来得及回答什么。

“公爵，”阿格拉耶说，把自己的纪念册放在小桌上面，“请您挑选一页，给我写几个字吧。笔在这里，还是一支新的。钢笔可以吗？我听说，书法家不用钢笔写字。”

她和公爵谈话时，似乎没有注意到篰纳在那里。但是，当公爵整理笔杆、寻找空页、预备下笔的时候，篰纳走到阿格拉耶站立的壁炉旁边（在公爵右边），用颤抖的、断续的声音，附在她的耳朵上说：

“一句话，只要您说一句话——我就得救了。”

公爵猛地转过身子，向他们俩看了一眼。篰纳的脸上露出真正绝望的样子。他似乎不加思索，匆匆地说出这两句话。阿格拉耶望了他几秒钟，她显出极镇静的惊异神情，完全像刚才看公爵时一样。她这种镇静的惊异神情，似乎是由于完全不了解人家对她所说的话而引起的疑虑样子，在这时候，篰纳觉得这比最厉害的轻蔑还要可怕。

“叫我写什么呢？”公爵问。

“我现在就口授给您。”阿格拉耶向他转过身子说，“预备好了没有？写吧：‘我不愿参加做买卖’，然后写上几月几号吧。拿给我看。”

公爵把纪念册递给她。

“妙极了！您写得太好了。您的笔迹真是美透了！谢谢您。再见吧，公爵……等一等，”她补充说，似乎忽然想起了什么事情，“跟我来，我想送给您一点儿东西，作为纪念。”

公爵跟着她走出去。但是，刚进饭厅，阿格拉耶就站住了。

“您读一读吧。”她把篟纳的信递给他说。公爵接过信，很惊疑地看了阿格拉耶一下。

“我知道您没有读，那个人绝不会把您当作心腹。您读吧，我想叫您读一下。”

这封信显然是急就的：

今天决定我的命运，您知道会怎样决定。今天我必须径直地说出我的话。我没有任何权利取得您的同情，我不敢有任何的奢望。但是，您从前说过一个字，只是一个字，这个字照亮了我这像黑夜一般的全部生命，成为我的一座灯塔。请您现在再说一个这样的字，那您就可以拯救我，使我免得灭亡！您只要对我说“断绝一切”，那我今天就断绝一切。您说这句话费什么劲呀！我只会在这句话里寻找您对我的同情和怜悯的表征——只是如此，只是如此！没有别的，没有别的什么！我不敢抱着什么奢望，因为我不配妄想。但是，我得到您的话以后，我就又会安分守己，高高兴兴地忍受我的绝望情况。我要迎接斗争，我将喜欢这个斗争，我将要以新的力量在斗争中苏醒！您给我一句同情的话吧。（我发誓说，只要同情！）请您不要因为一个绝望的人、一个即将溺死的人胆敢做最后的挣扎，想把自己从灭亡中拯救出来，而对他恼恨吧。

篟纳

“这个人为了使我相信，”公爵读完以后，阿格拉耶厉声说，“‘断绝一切’这句话不会玷污我的名誉，不致使我受到任何约束，所以就给我这一封信，作为书面保证。您瞧，他是如何幼稚地忙着在几个字下边加上黑点，如何粗鲁地透露出他的隐秘心情。然而他知道，如果他断绝了一切，而且是自己一个人断绝的，不等待我的话，甚至不向我说这件事情，对我不抱着任何奢望，那么，我也可能改变我对他的感情，也许会成为他的朋友。他一定知道这一点！但是，他的心灵是龌龊的：他明明知道，却还犹疑不决；他明明知道，却还要求保证。他不能够办君子事。他要我给他一个能把我弄到手里的希望，来抵补那十万卢布。至于他在信里说，似乎我以前说过一句话，照耀了他的生命，这简直是胡造谣言。我只是怜惜过他一次。但是，他这个人既无礼，又无耻：当时他立刻生了坏念头，以为可以弄到我。我马上看出了这一点。从那时候起，他就开始琢磨我，直到现在还追求我。但是，不必多说了。请您把这封信拿去，送还给他，在您离开我家以后，马上就还给他；自然不要在离开我家以前给他。”

“我怎么回答他呢？”

“您自然用不着回答，给他信就是最好的回答了。可是，您打算住在他的家里吗？”

“伊凡·费道洛维奇刚才亲自给我介绍的。”公爵说。

“我预先警告您，您可要留心他。您现在把这封信退还给他，他是不会饶恕您的。”

阿格拉耶轻轻握了一下公爵的手，就走出去了。她的脸很严肃，紧皱着眉头，在和公爵点头告别的时候，连一点儿笑容都没有。

“我立刻就来，我只是去取那个包袱，”公爵对笳纳说，“然后我们就走。”

笳纳跺着脚，表示不耐烦。他的脸由于狂怒，甚至发黑了。两个人终于走到街上，公爵手里拿着包袱。

“回信呢？回信呢？”箍纳向他扑去，说，“她对您说什么了？信转交给她没有？”

公爵默默地将那封信递给他。箍纳愣住了。

“怎么？我的信？”他喊道，“您竟没有交给她！啊，我应该料到这一点！哼，真可恶……怪不得她刚才显出什么也不知道的样子！您怎么会，怎么会不交给她？唉，真可恶……”

“对不住，事情恰好相反，您的信刚交给我，我马上就转交给她了，而且是按照您要求的方式交出去的。它所以又到我手里，是因为阿格拉耶·伊凡诺夫娜刚才把它退给我了。”

“什么时候？什么时候？”

“当我刚在她的纪念册上写完字，她请我出去说话的时候。（您听见没有？）我们走进饭厅，她把信递给我，让我念一下，又叫我退给您。”

“让您念！”箍纳几乎扯开嗓子喊，“让您念！您念了吗？”

他又站在行人道中发愣了，吃惊得连嘴都闭不上。

“是的，我刚念过了。”

“是她自己，她自己交给您念的吗？是她自己吗？”

“是她自己。您要相信我，她不请我念，我是绝不会念的。”箍纳沉默了一分钟，很痛苦地拼命思索着什么。后来忽然喊道：

“不会的！她不会叫您念！您扯谎！是您自己念的！”

“我说的是实话。”公爵仍然用从前那种沉着的音调回答说，“我跟您说，这件事既然使您得到不愉快的结果，我觉得十分可惜。”

“但是，倒霉蛋，当时她至少总会对您说些什么话吧？她说什么话了吗？”

“那自然啦。”

“那您倒说呀，倒说呀，真见鬼！……”

箍纳两次在便道上跺那穿着套鞋的右脚。

“我刚念完，她就对我说，您正在追求她。她说，您打算败坏她的名声，只是为了从她那里得到结婚的希望，然后依靠这种希望，毫无损失地抛弃另一个可以得到十万卢布的希望。她又说，假如您不先和她讨价还价，不向她预先提出保证，自己就断绝一切关系，她也许会成为您的朋友。好像就是这些。对，还有一点儿。我接过信以后，曾经问她有什么回信没有？她当时说，没有回答就是最好的回答了——好像就是如此。假如我忘了她的原话，请原谅我。我只是把我所了解的大意转告给您。”

笳纳一肚子怒火，像发疯一般，不可抑制地发泄出来：

“啊！原来如此！”他咬牙切齿地说，“竟把我的信往窗户外边扔！哼！她不愿意做这份买卖，我偏要做！咱们走着瞧吧！我还有许多把戏哪……咱们走着瞧吧！……我一定要制服她！”

他的脸斜歪了，变得惨白，嘴里喷着唾沫；他举起拳头威吓着。他们这样走了几步。他认为公爵是一个无关紧要的人，所以对公爵一点儿也不客气，好像他单独在自己屋内横行一样。但是，他忽然想到了什么，清醒过来了。

“您怎么就会？”他忽然对公爵说，“您（白痴！——他自言自语地补充说），您和她初次相见，只认识两个钟头，怎么就会得到她的信任？这是怎么回事？”

在一切苦痛之外，还要添上一种忌妒的情感。妒火忽然又攻他的心。

“这一点恕我不能向您解释。”公爵回答说。

笳纳恶狠狠地看了他一眼：

“她是不是把您叫到饭厅里去，把她的信任送给了您？她不是想要送给您什么东西？”

“我也是这样理解的。”

“这究竟是为了什么呢？真见鬼！您在那里到底做了些什么？您用什么手段博得了她们的欢心？我跟您说，”他用非常激动的声调说（在这时候，他身上的一切都似乎零散了，乱七八糟地沸腾着，使他的思想无法集中），“我跟您说，您能不能好好想一下，挨着次序想一下，你们在那里说了些什么，把所有的话从头到尾想出来？您记得自己注意到什么没有？”

“我很能够想出来，”公爵回答说，“当我走进去，相识了以后，我们首先就讲到瑞士。”

“去他的瑞士！”

“以后又谈死刑……”

“死刑吗？”

“是的，为了一个原因……然后，我对她们讲我在国外居住三年的情形，还讲一段我和一个贫苦乡下姑娘的历史……”

“去他的贫苦乡下姑娘吧！再往下说！”笳纳不耐烦地吼叫着。

“然后，我讲施涅台尔怎样对我说出关于我的性格的意见，他迫使我……”

“管他是什么施涅台尔，管他有什么意见！再往下说吧！”

“然后，为了某种原因，我开始讲人的脸部，也就是讲面部表情，我说阿格拉耶·伊凡诺夫娜和娜司泰谢·费里帕夫娜差不多一样美丽。就在这时候，我才提到了那张照片……”

“但是，您并没有把今天早晨在书房里听到的那些话都说给她们吧？不是吗？您没有说吧？是不是？是不是？”

“我再向您重复一遍，我并没有说。”

“那么，是哪里来的风呢？活见鬼……真怪！阿格拉耶没有把信给老太婆看吗？”

“这一点我可以对您充分保证，她并没有给老太婆看。我一直在那里，她也没有时间去做。”

“也许您没有注意到……哼！万恶的白痴！”他已完全控制不住自己了，怒喊起来，“连讲句话都不会！”

笳纳正和某些人一样，由于开口骂人时没有遇到回敬，渐渐就大加放肆起来。再等一会儿，他也许就会唾人家的脸了，他已经狂怒到了极点。他正是由于狂怒而瞎了眼；要不然，他早就该注意到他所鄙视的那个“白痴”，有时候会非常迅速和精细地了解一切，令人十分满意地传达一切。但是，忽然发生了一件出乎意料的情况。

“我必须告诉您，笳佛里拉·阿尔达里昂南奇，”公爵忽然说，“我以前的确不是很健康，的确和白痴差不多；但是，现在我早就恢复了健康，所以人家当面称我为白痴的时候，我感到有点儿不愉快。虽然由于您不走运，我可以原谅您，但是您在烦恼中竟骂了我两次。我很不喜欢这一套，特别是您和我初次相识，突然就来这一套，我更接受不了。现在我们正站在十字路口，我们俩还是分手得好：您朝右面走，回家去，我朝左面走。我手里有二十五卢布，我一定可以找到寄宿的旅馆。”

笳纳十分不好意思，臊得满脸通红。

“对不住，公爵。”他很热烈地喊道，忽然将辱骂的口气变为异常客气的态度，“看在上帝的分儿上，饶恕了我吧！您瞧，我是多么倒霉！您几乎还不知道什么，假如您知道全部情况的话，您一定会原谅我几分的。固然，我是无可宽恕的……”

“我也不需要您这样长篇大论地道歉。”公爵连忙回答说，“我也知道您心里很不痛快，所以您骂起人来。唔，我们就到尊府上去吧。我很乐意……”

“不，我现在不能就这样放过他。”笳纳自己寻思着，一路上时时恶狠狠地望着公爵，“这个骗子从我身上探明了一切，以后忽然摘去假面具……这中间含有一点儿意思。我们走着瞧吧！一切都会得到解决的，一切，一切！今天就会得到解决！”

他们已经站在家门前了。

第八章

箭纳的寓所在三楼，从一条极清洁、明亮而且宽阔的楼梯走上去。这寓所有大小六七间屋子，虽然都是极普通的屋子，但是，带家眷的官员，即使每年领取二千卢布的薪俸，无论如何也是住不起的。这寓所本来预备分租给人家，带着饭食和仆役，箭纳和他的家属租下来还不到两个月。租这寓所使箭纳感到极不痛快，但是尼娜·阿历山大洛夫娜和瓦尔瓦拉·阿尔达里昂诺夫娜希望生利，稍微增加家庭的收入，极力主张和要求这样做。箭纳皱紧眉头，认为分租房间是败坏名誉的行为。这样做以后，他在社会上似乎感到羞愧，因为他已经习惯以前途远大的英俊青年的资格，列身在社会中间了。所有这些对命运的让步，所有这种恼人的拘束，都是他精神上的深刻的伤痕。从前一些时候起，他对各种琐碎的事情都感到非常烦恼，他所以暂时还让步和忍耐，只是因为他已经决定在不久的将来就要变更和改造这一切。但是这种变更，他所选择的这条出路，本身就包含着不小的难题——这种难题要比过去的一切事情更加麻烦和苦痛。

寓所中间有一条从门房那里开始的走廊分隔着。在走廊的一面，有三个房间预备出租，租给“具有特别介绍”的房客。在走廊的这一面，在它的尽头，也就是厨房的旁边，另外还有一间小屋，它比其余的房间都狭窄，退伍将军伊伏尔金，一家之主，就住在里面。他睡在宽阔的沙发上面，出入寓所必须穿过厨房，走后面的楼梯。笳佛里拉·阿尔达里昂南奇的十三岁的弟弟，中学生郭略，也住在这间小屋里。家里叫他挤在这里，在里面用功，睡在另一只极陈旧的、又窄又短的小沙发上，沙发上铺着满是破洞的被单，他的主要任务是侍候和监督父亲，这一点越来越有必要了。拨给公爵的是三间房屋中央的一间；右面一间住着费尔特申阔，左边一间还空着。但是，笳纳首先领公爵到家属住的那一面房间里去。家属住的那一面包括一间大厅（它在必要时可以变为饭厅），一间客厅（它只是在早晨成为客厅，一到晚上就成为笳纳的书房和卧室），最后还有一间很窄的屋子，永远关着门，这是尼娜·阿历山大洛夫娜和瓦尔瓦拉·阿尔达里昂诺夫娜的卧室。总而言之，这寓所里的一切都拥挤而紧凑。笳纳只好私下里咬咬牙齿，不说什么。他虽然很尊敬母亲，而且愿意尊敬她，但是从第一步起就可以看出他是家庭中极严厉的暴君。

尼娜·阿历山大洛夫娜不是一个人在客厅里，瓦尔瓦拉·阿尔达里昂诺夫娜和她同坐在一起。她们俩在那里编织什么东西，和客人伊凡·彼得洛维奇·波奇成谈话。尼娜·阿历山大洛夫娜有五十来岁，一张瘦瘦的、凹陷下去的脸，眼睛下面有很浓的黑晕。她带着病态的、有点儿忧郁的样子，脸部和眼神却是十分有趣的，从最初的一些话中就露出严肃的、充满真正威严的性格。她虽然带着忧郁的样子，但是令人感到她很坚决，甚至有果断力。她穿得异常朴素，穿着深色的、完全老太婆式的衣服，但是她的举止、谈话、一切姿态，都表现出她是一个见过优良社会的妇人。

瓦尔瓦拉·阿尔达里昂诺夫娜是个二十三岁的女郎，中等身材，很瘦，她的面孔虽然不算很美，却含有讨人喜欢、非常吸引人的秘密。她长得很像母亲，由于完全不愿意打扮，穿的衣服也和母亲差不多一样。

她的灰色眼睛虽然有时露出十分快乐和温柔的光辉，但是经常显得严肃而且沉郁，有时甚至太过分；尤其是在最近，她的脸上也表现出坚决果断的神情，令人感到她的坚决比起母亲还要有力，还要强烈些。瓦尔瓦拉·阿尔达里昂诺夫娜的脾气很大，她的兄弟有时都怕她这种火暴脾气。现在坐在他们家里的客人，伊凡·彼得洛维奇·波奇成，也很怕她。这个人还很年轻，不到三十岁，衣服朴素，但很雅致，姿态优美，但带有过于老成的样子。他蓄着一簇深棕色的小胡子，这表明他不是一个当差的人。他善于讲聪明而有趣的话，但是经常默不作声。整体来说，他给人一个很愉快的印象。他显然对瓦尔瓦拉·阿尔达里昂诺夫娜不很冷淡，也不掩饰他的情感。瓦尔瓦拉·阿尔达里昂诺夫娜对他很和蔼，但是对他的一些问题迟迟不答，甚至讨厌这些问题。不过，波奇成丝毫没有丧失勇气。尼娜·阿历山大洛夫娜对他很和蔼，近来甚至非常信任他。大家都知道，他专门放高利贷，索取多少可靠的抵押品。他同笳纳是极要好的朋友。

笳纳冷冷地向母亲问安，完全没有对妹妹打招呼。他详细地，但是断断续续地将公爵介绍一番之后，立刻就把波奇成引出屋外去了。尼娜·阿历山大洛夫娜很温柔地对公爵说了几句话，然后就吩咐在门外窥探的郭略领公爵到中间的屋子里去。郭略这个男孩子生着一副愉快的、十分可爱的脸，带有大胆的、纯真的神气。

“您的行李在哪里呢？”他领公爵进屋的时候说。

“我有一个包袱，我把它放在前室里了。”

“我立刻给您取来。我们家里的仆役只有厨娘和玛德邻娜两人，所以我也帮着干活。瓦略是总管，爱生气。笳纳说，您今天从瑞士来，是吗？”

“是的。”

“瑞士好吗？”

“很好。”

"有山吗？"

"有。"

"我立刻把您的包袱取来。"

瓦尔瓦拉·阿尔达里昂诺夫娜走了进来。

"玛德邻娜立刻就来给您铺床。您有箱子吗？"

"没有，只是一个包袱。令弟给我取去了，放在前室里。"

"那里除了这个小包没有什么包袱。您放在哪里了？"郭略回到屋里来问。

"只有这个，没有别的包袱。"公爵一面说，一面收下包袱。

"啊！我心里想，莫非被费尔特申阔偷了去。"

"不许胡说八道。"瓦略厉声说。她和公爵说话时也是冷冷的，只是稍微客气一点儿。

"Chère Babette[1]，对待我可以温柔一些，我不是波奇成呀。"

"郭略，你太愚笨啦，还该好好揍你一顿。公爵，您需要什么，可以找玛德邻娜。中饭在四点半钟开。您可以同我们一块儿吃，也可以在自己屋里吃，随您的便。走吧，郭略，不要打扰他。"

"走吧，你这坚决的小姐！"

他们走出去的时候，撞见了笳纳。

"父亲在家吗？"笳纳问郭略说，郭略作肯定的回答以后，笳纳就对他附耳说了几句话。

郭略点头，随着瓦尔瓦拉·阿尔达里昂诺夫娜走出去了。

"我有两句话跟您说，公爵。我由于这些……事情，竟忘记对您说了。我有一个请求，要费您的心——如果您并不觉得十分为难的话——请您不要在这里讲出我刚才和阿格拉耶之间所发生的一切情形，也不要在那里讲您在我家所见到的一切情形，因为这里也有许多乱七八糟的事

1　法文：亲爱的巴比特。

情。然而，管它呢……至少您今天要约束一下自己。”

“您要相信我，我说话要比您所想的少得多。”公爵说，他对笳纳的责难有些恼怒的样子。

他们中间的关系显然越来越恶劣了。

“今天由于您，我已经够受的了。一句话，我恳求您。”

“您还要注意这样一点，笳佛里拉·阿尔达里昂南奇，我刚才有过什么约束？为什么我不能够提起照片的事？您并没有请求我，不让我说呀。”

“哎呀，真是一间极坏的屋子。”笳纳说，很轻蔑地向四围望了一遍，“这样黑，窗户还朝着院子里开着。从各方面看，您到我们这里来未免不是时候……但这不是我的事情，不是我出租房间呀。”

波奇成探头看了一下，呼唤笳纳。笳纳连忙离开公爵，走了出去。他虽然还想说什么话，但是显然很犹豫，好像羞于出口似的。他骂房子的时候，也似乎带着不好意思的样子。

公爵刚洗了脸，把浑身上下整理了一番，门又开了，露出一张新的面庞。

这位先生有三十来岁，身材不小，肩膀宽阔，头颇巨大，生满栗色的卷发。他的脸上肉多而红润，嘴唇很厚，鼻子又宽又扁，眼睛很小，鼓鼓的带着嘲笑的神情，似乎在不断地眨着。整个讲来，这一切都带有傲慢的样子。他的衣服有点儿肮脏。

他起初只把门开到可以探进头来的程度。他探进头以后，向屋子内部环视了五秒钟。然后，门慢慢开了，整个身子在门槛上露出来。但是，客人还没有进来，他仍然在门槛上眯着眼睛，仔细打量着公爵。最后，他合上门，走上前来，坐到椅子上，紧紧地拉住公爵的手，让公爵坐在斜对着自己的沙发上。

“费尔特申阔。”他带着疑问的眼光死盯着公爵的脸说。

“怎么样呢？”公爵回答，几乎失笑了。

“一个房客。”费尔特申阔又说，仍旧端详着公爵。

“您是想交朋友吗？”

“唉，唉！”客人说，他把头发揉得直竖起来，又叹了一口气，开始向对面的角落里张望。“您有钱吗？”他忽然问公爵。

“不多。”

“究竟有多少？”

“二十五卢布。”

“给我看看。”

公爵从背心口袋掏出一张二十五卢布的钞票，递给费尔特申阔。费尔特申阔把钞票打开，看了一眼，以后又翻过去，对着光亮看。

“真奇怪，”他似乎沉思着说，“为什么是栗色的？这种二十五卢布的钞票有些颜色很深，有些又非常浅。您拿去吧。”

公爵把钞票收回去了。费尔特申阔从椅子上站起来。

“我来警告您：第一，您不要借给我钱，因为我一定会来借钱的。”

“好吧。”

“您在这里打算付钱吗？”

“打算。”

“我可不打算。谢谢。我住在您右边第一个门，您注意到没有？您不必时常光临舍下。我到您这里来，您不必担心，您见过将军没有？”

“没有。”

“也没听说过吗？”

“自然没有。”

“您会看见他和听人家说到他的。况且，他还向我借钱！Avis au lecteur[1]。再见吧。一个人带着费尔特申阔的姓还能生活下去吗？啊？”

“为什么不能呢？”

1　法文：预先警告。

“再见吧。”

他向门口走去了。公爵后来才知道，这位先生似乎自愿负起一种责任，要以古怪和逗趣的行动使大家吃惊，但是他从来没有做到这一点。有些人对他的印象很不好，这使他实在伤心，但是他仍然没有放弃这种责任。他到了门口，正和一位往里走的先生相撞，他好像又回到了原来的位置。他让公爵不认识的新客人走进屋子，在客人身后做了几次警告性的眼神，然后带着很自信的样子走了。

新客人身材高大，年纪有五十五岁，或者还要多些，身体十分笨重，生着一张血红的、多肉的、松弛的脸，脸上一圈浓密的灰色胡须，上下嘴唇也有短髭，眼睛巨大，瞪得溜圆。他的身体如果没有一些衰弱的、破烂的，甚至龌龊的样子，一定很神气。他穿着一件旧外褂，胳膊肘净是破洞，内衣也染满油渍——完全是“家里蹲”的样子。靠近他的时候，可以闻到他身上的烧酒味。但是，他的举止却是有声有色、十分练达的，他显然愿意表现出自己的威严。这位先生不慌不忙地，含着欢迎的微笑，他默默地拉住公爵的手，握在手里不放，对公爵的脸打量了一会儿，似乎在辨认自己熟悉的面影。

“是他呀！是他呀！”他轻声地，但是很庄严地说，“真像他活了一般！我听见人家反复说着一个熟悉的和亲爱的名字，便想起了无可挽回的过去……您是梅思金公爵吗？”

“正是。”

“伊伏尔金将军，退职的，不幸的。请问您的大名和父名？”

“列夫·尼古拉耶维奇。”

“是的，是的！这是我的朋友，也可以说是总角之交尼古拉·彼得洛维奇的儿子吗？”

“先父的名字是尼古拉·里伏维奇。”

“里伏维奇。”将军更正了一下，但是他还是不慌不忙，带着十分自信的样子，似乎他并没有忘却，只是偶然说错罢了。他坐下去，还是拉住公爵的手，让他坐在自己的身旁。“我抱过您呀。”

“真的吗？”公爵问，“先父已经故去二十年了。”

“是的。二十年了。二十年零三个月。我们一块儿求学，后来我一直进入军界……”

“先父也是军人，在瓦西里阔夫司基团当过少尉。”

“在白洛米尔司基团里。他是在临死之前不久调到白洛米尔司基团里去的。他死的时候我在那里，祝福他永久地安息。令堂大人……”

将军似乎由于苦痛的回忆而不出声了。

“她过了半年，也由于着凉而去世了。”公爵说。

“不是由于着凉。不是由于着凉。请相信我这老头子的话吧。当时我也在场，而且给她下了葬。她不是由于着凉而死的，而是由于丈夫去世悲痛死的。是的，我至今还记着公爵夫人！青春时代呀！我和公爵本是总角之交，为了她几乎成为水火不容的仇人。”

公爵听着，开始有些不信任的样子。

“我迷恋上了您的母亲，当时她还没结婚，是我的好友的未婚妻。公爵发觉以后，受到极大的打击。在一天早晨七点钟的时候，他跑来唤醒我。我很惊讶地穿上衣裳。双方都沉默着。我明白了一切。他从口袋里掏出两支手枪。中间隔着一块手绢。没有证人。在五分钟以后，我们就要互相送终，何必用证人呢？我们装好子弹，铺好手绢，站在那里，用手枪互相对准对方的心口，互相望着对方的脸。忽然，我们俩眼泪像泉水似的涌出来，手也哆嗦了。两个人——两个人同时这样！自然，我们就互相拥抱、互相宽容了。公爵喊：她是你的！我也喊：她是你的！一句话……一句话……您是到我家来住……来住的吗？”

“是的，也许住一些时候。”公爵说，似乎有点儿口吃。

“公爵，我妈请您去一趟。”郭略从门外伸进头来，喊道。公爵站起来想走，但是，将军把右手放在他的肩头，用和善的态度使他又坐到沙发上去。

"我以令尊的知己朋友的资格，先警告您一声，"将军说，"您自己看得见，我因为悲剧性的灾难，受了极大的痛苦。但是没有经过审判，没有经过审判！尼娜·阿历山大洛夫娜是一个少有的女人。瓦尔瓦拉·阿尔达里昂诺夫娜，我的女儿，是一个少有的姑娘！我们因为环境不好而出租寓所——这真是从来没有听到的堕落！……我原来是可以做到总督的人！……但是，我们永远欢迎您。不过，我家里还是发生了一出悲剧！"

公爵带着疑问的神情和极大的好奇心望着他。

"现在正筹备一件婚事，一件稀有的婚事。女方是个暗娼，男方是个可以做侍从官的青年。他们要把这个女人领进我家来，而我家还有我的女儿和我的妻子哪！只要我有一口气，她就休想进来！我要躺在门槛上，让她跨过我的身体！……我现在差不多不和笳纳说话，甚至避免和他见面。我特地警告您。您既然住在我们家里，您总会看得见的。但是，您是我的朋友的儿子，我有权利希望……"

"公爵，劳您驾，请您到我的客厅里来一趟。"尼娜·阿历山大洛夫娜亲自到门口来招呼公爵。

"你想想看，亲爱的。"将军喊，"原来公爵小的时候，我还抱过他呢！"

尼娜·阿历山大洛夫娜带着责备的神情向将军看了一眼，又用试探的眼光看着公爵，但是连一句话也没有说。公爵跟着她走了。但是，他们刚刚走进客厅坐下，尼娜·阿历山大洛夫娜刚开始匆忙地低声向公爵讲话的时候，将军忽然自己进了客厅。尼娜·阿历山大洛夫娜立刻不作声了，她显然带着懊恼的样子，俯身从事编织。将军也许看出夫人的懊恼，但是他仍然兴高采烈，精神百倍。

"我的朋友的儿子！"他朝尼娜·阿历山大洛夫娜喊道，"真是不期而遇！我早就不想这桩事了。但是，亲爱的，你难道不记得已故的尼古拉·里伏维奇了吗？你在特魏里……不是遇见过他吗？"

“我不记得尼古拉·里伏维奇了。他是令尊大人吗？”她问公爵。

“是先父。不过，他好像不是在特魏里死的，而是在丽萨魏特格拉特死的，”公爵很畏缩地对将军说，“我从伯夫里柴夫那里听到的……”

“是在特魏里。”将军肯定说，“他是在临死以前甚至是在发病以前，调到特魏里去的。您那时岁数太小，记不得调动和转移的情况。伯夫里柴夫虽然是个极好的人，也是会记错的。”

“您也认识伯夫里柴夫吗？”

“他是一个稀有的人，不过，我是亲眼看到令尊大人去世的。我曾经站在他的床前，祝福他永恒地休息……”

“先父是在候审的时候死去的，”公爵又说，“虽然我始终弄不清他犯了什么罪；他是死在医院里的。”

“啊，这是关于列兵郭尔伯阔夫那个案件，毫无疑问，公爵是可以被判无罪的。”

“是吗？您确实知道吗？”公爵露出特别好奇的表情，问道。

“自然喽！”将军喊道，“法庭没有判决，就解散了。那是一桩难断的公案！也可以说是一桩神秘的案件。连长拉里昂诺夫中尉病得很重，公爵奉命暂时代理他的职务。很好。列兵郭尔伯阔夫偷窃同伴的制靴皮子换酒喝了。很好。公爵当着军曹和伍长的面（这层要注意）把郭尔伯阔夫责骂一顿，还说要打他。很好。郭尔伯阔夫走入营房，躺在铺板上，过了一刻钟就死了。很好。但是，这是一桩意外的、很棘手的案件。不管怎样，大家把郭尔伯阔夫埋葬了。公爵作了报告，然后就将郭尔伯阔夫的名字从名册上勾了去。似乎没有比这再好的了吧？但是，整整过了半年，在全旅检阅的时候，列兵郭尔伯阔夫竟像没事人似的，在同师同旅的诺伏再姆亮司基步兵团第二营第三连内出现了！”

“怎么？”公爵惊讶得失声喊叫起来。

“不是这样，这是错误！”尼娜·阿历山大洛夫娜忽然对公爵说，几乎带着烦恼的样子看着公爵，“Mon mari se trompe.”[1]

“但是，亲爱的，se trompe，这是容易说的，可是，你自己解决一下这样的公案吧！当时，大家全没了办法。我首先会说qu'on se trompe[2]。但是，不幸得很，我是亲眼看见，而且亲自参加委员会的。所有对质的人都证明他就是那个列兵郭尔伯阔夫，完全是半年前用普通仪式，敲着军鼓送葬的那个列兵。这实在是稀有的、几乎不可能的事件，我同意这一点，不过……”

“爸爸，给您预备好饭了。”瓦尔瓦拉·阿尔达里昂诺夫娜走进屋来说。

“啊，这好极了，这妙极了！我饿得很……但是，这也可以说是心理的事件……”

“汤要凉了。”瓦略不耐烦地说。

“就来，就来。”将军一边走出房间，一边喃喃地说，“而且，无论怎样调查也——”大家听到他在走廊里还这样叨咕着。

“您如果在我们这里住下来的话，对阿尔达里昂·阿历山大洛维奇要多多原谅。”尼娜·阿历山大洛夫娜对公爵说，“不过，他也不会怎样打扰您，他是单独一个人吃饭。您要知道，每个人都有自己的缺点，自己的……特别的性格，有些人也许比我们平常所注目的那些人还要特别些。我有一件事情要求您：假如我的丈夫请您交房租，您就对他说已经交给我了。自然，您就是付给阿尔达里昂·阿历山大洛维奇，也会记在您的账上，我只是为了怕弄错了才请求您……这是什么，瓦略？”

瓦略回到屋内，把娜司泰谢·费里帕夫娜的照片默默地递给母亲。尼娜·阿历山大洛夫娜哆嗦了一下，起初似乎带着惧怕的样子，以后又带着非常苦痛的感觉，对照片观看了一会儿。最后，她含着疑问的神情

1 法文：我的丈夫弄错了。

2 法文：事情弄错了。

望着瓦略。

“这是她今天亲自送给他的，”瓦略说，“今天晚上一切都要解决了。”

“今天晚上！”尼娜·阿历山大洛夫娜好像绝望似的低声重复说，“怎么样？这件事情已经没有一点儿疑惑，也没有什么希望了。这张照片表明了一切……这是他自己给你看的吗？”她惊讶地补充了一句。

“您知道，我们几乎整个月内没有说过一句话。这些话都是波奇成对我说的，照片就扔在桌旁的地板上，我捡起来了。”

“公爵，”尼娜·阿历山大洛夫娜忽然对他说，“我想问您（我就为了这件事才请您到这里来），您是不是早就认识我的儿子？他说，好像您是今天才从什么地方来到的，是吗？”

公爵把自己的事情删去了一大半，简略地述说一番。尼娜·阿历山大洛夫娜和瓦略倾听着。

“我现在问您，不是想探听笳佛里拉·阿尔达里昂南奇的什么事情，”尼娜·阿历山大洛夫娜说，“对于这一点，您不要误会。假如他有什么事不肯直接对我说，我也不愿意背地里去打听。我之所以这样问，是因为刚才笳纳在您面前，还有您走了以后，我问起您来的时候，他老是回答我说：‘他全知道，不必和他客气！’这是什么意思？也就是说，我愿意知道在什么程度上……”

笳纳和波奇成突然走了进来。尼娜·阿历山大洛夫娜立刻不出声了。公爵仍旧坐在她身旁的椅子上，而瓦略退到一旁去了。娜司泰谢·费里帕夫娜的照片放在极明显的地方，就在尼娜·阿历山大洛夫娜面前的工作桌上。笳纳一看见这照片，就皱紧眉毛，很苦恼地把它从桌上拿起来，扔到摆在屋子另一端的他的书桌上去了。

“笳纳，今天吗？”尼娜·阿历山大洛夫娜忽然问。

“什么今天？”笳纳吃了一惊，忽然攻击起公爵来了，“啊，我明白啦，您又挑拨是非了！……您这到底算是什么毛病呀？您不会忍一会儿吗？——我的大老爷，您要看明白……”

“这是我的错，�纳，和别人不相干。”波奇成插嘴说。

筱纳带着疑问的神情看了他一眼。

“这样倒好些啊，筱纳。再说，事情也已经完结了。”波奇成喃喃地说，然后退到一旁；坐在桌边，从衣袋里掏出一块写满铅笔字的小纸，开始仔细观看。筱纳愁眉苦脸，很不安地站在那里，等候家庭口角的爆发。他甚至没有想到向公爵道歉。

“如果一切都已经完结，那么，伊凡·彼得洛维奇的话自然是对的。”尼娜·阿历山大洛夫娜说，“筱纳，请你不要皱眉，也不必生气。你自己不愿意说的事情，我绝不来问你。我告诉你说，我已经完全认命了。请你不必担心。”

她说话的时候并没有停止工作，似乎真是安静的样子。筱纳感到惊讶，但是他很警惕地不发一言，眼睛盯着母亲，等她表示得更明白些。家庭间的口角已经使他受过很大的苦头了。尼娜·阿历山大洛夫娜看出他的警惕心情，便苦笑着补充说：

“你还在那里疑惑，不相信我。你放心吧，绝不会像以前那样淌眼抹泪地哀求你，至少我是如此。我的全部愿望就是要使你得到幸福，你也知道这一点。我认命了。不过，无论我们今后是住在一起还是分居，我的心永远不会离开你。自然，我只能替自己负责；你可不能对你妹妹作同样的要求……”

“唉，又是她！”筱纳喊道，带着讥讽和愤恨的样子望着妹妹，“妈妈！我还要向您发以前的誓：只要我在这里，只要我活在世上，永远没有人敢怠慢您。无论是什么人，只要跨进咱家的门槛，我就一定要求他对您表示最大的尊敬……”

筱纳高兴得很，他差不多用一种和解和挚爱的表情望着他的母亲。

“筱纳，你要知道，我一点儿也不替自己担心。这些日子我着急，我痛苦，都不是为了自己。听说你们今天要决定一切啦？怎样决定呢？”

“今天晚上，她答应在自己家里宣布是否同意。”箚纳回答说。

“我们几乎有三个礼拜避免谈论这件事情，这样做比较好。现在，当作最后决定的时候，我只想问一桩事情：你既然并不爱她，她怎么能对你表示同意，甚至把照片送给你呢？难道你能把这样一个……这样一个……”

“这样一个‘富有经验’的女人，是不是？”

“我并不想那么说。难道你会高明地瞒住她吗？”

在问这个问题时，她的声音忽然现得异常恼怒。箚纳站在那里，寻思了一会儿。他带着很明显的讥笑神情，说：

“妈妈，您又感情冲动、不能控制自己了。我们总是这样开始，越闹越厉害。您不是说了吗，您绝不会再盘问我，绝不再责备我，但是现在又开始了！我们最好不必再谈啦，真的，我们不必再谈啦。至少说，您是想要……在任何情况下，我也永远不离开您。如果换一个人，至少是从这样一个妹妹身边跑开的——您瞧，她现在是怎样望着我呀！我们的话就到这为止吧！我已经觉得十分高兴……您怎么会知道我欺骗娜司泰谢·费里帕夫娜呢？至于瓦略，那就随她的便吧。够了。现在完全够了！”

箚纳越说越兴奋，无目的地在屋内踱起步来。这样的谈话立刻触到每个家庭成员的伤疤。

“我说过，假如她进咱家，我就离开这里，我说得出做得来！”瓦略说。

“由于固执的脾气！”箚纳喊道，“你不肯出嫁，也是由于固执的脾气！你为什么对我哼鼻子？瓦尔瓦拉·阿尔达里昂诺夫娜，我才不管你这一套呢。随你的便——哪怕现在就履行你的愿望都可以。你真使我讨厌极了。怎么？公爵，您现在决定离开我们吗？”他在看见公爵从座位上站起来的时候，对公爵喊道。

箚纳的语调里已经表现出一种很深程度的恼怒，一个人到了这个地步，几乎会为恼怒而沾沾自喜，会不可抑制地沉溺在恼怒里，不管结果如何，心里越来越感到痛快。公爵在门前转过身来，想顶簖纳几句，但是，他看到侮辱他的人满脸病态，如果再加一点儿油盐，簖纳就更受不了了。于是，他就转过身，默默地走出去了。过了几分钟，他从客厅里流出来的回声听出，在他走以后，谈话更加喧闹和公开了。

他穿过大厅，向前室走去，打算进入走廊，回自己的屋子。当他走近楼梯的正门的时候，他听到，而且注意到有人在门外拼命拉铃。但是，铃大概坏了，它只是微微颤动一下，没有发出声音。公爵卸下门闩，把门打开了。他惊讶得往后倒退了一步，甚至全身都哆嗦起来了。原来娜司泰谢·费里帕夫娜站在他的面前。他见过她的照片，马上就认出来了。她一看到他，眼睛里闪出恼恨的神情。她快步走进前室，用肩膀撞他，使他让开路。她一面脱下皮大衣，一面愤恨地说：

“你既然懒得修理门铃，至少应该坐在前室里接待客人。你现在把我的皮大衣弄掉了，真是笨蛋！”

皮大衣真的掉在地板上了。娜司泰谢·费里帕夫娜没有等公爵替她脱，她自己就脱下来，背着脸，连瞧也不瞧，便向他手里扔去，结果，公爵没有来得及接住。

“真应该把你开除。你快去通报吧！”

公爵想说句话，但是由于心慌意乱，什么也没说出来。他捧着从地板上捡起来的皮大衣，向客厅里走去。

“哼，现在又卷着皮大衣走了！你把我的皮大衣拿走干什么？哈，哈，哈！你是疯子吗？”

公爵转过身来，呆呆地望着她。她笑的时候，他也随着笑，但是还是说不出话来。当他给她开门的那一刹那，他的脸色是苍白的，现在忽然满面通红了。

“这真是个白痴！”娜司泰谢·费里帕夫娜怒喊着，朝他跺脚，“喂，你往哪里去？你通报的时候，说什么人来啦？”

“娜司泰谢·费里帕夫娜。”公爵喃喃地说。

“你怎么认识我？”她迅速地问他，“我从来没有见过你呀！你快去通报吧……里面嚷叫什么？”

“他们争吵哪。”公爵回答说，然后就向客厅走去了。

他正在紧要关头走了进去：尼娜·阿历山大洛夫娜已经准备完全忘掉她那套“一切认命”的哲学了。她是拥护瓦略的。波奇成已经抛弃了那张写满铅笔字的小纸，也站在瓦略的身旁。瓦略自己更不胆怯，她不是那种胆小的姑娘。而且，哥哥的话越来越粗鲁，越来越无可忍耐了。在这种情形下，她照例不再张口，只是带着讥笑的神情，默默地瞧着哥哥，眼睛连眨也不眨。她心里知道，采取这种战术，可以把哥哥逼到最后的境地。就在这时候，公爵跨进屋内，宣布道：

“娜司泰谢·费里帕夫娜来了！”

第九章

屋子里马上鸦雀无声。大家望着公爵，好像没听懂，也不愿意听懂他的话。笳纳吓得目瞪口呆。

娜司泰谢·费里帕夫娜的光临，尤其在这个时候光临，使大家都感到非常奇怪，感到是件极麻烦的意外事情。单就娜司泰谢·费里帕夫娜第一次光临这一点来看，就够奇怪的了。在这以前，她态度十分傲慢，和笳纳谈话时，从来没有表示想和他的家属见一面，最近简直完全没有提他们，好像世界上根本没有他们存在似的。笳纳由于避免了他感到非常麻烦的话题，也有几分高兴，但是，在他的内心里，对她的傲慢态度仍然是不满的。总之，他期待于她至多是对他家属的嘲笑和讽刺，绝不是专诚拜访。他的确知道，她明白由于他的求婚，他家里发生了怎样的情形，他的家属对她又是怎样的看法。她现在来访，在赠送照片之后，在她的生日这天，在她答应决定他的命运的那天来访，其本身就带有决定的意义。

大家带着怀疑的眼光观看公爵，这情况并没有继续很久。娜司泰谢·费里帕夫娜自己在客厅门前出现了，进屋时又轻轻地撞了公爵一下。

“我好容易进来了……你们为什么把门铃绑上了？”她很愉快地说。笳纳跑着迎上前去，她和笳纳握手：“您的脸上怎么带着这样苦恼的样子？请您给我介绍一下吧……”

箛纳完全不知所措了。他首先把她介绍给瓦略。这两个女人在互相握手之前，交换了奇妙的眼神。娜司泰谢·费里帕夫娜笑了一声，装出快乐的样子；但是瓦略不愿意伪装，她愁眉苦脸，死死盯着对方。她的脸上连普通客套所需要的笑影也没有。箛纳愣住了。他知道恳求是无用的，而且时间也来不及了。他朝瓦略投去恐吓的眼光；她由此了解，对于她的哥哥来说，这个机会是多么宝贵。她当时似乎下了对他让步的决心，向娜司泰谢·费里帕夫娜微微一笑（在他们家庭里，大家还是很和睦的）。尼娜·阿历山大洛夫娜稍稍打破了僵局。箛纳完全慌乱了，他在介绍妹妹之后才来给母亲介绍，而且是首先把母亲介绍给娜司泰谢·费里帕夫娜的。尼娜·阿历山大洛夫娜刚讲出“蒙您光临，十分荣幸”，娜司泰谢·费里帕夫娜不等她说完，就一扭身转向箛纳，也没经主人让座，便坐到屋子一角靠窗户的小沙发上了，并喊道：

“您的书房在哪儿呢？还有……房客在哪儿呢？你们不是出租房间吗？”

箛纳的脸涨得通红，结结巴巴地想回答什么话，但是，娜司泰谢·费里帕夫娜立刻又说：

“你们把房客放在哪儿呢？你们连书房都没有呀。这可以收几个钱呢？”她忽然对尼娜·阿历山大洛夫娜说。

“是有点儿麻烦。”尼娜·阿历山大洛夫娜回答说，“当然是会收些钱的。我们刚才……”

但是，娜司泰谢·费里帕夫娜又不再听下去了。她看了箛纳一眼，笑着对他喊道：

“您的脸怎么啦？哎哟，我的天，您这时候怎么那个样子……”

她笑了几秒钟，箛纳的脸确实歪得很厉害。他那呆若木鸡的样子，他那滑稽的、胆怯的、慌乱的神情，忽然都消失了，他的脸色异常惨白，嘴唇抽动着；他默默地、聚精会神地，呆呆地、目不转睛地望着女客人的脸，女客人仍然笑着。

当时还有一个观察者，他还没有摆脱在看到娜司泰谢·费里帕夫娜时那种惊愕的神情。他虽然站在原来的地方，客厅门前，像根柱子似的一动也不动，但是，他看得出笳纳脸色的惨白和不良的变化。这观察者便是公爵。他似乎像受惊了似的，忽然机械地往前跨了一步。

“喝口水吧。”他对笳纳低声说，“不要那样看人……”

很明显，他说这话并没有任何的企图，也没有任何特别的用意，只是由于心血来潮，顺口说出来了；但是，他的话却产生了很大的影响。笳纳好像忽然把满腔怒气都撒到公爵身上了；他抓住公爵的肩膀，默默地看着公爵，露出想要报仇雪恨的神情，而又似乎说不出话来。大家都惊慌起来。尼娜·阿历山大洛夫娜甚至轻轻呼喊了一声。波奇成很不安地向前走了一步，郭略和费尔特申阔在门前出现，他们吓得站住了，唯有瓦略仍旧露出愠怒的样子，注意观察着。她没有坐下，而是站在母亲身旁，把两手交叉在胸前。

但是，笳纳差不多在刚要行动的一刹那间就停止了，傻笑起来。他完全清醒过来了。

“喂，公爵，您是医生吗？”他喊道，尽可能显得快乐而天真，“他竟使我吃了一惊。娜司泰谢·费里帕夫娜，让我来给您介绍一下，这是一位稀有的人物，虽然我今天早晨才认识他。”

娜司泰谢·费里帕夫娜很疑惑地看着公爵。

“公爵？他是公爵吗？您瞧，我刚才在前室竟把他当作仆人，叫他到这里来通报呢！哈，哈，哈！”

“没有害处，没有害处！”费尔特申阔连忙走进去说，他看见大家笑，自己也高兴起来。“没有害处，Se non è vero[1]……”

1 Se non è vero，是意大利文成语的一半。全句是“Se non è vero, è ben trovato”（“如果不是真实的，装得可活灵活现”），这里指笳纳很有要打公爵的样子。

"我差一点儿没骂您呢，公爵。请原谅。费尔特申阔，您为什么在这个时候到这里来？我至少不希望在这里碰到您。他是谁？什么公爵？梅思金？"她反复地问笳纳。笳纳不等松开公爵的肩膀，就介绍他了。

"我们的房客。"笳纳重复说。

他们显然把公爵当作一件宝贝，硬塞给娜司泰谢·费里帕夫娜，拿他当作打破僵局的工具。公爵甚至很清晰地听到"白痴"这两个字，似乎是费尔特申阔在他的身后，对娜司泰谢·费里帕夫娜小声解释着。

"请问，刚才我犯那么大的错误……误认了您，您为什么不对我说明白呢？"娜司泰谢·费里帕夫娜继续说，用极不客气的态度，从头到脚观看着公爵。她很不耐烦地等候公爵答话，似乎完全肯定他的回答一定十分愚蠢，不能不令人发笑。

"我这样突然地看到您，所以十分惊讶……"公爵喃喃地说。

"您怎么知道是我呢？您以前在哪里见过我？真的，我好像在什么地方见过他似的。请问，您刚才为什么站在那里发愣？我身上有什么可以使您那么发愣的地方？"

"来呀，来呀！"费尔特申阔继续扮着鬼脸，"来呀！哎哟，我的天，如果叫我回答这个问题，我会说出多少话来！来呀……公爵，我们今后要把您当成一个笨蛋啦！"

"是的，我如果是您，我也会说的。"公爵对费尔特申阔笑着说，"今天我看到您的照片，十分惊异。"他继续对娜司泰谢·费里帕夫娜说，"以后，我又向叶潘钦家的人提起您……今天一清早，当火车快到彼得堡的时候，帕尔芬·罗果静对我讲了关于您的许多话……就是在我给您开门的那个时候，我也在想您，而您忽然来了。"

"您怎么会认识我，知道是我呢？"

"从照片上看得出来，还有……"

"还有什么？"

"还因为，您正像我想象的样子……我好像也在什么地方见过您似的。”

“在什么地方？在什么地方？”

“我好像在什么地方看见过您的眼睛……但这是不会有的！我就是这样说说罢了……我从来没有到过这里。也许在梦中……”

“公爵真行呀！”费尔特申阔喊道，“不行，我要把我所说的Se non è vero收回来。然而……然而，他这全是由于天真烂漫而来的！”他惋惜地补充说。

公爵用不安静的语气说出这几句话，并且断断续续的，时常换气。他身上的每一部分都表现出非常激动的神情。娜司泰谢·费里帕夫娜好奇地望着他，但是已经不发笑了。就在这时候，从紧紧包围公爵和娜司泰谢·费里帕夫娜的一群人后面，忽然发出一个新的、洪大的声音，好像要把这一群人劈开分为两半似的。一家之主伊伏尔金将军站在娜司泰谢·费里帕夫娜的前面。他穿着燕尾服和洁净的硬衬衫，他的胡子染了颜色。

这真使笳纳不能忍受下去了。

他是个极端爱面子、好虚荣的人，甚至到了神经过敏和疯狂的程度。他在最近两个月内想尽各种方法，追求更体面和更高贵的生活。他感到自己经验不足，也许在他所选的大道上迷了路。他在家庭内一向是专横的，因此在绝望之余，就决定做出完全无礼的举动，但是在娜司泰谢·费里帕夫娜面前又不敢这样做。她直到最后的一分钟都把他弄得糊里糊涂，毫不留情地控制着他。有人告诉他，娜司泰谢·费里帕夫娜亲口说，他是一个“无耐心的乞丐”。他再三赌咒发愿，为了报这个仇，将来一定要使她吃些苦头。但在同时，他有时又像小孩子一样，幻想调和水火，化除一切矛盾。哪知道现在，偏偏在这个时候，他必须尝这样一杯苦酒！还有一个预料不到的、对爱慕虚荣的人来说十分可怕的折磨——在自己家里，为自己的家属而脸红的痛苦，竟落到他的头上来了。

“难道我应该得到这样的报应吗？”当时，笳纳的头脑里闪过这样一个念头。

他两个月来只是在做噩梦时见到的，使他感到非常恐怖和羞惭的情景，即他父亲和娜司泰谢·费里帕夫娜相遇的一幕，在这时候终于出现了。他有时独自发愁，设想将军在婚礼时的情景，但是，他永远没有完成这幅痛苦的图画，总是赶紧把它抛弃掉了。他也许过分夸大了自己的不幸，但是，爱慕虚荣的人永远是如此的。在这两个月内，他再三考虑这件事，决定无论如何要对他的父亲施加压力，只要可能，哪怕是暂时的也好，设法让他父亲离开彼得堡，不管母亲同意与否。十分钟以前，当娜司泰谢·费里帕夫娜走进来的时候，他由于大吃一惊，竟完全忘记阿尔达里昂·阿历山大洛维奇会出场，并没采取任何预防措施。现在将军竟在大家的面前出现，还郑重地准备过了，穿上礼服，而且恰恰是在娜司泰谢·费里帕夫娜“寻找机会嘲弄他和他的家属”的时候出现。他对于娜司泰谢·费里帕夫娜的目的是深信无疑的，要不然，她这次的拜访还有什么意义呢？她跑来是为了和他的母亲和妹妹亲善呢？还是打算就在他家里侮辱她们一顿呢？但是，从两方面的态度看来，事情已经毫无疑问：他的母亲和妹妹坐在一边，带着受侮辱的样子，而娜司泰谢·费里帕夫娜却好像忘记她们母女是和她同在一个屋子里似的……她既然这样旁若无人，自然另有用意！

费尔特申阔拉住将军，领他往前来。

“阿尔达里昂·阿历山大洛维奇·伊伏尔金，”将军庄重地说，笑着鞠了一躬，“一个不幸的老兵和一个家庭的父亲，对于我家可能迎来一位这样美貌如花的姑娘，感到十二分荣幸……”

他没有说完。费尔特申阔连忙把椅子放在他的身后，将军的两腿到了饭后有点儿发软，所以他当时一屁股坐下去，或者不如说是落到椅子上去了；但是，这并没有使他感到困难。他坐在娜司泰谢·费里帕夫娜的正对面。他发出愉快的假笑，慢吞吞地、有声有色地托起她的手指吻着。总之，将军是不大懂得什么叫难为情的。他的外表，除了有些懒散的样子以外，总还十分体面——他自己对这一点知道得很清楚。他以前也曾跻身上流社会，两三年以前才完全脱离开它。就从那个时候起，他毫无拘束地对自己的几个弱点采取放纵的态度；至于那种机警和愉快的态度，如今还留在身上。娜司泰谢·费里帕夫娜似乎很高兴阿尔达里昂·阿历山大洛维奇的出现，她对于这个人物自然已经听得很熟了。

“我听说小儿……”阿尔达里昂·阿历山大洛维奇开始说。

“是的，您的儿子！您这位老太爷也不错呀！您为什么总不到我家里去？是您自己躲起来的呢，还是令郎把您藏起来的？您可以到我家来，不会玷污任何人的名誉。”

“十九世纪的孩子们和他的父母们……”将军又开始说。

“娜司泰谢·费里帕夫娜！请您放阿尔达里昂·阿历山大洛维奇出去一会儿，有人找他。”尼娜·阿历山大洛夫娜大声说。

“放出去？岂有此理！我对他的事情听到很多，早就想见一见他！他的情况怎么样？他不是退伍了吗？将军，您不离开我吧？不会走吧？”

“我可以对您保证，他可以亲自到您府上去，但是现在他需要休息。”

“阿尔达里昂·阿历山大洛维奇，大家说您需要休息！”娜司泰谢·费里帕夫娜喊道。她带着不满意的、嫌恶的神情扮出一个鬼脸，好像一个被夺去玩具的轻佻的小傻瓜一样。将军的努力偏偏使他的地位显得更加愚蠢了。

“亲爱的！亲爱的！”他带着责备的口吻，庄重地对妻子说，并且把一只手放在心口。

“您不离开这里吗，妈妈？”瓦略大声问。

“不，瓦略，我坐到谈完话为止。”

娜司泰谢·费里帕夫娜不会听不见这番问答，但是她似乎因此更加高兴了。她立刻又对将军提出各种问题，过了五分钟，将军就扬扬得意地施展他的辩才，博得在座的人们的大笑声。

郭略拉了一下公爵的衣襟。

“您最好想法拉他出去吧！成不成？我请求您！”在可怜的男孩的眼睛里，甚至出现了愤恨的眼泪。“笳纳真可恶！”他自言自语地说。

“我的确和伊凡·费道洛维奇·叶潘钦交情很好。”将军在回答娜司泰谢·费里帕夫娜的问题时，大放厥词起来，“我，他，和故去的列夫·尼古拉耶维奇·梅思金公爵（我和他的令郎相别二十年，今天又见面了），我们三个人形影不离，就好像阿托斯、波尔多斯、阿拉密斯[1]三个剑客一样。但是，可怜的是有一个遭受谣言和子弹的创伤，已经进了棺材；另一个就在您的面前，仍然对谣言和子弹进行斗争……”

“和子弹进行斗争！”娜司泰谢·费里帕夫娜喊道。

“子弹就在这里，我的胸膛里，在卡尔司城下打进去的。每到阴雨的天气，就隐隐作痛。在其他方面，我是过着哲学家的生活，我散步、游玩，在我的咖啡店里下跳棋，像退休的资产阶级人物一样，还读*Indépendance*[2]呢。但是，我和我们的波尔多斯——叶潘钦，自从前年在火车上发生哈巴狗事件以后，交情就完全结束了。”

“哈巴狗！这究竟是怎么回事！”娜司泰谢·费里帕夫娜特别好奇地问，“关于哈巴狗？而且，还是在火车上！……”她似乎想起什么来了。

“那是一件愚蠢的事情，不值得再去提它。那是由于白洛孔司卡耶公爵夫人的保姆施密特太太，但是……不值得再去讲它。”

“但是，您一定要讲！”娜司泰谢·费里帕夫娜很快乐地喊道。

“我还没有听过！”费尔特申阔说，“C'est du nouveau[3]!”

“阿尔达里昂·阿历山大洛维奇！”尼娜·阿历山大洛夫娜又央

1 大仲马的小说《三个火枪手》（原名《三剑客》）内的人物。

2 法文：《独立报》。

3 法文：这是新闻。

求说。

“爸爸，有人找您！”郭略喊。

“一桩愚蠢的事情，两句话就可以说完。”将军扬扬得意地开始说，“在两年以前，是的！差不多有两年啦，某条新铁路刚刚通车，我那时已经不穿军衣，为了料理一桩有关解职的极重要的事务，就买了一张头等座车票。上车以后，就坐下抽烟。也可以说是继续抽烟，因为我是在上车以前点的。我独自坐在包厢里。车上既不禁止吸烟，也不允许吸烟；照例是半准半禁；当然是因人而定。车窗开着。汽笛刚要响，忽然有两位太太带着一只哈巴狗走了进来，正坐在我对面。她们来迟了。有一位打扮得异常漂亮，穿着淡湖色的衣裳。另一位打扮得比较朴素，穿着玄色的绸衣，外加披肩。她们姿色不坏，脸带傲气，说英国话。我自然不管，还是抽烟。我本来也想了一想，但是继续抽烟，朝窗外喷，因为车窗是开着的。那只哈巴狗伏在穿淡湖色衣裳的太太的膝上，小小的，像我的拳头那般大小，皮毛是黑的，脚爪是白的，真是稀有的东西。颈圈是银的，上面刻着字。我不管那一套。我只看见两位太太好像在那里生气，自然是为了我抽烟。一位太太举起玳瑁单眼镜来看我。我还是不管，因为她们并没有说什么话呀！她们如果说出来，警告我，请求我就好了，要知道，她们到底是长着舌头的呀！可是她们沉默着……忽然——我对您说，一点儿警告都没有，真是连一点点警告都没有，完全像发疯了一样——那个穿淡湖色衣裳的女人从我手里把烟抢去，扔到窗外去了。火车飞驰着，我望着她发愣。那是一个野蛮的女人，完全是野蛮类型中的一个女人；不过这个女人身子结实、肥胖、高大，金色的头发，红润的脸蛋（太红润了），两只眼睛瞪着我。我不发一言，带着特别的客气，十足的客气，精细的客气，两只手指挨近哈巴狗，用优美的姿势捏住它的脖子，把它朝窗外一扔，让它随着那根雪茄烟去了！只听它尖叫一声！火车继续飞驰……”

“您是一个怪物！”娜司泰谢·费里帕夫娜喊道，一面哈哈大笑，一面拍巴掌，像一个小女孩似的。

“妙极了，妙极了！”费尔特申阔喊道。波奇成见将军进屋本来十分不愉快，现在也笑了。连郭略都笑起来，并且喊着：“妙极了！”

“我是有理的，有理的，十分有理的！”扬扬得意的将军继续热烈地说，“因为，如果火车内禁止吸烟，狗就更要被禁止啦！”

“妙极了，爸爸！”郭略欢欣地呼喊着，“好极了！如果是我，我也一定，一定也要这样做！”

“但是，那位太太怎样了呢？”娜司泰谢·费里帕夫娜不耐烦地问。

“她吗？一切的不愉快就在这上面。”将军皱着眉头，继续说下去，“她一句话也不说，没有一点儿警告，就给我一个嘴巴！野蛮的女人，十足的野蛮类型的女人！”

“您呢？”

将军垂下眼睛，抬了抬眉毛，抬了抬肩膀，咬紧嘴唇，摊开双手，沉默了一会儿，忽然说道：

“我火啦！”

“痛不痛？痛不痛？”

“说真的，并不痛！闯下了祸，但是并不痛。我只挥了一下手，单独挥一下手。然而见鬼，那个金黄头发的女人原来是个英国人，白洛孔司卡耶公爵夫人家里的保姆，也可以说是朋友，那个穿黑衣服的是白洛孔司卡耶公爵的大女儿，三十五岁的老处女。大家都知道叶潘钦将军夫人和白洛孔司卡耶家什么关系。他们家所有的女公子都晕倒、哭泣，为她们所宠爱的哈巴狗开吊。六位女公子和一个英国女人的号哭，简直像天翻地转一般！我自然亲自登门道歉，请求原宥，还写了一封信送去。她们不接见我，也不收我的信。叶潘钦和我吵了一顿，跟我绝交，把我撵出来！”

“等一等，这是怎么回事？”娜司泰谢·费里帕夫娜忽然问道，“我经常看*Indépendance*，五六天以前，我在*Indépendance*上读到一个故事，和这个完全一样！简直一模一样！那个故事讲，在莱茵铁路的火车上，一个法国男子和一个英国女人之间发生了这样的纠纷：也是同样地被夺去雪茄，也是同样地把哈巴狗扔到窗外，最后的结果也和您所讲的一样，甚至那个女人的衣服也是淡湖色的！”

将军满脸通红，郭略的脸也红起来，两手抱紧自己的头。波奇成迅速转过身去。只有费尔特申阔一个人仍旧呵呵地笑着。笳纳是不必讲了：他一直站在那里，哑口无言，忍受着难堪的痛苦。

“我可以对您保证，”将军喃喃地说，“我也遇到过同样的事情……”

“爸爸的确和白洛孔司卡耶家的保姆施密特太太发生过不愉快的事情，”郭略喊道，“我记得的！”

“怎么？完全一样的吗？在欧洲的南北两端竟产生同样的故事，而且连一切细节都是一样，甚至淡湖色的衣裳都是相同的！”娜司泰谢·费里帕夫娜无情地反驳说，“我可以把*Indépendance Belge*[1]送给你们看！”

“但是您要注意，”将军依然嘴硬，“我这件事情是在两年以前发生的……”

“就是这一点不同吗？”

娜司泰谢·费里帕夫娜笑得像歇斯底里症发作一般。

“爸爸，我请您出去，有两句话说。”笳纳用颤抖的、苦痛的声音说，不由自主地抓住父亲的肩膀。他的眼光里充满无穷的憎恨。

在这一刹那间，前室里的铃声响得震耳。从这样大的响声听来，门铃是可能被拉断的。这表明一定是不寻常的拜访。郭略跑去开门。

---

1 法文：《比利时独立报》。

第十章

前室里忽然喧哗异常，显得人很多的样子。从客厅里听起来，似乎已经有几个人从外面走进来，而且还有些人正往里走，同时有好几个人在说话和吵嚷的声音。在楼梯上也有人说话和吵嚷，可是听得出，前室楼梯的那扇门没有关。这是很奇怪的访问。大家你瞧瞧我，我瞧瞧你。笳纳奔到大厅里去，但是已经有几个人进了大厅。

“呵，犹大在这里呢！”一个公爵熟稔的声音喊着，“你好呀，笳纳，你这坏蛋！”

“就是他，就是他！”另一个声音凑上去说。

公爵一点儿也用不着怀疑：一个声音是罗果静的，另一个声音是莱白及夫的。

笳纳站在客厅的门槛上，有点儿呆若木鸡的样子，默默地望着十一二个人跟着帕尔芬·罗果静走进大厅，没有加以拦阻。这群人不但混杂，而且毫无秩序。有几个人连大衣和皮裘也不脱，就走了进来。他们之中虽然没有完全喝醉的，可是大家似乎都带有很大的醉意，需要互相鼓励，才敢进来。没有一个人具有足够的勇气，大家似乎在互相推搡着，连为首的罗果静也很谨慎。但是他心里怀着某种意图，脸上现出阴郁、激怒和烦恼的样子。其余的人们只成为一个歌咏班，或者不如说是啦啦队。除莱白及夫以外，烫了头发的扎聊芮夫也同来了。他把皮大衣扔到前室里，穿一身漂亮服装，潇洒自如地走了进来。此外还有和他相仿的两三个人，显然都是商界的人士。有一个人穿着半军式大衣。有一个人身材矮小，异常肥胖，不断发笑。有一个人身高六尺，也是特别肥胖，他一言不发，满脸杀气，显然相信自己胳膊粗力气大，到时候可以挥一阵老拳。有个医学院的学生，还有一个紧跟在他屁股后边的小波兰人。有两个太太从楼梯上向前张望，却不敢走进来。郭略就在她们的面前把门砰地一关，挂上了门钩。

“你好呀，笳纳，你这个坏蛋！你料不到帕尔芬·罗果静会来吧？”罗果静重复道，走到客厅门边，面朝笳纳站立着。正当这时候，他忽然看见娜司泰谢·费里帕夫娜坐在客厅里，就在他的对面。显然他并不想在这里遇见她，因为他一发现她，就表现出了特别的神态。他脸色惨白，连嘴唇都发青了。“如此说来，那是真的啦！”他小声地，似乎是自言自语地说，露出非常慌张的神色，“完了！……哼……你等着我跟你算账吧！”他突然咬牙切齿地，恶狠狠地看着笳纳说，“哼……唉！……”

他甚至喘息起来，连说话都困难了。他不由自主地走进客厅。但是，当他跨门槛的时候，忽然看见尼娜·阿历山大洛夫娜和瓦略，立刻就站住了。他虽然很激动，这时候也露出几分惭愧的模样。莱白及夫跟着他走进来。他像影子一般，寸步也不离开罗果静。他已经喝得酩酊大醉，随后进来的是大学生、握着拳头的先生、向左右两方面鞠躬的扎聊芮夫，最后，还有一个短矮的胖子挤了进来。由于几个女人在座，这些不速之客还有点儿顾忌，他们的行动显然受到了很大妨碍。但是，这种顾忌自然只是到开始大打出手以前为止，到获得大吵大闹、开始动手的最初借口为止……一旦到了那个地步，天下的任何女人也拦不住他们了。

“怎么？你也在这里吗，公爵？”罗果静漫不经心地说，他遇到公爵有点儿惊异，“吓，还是带着那副鞋罩呢！”他叹了一口气，然后就忘掉公爵，又将眼光移到娜司泰谢·费里帕夫娜身上，她好像一块磁石似的，把他吸引过去。

娜司泰谢·费里帕夫娜也是很不安地，很好奇地望着客人们。

笳纳终于清醒过来。

“但是，对不住，这到底是什么意思？”他很严厉地朝走进来的人们瞥了一眼，并且主要是对罗果静大声说，“先生们，这并不是马厩，我的母亲和妹妹在这里……”

“我们看见你的母亲和妹妹在这儿。”罗果静从牙缝里挤出这句话来。

“母亲和妹妹，这是看得见的。”莱白及夫为了contenance[1]，附和着说。

握着拳头的先生大概以为时机已到，已经开始咆哮了。

“这算什么道理！”笳纳忽然像什么东西爆炸了似的，发出过大的声音，“第一，请你们大家到大厅里去，第二，请问……”

“哼，他还装不知道呢！”罗果静恶狠狠地龇着牙说，没有动地方，“你不认识罗果静吗？”

“我好像和您在什么地方见过，但是……”

“还说在什么地方见过呢！只在三个月以前，我还把家父的二百卢布输给你，老头子没有查问出来，就一命呜呼了。你硬拉我入伙，克尼夫欺骗了我。你竟不认识我了吗？波奇成可以做证人！只要我现在从衣袋里掏出三个卢布来，你就会趴在地上，一直爬到瓦西里也夫斯基——你就是这样的东西！你就是这样的人！我现在就是来用钱把你完全买下来。你不要看我穿着这样的皮靴进来，我的钱多得很，老兄，可以把你完全买下来，连你家的活人一股脑儿买下来！”罗果静感情激动，醉意

1 法文：壮声势。

似乎越来越浓了。“唉！”他喊道，“娜司泰谢·费里帕夫娜！您不要赶我出去，您说一句话：您想同他结婚吗？”

罗果静提出这个问题，好像一个绝望的人对一位神祇提出来似的，他具有一个被判处死刑、因而无所顾忌的人的勇气。他怀着死一般的痛苦等待着回答。

娜司泰谢·费里帕夫娜用嘲笑和傲慢的眼神向他扫了一下。她又转过头去看瓦略和尼娜·阿历山大洛夫娜，再看了看筋纳，突然变换了语调。

“完全不是的。您这是怎么啦？您怎么想到问这种话呢？”

她轻轻地、严肃地回答，似乎有点儿惊奇。

“不吗？不吗！！”罗果静喊，欢喜得快发疯了，“不吗？！但是，他们对我说……唉！娜司泰谢·费里帕夫娜！他们说您要和筋纳订婚了！就和他订婚吗？难道这是可能的吗？（我对他们大家这样说！）我可以花一百卢布把他整个收买下来，假如我给他一千卢布，嗯，三千卢布，让他退让，他会在喜期的头一天逃之夭夭，把他的未婚妻留给我。你真是这样，筋纳，你这坏蛋！你一定会收下三千卢布！钱就在这里，就在这里！我现在跑来，就是要叫你保证。我说我要买下来，我就会买下来的！”

“你滚出去，你喝醉了！”筋纳喊叫着，他的脸色一阵红，一阵白。

他喊叫以后，忽然有几个声音一齐爆发了。罗果静的全队人马早就等着开火了。莱白及夫极力献殷勤，在罗果静耳边说了些什么。

“对呀，你这官员！”罗果静回答说，“对呀，你这个醉鬼！好，就这么办吧！娜司泰谢·费里帕夫娜！”他喊道，像傻子似的望着她。他最先露出很胆怯的样子，后来忽然胆大起来，达到极端胡闹的程度。“这里是一万八千卢布！”他把用绳子系好的一个白纸包放到她面前的小桌上，“这就是！我还……还有的是呢！”

他没敢说出他想说的话。

“不对，不对！”莱白及夫又露出十分惊慌的样子，向他耳语。可以猜测得出，他是害怕数目太大，所以向罗果静建议先用比较小的数目试一试。

“不行，老兄，你对于这一道是个傻子，你不知道怎么办……看起来，我同你全是傻瓜啊！”罗果静遇到娜司泰谢·费里帕夫娜闪烁的眼光，他忽然醒悟过来，哆嗦了一下。“唉，我听你的话，弄糟糕啦。”他非常悔恨地补充说。

娜司泰谢·费里帕夫娜朝罗果静的沮丧的面孔端详了一会儿，忽然笑起来了。

“给我一万八千卢布吗？立刻露出乡下人的样子啦！”她忽然带着傲慢的样子，随便说着，从沙发上站了起来，好像要走。笳纳很郁闷地看着这幕戏。

“那么，我出四万,四万，不是一万八千。”罗果静喊道，“温卡·波奇成和皮司库布答应在七点钟的时候送四万卢布来。四万！全付现款！”

这幕戏已经丑态百出，可是，娜司泰谢·费里帕夫娜继续笑着，不肯走，好像故意把这幕戏拉长似的。尼娜·阿历山大洛夫娜和瓦略也站起来了，她们惊慌地、默默地，看这幕戏发展到什么地步。瓦略的眼睛闪烁着，然而，这一切都使尼娜·阿历山大洛夫娜感到很痛苦。她哆嗦着，好像立刻要晕倒似的。

“既然如此，就给十万卢布吧！今天就送上十万卢布！波奇成，请你帮帮忙，借一点给我！”

“你发疯了！”波奇成忽然小声说，他连忙走到罗果静面前，拉住他的手，“你喝醉了。人家会出去叫警察的。你知道，你在什么地方？”

“他喝醉了以后吹牛哪。”娜司泰谢·费里帕夫娜说，似乎在挑逗他。

“绝不是吹牛，钱是有的。到晚上就有了。波奇成，你帮帮忙，你这个放高利贷的家伙！随便多少利息都行，今天晚上给我送十万卢布来。我要表明，我是毫不迟疑的！”罗果静忽然兴奋到了狂欢的地步。

“但是，这是什么意思呢？”阿尔达里昂·阿历山大洛维奇怒气冲冲地走到罗果静面前，突然很威严地喊道。老头本来一言未发，现在突然这样做，使这出丑剧增添了不少滑稽气氛。大家一阵哄笑。

“这又是什么人？”罗果静笑了，“来，老头儿，我们可以灌醉你！”

“这太无耻了！”郭略喊道，由于害羞和苦恼，哭起来了。

“难道你们就没有一个人能把这个不要脸的女人拉出去吗？”瓦略气得全身直打哆嗦，突然喊叫说。

“他们竟管我叫不要脸的女人！”娜司泰谢·费里帕夫娜带着讥笑的样子说，“我还像傻子似的，跑来请他们到我家里参加晚会呢！你瞧，令妹就是这样对待我，笳佛里拉·阿尔达里昂南奇！”

笳纳在他妹妹发作的时候，站在那里，好像被电打了一般。但是，他一看见娜司泰谢·费里帕夫娜这回果真要走，便怒气冲冲地跑到瓦略面前，疯狂地拉住她的手。

“你干的好事！”他喊叫着，瞪着眼看她，好像想把她就地消灭一般。他完全疯狂了，脑子已经不中用了。

“我干了什么事？你拉我到哪儿去？你这个浑蛋，是不是因为她跑到我们家来，把你的母亲侮辱一顿，把你的全家羞辱一番，而让我去向她赔罪啊？”瓦略又喊叫起来，用得意和挑衅的神情望着哥哥。

他们就这样面对面地站了一会儿。笳纳仍然拉着她的手不放。瓦略用尽力量往外拉了两次，她再也忍不住了，忽然朝他的脸上唾了一口。

“这姑娘真行！”娜司泰谢·费里帕夫娜喊道，“妙极了，波奇成，我恭喜您。”

笳纳眼前发黑，他完全忘却了一切，用力向他妹妹打去。这一下子本来一定会打到她脸上的，但是另有一只手忽然从空中把笳纳的手拦住了。

公爵站立在箔纳和他的妹妹的中间。

“得了，已经够了！”他坚决地说，但是他的全身也哆嗦着，好像受到极强烈的震撼一样。

“你老是挡我的路！”箔纳吼叫着，他把瓦略的手扔开，然后用那只空下来的手，带着极度疯狂的样子，狠狠打了公爵一记耳光。

“哎哟！”郭略拍着双手，喊道，“哎哟，我的天哪！”

四面八方都传来喊声。公爵面色惨白。他用奇怪的和责备的眼光直瞪着箔纳；他的嘴唇哆嗦着，努力想说出什么话来；他撇着嘴，露出一种奇妙的、极不相称的微笑。

“唔，随你打我吧……我反正不能让她……挨打！……”最后，他轻轻地说；但是，他忽然忍不住了，就撇开箔纳，用双手掩住脸，向屋角走去，脸朝着墙，声音断断续续地说：

“您将来对这种举动会感到多么羞愧呀！”

箔纳果真十分惭愧地站在那里。郭略跑去拥吻公爵。罗果静、瓦略、波奇成、尼娜·阿历山大洛夫娜，甚至老翁阿尔达里昂·阿历山大洛维奇都挤在他的身旁。

“不要紧，不要紧！”公爵向周围的人们喃喃地说，仍然带着那种不相称的微笑。

“他会后悔的！”罗果静喊道，“箔纳，你侮辱了这样的……绵羊（他想不出另外的词来），你一定会感到羞愧的！公爵，你是我的好朋友，你离开他们吧，唾他们的脸吧。我们一块儿走！我一定叫你知道罗果静是怎样的朋友！”

娜司泰谢·费里帕夫娜对于箔纳的举动和公爵的回答也感到十分惊讶。她的脸平常是惨白的、忧郁的，永远和她刚才发出来的那种笑声不调和，而现在却显然被一种新的感情所扰动了。不过，她好像仍然不愿意暴露出这种情感，竭力在脸上保持着一种讥讽的笑容。

“我的确在什么地方看见过他的脸！”她忽然又想起自己刚才提出

的问题，很严肃地说。

“您也不知道害臊！难道您真是像刚才发疯那样的人吗？这怎么可能呢！”公爵忽然带着极诚挚的责备口气喊道。

娜司泰谢·费里帕夫娜感到很惊奇，微微笑了一下，但是，她的笑里好像包含着什么用意。她有点儿慌乱，看了笳纳一眼，就从客厅里走出去了。她还没走到前室，忽然又回来了，她快步走到尼娜·阿历山大洛夫娜面前，拉住她的手，放在自己的嘴唇上面。

“他猜对了，我其实并不是这样的人。”她迅速地、热烈地小声说着，忽然满脸通红。她转过身去，又走了。这回走得非常快，谁也弄不清她回来是为了什么。大家只看见她对尼娜·阿历山大洛夫娜低声说了一两句，大概还吻了她的手。但是，瓦略看见和听见了一切，很惊异地目送着她。

笳纳清醒过来，连忙去送娜司泰谢·费里帕夫娜，但是，她已经走出去了。他在楼梯上追到了她。

“你不要送！”她对他喊道，“再见吧，晚上见！喂，一定要来呀！”

他带着惭愧和沉思的神情回屋来：他的心里浮出沉重的疑云，比以前还要沉重。公爵的影子在他的眼前晃来晃去……他已经完全失神，连罗果静那一群喽啰从他身旁走过，甚至在门口推了他一把，匆匆地随着罗果静走出他家，也都没有看清楚。那群人大声谈论着什么事情。罗果静和波奇成一起走，他用坚决的态度，讲着一件很重要的、显然刻不容缓的事情。

“笳纳，你输了！”他在走过笳纳身旁的时候喊着。

笳纳惊慌地看着他们的背影。

第十一章

公爵离开客厅，把自己关在屋里。郭略立刻跑来安慰他。这可怜的男孩子现在似乎离不开他了。

“您走开了很好。”他说，“现在那边会比刚才吵得更加厉害。我们家里每天如此，这全是因为娜司泰谢·费里帕夫娜。”

“你们家里有许多痛苦的事情。”公爵说。

“是的，有许多痛苦。我们的事情也不必多说了。那都是我们自己的过错。我有一个很好的朋友，他更不幸。我可不可以给您介绍一下？”

“我很愿意见一见。他是您的同学吗？”

“是的，差不多和同学一样。我以后再对您详细解释。……娜司泰谢·费里帕夫娜长得很好看，您以为怎样？我以前从来没有看见过她，可是很想见她。今天一见，简直使人连眼睛都花了。假如笳纳爱她的话，我完全可以原谅他，他为什么要钱呢？这真是糟糕！”

“是的，我不大喜欢您的哥哥。”

“那自然喽！在出了那件事情以后，您怎么会……不过，您要知道，我最不喜欢这种乱七八糟的想法。有一个疯子，或是傻子，或是疯人式的恶徒，打了某人一记耳光，那个人就好像一辈子丢了人，非报仇雪恨不可，除非对方向他下跪求饶，他绝不罢休。据我看来，这种想法是很可笑的，而且是十分残暴的。莱蒙托夫的剧本《假面舞会》就是以这为题材——我看是十分愚蠢的事。我是想说，这是不自然的。但是，他差不多是在儿童时代写成的这个剧本。”

“我很喜欢您的姐姐。”

“你看她唾箭纳的脸那股劲儿！瓦略真勇敢！但是，您没有唾他的脸，我相信这不是由于您缺少勇气。您瞧，真巧，一提到她，她本人就来了。我知道她会来的。她这个人虽然也有缺点，可是很正直。”

“这里没有你的事，”瓦略首先对他说，“你到爸爸那里去吧。您不觉得他讨厌吗，公爵？”

“恰恰相反，完全不。”

“姐姐，去你的吧！她就是这一点不好。我心里想，爸爸一定同罗果静出去了。现在他大概在那里懊悔吧。我应该去看一看他在那里做什么。”郭略一面往外走，一面说。

“谢天谢地，我把妈妈劝回去，安顿她睡下了，总算不再吵闹了。箭纳感到惭愧，沉思起来。他也真该好好想一想啦。这真是一次好教训！……我现在跑来，再度向您道谢，公爵，我还要问一声：您以前不认识娜司泰谢·费里帕夫娜吗？”

“不，不认识。”

“那么，您为什么当她的面，说她不是‘这样的人’呢？而且，您好像猜对了。她也许的确不是这样的人。不过，我还不了解她！自然，她侮辱我们是有目的的，这是很明显的事情。我以前也听到过不少关于她的奇怪传说。但是，如果她是来邀请我们参加晚会的话，她怎么能那样对待我母亲呢？波奇成很熟悉她，他说，他也猜不出她今天前来的目的。她对罗果静的态度又怎样呢？一个人如果有自尊心，在自己的那个……的家里，绝不能那样说话。妈妈为了您，也很感到不安呢。”

“没有关系！”公爵说，挥了挥手。

“她怎么会听您的话呢？……”

“她听什么话啦？”

“您对她说，她应该感到害臊，她的态度马上都改变了。您对于她很有影响，公爵。”瓦略说，微微一笑。

门开了，完全出乎意料，�纳走进来了。

他看到瓦略，居然没有露出犹疑的样子，他在门槛上站了一会儿，忽然坚决地走到公爵面前。

“公爵，我做了卑鄙的事情，老兄，请您饶恕我吧。”他忽然很热情地说。他的脸上显出十分痛苦的样子。公爵很惊讶地望着他，没有立即回答。“请原谅！请原谅！”笳纳很急切地请求着，“如果您愿意，我立刻来吻您的手！”

公爵异常惊讶，两手抱着笳纳，一句话也没有说。两个人很诚挚地互相亲吻。

“我怎么也想不到，怎么也想不到您会这样。”公爵终于很困难地喘息着说，“我以为您……您是不会……”

“不会赔罪吗？……我今天怎么会认为您是一个白痴！您能注意到别人从来注意不到的事情。同您是可以谈一谈的，但是……还是不谈的好！”

“这里还有一个人，您应该对她赔一个不是。”公爵指着瓦略。

“不，她们全是我的仇敌。公爵，您应该相信，我尝试过许多次了。她们绝不会很诚恳地饶恕人！”笳纳脱口说出这激烈的话。

他转过身子，不看瓦略。

“不，我不会饶恕的！”瓦略忽然说。

“今天晚上你也到娜司泰谢·费里帕夫娜家里去吗？”

“如果你叫我去，我是可以去的。但是，你自己要好好考虑一下：现在我有没有去的可能？”

“你要知道，她并不是这样的人。她在叫我们猜谜！故弄玄虚！”

�歪着嘴笑了。

箚纳歪着嘴笑了。

“我自己也知道她不是这样的人，只是在那里故弄玄虚。但是，她弄的是什么玄虚呢？再说，箚纳，她究竟把你当成什么人呢？随她去吻妈妈的手，随她去弄什么玄虚吧，但是有一样，她总在嘲笑你呢！真的，哥哥，这种苦头不值七万五千卢布！你还能有正直的心情，所以我才对你这样说。你自己也不必去啦！你可要当心呀！这件事绝不会有好结果。”

瓦略十分激动，她说完这句话，很快从屋内跑出去了。

“她们总是这一套！”箚纳笑了笑说，“难道她们以为我自己不知道这一点吗？我比她们知道的多得多。”

箚纳说完以后，就坐到沙发上，显然还不想走。

“您既然自己知道，”公爵十分胆怯地问，“您既然明知道这种苦头的确不值七万五千卢布，那又何必自讨苦吃呢？”

“我说的不是这一点。”箚纳喃喃地说，“我要顺便听一听您的意见，您以为这种苦头，究竟值不值七万五千卢布呢？”

“据我看来是不值的。”

“我知道您会这样说的。这样的婚姻是可耻的吗？”

“很可耻。”

“那么，我告诉您吧，我一定要娶她，现在这是确定不移的了。刚才我还迟疑，现在可不了！您不要开口了！我知道您想说什么话……”

“我并不讲您所想的那件事情，不过，您那过度的自信心倒使我十分惊讶……”

“什么？什么自信心？”

“第一，您认为娜司泰谢·费里帕夫娜一定会嫁给您，大局已定不会更改。第二，您认为她一嫁给您，那么七万五千卢布就会进入您的腰包。当然啦，这里有许多情形我还不知道。”

箚纳向公爵身旁移近了些。

“您自然不知道全部的情形。”他说，“要不，我又何苦把这份重担背在自己身上呢？”

“我觉得这是屡见不鲜的事情：有人为了金钱结婚，而金钱仍旧在妻子的手里。”

“不，我们是不会这样的……这里面……这里面还有些情节……”筎纳心慌意乱地思索着，他喃喃地说。

“至于说到她的答复，那是没有疑问的。”他很迅速地补充说，“您根据什么情况，认为她会拒绝我呢？”

“我除了自己所见到的一切，一点儿也不知道。刚才瓦尔瓦拉·阿尔达里昂诺夫娜说……”

“唉，她们竟胡说，不知道说什么好。娜司泰谢·费里帕夫娜刚才是取笑罗果静，您相信我的话吧，我看得很清楚。这是显而易见的。我刚才也很害怕，但是现在想通了。她对我父母、瓦略，也采取同样态度了吗？”

“对您的态度也是一样。”

“那也许。但是，这只是旧式女人的报复行动，没有别的。她是个爱生气的、喜欢报复的、最爱面子的女人。她好像一个郁郁不得志的官员！她想抬高自己，对他们……也对我，表示自己的一切轻蔑心情。这是实在的，我不否认……但是，她终归会嫁给我的。您不知道，一个人由于自尊心强，会弄出怎样的花样来。她认为我是一个卑鄙无耻的人，因为她是别人的情妇，我公开地为了金钱娶她，可是她不知道，如果是别人的话，骗她的手段还要更卑鄙呢。那种人会纠缠住她，开始向她灌输一些自由进步的思想，搬出各种妇女问题来，结果就会把她引上圈套，像线穿进针孔一般。他会使那个骄傲的傻女人相信（那么容易地！），他所以娶她，只是为了‘她的心灵高贵和不幸’，但实际上还是为了金钱。我博不到女人的欢心，是因为我不愿意耍花招；其实，我是应该耍花招的。她自己怎么做的呢？不也是一样吗？既然如此，她为什么还要看不起我，想出这些花招来呢？这是因为我自己不愿意屈服，表示出骄傲的态度。好啦，我们走着瞧吧！”

“在这以前，您真的爱过她吗？”

“起初是爱的。但是够了……有些女人只能做情人，另外没有一点儿用处。我不是说，她做过我的情人。假如她愿意过和平日子，我也不调皮捣蛋；假如她要造反，我立刻抛弃她，把金钱抢到手里。我不愿意成为一个笑柄，我首先不愿意成为一个笑柄。”

“我老觉得，”公爵很拘谨地说，“娜司泰谢·费里帕夫娜是一个聪明的女人。她既然预先感到会吃这样的苦头，那又何必跳火坑呢？要知道，她也可以嫁别的男人呀。这一点我觉得很奇怪。”

“这是有道理的！您还不完全知道其中的详情，公爵……其中的详情……此外，她相信我疯狂地爱她，这一点我可以对您赌咒。您知道，我也深深地相信她是爱我的，只是用一种特别的爱法，就像俗话所说：‘爱得深，打得重’，她会一辈子把我当作一个恶人（也许她需要这样），但是她还会用一种特别的方式爱我。她预备这样做，她的性格是如此。我告诉您说，她是一个十足的俄罗斯女人。但是，我要给她准备一个意外的礼物。刚才和瓦略的那一幕是无意中发生的，但是对我是有益处的：她现在看到，而且深深相信我对她一往情深，为了她，我可以断绝一切的关系。您会看出来，我也并不是一个傻瓜。顺便问您一句，您不以为我是一个爱嚼舌的人吗？亲爱的公爵，我心里信任您，也许在实际上做得不好。但是，因为我首先遇到您这样正直的人，所以攻击到您身上去了，请您不要把‘攻击’这两个字当作双关的戏语。您不会为了刚才那件事情生气吧？整整两年内，我也许是初次说出心里的话。此地诚实的人太少，没有比波奇成更诚实的人。您大概在那里笑我吧？卑鄙的人是爱正直的人的——您不知道这一点吗？我当然是个……不过，您凭良心讲，我究竟哪一点卑鄙？他们为什么全跟着她称我作卑鄙的人？您要知道，我也跟在他们和她的后面自称为卑鄙的人！这才卑鄙呢，这才真正卑鄙呢！”

“我今后永远不会把您当作卑鄙的人了。”公爵说，“刚才我已经完全把您当作恶人看待，但是您忽然使我十分高兴起来。这真是一个教训：一个人没有经验，就不能够判断。现在我看出，不但不能把您当作恶人，还不能把您当作品行十分恶劣的人看待。据我看，您只是一个平凡到了极点的人，而且太软弱，一点儿也没有特点。”

简纳暗自恶笑了一声，没有说话。公爵看出简纳不接受他的批评，自己很难为情，也就一声不响了。

“我父亲向您借过钱吗？”简纳忽然问。

“没有。”

“他会借的，可是您不要借给他。我记得，他以前是一个体面的人，上等人家都接待他。但是，这些体面人物一上了年纪，就会多么快地走上穷途末路啊！环境稍有变更，他们以前的一切就都没有了，好像火药遇到火一样，烧得干干净净。他以前并不如此说谎，我可以对您保证。他以前只是过于狂热一些——可是现在变成什么样子了！自然，这要怪酒。您要知道，他还有一个姘头呢。他现在不只是一个天真烂漫的说谎者。我真不明白，我母亲怎么会有那样的耐心！他对您讲过卡尔司[1]被围的故事没有？讲过他那匹灰色马说话的故事没有？他甚至会做这种事情。”

简纳忽然笑得前仰后合了。

“您干吗那样瞧我？”他问公爵说。

“我真奇怪，您会笑得这样诚恳。您的笑的确像小孩子一样。刚才您进来跟我和解的时候，说：‘如果您愿意，我可以吻您的手。’——这正像小孩子们和解似的。看起来，您还能够说出这样的话，做出这样的行动。但是，您忽然高谈阔论起这件肮脏事和七万五千卢布来了。这一

---

1 卡尔司，土耳其东北部的城市，靠近苏联国境。

切真有点儿离奇，而且是不应该有的。”

“您想从这里面得到什么结论呢？”

“那就是说，您是不是过于轻举妄动，您是不是应该先考虑成熟？瓦尔瓦拉·阿尔达里昂诺夫娜的话也许是对的。”

“啊，又满口仁义道德啦！我自己也知道，我还是一个小孩子。”箔纳很热烈地插嘴说，“只从我和您作这类谈话，就可以看得出来。公爵，我要办这桩婚事，并不是为了金钱。”他继续说，好像一个青年人的自尊心受了伤害，不能不说出来似的，“如果是为了金钱的话，那我一定是打错算盘了，因为我的脑筋还不够灵活，性格也很软弱。我做这件事情，是出于一种热情，一种爱好，因为我有一个主要的目的。您以为我得到七万五千卢布以后，立刻就要购买一辆马车。不，我到那时候还要穿前年做的旧衣裳，抛弃俱乐部里的那帮朋友。我们这里虽然都是放高利贷的人，但是有耐心的人并不多。我却愿意忍耐着。最要紧的是坚持到底——这就是全部的任务。波奇成十七岁的时候睡在街上，贩卖修铅笔的小刀。他开始时只有几戈比，现在已经有六万卢布了。但是，他的确是经过千辛万苦，好不容易啊！我要这种千辛万苦，直接从大笔资本开始。到十五年以后，人家会说：‘你瞧这是伊伏尔金，犹太王！’您对我说，我是没有特点的人。您要注意，亲爱的公爵，对于我们时代和我们种族的人来说，再没有比说他没有特点、性格软弱、没有特殊才能、为人平凡等更感到侮辱的了。您甚至不肯承认我是一个最好的坏蛋，您知道刚才就是为了这个，我恨不得把您吃下去！您给我的侮辱比叶潘钦给我的还厉害，他不跟我商谈，也不劝说我，您要注意，他只凭心里想就认为我可以把老婆卖给他！老兄，他这种看法使我感到狂怒，我很需要金钱。等我有了钱，您知道，我就会成为很有特点的人了。金钱所以非常可鄙可憎，就是因为有了它才会显得有才能。而且，一直到世界的末日为止，情形也是如此。您一定要说这话太幼稚了，或者说是太诗意了。那有什么，反正这样做会使我更加快乐，我一定要这样做。我无论如何要坚持到底，忍耐到底。Rira bien qui rira le dernier! [1] 叶潘钦为什么这样侮辱我？是为了恨我吗？绝不是的，只是因为我太渺小了。等到有朝一日……但是够了，我该走啦。郭略已经探了两次头，他是来请您吃饭。我现在要出去一趟。我有时可以来看您。您住在我们家里不会不舒服的，他们现在会把您当作亲属看待。可是您要留神，不要泄露我的秘密。我觉得咱们俩如果不成为好友，就会成为仇敌。您以为怎样，公爵？假如我刚才吻了您的手（我是出于至诚的），我会不会以后就成为您的仇敌呢？”

“一定会那样，但不至于永远如此。以后您会忍不住而饶恕我的。”公爵寻思了一会儿，笑着说。

“唉！和您相处得小心点儿。您这家伙是无孔不入的。谁知道，您也许就是我的仇敌？哈，哈，哈！还有一件事，我忘记问您了：我总觉得您很喜欢娜司泰谢·费里帕夫娜，对不对？”

“是的……很喜欢。”

“爱上了吗？”

“没有。”

“但是您脸都红了，露出很难过的样子。好啦，不要紧，不要紧，我绝不笑话您。再见吧。您要知道，她是一个品行端正的女人，您相信这一点吗？您以为她和那个托慈基同居吗？不！不！早就不同居了。不知您注意到没有，她这个人也很爱面子，今天有好几秒钟显出难为情的样子！真是的。这类人是爱驾驭别人的。唔，再见吧！”

筵纳带着轻松愉快的心情走了出去，比走进来时还显得潇洒自如。公爵留在那里，动也不动地寻思着，约有十分钟的样子。

郭略的脑袋又从门缝伸进来了。

“我不想吃饭，郭略。我刚才在叶潘钦家里吃了早饭，吃得很饱。”

---

1 法文：最后笑的人笑得最痛快。

郭略走进门来，递给公爵一张字条。那张字条是将军写的，折叠着，而且盖有封印。从郭略的脸上可以看出，他很不高兴传递这张字条。公爵读完，就立起身来取帽子。

“只有两步路，还用得着写信？”郭略露出难为情的样子，“他现在正坐在咖啡店里喝酒。我真不明白，他怎么会在那里赊账呢？好公爵，请您不要对我家的人说我传递这张字条！我发过一千遍誓，绝不传递这种字条，但是我又可怜他。请您不要和他客气，给他几个零钱就算了。”

“郭略，我有一个想法，我必须去见你父亲一下……为了一桩事情……咱们走吧。”

第十二章

郭略领公爵到不远的地方，就在李铁因大街，一家附设弹子房的咖啡店。这家咖啡店设在楼下，门朝大街。进了门，右边有一个单间屋子。阿尔达里昂·阿历山大洛维奇带着熟客的神气坐在单间的一个角落里。他面前的小桌上放着一只酒瓶，手里真的拿着一份*Indépendance Belge*。他等候着公爵，他一看见公爵的影子，立刻把报纸放下，开始热烈而呜咽地进行解释。公爵对于他的解释了解很少，因为将军已经有几分醉意了。

"我没有十个卢布的票子。"公爵打断他的话，"这是一张二十五卢布的，您去换一下，还给我十五卢布，因为我自己连一个钱也没有了。"

"一定，一定。请您相信，我立刻就……"

"此外，我对您还有一个请求，将军。您从来没有到娜司泰谢·费里帕夫娜家里去过吗？"

"我吗？我没有去过吗？您是问我这样的话吗？我去过几次，老弟，好几次！"将军喊叫着，显出扬扬得意的嘲讽的样子，"但是，我后来与她断绝来往了，因为我不愿意促成这种不体面的婚姻。你自己会看得见，您在今天早晨已经亲眼看到了：我做了一个父亲所能够做到的一切——但是，那只是一个温和的、宽大的父亲。现在另有一种父亲要登场了，我们等着瞧吧！到那时候，不是一个功勋卓著的老战士粉碎阴谋，便是一个无耻的淫妇走进高贵的家庭。”

“我正想求您一件事，您能不能作为引见朋友，今天晚上带我到娜司泰谢·费里帕夫娜家里去一趟？我今天一定要去。我有事情。但是，我完全不知道怎样才能进去。刚才筛纳已经把我介绍给她了，但是她没有邀请我——今天晚上她举行晚会。我准备打破一点儿礼节，也不怕人家笑话我，只要能进去就行。”

“老弟，您的话正合我意。”将军兴高采烈地喊道，“我叫您来并不是为了通融一点儿零钱，”他继续说，一面把钱抢下，放到口袋里去，“我叫您来，就是要请您一块儿到娜司泰谢·费里帕夫娜家里去，也可以说是前去远征娜司泰谢·费里帕夫娜！伊伏尔金将军和梅思金公爵！她会觉得多么惊奇啊！我呢，我要借着贺生日的机会，最后表示出我的意见——是间接地，而不是直接地，不过这和直接一样。到那时候，筛纳会看出自己也该怎么办：不是功勋卓著的父亲……如何如何……便是……但是，爱怎样就怎样吧！您的主意很好。我们到九点钟再动身，现在还早呢。”

“她住在哪儿？”

“离这里很远，在大戏院附近，梅托夫曹娃的房子，差不多靠着广场，在二楼上……今天她虽然是过生日，可是不会有许多人参加，而且散得很早……”

已经到了晚上。公爵坐在那里，一面等候，一面听将军说话。将军讲了不少故事，但都是有头无尾。公爵来了以后，他又叫了一瓶酒，过一小时才把它喝完，以后又叫了一瓶，把它喝光了。到这时候，可以推测得出，将军已经把他的全部历史都讲出来了。公爵终于站起来说，他不能再等下去了。将军把瓶底的残酒倒出来喝了，然后就站起身，摇摇晃晃地出去了。公爵感到绝望。他不明白，自己怎么会这样愚蠢地信赖人家。但在实际上，他从来也没有信赖将军，他只是打算借将军的助力，混进娜司泰谢·费里帕夫娜的家里去。他觉得闹点儿乱子也不要紧，只是不希望闹出极大的乱子罢了。哪知道将军现在喝得酩酊大醉，嘴里天上地下、滔滔不绝，而且情感冲动，几乎掉下泪来。他哓哓不休地说，由于他全家的人品行不良，一切都垮台了，现在到了加以阻止的时候了。他们之后走到了李铁因大街。冰雪继续融化。忧郁的、温暖的、带臭味的风在街头呼啸着，马车在稀泥里颠簸，马蹄叩着石子路，发出响亮的声音。人们缩头缩脑地、湿淋淋地在人行道上走着，其中也偶尔遇到一些醉鬼。

“您看见那灯光辉煌的二层楼了吗？”将军说，“我的老同事们全住在这里。我比他们服务的年头都多，受苦也最多，而我现在却徒步往大戏院走，到一个暧昧女人的家里去！这是一个在胸里有十三颗枪弹的人……您不相信吗？可是皮罗果夫[1]单单为了我，曾经打电报给巴黎，而且暂时放弃被围困的塞瓦斯托波尔[2]，巴黎的御医涅拉顿借了科学的名义，设法弄到一张通行证，跑到被围困的塞瓦斯托波尔城里给我诊治。最高长官也知道这件事情，一提起来就说：‘那个伊伏尔金是中了十三颗子弹的啊……’公爵，您看见这所房子没有？我的老同事苏郭洛维奇将军就住在它的二楼。他有一大家人，都很正直。我现在交游的，也就是我个人认识的，就是这一家，涅瓦大街上还有三家，海洋街还有两家。尼娜·阿历山大洛夫娜早就向环境低头了。我呢，仍旧不忘过去……在那些老同事和至今还尊敬我的下属的所谓文化圈子里盘桓。这位苏郭洛维奇将军（说起来，我很久没有到他家里去过了，也没有见到安娜·费道洛夫）……您知道，亲爱的公爵，一个人如果不接见宾客，自然而然就不会去拜访别人了。但是……嗯……您好像不相信……但

1 皮罗果夫（1810—1881），俄罗斯伟大的外科医学家和解剖学家。

2 克里米亚半岛的城市，黑海港口。

是，我为什么不能领我的最好朋友和总角之交的公子到这个可爱的家庭里去呢？伊伏尔金将军和梅思金公爵，您会看到一个出奇的女郎，而且不是一个，是两个，甚至是三个，她们全是京城的交际花：又漂亮，又有学问，又有派头……她们能谈妇女问题，会作诗词，这一切凑在一起，使她们成为幸福的化身，更不用说她们每个人至少有八万卢布的嫁妆了，完全是现款，不管研究什么妇女问题和社会问题，钱永远是没有妨碍的……总而言之，我一定要，一定要领您去一趟。伊伏尔金将军和梅思金公爵！”

“立刻去吗？现在就去吗？但是您忘记了……”公爵说。

“我一点儿也没忘记，一点儿也没忘记，我们去吧！到这里来，走上这个漂亮的楼梯。真奇怪，看门人怎么不在这里，但是……今天放假，看门人出去了。他们还没撵走这个醉鬼呢。这个苏郭洛维奇升官发财，享尽清福，完全都是我的恩典，就是我，而不是别人……现在，我们到了。”

公爵已经不再反对这次拜访，他怕触怒将军，就很驯顺地跟在将军后面走，同时，他心里极端希望苏郭洛维奇将军和他的整个家庭渐渐像海市蜃楼一样消失，成为不存在的东西，那么，他们就可以安安静静地走下楼梯了。但是，使他心惊的是，这种希望竟开始幻灭了，因为将军引他上楼时，装出的确有朋友住在楼上的样子，不时穿插一些传记性和地理性的琐细情节，这些情节和数学一般精确。最后，当他们走上二楼，停在右手一个阔绰寓所的门前，而将军伸手去拉门铃的时候，公爵才决心逃走；但是，有一个莫名其妙的情况使他暂时站住了。

“您弄错了，将军。”他说，“门牌写的是库拉阔夫，而您是想找苏郭洛维奇呀。”

“库拉阔夫……库拉阔夫算不了什么。这是苏郭洛维奇的寓所，我要找苏郭洛维奇。滚他妈的库拉阔夫吧……有人来开门啦。”

门果然开了。一个男仆探出头来，说：“主人们不在家。”

“很可惜，很可惜，好像故意似的！”阿尔达里昂·阿历山大洛维奇带着深深惋惜的语调，重复了几遍，“你以后要报告一下，听差的，说伊伏尔金将军和梅思金公爵特地前来造访，感到非常非常遗憾……”

这时候，又有一张面孔从屋里朝敞开的门观看，颇似管家妇，也许是个保姆，是个四十来岁的女人，穿着深色的衣裳。她听到了伊伏尔金将军和梅思金公爵的名字，带着好奇和不相信的样子走过来。

“玛丽亚·阿历山大洛夫娜不在家，”她说，特别打量着将军，“她带着小姐阿历山大拉·米哈意洛夫娜到外祖母家里去了。”

“连阿历山大拉·米哈意洛夫娜也同他们去了，天哪，这真是不幸！您想一想，太太，我永远这样不幸！请您代我转达问候的意思，并且请阿历山大拉·米哈意洛夫娜记住……总而言之，请您转告她，我衷心祝祷她在礼拜四晚上听肖邦舞蹈曲时自述的愿望得到实现；她会记得的……我衷心祝祷！伊伏尔金将军和梅思金公爵！”

“我不会忘记的。”那位太太鞠了一躬，表示出有些相信的神情。

下楼时，将军依然不住地惋惜这次访友不遇，说公爵失掉了交好朋友的机会。

“您要知道，老弟，我的心有一些诗人的样子，您注意到这一点了吗？但是……但是，我们好像找错人家了。”他忽然完全出其不意地说，“我现在记起来了，苏郭洛维奇家住在另外一座楼房里，他们现在大概也在莫斯科。是的，我有点儿弄错了，但是……这不要紧。”

“我只想知道一件事情，”公爵忧郁地说，“我是不是应该完全不再依赖您，由我一个人前去呢？”

“不再？依赖？一个人？但是，这件事是我的一桩大事情，和我全家的命运有极大关系，那您又何苦如此呢？我的老弟，您还不大了解伊伏尔金的为人。如果说出‘伊伏尔金’这几个字，那就等于说出‘墙壁’一样。我最初在骑兵连当差，那时候人们就说：‘依靠伊伏尔金，就像依靠铜墙铁壁一般。’我现在只是顺路到一家去看看，我经过多次的烦恼和追寻，在这里已经得到几年的安慰……”

“您打算回家吗？”

“不！我打算……去找帖连奇耶娃，帖连奇耶夫大尉的寡妻，他是我过去的部下……也是我的朋友……我在大尉夫人家里得到精神上的安慰，把我生活上和家庭里的烦恼，都倾诉给她……因为我今天背负着极大的道德重担，所以我……”

“我觉得刚才麻烦您，已经是干了极愚蠢的事情。”公爵喃喃地说，“何况您现在……再见吧！”

“但是我不能，老弟，我不能放您走！”将军喊道，“一个寡妇，一个家庭的母亲，她弹奏着的心弦在我的整个身子里引起共鸣。拜访她只用五分钟，我到这一家用不着客气，我几乎完全住在这里。等我洗一洗脸，好好打扮一下，咱们再坐马车到大戏院去。您应该相信，今天整个晚上我都需要您……就在这所房子里，我们已经到了……郭略，你已经来了吗？玛尔法·鲍里索夫娜在不在家？你莫非也是刚到吗？”

“不是的，”郭略回答说（他恰巧在大门口撞上他们），“我早就在这里，陪着伊鲍里特，他的病不见好，今天早晨就躺下了。我现在到小铺去买纸牌。玛尔法·鲍里索夫娜在等候您呢。不过，爸爸，您怎么又这样了！……”郭略说时，仔细观看将军走路和站着的样子。“既然这样，我们就去吧！”

公爵遇到郭略以后，就决定陪将军到玛尔法·鲍里索夫娜那里去一趟，但只是去一会儿的工夫。公爵需要郭略。他已经下定决心，无论如何要把将军抛开，他对自己刚才要依靠将军的想法感到不能原谅。他们顺着后楼梯上四楼，走了很久。

“您想把公爵介绍给他们吗？”郭略在路上问。

“是的，我的好孩子，我想介绍一下：伊伏尔金将军和梅思金公爵，但是，那个……玛尔法·鲍里索夫娜怎么样了……”

“爸爸，您要知道，您最好不必去！她会大骂您一顿的。您有三天不照面，她正急着用钱。您为什么答应给她钱呢？您永远是这样！现在您自己去摆脱吧。”

到了四层，他们在一道低矮的门前止步。将军显然有点儿胆怯，推公爵走在前面。

“我要留在这里。”他喃喃地说，“我要来个出其不意……”

郭略首先进去。一位太太浓妆艳抹，穿着便鞋和马甲，头发编成小辫，年纪四十来岁，从门内向外窥探一下。将军所谓出其不意的把戏，竟出其不意地破产了。那位太太刚看见他，立刻喊道：

“他来啦！这个卑鄙的、狡猾的人来了！我可正惦记着他呢！”

“我们进去吧。就是这样。”将军向公爵喃喃地说，还发出天真烂漫的笑声。

事实上并不就是这样。他们刚从黑暗低矮的前室走进有些狭窄的大厅（大厅里摆着六张藤椅和两张牌桌），女主人立刻用一种熟练的抱怨声音继续说道：

“你不害臊吗？你不害臊吗？你这个野蛮人，我家的暴君！你这个野蛮人、恶棍！你把我完全抢光了，你吸尽了我的血，可是还不满足。我不能再忍受下去了，你这个无耻的骗子！”

“玛尔法·鲍里索夫娜！玛尔法·鲍里索夫娜！这位是……梅思金公爵。伊伏尔金将军和梅思金公爵。”将军带着战栗而且慌乱的样子喃喃地说。

“您相信不相信，”大尉夫人忽然对公爵说，“您相信不相信，这个无耻的人竟毫不怜恤我的孤苦伶仃的孩子们！他把一切东西都抢去，把一切东西都弄走，把一切东西都当尽卖光，一点儿也不留。我拿着你的借据有什么用呢？你这狡猾的、没有良心的人！你回答呀，狡猾的东西，你回答我呀！你这贪多无厌的黑心鬼！我用什么来养活我的那些孤儿呀？现在他喝醉了酒，跑到这里来，连脚都站不住……我有什么触怒上帝的地方？你回答呀，你这卑鄙龌龊的老滑头！”

但是将军顾不到这些了。

“玛尔法·鲍里索夫娜，这里是二十五卢布……我只能给你这些，这是一个极体面的朋友借给我的。公爵！我铸成了大错！人生……就是如此……但是现在……对不住，我站不住了。”将军继续说，站在屋子中央，向四面八方鞠躬，“我站不住了，对不住！莲努奇卡！好孩子……拿枕头来！”

莲努奇卡是一个八岁的小姑娘，她立刻跑去拿枕头，取来以后，放到漆布面的、又硬又破的沙发上。将军坐下，心里还打算说许多话，但是，身子刚一触到沙发，就立刻歪着倒下，转脸对着墙壁，呼呼地入睡了。玛尔法·鲍里索夫娜带着客气和悲伤的神情，在牌桌旁给公爵放了一张椅子，她自己坐在对面，一只手支住右腮，瞧着公爵，开始默默地叹气。三个孩子（两个女孩，一个男孩，莲努奇卡是最大的）走到桌旁，三个人都把双手放在桌上，三个人聚精会神地看着公爵。郭略从另一间屋子走出来了。

“郭略，在这里遇见了您，我很高兴。”公爵对他说，“您能不能帮我的忙？我一定要到娜司泰谢·费里帕夫娜家里去一趟。我刚才求阿尔达里昂·阿历山大洛维奇带我去，但是他已经睡熟了。请您送我去，因为我不认识街道，找不到路。不过，她的住址我是知道的：在大戏院旁边，住梅托夫曹娃的房子。”

“娜司泰谢·费里帕夫娜吗？她从来没有在大戏院旁边住过，父亲也从来没有到娜司泰谢·费里帕夫娜家里去过，您要知道这一点。真奇怪，您会希望他替您做什么事情。她住在佛拉地米尔司卡耶街，五叉口的附近，离这里近得很。您现在就要去吗？现在是九点半。如果您要去，我可以领您去。”

公爵和郭略立刻走了出去。可怜得很！公爵连叫马车的钱都没有，必须步行前去。

“我很想把伊鲍里特介绍给您。”郭略说，“他是那个穿马甲的大尉夫人的大儿子，住在另一间屋内。他身体不好，今儿躺了一整天。但是，他这个人很奇怪。他太爱生气，我觉得您在这个时间来，他对您会感到惭愧……我可不像他那样感到惭愧，因为男的是我的父亲，女的是他的母亲，这中间总归有些区别。在这种情况下，男子是无所谓名誉的。不过我认为男女两性在这种情况下轻重不同，这也许是一种偏见。伊鲍里特是一个了不起的少年，然而他也抱着一些偏见。”

“您说他有痨病吗？”

“是的，我觉得，他最好是赶快死掉。如果我是他，我一定希望早死。他很怜惜弟妹，也就是您看到的那几个孩子。假如可能的话，假如有钱的话，我想和他租一所单独的住宅，和我们的家庭脱离关系，这是我们的理想。我告诉您，刚才我把您的那件事情讲给他听，他竟大生其气，说：‘凡是挨了人家的耳光，宽容过去，不要求决斗的人，一定很卑鄙。’因为他太好生气，所以我就没有和他辩论。现在是娜司泰谢·费里帕夫娜请您去的吗？”

“并不是的。”

“那您干吗去呢？”郭略喊道，甚至在人行道中间站住了，“而且……还穿着这样的衣服，您不知道那里在举行宴会吗？”

“我真不知道自己要怎样进去。如果他们让我进去呢，那很好，如果不让我进去呢，事情也就吹了。至于衣服，我有什么办法呢？”

“您有什么事情吗？或者您只是到‘上流社会’pour passer le temps[1]？”

“不，我本来……我本来是有事情……我很难表达出来，但是……”

“究竟有什么事情，随您的便好了。我觉得最主要的是，您不要硬闯进宴会，不要硬钻进淫妇、将军和高利贷者的纸醉金迷的圈子。假如您往里钻，那么对不住，公爵，我一定嘲笑您、看不起您。在这个圈

1 法文：为了消磨时间。

子里，诚实的人太少了，因此没有一个值得尊敬的人。一个人自然而然会骄傲起来，而他们大家全都要求别人尊敬。瓦略首先是这样。公爵，您注意到了吗？现代的人全是冒险家，特别是在我们俄国，在我们可爱的祖国里面。我不明白，怎么会弄成这样。基础原来似乎很稳固，但是现在呢？大家都这样说，到处都这样写。大家都在暴露着。我国的人都在暴露着。我们的父母首先就开倒车，感到以前的道德可耻。譬如，在莫斯科就有一个父亲劝告他的儿子说，应该不择手段获得金钱。这件事在报纸上登载过。您再看看我家的将军。唉，他成一个什么样的人了呢？但是，您要知道，我觉得我家的将军还是一个诚实的人。的确是这样，他只是行为不正，喝点儿酒罢了。的确是这样！说老实话，我很可怜他。我只是不敢说，因为怕大家笑我。但是，我实在觉得他可怜。那些聪明人又怎么样呢？他们全是高利贷者，没有一个不是！伊鲍里特拥护高利贷，他说这是必要的，他说这是经济的动摇，是一种涨潮和落潮——我也弄不清他那套鬼话。很不爱听他这些话，可是他很爱发脾气。您想一想，他的母亲，就是那个大尉夫人，从将军手里弄到钱，马上又以很高的利息放给将军。这真是可耻至极！您要知道，妈妈，也就是我的母亲，将军夫人，尼娜·阿历山大洛夫娜，时常帮助伊鲍里特，送给他金钱、衣服、内衣和一切东西，还有一部分是通过伊鲍里特的手送给那几个孩子，因为他们没有人照管。瓦略也是这样做的。”

“您瞧，您说我国没有诚实和坚强的人，大家全是高利贷者；现在出现坚强的人了，这就是您的母亲和瓦略。在这种情况下，像这样的帮助，难道不是具有道德力量的明证吗？”

“瓦略这样做，只是由于好胜心强，显示一下自己不落在母亲后边。而母亲是真情实意……我尊敬她。是的，我尊重和拥护这一点。伊鲍里特几乎对任何人都是冷酷无情的，但是他都感觉到了这一点。他起初嘲笑着，认为我母亲的这种行为很卑鄙；但是，他现在有时醒悟过来了。唔！您管这个叫作力量吗？我要注意这一点。�纳不知道这件事，要不然，他一定认为这是姑息纵容了。”

“箔纳不知道吗？箔纳好像有许多事情都不知道。”公爵沉思着说。

“您要知道，公爵，我很喜欢您。我总忘不掉今天下午发生的那件事情。”

“我也很喜欢您，郭略。”

“请问，您打算在这里怎样生活下去？我很快就要找到一个工作，赚一点儿钱。让我们住在一起吧，我、您，还有伊鲍里特。我们三人来租一所房子。我们可以让将军来看我们。”

“我很乐意这样办。但是，我们以后再看吧。我现在……心里很乱。怎么？已经到了吗？就在这所房子里……多么华丽的大门啊！还有个看门的。郭略，我不知道这件事会弄得怎样下场。”

公爵站在那里，露出惊慌失措的样子。

“您明天讲给我听吧，不要太胆怯！但愿上帝使您成功，因为我对每件事情的见解都和您一样！再见吧。我要回去告诉伊鲍里特。她会接见您的，这一点毫无疑问，您放心吧！她是一个很特别的人。从这条楼梯上去，在二层楼，看门的会给您带路。”

第十三章

公爵上楼的时候，心里很不安，所以竭力鼓励自己。他心里想：“最多也不过是不接见我，对我怀着很坏的印象，或者接见我，当面笑我一顿……但是，这不要紧！”他对于这一点的确并不害怕，不过，还有一个问题：“我到了那里要做些什么事情？我为了什么到那里去？”——他对这个问题根本找不到满意的答案。就算是好坏弄到一个机会，对娜司泰谢·费里帕夫娜说：“你不要嫁给那个人，不要戕害自己，他并不爱你，只爱你的金钱，他亲自对我说的，阿格拉耶·叶潘钦娜也对我说过，所以我来告诉你一声。”——这也不见得在各方面都很相宜。他心里还有一个无从解决的问题，一个非常重大的问题，公爵一想到这个问题就害怕，他不能甚至不敢接受这个问题，更不知道应该怎样表白。当他考虑到这个问题时，脸便红起来，浑身战栗。但是，他不顾这一切的惊慌和怀疑，结果还是走进去，求见娜司泰谢·费里帕夫娜。

娜司泰谢·费里帕夫娜住在一所不很大但十分华美的寓所里面。在她住在彼得堡的五年内，有一段时间，就是刚开始的时候，阿法那西·伊凡诺维奇特别不惜为她花钱。那时候，他还希望博得她的欢心，主要是想用舒适与奢侈来诱惑她，因为他知道奢侈的习惯如何容易养成，而到后来当奢侈渐渐成为必要的时候，又是如何难以摆脱。在这方面，托慈基非常相信古时的良训，不加任何变更，极端尊重感情熏染所具有的不可战胜的力量。娜司泰谢·费里帕夫娜并不拒绝奢侈，甚至喜好挥霍，但是，令人特别感到奇怪的是，她绝不为奢侈所奴役，永远带着不挥霍也算不了什么的样子；她有几次甚至公开表白她的心情，因而使托慈基感到很不愉快。娜司泰谢·费里帕夫娜还有许多事情使阿法那西·伊凡诺维奇感到不快，后来甚至达到轻蔑的地步。她有时接近的，也就是她爱接近的一类人都具有庸俗的作风，我们姑且放下这种作风不谈，从她的身上还可以看出几种完全奇怪的倾向。她把两种趣味很野蛮地混合到一起，她具有一种随遇而安的能力，一个上流社会的文雅人物用某些东西和工具似乎不能生存，而她却能够对这些东西和工具感到满足。实际上，打个比方，如果娜司泰谢·费里帕夫娜忽然表示出某种可爱和文雅的无知，例如她不知道农妇不可能像她那样穿薄洋纱内衣之类，那么，阿法那西·伊凡诺维奇反而因此显得特别满意。这些结果首先是娜司泰谢·费里帕夫娜依照托慈基的计划所受到的一切教育造成的（托慈基本是精通这类事情的人），然而，可叹的是，这些结果竟是非常奇怪。虽说如此，但娜司泰谢·费里帕夫娜的身上到底还留下一点儿东西，她那种特别的、有趣的、古怪的行为和它的力量，有时会使阿法那西·伊凡诺维奇感到惊讶，甚至现在，当他以前对娜司泰谢·费里帕夫娜的一切计划都已经破产的时候，他依然感到十分荣幸。

有一个女仆（娜司泰谢·费里帕夫娜家里的仆役全是女的）出来迎接公爵，公爵感到奇怪的是，女仆听说他请见主人以后，并没有露出任何疑惑的样子。他那肮脏的皮靴、宽边的帽子、无袖的斗篷以及他那一副窘态，都没有使她有一分犹疑。她替他脱了斗篷，请他在接待室里等一等，立刻就进去通报了。

这天，娜司泰谢·费里帕夫娜家里的宾客全是平日那一些熟人。比起以前每年过生日来，这次的宾客人数还少得多。最重要的参加者是阿法那西·伊凡诺维奇·托慈基和伊凡·费道洛维奇·叶潘钦。他们两个人都很和气，但是两人都显得内心很不安，难以掩饰对依约宣布箭纳终身大事的期待。除了他们，箭纳自然也在座。他也是满面愁容，闷闷不乐，甚至显出完全“无礼貌”的样子，这天晚上，他经常远远地站在一旁，一言不发。他没敢带瓦略来，但是娜司泰谢·费里帕夫娜也没有提到她；不过，当她和箭纳寒暄以后，马上提到他刚才和公爵所演的那一幕丑剧。叶潘钦将军还没有听到这件事，于是就打听起来。箭纳冷冷地、沉着地，但是非常坦率地讲述了刚才发生的一切事情以及他是怎样去向公爵赔罪的。此外，他还热烈地表示说，大家管公爵叫“白痴”，这是非常奇怪的事情，天晓得是为了什么，他认为公爵恰恰相反，“当然是一个很有头脑的人”。娜司泰谢·费里帕夫娜很注意地听着这种评语，带着好奇的眼光观望箭纳。但是，他们的话题立即转到罗果静身上了。罗果静是那一幕丑剧的主要登场人物，阿法那西·伊凡诺维奇和伊凡·费道洛维奇也极好奇地打听他。原来最了解罗果静的是波奇成，他一直到晚上九点钟，还和罗果静在一起，为罗果静的事情奔忙。罗果静坚决主张当天弄到十万卢布。“他的确是喝醉了。”波奇成说，“但是，无论如何困难，他也可以弄到十万卢布，我只是不知道他在今天是不是能弄到全数；有许多人，如金台尔、脱莱帕洛夫、皮司库布，都在替他张罗；他几分利息都肯出，当然，这都是因为他喝醉了，因为他一见钟情……”波奇成结束了他的话。大家都很有兴趣地听这些报道，在兴趣之中含着几分阴郁。娜司泰谢·费里帕夫娜默不作声，显然不愿意表示意见。箭纳也是如此。叶潘钦将军心里比任何人都感到不安。他早晨送来的那串珠子，娜司泰谢·费里帕夫娜带着非常冷淡的客气，甚至是一种特别嘲笑的样子收了下来。在全体宾客中，只有费尔特申阔一个人露出过生日的快乐气氛，有时不知为什么哈哈大笑起来。他所以这样，只是因为他自愿来担当小丑的角色。阿法那西·伊凡诺维奇是出名的能讲优美动人的故事的人，在这类晚会上一向是谈话的中心，但是今天显然快快不乐，甚至带着他日常所没有的慌乱状态。其余的宾客为数不多（有一个寒酸的、天晓得为什么邀请来的老教师，一个不相识的、胆子极小的、始终不发一言的小伙子，一个很活泼的、四十来岁的女演员，还有一个特别美好、特别漂亮、一身珠光宝气而又特别不爱说话的少妇），他们不但不能使谈话特别热闹起来，有时简直就不知道说什么话好。

因此，公爵的来临简直巧极了。女仆通报以后，大家显出很惊奇的样子，迸发出几声微小的奇怪的笑声。当他们从娜司泰谢·费里帕夫娜的惊讶神情中看出她根本没有打算请公爵的时候，就越发惊奇和怪笑了。但是在惊讶之后，娜司泰谢·费里帕夫娜忽然表现出非常高兴的样子，因此多数宾客立刻准备用笑脸来迎接这位不速之客了。

“这也许是由于他太天真的关系。”伊凡·费道洛维奇·叶潘钦说，“无论怎么说，鼓励这种倾向是很危险的事情。但是，在这个时候，他能够想到光临，就算是用这种古怪的方式，也的确是不坏的。至少我可以断定，他也许会给我们增加一些乐趣。”

“况且他是主动前来的！”费尔特申阔立刻插嘴说。

“你的话是什么意思？”将军厉声问，他是看不起费尔特申阔的。

“这就是说，他应该交入场费。”费尔特申阔解释说。

“不过，梅思金公爵到底不是费尔特申阔。”将军忍不住说。直到这时候，他一想到自己和费尔特申阔在一个宴会上平起平坐，心里就不舒服。

“喂，将军，您饶恕费尔特申阔吧。”费尔特申阔嬉皮笑脸地回答说，“我在这里是有特殊地位的。”

“您有什么特殊地位呢？”

“上一次我已经很荣幸地详细向诸位解释了一番，我现在可以给大人再重复一遍。大人，您可以看到：大家都有智慧，唯独我没有。为了弥补这个缺点，我请求大家允许我说实话，因为诸位全都知道，只有没有智慧的人才会说实话。再说，我是一个喜欢报复的人，这也是因为没有智慧的缘故。我甘心忍受各种耻辱，但是，侮辱我的人一失败，我就不忍受了；他只要一失败，我立刻就会记起前仇，立刻就设法报复，用伊凡·彼得洛维奇·波奇成形容我的话来讲，就是用脚去踢，当然啦，波奇成自己是永远不踢人的。大人，您知道克雷洛夫所写的《狮子与驴子》那篇寓言吗？咱们俩就是这样，他写的就是我们。”

“您大概又胡扯起来了，费尔特申阔。”将军发火了。

“您这又何必呢，大人？”费尔特申阔接上去说，他觉得可以迎合几句，再多添点儿酱油。“您不要担心，大人，我知道自己的地位：假如我说咱们俩是克雷洛夫寓言中的狮子和驴子，那么，驴子的角色当然由我来担任，大人呢，就担任狮子的角色。克雷洛夫的寓言说得好：

“强大的狮子，林中的霸王，由于衰老而失去了力量。

“大人，我就是那头驴。”

“我同意你最后的一句话。”将军漫不经心地说。

这些话自然很粗鲁，而且是故意装出来的，但是，费尔特申阔扮演小丑的角色已经成为一种习惯了。

“人家所以留下我，容许我到这里来，”有一次，费尔特申阔喊道，“就是为了我说这类的话。说真的，像我这样的人，能够受到招待吗？我很明白这一点。请问：能不能把我，把我这费尔特申阔，同阿法那西·伊凡诺维奇那样文雅的绅士放在一起呢？自然而然只有一个解释：让我和他们平起平坐，本来是不可想象的事情。”

他的话虽然很粗鲁，可是很尖刻，有时十分尖刻，娜司泰谢·费里帕夫娜好像很喜欢这一点。凡是愿意到她家里来的人，只好甘心忍受费尔特申阔的这一套。他也许完全摸到了底，明白他所以受到款待，就是因为他自从第一次出现，便使托慈基感到难受的缘故。笳纳也受过他说不尽的折磨。在这方面，费尔特申阔对娜司泰谢·费里帕夫娜是很有用处的。

“公爵先要给我们唱一支流行歌。”费尔特申阔一面结束他的话，一面看娜司泰谢·费里帕夫娜要说什么。

“不见得吧，费尔特申阔，请你不要弄得过火呀。”她冷冷地说。

“啊！假如他受到特别的庇护，我也只好放过他了……”

但是，娜司泰谢·费里帕夫娜不听他的话，站起身来，亲自去迎接公爵。

“我很抱歉，”她一阵风似的跑到公爵面前，说，“刚才我在匆忙中忘记请您了。您现在给我这个机会，使我能够感谢和颂扬您的光临，我觉得十分高兴。”

她说话时，眼睛紧盯着公爵，想弄明白他的来意。

公爵对于她的客套本来也可以回答几句，但是他这时候被弄得昏头昏脑，连一个字也说不出来了。娜司泰谢·费里帕夫娜看见他那样子，心里很高兴。今天晚上她穿着盛装，特别动人。她拉住他的手，把他带到宾客面前去。到了客厅门口，公爵突然站住了，他露出特别惊慌的样子，匆忙地向她小声说：

“您的一切都是完美的……连您身体的瘦削和脸色的苍白都是这样……谁也不会对您有另外想法的……我非常想来拜访您……我……对不住得很……”

“用不着赔不是。”娜司泰谢·费里帕夫娜笑了，“这样会损害一切奇怪和特殊的形态。人家说您是个怪人，这倒是实话。您认为我是一个完美的人吗？”

“是的。”

“您虽然很会猜，不过您猜错了。我今天就可以给您证明……”

她把公爵向宾客们介绍，其中有一大半都已经认识他了。托慈基立刻说了几句客套话。大家似乎活跃些了，一齐谈笑起来。娜司泰谢·费里帕夫娜让公爵坐在自己的身旁。

“但是，公爵的光临有什么出奇的地方？”费尔特申阔比大家喊得都响，“事情很清楚，不言而喻啊！”

“事情确是太明显、太清楚了。”本来沉默着的�纳忽然应声说，“今天一整天，自从公爵在伊凡·费道洛维奇的桌子上初次看到娜司泰谢·费里帕夫娜的相片那一瞬间起，我几乎始终注意观察他。我记得很清楚，我那时就想到一点，现在已经完全相信这一点了，再说，公爵自己也承认这一点。”

筛纳说这话时，一本正经，没有一点儿开玩笑的样子，甚至露出阴郁的语调，这使大家感到有些奇怪。

“我没有对您承认什么。”公爵涨红了脸回答说，“我只是回答过您的问题。”

“妙极了，妙极了！”费尔特申阔喊道，“至少是诚恳的，狡猾而诚恳的！”

一阵哄堂大笑。

“你不要喊叫，费尔特申阔。”波奇成嫌恶地向他低声说。

“公爵，我没想到您还有这样一手。”伊凡·费道洛维奇说，“哪里知道您是这样一种人。我还以为您是一个哲学家呢！您这个狡猾的人啊！”

“公爵为了一句天真的玩笑话，脸就红得像一个天真的处女似的，从这一点看来，我可以断定他是个正直的青年，心里怀抱着宏图大志。”牙齿掉光了的、一直没有发过言的七十岁老教师突然这样说（或者最好说是嘟囔出来的）。他的话完全出人意料，谁也没想到他在这天晚上会说出话来。大家听罢，笑得更加厉害了。老教师大概以为是他的俏皮话逗得大家发笑，于是就望着大家，越发大笑起来，一直笑到猛烈地咳嗽为止，娜司泰谢·费里帕夫娜见状，连忙去照看他、吻他，吩咐仆人给他倒茶。她不知为什么，特别喜爱这一类古怪的老翁、老媪，甚至疯子。她向走进来的女仆要了一件斗篷，裹在身上，又吩咐女仆再往壁炉里加点儿木柴。她问现在几点钟，女仆回答说：已经十点半了。

“诸位，你们要不要喝香槟酒？”娜司泰谢·费里帕夫娜忽然问，“我已经预备好了。这也许会使你们更快乐些。请你们不要客气。”

娜司泰谢·费里帕夫娜亲自劝酒，特别是用如此天真的辞令说出来，使大家感到十分奇怪。大家都知道，她以前请客时总是非常严谨的。一般来说，晚会更热闹一些了，但和往常不同。

不过，大家并没有拒绝喝酒。首先是将军本人，其次是活泼的太太、老教师、费尔特申阔，然后大家也都跟着喝了。托慈基也拿起酒杯，他想调节目前的新情调，尽可能使它具有轻松愉快的气氛。只有笳纳一个人连一口也没有喝。娜司泰谢·费里帕夫娜举起酒来，宣布她今天晚上要喝三大杯。她今天晚上举止奇特，行动有时十分急促和敏捷，她忽而无缘无故地狂笑，忽而一言不发，甚至沉思默想起来，大家有些莫名其妙。有些人疑心她发了疟疾。后来他们看出她似乎在等候什么，时常看表，显出急不可耐和心不在焉的样子。

“您不是有一点儿小疟疾吗？”活泼的太太问。

“是大的，不是小的。所以我披上斗篷了。”娜司泰谢·费里帕夫娜回答说，她的脸色果真显得惨白，似乎时时都要忍住剧烈的哆嗦。

大家都惊慌起来，离开了座位。

“我们要不要让女主人休息一下？”托慈基望着伊凡·费道洛维奇说。

“诸位，不必！我还要请你们多坐一会儿。特别是今天，你们的光临对我是很必要的。”娜司泰谢·费里帕夫娜忽然很坚决地、意味深长地说。因为宾客差不多全知道今天晚上要有十分重要的决定，所以她这几句话就显得特别有分量了。将军和托慈基又交换了一下眼光，笳纳好像抽筋了似的动弹着。

“最好是来个petit-jeu[1]。”活泼的太太说。

1 法文：小玩意儿。

“我知道一种最有意思的，新的petit-jeu，”费尔特申阔抢上去说，“不过只玩过一次，而且还没玩得很成功。”

“是什么玩意儿？”活泼的太太问。

“有一次，我们几个朋友聚在一起，自然是喝了酒，忽然有人提议说，我们每个人不离开桌子，讲述一段自己的故事，不过，每个人必须凭着自己的良心，讲自己一生中干过最蠢的事情。只是要诚实，主要的是老老实实，不能扯谎。”

“好奇怪的主意。”将军说。

“的确再没有比这更奇怪的了，大人，但是，它因此也是最好的了。”

“多么可笑的主意，”托慈基说，“不过倒也容易理解：这是一种特别的夸耀方式。”

“也许我们正需要这种东西，阿法那西·伊凡诺维奇。”

“可是，这样的petit-jeu只会使我们哭，不会使我们笑。”活泼的太太说。

“这是一种完全不可能且荒唐可笑的玩意儿。”波奇成应声说。

“你们玩得成功吗？”娜司泰谢·费里帕夫娜问。

“不，结果没有成功，弄得很坏。每个人的确都说了一些，有许多人说的是实话，您要知道，有些人讲得还很得意呢。后来，大家都受不住了，人人都羞愧起来！不过，就整个聚会来说，倒很别致有趣。”

“真的，这倒不错！”娜司泰谢·费里帕夫娜说，她忽然精神焕发，“真的，诸位，让我们试一试吧！今天我们的确有点儿不快乐。假如我们每个人都肯讲一点……这类的事情……自然要经本人同意，完全出于自愿，对不对？我们也许受得住吧？至少这是极别致的事情。”

“一个天才的主意！”费尔特申阔附和着说，“不过，太太们除外，由男子开始讲。大家抓阄，和我们那天一样，一定要这样！一定要这样！如果有人实在不愿意讲，自然也不勉强！不过，谁会那样不顾面子呢！诸位，请把你们的阄放到这里来，放到我的帽子里，让公爵来抓。这是最容易的课题，讲述自己一生中最愚蠢的行动，诸位，这是极容易的！你们瞧着吧！假如有人忘记，我立刻给他提醒！”

谁也不喜欢这个主意。有些人皱着眉头，另一些人露出狡猾的微笑。有些人反对，但并不强烈反对，譬如伊凡·费道洛维奇就是其中的一个，他不愿意和娜司泰谢·费里帕夫娜对抗，并看出她对这个怪主意十分感兴趣。娜司泰谢·费里帕夫娜只要说出一种愿望，哪怕这种愿望是极任性的，甚至对自己是极无益的，她永远要坚持己见，绝不通融。现在她好像歇斯底里发作了，走来走去，痉挛地、间歇地发笑，特别笑托慈基那种惊慌的反对论调。她的黑色眼睛闪着光亮，苍白的脸颊上出现两块红晕。有几个宾客的脸上露出忧郁和讨厌的神色，这也许更燃烧起她嘲笑的愿望；她也许就是喜欢这个主意的无耻和残酷。有的人认为她一定有特别的打算。但是大家都同意了：无论如何，这种玩意儿是新奇的，对于许多人有诱惑力。费尔特申阔比所有的人都兴奋。

“假如有些事情……当着太太们的面不能讲出来，那便怎么样？”一个沉默的青年难为情地说。

“那么，您不讲这个就行了；除了这个，坏事还会少吗？”费尔特申阔回答，“唉，您这个青年人！”

“可是，我不知道我的行为哪一桩是最坏的。”活泼的太太插嘴说。

“太太们可以免除讲述的义务。”费尔特申阔重复道，“不过，只是免除义务而已；如果自己有兴致来讲，那应当竭诚欢迎。男子如果实在不愿意，也不勉强。”

“怎么能证明我不扯谎呢？”笳纳问，“假如我扯了谎，这种游戏就完全失掉意义了。而且，谁能不扯谎呢？每个人都一定会扯谎的。”

“就是看着人扯谎，也是十分有趣的事情。至于你呢，笳纳，我们也不特别怕你扯谎，因为大家都知道你的最坏的行为了。但是，诸位！你们要想一想，”费尔特申阔忽然极兴高采烈地喊叫着，“你们要想一想，在我们讲出来以后，譬如说在明天，我们将怎样相见呢？”

“难道真能这样做吗？娜司泰谢·费里帕夫娜，难道您是真要这样做吗？”托慈基一本正经地问。

“怕狼怕虎，不在山里住！”娜司泰谢·费里帕夫娜嘲笑地回答说。

“让我问您一句，费尔特申阔先生，这种petit-jeu能够得到什么结果呢？”托慈基继续说，显得更加惊慌起来，“我告诉您，这类玩意儿永远不会成功。您自己不是说过嘛，那一次就没有成功。”

“怎么没有成功！上一次我讲我偷了三个卢布，我就老老实实地说了出来！”

“也许是的。不过，您要说得好像真有其事，而且使大家相信，那是不可能的。笳佛里拉·阿尔达里昂南奇说得很对，只要有一点儿虚假，游戏就完全失掉意义了。只有在偶然的情况下，才可能是真实的，也就是说，只有讲述的人趣味低劣，想要用这种方式特别夸耀一番的时候，他才会讲真话，在这里，这是不可想象的，也是完全不体面的。”

“您真是一个精明到极点的人，阿法那西·伊凡诺维奇，连我都感到惊奇啦！”费尔特申阔喊道，“诸位，你们想一想，阿法那西·伊凡诺维奇刚才说我不能把我偷东西的事情讲得好像真有其事，他这句话就是极精明地暗示出我是不会真正偷窃的（因为这种话直说出来不雅观），但是我的内心里，也许完全相信我费某人是个贼！现在我们言归正传，诸位，言归正传吧。图已经全收来了。阿法那西·伊凡诺维奇，您也把图放到里面了。这就是说，没有人不干了。公爵，您抓吧。”

公爵默默地把手伸进帽子，掏出第一个阄，这是费尔特申阔的，第二个是波奇成的，第三个是将军的，第四个是阿法那西·伊凡诺维奇的，第五个是他自己的，第六个是笳纳的，等等。女人们没有放阄。

“天呀，这真倒霉！”费尔特申阔喊道，“我以为第一个会轮到公爵，第二个会轮到将军呢。但是还算好，至少伊凡·彼得洛维奇在我后面，我会得到补偿的。诸位，我自然应该成为一个好榜样，但是现在最可惜的是，我这个人太渺小了，没有什么特色，连我的官衔也是极小极小的。其实我费某做了什么坏事，诸位又有什么兴趣呢？我最坏的行为又是什么呢？真是embarras de richesse[1]。难道还是讲那段偷窃的故事，为了使阿法那西·伊凡诺维奇相信不做贼也可以偷东西吗？”

“费尔特申阔先生，您使我相信的是：如果没有人盘问，自己就讲出那些卑鄙龌龊的行为，心里的确可以感到非常愉快……不过……请您恕我失言，费尔特申阔先生。”

“快开始吧，费尔特申阔，您的废话太多，总也没完！”娜司泰谢·费里帕夫娜很恼怒地、不耐烦地命令着。

大家都看出，她刚才发出歇斯底里的狂笑之后，忽然变得阴郁、暴躁、恼怒了；虽然如此，她还是顽固地、专横地坚持来玩那种令人不能忍受的花样。阿法那西·伊凡诺维奇感到很难过。他对伊凡·费道洛维奇也非常生气：因为那个人若无其事地喝着香槟酒，甚至在等轮到他的时候讲点儿什么。

---

1 法文：太多了，很难选择。

第十四章

“娜司泰谢·费里帕夫娜，我没有智慧，因此尽讲废话！”费尔特申阔刚开始讲，便喊起来，“假如我有阿法那西·伊凡诺维奇或伊凡·彼得洛维奇那样的智慧，我今天也一定坐在那里，一言不发，与阿法那西·伊凡诺维奇和伊凡·彼得洛维奇一样。公爵，请问您的尊见如何？我总觉得：世界上的贼要比非贼多，一辈子没有偷过东西的老实人可以说连一个也没有。这是我的看法，但是，我并不因此就断定说，世界上的人全是贼，虽然说老实话，我有时真想做出这样的结论。你以为如何？”

“哼，您这故事讲得真笨。”达里亚·阿莱克谢夫娜说，“真是胡说八道！绝不会每个人都偷东西，我从来就没偷过东西。”

“您从来就没偷过什么东西，达里亚·阿莱克谢夫娜。但是，且看公爵说什么，他满脸通红了。”

“我觉得您说的是实话，不过太言过其实了。”公爵说，不知为什么，他的确涨红了脸。

“公爵，您没有偷过什么东西吗？”

“嗤，这话真可笑！您清醒一下吧，费尔特申阔先生。”将军插嘴说。

“道理简单得很，您一入正题，就不好意思讲下去了，所以您想拉住公爵，因为他是一个性情温和的人。”达里亚·阿莱克谢夫娜说。

“费尔特申阔，您不讲就闭嘴待着，用不着拉扯别人。您叫人忍不住了。”娜司泰谢·费里帕夫娜严厉而且恼怒地说。

“稍微等一下，娜司泰谢·费里帕夫娜。我坚决认为公爵的样子已经等于承认了，假如说他已经承认了，那么，譬如，别的什么人（不必指出姓名）如果在想要说实话的时候说了出来，那又怎样呢？至于我呢，诸位，完全用不着再讲什么：这很简单，又愚蠢，又恶劣。不过，我应该告诉你们，我并不是贼。我偷过东西，却不知怎么会偷的。这件事情是两年前发生的，在谢敏·伊凡诺维奇·伊司琴克的别墅里。一个星期日，饭后，男子们还留在那里喝酒。我忽然想去请主人的女儿玛丽亚·谢敏诺夫娜小姐出来奏钢琴。我穿过角落上的一间房子。在玛丽亚·谢敏诺夫娜的工作桌上放着三个卢布，一张绿色的钞票，是她取出来预备付什么费用的。屋子里什么人也没有。我取了这张钞票，放在口袋里，我也不知是为了什么，我也不明白自己怎么会干这种事。我只是赶紧回来，在桌边坐下了。我老是坐在那里等候，心里骚动得很厉害，嘴里不停歇地乱说，我讲笑话，哈哈地笑着。后来，我又到太太们的人堆里去了。大概过了半点钟，主人发现了，便询问女仆们。他们怀疑是女仆达里亚偷的。我当时露出特别好奇和关心的样子。我还记得，当达里亚惊慌失措的时候，我竟劝她认错，极力保证玛丽亚·谢敏诺夫娜心肠软，一定会原谅她。我当着大庭广众，高声这样说。大家都瞧着。当那张钞票放在我的口袋里，而我却向女仆讲道德说仁义的时候，我感到非常愉快。当天晚上，我就把这三个卢布在饭店里喝掉了。我一进饭店，就要了一瓶拉菲。我从来没有单要一瓶酒，还叫了一点儿别的东西。我想赶快把钱用掉。我在当时和以后，都没有特别感到良心上的谴责。我一定不会再做这种事情；你们相信不相信，那随你们的便，我不在乎。好，我现在说完了。”

“不过，这自然不是您最坏的行为。”达里亚·阿莱克谢夫娜嫌恶地说。

“这是一桩心理的事件，并不是行为。”阿法那西·伊凡诺维奇说。

“那个女仆呢？”娜司泰谢·费里帕夫娜问，不掩饰自己极端嫌恶的神情。

“这女仆呢，当然第二天就被开除了。那一家是极严厉的。”

“您竟看着不管吗？”

“这才妙呢！难道我还能跑去自首吗？”费尔特申阔嘻嘻地笑了，但是，由于大家听罢他所讲的故事感到极不愉快，使他有点儿惊愕。

“这真是龌龊极了！”娜司泰谢·费里帕夫娜喊道。

“啊！您听一个人讲他的极坏行为，还要求里面有什么光彩吗？极坏的行为永远是很龌龊的。我们现在来听伊凡·彼得洛维奇讲这一点吧。有许多人因为有自用马车，所以想装得冠冕堂皇，好像善良的样子。很多人有自用马车……那是用什么手段……”

一句话，费尔特申阔完全控制不住自己了，他忽然愤怒起来，甚至忘掉自己，越出了范围。他的整张脸都气歪了。说来也奇怪，对自己所讲的故事，他显然是期待得到完全不同的效果的。这种低劣趣味的“失败”和“特别夸耀”（如托慈基所说）的行为，对费尔特申阔来说已经司空见惯，和他的性格是完全相合的。

娜司泰谢·费里帕夫娜愤怒得直打哆嗦，眼睛盯着费尔特申阔。费尔特申阔立刻胆怯起来，他不出声了。他害怕得浑身发冷，他觉得扯得实在太远了。

“我们彻底结束这种游戏，好吗？”阿法那西·伊凡诺维奇狡猾地问道。

“现在轮到我，但是我要利用我的特权，恕我不讲了。”波奇成坚决地说。

“您不愿意讲吗？”

“我不能讲，娜司泰谢·费里帕夫娜。我认为这种petit-jeu是不可能搞的。”

“将军，好像轮到您了，”娜司泰谢·费里帕夫娜朝他说，“假如您也拒绝，那么，我们就全跟着您垮台了。这样一来，我会感到很遗憾，因为我想在最后讲一讲‘我自己的生活’里的一个行为。我很想在您和阿法那西·伊凡诺维奇讲了之后再讲，因为你们会给我一些勇气。”她说罢，放声大笑了。

“如果您答应讲，”将军热烈地喊道，“我准备把我一辈子的生活都对您讲一遍。说老实话，我已经预备了一段故事，等着轮到我讲呢……”

“从大人的脸色就可以看出，他用怎样特别愉快的创作心情构思了自己的故事。”费尔特申阔虽然还有几分窘态，可是这时他歪嘴笑着，大胆地说了一句。

娜司泰谢·费里帕夫娜瞥了将军一眼，也暗自笑了。但是，她心里的苦闷和气恼显然越来越强。阿法那西·伊凡诺维奇听到她准备讲故事，怕得更厉害了。

“诸位，我和每个人一样，在一生中做过一些很不体面的勾当。”将军开始说，“但是最奇怪的是，我自己认为我马上就要讲的一段小故事，是我一辈子最糟糕的一个故事。这件事情已经过了三十五年，但是，每当我回忆的时候，我永远不能摆脱一个使人难过的印象。不过，这是一件十分愚蠢的事情。我当时刚刚当了少尉，在军队里混苦差事。大家都晓得少尉是怎样的：热血虽然沸腾，两手却是空空。我当时使用一个马弁，名叫尼基福尔。他很关心我的家务，他替我节省，洗濯和缝补都归他管，甚至为了贴补家用，他到处去偷可以拿到的东西。他真是一个极忠诚老实的人。我对他自然很严，但是还算公平。有一次，我们驻扎在一个小城里。我住在近郊，房东是一个退职少校的寡妇。这位老太太有八十岁，至少也差不了许多。她那所木板房屋已经老旧不堪。她因为境况不好，连女仆也不用。最糟糕的是，她家里本来人丁很旺，但是，有的已经死去，有的流落他方，有的把老太婆忘掉了，而她的丈夫又在五年前伸了腿。几年以前还有一个侄女和她同住，这个侄女驼着背，脾气很坏，据说像恶魔一般，有一次竟咬老太婆的手指头，可是，后来连这个人也死了。因此，老太婆已经过了三年孤苦伶仃的日子。我住在她家里很闷。再加上她这人一贫如洗，我从她身上什么也弄不到。后来，她偷了我一只公鸡。这事情至今还搞不清，不过除了她就没有别人了。我们为了那只公鸡吵起嘴来，而且吵得很厉害。恰巧遇到好机会，我刚请求搬家，上面就把我分配到另一所房子去居住了，地点在小城的另一边，也是郊外，房主是个商人，他家人口很多，我到现在还记得，这个商人生着一脸大胡子。我和尼基福尔高高兴兴地搬走了，很不满意地离开了那个老太婆。过了三天，当我教练完毕回家的时候，尼基福尔报告我说：'大人，真糟糕，我们把那只大碗留在老太婆那里了，现在没有东西盛汤了。'我自然惊讶起来：'怎么？我们的大碗怎么留在女房东家里了？'尼基福尔很吃惊地继续报告说，当我们搬家时，女房东扣住我们的大碗不放，因为我把她的锅子弄坏了，她为了补偿锅子，就把我们的大碗扣下了，据她说，是我自己提议这样做的。她这种卑鄙的举动自然使我十分生气。我的血沸腾了，我跳了起来，飞也似的跑出去。我跑到老太婆家里，怒火已经压不住了。我看见她一个人坐在门口一个角落里，好像在躲阳光似的，把手支在脸颊上面。您要知道，我立刻朝她咆哮起来，像霹雷一般。我骂她：'你这老浑蛋！你这老东西！'总之，用俄国式的骂人话臭骂她一顿。不过，我看着她有点儿奇怪：她坐在那里，脸朝我看，眼睛瞪得很圆，一句话也没有回答。她用很奇怪的、很奇怪的眼神看着我，身子好像在那里摇晃。最后，我息了怒，我仔细望着她，再三问她，但她还是一句话也不回答。我犹疑不决地站在那里；苍蝇嗡嗡地飞着，夕阳西下了，一片静寂。我终于十分惭愧地走了。还没有走到家，少校就传我去，以后我又到连部去了一趟，因此回家时天色已经昏黑了。尼基福尔第一句话就是：‘报告您，大人，我们的女房东死了。”——‘什么时候死的？’——‘今天晚上，一点半钟以前。’如此来说，就是在我大骂她的时候，她咽了气。这事情使我大吃一惊，我跟您说，简直把我吓糊涂了。我心里直想这件事，夜里还做了梦。我自然并不迷信，可是到了第三天，我到教堂送殡去了。一句话，时间越隔得久，我越想得厉害。虽然不见得怎么样，但是有时一想到，心里就不舒服。我左思右想，最后基本上得到了这样的结论：第一，这个女人，就是所谓人类，就是现代所谓生物，她曾经生存，活了许久，年纪很大。她从前有过孩子、丈夫、家庭、亲友，这一切都曾经在她周围欢跃着，这一切都曾经对她微笑着，但是后来，忽然全都消逝了，全都飞走了，只剩下她孤零零一个人……好像一只自开天辟地以来就挨骂的苍蝇。第二，上帝领她到安息之所去了。在一个静静的夏夜，我的那个老太婆也随着日落而同逝了——自然，这里是不能没有说教意义的。就在那一刹那间，一个盛怒的年轻少尉，不但没有痛哭哀悼，反而将两手插在腰际，为了丢一只碗，就用俄罗斯式的祖宗三代的臭骂，恭送她老人家走上天堂！毫无疑问，这是我的过错。现在虽然事隔久远，而且我的脾气也改变了，都早就认为自己再也不会干出这种事情，但是，我心里还是一样悔恨。我重复说一遍，我是觉得有些奇怪的。即使算我有错，我也并不是完全错了。她为什么忽然想要在那个时候死去呢？自然，这只有一个解释，就是我的行为是一种心理的行为。但是，我仍然不能安心，直到十五年以前，我把两个时常生病的老太婆送到养老院去，费用由我负担，使她们能够舒舒服服地度过残年，自己心里才略见安静。我想留下一笔款子，永远做这种慈善事业。对，事情就是这样。我要重复一遍，我一生中也许做错了许多事情，但是凭良心说，我认为这是我一辈子最坏的行为。”

“大人，你没有讲一生中最坏的行为，而讲了最好的行为。您骗我费某人！”费尔特申阔说。

“将军，说老实话，我从来没有想到您还有这种善心；我觉得很可惜。”娜司泰谢·费里帕夫娜漫不经心地说。

“可惜？为什么呢？”将军露出殷勤的笑容问，他带着扬扬得意的样子喝干了一杯香槟酒。

现在轮到阿法那西·伊凡诺维奇讲了。他也预备好了。大家预料，他和伊凡·彼得洛维奇一样，不会拒绝不讲，而且为了某种原因，大家都怀着特别的好奇心等待他讲，同时，又观望着娜司泰谢·费里帕夫娜的脸色。他露出和他那堂堂的仪表十分适应的尊严的气派，用平静而且温和的声音开始讲一段“可爱的故事”。（顺便说一下：他这人态度大方，仪表堂堂，身材高大，有点儿秃顶，头发带点儿斑白，身体相当肥胖，脸颊柔软、红润，而且有些松弛，牙齿是镶上的。他穿着宽大而讲究的衣服，内衣也极漂亮。他那肥厚的、白净的手令人爱不忍释，在右手的食指上戴着一个贵重的钻石戒指。）在他讲述的时候，娜司泰谢·费里帕夫娜始终盯着看自己衣袖上的细纺花边，用左手的两个指头掐着它，她连一次也没有去看讲故事的人。

“对我来说最容易的，”阿法那西·伊凡诺维奇说，“就是叫我一定讲出我一生中最坏的行为，而不是讲述别的东西。在这种情况下，是用不着犹疑的：良心和记忆马上会指出应该讲述些什么事情。我很苦痛地承认，我一辈子有过无数轻佻的……也可以说薄幸的行为，其中有一件很沉重地压在我的心里，至今不能忘怀。大约在二十年以前，我下乡到波拉东·渥尔东采夫的家里去。不久以前，他被选为贵族团长，带着年轻的妻子一同回乡间度冬天的佳节。那时恰巧又遇到安菲萨·阿莱克谢夫娜的生日，所以决定举行两次舞会。当时，小仲马的优美小说《茶花女》非常盛行，在上等社会里轰动一时。据我看来，这部小说是不朽的佳作。外省的太太们一致赞美，至少那些读过这部书的妇人是如此。美妙绝伦的故事，处理手法新颖的主人公，精细分析的烟花柳巷，以及书中到处都有的那些迷人的情节（例如轮流使用红白茶花花束的情节）——总而言之，所有这些美妙的细节加在一起，令人倾倒不已。茶花时髦起来。大家都想要茶花，大家都寻觅茶花。我请问你们：在一个县城里，每个人都要拿着茶花出席舞会（就算舞会次数不多），那么，究竟可以弄到多少茶花呢？当时，彼卡·伏尔霍夫斯基那个可怜的家伙，正对安菲萨·阿莱克谢夫娜害相思病。我实在不知道，他们中间有没有什么事，我的意思是说，他有没有追到她的确实根据？这个可怜的家伙疯狂一般，为安菲萨·阿莱克谢夫娜寻觅夜间参加舞会用的茶花。听说从彼得堡来的苏慈卡耶伯爵夫人（总督夫人的上客）和苏费亚·白慈伯洛瓦，一定会拿着白茶花的花束赴会。安菲萨·阿莱克谢夫娜想要弄些红茶花，大出一下风头。可怜的波拉东被逼迫得几乎发疯；他是当丈夫的，自然免不了受点儿罪。他一口答应要弄到一束茶花。然而，怎么样呢？在要开舞会的头一天，这束茶花却被梅奇柴瓦·卡德邻·阿历山大洛夫娜抢走了。她在每件事情上，一向都和安菲萨·阿莱克谢夫娜极力竞争，她俩是死对头。当然，太太发了一阵歇斯底里，几度晕过去。波拉东的一番心血落了空。事情很明显，假如彼卡能够在这个微妙时间从什么地方弄到一束茶花，那么，他的好事可能大有进展。在这种情况下，女人的感激是无穷的。他东奔西钻，活像身上着了火；但是事情是办不到的，这也用不着说。在生日和舞会的头天晚上十一点钟，我在玛丽亚·彼得洛夫娜·左布柯瓦（渥尔东采夫的女邻居）的家里忽然遇到了他。他满面喜色。我问：‘你怎么这样快活？’——‘我找到了！好极了！’——‘老兄，你真使我惊奇！在哪里找到的？怎样找到的？’——‘在叶克沙意司克（一个小镇，在二十俄里以外，不归本县管辖），有个商人，名叫脱莱伯洛夫，他满脸长着大胡子，很有钱，和老伴住在一起，他们没有孩子，只有一些金丝雀。老两口子都爱花，他家里有茶花。’——‘喂，这还不大可靠，万一他不肯给呢？’——‘我要下跪，他不给我，我就趴在地上不起来。我非拿到手不可！’——‘你什么时候去？’——‘明天一清早，五点钟。’……‘好吧，祝你成功！’——你们知道，我很替他高兴。我回到渥尔东采夫家里。到了一点多钟，我心里还想着这件事情。我刚想上床睡觉，忽然产生了一个古怪的念头！我立刻跑进厨房，把马车夫萨魏里唤醒，给他十五卢布，告诉他说：‘半点钟以内要把马车套好！’过了半点钟，马车自然停在大门前了。人家告诉我说，安菲萨·阿莱克谢夫娜患偏头痛，发烧，而且说胡话。我坐上马车走了。四点多钟，我到了叶克沙意司克的客店内。我等待天亮，只是要等到天亮：过了六点钟，我就到脱莱伯洛夫家里去了。我如此这般说了一套，问道：‘您有没有茶花？老先生，老太爷，请帮一下忙吧，救一救我吧，我要给您下跪啦！’我仔细一看，那老头儿个儿很高，一头白发，一脸杀气，好不吓人。‘不行，不行！我绝不给！’我朝他跪下了，趴在地上不起来。——‘您怎么这样啊，老先生？您怎么这样啊，老太爷？’他有些惊慌了。‘人命攸关啊！’我朝他喊道。他说：‘既然这样，看上帝的面子，您拿去吧。’我立刻把红茶花全都剪下来了！这花真美妙极了！他家有一间小小的花室，里面都是这种花。老人看我剪花，一直唉声叹气。我掏出一百卢布来。他说：‘不必，老弟，你不要用这种方式来侮辱我。’我说：‘老太爷，既然如此，就请您把这一百卢布捐给此地的医院，作为改善病人伙食之用吧。’他说：‘老弟，这倒是另一回事啦。这是高尚的善举，上帝一定喜欢，我可以替您捐去，保佑您康健。’这位俄国老人，所谓地道的俄罗斯人，de la vraie souche[1]，我真喜欢他。我获得成功，立刻欢天喜地地乘车回去；我绕着路走，免得和彼卡相遇。回家后，等到安菲萨·阿莱克谢夫娜一醒，就把那束花送去。她当时的欢欣、感激和由于感激而流泪的情况，你们可想而知。波拉东，昨天还是那样垂头丧气、活像死人的波拉东，竟伏在我的胸前痛哭起来了！唉！自从建立婚姻制度以来，所有的

1 法文：地道的。

丈夫都是如此啊！我不必多费唇舌，不过，提起那个可怜的彼卡，自从这件事情以后，他的恋爱完全吹了。起初我以为，他弄清楚是怎么回事以后，一定要杀死我，我已经准备和他碰头，但是，结果出了使我简直不能相信的事情：他晕过去了，晚上说胡话，早晨发高烧；他像婴儿一般啼哭，浑身痉挛。一个月后，他病刚好，就请求调到高加索去。这简直成了重大的风流韵事！他在克里米亚阵亡，才算了结了这桩公案。当时，他的哥哥斯台潘·伏尔霍夫斯基当团长，立下很大的战功。说老实话，以后许多年我都受着良心的谴责：我为什么，我有什么目的要这样打击他呢？假如我当时爱上了那个女人，那还情有可原。实际并不是这样，我只是一时好胜，要显显自己的本领，没有别的原因。假如我不从他手里抱走这束花，谁知道，也许他至今还活着，也许很幸福，也许很成功，他绝不会想去打土耳其人。"

阿法那西·伊凡诺维奇带着他刚讲故事时那种威严的态度，静默下去了。大家看到：娜司泰谢·费里帕夫娜的眼睛似乎闪着特别的光辉；当阿法那西·伊凡诺维奇说完的时候，她的嘴唇都哆嗦了。大家好奇地望着他们两个人。

"又骗了我费某人！竟这样骗我！哎呀，骗得我好苦呀！"费尔特申阔用哭声喊道，他了解在这时候可以而且应该插进一两句话。

"谁让您这样不懂事？您应该向聪明人学习！"达里亚·阿莱克谢夫娜得意扬扬地对他说（她是托慈基忠实的老友和同盟者）。

"您说得很对，阿法那西·伊凡诺维奇，这petit-jeu乏味得很，我们应该赶紧结束。"娜司泰谢·费里帕夫娜漫不经心地说，"我既然答应你们，那我就讲一下，然后大家斗牌吧。"

"但是，您要先讲答应给我们讲的故事！"将军很热烈地表示赞成。"公爵，"娜司泰谢·费里帕夫娜忽然坚决而且出乎意料地对他说，"我的老朋友将军和阿法那西·伊凡诺维奇在这里，他们想叫我嫁人。请您说一说，您的意见怎样？我能不能嫁人？您怎么说，我就怎么做。”

阿法那西·伊凡诺维奇脸色发白，将军也愣住了；大家都瞪着眼睛，伸着头。笳纳站在那里呆住了。

“嫁给……嫁给谁？”公爵用低微的声音问。

“嫁给笳佛里拉·阿尔达里昂南奇·伊伏尔金。”娜司泰谢·费里帕夫娜依旧严厉地、坚决地、明确地说。

沉默了几秒钟。公爵拼命想说话，可是胸脯上好像压着很重的东西，怎么也说不出来。

“不，不……您不要出嫁！”他终于低声说，并且用力透了一口气。

“那么，就是这样吧！笳佛里拉·阿尔达里昂南奇！”她带着很威严的样子，似乎扬扬得意地朝他说，“您听见公爵的决定了吗？我的回答就是这样。这桩事情就算永远了结啦！”

“娜司泰谢·费里帕夫娜！”阿法那西·伊凡诺维奇哆嗦着声音说。

“娜司泰谢·费里帕夫娜！”将军用劝告的、但是含着惊慌的声音说。

大家开始移动了，都显出很惊惶的样子。

“诸位，你们怎么啦？”她继续说，好像很惊异地观看着客人，“你们为什么这样不安？你们大家的脸色怎么这样难看！”

“但是……您要记得，娜司泰谢·费里帕夫娜，”托慈基结结巴巴地小声说，“您已经答应过了……完全出于自愿的，最好对人有些同情……我很为难……自然很惭愧，但是……一句话，现在，在这个时候，当着……当着众人，就这样子……用petit-jeu来解决一件正经的事情，名誉和爱情的事情……这事情牵连到……”

“我不明白您的话，阿法那西·伊凡诺维奇。您真是太糊涂了。第一，什么叫作‘当着众人’？难道我们不是在高亲贵友之间吗？这和petit-jeu又有什么相干？我的确想讲一段故事，现在我讲了出来，这难道不好吗？您为什么说是‘不正经’呢？难道这还不正经吗？您也听见了，我对公爵说：‘您怎么说，就怎么办’，假如他说个‘是’字，那我立刻就会答应，但是他说了个‘不’字，所以我就拒绝了。我的一生好坏全靠他这一句话来决定，请问还有什么比这更正经的呢？”

“但是，公爵是怎么回事？这与公爵有什么相干？公爵究竟是个什么人？”将军喃喃地说，他对于公爵那种可恼的权威，已经快忍不住要发火了。

“我这件事要公爵干涉，就是因为从我有生以来，他是头一个使我相信的人，我认为他是个诚恳忠实的朋友。他一看见我就相信我，我一看见他也相信他。”

“娜司泰谢·费里帕夫娜对我非常客气，我只有感谢她的美意。”笳纳面色惨白，他终于歪着嘴，声音哆嗦着说，“这自然是应该的。但是……公爵……公爵干涉这件事情……”

“您的意思是说，他是想得到七万五千卢布，是不是？”娜司泰谢·费里帕夫娜忽然打断他的话说，“您是不是想这样说？您不要否认，您一定是想这样说！阿法那西·伊凡诺维奇，我还忘记说了：您把这七万五千卢布拿回去吧，我告诉您，您不用出钱，我就放您自由。够了！您也该松口气了！九年零三个月！明天就要重新做起，不过，今天是我的生日，今天是我有生以来初次能够自作主张！将军，您把您的珍珠也收回去，送给您的太太吧。这就是，您拿去吧！明天我就要从这个住宅搬出去了。诸位，以后不能举行晚会招待你们啦！”

她说完这话，忽然站起身来，好像要走开似的。

“娜司泰谢·费里帕夫娜！娜司泰谢·费里帕夫娜！”四面八方发出叫喊的声音。大家都惊慌了，大家都站了起来。大家把她团团围住，很不安地听着这些断断续续的、狂热的、好像梦话似的言语。大家都感到有些不对头，但是没有人弄清楚，没有人了解这到底是怎么回事。这时候，突然传来一阵响亮的、剧烈的门铃声，正和今天笳纳家里那阵门铃声一样。

“啊！啊！该收场了！收场的时间终于到了！十一点半钟！”娜司泰谢·费里帕夫娜喊道，“诸位，请你们大家坐下来，这就是收场啦！”

她说完之后，自己先坐下了。她的嘴唇上洋溢着奇妙的微笑。她默默坐着，热烈地期待着，望着门口的方向。

“一定是罗果静带着十万卢布来了。”波奇成自言自语地说。

第十五章

女仆卡嘉十分惊惧地走了进来。

“娜司泰谢·费里帕夫娜，不知道是怎么回事，有十来个汉子闯了进来，他们都喝醉了，要求见您，说是姓罗果静，又说您认识他。”

“对，卡嘉，你立刻放他们进来吧。”

“果真……把大家全放进来吗，娜司泰谢·费里帕夫娜？要知道，他们多么不像样子啊！可怕极啦！”

“把大家，把大家都放进来，卡嘉，你不要怕，把他们一个一个全放进来，否则他们会自己进来的。他们已经像今天上午一样闹起来了。诸位，我当着你们的面接待这群人，”她对客人们说，“你们也许要生气吧？我很遗憾，请你们宽恕，但是，事情必须如此，所以我很希望你们大家留在这里，做这次收场的见证人；不过，一切都听诸位自便。”

客人们仍然很惊讶，他们交头接耳，互相观望。大家完全明白了，这一切是预先计划和安排好的。他们觉得，娜司泰谢·费里帕夫娜自然是发了疯，但是，现在就不可能使她回心转意。大家都怀着很大的好奇心。而且，现在也没有人惧怕。只有两位太太：一位是达里亚·阿莱克谢夫娜，这位太太活泼大方、见过世面，不大容易使她感到难为情；还有一位是美丽的、生性沉默的、陌生的太太。这位沉默的陌生女客不见得会明白什么：她是德国女人，刚到俄国，一点儿也不懂俄语；此外，她的愚蠢程度大概和她的美丽程度不相上下。她是新奇的人物，一有宴会，大家就邀请她出席。她穿着华丽的服装，头发梳得像参加展览会一般，她坐在那里，好比一幅绝美的图画，给晚会添上好看的装饰——正和有些人为了举行晚会向朋友临时借用图画、花瓶、石像或屏风一样。至于说到男子们，那么，波奇成和罗果静是朋友。费尔特申阔如鱼得水，扬扬得意。箣纳吃了一顿闷棍，还没有苏醒过来，他虽然摸不着头脑，但是内心里有一种抑制不住的热烈愿望，就是宁可受到奇耻大辱，也绝不想逃席。那位老教师不大明白个中情节，看见周围的人们和娜司泰谢·费里帕夫娜脸上都露出特别惊慌的神色，他几乎要哭出来，吓得直哆嗦。他非常疼爱娜司泰谢·费里帕夫娜，把她当作自己的孙女看待。他宁愿死去，也不愿在这时候离开她。至于阿法那西·伊凡诺维奇，他自然不愿意在这类事件中损害自己的名誉；不过，这件事虽然如此疯狂地转变，他还是特别关心的；再加上娜司泰谢·费里帕夫娜说过对他有利的两三句话，所以他在事情没有水落石出以前，无论如何也不愿意走开。他决定坐到底，完全默不作声，只作壁上观，他为了保持自己的尊严，不得不如此做。只有叶潘钦将军一个人，刚才为了女主人那样不客气地、令人耻笑地退还他的礼物，就已经感到羞辱了，现在看到所有这些不寻常的怪诞行动，又加上罗果静的突然出现，便更加恼怒起来。像他这种地位的人，肯和波奇成、费尔特申阔等人坐在一起，就已经是迁就万分了。他虽然受到强烈的感情冲动，但是到了最后，这种冲动终于被责任感、职务感、官级和地位的观念以及自尊心所战胜。因此，大人对于罗果静及其同党的出现是绝不能容忍的事情。

他刚向娜司泰谢·费里帕夫娜提出抗议，娜司泰谢·费里帕夫娜就立刻打断他的话，说道：“啊哟！将军！我竟忘记了！但是，请您相信我，我早就想到了这一点。如果您感到过于耻辱，我并不强留您，虽然我很希望现在您在我的身边。无论怎样，您和我相识一场，并且对我那样垂青，我总是非常感激的，但是，假如您害怕……”

“哪里的话，娜司泰谢·费里帕夫娜！”将军喊道，露出骑士般的宽容态度，“您这是说哪里的话？我只为了表示对您忠实，一定要留在您的身边。假如有了什么危险，那么……再加上说老实话，我本来是具有好奇心的。我只是觉得他们会弄坏地毯，也许还要砸碎什么东西……我看，不必让他们全都进来，娜司泰谢·费里帕夫娜，您以为怎样？”

“罗果静来了！”费尔特申阔宣布。

“您以为如何，阿法那西·伊凡诺维奇？”将军匆匆地向他低语，“她是不是发了狂？那不是说比喻，却用的是真正的医学上的名词。”

“我对您说过，她是永远有这种倾向的。”阿法那西·伊凡诺维奇狡狯地低语着。

“再加上发着疟疾……”

罗果静的一班人的数目和早晨相同，只加上了一个放荡的小老头子。他曾做过一张名誉欠佳的、专门揭人隐私的小报的主笔。他有一个笑话说，他把镶金的牙齿押了钱买酒喝。此外还有一个退伍的下尉，和早晨那位握着拳头的先生，在技艺和职业方面都是死对头和竞争者，罗果静一派人里谁也不认识他，却是从街上，涅夫司基大街有太阳的一面捡来的——他正在那里拦住行人，用玛尔林司基的文体请求人家帮忙，利用着一个狡猾的借口，意思是说他自己“也曾帮过人家的忙，给每个求助的人十五卢布”。这两个竞争者立刻互相仇视起来。刚才那位握着拳头的先生，在“求助者”加进团体以后竟感到了侮辱，因为他生性沉默，所以有时只像狗熊似的吼叫一两声，轻蔑地望着“求助者”对他做出那份假意殷勤的样子。“求助者”是一个善于交际、极有政治手腕的人。从表面上看来，下尉能以灵巧与机敏取胜，而不见得能施展武力，况且他的身材比那位大拳头先生矮得多。他用漂亮的态度，不和人家显明地争论，却带着非常夸耀的口气，已经多次暗示英国式的拳击如何地高妙。一句话，他竟成为一位纯粹的西方派。大拳头先生听到“拳击”两个字，只是轻蔑地、恼怒地微笑了一下，不屑和他的敌人做显明的争论，有时只是默默地，似乎不在意似的，把一个完全民族性的东西使用出来——那就是一双大拳头，有力量的、粗大的大拳头，上面长着一层栗色的茸毛。大家都明白，假如这民族性的东西百发百中地落在什么东西上面，它确实会被捣成肉酱的。

他们中间没有一个人喝得烂醉，和刚才一样，这全是由于罗果静的努力——因为他整天尽想着到娜司泰谢·费里帕夫娜家里拜访这件事情。他自己差不多已经完全清醒，但是由于在这一生中最乱七八糟的、什么也不像的一天，他所看到的许多印象，使他几乎糊涂了。只有一桩事情时常留在记忆里和心里，每分钟、每刹那都想着。他为了这一桩事情，从午后五点钟一直到十一点钟，处于无穷的烦闷和惊慌之中。和金台尔、皮司库布那帮人忙乱着。那帮人也几乎发了疯，为了他的事情东奔西钻，像身上着了火似的。但是十万卢布的现款到底弄到了手——这笔款子就是娜司泰谢·费里帕夫娜带着嘲弄的样子，偶然地、完全不清楚地暗示过的——至于利息的成数，连皮司库布本人，和金台尔谈起来的时候，由于羞愧，都不肯高声说出来，只是低语。

罗果静和刚才一样，首先走了进来，其余的人们跟在后面移动着，虽然对于自己的特权有很深刻的认识，但到底有点儿胆怯。他们最怕的是娜司泰谢·费里帕夫娜，也不知是为什么，有一些人甚至心想立刻会把他们大家“从楼梯上赶下去的”。这般想的人们里面，那个服装漂亮、能博得妇人欢心的扎聊芮夫也在其内。但是别的人，尤其是那位大拳头先生，虽然不说出声来，但在心里却对于娜司泰谢·费里帕夫娜十分贱视甚至仇怨，所以走到她家里来，好像是进攻一座城堡一般。然而头两间屋内佳妙的陈设，他们从未见过的一些东西——稀有昂贵的家具、图画、巨大的爱神的像——所有这一切引起他们尊敬，甚至是恐怖的强烈印象。自然这并不妨碍大家渐渐地带着傲慢的好奇、不顾一切的恐惧，跟在罗果静后面，拥到客厅里去。但是在大拳头先生，“求助者”和别的一些人看见客人中有叶潘钦将军在内的时候，他们一下子弄得糊里糊涂，摸不到头脑，竟开始渐渐向后倒退到别间屋内。只有莱白及夫一人是极勇敢且具有信心的，差不多和罗果静并排着向前行进，明白一百四十万卢布的资财和现在在手里的十万卢布现款到底是有点儿意义的。应该注意的是他们大家，连百知百晓的莱白及夫也在内，对于他们的能力范围的认识已非常错乱。到底现在他们是不是可以做一切呢？莱白及夫有些时候准备赌咒，是一切准许的，但在另一些时候又感到有不安的需要，为预防万一起见，暗中记住《六法全书》中几项特别可以安慰而且鼓励的条文。

娜司泰谢·费里帕夫娜的客厅引起了罗果静和他的同行者相反的印象。门帘刚揭起，他一眼看见了娜司泰谢·费里帕夫娜——其余的一切对于他已停止存在，和早晨一样，甚至比早晨还厉害。可以猜到他的心剧烈地跳动着。他畏怯地、慌乱地、目不转睛地望了娜司泰谢·费里帕夫娜几秒钟。忽然似乎丧失了全部的理智，摇摇晃晃地走到桌旁，中途撞着波奇成的椅子，龌龊的皮靴踏在沉默的德国美人华美的湖色衣裳的丝绣边上面，他没有赔罪，没有看见。

他走近桌旁，把一件奇怪的东西放在上面，这东西是他走进客厅时两手捧在前面的。这是一大包纸，有三俄寸[1]高，四俄寸长，用《交易所新闻》紧紧地包着，四面用粗绳扎得很牢，扎了两道，就和扎大方块的白糖一般。然后他就站住了，一言不发，垂下手，好像等待宣判似的。他的服装和上午完全一样，只是在领子上加了一条全新的、鲜绿的、带红花的丝围巾，并用一只镶成甲虫形状的大钻石别针钉住，在右手的一个肮脏的手指头上戴着一只巨大的钻石戒指。莱白及夫在离开桌子三步远的地方站住；其余的人们，上面已经说过，慢慢地走进客厅里来。娜

1　1俄寸等于4.44厘米。

司泰谢·费里帕夫娜的女仆卡嘉和帕莎也跑来，在揭起的门帘外面窥望，露出极惊讶和恐怖的神情。

“这是什么东西？”娜司泰谢·费里帕夫娜问，好奇地盯着罗果静，用眼光指着那件“东西”。

“十万卢布！”他低声回答说。

“啊，这个人真行，居然不失信！请坐，请坐！就坐在这张椅子上吧，待会儿我有话跟您说。同您在一块儿的是什么人？还是那帮人吗？让他们也进来坐；他们可以坐在那边沙发上，那边还有一只沙发。那边还有两只安乐椅……他们怎么啦？不愿意坐吗？”

果然有几个人感到十分羞愧，他们退了出去，坐在另一间屋内等候；但是也有些人留下，分别坐到指定的地方，不过离桌子远些，都在角落里；有些人还打算溜走，另有些人却越来越鼓起勇气，而且鼓起得异常迅速。罗果静也坐在指定的椅子上，但是坐了不久；他立刻站起来，以后就不再坐下了。他渐渐开始辨认和打量那些客人。他一看见笳纳，就撇嘴一笑，自言自语地说：“这东西！”他向将军和阿法那西·伊凡诺维奇看望时，并不带着窘态，甚至也没有露出特别的好奇神情。但是，当他看见公爵坐在娜司泰谢·费里帕夫娜身旁的时候，他目不转睛地看了许久，十分惊讶，似乎弄不清公爵为什么会在这里。有人会怀疑，他有时候完全在说胡话。他除了这一天的种种奔忙，昨天整夜是在火车里度过的，已经有两昼夜没有睡觉了。

“诸位，这是十万卢布，”娜司泰谢·费里帕夫娜用一种像发高烧似的不耐烦的口气对大家说，“就在这个龌龊的纸包内。今天上午他像疯子一样喊叫，说到晚上给我送来十万卢布，所以我老是等候他。他把我拍卖了：从一万八千卢布起，忽然加到四万卢布，以后又加到十万卢布。他总算没有失约！你们瞧他的脸色多么惨白！……这是今天上午在笳纳家里发生的事情：我去拜访笳纳的母亲，拜访我的未来家庭，但是他的妹妹当面对我喊：‘为什么不把这个无耻的女人赶出去！’还朝她哥哥笳纳的脸上唾了一口。她是一个有性格的女郎！”

“娜司泰谢·费里帕夫娜！”将军用责备的口气说。

他开始照他自己的想法理解了一切。

“什么事情，将军？是不是不体面？不要再骗人了吧！我过去坐在法国戏院的包厢里，像一个不可侵犯的高尚女人似的，我过去五年间像野人似的躲避那些追求我的人，显出多么骄傲的、清白的神情——这全是因为我有一股子傻劲！我过了五年清白生活以后，现在竟有人当着你们大家的面，跑来把十万卢布放在桌子上，而且一定还预备好几辆三套马车，等我去坐。他给我的估价是十万卢布！笳纳，我看你至今还在生我的气。是不是？难道你真想把我娶到家里去吗？把我，把罗果静的女人娶去吗？公爵刚才不是说过吗？”

“我并没有说您是罗果静的，您绝不是罗果静的！”公爵用颤抖的声音说。

“娜司泰谢·费里帕夫娜，算了吧，亲爱的，得了吧，我的宝贝。”达里亚·阿莱克谢夫娜忽然忍不住说，“他们既然使你难受，你又何必去理他们呢？难道你真想跟这样一个人走，哪怕就是为了十万卢布！不错，十万卢布是一笔大款！你可以把十万卢布收下，再把他赶走，应该这样对他。唉，我处在你的地位上，一定要把他们全都……这算什么样子！”

达里亚·阿莱克谢夫娜甚至发怒了。她是一个和善的、容易受感动的女人。

“你不要生气，达里亚·阿莱克谢夫娜，”娜司泰谢·费里帕夫娜对她冷笑了一声，“我对他说的时候并没有生气。我责备他了吗？我简直不明白，我怎么会这样傻，竟想嫁到一个高贵的人家里去。我见到他的母亲，吻她的手。笳纳，我今天上午在你家里说着取笑的话，那是因为我故意要在最后一次亲自看一看：你这人究竟会做到怎样的地步？你真是使我十分惊讶。我抱着许多希望，但没有料到竟会这样！你明明知道他在你结婚头一天送给我珍珠，我又收下来，而你还能够娶我吗？至于罗果静呢？他在你的家里，当着你的母亲和妹妹的面把我拍卖，而你在这以后还来求婚，甚至要把自己的妹妹带来！罗果静说，你为了三个卢布，就肯爬到瓦西里也夫斯基岛上去，难道果真是这样吗？”

“他会爬的。”罗果静忽然轻声说，露出深信不疑的神色。

“假如你要饿死，那还情有可原，但是听说你所得的薪水并不少呢！再说，就不算受耻辱吧，我知道你是恨我的，你竟肯把自己所恨的女人娶到家里去！现在我相信，像你这样的人，为了钱是会杀死任何人的！现在这类人简直个个都充满贪婪的心肠，他们为钱而神魂颠倒，好像发疯了一般！连一个婴儿都想去放印子钱。我最近读到一条新闻，说有一个人把剃刀缠上绸子，绑得紧些，从身后悄悄地把朋友杀死，像宰一头绵羊似的。哼，你真是一个无耻的人！我是无耻的女人，你却比我更坏。至于那位取到花束的人，我也不必多说……”

“这是您吗？这是您吗？娜司泰谢·费里帕夫娜！”将军拍着手，露出十分忧虑的样子，“您本是态度那么文雅、思想那么细密的人，现在竟这样啦！您说的是什么话！是什么话！”

“将军，我现在喝醉了。”娜司泰谢·费里帕夫娜忽然笑了，“我想要尽情欢乐一番！今天是我的生日，我的佳节，我的伟大纪念日，我等候这个日子好久了。达里亚·阿莱克谢夫娜，你看这位拿花束的人，这位monsieur aux camélias[1]，你看他坐在那里，笑我们……”

“我并没有笑，娜司泰谢·费里帕夫娜，我只是非常注意地听着。”托慈基带着尊严的神气反驳说。

“我为什么折磨了他整整五年，不放他走呢？他值得我这样做吗？他确是应该成为这样的人……他还会认为我对不起他呢。因为他使我得到教育，把我当作伯爵夫人来养活，花掉许多许多的钱，他曾经在乡下

1 法文：拿茶花的先生。

给我寻觅诚实的丈夫，而在这里又找来了箍纳。你以为怎样？在这五年间，我并没有和他同居过，不过钱是向他拿的，而且我觉得应该拿！我完全弄糊涂了！你说，我可以收下十万卢布，如果讨厌他，可以把他赶走。实在是讨厌……我早就可以出嫁，不见得就是嫁给箍纳，然而，我也觉得很讨厌。我为什么在愤怒之中消磨了五年工夫呢？你相信不相信，我在四年前有时就想，我何不就嫁给我的阿法那西·伊凡诺维奇呢？我当时之所以这样想，是由于愤怒。当时我的脑筋里有许多乱七八糟的念头。要知道，我会强迫他娶我的！你相信不相信？他会自动来请求的。固然他喜欢撒谎，但是他很容易受诱惑，他不会坚持得很久。以后，谢天谢地，我又想：不值得对他这样愤怒！当时我忽然觉得他很讨厌，即使他主动向我求婚，我也绝不嫁给他。整整五年来，我就这样装腔作势地欺骗他！不行，我最好还是到街头去，那里是我应该去的地方。要不和罗果静在一块儿鬼混，要不明天就去给人家洗衣服！因为我身上没有一点儿自己的东西。我走的时候，要把一切东西都还给他，连一块抹布都不留下。假如我一无所有，请问谁会来娶我？问一问箍纳，娶我不娶？连费尔特申阔都不会娶我的！”

“费尔特申阔也许不会娶的，娜司泰谢·费里帕夫娜。我是一个很坦白的人。”费尔特申阔插上去说，“不过，公爵会娶的！您竟坐在这里诉冤，您倒看一看公爵啊！我早就在观察着……”娜司泰谢·费里帕夫娜好奇地回身望着公爵。

“真的吗？”

“真的。”公爵低语着。

“您会娶我这一无所有的人吗？”

“我会娶的，娜司泰谢·费里帕夫娜……”

“又出了新的笑话！”将军喃喃地说，“这本来是可以料到的！”

公爵用忧愁、严厉和洞察一切的眼光，望着继续看他的娜司泰谢·费里帕夫娜的脸。

“又找到了一个！”她突然又朝着达里亚·阿莱克谢夫娜说，“我知道，他是出于好心。我找到了一个恩人！人家说他有些……那个，这也许是实在的。你既然这样爱我，以一个公爵的身份，愿意收罗果静的女人做妻子，不知你靠什么维持生活呢？”

“我想娶的您是纯洁的女人，娜司泰谢·费里帕夫娜，并不是罗果静的女人。”公爵说。

“您说我是纯洁的女人吗？”

“您是的。”

“唔，这些想法……全是从小说里得来的！亲爱的公爵，这一套话全是古旧的梦呓，现在的社会已经聪明了一些。这全是胡说八道的话！你哪里能娶亲，你自己还需要一个保姆照看哪！”

公爵站了起来，他用颤抖的、畏怯的声音，同时又带着充满信心的神色，说道：

“娜司泰谢·费里帕夫娜，我什么也不懂，没有见过世面，您这样说是对的，但是我……我认为那是您给我一份光荣，而不是我给您一个面子。我是一个无足轻重的人，但是您受尽折磨、从地狱里出来时还是一尘不染，这是很可佩服的事情。您为什么要感到惭愧，想跟罗果静去呢？这是狂热病……您把七万五千卢布交还给托慈基先生，还说您要把这里的一切全都抛弃掉，在座的人们，谁也做不到这一点。我……娜司泰谢·费里帕夫娜……我爱您。我可以为您而死，娜司泰谢·费里帕夫娜。我不许任何人说您坏话，娜司泰谢·费里帕夫娜……如果我们贫穷，我可以工作，娜司泰谢·费里帕夫娜……”

当他说出最后的那句话的时候，费尔特申阔和莱白及夫嘻嘻笑起来了。连将军都从鼻孔里哼了一声，表示极不高兴。波奇成和托慈基总想笑，但是忍住了。其余的人们惊异得张着大嘴。

“……但是我们也许不会受穷，反而会很富的，娜司泰谢·费里帕夫娜。”公爵仍旧用畏怯的声音继续说，“我还不知道究竟如何，可惜我今天还来不及弄清楚。总之，我在瑞士接到了莫斯科一位萨拉慈金先生的信，他通知我说，我可以收到一大笔遗产。信在这里……”

公爵果真从口袋里掏出一封信来。

“他是不是在说梦话？”将军喃喃地说，“这真成了疯人院啦！”

接着是一阵沉默。

“公爵，您好像说过，您收到了萨拉慈金先生的一封信吗？”波奇成问，“他在法律界是一个极有名的人。他是一个著名的律师。如果确是他通知您，那您可以完全相信的。幸而我认识他的笔迹，因为不久以前我和他接洽过一桩事情……假如您让我看一看，我也许可以告诉您是真是假。”

公爵默不作声，哆嗦着手，把信递给波奇成。

“什么？什么？”将军喊道，像疯子似的望着大家，“果真是遗产吗？”

大家的眼睛全盯在看信的波奇成身上。大家的好奇心又引起一场特别大的冲动。费尔特申阔坐不住了。罗果静带着疑惑和极度不安的神情，一会儿向公爵看去，一会儿又把眼光转到波奇成身上。达里亚·阿莱克谢夫娜等候着，好像坐在针毡上一般。连莱白及夫都忍不住，他从角落里走出来，深深地弯着腰，从波奇成背后伸头看信，带着生怕有人立刻给他一拳的神气。

第十六章

“事情是真的。”波奇成终于宣布说，他折起那封信，交还给公爵，“您不用一点儿麻烦的手续，根据令姨母那张无可辩驳的遗嘱，就可以得到很多的金钱。”

“这是不可能的！”将军喊道，好像枪声似的。

大家又张大了嘴。

波奇成于是解释起来，主要的对象是伊凡·费道洛维奇。波奇成说，公爵的姨母于五个月以前死去，这位姨母他从来没有见过，是他母亲的亲姐姐，莫斯科三等商人伯蒲兴的女儿。伯蒲兴经商破产，潦倒而死。但是，这位伯蒲兴的亲哥哥却是有名的富商，最近也死了。一年以前，他仅有的两个儿子相继死亡。这使他受到很大的打击，过了不久，自己也得病而死。他成了鳏夫，弄得连一个继承人也没有，只剩下公爵的姨母，伯蒲兴的亲侄女。这个女人很穷，连所房子都没有。得到遗产时，这位姨母由于水肿病，已经离死不远了；但是她立即委托萨拉慈金寻访公爵，并且立下了遗嘱。显然，公爵和医生（公爵在瑞士时就住在他家里）两个人都不愿意等候正式的通知，或者先行调查一下；公爵带着萨拉慈金的信，决定亲自回国……

“我只有一点可以对您说，”波奇成对着公爵结束了他的话，“那就是：信上说的一切都是确凿的，无可争论，萨拉慈金既然在信上对您说，您继承遗产的事情是无可争论和合法的，那么，您就可以把它当作口袋里的现钱。我现在恭贺您，公爵！您也许可以得到一百五十万卢布，或者更多些。伯蒲兴是非常有钱的商人。”

“最后的梅思金公爵万岁！”费尔特申阔喊道。

“万岁！”莱白及夫用酒醉的声音吼叫着。

“我今天早晨还把他当作穷人，借给他二十五卢布呢，哈，哈，哈！这真是一个笑话！”将军说，他几乎惊讶得目瞪口呆，“恭喜，恭喜！”他站起来，走到公爵身前，拥抱公爵。别人也跟着他站起来，站到公爵的身旁。连退缩到门帘后面的人们，也开始在客厅里出现了。发出一阵嘈杂的说话声、呼喊声，甚至要求开香槟酒的声音。大家拥挤着，忙乱起来。在一刹那间，他们几乎忘记了娜司泰谢·费里帕夫娜，忘记了她还是今天晚宴的女主人。但是等了一会儿，大家又几乎一下子想到公爵刚才曾经向她求过婚。这件事情使得他们比以前更加倍地感到疯狂和特殊。托慈基非常惊讶，他耸了耸肩膀；差不多只有他一个人坐着，其余的一群人全乱哄哄地挤在桌子旁边。后来大家证实说，娜司泰谢·费里帕夫娜就是从这时候起发了疯。她继续坐着，用一种奇怪的、惊讶的眼色向大家看了一会儿，好像不明白什么，在那里努力思索。她忽然转身向着公爵，紧锁眉峰，眼睛盯着他，但这只是一刹那的工夫，也许她忽然觉得这全是玩笑和嘲讽；但是，公爵的神色使她立刻明白了一切。她凝思着，然后又微笑了一下，似乎没有明显地感到她笑的是什么……

“这么说来，我真是公爵夫人了！”她带着嘲笑的口吻自语着，不经意地望了达里亚·阿莱克谢夫娜一下，大笑起来。“出乎意料的收场……我……没有料到这样……诸位，你们为什么站在这里？请你们大家坐下，给我和公爵道喜！好像有人要喝香槟酒。费尔特申阔，你去吩咐一下。卡嘉，帕莎，”她忽然看见自己的女仆站在门旁，“你们来，我要出嫁了，你们听见没有？嫁给公爵，他有一百五十万卢布的财产，他是梅思金公爵，他娶我！”

“这是好事啊，亲爱的，是时候了！不要放过这个好机会呀！”达里亚·阿莱克谢夫娜喊道，这一幕情景使她受到了强烈的震动。

“您坐到我身边来，公爵。”娜司泰谢·费里帕夫娜继续说。

“这样就对了。现在酒取来了，诸位，请来给我们道喜吧！”

“恭喜，恭喜！”许多声音呼喊着。有许多人挤过去喝酒，罗果静一伙的人差不多全在其内。他们虽然呼喊，而且准备呼喊，但是其中有许多人不管周围的情势和环境如何奇特，已经感觉到布景在变换了。另有些人显得不安，带着怀疑的心情等候着。有许多人交头接耳，说这事情也是极普通的，公爵们本来可以娶任何女人，连吉卜赛女人也可以娶。罗果静本人站在那里望着，脸扭曲着，形成一个呆板的、疑惑的微笑。

“公爵，好兄弟，你清醒一下吧！”将军很畏惧地低语着，他走到公爵身旁，拉公爵的袖子。

娜司泰谢·费里帕夫娜看到，哈哈地笑了。

“不，将军！我现在已做了公爵夫人，您听见没有？公爵绝不会让人家来侮辱我！阿法那西·伊凡诺维奇，您也来给我道喜呀！我现在可以和您的夫人平起平坐了。您觉得我有了这样的丈夫，好不好呢？有一百五十万卢布，再加上是公爵，再加上——据说他是一个白痴，还有比这更好的吗？我到了现在才开始真正的生活！你迟了一步，罗果静！你把你那一包钱拿走，我要嫁给公爵，我比你富啦！”

罗果静明白了是怎么回事，他的脸上露出无可名状的悲哀。他摊开双手，从胸内透出一声叹息。

“您把她让给我！”他对公爵喊道。

周围的人们笑起来了。

“让给您吗？”达里亚·阿莱克谢夫娜得意扬扬地抢上去说，“哼，这个乡下人，竟把钱往桌上一扔！公爵是要娶她，而你是跑来捣乱的！”

“我也要娶她！立刻就娶，马上就娶！我可以拿出任何东西！”

“你瞧你这醉鬼，应该把你赶出去！”达里亚·阿莱克谢夫娜愤愤地说。

笑声更大了。

“您听到了吧，公爵。”娜司泰谢·费里帕夫娜对公爵说，“这个乡下人在那里收买你的未婚妻。”

“他喝醉了。”公爵说，“他很爱您。”

“你的未婚妻几乎要同罗果静逃走了，你以后不会感到羞愧吗？”

“那是您在发着高烧呀。您现在还在发高烧，好像说胡话啦。”

“以后有人说你的妻子和托慈基姘居过，你不会害臊吗？”

“不，我不会害臊……您在托慈基那里并非出于自愿。”

“永远不会责备我吗？”

“不会责备的。”

“你要留神，你不能担保一辈子呀！”

“娜司泰谢·费里帕夫娜，”公爵轻声地，似乎带着同情的心思说，“我刚才对您说过，您同意嫁给我，我认为这是一种光荣。这就是您给我体面，而不是我给您体面。您笑我这句话，我听见大家也在笑。也许我的辞令显得很可笑，我自己也很可笑，但是我老觉得，我……明白什么是体面，并且相信我说的是实话。您现在想无可挽回地戕害自己，因为您以后永远不会宽恕您自己。其实，您并没有一点儿过错。您的生命绝不会就此完结的。罗果静到您这里来求婚，还有笳佛里拉·阿尔达里昂南奇想欺骗您，与您又有什么相干呢？为什么您老提这种事情呢？我再跟您说一遍，很少有人能够做出您所做的事情。您想跟罗果静去，那是您在发病的时候决定的。您现在还在病中，您最好到床上去睡一下。到了明天，您就宁愿去充当洗衣妇，而不愿和罗果静同居了。您很骄傲，娜司泰谢·费里帕夫娜，但是也许您因为过于不幸，竟真的认为自己有错。应该好好服侍您，娜司泰谢·费里帕夫娜。我要侍候您。我今天早晨看到了您的照片，就好像看见了一张熟识的脸庞。我立刻觉得您似乎已经在那里召唤我……我……我要尊敬您一辈子，娜司泰谢·费里帕夫娜。”公爵忽然结束了他的话，他好像忽然清醒过来，脸涨得通红，因为他明白他是当着什么样的人说出这种话来。

波奇成羞愧得垂下了头，望着地面。托慈基心里想：“虽然是白痴，却知道谄媚是最容易得人欢心的方法。这是本能！”公爵又看见�纳在角落里，他的眼睛里冒着火光，好像要用这种火光把公爵烧成灰烬似的。

“真是好人！”受了感动的达里亚·阿莱克谢夫娜说。

“是个有学问的人，但是前途已经完了！”将军低声低语着。托慈基拿起帽子，预备站起来，悄悄溜走。他和将军对看了一眼，预备一同走出去。

“谢谢你，公爵，从来没有一个人和我讲过这样的话。”娜司泰谢·费里帕夫娜说，“大家都拍卖我，没有一个体面人向我求过婚。您听见没有，阿法那西·伊凡诺维奇？公爵所说的一些话您觉得怎样？有点儿不体面吧……罗果静！你等一等再走。我看出来，你也不会走的，也许我还要跟你走。你打算把我带到哪里去？”

“叶加德邻郭夫[1]。”莱白及夫从角落里报告着，而罗果静只是哆嗦了一下，睁大了眼望着，似乎不敢相信自己的耳朵。他完全愣住了，好像头上吃了一下闷棍。

“你怎么啦？你怎么啦？亲爱的！你真是有病！你是不是发疯了？”达里亚·阿莱克谢夫娜大吃一惊，喊叫起来了。

1　原为彼得堡郊区沙皇的行宫，后辟为公园和游乐场。——编者注

“你以为是真的吗？”娜司泰谢·费里帕夫娜哈哈地笑着，从沙发上跳起来，“以为我真要害这样一个孩子吗？这比较合阿法那西·伊凡诺维奇的胃口，因为他喜欢孩子！我们走吧！罗果静！拿好你的钱包！你想娶我这倒没什么，不过钱可得给我，我也许还不肯嫁给你。你以为可以把人弄到手，又不伤财吗？别妄想吧！我是个无耻的女人！我做过托慈基的姨太太……公爵！你现在所需要的是阿格拉耶·叶潘钦娜，而不是娜司泰谢·费里帕夫娜。要不然，费尔特申阔那帮人是会指着你的背嘲笑你的。你虽然不怕，可是我怕害了你，还怕你以后责备我。你说我给你一个体面，托慈基知道是不是如此。箍纳，你错过了阿格拉耶·叶潘钦娜，你知道这一点吗？你即使不和她讨价还价，她也一定会嫁给你的！你们大家全是这样：你们应该一下子决定，究竟是和不体面的女人交往，还是和体面的女人结合。要不，你们一定会弄糊涂的……你们瞧，将军张大了嘴望着呢……”

“这真是罪恶，这真是罪恶！”将军耸起肩膀，反复地说。他也从沙发上站起来；大家又都立着。娜司泰谢·费里帕夫娜似乎发狂了。

“真的吗？”公爵呻吟一声，扭着自己的双手。

“你以为不吗？我虽然是个无耻的女人，但是也许我很骄傲。你刚才称我为完美的人。一个人只是由于夸耀自己看不起百万家产和公爵的名位而走进陋巷，这倒可以算作一种完美！但是以后呢，我能给你做一个怎样的妻子呢？阿法那西·伊凡诺维奇，你要知道，我真的把百万家产往窗外抛弃了！那么你以为我会嫁给箍纳，为了你那七万五千卢布卖身吗？你收回这七万五千卢布去吧，阿法那西·伊凡诺维奇（你连十万卢布都没有出，罗果静压过你啦！）；我自己可以来安慰箍纳，我有了一个主意。现在我要游玩一番，我是卖笑的女人啊！我在监狱里坐了十年，现在该我享福啦！你怎么啦，罗果静！快预备好，我们就走！”

“我们就走！”罗果静吼叫起来，欢喜得几乎发狂，“喂……你们……拿酒来！啊哈哈！……”

"多预备点儿酒，我要喝。有没有音乐？"

"有的，有的！不许靠近她！"罗果静看见达里亚·阿莱克谢夫娜向娜司泰谢·费里帕夫娜面前走去，就疯狂地喊起来，"她是我的！一切是我的！我的皇后！"

他欢喜得喘不过气来。他在娜司泰谢·费里帕夫娜身旁来回走着，朝大家喊叫："不许靠近她！"他那一伙人全都挤到客厅里来了。有些人喝酒，有些人呼喊和哗笑，大家都极兴奋，感到痛快淋漓。费尔特申阔开始想要参加他们那一伙。将军和托慈基又想要赶紧溜走。篙纳也拿起帽子，但是他还默默地站在那里，似乎还不能和他面前所展开的画面脱离。

"不许靠近她！"罗果静喊。

"你嚷什么！"娜司泰谢·费里帕夫娜向他哈哈地笑着，"我还是我自己的主人。我一不高兴，还可以把你赶出去。我还没有取你的钱，那笔钱还在那里放着。你把它拿来，整包拿来！这一包里就有十万卢布吗？哼，真是讨厌！你怎么啦，达里亚·阿莱克谢夫娜？难道真的让我去害他吗？（她指着公爵）他哪里能娶亲，他自己还需要一个保姆哪。你瞧将军，他会给公爵当保姆的。你瞧，他总不离开公爵啊！你瞧，公爵，你的未婚妻收了人家的钱，因为她是一个荒淫的女人，而你还想娶她！你何必哭呢？你觉得悲伤吗？依我看，你应该笑。"娜司泰谢·费里帕夫娜继续说，她自己的脸上已经有两大粒泪珠闪烁着，"你必须相信时间，一切都会过去的！现在最好要仔细考虑一下，免得将来后悔……你们大家为什么要哭——连卡嘉也哭了！卡嘉，亲爱的，你怎么啦？我要把许多东西留给你和帕莎，我已经安排好了。现在再见吧！我过去让你这个纯洁的姑娘来侍候我这荒淫的女人……这样好些，公爵，的确这样好些，因为以后你会轻视我，我们绝不会得到幸福！你不要发誓，我不相信！发誓是多么愚蠢……不，我们不如好好地分手，要不然，我是一个爱幻想的女人，不会有好的结果！难道我不想嫁给你这样的人吗？你猜得很对，我老早就梦想着了。当我孤孤单单地在乡下，在托慈基家住了五年的时候，就一直在那里思索，在那里做梦，老想嫁给一个像你这样善良、诚实、美好、带点儿傻气的人，他会忽然跑来说：‘您没有错，娜司泰谢·费里帕夫娜，我崇拜您！’我有时竟想到发狂的地步……但是，来的却是这个人。他每年住两个月，给我带来耻辱、轻蔑、颓废、淫乱，然后就走了。我不知有多少次想跳到池子里自尽，可是我很卑贱，勇气不足，而现在呢……罗果静，预备好了没有？”

“预备好了！不许靠近她！”

“预备好了！”几个声音一齐喊。

“带铃的三套马车等候着呢。”

娜司泰谢·费里帕夫娜把那包钱抓在手里。

“篩纳，我生出一个念头。我现在想奖赏你一下，因为何必让你失掉一切，落得两手皆空呢？罗果静，他为了三个卢布会不会爬到瓦西里也夫斯基岛上去？”

“他会爬的！”

“你听我说，篩纳，我想最后一次看一看你的灵魂，你折磨我整整三个月了，现在该轮到我折磨你了。你看这包东西，里面有十万卢布。我现在要把它扔到壁炉里去，扔到火里去，当着大家的面，让大家做证人！等到火把纸包周围都烧到了的时候，你就伸手到壁炉里去，但是不许戴手套，要光着手，把袖子卷起来，从火里取出那个纸包！如果你取出来，就是你的，十万卢布全是你的！你只会把手指头烫痛一点儿——可是你要想一想，这是十万卢布呀！用不了多少时间就可以取出来！我要欣赏你的心灵，看你怎样把手伸到火里去取我的钱。大家做见证，这包钱一定给你！假如你不去取，那就让它烧光，我不让任何人去抢救。往后退！大家都往后退！这是我的钱！我跟罗果静住一夜，挣到这些钱。这是我的钱吗，罗果静？”

“是你的，亲爱的！是你的，我的皇后！”

“那么，大家都往后退！我想怎样就怎样做！不许妨碍我！费尔特申阔，你把火弄好！”

“娜司泰谢·费里帕夫娜，我的手举不起来！”费尔特申阔吓呆了，这样回答说。

“真是的！”娜司泰谢·费里帕夫娜喊，抓起夹火的钳子，拨开两根快烧尽的木柴。等火一起来，她就把纸包扔进去了。

周围传出一阵喊声，许多人甚至画起十字来。

“她发疯了！她发疯了！”周围的人们喊叫着。

“我们要不要……要不要……把她绑起来？”将军对波奇成小声说，“要不要唤医生……她发了疯，真是疯了！是不是疯了？”

“不，这也许不是完全发疯。”波奇成低声说，他的脸色像纸一样白，浑身打着哆嗦，没有力量把眼睛从烧起来的纸包上移开。

“我对您说过，她是一个刚强的女人。”阿法那西·伊凡诺维奇喃喃地说，他的脸色也有点儿惨白了。

“要知道，这是十万卢布呀！……”

“天呀，天呀！”周围一阵喊声。大家都拥到壁炉旁边，大家都抢着来看，大家叫喊着……有些人甚至跳到椅子上，从人家头顶上探望。达里亚·阿莱克谢夫娜跑进另一间屋子，很惊慌地跟卡嘉和帕莎耳语着。那个德国美人跑走了。

“母亲！皇后！全能的女神！”莱白及夫狂喊着，跪着爬到娜司泰谢·费里帕夫娜面前，把手往壁炉里伸，“十万卢布！十万卢布！我亲眼看见的，当着我的面包好的！母亲！仁慈的女神！请让我爬到火炉里去：我要把整个身子放进去，把我整个斑白的脑袋全伸到火里去！……我的妻子有病，卧床不起，我有十三个孩子，全没人照看。我上星期埋葬了我的父亲，他是活活被饿死的。娜司泰谢·费里帕夫娜呀！”他说完，就想爬到壁炉里去。

“走开！”娜司泰谢·费里帕夫娜一面推他，一面喊道，“你们大家让开一条路吧！箝纳，你为什么站在那里？你不要害臊！你拿钱吧！这是你的福气！”

然而，箝纳实在受不了这一天的白天和晚上遇到的事了，他对于这最后的、意料不到的试验丝毫没有准备。那群人向两边分开，给他让了一条路，他和娜司泰谢·费里帕夫娜面对面站着，只距离三步远。她站在炉旁等候，明亮的眼光盯着他不放。箝纳身上穿着晚礼服，手里拿着帽子和手套，默默无言地站在她面前，两手交叉着，眼睛望着火。他那张像纸一样苍白的脸上浮现出痴迷的笑容，固然他不能将眼睛从火上、从着了火的纸包上移开，但是有点儿新的东西进入了他的心灵。他似乎发誓要忍受这种酷刑；他没有动地方。过了一会儿，大家开始明白，他不会去取那个纸包，他不愿意去。

“喂，会烧光的！人家一定会臊你啊！”娜司泰谢·费里帕夫娜对他喊道，“以后你会上吊自杀的。我不是跟你说笑话！”

火起初在两根快烧尽的木柴中间燃烧，后来，当纸包落到上面去，把它压住的时候，火几乎熄灭了。但是，在一块木头的下角上，还有一道小小的蓝色火焰。最后，一条薄薄的、长长的火舌舐着纸包，火一抓住纸包，就跳到纸包的边缘上，整个纸包突然在壁炉里燃烧起来，鲜红的火焰往上面冲。每个人都深深叹一口气。

“母亲呀！”莱白及夫又喊叫起来，又往前闯，但是罗果静拉住他，又把他推开了。

罗果静好像把整个身子变成了眼睛，一动不动地盯着娜司泰谢·费里帕夫娜。他迷醉了，乐得好像上了七重天一样。

“这真像个皇后！”他不时重复着，向周围随便什么人说，“这才是我们的派头！”他忘形地喊道，“你们这些骗子，谁能这样做呀？”

公爵忧郁地、沉默地观看着。

“只要有人给我一千卢布，我可以用牙齿把它叼出来！”费尔特申阔提议说。

“我也会用牙齿叼！”拳头先生在大家背后拼命喊叫，“真是糟糕！烧起来了！全要烧光了！”他看着火焰，喊了起来。

“烧起来了！烧起来了！”大家齐声喊道，几乎都拥到炉边去了。

“篩纳，你不要装腔作势啦，我最后一次警告你！”

“快取出来吧！”费尔特申阔吼叫着，简直像发疯似的跑到篩纳面前，拉他的袖子，“你这个吹牛皮的家伙，去取出来吧！快烧光了！唉，你这个浑蛋！”

篩纳用力推了费尔特申阔一下，转过身子，向门外走去。但是还没有走上两步，身子就摇摇摆摆，咕咚一下倒在地上了。

“晕过去了！”周围的人们喊道。

“母亲呀，快烧光了！”莱白及夫喊。

“要白白烧光啦！”四面八方怒吼起来。

“卡嘉，帕莎，给他取水来，取酒精来！”娜司泰谢·费里帕夫娜喊道，她抓起夹火的钳子，把那纸包取了出来。

外面的纸差不多已经烧成灰烬，但是立刻就看出来，里边是完整无缺的。那个纸包是用三层报纸包着的，钞票没有损坏。大家都松了一口气。

“只有一千卢布有点儿损坏，其余的都很完整。”莱白及夫很高兴地说。

“全是他的！这包钞票全是他的！诸位，你们要听着！”娜司泰谢·费里帕夫娜把纸包放在篩纳身旁，宣布说，“他竟没有去取，强忍住了！这么说，他的自尊心还比他的贪财心大一些。不要紧，他会苏醒过来的！他为了这个，也许会杀人的……你们瞧，他已经苏醒过来了。将军、伊凡·彼得洛维奇、达里亚·阿莱克谢夫娜、卡嘉、帕莎、罗果静，你们听见没有？这包钱是篩纳的。我奖赏给他，他全权处理……不管怎么样，我都要给他！你们对他说一声，让那纸包放在他的身边……罗果静，开步走！再见吧，公爵，我初次看到一个人！再见吧，阿法那西·伊凡诺维奇，merci[1]！”

罗果静一伙人一面闹哄哄地呼喊着，一面从各房间里向门外走，紧跟在罗果静和娜司泰谢·费里帕夫娜的身后。在大厅里，女仆们把皮大氅递给娜司泰谢·费里帕夫娜。厨娘玛尔法从厨房里跑出来，娜司泰谢·费里帕夫娜一一吻了她们。

“太太，难道您真要完全离开我们吗？您要到哪里去？还在您的生日这天，在这样一个好日子里！”女仆们哭着问，吻她的手。

“我要到街头卖笑去，卡嘉，你听见了吧，那里是我应该去的地方，再不我就去做洗衣妇！我同阿法那西·伊凡诺维奇算混够了！你们代我向他致意。你们不要记我的短处……”

公爵飞也似的向大门口奔去。在大门口，大家已经分坐在四辆带铃的马车上。将军在楼梯上就把他追上了。

“算了吧，公爵，你清醒一下吧！”将军拉住公爵的胳臂说，“放弃了吧！你瞧她是什么样的人！我用老人的身份对你说……”

公爵看了他一眼，但是没有说一句话，就挣脱了跑下楼去。

几辆三套马车刚刚从大门口走掉。将军到了那里，看见公爵喊住路过的头一辆拉坐马车，叫车夫追赶那几辆三套马车，向叶加德邻郭夫赶去。将军那辆套着灰色马的快车随后赶上来，把将军送回家去。将军心里怀着新的希望和计划，并且揣着那串珍珠——将军在百忙中也没有把它忘掉。在他的计划当中，娜司泰谢·费里帕夫娜的迷人面孔也露出过两三次。将军叹了一口气说：

“可惜！真是可惜！一个完蛋的女人！一个发疯的女人！……嗯，公爵不该娶娜司泰谢·费里帕夫娜……”

娜司泰谢·费里帕夫娜的另外两个宾客决定徒步走一段路，他们一边走，一边也谈出了一些这类说教式的、临别赠言式的话语。

---

1 法文：谢谢。

“您知道，阿法那西·伊凡诺维奇，听说日本人也有这类事情。”伊凡·彼得洛维奇·波奇成说，“在日本，一个人受了侮辱，他就会走到侮辱者的面前，对侮辱者说：‘你侮辱了我，因此我来到你面前剖腹。’说完这话，他果然就当着侮辱者的面把肚子剖开。他们好像真的报了仇，感到十分满足。世界上真有怪人，阿法那西·伊凡诺维奇！”

“您以为今天的事情和这像吗？”阿法那西·伊凡诺维奇笑着回答说，“唔……您很俏皮地……打了一个极妙的比方。但是，您自己看得见，亲爱的伊凡·彼得洛维奇，我已经做了我所能做到的一切，我不能超出可能的范围以外，您以为对不对？您还要承认，这个女人有一些重要的优点……光辉的特征。我刚才甚至想对她喊——假如我在这乱糟糟的环境中可以这样做——她本身就是我对于她的一切责难的最好的辩解。有时候，谁能不被这女人迷惑到忘却理性……忘却一切的地步呢？您瞧那个乡下佬，罗果静，竟给她搬来了十万卢布！即使刚才所发生的一切是短促的、浪漫的、不雅观的，但是，您自己也会同意，这一切有声有色，十分别致。我的天，以她这样的性格，加上她这样的美貌，可以成为多么好的一个人呀！但是，无论怎样地努力，无论她有多大的学问，一切都算完了！她是一颗没有琢磨的钻石——这话我已经说过许多次了……”

接着，阿法那西·伊凡诺维奇深深地叹了一口气。

第二部

同情是全人类生存最主要的、也许是唯一的法则。

第一章

在本书第一卷结束时，我们叙述了娜司泰谢·费里帕夫娜的晚会上所发生的奇怪事情。这桩事情过去两三天，梅思金公爵就忙着上莫斯科领取意外的遗产去了。当时有人说，他急于成行是另有原因的，但是关于这层，以及关于公爵在莫斯科，也就是他离开彼得堡的整个时期内的一切行动，我们所能提供的材料很少。公爵离开彼得堡整整六个月，即使是那些多少有点儿关心他的命运的人，在这个时期内也不大能够知道他的情况。固然有些谣言也偶然传到某些人的耳中，但是大半是离奇的，几乎永远互相矛盾。最关心公爵的自然是叶潘钦府上，而公爵临走的时候，竟来不及向他们辞行。不过，将军当时和他见过面，甚至见过两三次；他们很严肃地谈论了一些问题。将军虽然亲自见过他，但并没有把这件事告知家人。总之，在最初的时期内，也就是在公爵离开后几乎整整一个月内，叶府上对他绝口不提。只有将军夫人丽萨魏达·博罗可菲耶夫娜一人最初表示说，她对公爵这个人的观察大错特错了。过了两三天，她已经不再指出公爵的名字，而是不确定地说，她一生最主要的特质，就是在观察人方面不断犯错误。最后，过了十来天，她不知为什么对女儿们生气，又用格言的方式说："我们错得够多了！以后不要再错了！”我们还要注意的是，在很长时期内，他们家里笼罩着一种不愉快的气氛。大家都感到沉闷和紧张，好像人人不睦，各有难言之隐。大家全带着愁眉苦脸的样子。将军日夜奔忙，办理各种事务；他这样忙碌，这样积极，尤其在公务方面，过去还是很少见的。家里的人简直看不到他。至于叶潘钦家的小姐们，口头上自然都没有什么表示。她们几个人单独在一起的时候，也许说得更少了。她们本来是傲慢自大的千金小姐，互相之间有时还会感到羞愧；不过，她们不是从一句话里，就是从一个眼神上也可以互相了解，所以说许多话有时也大可不必。

假如有旁观者的话，他只能断定一件事情，那就是，综合上述的、寥寥无几的材料来看，公爵虽然只到叶潘钦家去过一次，待的时间又很短，可是他到底在那里留下了特别深刻的印象。也许这只是公爵的一些奇怪举动所引起的一般好奇的印象。无论怎样说，印象总是留下了。

渐渐地，连流布全城的谣言也蒙上了未知的阴影。不错，据大家传说，有一个傻瓜公爵（谁也不能确切指出他的姓名）突然得到了一大笔遗产，娶了一个过路的法国女人，巴黎Chateau-de-fleurs[1]的著名Cancan[2]舞女。但是另一些人说，领到遗产的是一个将军，而娶了过路的法国有名舞女的是一个拥有无数财产的俄国商人，他在婚宴上喝醉了酒，只由于夸口，就把价值七十万卢布的最新发行的有奖债券用蜡烛烧毁。然而，所有这些谣言很快就平息了，这多半是客观情势所促成的。譬如，在罗果静的一伙里，本来会有许多人可以瞎三话四，可是，他们在叶加德邻郭夫车站豪饮（娜司泰谢·费里帕夫娜也参加了）以后，过了一个来星期，就由罗果静本人率领着，一齐到莫斯科去了。有三两个关心的人道听途说，知道娜司泰谢·费里帕夫娜在叶加德邻郭夫豪饮的次日就逃之夭夭，不见影儿了，后来才探出她已经前往莫斯科。因此，罗果静

---

1 法语：“花宫”，一个歌舞场。

2 法语：康康舞，一种下流舞。

赴莫斯科一事恰恰和这个谣传有些巧合。

简佛里拉·阿尔达里昂南奇·伊伏尔金在自己的社会集团里是相当有名的，关于他也有一些谣言。但是，他也发生了一些状况，使对他不利的一些流言迅速冷却下去，最后完全消灭了：这就是他得了重病，不但不能在社交界抛头露面，甚至连办公都不行了。一个来月后他痊愈了，可是不知什么原因，他完全辞去了股份公司的职务，由他人继任了。他再也没有到叶潘钦将军家里去一次，所以就由别的官员给将军当秘书了。简佛里拉·阿尔达里昂南奇的仇人们可能猜想他为了所发生的一切事情感到非常惭愧，不好意思出门一步；但是他确实是得了病，甚至是得了忧郁症，终日沉思默想，肝火很盛。瓦尔瓦拉·阿尔达里昂诺夫娜在那年冬天和波奇成结婚。认识他们的人都很直率地指出，这桩婚事和简纳不愿返回原职的情况有关，因为他不但不能养家，而且自身也需要帮助，甚至需要他人来服侍了。

我们必须附带指出，在叶潘钦家里，甚至从来都没有提起过简佛里拉·阿尔达里昂南奇这个人——仿佛不仅在他们家里，而且在世界上就根本没有这个人。但是，他们家里的人们很快知道了一桩有关简纳的极有趣的事实，那就是，在决定他的命运的那一夜，娜司泰谢·费里帕夫娜家里出了那桩不愉快的事件以后，简纳回家并没有睡觉，而是像发疟疾似的，急不可耐地等候公爵回来。公爵到叶加德邻郭夫去，回来时已是早晨五点多钟。当时，简纳走到公爵屋内，把娜司泰谢·费里帕夫娜在他晕倒时送给他的那包烧焦的钱放在桌上。他坚决请求公爵，只要一遇到机会，就把这份礼物退还给娜司泰谢·费里帕夫娜。简纳到公爵那里去的时候，带着仇恨的、近乎悲愤的心情。但是，他和公爵不知说了几句什么话之后，竟在公爵那里坐了两小时，一直哀哀地痛哭着。两人是在友善的气氛中散开的。

叶潘钦家里的人全都听到了这个消息，后来证明这个消息完全是真实的。说来也真奇怪，这类消息竟会传播得如此迅速，大家很快就都知道了。例如，娜司泰谢·费里帕夫娜家里所发生的一切事情，到第二天，叶潘钦家里就全知道，甚至知道得非常详细。关于篰佛里拉·阿尔达里昂南奇的消息，我们可以推测是瓦尔瓦拉·阿尔达里昂诺夫娜带到叶潘钦家里去的，她忽然常常访问叶家的几位小姐，很快地和她们要好起来，这使丽萨魏达·博罗可菲耶夫娜感到非常惊讶。不过，瓦尔瓦拉·阿尔达里昂诺夫娜虽然为了某种原因，认为必须和叶家的姐妹们接近，而关于自己哥哥的事情，她在叶家姐妹面前是绝口不谈的。她虽然与那个几乎把她的哥哥驱逐出去的人家交下了朋友，不过她也是个骄傲的女子，具有一种独特的骄傲。她以前就认识叶家的小姐们，可是很少和她们见面。她现在也很少进客厅去，只是从后门溜进去。丽萨魏达·博罗可菲耶夫娜虽然很尊敬瓦尔瓦拉·阿尔达里昂诺夫娜的母亲尼娜·阿历山大洛夫娜，可是始终不喜欢瓦尔瓦拉。她很惊讶，而且生气，认为瓦略和她的女儿交往是肆意妄为，说女儿“不知要想出什么花样来和她作对”。虽然如此，瓦尔瓦拉·阿尔达里昂诺夫娜仍然去拜访她们，婚前婚后都是这样。

公爵走后一个月，叶潘钦将军夫人接到老公爵夫人白洛孔司卡耶一封信，这位老夫人是两个星期以前赴莫斯科去看出嫁的长女的。这封信对叶夫人产生了显著的影响。她虽然没有把信的内容告诉伊凡·费道洛维奇和女儿们，但是她家的人从许多迹象上可以看出她特别兴奋，甚至可以说是激动。她开始特别奇怪地和女儿们攀谈，尽讲些不寻常的题目。她显然要把自己心里的事说出来，可是为了某种原因忍住了。接信的那天，她对大家非常和蔼，甚至吻了阿格拉耶和阿台拉意达，对她们说了一些忏悔的话，可是忏悔的究竟是什么，她们也弄不清楚。甚至对失宠了整整一个月的伊凡·费道洛维奇，忽然也宽大了。当然，到第二天，她就对昨天自己那样动感情感到很生气，不等吃午饭就和大家吵了一顿；可是到了晚上，天空又晴朗了。总之，在整整一个星期内，她的情绪都很好，这是很久以来没有的事情。

再过一星期，将军夫人又接到白洛孔司卡耶一封信，这一次她决定说话了。她郑重其事地宣布，“白洛孔司卡耶老太婆”（她在背后讲论老公爵夫人时，从来不作另外称呼）告诉她一个关于那个……“怪物，唔，就是那个公爵”的好消息。那老太婆在莫斯科到处寻找他，查访他，终于打听出一些很好的消息。后来公爵亲自拜访她，给她留下特别良好的印象。将军夫人结束说，显然是由于这种原因，她请他每天下午一点到两点到她家去，公爵也就每天前去，至今还没有使老太婆感到厌烦。将军夫人又说，公爵经“老太婆”介绍，在两三个上流家庭里受到殷勤的款待，“他不呆坐在家里，也不像傻子似的害臊，那是很好的”。小姐们听到这些消息以后，立刻觉察出，信里有许多话母亲瞒住没有说。也许她们是从瓦尔瓦拉·阿尔达里昂诺夫娜那里知道的，当然啦，凡是波奇成所知道的关于公爵和他在莫斯科的一切情形，瓦尔瓦拉是不会不知道的。而波奇成比别人知道的都多。他虽然在正经事方面过分沉默寡言，有话倒也会跟瓦略说。将军夫人因此更加不喜欢瓦尔瓦拉·阿尔达里昂诺夫娜了。

无论怎么说，现在已经破冰，大家忽然可以谈论公爵了。同时也更明显地暴露出公爵给叶家留下的特别印象和莫大兴趣了。将军夫人见到莫斯科的消息竟然使她的女儿们留下了如此深刻的印象，不禁大吃一惊。而女儿们见到母亲郑重其事地宣布说，她一生最主要的特质，就是在观察人的方面不断犯错误，同时又委托“有权势的”老太婆白洛孔司卡耶在莫斯科注意公爵的行动，也很感到奇怪。她们都知道，母亲对那“老太婆”必须像求上帝那样央求才行，因为白洛孔司卡耶一向是不好管这类闲事的。

当坚冰刚刚打破，有了新线索时，将军也连忙发表了意见。他也非常关心这件事情。不过，他所谈的只是“问题的事务性方面”。原来，他为了公爵的利益，曾经委托两位极靠得住的、在莫斯科很有势力的先生监督他，并且特别监督他的顾问萨拉慈金。关于遗产，“即关于遗产的事实”所讲的一切都是正确的，但是归根结底，遗产本身却并不像以前风传的那样大。财产有一半陷入混乱状态；既有债务，也有债权人出现，再加上公爵虽然有人为他谋划，却做出些在事务方面十分欠妥的行动。将军说：“上帝自然会保佑他的。”现在，当坚冰已被打破的时候，将军很乐于“完全诚心诚意地”发表声明，因为“这小子虽然有点儿那个”，但他毕竟值得如此。不过，话说回来，他到底有点儿傻里傻气。譬如，已故商人的几个债权人，竟拿着没有价值的、大可怀疑的借据前来要账，还有些人探听出公爵的为人，竟毫无凭据也跑来找他。结果怎样呢？公爵的朋友虽然竭力主张，说那帮流氓和债权人完全没有资格要账，可是公爵差不多都给了他们。他之所以要还债的唯一理由，就是他认为内中有些人确实蒙受了损失。

将军夫人回答说，白洛孔司卡耶的信里也提到过这一点。“这真蠢，太蠢了；傻病是无法治疗的。”她很严厉地加上了这样一句。但是从她的脸上可以看出，她是多么喜欢这个“傻子”的行动。后来，将军看出他的夫人对于公爵的关心好像对待亲儿子一般，而她对阿格拉耶又特别和蔼。伊凡·费道洛维奇看到这种情形，一时露出极郑重的神情。

但是这种愉快的情绪并没有存在多久。只过了两星期，一切突然又变了，将军夫人皱着眉头，将军耸了几次肩膀，又守口如瓶了。事情是这样的：在两星期以前，他偶然接到一个消息，它虽然简短，不够清楚，但是很准确。据说娜司泰谢·费里帕夫娜起初在莫斯科失踪，以后又在莫斯科被罗果静找到，以后又失踪了，又被他找到，最后才答应嫁给他。过了两星期，将军忽然又接到消息，说娜司泰谢·费里帕夫娜在即将举行婚礼的时候，第三次逃走了，这一次逃到外省去，同时梅思金公爵也从莫斯科失踪，把所有事务都委托萨拉慈金照管。将军最后说，“是和她一块儿走的，还是追踪而去——这不得而知，但是，这里面一定有点儿把戏。”丽萨魏达·博罗可菲耶夫娜也收到了令人不快的消息。在公爵走后两个月，在彼得堡差不多完全没有人谈到他，叶府上的坚冰也不再打破。不过，瓦尔瓦拉·阿尔达里昂诺夫娜还是常去探望叶家的小姐。

为了结束所有这些谣言和消息，我们要补叙一笔。在春天时，叶府上发生了很多的变动，所以很难不把公爵忘掉，况且公爵自己也没有透露，也许是不愿意透露自己的消息。在冬季，他们经过长期商谈以后，决定到国外去消夏，也就是说，丽萨魏达·博罗可菲耶夫娜带着女儿们前去；将军自然不能把时间消耗到“无谓的消遣”上面。这个决定是由于小姐们特别坚持自己的主张才通过的。她们深深相信，她们的父母不愿意带她们到国外去，是因为急着要把她们嫁出去，为此不断地给她们找对象；到了最后，父母也许认为在国外也可以给女儿找对象，出国避暑不但不会破坏他们的计划，还可以“促其实现”。这里应该顺便提一句，阿法那西·伊凡诺维奇·托慈基和叶家大小姐的亲事已经完全吹了，托慈基并没有正式求婚。这事情是自然而然发生的，既未多费唇舌，也没有引起任何家庭的斗争。自从公爵走后，双方忽然都不提这门亲事了。这种情况也是叶府当时空气沉闷的原因之一，虽然将军夫人当时就表示她很高兴，高兴得“用双手画十字”。将军虽然失了宠，感到自己做了错事，但还是生了好久的闷气；他很可惜阿法那西·伊凡诺维奇，“挣下这许多财产，而且是这样一个灵活的人！”过了不久，将军就知道阿法那西·伊凡诺维奇被一个过路的上等社会的法国女人迷住了，她是侯爵夫人，王朝正统派。他们即将举行婚礼，结婚后阿法那西·伊凡诺维奇将被带到巴黎去，以后再到布勒塔尼去。“他跟法国女人一走，就要无影无踪啦。”将军说。

叶潘钦一家人准备在初夏动身。忽然发生一件事，使一切计划都重新变更了，旅行的延期使将军夫妇感到非常高兴。有一位公爵从莫斯科驾临彼得堡，这位施公爵是一个出名的人，以性格极为良好而出名。他是那种诚实的、朴素的现代人，甚至可以说是现代的事业家，这般人诚恳地、自觉地要为公众谋福利，孜孜不倦地工作着，具备稀有的愉快性格，因此永远找得到工作做。这位公爵并不想出风头，他躲避各党派的残酷斗争和无聊话语，他不自命为领导者，但对于最近发生的许多事情都了解得十分透彻。他以前做过官，之后参加了地方自治的工作。此外，他还是几个俄国科学团体的通讯员。他同一个熟识的工程师合作，用收集材料和调查的方法，帮助确定了一条在计划中的铁路干线的较为正确的方向。他的年纪有三十五岁。他是“最上等社会”的人。另外，如将军所说，他拥有“良好的、正经的、无可辩驳的”财产。将军为了一桩极正经的事情，在他的上司伯爵那里和公爵会见，就此认识了公爵。公爵由于某种特别的好奇心，从来不避免和俄国的“干员”们交游。恰巧公爵又和将军的家属认识了。她们姊妹中的第二位，阿台拉意达・伊凡诺夫娜，引起他极强烈的印象。快到春天时，公爵向她求婚。阿台拉意达很喜欢他，丽萨魏达・博罗可菲耶夫娜也喜欢他。将军十分高兴。旅行自然延了期。婚礼定在春天举行。

旅行本来可以在仲夏或夏末实现，哪怕由丽萨魏达・博罗可菲耶夫娜带着两个未嫁的女儿出去游玩一两个月，也可以消除和阿台拉意达离别的愁绪。但是又发生了一件新事：在春末时（阿台拉意达的婚礼延缓到仲夏举行），施公爵把他的一个相知极深的远亲引到叶府上来。他名叫叶夫格尼・柏夫洛维奇・拉道姆司基，年纪还轻，二十八九岁，当副官，出奇的美男子，“望族”出身，富有聪明才智，“新派”，“学问渊博”，财产无法计量。关于最后一点，将军永远是很慎重的。他调查以后说，“的确是那样，不过还需要加以核实”。这个年轻而有前途的副官被从莫斯科来的老太婆白洛孔司卡耶评价抬得很高。不过，他的名誉也颇成问题，据说他通奸过，“征服”过几个不幸女人的心。他自从见到阿格拉耶以后，就成了叶府上的常客。虽然还没有说出什么话来，甚至连任何暗示都没有，但是，叶家父母总觉得夏季的国外旅行大可不必去想了。阿格拉耶自己也许别有见解。

这件事恰恰发生在本书主角第二次出场之前。那时候，从表面上来看，可怜的梅思金公爵已经被彼得堡人完全遗忘了。如果他现在忽然在熟人堆中出现，简直会像从天上掉下来一般。让我们再来报告一桩事实，借此结束我们的引子吧。

公爵走后，郭略·伊伏尔金起初继续过他以前的生活，那就是上中学，找他的朋友伊鲍里特，照顾将军，帮助瓦略管理家务，替她跑腿。但是，房客们很快都走空了：在娜司泰谢·费里帕夫娜家出事以后第三天，费尔特申阔搬出去了，很快就失踪了，所有关于他的信息都没有了；有人说他在什么地方喝酒，但是说得并不肯定。公爵到莫斯科去了。他一走，房客就没有了。瓦略出嫁后，尼娜·阿历山大洛夫娜和筎纳都随她一块儿搬到伊兹玛意洛夫司基团波奇成的家里去；至于伊伏尔金将军，他发生了一桩完全意料不到的事：由于欠债而锒铛入狱了。控诉他的就是他的女友大尉夫人，他陆陆续续签给了她两千卢布的借据。这件事情完全出乎他的意料，可怜的将军一向“极端信赖人心的善良”，结果竟成为这种信仰的“牺牲品”。他对于签发借据和期票已经习惯成性，以为这样做并没有什么，万万没有料到这些文件还会产生效力。原来并不是没有什么。“看你再信赖人吧！再掏出正直的信任心吧！”当他在达拉索夫牢舍里和新交的朋友坐下喝酒，向他们讲述卡尔司被围和一个士兵复活的故事时，这样悲苦地喊叫着。他在那里生活得很好。波奇成和瓦略说那正是他应该住的地方；筎纳也十分赞成他们的话。只有可怜的尼娜·阿历山大洛夫娜一个人暗自淌眼抹泪（连家人都很惊讶），时常带病到达拉索夫牢舍去见丈夫。

自从发生了像郭略所说的“将军事件”以来，总之，自从他的姐姐出嫁以后，郭略几乎完全从家人的手里挣脱出去，最近竟不大回家住宿了。听说他结交了许多新朋友；此外，他在债务监狱内也大大出了名。尼娜·阿历山大洛夫娜要是不带着他上监狱，就什么事也办不通；家里的人现在也不拿好奇的问题啰唆他了。瓦略以前对他十分严厉，现在对他的行径一概不问了；家人中最感到奇怪的是筎纳，他虽然得了严重的忧郁症，但他现在和郭略说话也好，对待郭略也好，有时完全表示出和善的态度。这种情形是前所未有的，因为笳纳已经二十七岁，他对十五岁的兄弟自然不会有一点儿和善的意思。他过去对郭略很粗暴，要求家人对郭略绝对严厉，还时常以“揪耳朵”来威胁，使郭略越过“人类忍耐力的最后极限”。人们可以想到，现在郭略有时对笳纳有用了。郭略万万想不到笳纳会把那十万卢布退回去。因此，他就觉得笳纳有许多地方可以饶恕了。

公爵走后三个月，伊伏尔金家里听说郭略突然和叶家相识，而且受到叶家小姐很好的款待。瓦略不久就知道了这件事；不过，郭略并不是由瓦略介绍而认识的，而是由于“毛遂自荐”。叶府上的人渐渐都喜欢上他了。将军夫人起初很不满意他，但是不久就对他和气起来，“因为他坦白直率，不爱拍马屁”。说郭略不爱拍马屁，这是十分正确的；他在叶家保持着完全平等和独立的地位，他虽然有时也给将军夫人读读书报，但那是他永远爱给别人服务的缘故。他有两次和丽萨魏达·博罗可菲耶夫娜吵得很厉害，说她是个专制魔王，以后再也不登她的家门。第一次的争论是由“妇女问题”引起的，第二次是因为讨论一年中哪一季宜于捕捉金翅雀的问题。尽管如何不可思议，将军夫人在争论后的第三天就派仆人给他送信，请他务必光临。郭略并不装腔作势，立刻来了。只有阿格拉耶一个人不知为什么经常讨厌他、瞧不起他。结果，他偏偏使阿格拉耶大吃一惊。有一次，在复活节的时候，郭略找到一个没人看见的机会，递给阿格拉耶一封信，只说有人托他亲自交给她，阿格拉耶威风凛凛地瞧着“傲慢的孩子”，但是郭略没有等候，就走开了。她拆开信来，读道：

您以前曾经信任过我。也许您现在完全忘记我了。我怎么会要给您写信呢？我不知道。但是，我有一种迫切的愿望，就是要请您注意我的存在。我不知有多少次感到对你们三位都十分需要，但是在三位中，我只注意您一个人。我需要您，非常需要。关于我的一切，我没有什么可以写给您，没有什么可讲的。我并不想这样做，我最希望的是您能够得到幸福。您幸福吗？我想对您说的就是这句话。

您的长兄列夫·梅思金公爵

阿格拉耶读了这封简短的、相当糊涂的信以后，忽然满脸通红，沉思起来。我们很难说出她在想些什么。她自问道："要不要给别人看呢？"她似乎有点儿害羞。结果，她带着嘲讽的、奇怪的笑容，把那封信朝自己的小桌抽屉里一扔。第二天，她又把信取出来，夹在一本硬皮的厚书里面（她为了一找就可以找到，对自己的信件总是这样处理）。过了一星期，她才看看那是一本什么书。原来是《堂吉诃德》。阿格拉耶哈哈大笑起来，不知道笑些什么。

也不知道她是否把这封信给姐姐们看过。

但是，当她还在读信的时候，她忽然想道：公爵莫非选了个傲慢和爱吹牛的孩子做他的通讯员？也许是公爵在此地的唯一通讯员吧？她虽然带着非常轻蔑的神情，但是到底把郭略叫来盘问了一番。这个"孩子"一向是好生气的，在这一次，却一点儿也没有理会她那种轻蔑的神情；他简单扼要地，而且相当冷淡地对阿格拉耶解释说，在公爵离开彼得堡之前，他虽然告诉了公爵一个永久通讯处，并且表示愿意为公爵效劳，但是，这是公爵初次给他的委托，这是公爵初次给他写信。为了证明自己的话，他掏出公爵写给他的那封信。阿格拉耶马上打开阅读。致郭略的信中说的是：

亲爱的郭略，请您费神将这件密封的信转交给阿格拉耶·伊凡诺夫娜。祝您康健。

爱您的列夫·梅思金公爵

“委托你这样的毛孩子办事，总是很可笑的。”阿格拉耶恼恨地说，她把信还给郭略，带着轻蔑的样子走开了。

这正是郭略所不能忍受的。他为了办这件事情，没有说出什么原因，曾特地向�纳借了一条全新的绿色围巾。他感到自己受到了极大的侮辱。

第二章

已是六月初旬，在整个星期内，彼得堡都是稀有的好天气。叶家在伯夫洛夫司克有一所富丽堂皇的别墅。丽萨魏达·博罗可菲耶夫娜忽然兴奋和紧张起来；忙了不到两天，他们就搬到别墅去了。

叶府搬家的第二天或第三天，列夫·尼古拉耶维奇·梅思金公爵乘早车从莫斯科来了。没有人到车站去接他，但是下车时，公爵忽然觉得在包围新到乘客的一群人中，有两只眼睛放出奇异的、热烈的光彩。他定睛一看，那两只眼睛已经不见了。这当然只是一种幻觉，但是他却感到很不愉快。再加上公爵心里本来就很悲哀，他沉思着，好像有什么烦恼的事情。

马车把他送到李铁因大街附近的一家旅馆里。那家旅馆不大好。公爵住两个小房间，光线昏暗，陈设也很简陋。公爵洗了洗脸，换好衣裳，一点儿东西也没有要，就匆匆出去了，他似乎怕虚度光阴，或访人不遇。

假如那些在他半年前第一次到彼得堡时认识他的人现在看到他，必将断定他的外貌已经好得多了。其实并不如此。他只是在服装方面有了完全的变动：所有的衣裳全是新的，由莫斯科的好裁缝缝制的。毫无疑问，他的服装也还有些缺点：缝得过于时髦（那些心地老实、但是才能不高的缝裁们永远是这样缝制的），而且是穿在对于此道毫无兴趣的人身上。所以，如果仔细看上公爵一眼，爱笑的人也许就会找到一些笑料来。不过，可笑的东西还少吗?

公爵雇了马车，到潘司基去。在洛士台司脱文司基街上，他很快就找到一所小木板房。使他惊讶的是：这所房屋外表美观、清洁，收拾得十分整齐，房前有个小花园，栽满鲜花。临街的窗子开着，里面不断传出一个尖锐的声音，好像是在喊叫，似乎有人在那里朗诵或演说；那声音有时被几个洪亮的笑声所打断。公爵进了院子，走上台阶说要找莱白及夫先生。

"他在那边呢。"一个把袖子挽到胳臂肘上的厨娘开门之后，用手指着"客厅"回答说。

这个客厅用深蓝色纸张裱糊，收拾得干干净净，相当讲究；也就是说有圆桌和沙发，带玻璃罩的青铜时钟，墙上挂着一面狭长的镜子，天棚上吊着一盏带小玻璃的古式小型挂灯，灯链是古铜色的。莱白及夫先生站在客厅中间，背朝着走进去的公爵；他穿着背心，但没有穿上衣，夏天打扮；他捶着自己的胸脯，很悲痛地就某个题目发表着演讲。听众是：一个十五六岁的男孩，脸上喜气洋洋，看来并不愚蠢，手里捧着一本书；一个二十来岁的女郎，穿着孝服，抱着吃奶的孩子；一个十三岁的小姑娘，也穿着孝服，张着大嘴傻笑；最后，还有一个极奇怪的听者，他躺在沙发上，二十来岁，长得很漂亮，脸色微黑，头发又长又密，眼睛黑而大，脸上刚露出一点儿胡须的痕迹，这位听者好像时常打断莱白及夫的话和他辩论，其余的听众大概就是为了这个而发笑。

"罗吉央·蒂莫菲维奇！罗吉央·蒂莫菲维奇！真是的！你倒向后边瞧瞧呀！……唉，你真讨厌极啦！"

厨娘挥了挥手，走开了，她气得满脸通红。

莱白及夫回过头，一看到公爵，像触了电似的，呆呆站了半天，然后带着谄媚的笑容向公爵奔去，但在中途又似乎愣住了，喃喃地说：

“尊……尊……尊贵的公爵呀！”

但是，他好像还找不到应持的态度似的，突然回过身去，没头没脑地向那个抱着婴孩的戴孝女郎奔去，她大吃一惊，倒退了几步。然后，他立即扔下她，又向那个十三岁的女孩子冲去，女孩子正立在第二间屋子的门槛上，脸上仍然堆着刚才残留下来的笑容。她经不住他的呼喊，立刻溜到厨房里去了。莱白及夫还在她的身后跺脚，使劲吓唬她；但是，他看见公爵带着惶惑的眼神，就解释道：

“为了表示……恭敬，嘿，嘿，嘿！”

“您这大可不必……”公爵开始说。

“就来，就来，就来……像旋风似的！”

莱白及夫飞也似的跑出去了，公爵很惊异地看着女郎、男孩，还有躺在沙发上的那个人。他们大家全笑着。公爵也笑了起来。

“穿礼服去啦。”男孩说。

“这很遗憾。”公爵起始说，“我以为……请问，他是不是……”

“您以为他喝醉了吗？”一个声音从沙发上喊，“一点儿也不！也许喝了三四杯，或者是五杯；但这算不了什么——简直是家常便饭。”

公爵正想对沙发上的声音回话，女郎却抢着说了，她那可爱的脸上露出极坦白的神色：

“他早晨从来不多喝酒；假如您找他有什么事情，现在说出来最好。正是好时候。晚上一回来，就喝得烂醉。不过，他现在一到夜里就哭，给我们朗诵《圣经》，因为我们的母亲在五个星期以前死去了。”

“他之所以逃走，大概是因为他很难回答您的话。”沙发上的青年笑了，“我可以打赌，他要欺骗您，现在正在想方法。”

“只有五个星期！只有五个星期！”莱白及夫穿了礼服回来，抢上去说，眼睛眨动着，从衣袋内掏出手帕来擦泪，“这些孤儿！”

“您为什么穿着破衣服出来了？”女郎说，“您的新衣服在门后边放着，没有看见吗？”

“别多嘴，小蜻蜓！”莱白及夫对她喊，“唉，你呀！”他朝她跺脚。但是这一次，她只是笑了笑。

“您吓唬我做什么，我并不是达娜，绝不逃跑。您这样会把刘葆赤卡吵醒，让她得惊风的……您喊什么？”

“不，不，不，烂舌头，烂舌头……”莱白及夫忽然非常惊慌，跑到在女儿怀里睡着的婴儿面前，带着害怕的样子，朝她身上画了几次十字。“愿主保佑她，愿主会保佑她！这是我亲生的小女儿刘葆赤卡，”他对公爵说，“这是我新死去的妻子叶莲娜、我的正室夫人生的，她在生孩子时死去了。这个孩子是我的女儿魏拉，戴着孝……至于这个，这个，这个……”

“怎么愣住了？”青年人喊，“你继续说下去，不要害臊。”

“大人！”莱白及夫忽然很冲动地喊了出来，“关于芮玛林家的谋杀案，您在报上看见没有？”

“看过了。”公爵说，带着几分惊讶的神情。

“那个杀死芮玛林全家人的真正凶手就是他！”

“您怎么啦？”公爵说。

“这是比喻的说法，如果说有未来的第二个芮玛林家，他就是未来的第二个凶手。他正在预备着呢……”

大家都笑了。公爵心里想，莱白及夫也许真的在那里装傻，他因为预先感到公爵要提出一些问题，不知如何回答，所以故意拖延时间。

“他在那里阴谋造反呢！”莱白及夫喊，他好像控制不住自己似的，“我能不能、有没有权利，把这个好嚼舌的家伙，也可以说是浪子、坏货，当作我的亲外甥，我的去世的妹子阿尼谢的独子看待呢？”

“住嘴吧，你这醉鬼！您相信不相信，公爵，他现在忽然想当律师，替人辩护诉讼案件；他想发展他的辩才，用崇高的文体对家里的孩子们说话。五天以前，他在地方法院的法官面前讲过话。您知道他是替谁辩护的？并不是央告和请求他的老太婆，有一个卑鄙的高利贷者把她的五百卢布——把她所有的财产都抢去了。而是那个放印子钱的扎意特莱尔，犹太人，因为答应给他五十卢布。”

“胜诉给五十卢布，败诉呢，只有五个卢布。”莱白及夫忽然用与刚才完全不同的声音解释说，就好像他从来没有喊叫过似的。

“他自然闹出了笑话。现在和过去情况不一样了，在法院里，大家嘲笑了他一顿。但是，他自己倒很满意。他说，大公无私的法官们，你们要想一想，一个悲苦的、卧病不起的老人，一向依靠正直的劳动而生，现在却失去了最后的一块面包。你们要想一想立法者的一句名言：‘法庭应以仁慈为主’，您相信不相信，他每天早晨在这里对我们复述那篇演说，就和他在法庭上说的一模一样，今天是第五次了。就在您来之前还念着，高兴得不得了。他在自吹自擂。他还预备替人辩护呢。您大概就是梅思金公爵吧？郭略常对我提到您，说他在世界上至今还没有遇到比您聪明的人……”

“对！对！世界上绝没有比他再聪明的！”莱白及夫立刻附和着说。

“他这是在扯谎哪。郭略是敬爱您，这个人是在对您谄媚。不过，您要知道，我并不打算拍您的马屁。您是懂得道理的：您把我和他评判一下。喂，你要不要让公爵评判我们一下？”他对舅舅说，“公爵，您这次忽然回来，我是很高兴的。”

“我愿意！”莱白及夫坚决地喊，他的周围又开始聚拢了一些人，他不由得向那些人看了一眼。

“你们这里有什么事呢？”公爵说，皱着眉头。

他的头真的疼起来，再加上他越来越相信莱白及夫要愚弄他，因此倒也高兴把正事往旁边挪一挪。

“案情是这样的。我是他的外甥，这话他没有扯谎，虽然他尽说些谎话。我在学校没有毕业，但是我希望毕业，而且一定要贯彻自己的主张，因为我有我自己的性格。但是为了生活起见，我在铁路上谋到一个职位，每月有二十五卢布的薪水。我承认他帮过我两三次忙。我身边有二十五卢布，我把它输掉了。您相信不相信，公爵，我竟是那样卑鄙，那样下流，把钱都输掉了！”

“而且输给那个浑蛋，你不应该给他钱的那个浑蛋！”莱白及夫喊。

“是的，输给那个浑蛋了，但是还是应该给他钱的。”青年继续说，“说他是浑蛋，这我可以证明，但倒并不是因为他揍了你。公爵，他是一个被革除的军官，退伍的中尉，以前参加罗果静那一伙，教拳术。自从罗果静把他们撵出去以后，他们就在各处游荡着。最糟糕的是，我很知道他，我知道他是一个浑蛋、恶徒、小偷，结果还是坐下来和他赌钱。在输到只剩最后一个卢布的时候（我们赌‘棍子’戏），我暗自想道：我如果输了，便到罗吉央舅舅那里去央求，他不会拒绝的。这真太卑鄙了！这真是太卑鄙了！这真是有意识的卑鄙行为！”

“这真是有意识的卑鄙行为！”莱白及夫重复着。

“你不要得意，再等一下。”外甥很生气地喊道，“他还高兴呢。我到他这里来，把一切都向他直说出来。我的行为很正直，我不原谅自己，我在他面前痛骂自己，尽我的力量痛骂，这里大家都可以做证人。我为了在铁路上当差，一定要把服装弄得整齐一点儿，因为我身上穿的全是破衣裳。您瞧这双靴子！我如果不打扮一下，是不能够到岗的；假如我不能如期到岗，别人就会顶我的位置，那时我只好失业，不知几时才找到另一个差事。现在我只向他借十五卢布，并且保证以后再也不向他借钱，而且在最近的三个月内，要把债务全部还清，一个戈比也不欠。我绝不失信。我会在几个月内先吃面包和格瓦斯[1]，因为我这人意志很坚强。三个月我可以赚七十五卢布。连我以前借他的，总共只有三十五卢布，所以我还得起。他要几分利，我就给他几分利！他难道还不知道我吗？公爵，您问他：以前他帮助我的时候，我还他钱没有？为

1　一种酸饮料。

什么他现在不愿意借呢？他因为我付给中尉赌账而大生其气，没有别的原因！您瞧，他就是这样一个人，既不利己，也不利人！”

“他不肯走！”莱白及夫喊道，“躺在这里不肯走。”

“我已经对你说过了。你不给钱，我绝不走。您为什么微笑，公爵？您大概认为我不对头吧？”

“我没有笑，不过据我看来，您的确有点儿不对头。”公爵不乐意地回答说。

“您不妨直截了当地说我完全错了，您无须拐弯抹角。什么叫作‘有点儿’？”

“假如您愿意听的话，我说您是完全错了。”

“假如我愿意听的话！真可笑！难道您以为我自己就不知道这样做是很难为情的吗？钱是他的，就应该随他来支配，我这样做，便成了强制的行为。但是公爵，您……不太了解生活。这种人不教训是不行的。他们需要教训。我的良心是纯洁的；凭良心说，我不会使他受损失，我要加上利息还给他。他看见我低三下四，精神上也得到了满足。他还要什么呢？假如他不帮人家的忙，他还有什么用处呢？请问，他自己做些什么呢？您问问他，他是怎样对付别人，怎样愚弄人家的？他靠什么赚到这处房产？假如他过去没愚弄您，假如他现在不想再多多愚弄您，我宁愿把脑袋砍下来！您微笑呢，您不相信吧？”

“我觉得，这和您的事情完全无关。”公爵说。

“我已经在这里躺两天多了，我的见闻可不少啊！”青年人没有听见公爵的话，喊叫起来，“您想一想，他竟会怀疑这个安琪儿，这个姑娘，现在是个孤儿，我的表妹，他自己的女儿，每天夜里到她的屋里捉奸！他还偷偷地到我这里来，在我的沙发下面搜索。他由于怀疑而发了疯，看见每个角落都有小偷。他在夜里时时跳起来，一会儿看窗子关好了没有，一会儿推门试试，一会儿朝火炉里探望，每夜总要来个七八次。在法院里他替坏人辩护，可是自己夜里起来祷告三次，跪在这间大厅里叩头，每次足有半小时。他醉醺醺地替什么人都祷告，把什么事都哭诉出来。他还替杜巴利公爵夫人灵魂的安谧祷告呢，我是亲耳听见的，郭略也听见了。他完全发疯啦！”

“公爵，您看，您听，他怎样羞辱我！”莱白及夫喊道，他脸色通红，真的发起火来，“但是他不知道，我虽然是一个醉鬼和小偷、强盗和恶徒，却做过一件好事，那就是：当这个好嘲笑人的家伙还是婴儿的时候，我替他换过尿布，给他洗过澡。我的妹子阿尼谢守寡，一贫如洗，我也是一样穷，可是我整夜坐在那里，夜夜不睡，侍候他们两个病人。我还到楼下看门人那里去偷木柴，唱歌给他听，碰指头给他看，肚子里饿得空空的，总算把他养大了，而他现在竟笑起我来了！就算我有一次真的为了杜巴利公爵夫人灵魂的安谧叩头，那和他又有什么相干呢？公爵，我前三天在一部辞典上初次读到了她的传记。你知道不知道，杜巴利是什么人？你说，你知道不知道？”

“当然只有你一个人知道啦！”青年带着嘲笑的语调，不高兴地说。

“这个公爵夫人摆脱了羞辱，得到和皇后一样的地位，有一位伟大的女皇，在亲笔信内称她为‘ma cousine’[1]。有一个红衣主教，教皇的使臣，在levée du roi[2]（你知道，什么叫作levée du roi？），亲自去替她把丝袜穿在光着的脚上，自己还认为非常光荣呢。她是这样一位崇高的、神圣的人物！你知道不知道这个？我从你的脸上看得出来，你是不知道的！她怎样死的？你既然知道，你就回答呀！”

“走你的吧！缠死人了！”

“她是这样死的。她在享受了一切荣华富贵之后，刽子手萨姆孙就把这位无辜的、过去的权贵夫人拖到断头台上，供巴黎那些poissardes[3]取乐；她吓得不明白究竟出了什么事情。她看见刽子手把她的颈子往刀

1 法文：我的堂妹。

2 法文：朝服仪式。

3 法文：下层社会的人。

子底下拉，还用脚踢她——那些观众哈哈地笑着，她就喊道：‘Encore un moment，monsieur le bourreau，encore un moment!’那就是说：‘再等一分钟，刽子手先生，再等一分钟！’也许就为了这一分钟，上帝可以饶恕她，因为对于一个人的心灵，像这样的misére[1]是无从想象的。你知道不知道misére这个字是什么意思？我一读到公爵夫人呼喊‘再等一分钟’的话，我的心就好像被针刺痛了似的。我在临睡的祷词里提起这位大罪人的名字，又与你这坏蛋有什么相干呢？我所以提到她，就因为自从开天辟地以来，大概还没有一个人为她叩过头，甚至连想都没有想到这件事情。她在天有灵，知道下界有一个和她同样的罪人为她祈祷，那她一定会很快乐。你笑什么？你这无神派，不相信怎么的？你怎么知道呢？你说你偷听到我的祷告，这又是扯谎。我并不只替杜巴利公爵夫人一个人祷告；我是这样说的：‘愿主赐给大罪人杜巴利公爵夫人和同她相似的人们以安谧。’这完全是两件事，因为有许多同样的大罪人和命运变幻无常的典型，他们过去受尽痛苦，现在辗转呻吟，等待着。我还为了你，为了像你这样傲慢无礼的人们，在那里祷告，假如你偷听我的祷告……”

“够了，别说了，随你去替什么人祷告吧，千万别喊叫啦！”外甥很恼怒地打断他的话，“他读了许多书，公爵，您不知道吗？”这个青年又露出一种尴尬的笑容，补充说，“现在他尽读这种书籍和回忆录。”

“您的舅舅总算……是个有心人啊！”公爵不高兴地说。他开始觉得这个青年十分讨厌。

“您这样夸奖他，他更要自高自大啦！您瞧，他已经把手放在心口，嘴唇高高撅起，立刻扬扬得意了。他也许是个有心人，不过，糟糕的是，他是个骗子。再加上他是个醉鬼。他好像喝上好多年酒的人一样，全身都散了架子，哪个地方都不合适。我承认，他爱孩子，也尊敬

1　法语：苦难。

我去世的姑母…… 他甚至还爱我，在遗嘱里分给我一部分产业。”

“一点儿也不分给你！”莱白及夫凶猛地喊道。

“您听我说，莱白及夫。”公爵坚决地说，背对着那个青年，“我从经验里知道，假如您愿意的话，您可以成为一位事业家…… 我现在时间很少，假如您…… 对不住，您的大名和父名是什么来的？我忘记了。”

“蒂…… 蒂…… 蒂莫菲意。”

“还有呢？”

“罗吉央诺维奇。”

屋里的人又都笑起来了。

“撒谎！”外甥喊道，“他又撒谎了！公爵，他根本不叫蒂莫菲意・罗吉央诺维奇，而叫罗吉央・蒂莫菲维奇。请问，你为什么撒谎？你叫罗吉央呀，蒂莫菲意呀，不都是一样的吗？这对于公爵又有什么相干？我告诉您，他的撒谎只是由于习惯！”

“难道是真的吗？”公爵不耐烦地问。

“的确叫罗吉央・蒂莫菲维奇。”莱白及夫承认了，他觉得很不好意思，温顺地垂下了眼皮，又把手放在心口。

“我的天，您为什么要这样呢？”

“为了降低自己的身份。”莱白及夫喃喃地说，更加恭顺地垂下头去。

“哪里是降低自己的身份！我现在只想知道到哪里去找郭略！”公爵说罢，就转过身，想走出去。

“我告诉您郭略在哪里。”青年人又自告奋勇地说。

“不，不，不！”莱白及夫发了火，忙乱起来。

“郭略昨天晚上住在这里，早晨一起来就去找他父亲去了。您，公爵，不知为什么，把他从监狱里赎出来了。将军昨天还答应到这里来过夜，但是他没有来。他大概住在惠金旅馆里，离这里不很远。郭略不是在那边，便是在伯夫洛夫司克，叶潘钦的家里。他身边有钱，昨天就想去。所以说，他不是在惠金，便是在伯夫洛夫司克。”

“他在伯夫洛夫司克，他在伯夫洛夫司克！我们到这里来，到这里来，到花园里……喝一杯咖啡……”

莱白及夫拉住公爵的手。他们从屋内出来，穿过小院，走进一个栅栏门。里面的确是一所极小的、极可爱的花园，因为天气晴朗，园中的树木都已经展开绿叶了。莱白及夫请公爵坐在绿色的、木制的长椅上，面前是一张绿色的在地下钉牢的桌子，他自己坐在公爵的对面。过了一会儿，咖啡真的端来了。公爵没有拒绝喝。莱白及夫仍然用谄媚和贪婪的神情观看公爵的眼睛。

“我竟不知道您有这样的房产。”公爵说，他好像完全想着别的事情似的。

“孤儿们……”莱白及夫扭着身子，开始说，但是立刻就中止了；公爵心不在焉地向前面看着，自然已经忘掉他所提出的问题。又过了一分钟；莱白及夫看着他，等待着。

“怎么？”公爵似乎醒了过来，说，“啊，是的！莱白及夫，您自己也知道，我们有什么事情：我是接到了您的信才赶来的。您说吧。”

莱白及夫露出惭愧的神色，想说什么话，但只是吃吃地说不出来。公爵等候着，带着悲苦的微笑。

“我觉得我很了解您，罗吉央·蒂莫菲维奇，您一定没有料到我会来的。您以为我绝不会一接到您的通知，就从荒僻的地方跑来，所以您写一封信，为了洗清您的良心。但是我竟赶来了！算了吧！您不要骗我啦。不要侍候两个主子啦。罗果静已经到彼得堡三个星期了，我全知道。您已经像上次那样，把她卖给罗果静了吗？请您说实话吧。”

“是这坏蛋自己打听出来的，自己打听出来的。”

“您不要骂他吧；当然，他对待您不大好……”

“他打我！他打我！”莱白及夫带着特别激动的样子抢上去说，

“他在莫斯科放狗来咬我，在一条很长的大街上一直追赶我，那是一只猎狗，一只可怕的野兽。”

“您把我当作小孩子看待啦，莱白及夫。您严肃点说，她在莫斯科，这回真的又甩开他了吗？”

“当真，当真，又在举行婚礼那天逃脱了。罗果静已经在那里计算着还有几分钟的时间，而她竟跑到彼得堡来，直接来找我说：‘罗吉央，你救救我吧，保护我吧，你不要对公爵说……’她还是最怕您，公爵，这真是怪事！”

莱白及夫狡猾地将手指放在额头上。

“您现在又把他们凑在一起了吧？”

“尊贵的公爵，我怎么能……我怎么能不让他们在一起呢？”

“够了，我自己会打听出来的。您只要告诉我，她现在在哪里？在他那里吗？”

“不！不，不！她还是自由自在。她说：‘我是自由的。’您要知道，公爵，她坚持着这一点。她说：‘我还是完全自由的！’她还住在彼得堡区，我的小姨的家里，和我信中写给您的一样。”

“现在还在那儿吗？”

“如果不是在那里，就是因为天气好，到伯夫洛夫司克，达里亚·阿莱克谢夫娜的别墅去了。她说：‘我是完全自由的。’昨天还对郭略夸说了半天关于自由的话。一个不好的预兆！”

莱白及夫龇着牙笑了。

“郭略常在她那里吗？”

“他是个轻浮的、莫名其妙的家伙，做事又不守秘密。”

“您到那里去已经很久了吗？”

“每天去，每天去。”

“昨天也去了吗？”

“不，不，大前天去的。”

“可惜您喝了一点儿酒，莱白及夫！要不，我想问您几句话。”

“不，不，不！一点儿也没有喝！”

莱白及夫竖着耳朵听。

“您对我说一说，您离开时她是怎样的？”

“寻觅着……”

“寻觅吗？”

“她似乎老在寻觅什么，她似乎丢失了什么。她一想到结婚就头疼，认为是件受侮辱的事情。她只把他当作一块橘子皮，不过如此。就算想得多些，也是带着恐惧和害怕的心情。她甚至不许人提到他的名字，只在迫不得已时才和他见一面……他深深察觉到这一点！但是没有办法！……她不安静，嘲弄人，好说谎，很粗暴……”

“好说谎，很粗暴吗？”

“的确很粗暴；上次只为了一句话，她几乎要揪我的头发。我现在开始给她讲《启示录》。”

“你说什么？”公爵以为听错了，就反问道。

“讲《启示录》。她是想象力丰富的女人，嘿嘿！我还观察出，她很喜欢正经的话题，固然是一些毫不相干的题目。她喜欢这类的谈话，她很喜欢这类的谈话，甚至认为它代表着特别尊敬的意思。是的。我很会解释《启示录》，已经解释了十五年。她赞成我的话，我说，我们现在处在第三匹马即黑马的时代，手持天平的骑士的时代，因为在现世纪里，一切东西都要在天平和合同上面衡量；一切人不找别的，只寻觅权利；‘一块金币买一升小麦，一块金币买三升大麦’……同时，他们还想保持自由的精神、纯洁的心灵、健康的身体，和上帝所赐给的一切。但是，只靠权利是保持不住一切东西的，随后就要来一匹灰色马，来一个名叫‘死亡’的人，跟着他下地狱……我们一遇见，就谈这类话，这对她也产生了很大的影响。”

“您自己也有这样的信仰吗？”公爵问，用奇怪的眼神看了莱白及夫一下。

“我有信仰，所以就能解释。因为我是一个穷光蛋，是人海中的一粟。有谁尊重莱白及夫呢？人人都嘲弄我，人人都想要用脚踢我。但是在解释《圣经》的时候，我的地位和大臣相等。因为我精通这东西！当大臣坐在沙发椅上，揣摩《圣经》的真义时，都会在我的面前发抖。前年快到复活节的时候，尼尔·阿莱克谢维奇大人听说我——那时我还在他的部里服务，就特地派彼得·扎哈雷奇把我从值班室叫到办公室里去，私下问我：‘你真是宣传反基督教的人吗？’我不瞒他，就说：‘我是的。’于是我就叙述和解释起来，我不但没有减轻恐怖的成分，而且故意多作比喻，使恐怖成分增大，又列举了一些日子和数字。他笑着，但是听我说到日子和数字的时候竟颤抖着，叫我把书合上，走出去。他在复活节时发给我一笔奖金，但是过了一个星期，就升天见上帝去了。”

“真的吗，莱白及夫？”

“真的。他在午饭以后，从马车上跌下来了……头撞到木桩上面，就像婴孩一样，就像婴孩一样，当时就咽了气。他活了七十三岁，鹤发童颜，身上洒满了香水，他老是笑嘻嘻的，老是笑嘻嘻的，好像婴孩一般。彼得·扎哈雷奇当时记了起来，说道：‘这是你预言的。’”

公爵站起来。莱白及夫吃了一惊，对于公爵的起立感到莫名其妙。

“您的注意力好像不很集中，嘿嘿！”他带着谄媚的样子大胆地说。

“我的确觉得不大舒服，头昏昏沉沉的，大概是走路的关系。”公爵回答，皱紧了眉头。

“您最好到城外去养一下。”莱白及夫畏惧地说。

公爵站在那里沉思。

“我再过三天，就要带着全家到城外去休养，一方面也为了维护这只新生的小鸟的健康，同时把此地的房屋大大修理一下。我们也是到伯夫洛夫司克去。”

“您也到伯夫洛夫司克去吗？”公爵忽然问，“怎么？府上全家都到伯夫洛夫司克去吗？您是说，您在那里也有一所别墅吗？”

“不是全到伯夫洛夫司克去。伊凡·彼得洛维奇·波奇成把他贱价购买的一所别墅租给我。那边很好，很优雅，树木又多，价钱又便宜，式样高尚，音乐悠扬，所以大家都上伯夫洛夫司克去。不过，我住在偏房里，至于原来那所别墅……”

“租出去了吗？”

“不，不。没有租出去。”

“租给我吧。”公爵忽然提议说。

大概莱白及夫也只是想引到这上面去。三分钟以前，他的脑筋里闪出了这个念头。他本来并不需要房客，因为已经有承租别墅的人到他家来过，亲自跟他说，也许可以租他的别墅。莱白及夫确切地知道，这并不是“也许”的问题，那个人一定会租下来的。但是，他现在突然闪出一个自己觉得有利的念头，就是钻从前那个承租人没有明确决定的空子，而将别墅转租给公爵。他忽然想象道：“完全的冲突，事态的完全新的转变。”他欢天喜地地答应了公爵的要求，当公爵直率地问房价的时候，他只挥了挥手。

“随您的便，让我来研究一下，绝不会叫您吃亏的。”

他们两个人已经从花园内走出来了。

“我可以告诉您……我可以告诉您……假如您愿意的话，高贵的公爵，我可以告诉您一点极有趣的、和那个问题有关的事情。”莱白及夫喃喃地说，他很高兴地在公爵旁边扭动着身体。

公爵站住了。

“达里亚·阿莱克谢夫娜在伯夫洛夫司克也有所别墅。”

“怎么样？”

“她有一个朋友，显然是预备时常到伯夫洛夫司克去拜访她，怀着一种目的。”

“怎么样？”

“阿格拉耶·伊凡诺夫娜……”

“呵，够了，莱白及夫！”公爵带着一种不愉快的感觉打断他的话，好像碰到疮疤上似的，“这一切……全不对。您最好告诉我，您什么时候搬家？我是越快越好，因为我住在旅馆里……”

他们一边说话，一边走出花园。他们没有进屋，就穿过院子，走到大门那里。

“最好是，”莱白及夫终于想出一个主意，“您今天就从旅馆搬到舍下来住吧，后天我们一块儿到伯夫洛夫司克去。”

“等我斟酌一下。”公爵呻吟着说，然后就从大门走出去了。

莱白及夫看着他的背影。公爵那种突如其来的心不在焉的样子，使他感到惊讶。他临走时，连声“再见”都忘记说了，甚至头也没有点。莱白及夫熟知公爵一向彬彬有礼，今天公爵的态度却完全不同了。

第三章

已经十一点多钟了。公爵知道，他如果到城里叶潘钦府上去，现在只能遇见将军一个人（将军由于职务关系还留在城里），而且也不见得在家。他想，将军也许会拉住他，立刻带他到伯夫洛夫司克去，但是，他在这之前还急欲访问一个人。公爵宁可晚点儿到叶府，明天再上伯夫洛夫司克去，他决心先去找自己急欲访问的那所房屋。

不过，从某一方面来说，这次访问对他是有危险的。他感到困难，犹疑不决。他知道那所房子在郭洛霍瓦耶街，离花园街不远，他决定先到那里去再说，希望一走到那里，便会做出最后的决定。

他走到郭洛霍瓦耶街和花园街的十字路口，他对于自己的异常激动也感到惊讶了。他万万没有料到自己的心会跳得这样厉害。有一所房屋，大概由于样子奇特，从远处就开始引起他的注意。公爵后来记得自己曾经说："一定就是这所房子。"他怀着特别的好奇心，走上前去，想考验一下自己猜得对不对；他感觉到，假如他猜到了，不知为什么，他会特别不快。这所房屋很大，阴森森的，三层，没有一点儿艺术性，涂着肮脏的绿色。这类房屋是上个世纪末建造的，虽然为数不多，可是在这日新月异的彼得堡街道上，还有一些几乎原封不动地矗立着。它们建造得很坚固，厚厚的墙，窗子很少。下层的窗子上有时装着栏杆。楼下大半是钱庄。看守钱庄的阉人[1]出租楼上的房屋。这种房屋都好像包藏着隐私，无论内部或外部，全是冷冰冰的，没有一点儿亲切的样子，至于究竟为什么如此，只从它们的外表来看是很难找到原因的。建筑艺术的线条自然有它的一套秘密。在这些房屋内住着的几乎全都是商人。公爵走到大门那里，向牌子上一看，上面写着："世袭尊贵市民罗果静住宅"。

他不再迟疑，打开了玻璃门。他进去以后，那扇门发出很大的声音关上了。他顺着正面的楼梯走上二楼。楼梯是石造的，很粗糙，没有光泽；墙漆成红色。他知道罗果静和他的母亲与弟弟完全占用了这所沉闷的房屋的二楼。给公爵开门的仆人不先去通报，就领他往里走，而且走了许久。他们走过一间正厅，它的墙壁是用"仿大理石"建造的，地板是橡木块拼成的，一八二零年代的家具又粗又重。他们又走过一些像小笼似的房屋，拐弯抹角，一会儿升两三级台阶，一会儿又降两三级台阶，最后才去叩一扇门。门是帕尔芬·谢敏诺维奇自己来开的。他一看见公爵，脸立刻白了，愣住了，一时之间好像石头雕像似的，他的眼睛露出发痴的、惊惧的眼神，他的嘴唇浮现一种极度惊疑的微笑——他好像认为公爵的拜访是不可能的，简直和奇迹一样。公爵虽然也料到会发生这种情况，但他还是感到惊讶了。

"帕尔芬，我也许来得不巧了。那么，我可以走啊！"他终于发窘地说。

"来得巧！来得巧！"帕尔芬终于清醒过来了，"请吧，请进来吧！"

他们称兄道弟地谈起来了。他们在莫斯科时常相见，晤谈的时间很长。有几次晤谈在他们的心里留下很深刻的印象。到现在为止，他们阔别三个多月了。

---

1 旧俄国的一个教派，信奉者到一定年龄将生殖器阉割。

罗果静的脸还是苍白的，而且可以看出轻微痉挛的样子。他虽然招待客人，但是仍然显出异常的不安。当他领公爵到沙发那里，请他坐在桌旁的时候，公爵偶然回转身去，看到他那副极端奇怪的、苦痛的眼神，不由得站住了。公爵想起了一种新近的、苦痛的、阴郁的东西。他不坐下，而是呆呆地站在那里，看着罗果静的眼睛，看了半天。在最初的一瞬间，罗果静眼睛里的光辉似乎更加强烈了。罗果静终于笑了一下，但是仍然感到有些困窘，不知所措。

“你为什么这样死盯着我？”他喃喃地说，“请坐呀！”

公爵坐下了。

“帕尔芬，”他说，“你坦率对我说，你知道我今天到彼得堡来吗？”

“我想到你会来，你瞧，我并没有猜错。”罗果静恶狠狠地笑着说，“但是，我哪里知道你今天会来呢？”

罗果静在回答时所提出的反问里，表现出那么粗暴、那么恼怒的态度，更使公爵吃了一惊。

“你既然知道我会来，又何必这样生气呢？”公爵很窘地轻声说。

“你问这个做什么？”

“我今天下火车的时候，看到一双眼睛，和你刚才从背后看我的眼神一样。”

“真的？那是谁的眼睛呢？”罗果静带着疑惑的神情喃喃地说。公爵觉得他打哆嗦了。

“我不知道是谁的。在人群里，我甚至以为自己眼花了；我开始有点儿眼花啦。帕尔芬老兄，现在我觉得好像和五年以前发病时差不多了。”

“也许是你眼花了，我不知道……”罗果静喃喃地说。

他脸上露出温和的微笑，在这时候，他这种微笑是不相称的。这种微笑中就好像有什么东西折断了，而帕尔芬无论怎样努力，也不能将它接在一起。

“怎么，你又要到外国去吗？”他问，忽然又说，“你还记得去年秋天，我们从蒲司可夫同乘火车的情景吗？我到这里来，而你……穿着斗篷，你记得吧，还有鞋套？”

罗果静突然笑了，这一次露骨地表示出凶狠的样子，而且为此感到很得意。

“你完全搬到这里来住吗？”公爵问，四外打量着书房。

“是的，我住在自己的家里。要不，叫我到哪里去住呢？”

“我们许久没见面了。我听到许多关于你的传说，那些事情简直不像是你做的。”

“人嘴两张皮，什么说不出来。”罗果静冷冷地说。

“你把那伙人全解散了，自己待在老家里，不再出去捣乱。这倒很好。这房子是你自己的呢，还是你们大家的？”

“是我母亲的房子。穿过走廊，就是她的房间。”

“你的兄弟住在哪里？”

“舍弟谢敏·谢敏诺维奇住在偏房里。”

“他有家眷吗？”

“他的妻子死了。你问这些做什么？”

公爵望了一下，没有回答；他突然沉思起来，似乎没有听见罗果静的问话。罗果静并不追问，只是静静地等待着。两个人沉默了一会儿。

“当我来的时候，在一百步以外，就看出是你的房子了。”公爵说。

“为什么呢？”

“我完全不知道。从你的房子的外貌来看，就可以了解你们整个家庭和你们罗果静式的全部生活的特征。你要问我为什么这样下结论，我一点儿也解释不出。这当然是胡说八道。它竟使我感到这样烦恼，我真有些害怕。我以前没有想到你住在这种房子里，现在一看到，立刻就想：‘这正是他应该有的房子呀！’”

“真是的！”罗果静不含糊地笑了一声，他没有十分了解公爵的话的含义。“这所房子还是我祖父造的，”他说，“原先完全租给姓赫鲁贾可夫的阉人住，现在他们还租我家的房子。”

“太暗了。你待在黑洞里。”公爵环顾着书房说。

那间房子很大，很高，可是也很阴暗，堆满各种家具——多半是些大公事桌、写字台、书橱，里面存放着营业账目和一些纸张。一只红色的、旧皮面的、宽阔的大沙发，显然是罗果静的床铺。罗果静请公爵靠着桌子坐下，公爵在那张桌上看见了两三本书；其中一本是索罗维约夫[1]的历史，业已翻开，还夹着一枚书签。墙上挂着几幅油画，金框带着阴暗的颜色。画面上已经熏黑，很难看出里面画的是什么。一幅全身的画像引起公爵的注意：那是一个五十多岁的人，穿着德国式的常礼服，衣襟极长，脖子上挂着两枚勋章，灰白的胡须又稀又短，一张黄脸上满是皱纹，眼睛显出怀疑、诡秘、阴郁的样子。

“这位是不是你的父亲？”公爵问。

“就是他。”罗果静回答，发出一声不愉快的冷笑，好像准备立刻对他故去的父亲随便开几句玩笑似的。

“他不是旧式教徒吗？”

“不，他常上教堂。不错，他也说过旧教好些。他也很尊重阉人们。这就是他的书房。你为什么问起他是旧教徒来？”

“你要在这里办喜事吗？”

“是在这里。”罗果静回答，他听到这突如其来的问题，吓了一跳。

“很快了吧？”

“你自己知道，这事能由我做主吗？”

“帕尔芬，我不是你的仇敌，也不打算妨碍你。以前有一次，也是在和这相仿的情况下，我曾对你明白表示过，现在我再把这话重复一

1 索罗维约夫（1820—1879），俄国资产阶级历史学家，莫斯科大学教授。

遍。你的婚事在莫斯科进行的时候，我没有妨碍，这你是知道的。第一次，在快要举行婚礼的时候，她自己跑到我那里，求我从你手里‘救’出她来。我重复的是她自己的话。后来她从我那里逃走；你又找到她，拉她和你结婚，听说她又从你那里逃到此地来了。这话对不对？莱白及夫告诉我这种情况，所以我就来了。不过，关于你们俩在这里又已和好的事，是我昨天在火车上才听到的，假如你愿意知道的话，我可以告诉你，这就是你的老朋友扎聊芮夫告诉我的。我到这里来另有一番用意：我想劝她出国去养病，她在身体和精神两方面都很失调，特别是脑筋方面，据我看，非加紧注意不可。我并不想陪她到国外去，我要设法安排，使她不必和我一同走。我对你说的是实话。如果你们的确又已和好，那我从此绝不见她，也绝不再来找你。你自己知道，我不会骗你，因为我和你永远是开诚布公的。我从来没有把我对这件事情的意见隐瞒过你，一向说，她如果跟着你，结果必遭灭亡。你也要同归于尽……也许比她还糟糕些。假如你们又分开了，那我是很满意的。但是，我自己并不打算拆散你们、离间你们。请你放心，不要怀疑我。你自己也知道：我从来没有做过你真正的情敌，即使她逃到我那里，我也没有这样做。现在你冷笑了，我知道你笑的是什么。是的，我们是分住的，在两个不同的城市里，你一定知道得很清楚。我以前对你讲过，我爱她并不是‘为了爱情，而是为了怜悯’。我觉得，我这话说得很确切。你当时说过，你了解我这些话的意思。对不对？了解没有呢？你瞧，你带着那么憎恨的神情看着我！我跑来安慰你，就是因为我很看重你。我很爱你，帕尔芬。现在我要离开你，再也不来了。再见吧。”

公爵站了起来。

“再和我坐一会儿，”罗果静小声说，他用右手托着头，身子没有站起来，“我有许久没有看见你了。”

公爵坐了下来。两人又开始沉默了。

“列夫·尼古拉耶维奇，我一看不见你，立刻就对你怀恨起来。在我们阔别的三个月内，我每分钟都在恨你，这是说老实话。我恨不得把你捉住，用什么药把你毒死！真是这样。现在，你还没有和我坐上一刻钟，我的一肚子怒火完全消灭了，我仍旧觉得你很可爱。你和我坐一会儿呀……”

“我和你在一块儿的时候，你相信我，我不在的时候，你立刻就不相信我，又怀疑起我来。你真像你的老太爷！”公爵回答说，他很和蔼地笑着，努力隐藏自己的真实感情。

“我和你坐在一起的时候，我相信你的声音。我也明白，你和我两个人是不能够比的……”

“你为什么这样说呢？你又恼怒起来了。”公爵说，对罗果静感到惊讶。

“老弟，人家是不会来征求我们的意见的，”罗果静回答说，“不跟我们商量就决定了。你瞧，我们恋爱方式也不同，在一切方面都有区别。”他沉默了一会儿以后，轻声地继续说，“你说，你所以爱她，是为了怜悯她。我对她可没有一点儿怜悯的意思。她也最恨我。我现在每天夜里都梦见她。在梦里，她老是和别人一块儿嘲笑我。老兄，实际上她也就是这样。她可以和我到教堂去结婚，但是在那时候，她的心里也没有我，就好像她在换一双鞋一样。你信不信，我已经有五天没有看见她了，因为我不敢到她那里去；她会问我：‘你来有什么事情？’她羞辱我的次数太多了……”

“羞辱你？你怎么会说这话！”

“哼，你还装不知道呢！你刚才不是说过，她在‘举行婚礼’那一天，和你一块儿从我那里逃走的吗？”

“你自己都不相信……”

“她在莫斯科的时候，不是和那个军官宰姆丘士尼阔夫一块儿羞辱过我吗？我的确知道她羞辱过我，甚至在她自己规定了结婚的日子以后。”

“不会的！”公爵喊道。

“我知道得很确切。”罗果静确信地说，“你说，她不是这类的女人吗？老兄，你用不着说她不是这类的女人。那只是胡说八道。她和你在一起也许不是那样的女人，她自己也许害怕这种事情，可是她和我在一起，就是这样的女人了。的确是如此。她把我当作一个最无用的废物。她和那个会打拳的军官开历尔搞在一起，我确实知道，那只是为了要笑我……你还不知道她在莫斯科对我耍了多少把戏呢！钱哪！钱哪！我不知道浪费了多少……”

“但是……你现在怎样娶亲呢？你以后怎么办呢？”公爵很害怕地问。

罗果静带着痛苦和可怕的神情看了公爵一眼，什么也没有回答。

“我现在已经有五天没有到她那里去了。”他沉默了一会儿继续说，“我老怕她驱逐我。她说：‘我还是自己的主人；我一高兴就把你完全赶出去，自己往国外一走。’她已经对我说过要到外国去了。”罗果静补充说，特别望着公爵的眼睛，“不错，有时候她只是吓唬我，不知为什么，她老觉得我很可笑。但是也有一些时候，她当真皱紧眉头，低着脑袋，一句话也不说；我就是怕这个。以后我心里想：我每次要带点儿东西去见她，但是，这只是引起她发笑，后来竟使她生起气来了。她把我送给她的一条围巾赏给了女仆卡嘉，即使她以前有过奢侈的生活，恐怕也没有看见过那样的围巾。关于我们什么时候结婚，那我可不敢说。我去看她时心里都打哆嗦，哪里还算得未婚夫呢？当我坐在家里，实在忍不住了的时候，我便偷偷地到她所住的那条街上，在她的房屋附近溜几趟，或是躲在拐角上。有一天我守在她的大门旁边，几乎一直守到天明。当时我总疑神疑鬼，想象着她一定从窗口看到我说：‘假如你看出我对不起你，你对我怎么办呢？’我忍不住说：‘你自己知道。’”

“她知道什么？”

“我又哪里知道呀？”罗果静恶狠狠地笑了一下，“在莫斯科，我虽然侦察她许多时候，结果并没有捉住她和什么人在一起。我有一天拉住她，说：‘你已经答应和我结婚，你将要走进一个诚实的家庭里去，可是，你知道你现在是一个什么样的人吗？我说，你就是那种人！’”

“你对她说了吗？”

“说了。”

“怎么样？”

“她说：‘我现在都不愿意收你做仆人，更不要说是做你的妻子了。’我说：‘那么，我就不走了，反正也就是这么回事啦！’她说：‘我立刻去叫开历尔来，对他说，让他把你摔到大门外面去。’我当时扑到她身边，把她痛打一顿，打得鼻青脸肿。”

“不可能！”公爵喊道。

“我告诉你说，的确是这样。”罗果静小声说，但是眼睛里闪着亮光，“我整整一天半没有睡觉，不吃不喝，不离开她的屋子。我跪在她面前说：‘你不饶恕我，我死也不出去。你要是叫人把我撵出去，我就投水淹死；因为现在要是没有你，我还有什么活头？’她那一天就像疯子似的，一会儿哭，一会儿要用刀子杀死我，一会儿又骂我。她把扎聊芮夫、开历尔、宰姆丘士尼阔夫那帮人全都叫了来，叫他们看我，羞辱我。‘诸位，咱们今天一块儿去看戏，假如他不愿意出去，就让他坐在这里，我不能叫他绊住脚。帕尔芬·谢敏诺维奇，我不在家，她们会给您端茶来的，您今天大概很饿了。’她独自从戏院里回来了，说：‘他们全是胆小的、卑鄙的家伙，都怕你，还吓唬我说，罗果静绝不会走开，他也许会杀死你。——可是，我现在走进卧室，连门也不关；看我是不是怕你！我叫你知道知道，叫你看一看！你喝过茶吗？’——我说：‘没有，我不要喝。’——她说：‘我对你尽量客气，不过，这样做对你也不见得适合。’她说得出，就做得到，果然没有关房门。第二天早晨，她走出来笑着说：‘你发疯了吗？你这样不会饿死吗？’——我说：‘你饶恕我吧！’——她说：‘我已经说过，我不愿意饶恕你，也不嫁给你。难道你在这张沙发上坐了一整夜，没有睡觉吗？’——我说：‘没有睡觉。’她说：‘你多么愚蠢！你现在还不想喝茶和吃饭吧？’——我说：‘我说过了，我不喝也不吃。你饶恕我吧！’她说：‘你要知道，这种办法对你很不相称，就好像给牛身上加上马鞍子似的。你是不是想吓唬我？你挨饿坐着，对我又有什么害处呢？你以为会吓坏我吗！’她生气了，但是过不了一会儿，就又讥讽起我来了。我觉得很奇怪，她怎么会连一点儿怒气都没有了呢？因为她是好记仇的，她对别人常常要恨很久！当时我想，她一定认为我太渺小了，根本不值一恨。这是实在的。她说：‘你知道罗马教皇吗？’我说：‘我听说过。’她说：‘帕尔芬·谢敏诺维奇，你是没有学过世界历史的！’我说：‘我什么也没有学过。’——她说：‘那么，我要给你读一段故事：从前有个教皇，他对一个皇帝发了怒，皇帝在他那里三天不吃饭，不喝水，光着脚，跪在教皇宫殿的前面，一直等待教皇饶恕他。你以为，那个皇帝跪了三天，心里想些什么？发了什么样的誓？……等一等，让我亲自来给你读这段故事吧！’她跳起来，取来一本书，说道：‘这是诗。’于是，她就对我朗诵着诗句，内容是说这个皇帝在三天内如何发誓要对教皇报仇。她说：‘你难道不喜欢这个吗，帕尔芬·谢敏诺维奇？’——我说：‘你朗读的一切，全是真实的。’——她说：‘啊，你自己说这是真实的了，这就是说，你也许会发这样的誓：只要她一嫁了我，我就让她知道我的厉害，我就要好好戏耍她一番！’我说：‘我不知道，也许我会这样想的。’——她说：‘你怎么会不知道？’——我说：‘我真是不知道，我现在没有考虑这一切。’——她说：‘那么，你现在想什么呢？’我说：‘你一站起来，从我身旁走过，我就瞧着你，盯着你看；你的衣裳沙沙一响，我的心情就颓丧了。你一走出屋子，我就回忆你用的每一个字，用的什么嗓音，说了些什么话。昨天一夜里，我什么都没有想，我始终在听你睡觉时怎样呼吸，你怎样翻了两次身……’——她笑了，说道：‘你一定连打我那件事情也不想了吧？也不记得了吧？’——我说：

‘我也许想的，我不知道。’——她说：‘假如我不饶恕你，我不嫁给你呢？’——我说：‘我说过，我要投水自杀。’——她说：‘在投水之前，也许要杀我吧……’她说完，就凝思起来。然后她生了气，走出去了。过了一点钟，她带着非常阴郁的神情来见我，说道：‘帕尔芬·谢敏诺维奇，我要嫁给你，但并不是因为我怕你。反正一样都是毁灭，我还要找什么好地方呢？’她又说：‘你坐下，我马上叫她们给你端饭来吃。我既然嫁给你，就要做你的忠实的妻子，你不必疑惑，也无须担心。’她沉默了一下，说道：‘你到底还不是奴仆，我一向认为你是一个十足的仆人。’她当时定下了结婚的日子。可是过了一个星期，她又离开我，逃到此地找莱白及夫来了。我一跟来，她就说：‘我并没有完全拒绝你；我不过还想等一等，随我等多少时候，因为我还是自己的主人。假如你愿意，你就等着吧。’我们现在就是这个情形……你对于这一切有什么想法，列夫·尼古拉耶维奇？”

“你自己有什么想法？”公爵很忧愁地望着罗果静，反问道。

“我还能有什么想法呢！”罗果静脱口说了出来。他还想再说几句话，但是由于苦恼到了极点，也就不出声了。

公爵站起来，又想走。

“我绝不来妨碍你。”他轻轻地，几乎沉思着说，好像在回答自己的某个隐秘想法一般。

“你知道，我要对你说什么话！”罗果静突然兴奋起来，他的眼睛闪出光辉，“我不明白，你怎么会对我这样让步呢？是不是已经不爱她了？我看得出来，你以前是为她苦恼过的。那么，你现在为什么又拼命追到这里来呢？由于怜悯吗？（他的脸歪了，露出恶毒的嘲笑。）嘿嘿！”

“你以为我骗你吗？”公爵问。

“不，我相信你，但是我觉得莫名其妙。最可信的是：你的怜悯比我的爱情还要深呢！”

他的脸上显出一种怨恨的样子和急欲表白自己的神色。

“唉，你的爱和恨是分不开的。”公爵微笑着说，“等爱情一过去，也许更加糟糕了。帕尔芬兄，我要告诉你这一点……”

“难道我会杀了她吗？”

公爵哆嗦了一下。

“你为了这种爱，为了你现在所受的一切痛苦，你一定会痛恨她的。我感到最奇怪的是：她怎么还能嫁给你呢？我昨天一听简直就不敢相信，我心里感到非常痛苦。她已经拒绝你两次了，在举行婚礼那天逃走，这么说来，总是有一种预兆啦！……她现在需要你的是什么呢？难道是你的金钱吗？这是胡说八道。你的钱大概也浪费很多了。难道她只是为了找一个丈夫吗？除你以外，她找多少丈夫找不到呢？除你以外，哪一个人都会比你好，因为你也许真会杀死她，她现在恐怕已经很明白这一点了。也许因为你爱她爱得太深吗？也许就为了这个……我听说有些人专门寻觅这种爱情……只是……”

公爵停下了，沉思起来。

“你怎么又朝我父亲的相片发笑？”罗果静问。他十分仔细地观察公爵脸上的一切变化，一切动态。

“我笑什么？我心里想，假如你没有遇到这种苦难，假如你没有产生这段爱情，你也许会变成和你父亲一模一样的人，而且变得很快。你也许会带着驯服而寡言的妻子，独自不声不响地住在这所房屋内，你不常说话，说时也很严厉，你不相信任何人，而且根本不想要相信人，只是默默地、阴郁地赚钱。你至多也不过赞美一些古书，注意到如何用两个手指画十字，就是这，也要到你年老的时候……”

“你尽管嘲笑吧。不过，她最近看到这张相片的时候，也说了一模一样的话！你们现在竟会说一样的话，真奇怪……”

“难道她已经到你这里来过了吗？”公爵好奇地问。

“来过。她对那张相片看了半天，并且详细盘问关于先父的一切。

‘你也会变得和他一样。’她后来对我笑着说，‘帕尔芬·谢敏诺维奇，你有很强烈的欲火。你要是糊涂的话，你的强烈欲火会送你上西伯利亚服苦刑去。不过，你是很聪明的啊！’（她就是这样说的，你相信不相信？我第一次听到她说这样的话！）她说：‘你赶快把所有这些疯劲抛弃吧！因为你是一个毫无学问的人，你会开始积蓄金钱，住在这所房子里，和那些阉人们在一起，像你的父亲一样；也许你到后来也会改信他们的教，你会爱上自己的钱财，赚上二百万卢布，或者赚到一千万卢布，甚至会坐在钱袋上饿死，因为你对一切东西都有情欲，你会使一切东西都变成情欲的！’她就是这样说的，这和她的原话差不多。在这以前，她从来没有和我这样说过！她净和我说些不相干的话，净嘲笑我；就是那一回，她开头也是嬉皮笑脸的，到后来却露出了阴郁的样子。她把整个房子都走遍了，到处观看，好像惧怕什么似的。我说：‘我要把这一切变更一下，改装一下，或者在我们结婚之前另外买一所房子。’她说：‘不用，不用，这里一点儿也不必变更，我们就这样生活下去好了。我嫁给你后，要和你母亲住在一起。’我领她到母亲那里去——我母亲很尊敬她，把她当作亲生女儿一样。我母亲已经病了两年，神志不清，自从我父亲故去以后，她简直完全变成婴儿了，不能说话，不能走路，只是坐在那里，看到人就点头。如果不给她东西吃，她三天也想不起吃来的。我拿起母亲的右手，把手指折弯，说道：‘妈妈，请您祝福吧，她快和我结婚了。’她很热情地吻着母亲的手，说道：‘你的母亲一定遇到过许多愁事。’她一看见我这本书，就说：‘你开始读《俄国历史》了吗？’（她在莫斯科时，有一次对我说：‘你最好自修一下，至少要读一读索罗维约夫的《俄国历史》，因为你什么也不知道呀。’）她说：‘这很好，你就这样做，读下去吧。我亲自给你开一个书目，告诉你应该先读哪一些书；好不好？’她以前从来没有对我这样说过话，从来没有，因此使我感到很惊讶，我初次像活人似的呼出一口气来。”

“我很喜欢这样，帕尔芬。”公爵很诚挚地说，“我很高兴。谁知道，也许上帝会把你们弄到一起的。”

“永远办不到！”罗果静热烈地喊道。

“我跟你说，帕尔芬，假如你这样爱她，难道你不愿意博得她的尊敬吗？假如你愿意的话，难道你不怀着希望吗？我刚才说过，我真感到莫名其妙，但是，我毫无疑义地觉得，这里边一定有一个充分的、合理的原因。她对你的爱情是相信的，也一定相信你的几种优点。否则，她绝不会这样！你刚才所说的话，就可以证明这一点。你自己对我说，她认为现在可以用和以前完全不同的语调来对你说话了。你这个人多疑，又好忌妒，所以就把你所见到的坏事情加以夸大。当然，她并不像你所说的那样，对你的印象很坏。要不然，她嫁给你，就等于有意识地投水自杀，或者把脖子伸到刀底下去。难道这是可能的吗？谁会有意识地投水自杀或引颈待毙呢？”

帕尔芬带着苦笑倾听公爵一番热诚的话。公爵的见解显然是无可动摇的。

“你现在怎么这样沉痛地看着我呀，帕尔芬！”公爵带着沉痛的心情，脱口说出这句话来。

“投水自杀或者引颈待毙！”罗果静终于说，“哼！她所以要嫁给我，正是期望我会杀她！公爵，你到现在，真的还没有猜到真正的原因吗？”

“我不明白你的话。”

“也许他真的不明白。哈，哈！人家说你有点儿……那个。你要明白，她爱的是别人呀！我现在有多爱她，她就也有多爱另一个人。你知道那个另外的人是谁？就是你！怎么，你不知道吗？”

“我吗？”

“就是你！自从她过生日那一天起，她就爱上了你。不过，她以为她不能嫁给你，因为她怕使你受到羞辱，毁坏你的一生。她说：‘谁都知道我是个什么样的女人了。’她至今自己还这样讲。这些话都是她当着我的面说的。她怕害了你，怕你受耻辱，可是嫁给我就没什么关系，她就把我看得这样低！这一点你也要注意！”

“她怎么会从你那里逃到我这里，又……从我那里逃到……”

“又从你那里逃到我这里！哈，哈！她脑子里的花样可不少！现在她好像在浑身发烧。有一回她对我喊道：‘我愿意赴汤蹈火，嫁给你！快点儿结婚吧！’她自己来催我，定下日子，可是等日子快到了，她又害怕起来，或是生出别的念头——谁知道是怎么回事？你自己也看见过：她一会儿哭，一会儿笑，像发疟疾似的打哆嗦。她从你那里逃走，那又有什么可奇怪的呢？她当时离开你，是因为她了解自己是如何热烈地爱你。她觉得不能再和你住在一起了。你刚才说，我那时在莫斯科寻她；这话不确实，因为她是自己从你那里跑来找我的，她说：‘你定日子吧，我准备好了！给我拿香槟酒！我们到茨冈人那里去！’她这样嚷着！……如果没有我，她早就投水自杀了，这是实话。她之所以不投河，也许是因为我比水还可怕些。她是怀着恨意嫁给我……假如她果真出嫁，我敢说，她一定是怀着恨意的。”

“但是你怎么能……你怎么能！……”公爵喊了出来，没有把话说完。他很恐怖地望着罗果静。

“你为什么不说完？”罗果静龇着牙说，“你想要叫我说出你这时候的心情吗？你是想：‘她现在怎么还能嫁给他？我怎么能容许她这样做？’我知道你想的就是这个……”

“我不是为这个到府上来的，帕尔芬；我对你说，我根本没有想这回事……”

“你也许不是为这个来的，你也许没有想这回事，但是现在你一定变成为这件事来的了。嘿嘿！得了，算了吧！你为什么那样忐忑不安呀？你果真不知道这个吗？你真使我莫名其妙！”

“这全是忌妒，帕尔芬，这全是毛病，你把它夸大得太过分了……”公爵特别激动，喃喃地说，“你为什么这样？”

“你放下吧。”罗果静说，把公爵从桌上书籍旁边拿起来的那把小刀很快地抢过去，又放到原来的地方去了。

“我到彼得堡来的时候，仿佛已经知道，仿佛已经预感到……”公爵继续说，“我本来不想到这里来！我本来想忘掉这里的一切，从心里连根拔去！唔，再见吧……你这是干什么！”

公爵在说话时，又心不在焉地从桌上拿起那把刀子，罗果静又从他的手里抢下来，掷到桌上。这把小刀式样极普通，鹿角把，不能折叠，刀有三俄寸半长，像普通刀子一般宽。

罗果静看到公爵特别注意他两次抢刀子的情况，于是怒气冲冲地把刀子抓起，插进书内，并把书摔到另一张桌子上去。

“你是用它来裁书的吗？”公爵问，但是他还带着心不在焉的样子，而且似乎是在沉思默想。

“是裁书的……”

“但这不是花园里用的刀子吗？”

“是花园里用的。难道不能用这种刀子裁书吗？”

“不过它是完全新的。”

“新的又有什么？难道我现在不能买新刀子吗？”罗果静终于疯狂地喊叫起来，越说越恼怒。

公爵哆嗦了，盯着罗果静看。

“唉，我们是怎么啦！”他忽然笑了，完全清醒过来，“老兄，请原谅我，当我的头像现在这样沉重的时候，还有这个病……我会完全变成那种精神恍惚、十分可笑的样子。我并不想问你这桩事情……我不记得想问什么了。再见吧……”

“不是从这儿走。”罗果静说。

“我忘记了！”

“走这儿，走这儿，来吧，我给你领路。”

第四章

他们穿越公爵已经走过的那些屋子。罗果静在前边走，公爵紧跟在他的后面。他们走进了大厅。大厅墙上挂着几张图画，全是主教的肖像和辨别不出什么东西来的风景画。通往第二间屋子的门上挂着一幅画，形式十分奇怪，宽约两俄尺半[1]，高却不足六俄寸，上面画着刚从十字架上卸下来的救世主。公爵瞥了它一眼，似乎勾起什么往事，但是他没有止步，想走到门外去。他心里感到很痛苦，想赶快离开这所房子。但是，罗果静忽然在那幅画的前面站住了。

"所有这里的画，"他说，"都只是先父用一两个卢布在拍卖行买来的，他喜欢这些画。有一位内行人把这里的画全都鉴定过，他说这全是不值钱的货色，只有那幅画，在门上的那幅画（也是花两个卢布买来的），很有价值。有一个人请先父把画出让给他，肯出三百五十卢布，那个商人萨魏里耶夫·伊凡·特米脱里奇，很喜欢画，他出到四百卢布，上礼拜又对舍弟谢敏·谢敏诺维奇说，可以加到五百卢布。我自己留下了，没有卖。"

1　1俄尺等于0.71米。

“这是……从汗司·霍尔白因[1]的一幅画上临摹下来的。”公爵仔细看了这幅画以后说，“我虽然不算什么行家，但是我觉得这是很好的摹本。我在国外看见过这幅画，我忘不掉它。但是……你怎么啦？”

罗果静忽然离开了画，顺着旧路向前走去。当然，罗果静采取这样鲁莽的行动，可能是由于他精神恍惚，心里突然产生了一种特别的、奇怪的恼怒情绪。但是，公爵到底有点儿觉得奇怪，这次谈话不是由他开始的，而现在竟突然中断了，罗果静不回答他了。

“列夫·尼古拉耶维奇，我早就想问你，你信不信上帝？”罗果静走了几步，忽然又说起话来。

“你问得多么奇怪……你的眼神多么奇怪！”公爵不由自主地说。

“我爱这幅画。”罗果静沉默了一会儿以后，又喃喃地说，好像又忘记了自己的问题。

“看这幅画！”公爵忽然喊起来，心里蓦地涌出一种思想，“看这幅画！有的人看了这画会把信仰丧失！”

“自然会丧失的。”罗果静忽然出乎意料地表示赞成。

他们已经走到正门那里去了。

“怎么？”公爵忽然站住了，“你是怎么啦？我随便开开玩笑，而你就这样严肃起来！你为什么问我信不信上帝呢？”

“没有什么，随便问问。我以前就想问你。现在有许多人不信上帝。有一个人喝醉了酒，对我说，在我们俄国，不信上帝的人要比别的国家多。你是到过国外的，你说，他的话对不对？他说：‘我们在这件事情上要比他们来得容易些，因为我们已经走在他们的前面。’”

罗果静苦笑了一声。他在提出自己的问题以后，忽然打开门，手握着门柄，等候公爵出去。公爵觉得奇怪，但是他走出去了。罗果静跟他到楼梯口，关好了门。两个人对面站着，好像都忘记自己来到什么地

---

1 霍尔白因（Hans Holbein，1497—1543），文艺复兴时期德国著名写生画和水墨画家。

方、现在该怎么办的样子。

“再见吧。”公爵说，伸出手来。

“再见吧。”罗果静说，紧紧地，但是完全机械地握住公爵的手。

公爵走下一级台阶，转过身来。

“关于信仰，”他开始说，微笑了一下（显然不愿意就这样离开罗果静），同时又突然回想起一桩事情来，“关于信仰，我在上星期的两天中，有过四次不同的遭遇。早晨，我在一条新铁路上搭火车，和一个姓斯的人在火车里谈了四个来小时，我们立刻成了朋友。我以前就常听人家讲到他，还说他是个无神论者。他的确是一个很有学问的人，我能和一个真正的学者交谈，心里很是高兴。此外，他是一个极有修养的人，所以在和我说话时，完全像对在认识和理解方面相等的人一样。他不信上帝。只有这件事使我惊讶：他在所有的时候，好像讲的并不是那个问题。我所以惊讶的是：我以前遇见过许多不信上帝的人们，还读过许多这类的书籍，我老是觉得他们嘴里所说的、书上所写的好像全不是那个问题，只是表面上像是那个问题罢了。我当时曾经向他表达过这个意思，大概说得不够清楚，或是不善于表达，因为他一点儿也没有了解……晚上，我在一个小县的客栈里过夜。恰巧在头一天夜里，客栈里出了一桩命案，当我到客栈的时候，大家都在谈论着。有两个农民，他们都上了年纪，不会喝酒，而且早就认识，是老朋友。他们喝好了茶，打算在一个房间内躺下睡觉。但是，在最近两天，一个农民看见另一个农民有一只银表，拴在黄玻璃珠的表链上面。他以前没看见他的朋友戴过这只表。这个农民并不是小偷，甚至是极诚实的人，照农家的生活来看也不贫穷。但是，这只表太中他的意，对他太有诱惑力，他终于控制不住自己了。他拿起一把刀子，当朋友转身的时候，蹑手蹑脚地从后面走过去，对准以后，就仰头朝天上看，画了个十字，暗中哀祷说：‘主啊，看基督的面上宽恕我吧！’然后就一下子把朋友杀死，像杀死一只绵羊一样，从朋友身上把那只表掏出来。”

罗果静笑得前仰后合。他哈哈大笑，好像发了癫痫。在刚才那种愁眉苦脸的样子之后，这种爽朗的笑未免令人觉得奇怪。

“我喜欢这个！这个好极了！”他痉挛地喊，几乎喘不出气来，“一个农民完全不信上帝，另一个农民信仰到这种程度，他在杀人时都做祷告……公爵，老兄，这是真实的事情，你永远虚构不出的！哈，哈，哈！这是最好不过的！”

“早晨我在城里闲荡，”在罗果静刚刚停住笑声以后，公爵继续说，虽然他的嘴唇还在痉挛地哆嗦着，“我看见一个喝醉酒的士兵，在木板铺成的人行道上晃来晃去，穿戴很不整齐。他走到我面前，说道：‘老爷，请你买下这个银十字架吧，我只要二十戈比；这是银的！’我看见他手里握着一个十字架，大概是刚从自己身上解下来的，系着一条湖色的、破旧不堪的绸带，不过，这实际上是锡的，一眼就看得出来。它的尺寸很大，八角形，全是拜占庭的花纹。我掏出二十戈比给他，当时就把十字架挂在我的脖子上，从他的脸色看出他很满意，因为把一个愚蠢的老爷骗过了，他当时就去拿卖十字架的钱换酒喝，这也是毫无疑问的。老兄，在那时候，我亲眼见到的俄国的种种情况给我留下了极强烈的印象。我以前对俄国什么也不明白，好像不声不响地生长着，在国外的五年间，我对于祖国的回忆只是一种幻梦。我一边走，一边想：‘不，我不要责备这个出卖基督的人吧。只有上帝知道，在这些酒醉的、软弱的心里包藏着些什么。’一小时后，当我回到客栈里去的时候，我遇到一个农妇，她抱着一个婴儿。农妇年纪还轻，婴儿大约生下六个星期。婴儿对她笑了一下，据她的观察，这是他生下来以后第一次笑。我看她忽然十分虔敬地画了十字。我说：‘大嫂，你这是什么意思？’（我当时见着什么都打听。）她说：‘一个母亲看见她的婴儿初次微笑时，心里的那份喜悦，正和上帝在天上看见罪人在他面前诚心诚意地祷告时所感到的喜悦一样。’这是农妇对我说的，我叙述的差不多和她的原话一样，她表达了那么深刻的、那么精微的、真正的宗教思想，这种思想充分揭露出基督教的真谛，也就是关于视上帝如我们的父亲，关于上帝对人们的喜悦如父亲对亲生孩儿一样的整个概念——这就是基督的最主要的思想！一个普通的农妇！不错，她是个母亲……但是谁知道，这个农妇也许就是那个士兵的妻子。你听着，帕尔芬，你刚才问我，现在我来回答你：我们把宗教情感的实质归结到任何议论或无神论中去，它与任何的罪行都毫不相干；这里有点儿另外的东西，永远会有点儿另外的东西，这里有点儿无神论永远会忽略过去、永远说不对头的东西。但是主要的是：你可以在俄国人的心里最明显地、最迅速地看出这一点来，这就是我的结论！这是我从我们俄国得来的一个主要信念。有许多事情可以做，帕尔芬！相信我的话吧，我们俄国的土地上有许多事情可以做啊！你想一想，咱们在莫斯科的时候，有一个时期经常聚在一起谈话……我现在完全不想回到这里来！也完全没有想到和你相见！唔，好啦！……再见吧，再见吧！上帝是不会离开你的！”

他转过身去，顺着楼梯走下去了。

“列夫·尼古拉耶维奇！”当公爵走到第一个转弯的地方的时候，罗果静从上面喊，“你向士兵买的那个十字架带在你身边吗？”

“是的，在我身上。”

公爵又停住了。

“你拿来给我看。”

又是一件新鲜事！他想了想，又上了楼，把十字架掏出来给罗果静看，但是没有从脖子上拿下来。

“你送给我吧。”罗果静说。

“为什么？难道你……”

公爵不想放弃这个十字架。

“我要戴它。我把自己的给你，你戴上吧。”

“你要交换十字架吗？好的，帕尔芬，我很喜欢。我们成为结拜兄弟吧！”

公爵取下自己的锡十字架，罗果静取下自己的金十字架，他们互相交换了。罗果静沉默着。公爵非常惊异地看出，他的义兄脸上仍然露出以前那种不信任的神情，以前那种近乎嘲讽的苦笑，至少在刹那之间表现得很清楚。罗果静终于默默地执着公爵的手，站立了一会儿好像想做什么而还没有下决心似的；后来忽然拉住公爵，用听不大清楚的声音说："来吧。"他们走到二层楼的梯台，在他们走出来的那扇门的对面按了门铃。门很快就开了。一个老太婆全身佝偻，穿着黑衣，扎着头巾，一声不出，向罗果静低低地鞠躬。罗果静迅速地问了她什么话，但是没有站住听她回答，就领公爵走进屋内了。他们又走过一些黑暗的房屋。那些房屋显得特别清冷，所陈设的古老木器，都蒙着洁净的白布套，它们带有一种凄凉肃穆的气氛。罗果静没有通报一声，就领公爵到一间不大的屋子里去，那间屋子好像客厅，用褪色的红木屏风隔成两截，旁边有两扇门，大概是通往卧室的。有一个小老太婆坐在客厅一角炉边的沙发上，她的样子不算很老，甚至还有一副十分健康的、愉快的、圆圆的面庞，但是头发已经完全灰白了。一眼看去，就可以断定她已经完全到了"鹤发童颜"的境地。她穿着玄色毛料的衣裳，颈上围着一条大黑头巾，还戴了一只白色的、干净的、系着黑缎带的帽子。她的脚架在一个小长椅上。她身旁坐着另一个打扮得很干净的老太婆，比她年长，也戴着孝，也戴着白帽，大概是一个食客。这个老太婆默默地织着毛线袜子。她们俩大概一直就这样沉默着。第一个老太婆看见罗果静和公爵，对他们微笑一下，很和蔼地点了几次头，表示喜悦的样子。

"妈妈，"罗果静说着，吻她的手，"这是我的知己朋友，列夫·尼古拉耶维奇·梅思金公爵。我和他交换了十字架。他在莫斯科的时候，和我处得像亲兄弟一般，给我很多帮助。妈妈，请你祝福他，像你给亲生的儿子祝福一般。等一等，老太太，要这样才行。等我把你的手指撮在一起……"

但是，那老太婆不等罗果静动手，自己就举起右手，把三只指头撮在一起，很虔敬地向公爵画了三次十字，以后又和蔼地、温柔地对他点头。

“我们走吧，列夫·尼古拉耶维奇。”罗果静说，“我领你来就是为了这件事情……”

当他们又走到楼梯上的时候，罗果静说：

“人家说什么话，她一点儿也不明白。她也不明白我的话。但是，她还是为你祝福，可见她是出于自愿……唔，再见吧。你该走了，我也该走啦。”

他开了门。

“你这奇怪的家伙，至少让我在离别的时候拥抱你一下吧！”公爵喊道，用温和但责备的眼神看着他，想要去拥抱他。但是罗果静刚举起手来，立刻又垂落下去了。他没有下决心；他转回身去，不去看公爵。他不想拥抱公爵。

“你别害怕！我虽然拿了你的十字架，但是不会为了一块表而杀人的！”他含糊不清地说，忽然很奇怪地笑了。但是，他的整张脸马上改变了样子：他的脸色惨白，嘴唇发抖，眼睛冒着火光。他举起手，紧紧地拥抱公爵，喘着气说：

“你把她带去吧，这是命中注定！她是你的！我让给你！……你记住罗果静这个人吧！”

他抛下公爵，不看公爵一眼，匆匆地走进自己的屋子，砰的一声把门合上了。

第五章

时间已晚，差不多两点半钟，公爵到叶潘钦家里去，没有见到将军。他留下一张名片，决定到惠金旅馆去找郭略。假如郭略不在家，就留一张纸条。惠金旅馆的人对他说，尼古拉·阿尔达里昂南奇[1]“从早晨就出去了，不过临走时留下话，说假如有人找他，让我们通知客人，说他大约三点钟回来。假如他三点半钟还没有回来，那就是乘火车上伯夫洛夫司克，到叶潘钦将军夫人的别墅去了，也就是要在那里用饭”。公爵坐下来等候，顺便叫了饭吃。

到了三点半钟，甚至到了四点钟，郭略还没有回来。公爵走了，机械地、毫无目的地走着。彼得堡在初夏时期，偶尔可以遇到美丽的日子——天朗气清，风和日丽。今天好像故意似的，正好是这样一个难得的日子。公爵没有目标地闲走了一会儿。他不大熟悉这个城市。他在十字街头、一些房屋的前面、广场上和桥上偶尔止步，有一次走进一家糖果店去休息。他有时带着莫大的兴趣观看行人，但是在大部分时间，他既不注意来往的行人，也不知道自己往什么地方走。他感到极端兴奋和

1 郭略的名字和父名。

不安，同时又觉得特别需要僻静孤独。他想离群索居，完全任性地烦恼下去，不寻求一点点的出路。他讨厌去解决那些堆在他心头和灵魂里的问题。“难道这一切都是我的错吗？”他这样自言自语着，对自己的话几乎没有一点儿意识。

六点钟时，他发现自己站在皇村铁路车站的月台上。过了不久，他感觉孤独是不可忍耐的了；他的心又燃烧起新的烈火，在一刹那间，明亮的火光照亮了他的灵魂所陷入的那一片黑暗。他买了到伯夫洛夫司克去的车票，急着动身。当然是有一种力量推动着他这样做，而且这是现实，并不是如他所喜欢追求的那种理想。他刚刚要在车厢内坐定，忽然把方才买的车票往地上一扔，走出车站，带着惭愧和阴郁的样子。过了一会儿，他走到街头上，忽然像想起了什么似的，有所领悟，发现了一种十分奇怪的、长久使他心里不安的东西。他忽然发现自己在做着一桩事情，这事情他已经做了好久，但是在这以前自己并没有觉察到：他已经有好几小时，甚至在惠金旅馆内，也许还在到惠金旅馆之前，他忽然开始在自己的周围寻觅什么东西。他有时忘记了，甚至忘得很久，一忘就是半小时，但是忽然又很不安地环顾，向周围寻觅。

但是，他刚刚注意到自己这种病态的、至今完全没有意识到的、在他身上盘踞很久的冲动，忽然在他的面前又浮现出一种使他感到极大兴趣的回忆。他回忆起，当他觉察出自己老向四周寻觅什么东西的时候，他正站在一家商店窗前的人行道上，好奇地观看着窗内陈列的货品。他现在一定要考察一下：他现在是不是真的站在这家商店的窗前，或者是已经站了五分钟之久；他是不是在做梦，是不是弄错了？这家商店，这种货品果真存在吗？他今天确实感到身体特别不舒服，几乎和以前他初次得癫痫病时的情形一样。他知道，在癫痫发作以前的时期，他的精神特别散漫，如果不特别注意观看各种对象和面庞，他常常弄得张冠李戴。但是他之所以急于知道当时他是否的确站在商店的窗前，还有一个特殊的原因：在商店橱窗内陈列着的货物中间，他看到了一件东西，他甚至估价这件东西值六十银戈比；他记得很清楚，不管精神如何散漫，心里如何骚乱。因此，如果说这家商店是存在的，这件东西也确实在许多货物中间陈列着，那么，他站住就是为了这件东西。这件东西既然能在他刚刚离开铁路车站，心乱如麻的时候，引起他的注意，那么，他一定是对这件东西感到特殊兴趣了。他走着，很烦恼地向右观望，由于非常急躁，心跳得很厉害。但是这个商店，他终于找到了，他离开那家商店五百步远，才想到回去。那件值六十戈比的东西摆在窗内。“自然只值六十戈比，多了不值。”他又重复说，并且笑了起来。但是，他的笑是歇斯底里的，他心里很痛苦。他现在很清楚地回忆起来，就在这里，当他站在窗前的时候，他曾经突然回过身去，好像今天早晨看到罗果静的眼睛注视着自己的时候一样。他证实自己没有错误（其实他在核对之前也就完全深信自己没有弄错了），便离开了商店，赶快从那里走开。他觉得应该把这一切赶快思索一番，一定要这样做；现在他明白了，他在车站上并没有眼花，一定是发生了实在的、和他以前的种种不安相关的事情。但是，他的心里又充满一种难以克服的嫌恶心情，他不愿意去想任何东西，他也没有去想任何东西，他思索的完全是另外的事情。

他特别想起，他的癫痫症发作以前，总有一个预备阶段（假如癫痫是在他醒着的时候发生），在这个阶段，当他忧郁、苦闷，心里像压着一块石头的时候，他的脑子里忽然闪出灿烂的火花，他的全部生命力量一下子就特别猛烈地振奋起来。在这像闪电一般短暂的时间内，他对生命的感觉和自我意识几乎增加了十倍。他的智慧和心灵都闪耀着不寻常的光亮；他的一切激动，一切疑惑，一切不安，一下子都平复了，它们融化成一种高度的宁静，在这种宁静里充满明朗的、和谐的快乐和希望，充满理性和真正的原因。但是这一瞬间，这种闪光，只是发生癫痫的最后一秒钟（从来不会超过一秒钟）的前奏。这一秒钟自然是难忍的。他到后来恢复健康时，想到这一瞬间，时常对自己说：所有这些高度自我感觉与自我意识，也就是“最高存在”的闪电和光辉，只不过是一种疾病，只不过是对于平常状态的破坏而已。既然如此，这根本就不是最高存在，相反的，应该算作最低存在。但是，他最后终于得到一个极怪诞的结论："即使这是疾病，那又有什么呢？"他终于决定说："假如最后的结果，假如后来在健康情况下所记住和分析的那一瞬间的感觉是极度的和谐和极度的美丽，能够给人一种以前所未听到或想到的完整、均衡、和睦，与最高的生命综合体热烈和虔诚地融合的感觉，就说这种紧张状态不正常，那又有什么相干呢？"他觉得这些糊涂话很容易了解，虽然说劲头还差得多。所谓"美丽和虔敬"，所谓"生命的最高综合体"，他认为是真实的，既无可置疑，也不容许怀疑。他在这一瞬间莫非是梦见了不正常的，不存在的，好像麻醉药、鸦片或毒酒一般毁灭理性和扭曲灵魂的幻影吗？当疾病过去以后，他可以很好地判断这一点。发病前的瞬间只是自我意识——假如可以用一个名词来表现这种心神状态的话——的特别增强，同时，自我感觉也达到最直接的地步。假如在这一秒钟，也就是发病前最后的有意识的瞬间，他能够很明确地、有意识地对自己说："是的，为了这一瞬间，人可以将整个生命献出去！"那么，这一瞬间当然是值得用整个生命来换取的。然而，他不能够坚持他的结论的辩证部分。因为，他将看到愚钝、苦闷、白痴的状态是这"最崇高的一瞬间"的明显后果。他自然不认真地辩论。在结论里，也就是在他对这一瞬间的估价里，无疑地包含着一种错误。但是，这感觉的现实性到底使他有些困窘。在实际上，他究竟怎样来对待现实呢？是的，他遇到了这种情况，而且就在那一秒钟内，他能够对自己说，由于在这一秒钟自己充分感到无上的幸福，这一秒钟就值得整个的生命。"在这一瞬间，"有一天，他在莫斯科和罗果静聚会的时候说，"在这一瞬间，我对于'再没有时间啦'这样一句不寻常的话，似乎有些体会了。"他微笑着补充说："大概就是用这一秒钟，有癫痫症的穆罕默德不等翻倒的水桶洒出水来，就看遍了真主的全部臣民。"是的，他在莫斯科时常常和罗果静相会，所谈论的也不止这一桩事情。公爵自己想道："罗果静刚才说，他在那时候把我看作亲弟兄；这是他今天初次说出来的。"

他想这个的时候，正坐在夏园树下的长椅子上。时间大约七点钟，花园里空空的；在一瞬间，一片黑影遮住了夕阳。天气闷热，大有雷雨自远方来的样子。他迷恋于现在这种万物静观皆自得的状态。他好像把回忆和思绪连接到每一个外物上，因而感到十分欢喜。他始终想遗忘当前最迫切的东西，但是，他向周围看上一眼，立刻又想起了那种阴暗的想法，他所极愿摆脱的那种想法。他想起，刚才在饭店里吃饭时，他曾经和伙计谈到新近发生的一桩极离奇的、轰动一时的命案。但是，当他刚想到这个的时候，忽然又发生了一桩特别的事情。

一种异常的、无从抑制的近乎诱惑的愿望，突然麻痹了他的整个意志。他从椅子上站起来，离开花园，一直向彼得堡区走去。他刚才在涅瓦河岸旁，向一个行人问过跨过涅瓦河到彼得堡区去的道路。行人告诉他了，但是他当时并没有去。无论怎么说，今天是不必去的，他知道这种情形。他早就知道了地址，他可以很容易地找到莱白及夫的一个亲戚的住宅；但是，他差不多可以肯定，他去了也不会遇到她。"她一定到伯夫洛夫司克去了，要不然郭略会依约给惠金旅馆留话。"所以，他现在如果去的话，那自然不是为了见她啦。现在，有另一种阴暗的、苦痛的好奇心在诱惑着他。他的头脑里出现了一个突如其来的新念头……

但是，对于他来说，只要他走，又知道往哪里走，那就已经够了。过了一分钟，他走着走着，又已经辨识不出他所走的道路了。他把这个"突如其来的念头"仔细思索了一下，立刻就觉得十分讨厌，觉得几乎是不可能的了。他痛苦而紧张地注意观看他所遇到的一切事物，他望着天空和涅瓦河。他向自己所遇到的一个小孩子攀谈。他的癫痫病状也许越来越厉害了。雷雨虽然来得很慢，但是乌云的确是在往一块儿聚拢。远处已经响起雷声。空气更加闷热了……

他不知为什么，现在又想起他今天见到的莱白及夫的外甥，正好像偶然想起一段摆脱不掉的、讨厌至极的音乐一样。奇怪的是，在他的记忆里，莱白及夫的外甥就好像莱白及夫介绍他时所提到的那个凶手似的。是的，他新近还读过关于这个凶手的新闻。自从回到俄国以后，他常常读到或听到这类杀人越货的事情；他始终留意着这一切。他刚才和旅馆伙计谈到芮玛林惨杀案时，就感到很有兴趣。他记得，伙计很赞成他的观点。他又记得那个伙计是个什么样的人。那个伙计是一个不很愚蠢的小伙子，老练而且谨慎，“不过，谁知道他到底是什么样的人。在新的国度里很难认识新的人物”。他对于俄国人已经开始抱着强烈的信心了。呵，他在这六个月内，经历了多少完全新颖的、猜测不出的、没有听过的、意料不到的事物啊！但是，陌生人的心灵是黑暗的，俄国人的心灵也是黑暗的，对于许多人都是黑暗的。例如，他和罗果静相处很久，关系密切，来往如“亲手足”，但是，他能说了解罗果静吗？在这一切里面，有时候是多么混乱、多么荒唐、多么丑陋啊！他今天遇到的莱白及夫的那个外甥，又是多么讨厌、多么自满的一个小家伙啊！但是，我怎么啦？（公爵继续幻想着。）难道他杀死那些家伙——那六个人了吗？……我似乎弄错了……真是奇怪！我的头有点儿痛……莱白及夫的大女儿的面孔多么可爱，多么迷人啊！这就是抱着孩子的那个女郎，表情是多么淳朴天真，简直和小孩子一样。连她那笑都像小孩子似的！奇怪的是，他几乎忘记了这张脸，现在才算想起来。莱白及夫虽然向他们跺脚，但大概很疼他们。而且，像二加二等于四一样，莱白及夫也一定疼他的外甥！

然而，自己今天才来，何必忙着作这样肯定的评论呢？何必作这样匆促的判决呢？莱白及夫今天给他打了个闷葫芦，他哪里料到莱白及夫是这样的人呢？难道他以前所知道的莱白及夫是这样的吗？莱白及夫和杜巴利——天呀！如果罗果静杀人，至少不会这样乱杀的，绝不会发生这样的混乱情况。依照图案制造凶器和杀死六个人，这完全是在精神错乱中干的！罗果静有依照图案制作的凶器吗？……他有……但是……

难道能肯定罗果静会杀人吗？！公爵突然哆嗦了。他喊道："我做这样大胆无耻的猜测，不就是犯罪吗？不就是卑劣的行为吗？"于是，他一下子就羞得满脸通红。他惊讶起来，好像木鸡一般站在大路上。他的记忆里涌出刚才想去的伯夫洛夫司克车站，今天去过的尼古拉耶夫司克车站，对罗果静当面提出的关于眼睛的问题，现在挂在他脖子上的罗果静的十字架，罗果静母亲的祝福（是罗果静自己领他到她那儿去的），还有在楼梯上最后的痉挛的拥抱和罗果静的最后让步——在这一切之后，他又发现自己在周围不住地寻觅着什么，那个商店，那件东西……这多么卑劣啊！而在这以后，到了现在，他还要怀着"特殊目的"，怀着"突如其来的念头"向前走！他的整个心灵充满绝望和苦痛。公爵立刻想回到自己住的旅馆去，而且已经转过身走了；但是，过了一分钟，他又站住，仔细想了一想，重新回到原路上去了。

他已经到了彼得堡区，离那所房屋很近。但是，他现在不是怀着以前那个目的到那里去的，并不怀着"特殊念头"，怎么会这样呢？是的，他的病又要重犯了，这是毫无疑问的；他的癫痫也许今天就要发作。整个的黑暗是由癫痫而来的，他的"念头"也是由癫痫而产生的！现在，黑暗被驱散了，魔鬼被赶走了，疑惑已不再存在，他的心里充满了欢喜！他已经很久没有看见她，他希望看到她，而且……是的，他现在宁愿遇见罗果静，宁愿挽着罗果静的胳膊，他们一块儿前去……他的心是纯洁的；难道他是罗果静的情敌吗？明天他要自己去对罗果静说，他看到了她；正如罗果静刚才所说，他飞到这里来，就是为了见她一面，也许他会见到她，她并不一定到伯夫洛夫司克去！

是的，现在必须弄明白这一切，大家必须互相了解对方的心，而且不得再有像罗果静今天所说的那种阴郁的、热情的、退让的话，让这一切都做得自由而且……光明吧。难道罗果静没有走向光明的能力吗？他说他不那样爱她，他没有慈悲，没有"任何的怜悯"。不错，他以后又补充说："你的怜悯也许比我的爱还要深些。"但是，这是在诽谤自己。唔……罗果静竟念起书来——难道这不是"怜悯"，不是"怜悯"的开端吗？这本书的存在，不就证明他已经充分意识到他对于她的态度了吗？还有他早晨所讲的那番话呢？不，这比单单的热情还要深得多。她的脸难道只暗示出一种热情吗？现在这张脸还能不能暗示出热情呢？它暗示的是痛苦，它盘踞着他的整个心灵，它……公爵的心上突然掠过断肠的、苦痛的回忆。

是的，这种回忆是很苦痛的。他想起来，当他最近初次从她身上发现疯狂的表征时，他感到何等的苦痛。那时候，他的心情几乎是绝望的。她当初从自己身边逃到罗果静那里去的时候，他怎么可以放开她呢？他应该自己跑去找她，不应该等候消息。但是……罗果静难道至今还没有看出她的疯狂来吗？唔……罗果静对一切事都另有一套看法，完全从情欲的观点来看！多么疯狂的忌妒心啊！罗果静今天早晨的推测，究竟是什么意思呢？（公爵突然红了脸，他的心里似乎有点儿哆嗦。）

可是，何必想这一些呢？两方面都是疯狂的行动。如果说他，公爵热爱这个女人，那几乎是不可思议的，几乎是惨无人道的。是的，是的！不，罗果静是在诽谤自己，他有一颗宽大的心，这颗心可以受痛苦，也可以发出同情。当他知道全部真相，看出这个受尽摧残的半疯女人是多么可怜的一个生物时，难道他不会宽恕她以前的种种，忘却自己所受的一切痛苦吗？难道他不会变成她的仆人、弟兄、知己、守护神吗？同情心会促使罗果静醒悟，会教他应该怎样做。同情是全人类生存最主要的、也许是唯一的法则。啊，他在罗果静面前犯了多么不可饶恕的、不符合身份的罪行啊！不对，"俄国人的心灵"并不是"黑暗的"，既然自己会想象出这样可怕的事情，那说明自己的心灵是黑暗的。罗果静在莫斯科，为了说出几句出自肺腑的知心话，竟跟他称兄道弟，而他呢……但这是病！这是痴人说梦！这一切都会得到解决的！……今天早晨，罗果静说他"丧失了信仰"时，神情多么阴郁！这个人一定是满肚子的苦痛。他说，他"爱看这幅图画"；那不是因为他爱，而是因为他感到需要。罗果静不仅有一颗热情的心灵；他还是一个战士：他想用力量夺回自己已经丧失的信仰。他现在非常需要信仰……是的，他需要相信些什么东西！相信什么人！但是，霍尔白因的那幅画是多么奇怪呀……啊，现在走到这条街上了！大概就是这所房子，对了，就是它，十六号，“十品文官夫人斐里苏娃公馆”。就在这里！公爵按铃，求见娜司泰谢·费里帕夫娜。

女房东亲自出来开门，告诉他说，娜司泰谢·费里帕夫娜早晨就到伯夫洛夫司克达里亚·阿莱克谢夫娜家里去了，“也许会在那里住几天呢”。斐里苏娃是个矮小的、长眼睛、尖下颏的女人，四十来岁，很狡猾地、死盯盯地看人。她问公爵的姓名，在发问时，她好像有意加上一种神秘的色彩。他本来不想回答，但是立刻就转过身，请她务必把他自己的姓名转告给娜司泰谢·费里帕夫娜。斐里苏娃在接受这个坚决的请求时瞪大了眼睛，还带着特别神秘的样子，显然是要表示：“您放心吧，我明白了。”公爵的姓名显然引起了她强烈的印象。公爵漫不经心地看了她一眼，转身走回旅馆去了。但是，当他走出来的时候，他的样子和叩斐里苏娃的家门时大为不同了。在一刹那间，他的心上似乎又发生了一种不寻常的变动：他又显得惨白、软弱、苦恼和激动了；他的膝盖打哆嗦，他那发青的嘴唇上飘荡着模糊的、慌乱的微笑：他那“突如其来的念头”忽然得到了证明和辩解——他又相信自己心中的魔鬼了！

但是，果真得到证明了吗？但是，果真得到辩解了吗？他为什么又这样哆嗦，这样出冷汗，这样感到心灵黑暗和寒冷呢？是不是因为他现在又看见了这双眼睛？但是，他从夏园跑到这里来，正是为了看这双眼睛！他的“突如其来的念头”也就是如此。他坚决地想看到“那双眼睛”，以便确定他一定会在那里，会在那所房屋附近碰见它们。他的愿望非常热切。而他现在真的看见了，为什么又那样颓丧和惊愕呢？好像没有料到似的！是的，今天早晨，当他从尼古拉耶夫司克铁路的车厢里走出来时，在人群中向他观望的就是那双眼睛（现在已经毫无疑问），后来，当他坐在罗果静家的椅子上时，他感到背后有人看他，也就是那双眼睛。（完全是那一双！）罗果静当时一口否认这一点。他撇着嘴，冷冰冰地笑着问："那是谁的眼睛呢？"在几个小时以前，当公爵到皇村铁路车站上火车，预备去见阿格拉耶时，忽然又看见了这双眼睛，在一天之中已经是第三次看到它们了。当时，他很想走到罗果静的面前，对他说："那是谁的眼睛呢？"但是，他从车站跑了出来，直到他站在刀铺窗前，估计一件带鹿角把手的东西值六十戈比时才算清醒过来。奇怪而可怕的魔鬼完全附在他的身上，再也不想离开他。当他坐在夏园的菩提树下，神志不清的时候，这个魔鬼对他低语说：如果罗果静从早晨起就侦察他，一步不离地追踪他，那么，知道他不上伯夫洛夫司克去后（这自然是罗果静的可怕消息），罗果静一定会到那里去，到彼得堡区的那所房子去守候公爵。就在今天早晨，公爵还对他发誓说"不再见她""到彼得堡来不是为了这件事情"，而现在公爵却拼命地向那所房子奔去。其实，就算他真的在那里遇见罗果静，又有什么呢？他只看见一个不幸的人，这个人的心情很坏，但又很容易理解。这个不幸的人现在也不躲躲藏藏了。是的，今天早晨，罗果静不知为什么躲闪和撒谎，但是他在皇村车站却并不躲藏。实际上，躲藏的倒是他——公爵，而不是罗果静。现在他站在那所房子附近，站在街的对面，离开有五十步远，站在人行道上，叉着手等候着。他站在非常显眼的地方，他似乎故意要站在显眼的地方。他站在那里，像一个原告似的，像一个裁判官似的，并不像……并不像什么人呢？

为什么他，公爵，现在不亲自走到他面前去呢？为什么他转过身，假装什么也没看见，而其实他们相互看见了呢？（是的，他们的眼睛遇到一起了，他们互相看了一下。）他刚才不是还想拉着罗果静的手，一块儿到那里去吗？他不是想明天到罗果静那里去，对罗果静说他自己到她那里去了吗？他刚才到那里去，在半路上，心里突然充满喜悦的时候，不是摆脱了自己的魔鬼吗？莫不是在罗果静的身上的确有种东西，也就是说在这个人今天的整个形象里，在他的言语、动作、行为和眼神的总和里的确有种东西，能够证明公爵的可怕预感，他的魔鬼的愤怒言辞都是对的呢？莫不是有一种东西，一看就看出来，但是很难分析和叙述，而且不能用充分的理由加以辩白，它又不管这种困难和不可能，竟会引起十分完整的、无可动摇的印象，并不由己地转为完全的信念呢？

信念——对什么的信念呢？（啊，这种信念，“这种低级预感”的荒唐和“卑劣”使公爵多么痛苦啊！他如何责备自己啊！）“假如你有勇气，你说，是对什么的信念呢？”他带着责备和挑战的口气，不断对自己说，“把你的整个思想说出来，大胆地、明确地、毫不迟疑地表现出来！唉，我真是太不诚实了！”他又愤愤地说道，脸上露出红晕，“我今后一辈子，有什么脸来见这个人呢！唉，这是多么糟糕的一天！天呀，这是多么荒唐的一场噩梦！”

当公爵走完这段又长又苦的路程，从彼得堡区回来时，有一瞬间，他心里突然出现一个迫切的愿望，他想要立刻到罗果静那里去，等候他，带着羞愧和眼泪拥抱他，对他说出一切，一下子使一切都完结。但是，他已经到了旅馆的门前……今天早晨，他是多么不喜欢这座旅馆，这条走廊，整个这所房子，以及里边的房间，乍一看去，他很不喜欢；他在一天之内几次想到他必须回到这家旅馆来，都带着一种特别嫌恶的心情……“我今天怎么像一个生病的女人，净相信预感呢！”——他心里想，带着恼怒的嘲笑神情，站在旅馆门口。

在那门口，他心里又涌起一股近似绝望的羞愧的怒涛，使他迈不动步了。他停留了一会儿。人们有时是这样的，当心里的思绪按捺不住，突然回忆起往事——特别是令人感到羞愧的往事时，照例会停留在一个地方，一动不动地待一会儿。“是的，我是一个没有心的人，我是一个懦夫！”——他很阴沉地重复说，猛然向前走去，但是……又站住了。

门口本来就很暗，这时候，由于乌云满天，遮住了黄昏的光线，就显得更暗了。当公爵走到房屋跟前时，忽然下起了雨。当他停了一会儿，猛然向前走去的时候，他正到了门口，即从大街进门的地方。他忽然看到在大门深处半明半暗的地方，在楼梯口有一个人。这个人，自然不能肯定说他究竟是谁，再加上这里来来往往的有许多人；这里是一个旅馆，经常有人出入，在走廊里来回跑。但是，他忽然充分地、确切地相信：他认识这个人，这个人就是罗果静。过了一刹那，公爵跟在罗果静后面，奔到楼梯上去了。他的心脏好像要停止跳动了。“现在，一切都会解决的！”他带着一种奇怪的信念，自言自语地说。

公爵从门口跑上去的那座楼梯通到头层和二层的走廊，旅馆的房间就在走廊的两边。正如一切旧日建筑的房屋一样，这座楼梯也是石头的，黑暗而狭窄，围着一根粗石柱子盘旋。在第一个楼梯转角那里，这根石柱有一个凹洞，颇像壁龛，宽不到一步，深有半步。那个人可能藏在这里。无论怎样黑暗，公爵一跑到楼梯转角，立刻就看出在那个凹洞里不知为什么藏着一个人。公爵突然想走过去，不向右望。他已经跨了一步，但是忍不住，又转回来了。

刚才见过的一双眼睛，就是那双眼睛，忽然和他的眼光遇到一起了。藏在壁龛里的那个人也从里面跨出了一步。他们两人几乎挨在一起，对面站了一秒钟。公爵突然抓住他的肩膀，把他拉回楼梯光亮的地方去：他想更清楚地看这张脸。

罗果静的眼睛闪着光，他疯狂地微笑着，连脸都变歪了。他举起右手，手里有一件亮晶晶的东西；公爵不想抓住那只手。他只记得自己似乎喊了一声：

“帕尔芬，我不相信！……”

之后，他的面前好像豁然开朗了：一种不寻常的内部光亮照耀着他的心灵。这一瞬间大概只有半秒钟，但是他清清楚楚地记住了开始的情况，记住了惨叫的第一个声音，那一声是从他的胸内自然而然迸发出来的，他用任何力量都制止不住。以后，他的意识立即丧失了，一切完全黑了下来。

他的癫痫已经许久没有发作，现在又发作了。大家都知道，癫痫病就是羊痫风，是会突然发作的。在这一刹那间，病人的脸，特别是眼神，突然变了样子。整个身体、整个面庞都发生了抽风和痉挛。从胸内迸出一种可怕的、无可形容的、无可比拟的吼叫声，在这种吼叫里，好像所有的人性忽然都消失了，一个旁观的人简直怎么也不可能（至少很难）想象而且承认，就是那个人吼叫的。你甚至以为是另一个人在这个人的身体内部吼叫，至少有许多人是这样说明他们的印象的。有些人一看见癫痫的发作，就会感到极大的恐怖，这种恐怖甚至带着一些神秘性。我们可以意料到的是：这种突如其来的恐怖感，再加上当时的其他一切可怕印象，忽然使罗果静愣住了，从而使公爵躲开了那本来无从避免的、向他身上落下的一刀。罗果静当时还没有猜到那是癫痫发作，他一看见公爵从他身旁倒退，忽然倒了下去，一直往楼梯下面滚，后脑勺猛撞在石阶上，他就拼命往下跑，从倒下的人身上跳过去，几乎像失了理智似的，从旅馆逃走了。

由于抽风、哆嗦和痉挛，病人的身体从楼梯上（一共不到十五级）一直滚到楼下。他躺在那里，很快地，还不到五分钟就被人发现了，于是聚集了一大堆人。他的头旁有一摊血，引起了大家的疑惑：这个人究竟是自己摔下来的呢，还是“出了什么命案”？但是，有几个人马上看出他是癫痫症发作了；有一个茶房认出公爵是刚刚来到的旅客。由于偶然的巧合，这场骚动极完满地结束了。

郭略·伊伏尔金本来定于四点钟回惠金旅馆，但是有事到伯夫洛夫司克去了。他在那里突然心血来潮，没有在叶潘钦将军夫人家里吃饭，就回了彼得堡，赶紧到惠金旅馆来，晚上七点钟左右，他便到了旅馆。他从留下来的字条上知道公爵已经到了彼得堡，便按字条上留下的地址跑来找他。旅馆里说公爵已经出门，他便到下面的饭厅里等候，一面喝茶，一面听奏风琴。他偶然听说有人发了癫痫，凭着一种可靠的预感，立刻赶到现场去，认出正是公爵。大家立刻采取了必要的措施。他们先把公爵扛进房间。他虽然已经清醒，但是很久没有完全恢复意识。人们请一位医生来看他摔伤的头部，给他用药水洗过，并说这丝毫没有生命危险。一小时后，公爵已经完全清醒过来，郭略便雇了一辆马车，从旅馆送他到莱白及夫家里去。莱白及夫极热心、极尊敬地招待病人，他为了这个病人提前搬到了别墅去。到第三天，大家已经都在伯夫洛夫司克了。

第六章

莱白及夫的别墅规模不大，但是很舒适，甚至很美丽，预备出租的那一部分特别粉饰一新。从外面进入屋内时要通过一个平台，这个平台很大，莱白及夫为壮观瞻，在这里摆了一些栽在绿色大木桶里的橘树、柠檬树和素馨花。有几棵树是他连同别墅一起买下来的，由于他看见那些树给平台增添了许多光彩，他就决心趁着好机会，顺便在拍卖行里购置一些同样栽在木桶里的树木。在所有的树都运到别墅并摆好的那一天，莱白及夫三番五次从平台的梯级跑下去，从外面观赏自己的房产，每次都在心里增加了向未来房客索取的房租。公爵身体虚弱，心里烦闷，精神不振，他很喜欢这座别墅。不过，在搬到伯夫洛夫司克来的那一天，也就是癫痫病发作后的第三天，从外表上看，公爵已经和健康人差不多了，只是心里感到自己没有复原。他很喜欢这三天来在自己周围所看到的一切人，他很喜欢几乎没有离开过他一步的郭略，他也喜欢莱白及夫的全家（除去那个不见影儿的外甥），也喜欢莱白及夫本人，甚至很愉快地接待在城里时就拜访过他的伊伏尔金将军。在他搬到这里的那天晚上，平台上有许多客人围绕着他：笳纳第一个来了，公爵已经不大认识他了；半年以来，他的样子大变，而且瘦了。接着，瓦略和波奇成来了，他们也是伯夫洛夫司克的避暑客。伊伏尔金将军差不多一直住在莱白及夫家里，好像是和他一块儿搬来的。莱白及夫极力设法使他留在自己房内，不去见公爵。他对将军很友好，二人显然是老相识。公爵注意到，在这三天内，他们有时长时间谈话，常常发生争论，似乎在谈学术问题；看样子，莱白及夫是感到很高兴的。我们可以想到，他是需要将军的。但是，自从搬到别墅以后，在有关公爵的问题上，莱白及夫就是对自己的家属，也采取了严密防范的方针。他以不要惊扰公爵为借口，不准任何人到公爵那里去；他只要一疑心女儿们到公爵所在的平台上去，就总是跺着脚，向女儿们扑去，也不管公爵屡次请他不要赶走人，把她们撵走的请求，连抱孩子的魏拉也不例外。

“第一，如果您放纵她们，她们就不会尊敬您了；第二，她们这样也不大雅观……”在公爵逼问他的时候，他终于这样解释说。

“那为什么呢？”公爵抗议了，“说真的，您的监督和看守只会使我苦痛。我一个人很闷，我已经对您说过许多次了。您老是不断地挥手，还踮着脚走路，使我更加苦闷了。”

公爵暗示，莱白及夫虽然借口病人需要安静，把家人全都赶走了，但是他一连三天，几乎时时刻刻都到公爵屋里来，他每次先打开门，伸进头，向室内张望，好像要弄明白：公爵没有逃走吗？然后就踮着脚，像小偷似的悄悄走到躺椅那里，因此有时冷不丁吓了房客一跳。他不断打听公爵需要什么；公爵后来不耐烦、叫他走开的时候，他便驯顺地、不声不响地转过身子，蹑手蹑脚地退到门外；他在走的时候老是挥着双手，好像表示说：他只是来看看，他绝不说一句话，他已经走出来了，绝不会再来。然而，过上十分钟，或者至多过一刻钟，他又出现了。郭略在公爵那里自由出入，使得莱白及夫大为生气，甚至非常恼恨。郭略觉察出莱白及夫在门外站了半小时，偷听他和公爵的谈话，自然就把这种情况告诉了公爵。

“您好像把我据为己有，锁了起来。”公爵提出抗议说，“至少在别墅里，我不希望这样；我告诉您：我想见谁就见谁，我想要到哪里去就到哪里去。”

“这是丝毫没有疑问的。”莱白及夫挥手说。

公爵从头到脚仔细打量了他一下。

“罗吉央·蒂莫菲维奇，您那只架在床头上面的小橱，也搬到这里来了吗？”

“不，没有搬来。”

“真的留在那里了吗？”

“不能搬，如果搬它，必须拆坏墙……钉得很牢，很牢。”

“也许这里也有同样的东西吧？”

“还要好些，还要好些，我买别墅的时候，是带它的。”

“啊！刚才是谁来见我，您没有放他到我这里来？在一点钟以前。”

“那是……那是将军。我的确没有放他进来，他到您这里来不大方便。公爵，我很尊敬这个人，他……他是一个大人物；您不相信吗？您以后会看出来的。不过……公爵阁下，您最好不要接见他。”

“请问您，那是为什么呢？莱白及夫，您现在为什么老是踮着脚站在那里，当走到我面前来的时候，总像要贴着耳朵报告秘密似的？”

“我感觉我很低贱，很低贱。”莱白及夫出乎意料地回答说，很动感情地捶着自己的胸脯，“您不会觉得将军太殷勤吗？”

“太殷勤？”

“是的，太殷勤。第一，他也准备住在我家里；这随他去吧，不过这个人太不知分寸，他立刻攀起亲戚来了。我们俩已经攀了几次亲戚，原来还是连襟呢。他昨天还对我说明您是他母亲那边的表侄。假如您是他的表侄，那么，公爵阁下，我和您也是亲戚了。这还不要紧，只是小小的缺点；但是，他刚才还对我说，他一辈子，从当少尉起一直到去年六月十一日，他家每天要有二百多个食客吃饭。后来他还吹牛说，那些食客根本不离席，每昼夜要有十五小时连着吃中饭、吃晚饭、喝茶，三十年一直没有间断过，简直都没有工夫换桌布。一个人刚刚站起来走了，另一个人就来了，在逢年过节的日子，食客要达到三百来人。在俄国建国一千周年纪念日，来了五百位客人。这种大话是很糟糕的征候。谁都害怕接待这类殷勤的人物，所以我想：咱们不觉得他过分殷勤了吗？”

“不过，您和他的交情大概很好吧？”

“我们好像亲弟兄似的，我认为这是一种玩笑。就算我们是连襟吧。我有什么关系？这给我增添了一些荣誉。就是从他所讲的招待二百位客人和俄国建国千年纪念的话中，我也看出他是一个极好的人。我说的是真话。公爵，您刚才谈到了秘密，也就是说，您总觉得我走过来要对您说什么秘密的话。还真就有个秘密：有一位您认识的太太刚才跟我说，她很想和您秘密相见。”

“为什么要秘密相见呢？绝不。我可以去见她，今天都可以。”

“绝不，绝不。”莱白及夫挥手说，“她并不像您所想的那样惧怕谁。我顺便告诉您一声，那个恶棍每天都来打听您的健康，您知道吗？”

“您为什么时常管他叫恶棍？这使我很疑心。”

“您没有什么可疑心的，绝不会有什么可疑心的。”莱白及夫连忙否认说，“我只是想解释，那位太太并不是怕他，而是害怕另外一个人，完全是另外一个人。”

“怕什么呢，您快告诉我。”公爵急不可耐地追问着，望着莱白及夫那种吞吞吐吐的样子。

“秘密就在这里呀。”

莱白及夫笑了。

“谁的秘密？”

“您的秘密。公爵阁下，是您自己禁止我在您的面前说话……”莱白及夫喃喃地说，看到他已经把听话人的好奇心拨弄到完全忍不住的程度，他心里很痛快，才忽然说，“怕的是阿格拉耶·伊凡诺夫娜。”

公爵皱着眉头，沉默了一会儿。

“莱白及夫，我的确要离开您这所别墅。”他突然说，“箚佛里拉·阿尔达里昂南奇和波奇成夫妇在哪里？在您这里吗？您也把他们引诱来了吗？”

“来啦，来啦。连将军也跟在他们后面来了。我要把所有的门打开，把我的女儿也叫来，立刻都叫来，立刻都叫来。”莱白及夫慌张地低语着，他挥着手，从一扇门跑到另一扇门去。

这时候郭略从外边进了平台，他宣布说：有几位客人随后就到——丽萨魏达·博罗可菲耶夫娜和她的三个女儿。

“放不放波奇成夫妇和箚佛里拉·阿尔达里昂南奇进来呢？放不放将军进来呢？”莱白及夫听到这个消息大吃一惊，他跳了起来。

“为什么不呢？全放进来，谁愿意来谁就来。我告诉您，莱白及夫，您一开始就不大明白我的态度；您始终犯一种错误。我没有一点儿理由躲避人，藏起来。”公爵笑了。

莱白及夫望着他，认为自己有跟着笑的义务。莱白及夫虽然非常心慌，可是看样子也很满意。

郭略所报告的消息是正确的；为了预先通知一声，他比叶潘钦一家人早到几步。因此，客人们忽然从两边走了进来：叶潘钦一家人从平台上边来，波奇成夫妇、箚纳和伊伏尔金将军从屋内进来。

叶潘钦一家人刚刚从郭略口中知道公爵生病，来到伯夫洛夫司克。在这以前，将军夫人曾经感到异常惶惑。将军前天就把公爵的名片交给家人。丽萨魏达·博罗可菲耶夫娜看到这张名片以后，深信公爵一定会到伯夫洛夫司克来看她们。姑娘们跟她说，这个人半年没有音信，他现在绝不会那么匆忙，而且除了看她们以外，他在彼得堡也许有许多事情要做——谁知道他会有什么事情呢？可是，她们的话等于白说。将军夫人听了以后，十分生气，准备跟女儿打赌，说公爵最迟第二天一定来，说这样“已经算晚了”。第二天，她等候了一早晨；大家等公爵去吃午饭，等他在晚间闲谈；等到暮色昏黑的时候，丽萨魏达·博罗可菲耶夫娜见到什么都生气，和一切人都拌嘴，当然在吵嘴时，并没有提到公爵一个字。在第三天一整天，也完全没有提到公爵。阿格拉耶在吃饭时偶然脱口说出："Maman由于公爵没有来，正生着气。"将军登时回答说："这不是他的错。"丽萨魏达·博罗可菲耶夫娜听到，马上站起来，愤愤地离开饭桌走出去了。郭略晚上终于来了，报告了所有新闻，叙述他所知道的公爵的一切遭遇。结果，丽萨魏达·博罗可菲耶夫娜虽然得了胜，却还是狠狠地数落了郭略几句："他一连到这里转了好几天，撵也撵不走他。哪怕自己不来，至少应该通知我们一下呀。"为了这句"撵也撵不走他"，郭略立刻要发脾气，但是他决定留到下次再说了。如果这句话不太过火，他也许会完全原谅的：因为丽萨魏达·博罗可菲耶夫娜在听到公爵生病的消息时那分慌乱和不安的样子，使他十分高兴。她始终主张立刻派人到彼得堡去请医学界头等著名人物，乘第一班列车到这里来。但是，女儿们把她劝住了。后来，母亲忽然准备去看病人，她们倒也不愿离开她。

"他正在生死关头上。"丽萨魏达·博罗可菲耶夫娜在忙乱中说，"我们还要守什么礼节！他是不是我们家的朋友呢？"

"不问水势深浅就钻进去，这也是不对的。"阿格拉耶说。

"那么，你就不必去了。这样倒也不错，因为叶夫格尼·柏夫洛维奇快来了，没有人招待他。"

在说了这番话之后，阿格拉耶自然立刻就随着大家同去了。其实，就算不这样说，她也是打算前去的。施公爵正和阿台拉意达闲谈，经她一邀请，立刻答应陪她们前去了。从前，在他和叶潘钦家最初相识的期间，听到她们讲起公爵的事情，就感到很大兴趣。原来他认识公爵，最近在某处见面，并且在一个小城里同住了两个来星期。这是三个来月以前的事情。施公爵讲了许多有关梅思金公爵的事情，他对梅思金公爵表示很同情，所以他现在是真心愿意去访旧友。这一天，伊凡·费道洛维奇将军不在家。叶夫格尼·柏夫洛维奇也还没有来。

从叶潘钦的别墅到莱白及夫那里不到三百步路。丽萨魏达·博罗可菲耶夫娜的第一个不愉快印象，就是见到有一大群客人围绕着公爵，更不用说，在这群人里还有两三个她恨透了的人；第二，她感到惊异的是，她原先以为公爵一定病入膏肓，奄奄一息，哪知道从外表上看，公爵却是一个完全健康的、穿着漂亮衣裳的青年人。他笑嘻嘻地来迎接他们。她由于莫名其妙，站住了脚步，这使郭略感到十分痛快。在她没有从自己别墅动身之前，他本来可以对她好好说明并没有人就要死去，也没有人到了奄奄一息的程度。但是，他当时没有说明。他很调皮地预料着，将军夫人将来一定发怒，十分好笑；依照他的估计，她一见到自己的好友——公爵——那种健康的样子，必然会生气的。郭略非常不客气，他为了逗丽萨魏达·博罗可菲耶夫娜大发怒火，竟当众把自己的推测说了出来。他和将军夫人虽然交情很深，但是，他常常挖苦她，有时甚至和她狠狠舌战一场。

“小家伙，你不要忙，等着瞧吧！你可不要得意忘形呀！”丽萨魏达·博罗可菲耶夫娜坐在公爵给她拉过去的椅子上面，这样回答说。

莱白及夫、波奇成、伊伏尔金将军忙着给小姐们拿椅子。将军递给阿格拉耶一只椅子。莱白及夫又给施公爵搬来椅子，这时候，他的腰部曲线都表现出特别的尊敬。瓦略照例笑嘻嘻地小声向小姐们问好。

“说老实话，公爵，我原来以为你一定躺在病床上。我在惊慌之中，把实际情况夸大了。我绝不想跟你撒谎，刚才我看到你满脸笑容，觉得非常可恨。但是，我可以对你发誓，这只是在我还没有仔细考虑的那一分钟。我只要一用脑子，不论说话和做事，总是会聪明一些。我想你也是这样。老实说，我看到你的病好了，假如我有亲儿子的话，也要比见到亲儿子病好还要欢喜。如果你不相信我，那是你的耻辱，并不是我的耻辱。可是，那个小坏蛋跟我开的玩笑却过分了。我想，你一定是他的保护人，所以我警告你，将来总有一天，我会跟他绝交的。”

"可是，我有什么错呢？"郭略喊道，"我无论怎样告诉您，说公爵的病差不多好了，您也绝不愿意相信；因为您想象他躺在床上快死了，心里也大大地高兴哪。"

"您是不是打算在我们这里长住？"丽萨魏达·博罗可菲耶夫娜对公爵说。

"住一个夏天，也许还要多些日子。"

"你是单身吗？没有娶亲吗？"

"不，没有娶亲。"公爵听到这样天真的讽刺不禁微笑了。

"有什么可笑的？这种事常常会发生。我讲的是这所别墅。你为什么不搬到我们那里去住？我们的整个偏房是空着的。不过，随你的便吧。你是向他租的吗？向这个人吗？"她回头指着莱白及夫，轻声说，"他为什么老弯腰鞠躬？"

在这时候，魏拉从屋内到平台上来，照例手里抱着婴儿。莱白及夫完全不知道自己在哪端安身，只是围着椅子乱转，不过，他根本不想走开。他一看到魏拉，就向她扑去，向她挥手，撵她离开平台，甚至很放肆地跺起脚来。

"他疯了吗？"将军夫人忽然说。

"不，他是……"

"也许喝醉了吧。你的那伙朋友不怎么样。"她把其余的客人打量了一番，毫不顾忌地说，"不过，这位姑娘多可爱呀！她是谁？"

"魏拉·罗吉央诺夫娜，这位莱白及夫的女儿。"

"啊！……很可爱。我想和她认识认识。"

莱白及夫听到丽萨魏达·博罗可菲耶夫娜的夸奖，早已把女儿拉过来引见了。

"孤儿们，孤儿们！"他走过来的时候，喃喃地说，"她抱着的那个孩子也是孤儿，她的妹妹，我的女儿刘葆赤卡，是我的发妻叶莲娜生下来的，可怜在六个星期以前，当她生这个孩子的时候，就受了上帝的召唤，死掉了……是的……她代替母亲，其实只是个小姐姐，还不过是个小姐姐……不过是个，不过是个……”

“先生，请恕我直言，其实你也不过是个傻瓜。但是够了，我想你自己会明白的。”丽萨魏达·博罗可菲耶夫娜忽然十分愤怒地说。

“这是千真万确的！”莱白及夫极恭敬地深深鞠了一躬。

“我跟您说，莱白及夫先生，人家说您专讲解《启示录》，这是真的吗？”阿格拉耶问。

“千真万确……讲了有十五年了。”

“我听见过您。报上好像刊登过您的事情吧？”

“不，那是关于另一个讲解人的，是关于另一个人的，那个人已经死了，由我继承他。”莱白及夫得意忘形地说。

“劳您驾，这两天请您给我讲解一下，因为我们是邻居。我对《启示录》一点儿也不明白。”

“我不能不预先警告您，阿格拉耶·伊凡诺夫娜，他这一套全是骗人的把戏，您要相信我的话。”伊伏尔金将军突然快嘴插了一句。他好像坐在针毡上，急切等待参加谈话的机会；他坐在阿格拉耶·伊凡诺夫娜的身旁。“自然，在别墅里避暑是有权利的，”他继续说，“也是愉快的，倾听这种特别的冒牌学者解释《启示录》也和别的游戏一样有趣，甚至是一种很聪明的游戏，但是我……您好像对我感到很惊异吗？让我介绍一下自己，我是伊伏尔金将军。我还抱过您呢，阿格拉耶·伊凡诺夫娜。”

“我很高兴见到您。我认识瓦尔瓦拉·阿尔达里昂诺夫娜和尼娜·阿历山大洛夫娜。”阿格拉耶喃喃地说，她竭力忍着，不笑出声来。

丽萨魏达·博罗可菲耶夫娜脸红了，心里积存已久的怒火忽然要爆发了。她对伊伏尔金将军已经不能容忍，她以前的确见过他，不过已经很久了。

“先生，你照例在撒谎。你从来没有抱过她。”她愤愤地对他说。

“您忘记了，maman，他真是抱过的，在脱维里。”阿格拉耶忽然出来证明说，“那时候我们住在脱维里。我记得，我那时候有六岁。他给我做了一把弓箭，还教我射箭，我射死了一只鸽子。您记得，咱们一块儿射死鸽子的事情吗？”

“那时候他送给我一个用纸板做的军帽，还有一把木剑，我也记得的。”阿台拉意达喊道。

“我也记得这件事。”阿历山大拉证实说，“你们当时还为了那只受伤的鸽子吵嘴，家里罚你们各自站在一个墙角，阿台拉意达站墙角时还戴着军帽，佩着木剑呢。”

将军对阿格拉耶说他抱过她，本来是随便那么一说，打算找个话题；当他要和青年人结识的时候，他几乎永远这样开始谈话。但是这一回，他恰巧说出了实在的情形，而他又恰巧把这事情忘记了，当阿格拉耶忽然提到他们俩一同射死鸽子的时候，他猛地想起了过去的情景。人一上了年纪，常常对几十年前的往事都记得很清楚，所以将军对于那桩事情，自然也想起了详情。这种回忆对可怜的、照例有几分醉意的将军产生了多么强烈的影响，他忽然显出特别受感动的样子。

“我记得，我全都记得！”他喊道，“我那时是二等上尉。您是那么小，那么好看。尼娜·阿历山大洛夫娜……箝纳……我在你们府上……承你们的款待。伊凡·费道洛维奇……”

“你瞧你现在这样子！”将军夫人抢上去说，“你既然这样受感动，那就表明你还没有把自己高贵的情感全都喝完呢！你把你的太太简直折磨死了。你本来应该教导孩子，可是你偏偏乱借钱，坐监狱。先生，你快离开这里吧，你去找个地方，站在门后的角落里痛哭一场吧。你如果回忆你过去的清白，上帝也许会饶恕你的。去吧，去吧，我对你说的是正经话。忏悔过去种种是改过自新的最好途径。”

但是，用不着来重复她所说的那一番大道理。将军和一切经常喝醉的人们一样，感觉很敏锐；他又和一切堕落太深的醉鬼一样，一想到过去的幸福生活，就容易惹起闲愁。他站起来，很驯顺地向门口走去，这倒使丽萨魏达·博罗可菲耶夫娜立刻可怜起他来。

“阿尔达里昂·阿历山大洛维奇，老太爷，”她朝着将军的背呼喊，“你站一站。我们大家都是有罪的。当你感到良心不大责备你的时候，你到我家来吧，我们可以坐着闲聊过去的事情。我的罪也许比你多五十倍；好，现在你走吧，再见，你不必再坐在这里了……”她忽然害怕他再回来。

“你暂时可以不必去服侍他，”公爵看见郭略想跟着父亲出去，便阻拦他说，“要不然，过一会儿他又要来惹麻烦，整个时间就要叫他全糟蹋掉了。”

“这话很对，你不要管他；过半点钟以后再去吧。”丽萨魏达·博罗可菲耶夫娜决定说。

“你瞧，他一辈子说了一次实在的话，竟感动得下泪了！”莱白及夫大胆地评论说。

“假如我听到的话是实在的，那么，先生，你也一定是个好人呀。”丽萨魏达·博罗可菲耶夫娜立刻来攻击他。

公爵的全部客人之间的关系，渐渐明确起来了。公爵自然能够珍重，也完全珍重将军的夫人和女儿对他那种亲切的关怀。他自然也很诚恳地对她们说，当她们来访之前，他就打算今天一定到她们家里去，不顾自己有病，也不管时间晚不晚。丽萨魏达·博罗可菲耶夫娜望了他的客人们一下，回答说，这立刻就可以办到。波奇成是个有礼貌而且很机警的人，他马上站起来，到莱白及夫所住的屋子里去，极希望把莱白及夫本人也带走。莱白及夫答应现在就走。那时瓦略和小姐们说开了话，就留在那里了。她和筋纳见到将军出去，心里十分高兴；过一会儿，筋纳也随着波奇成走了。在他在平台上和叶潘钦家母女同坐的那几分钟内，他的态度谦恭而庄严。丽萨魏达·博罗可菲耶夫娜虽然带着很严厉的眼神，从上到下打量了他两遍，他却没有一点儿惊慌。以前认识他的人们，的确可以想到他已经大有转变了。阿格拉耶看着很欢喜。

“刚才出去的就是箶佛里拉·阿尔达里昂南奇吗？”她突然问道。她有时爱这样大声地、严厉地发问，打断别人的谈话，并不是单独对哪个人说。

“就是他。”公爵回答说。

“我简直不大认识他了。他大有转变……向好的方面大大转变了。”

“我替他很高兴。”公爵说。

“他病得很厉害呢。”瓦略带着很同情的声音说。

“他怎么向好的方面转变了？”丽萨魏达·博罗可菲耶夫娜显出愤怒、困窘、几乎吃惊的样子问，“你这是从哪里说起？没有一点儿好的地方。你觉得好在哪里？”

“不比‘贫穷的骑士’好！”郭略忽然开口说。他一直站在丽萨魏达·博罗可菲耶夫娜的椅子旁边。

“我也是这样想。”施公爵说，并且笑起来了。

“我的意见也完全相同。”阿台拉意达很庄重地说。

“什么叫作‘贫穷的骑士’？”将军夫人问，她莫名其妙地、很恼恨地朝所有说话的人扫了一眼，但是，当看见阿格拉耶满脸通红时，便气冲冲地说下去，“一些无聊的话！这个‘贫穷的骑士’是谁？”

“您宠爱的那个坏孩子经常歪曲别人所说的话！”阿格拉耶带着傲慢的神气，很恼恨地回答说。

当阿格拉耶每次发怒的时候（她时常发怒），不管她在表面上多么正经和严肃，但是几乎每一次都要露出一些孩子气的、小学生般急躁的、掩饰得很不好的神情，使人看到她，有时就不能不发笑。不过，这会使阿格拉耶非常气恼，因为她不明白人家笑什么，觉得“他们怎么能够笑我，怎么竟敢笑我”。现在，姐妹们和施公爵都笑了，连列夫·尼古拉耶维奇公爵也微笑了，不知什么缘故，他的脸也红了。郭略哈哈大笑，露出得意扬扬的样子。阿格拉耶真生气了，显得加倍娇媚了。她越困窘，就显得越好看，在困窘之外又加上恼恨，更显得特别标致了。

“他也常常歪曲你们的话呀。”她补充说。

“我是依据您自己所说的话呀！”郭略喊道，“一个月以前您读《堂吉诃德》的时候，就喊出这句话来：‘没有比“贫穷的骑士”更好的啦。’我不知道您当时说的是谁：是说堂吉诃德呢，是说叶夫格尼·柏夫洛维奇呢，还是说另外一个人。不过，您一定是指着一个人说的，而且谈话的时间很长……”

“我的宝贝孩子，我看你胡猜乱想，已经过于随便了。”丽萨魏达·博罗可菲耶夫娜很恼怒地阻止他说。

“难道只是我一个人吗？”郭略不肯闭嘴，“当时大家都这样说，现在大家也这样说。刚才施公爵、阿台拉意达，以及每个人都说自己拥护‘贫穷的骑士’呢。所以，‘贫穷的骑士’是存在着的，一定会有的，据我看，假如不是阿台拉意达·伊凡诺夫娜的话，我们大家早已知道这个‘贫穷的骑士’是谁了。”

“我有什么过错呢？”阿台拉意达笑了。

“您不愿意画他的肖像——这就是您的过错！阿格拉耶·伊凡诺夫娜当时请您画‘贫穷的骑士’的肖像，而且讲述了那张图画的全部题材。你还记得吧？那个题材是她自己编出来的。您不愿意画……”

“可是，叫我怎么画呢？画什么人呢？从题材上说，这个‘贫穷的骑士’应该是：

他从来没有揭开自己脸上的钢铁面甲。

那么，让我怎样画他的脸呢？叫我画什么呢？是画钢甲吗？画一个无名英雄吗？”

“我一点儿也不明白，哪里来的钢甲！”将军夫人恼怒了。她自己心里明白，这个“贫穷的骑士”指的是谁（他们大概早已约好使用这个称呼）。但是，她特别生气的是列夫·尼古拉耶维奇也露出困窘的样子，最后他感到很不好意思，好像十岁的男孩子一样。“这愚蠢的把戏几时才能完结？有没有人对我讲出‘贫穷的骑士’是什么样的人呢？这个难道那么可怕，竟使人不能发问吗？”

然而，大家只是继续笑着。

“这不过是一首奇怪的俄国诗。”施公爵终于开始说，他显然想要赶快解围，改变话题，“这首诗只是一个片段，无头无尾，其中咏的是一个‘贫穷的骑士’。一个月以前，大家吃过饭，一块儿谈笑，照例为阿台拉意达·伊凡诺夫娜的未来图画寻觅题材。您知道，为阿台拉意达·伊凡诺夫娜的图画寻觅题材，这早就成为全家的共同任务了。当时就发现了那个‘贫穷的骑士’，究竟是谁先发现的，我不记得了……”

“阿格拉耶·伊凡诺夫娜！”郭略喊道。

“也许是的，我同意，不过我不记得了。”施公爵继续说，“有些人嘲笑这个题材，也有些人说这个题材再高尚也没有了，但是在画这个‘贫穷的骑士’时，无论如何要有一个人的脸；大家开始研究一切熟人的面孔，因为一个也不合适，所以就算搁下了。就是这样。我不明白，尼古拉·阿尔达里昂南奇为什么忽然记起这桩事，把它搬了出来？当时是可笑的，即兴的，但现在看来，却完全没有意思了。”

“因为又暗示着一种新鲜的、恶毒的、可气的愚蠢把戏了。”丽萨魏达·博罗可菲耶夫娜说。

“这里面没有什么愚蠢把戏，只有深深的敬意。”阿格拉耶完全出乎意料地用庄重的、严肃的声音说。她已经完全恢复了原状，把以前的窘态压下去了。不但如此，如果你看一看她，从某些特征上可以看出，她现在对这玩笑开得越来越大是很高兴的。她的整个变化，是在公爵越来越厉害的困窘暴露得极明显的一瞬间发生的。

“一会儿笑得像个疯子，一会儿又说什么深深的敬意！疯子！敬意是什么？你现在说说吧，为什么你没头没脑地来个深深的敬意？”

“深深的敬意就是因为，”阿格拉耶还是很庄重、很严正地回答她母亲怒气冲冲的问话，“就是因为这首诗里描写了一个人，他具有理想，在找到理想之后，又能够相信它，在相信之后，又能够盲目地把生命贡献给它。在现在的时代，是难以遇见这种人的。那首诗并没有说出‘贫穷的骑士’的理想究竟是什么，但是显然这是一个光明的形象、‘纯美的形象’，那个陷入情网的骑士竟用佛珠代替了围巾，套在自己的脖子上。还有一种莫名其妙的暗号——A. M. Б. 三个字母，画在他的盾牌上……”

“A. M. Д.”郭略更正说。

“我说是A. M. Б.，我要这样说。”阿格拉耶恼怒地说，“无论怎样说，很明显，这个贫穷的骑士是满不在乎的。他不管爱人是谁，也不管她做什么事情。只要他选中了她，相信她有‘纯洁的美’就够了，以后便会崇拜她一辈子。他的本领就是，即使她以后做了小偷，他还是要相信她，为她那纯洁的美折断枪矛。诗人大概是想把一个纯洁而高尚的骑士的中古世纪的、骑士风的、柏拉图式的爱情所有的真谛都添到一个光辉的形象里去。自然，这一切全是理想。但是在‘贫穷的骑士’的身上，这种情感已经达到最高阶段，达到了禁欲主义。我们应该老实说：一个人能够产生这样的情感，那就有极大意义了，这样的情感会使人具有极丰富的、极可赞扬的品质。至于堂吉诃德，那更不必说了。‘贫穷的骑士’就是堂吉诃德，不过是正经的，而不是滑稽的。我起初不够了解，所以笑他，现在却喜爱这个‘贫穷的骑士’，主要是尊敬他的业绩。”

阿格拉耶说完了。大家看她的样子，竟很难了解她说的究竟是正经话，还是笑话。

“那就是一个傻瓜，连他和他的业绩都是的！”将军夫人说，“你的话很无聊，你竟发了一大套议论。据我看，这对你是不大合适的。总而言之，是不相宜的。什么诗？你念出来吧，你一定会背诵的！我一定要知道这首诗。我早就知道，我一辈子最不喜欢诗。公爵，看在上帝的分儿上，忍耐一下，咱们俩只好共同忍耐一下吧。”她带着十分恼怒的样子，对列夫·尼古拉耶维奇公爵说。

列夫·尼古拉耶维奇公爵本想说什么话，但是由于自己还很困窘，连一句话也说不出来。只有那发“议论”大放厥词的阿格拉耶，却不但丝毫不感到惭愧，而且高兴起来。她当时站起来，照旧严肃而且庄重地，带着一种似乎早已预备停当、只待别人邀请的神气，走到平台中央，站在公爵的对面。公爵还坐在沙发上面。大家全很惊讶地看着她，施公爵、她的姐妹、母亲，大家几乎都带着不很愉快的心情，观看这种新鲜的、正预备开始的淘气行为——无论如何有些闹得太过火的淘气行为。但是很显然，阿格拉耶喜欢她在开始读诗仪式时那种装腔作势的样子。丽萨魏达·博罗可菲耶夫娜很想把她撵回原来的座位，可是，当阿格拉耶刚刚开始朗诵著名诗歌的时候，恰巧有两个新客人，一面大声说话，一面从外面走进了平台。一个是伊凡·费道洛维奇·叶潘钦将军，随在他后面的是一个青年。当时发生了小小的骚动。

第七章

随将军同来的那个青年有二十八岁模样，身材高大，体格匀称，脸很漂亮，显得很聪明，两只大黑眼睛闪耀着机智与嘲笑的光辉。阿格拉耶连看也不看他一眼，继续读诗。她带着装腔作势的神情，只看着公爵一个人，只对他一个人读。公爵明白，她之所以这样做，是别有用意的。但是，新来的客人至少稍微改变了他那难堪的地位。他一看见那两个人，就站起来，从远处很有礼貌地向将军点头，做出不要打断朗诵的手势。他自己趁此机会溜到沙发后面，把左手靠在椅背上，继续倾听那首诗歌。他现在保持着比较轻松的姿势，不像坐在沙发上那样“可笑”了。丽萨魏达·博罗可菲耶夫娜也用命令的姿势向走进来的人们挥了两次手，吩咐他们止步。顺便提一下，公爵对于伴将军同来的新客人露出了极大的兴趣，他很明确地猜出这个人就是叶夫格尼·柏夫洛维奇·拉道姆司基。他已经听到这个人的许多事情，而且想过不止一次了。只有这个人穿的便服使他惶惑不解，因为他听说叶夫格尼·柏夫洛维奇是个军人。在朗诵诗篇的全部时间内，新客人的唇上都浮现出嘲笑的神情，好像他已经听见过关于“贫穷的骑士”的一些话语。

“也许是他自己想出来的。”公爵暗自想道。

但是，阿格拉耶的情形却完全不同了。她把开始朗诵时那种矫揉造作的态度遮掩过去，露出严肃的神情，好像深深体会诗作的精神与意义的样子。她用深刻的意义和极度的真诚读出诗篇的每一个字，在读完时不但引起大家的注意，而且因为她传达出了诗歌的崇高精神，就表明她庄严地走到平台中央，过于装腔作势的神情也有一部分的理由了。从这种郑重其事的态度里，现在只能看出她对自己所要传达的东西是如何无限地，甚至是天真地尊敬着。她的眼睛闪着光辉，她的俊俏面孔上两次轻轻浮现出（几乎看不出）由于兴奋和喜悦而哆嗦的样子。她这样朗诵道：

世间有个贫穷的骑士，
天性沉默而纯真，
脸上虽然阴郁、苍白，
但他具有勇往直前的精神。

他心里怀抱着
一个莫名其妙的幻想，
他心里铭刻着
一个非常深刻的印象。

从此他的心像被烈火燃烧，
对女人不再去看一眼，
他至死也不愿意
和任何的女人交谈。
他把佛珠套在颈上
用它来代替围巾，
他从来没有揭开

自己脸上的钢铁面甲。
他充满了纯洁的爱情，
他忠实于甜蜜的幻想，
他把A. M. Д. 三个字母
用自己的鲜血写在盾上。
英勇的武士们，
在巴勒斯坦的沙漠上驰骋，
他们高呼贵妇的芳名，
在岩石间冲锋陷阵。

Lumen coeli, sancta Rosa![1]
他粗声粗气地呼喊，
他的声音好像霹雷一般，
把异教徒吓得心惊胆战。
然后他回到辽远的城堡，
度过孤寂的晚年，
无声地，悲惨地，
在疯狂中归了天。

公爵后来忆起这段时间，许久都感到异常困窘，为他所不易解决的一个问题所苦恼：怎么能够把真实美好的情感与明显的、恶毒的嘲笑联结在一起呢？他毫不怀疑其中有嘲笑的成分存在；他对这一点很清楚，而且有确实的根据，就是当阿格拉耶诵诗时，竟将A. M. Д. 三个字母读成了H. Ф. Б. 三个字母[2]。他绝对相信（而且后来也得到证明），他并没

1 拉丁文：天空的光辉，神圣的罗萨！
2 为娜司泰谢・费里帕夫娜-巴拉士柯娃第一个字母。

有弄错，也不是听错了。总而言之，阿格拉耶的举动，虽然是开玩笑，但她是故意开这样一个过于尖刻、轻浮的玩笑的。在一个月以前，大家就谈论过（也曾经“笑过”）这个“贫穷的骑士”了。但是，后来公爵无论怎样回忆，都觉得阿格拉耶在说出这三个字母的时候，不仅没有任何开玩笑或者嘲笑的样子，而且也没有着重读出这三个字母，以便明显传达出其中所隐含的意义。恰恰相反，她始终用一种严肃和天真烂漫的态度，使人以为这三个字母原来就在诗歌里，书上就是这样写着的。公爵很痛苦，很不舒服。丽萨魏达·博罗可菲耶夫娜自然没有了解，也没有觉察到字母的更换和暗示的意思。伊凡·费道洛维奇将军只知道是在朗诵一首诗而已。在其余的听者中，有许多人都明白了这种大胆的举动和其中包含的用意，心里非常惊异，可是他们没有说话，努力不显露出来。叶夫格尼·柏夫洛维奇不仅明白（公爵敢对这一点打赌），而且竭力做出已经明白的样子：他带着极端嘲弄的神情笑了一下。

“这多么好呀！”朗诵刚刚完毕，将军夫人就带着真正陶醉的样子喊道，“这是谁作的诗？”

“Maman，这是普希金的诗。您不要使我们害臊，这真是难为情！”阿台拉意达喊道。

“有了你们这般女儿，我不成为傻子，那才奇怪哪！”丽萨魏达·博罗可菲耶夫娜很悲苦地回答说，“真是羞耻！我们一回家，就把普希金的诗给我看！”

“但是，我们家里似乎没有普希金的诗。”

“自从很早的时候起，”阿历山大拉补充说，“就有两本破书扔在什么地方。”

“我们要立刻派人到城里去买，派费道尔或阿历克赛去。阿格拉耶，你到这里来！你吻我一下，你读得很好。但是，假如你是诚恳地读的，”她轻声说，“我为你惋惜；假如你是带着嘲笑的口吻读它，那么我不赞成你的情感，所以你最好是完全不去读它。你明白吗？你去吧，小姐，我还有话和你谈，不过我们坐得太久了。”

这时候，公爵向伊凡·费道洛维奇将军寒暄，将军把叶夫格尼·柏夫洛维奇·拉道姆司基介绍给公爵。

“我在路上遇到了他，他刚下火车；他知道我到这里来，我们的人都在这里……”

“我也听说您在这里。”叶夫格尼·柏夫洛维奇插嘴说，“因为我早就想找一个适当的机会，不但要和您相识，而且要和您成为朋友，所以我不愿意错过这个良机。您不舒服吗？我刚才知道……”

“我的身体很健康。我很高兴和您认识。我听到过您的许多事情，甚至和施公爵谈起您。”列夫·尼古拉耶维奇一面去握手，一面回答说。

两人互相说过了客套话，互相握过了手，又对看着。在转瞬间，大家都加入谈话里来。公爵觉察出（他现在对于一切事物都很迅速而且急切地加以注意，甚至会觉察出完全不存在的东西）：叶夫格尼·柏夫洛维奇的便服引起了大家的极度惊异，一时之间，其余一切的印象都被忘得干干净净了。可以推测出，这样更换服装是含有特别重要意义的。阿台拉意达和阿历山大拉很惊疑地盘问着叶夫格尼·柏夫洛维奇。他的亲戚施公爵怀着极大的不安；将军很兴奋地说着话。只有阿格拉耶一个人好奇地，但是非常安静地看了叶夫格尼·柏夫洛维奇一会儿，似乎只想比较一下军服和便服到底哪一种他穿着最相宜，过了一分钟，她扭过身去，不再看他了。丽萨魏达·博罗可菲耶夫娜也不想问什么，不过，她也有点儿不安。公爵觉得叶夫格尼·柏夫洛维奇似乎在她身边失了宠。

“他真使我吃了一惊！”伊凡·费道洛维奇反复回答大家的问话说，“我刚才在彼得堡遇见他的时候，真不相信就是他。为什么这样突如其来？这真是一个疑问！他自己常常嚷，说不可随便砸破自己的饭碗。”

从后来的谈话里知道，叶夫格尼·柏夫洛维奇老早就说过他想要辞职的话，但是每次说的时候并不正经，使人不能相信他。再加上当他谈正经事的时候，他总爱开玩笑，因此很难弄清楚他的意思，他自己不愿意让人家弄清楚的时候更是这样。

“我的退职是暂时的，几个月，至多一年。”叶夫格尼·柏夫洛维奇笑了。

“您完全没有这种必要，我至少知道您的情况。”将军更加激昂地说。

“但是，怎样到领地去巡视一番呢？您自己劝过我呀。而且，我还想到国外……”

大家很快地变换了话题，但是根据公爵的视察，那种过分特别的、还继续存在着的不安跌出了应有的范围，其中一定有特殊的原因。

“这样说，‘贫穷的骑士’又登场了吗？”叶夫格尼·柏夫洛维奇走到阿格拉耶身边，问她。

公爵感到惊讶的是，她莫名其妙地看了他一眼，似乎想要告诉他说，他们不可能谈到“贫穷的骑士”，她甚至不明白他的问话的真意。

“现在派人到城里去买普希金的诗集，那太晚了！太晚了！”郭略竭力和丽萨魏达·博罗可菲耶夫娜争论说，“我对您说过几千遍了，已经晚了。”

“是的，现在打发人到城里去的确晚了。”叶夫格尼·柏夫洛维奇连忙离开阿格拉耶，参与到这里来了，“我想彼得堡的书店已经关了门，现在已经八点多了。”他说着，掏出一只表来。

“您既然等候了这许久，也可以忍耐到明天呀。”阿台拉意达插嘴说。

“而且，高等社会的人太注意文学，这也不大体面。”郭略说，“您问一问叶夫格尼·柏夫洛维奇吧。最体面的是注意红漆轮子的黄色马车。”

“您又从书本里偷几句话来说啦。”阿台拉意达说。

“他说话总是掉书袋的。”叶夫格尼·柏夫洛维奇抢上去说，“他从批评文章中借用整个的语句。我老早就有听尼古拉·阿尔达里昂南奇谈话的荣幸，但是这一次，他不是从书本上偷来的。尼古拉·阿尔达里昂南奇显然是指着我那辆红漆轮子的黄色马车说的。不过我已经换掉了，您说得晚了一点儿。”

公爵倾听叶夫格尼·柏夫洛维奇所说的话……公爵觉得叶夫格尼·柏夫洛维奇态度大方，谦虚而活泼，特别喜欢他用完全平等的、友好的口吻和嘲笑他的郭略讲话。

“这是什么？”丽萨魏达·博罗可菲耶夫娜对莱白及夫的女儿魏拉说，魏拉站在她的面前，手里拿着几本大书，装订得很漂亮，有八九成新。

“普希金的诗集。”魏拉说，“我们的普希金。爸爸叫我送给您。”

“那怎么行？那怎么行？”丽萨魏达·博罗可菲耶夫娜惊异了。

“并不是送礼，并不是送礼！我不敢这样！”莱白及夫从女儿肩后跳上前来，“照价算钱！这是我家祖传的藏书，安年柯夫[1]版的《普希金全集》，现在买不到这个版本。可以照价算钱。我极恭敬地给您拿来，想把它卖给您，借此满足您这种高尚的欣赏文学的欲望。”

“如果您想卖，多谢。您放心好了，我不会让您吃亏。不过，先生，请您不要装腔作势。我听见人家说起您，都说您读过许多书，等以后有机会，我们要好好谈一下。您自己把书给我送去吗？”

“我极虔诚地……极恭敬地给您送去！”莱白及夫一面扬扬得意地扮着鬼脸，一面从女儿手里抢下书来。

“喂，您千万不要弄丢一本！给我送去吧，不必极恭敬的也行。不过，只有一个条件。”她仔细打量着他，补充说，“只许到我家门口，今天我不打算接待您。至于您的女儿魏拉，您现在打发她来都可以，我

1　安年柯夫（1812—1887），俄国批评家，1850年编印《普希金全集》，为普希金的文学遗产奠定了科学研究的基础。

很喜欢她。”

“您怎么不讲那几个人呢？”魏拉不耐烦地对父亲说，“这样弄下去，他们会闯进来闹乱子。列夫·尼古拉耶维奇，”她对公爵说，那时公爵已经拿起帽子，“有几个人求见您，一共是四个人，在我们的屋子里等您已经有好半天了，骂骂咧咧的，可是我父亲不许他们上您这里来。”

“来的是什么人？”公爵问。

“他们说有事见您。不过，他们那种人是这样的，假如您现在不放他们进来，他们就会在路上拦阻您。列夫·尼古拉耶维奇，您最好放他们进来，以后再赶他们出去。篰佛里拉·阿尔达里昂南奇和波奇成在那里劝他们，他们不肯听。”

“伯夫里柴夫的儿子！伯夫里柴夫的儿子！不必，不必。”莱白及夫挥手说，“不必听他们的！而且，高贵的公爵，您为这件事操心也有点儿不体面。真是的。他们是不配的……”

“伯夫里柴夫的儿子！我的天呀！”公爵喊道，露出异常困窘的样子，“我知道……但是我……我把这件事情委托给篰佛里拉·阿尔达里昂南奇去代办了。刚才篰佛里拉·阿尔达里昂南奇对我说……”

但是篰佛里拉·阿尔达里昂南奇已经从屋内走到平台上来，波奇成跟在后面。可以听见临近一间屋内的喧嚷声和伊伏尔金将军洪亮的声音，他的声音好像要把几个声音一齐压下去。郭略立刻向喧嚷的地方跑去。

“这倒很有趣！”叶夫格尼·柏夫洛维奇大声说。

“如此来说，他是知道这件事情的！”公爵心里想。

“伯夫里柴夫的哪一个儿子？又……怎么会出来一个伯夫里柴夫的儿子？”伊凡·费道洛维奇将军莫名其妙地问。他带着好奇的目光打量大家的脸，很惊异地看出来，这桩新鲜事只有他一个人不知道。

真的，大家都露出兴奋和期待的样子。公爵非常惊异，这件事完全是他个人的私事，为什么会使大家发生这么大的兴趣？

“假如您现在亲自去了结这件事情，那就太好了。”阿格拉耶说，她带着特别正经的样子走到公爵身边，“请容许我们大家给您做证人。公爵，人家想糟蹋您的名誉，您必须很庄严地保卫自己，如果您这样，我预先为您感到万分高兴。”

“我也愿意让这件龌龊的勒索案件早点儿了结。”将军夫人喊道，“公爵，你好好来一下，不要饶恕他们！人家议论这件案子，把我的耳朵都听聋了。我为您费尽了许多心血。再说，看一看他们也是很有意思的。你叫他们进来，我们可以坐下。阿格拉耶的主意很好。您听见人家说过这件案子吗，公爵？”她对施公爵说。

“自然听见过，就是在府上听说的。不过，我倒很想看看这班青年人。”施公爵回答说。

“他们就是虚无派吗？”

“不，他们并不见得是虚无派。”莱白及夫向前跨了一步，他惊慌得几乎打哆嗦了，“这是另一派，是特别的一种。我的外甥说他们比虚无派还跑得远。您不必想有您在旁边做见证，就会使他们感到惭愧，他们绝不会觉得惭愧。虚无派有时到底还是有知识的人，甚至是有学问的人，可是这帮人却差得很远，因为他们首先是做生意的人。这是虚无主义的一种后果，但是，他们所走的，不是一条直路，而是道听途说；他们并不在报刊上发表文章，而是采取实际的行动。譬如说，他们讲的并不是普希金作品的某个地方没有意义，也不是讲的俄国必须分成几部分。不是的，他们现在认为当然的权利是：假如你想得到什么东西，那么，任何障碍都不能阻挡你，哪怕杀死八个人也可以。不过，公爵，我反正不劝您……”

但是，公爵已经去为客人开门了。

“你这是诬蔑造谣，莱白及夫。”他微笑着说，“您的外甥使您感到很不愉快。您不要信他的话，丽萨魏达·博罗可菲耶夫娜。我对您说，戈尔司基和达尼洛夫一般人不过是偶然的……他们只是有点儿……错误……不过我不想在这里，当着大家的面来见他们。对不住，丽萨魏达·博罗可菲耶夫娜，他们进来以后，我给您看一下，然后就领他们出去。诸位，请进来吧！”

他想起另一桩事，心里非常不安。他突然产生了一个念头：是不是有人预先安排这件事情，使它恰巧在这个时候发生，使这些证人都看到他得到预期的耻辱，而不是胜利了？但是，他为了这种“稀奇古怪的疑心病”觉得十分烦恼。他觉得，假如有人知道他心里生出这个念头，他一定会死去的。当他的新客人走进来时，他很诚恳地准备承认在周围的人们中间，他在道德方面是最落伍的人。

走进五个人来，四个是新客，另一个跟在他们的身后，就是伊伏尔金将军。将军露出非常激烈的态度，他心里很慌乱，正在极力发挥雄辩的才能。“这个人一定拥护我！”公爵微笑着想道。郭略随着大家溜了进来。他和访客中的伊鲍里特热烈地说着话。伊鲍里特一面听，一面冷笑。

公爵请大家坐下。这些客人都很年轻，甚至没有成年，他们使人对这些事情的发生和随之出现的那一套礼仪都感到很惊异。譬如，伊凡·费道洛维奇·叶潘钦对于这个“新案件”一点儿也不明白，一点儿也不知道，他看着那些客人如此年轻，心里竟愤恨起来；假如不是他的夫人对公爵的私人利益那样奇怪地热心，使他不便开口，他一定早就提出抗议了。他仍旧留在那里，这一部分是由于好奇心的驱使，一部分是由于慈悲，甚至想帮点儿忙，在万不得已的时候，也可以利用一下自己的权威。但是伊伏尔金将军走了进来，远远地向他鞠躬，这又使他愤怒起来了。他皱紧眉头，决定一言不发。

在四个年轻访客中间，有一个已经三十来岁，他是一个退伍的“中尉，属罗果静一伙，拳术家，当年曾给乞丐每人十五个卢布”。大家猜得出，他到这里来是为了给其余的人撑腰，以知己朋友的资格，必要时来帮帮忙。在其余的人们中间，站在最前面的主要角色就是被称作“伯夫里柴夫的儿子”的那个人，不过，他自称安其帕·蒲尔道夫司基。这个人年纪很小，穿戴很寒酸，而且不整齐。常礼服的袖口尽是油污，磨得像镜子一样明亮。油污的背心一直扣到脖子上面，没有露出衬衫的影子。他那条黑丝围巾脏得无以复加，而且拧成了一条麻绳。他的手没有洗，脸上有许多疙瘩。他的头发是金黄色的，如果可以这样形容的话，他的眼神是天真而傲慢的。他的个子不矮，但是很瘦，年纪有二十二岁。他的脸上没有一点儿讥讽或反省的表情：相反的，他对自己的权利显出十分陶醉的样子，同时他不断有一种奇怪的需要，就是受侮辱，而且经常感到自己在受侮辱。他说话时很惊慌，匆促而且口吃，似乎说不出完整的话来，好像一个大舌头或者外国人似的，其实他是纯粹的俄罗斯人。

伴他同来的那两个人，一个是读者已经熟悉的莱白及夫的外甥，另一个是伊鲍里特。伊鲍里特是个很年轻的人，有十七八岁，他的脸显得很聪明，然而时常浮现出恼怒的表情，疾病在他的脸上留下了可怕的痕迹。他瘦得只剩了骨头架子，皮肤发黄，眼睛炯炯有光，两颊各有一个红斑点。他不停地咳嗽；他每说一句话，甚至每呼吸一下，都要喘息。可以看出，他的肺病已经到了最危险的程度。他好像活不到两三个星期了。他很疲乏，首先坐到椅子上。其余的人走进来的时候，都有点儿拘束，几乎带着惭愧的神情。但是，他们显然怕丢面子，摆出了很庄严的样子，这和他们经常否认交际场上的一切无益细节和一切偏见、否认自己利益以外的一切东西那种名声非常不调和。

“安其帕·蒲尔道夫司基。”“伯夫里柴夫的儿子”匆忙地、结结巴巴地说。

“佛拉地米·陶克达连阔。”莱白及夫的外甥用很明晰的声音自我介绍说，他似乎在夸耀姓陶克达连阔。

“开历尔！”退伍中尉喃喃地说。

“伊鲍里特·帖连奇耶夫。”最后一个人突如其来地尖声说。然后，大家坐在公爵对面的一排椅子上。他们在自我介绍以后，立刻就皱起眉毛，为了壮声势，都把自己的帽子从这只手移到另一只手上。大家都预备说话，但是大家都默不作声，用挑战的神色期待着什么。从这种神色里可以看出：“不，老兄，你在撒谎，你不要骗我！”令人感觉到：只要有人开始说出第一句话来，大家立刻就会一起说话，互相抢先，互相打岔。

第八章

“诸位，我料不到你们会来，”公爵开始说，“我到今天还生着病，您的那件事情（他对安其帕·蒲尔道夫司基说），在一个月以前，我就委托笳佛里拉·阿尔达里昂南奇·伊伏尔金办理，当时也通知过您了。我自然可以亲自解释一番，不过，您大概也同意在这时候……我请您和我到另外一间屋子里去，假如时间不长的话……我的朋友们现在都在这里，您要知道……”

“朋友……随便多少都行，不过，请允许……”莱白及夫的外甥忽然用严厉教训的口吻插嘴说，不过还没有完全提高嗓音，“请允许我们声明一下，您应该对我们客气一点儿，不要让我们在您的下房里等候两小时……”

“自然啦……我可……这是公爵的派头！这……您也许是将军！我可不是您的仆人！我可，我……”安其帕·蒲尔道夫司基突然特别激动地说，他的嘴唇哆嗦着，声音带着怒气，嘴里飞出唾沫。他说出这些话时好像连珠炮一般，非常急促，令人琢磨不到他的意思。

“这是公爵的派头！”伊鲍里特用尖锐的声音喊道。

“如果对我也是这样，”拳术家喃喃地说，“也就是说，如果与我这个体面人物有直接关系，如果我处在蒲尔道夫司基的地位上……我……”

“诸位，我刚刚知道你们到这里来，这是实在的。”公爵又说了一遍。

“公爵，我们不怕您的朋友们，不管他们是什么人，因为我们是有权利的。”莱白及夫的外甥又声明了一句。

“请问您，您有什么权利，”伊鲍里特又尖声喊叫起来，这时他已经十分愤怒了，“把蒲尔道夫司基的案件放在您的朋友们面前裁判呢？我们不愿意您的朋友们来裁判；您的朋友们的裁判会有什么意义，那是很容易了解的！……”

“蒲尔道夫司基先生，假如您不愿意在这里说话，”公爵对于这样的开端吃了一惊，他好容易才插进话去，“那么我对您说，我们立刻可以到另一间屋子里去，至于你们诸位的光临，我再重复说一遍，我是刚刚听到的……”

“但是，您没有权利，您没有权利，您没有权利！……把您的朋友们……是的！……”蒲尔道夫司基忽然又喃喃地说，他很粗野，又很畏惧地向四周环顾了一番，他越不相信人，越不好意思，火气也越大起来，“您没有权利！”他说完这句话以后，猝然停止了；他默默地瞪着那双近视的、向外凸出的、带着很粗的红丝的眼睛。他带着疑问的神情盯着公爵，把整个身子向前弯。这一次公爵非常惊异，他也沉默了，瞪大眼睛，说不出一句话来。

“列夫·尼古拉耶维奇！”丽萨魏达·博罗可菲耶夫娜忽然招呼他，“你现在读一读，立刻读，这与你的事情有直接关系。”

她匆忙地把一张滑稽性质的周报递给他，并指点着上面的一篇文章。在客人刚走进来的时候，莱白及夫就从侧面跳到丽萨魏达·博罗可菲耶夫娜身边（他极力巴结将军夫人），一句话也不说，就从旁边的口袋里掏出这张报纸，一直放到她的眼前，用手指着圈出来的一栏文字。丽萨魏达·博罗可菲耶夫娜读罢，感到非常惊讶和慌张。

“最好不要大声读。”公爵十分惭愧，喃喃地说。

“让我一个人读……以后……”

“那么你来读，立刻就读。大声读！大声读！”丽萨魏达·博罗可菲耶夫娜对郭略说，公爵刚刚摸到报纸，她就不耐烦地从公爵手里把它抢走了，“对大家念出声，使每个人都听得见。”

丽萨魏达·博罗可菲耶夫娜是个火气很大的、易动感情的女人，她有时一下子，连想也不想，就拔起所有的铁锚，不管天气好坏就开到大海里去。伊凡·费道洛维奇很不安地移动了下身体。当大家最初不由自主地停了一下、很惊疑地等候着的时候，郭略就打开报纸，开始从莱白及夫跳过来指给他看的地方朗诵道：

贫民与贵裔。行动无异白昼抢劫！前进！革新！公理！

在我们所谓神圣的俄国国内，在我们凡百革新，股份公司企业鼎盛的时代，在民族运动风起云涌和每年外溢数亿卢布的时代，在鼓励实业和压制劳工的时代，等等（诸位，这里读不尽许多，还是言归正传吧），出了稀奇古怪的事情。一个过去的贵族阶级（de profundis![1]）的后裔发生了稀奇的笑话。这类名门后裔的祖父在轮盘赌上输光了银钱，父亲不得不服军役，充当士官候补生和中尉，他们照例为了对公款有些天真的误算，死在监狱里面。他们的孩子就像我们这个故事里的主角，长大时不是成为白痴，便是成为刑事犯，被捕下狱，不过裁判官会对他们判决无罪，希望他们改过自新；也有的闹出一些笑话，轰动世人，玷辱我们这个本来就已经可耻的时代。我们这位名门后裔，在半年前穿了外国式样的鞋套，一点儿也没有衬里的

1 拉丁语：从深处。——编者注

大鳖，冬天从瑞士回到俄国。他在瑞士治疗白痴病（sic![1]）。说老实话，他的时运亨通，为了有趣的疾病而到瑞士去治疗这一点固不必提，（请想一想，白痴病能治疗吗？）他能够证明俄国谚语“贵人自有福”是完全正确的。你们自己判断一下：当我们这位男爵的父亲故去时，男爵还是一个婴儿，据说他的父亲是个中尉，为赌牌输光了全连的公款，入狱而死；也许是由于鞭打下属过分而吃了官司（读者诸君，你们必须记住这是旧时代的情形！）。当时有一位家财万贯的俄国地主发了慈悲，将我们这位男爵收养下来。这位俄国地主——我们姑且称他为伯——在从前的黄金时代拥有四千农奴，（农奴！诸位，你们了解这几个字吗？我不明白。应该查一查详解辞典：“传说虽然新鲜，但已很难置信。”）他显然是俄国的懒人和食客之一，在国外闲度岁月，夏天在水上，冬天在巴黎Chateau-de-Fleurs，一辈子在那里挥霍无数的金钱。我们可以肯定地说，以前农奴所缴纳的租税，至少有三分之一落入巴黎Chateau-de-Fleurs老板的腰包了。（他真是个有福气的人！）无论怎样说，无忧无虑的伯总算把这位高贵的孤儿教养得如同一个公爵，为他雇用男教师和女保姆（当然都是美貌的），是他自己顺便从巴黎带来的。但是，族内最后的后裔是一个白痴。Chateau-de-Fleurs的保姆爱莫能助，所以我们这位学生到二十岁还没有学会任何一种语言，连俄文也不例外。最后一点是情有可原的。后来，伯的俄国农奴式脑筋忽然异想天开，就是要在瑞士教养白痴，使他成为一个聪明的人。这个幻想是合乎逻辑的，因为懒惰的资本家自然会想象出，只要有钱，就可以在市场上买到智慧，尤其是在瑞士。于是，这位白痴就在瑞士的一个著名教授那里治疗

1 拉丁语：是这样的！——编者注

了五年，用去了好几千卢布。白痴当然没有成为聪明的人。不过，听人家说，他总算勉勉强强有一点儿人形了。伯忽然得暴病身亡，当然也没有留下任何遗嘱。他的事业照例弄得乱七八糟。贪婪的继承人来了一大堆，他们丝毫也不顾及在瑞士治疗白痴病的那位最后的贵族后裔。这位贵族后裔虽然是个白痴，但是他却隐瞒了恩人死亡的消息，骗过教授，据说在教授那里白治了两年病。不过，教授也是个相当厉害的人物，他看见这位二十五岁的食客囊中空空如也，食欲又很旺盛，不禁害怕起来，便给食客套上自己的旧鞋套，又送给他一件破大氅，并以慈悲为怀，打发他乘三等车nach Russland[1]，一脚把食客踢出了瑞士。我们的主人好像有些流年不利。不过，事实并非如此。幸运之神宁愿看好几省的人民活活饿死，而把它的一切恩惠都赐予这个贵族，好比克雷洛夫所写的“乌云”，它从干旱的田地上空驰过，而在海洋上空下雨。就在他从瑞士回彼得堡的那个时期，他母亲的一个亲戚（他母亲自然是商人出身），在莫斯科死去了，这个亲戚无儿无女，一辈子经营商业，胡须蓄得很长，信奉旧教，死时留下几百万财产，全是无可争论的、圆圆的、干净的现款，全部归给我们的贵族后裔，全都归给在瑞士治白痴的那位男爵了！（读者，你我如果能得到这笔财产该多么好！）男爵得到遗产以后，情况顿时完全不同了。我们这位套着鞋套的男爵的周围。忽然聚集了一大群朋友，而男爵本人也拼命追求起一个著名的、美丽的暗娼来了。他的身边还出现了亲戚，大群的名门闺秀。这般小姐拼命想要出嫁，这位男爵是再好也没有的对象了：贵族，财主，而且是个白痴。他兼备许多资格，打灯笼都找不到这样的丈夫，定制都没有这样合适的！……

1　德语：回俄国。

"这个……这个我就不明白了！"伊凡·费道洛维奇气愤不平地喊道。

"别念啦，郭略。"公爵用哀求的声音喊道。四面都发出了呼喊。

"读下去！无论如何要读下去！"丽萨魏达·博罗可菲耶夫娜厉声说，她显然在极力忍住自己的怒火，"公爵！假如您不让他读，咱们是会吵嘴的。"

没有办法。郭略异常兴奋，涨红了脸，用慌张的声音继续读下去：

但是，正当我们这位暴发户处于极乐世界的时候，竟节外生枝，发生了一桩另外的事情。一天早上，有一位访客来见他。这位客人带着平和与严肃的脸色，说话很客气、体面，而且公正，衣裳朴素大方，思想显然有进步的倾向，他用三言两语解释了来访的原因：他是一个著名的律师；一个青年人委托他办理一件案子，他代表那个青年前来访问。这青年人就是去世的伯的儿子，虽然他用的是另一个姓。伯是个好色之徒，青年时曾经勾引过一位贞洁的、贫穷的女郎——她本来是一个女仆，但是受过欧洲的教育（这自然与过去时代农奴制度中贵族享有的权利有关）。当男的看出这段姻缘不久就要产生不可避免的后果时，就连忙把她嫁给一个在政界服务过的商人，这个人性格高尚，而且早就爱上了那位姑娘。伯起初还帮助这一对新婚夫妇，但是由于新郎性格高尚，不久就拒绝接受他的帮助了。过了一些时候，伯渐渐忘掉了这个女郎，也忘掉了他和女郎生下的儿子。后来，当他死去的时候，我们大家都知道，也没有留下什么遗嘱。他的儿子是在女郎嫁人后生出来、用别人的姓长大的，幸好他母亲的丈夫性格高尚，承认他是自己的儿子，但是，母亲的丈夫后来也死了，他只好自己维持生活，而且在边远的外省还有一个多病多灾的、卧床不起的母亲。在京城里每天出卖高尚的劳力，在商人家里教书糊口。最初他在中学读书，以后为了前途发展，又去旁听对自己有益的专门课程。但是，在俄国商人家里教书，每小时赚不了几个钱，而且还要赡养卧在病床上起不来的母亲。就算母亲在边远的省份死去，他也不会感到轻松。现在有一个问题：我们的贵族后裔应该怎样下公正的判断呢？诸位读者，你们一定以为他会对自己说："我一生都受伯的恩惠；他为了教育我，为了聘请保姆和治疗白痴，在瑞士花去了几万卢布。现在我自己拥有百万家私，而具有高尚性格的伯的儿子却在教授功课上浪费自己的年华。实际上，他对于那轻浮的、把他遗忘的父亲的一切行为是没有任何责任的。他父亲在我身上用去的一切，按道理讲，都应该用在他的身上。为我所花的那笔巨款，实际上并不是我的。这只是命运之神的盲目错误，这些钱应该由伯的儿子享用。这些钱应该花到他的身上，而不应该像轻浮而善忘的伯那样任意胡来，花在我的身上。假如我为人非常高尚，有礼貌，公平正直的话，我应该将我所继承的财产分一半给他的儿子；但是，因为我这个人最好打算盘，我很明白这件事不是法律问题，所以我不能将百万家私分出一半去。假如我现在不把伯为治疗我的白痴病而用去的几万卢布归还给他的儿子，那么，至少我显得过于卑鄙无耻（贵族后裔忘记了这样做是不划算的）。这里唯有良心与公理！如果伯当时不教养我，而去照顾自己的儿子，我将成为什么样的人呢？"

但是不对的，读者诸君！我们的贵族后裔并不这样判断。那位青年人的律师纯粹为了友情，才来替他办理这件事情，差不多违反了他的意志，差不多带有强制的性质。但是，律师无论对他怎样讲，怎样向他指出应该顾全名誉、爱护体面和公理，打好普通的算盘，这位瑞士留学生始终不为所动。结果如何呢？其实这也没有什么。最不可恕且不能用任何有趣的疾病加以解释的是，这位刚刚扔掉鞋套的富翁竟不能了解那个性格高尚、在教书中葬送一生的青年人对他要求的并不是恩惠与帮助，而是自己的权利，虽然不是法律上的，却是应得的权利。这甚至并不是他自己的要求，而是朋友们替他提出来的。我们这位贵族后裔自高自大、恃财欺人，竟出五十卢布的钞票，傲慢无礼地用施舍的方式送给正直的青年人。你们不相信吗，读者诸君？你们一定会愤慨，你们一定感到受人侮辱，你们一定会气破了肚皮。但是，他已经这样做了！自然，那笔钱当时就还给他了，来个所谓当面掷还。这件事情如何解决呢？这并不是法律问题，现在只好向社会公开宣布了！我们把这段故事向社会宣布，保证完全不是虚构。听说我国有一位著名幽默作家特地做了一首佳妙的讽刺诗，这首诗不仅可以在外省，而且可以在京城的生活随笔中占有相当的地位：

小小的列夫[1]在五年中
穿着施涅台尔[2]的大衣，
尽用些愚傻的游戏，
消磨空虚的时间。
他穿了狭窄的鞋套回来，
得到了百万的遗产，
像俄国人一样祈祷上帝，
却抢劫贫苦的学生。

1 贵族后裔的名字。
2 瑞士教授的名字。

郭略读完以后，连忙将报纸交给公爵，一句话也不说，就跑到角落那里，紧紧贴在墙上，用手掩住脸。他觉得十分惭愧，他那天真的、对于人间龌龊尚未熟悉的灵敏感觉，受到了过分的摧残。他觉得发生了一件不寻常的事情，一切东西都忽然倒塌下来，由于他朗读了这篇文章，他感到自己就是造成这件事情的祸首。

但是，大家也都有类似的感觉。

小姐们觉得很惭愧，很难为情。丽萨魏达·博罗可菲耶夫娜竭力忍住过分的愤怒，她也许在深深地悔恨自己参与了这件事情，现在一言不发。公爵也像那些过于腼腆的人在遇到这类事情时的情况一样：他为别人的行为感到惭愧，他替自己的客人羞愧，最初竟不敢正眼去看他们。波奇成、瓦略、笳纳，甚至莱白及夫——大家似乎都露出一点儿惭愧的神情。最奇怪的是，连伊鲍里特和"伯夫里柴夫的儿子"都有点儿惊讶；莱白及夫的外甥也露出不满意的样子。只有拳术家一个人四平八稳地坐在那里，捻着胡须，露出很庄严的神色，眼睛稍稍下垂，但这并不是由于惭愧，恰恰相反，是由于高尚的谦虚，是由于过于扬扬得意。非常明显，他很喜欢这篇文章。

"这真是胡说八道。"伊凡·费道洛维奇低声说，"好像有五十名奴仆聚在一起，写成了这篇文章。"

"请问您，亲爱的先生，您怎么能用这样的猜度来侮辱人家？"伊鲍里特说，全身颤抖着。

"这，这，这是对待一个正直的……您自己会承认，将军，假如是正直的人，这就是侮辱的行为！"拳术家喃喃地说，不知为什么，他也忽然打了一个冷战，捻着胡须，抽动着肩膀和身躯。

"第一，我不是你们的'亲爱的先生'，第二，我不打算给你们作任何的解释。"伊凡·费道洛维奇非常生气，很严厉地回答说，他从座位上站起来，不发一言，退到平台的出口，立在上面的梯级那里，背朝着众人——他心里对丽萨魏达·博罗可菲耶夫娜感到极为愤懑，而她到现在还不想离开自己的座位。

“诸位，诸位，请容许，诸位，我最后来说一句话。”公爵心烦意乱地呼喊道，“劳各位的大驾，让我们来读一读，互相了解一下吧。关于这篇文章我是无所谓的，去它的吧；不过，诸位，这篇文章里所写的不全是事实。我所以这样说，就是因为你们自己也明白，甚至感到可耻。所以，如果这篇东西是你们中间的哪一位写的，我感到非常惊异。”

“我在此刻之前，并不知道这篇文章。”伊鲍里特声明说，“我不赞成这篇文章。”

“我虽然知道写这篇文章的事情，但是……我也不赞成发表，因为为时还早。”莱白及夫的外甥补充说。

“我知道的，但是我有权利……我……”“伯夫里柴夫的儿子”喃喃地说。

“怎么？这全是你们自己写的吗？”公爵问，好奇地看着蒲尔道夫司基，“但是，这是不可能的！”

“不过，我们不能承认您有提出这类问题的权利。”莱白及夫的外甥插嘴说。

“我只是惊异蒲尔道夫司基先生会参加……但是……我要问一句，您既然要把这桩事情宣布出来，当我刚才向我的朋友们谈起的时候，你们为什么又那样生气呢？”

“对呀！”丽萨魏达·博罗可菲耶夫娜很愤慨地喃喃说道。

“公爵，您还忘记了，”莱白及夫按捺不住，忽然从椅子中间溜了出来，好像发疟疾似的喊叫起来，“您忘记了，您接见他们，听他们说话，只是出于您的善良的意愿和您的无可比拟的善心，他们并没有提出这种要求的权利，何况您已经把这件事情委托篰佛里拉·阿尔达里昂南奇去办理，您这种做法也是出于您过分的善心。现在呢，圣明的公爵，您正和几位高贵朋友谈心，您不能够为了这几位先生而牺牲您的交际机会，您应该立刻把这几位先生撵出去，我作为房东，是非常喜欢您这样做的……”

“这话太对了！”伊伏尔金将军忽然从房屋的深处喊叫起来。

“够了，莱白及夫，够了，够了。”公爵开始说，但是爆发的愤怒的喊叫声将他的话淹没了。

“不行，对不住，公爵，对不住，现在这是不够的！”莱白及夫的外甥比谁喊得都响，“现在我们应该很明确、很坚决地提出这个问题来，因为大家显然没有了解它。这里涉及一些法律上的小关节，而根据这些小关节，我们颇有被撵出去的危险！公爵，难道您认为我们是大傻瓜，您以为我们自己也不明白，我们这件事情并不是法律问题，假如从法律上加以研究，我们没有向您要求一个卢布的权利吗？但是我们明白，即使没有法律上的权利，那还有人类的、自然的权利，常识的权利和良心的声音，即使我们这种权利并没有载在任何人类的腐败法典里，但是一个正直诚实的人，也就是具有常识的人，在法典上没有记载着的那些条目中，还应该成为一个正直诚实的人，因此我们走了进来。我们不怕人家因为我们提出的不是请求而是要求，因为我们在深更半夜作失礼的拜访（我们来的时候还不晚，您让我们在下房里等了许多时间），而把我们撵出去（像您刚才威胁的那样）。我跟您说，我们是毫不惧怕地跑过来，因为我们料到您是一个具有常识的人，也就是有良心和名誉的人。是的，不错，我们走进来时没有露出驯顺的样子，不像那些食客和请求帮助的人们，却是昂着头，像自由的人们一样，我们绝不请求，而提出自由的、骄傲的要求。（您听着，不是请求，而是要求，您要牢牢记住！）我们体面地、直率地在您面前提出一个问题：在蒲尔道夫司基的这个案件里，您认为自己是有理呢，还是无理呢？您是不是承认您受过伯夫里柴夫的恩，甚至是他救活了您的命？假如您承认的话（显然您会承认的），那么，您打算不打算，或者从良心上讲，是不是在取得百万遗产之后，认为应该给这个贫穷潦倒的伯夫里柴夫的儿子（虽然他现在姓蒲尔道夫司基）一点儿相当的报酬？是或不是？假如是的话，换一句话说，假如您果真有像您所常说的名誉和良心，而我们更正确地称为常识的东西，您就应该满足我们的要求，事情也就算了结。您不要希望我们哀求或感谢，就来满足我们的要求吧。您也不必希望我们哀求或感谢，因为您这样做，并不是为了我们，而是为了公理。假如您不想满足我们的要求，也就是回答一个‘不’字，我们立刻就走，事情也就中止进行了。我们要当面对您说，当着您的许多证人的面说，您是一个愚蠢无知和缺乏教养的人；您以后不敢也没有权利自命为有名誉和良心的人，您想用太低的价钱来买下这种权利。我的话说完了。我把问题提出来了。您现在可以把我们赶出去，假如您敢的话。您可以这样做，您有这个力量。但是您要记住，我们是要求，而不是请求，要求而不是请求！……”

莱白及夫的外甥停止了说话，显出十分生气的样子。

“我们是要求，要求，而不是请求！……”蒲尔道夫司基喃喃地说，脸红得像一只虾。

莱白及夫的外甥说完这几句话以后，大家开始了一阵骚动，有人还说了几句怨言。不过，客人们显然都要避免参与这件事情。只有莱白及夫一个人不这样，他好像正发着厉害的疟疾。（奇怪的是，莱白及夫明明帮着公爵，但对于外甥的那套演说却感到几分家族骄傲；至少是带着一些特别满足的神色，向众人扫视了一番。）

“据我看来，”公爵低声说，“据我看来，陶克达连阔先生，在您所说的话里，有一半是完全对的，我甚至是同意有一大半是对的。假如您的话里没有漏过一点儿东西，我可以完全同意您的话。您放过去的究竟是什么，我没有力量，不能够正确地对您说出来，但是为了使您的话完全合理，自然还少些什么。我们现在且讲正事吧。我请问你们，诸位，你们为什么发表这篇文章？这篇文章里句句都是诬蔑。因此，诸位，据我看来，你们做出了极卑鄙的事情。”

“对不起！”

“亲爱的先生！……”

“这……这……这……”宾客中间一下子骚乱起来，发出这些声音。

“关于这篇文章，”伊鲍里特用尖锐的声音抢上去说，“关于这篇文章，我已经对您说过，我和别人全都不赞成！这是他写的。”他指着坐在旁边的拳术家说，“他写得不漂亮，这我同意，他写得不通文理，而且用的是像他那类退伍军官所常用的格调。他很愚蠢，再加上是个商人，这我也同意。我每天当着他的面说这一点。但是，他也有一半是对的：发表言论是每个人的合法权利，蒲尔道夫司基也具有这种权利。他的话荒唐与否，那要由他自己负责。至于我刚才代表大家反对您的朋友在场，我认为必须对你们各位解释一下，我之所以反对，只是为了表明我们的权利，而实际上，我们还希望有证人在场。在我们还没有进来之前，我们四个人就已经同意这一点了。我们不管您的证人是谁，哪怕是您的知己朋友也行，因为他们不能不承认蒲尔道夫司基的权利（这种权利显然和数学公式一般精确），所以如果这些证人是您的朋友，那就更好了，真理是会愈辩愈明的。”

“这话不错，我们同意。”莱白及夫的外甥证实说。

“你们的意图既是如此，那么，在开始谈话的时候，你们为什么又呼喊和吵嚷呢？”公爵很惊异地问。

“关于这篇文章，公爵。”拳术家插嘴说，他极想找机会说两句，所以现在露出愉快活泼的神色（可以猜测到，女人在座显然对他有强烈的影响）。“关于这篇文章，我承认作者就是我。我的那位生病的朋友刚才显然对它大肆攻击，但是由于他病体衰弱，我已经惯于饶恕他了。我把它写好以后，就送到一个好朋友所办的杂志那里去，用通讯的体裁发表了。只有那首诗不是我作的，确实属于一位著名幽默家的手笔。我只给蒲尔道夫司基念了一下，没有全念，他就立刻答应发表了，但是您要明白，我不征得他的同意也可以发表。公开发表是一项普通的、高尚的、有益的权利。公爵，您是很开明的，我希望您不会否认这个。”

“我一点儿也不否认，但是您必须知道，在您的文章里……”

“您是想说太激烈了吧？但是，这对社会是有益的，这一点您必须同意，怎么能够把彰明显著的事件忽略过去呢？这对于犯错误的人们自然不好，但是，它首先对社会是有益处的。至于说有一些不尽真实的地方，所谓夸张的词句，那么您必须同意，最要紧的是动机，最要紧的是目的和用意；最要紧的是先举出有益的例子，然后才能研究个别的事件，还有所谓风格，还有所谓幽默的任务，再加上大家全是这样写的，您自己会知道的！哈，哈，哈！”

“这是一条完全虚伪的道路！我告诉你们，诸位，”公爵喊道，“你们发表这篇文章，以为我无论如何不会答应蒲尔道夫司基先生的要求，所以想用这个吓唬我一下，报复一下。但是你们哪里知道，我也许决定满足蒲尔道夫司基的要求。我现在当着大家，直接对你们声明，我可以满足……”

“这才是一个聪明而且最正直的人所说的一句聪明而且正直的话呢！”拳术家喊了起来。

“天哪！”丽萨魏达·博罗可菲耶夫娜脱口说了一句。

“这真令人难以忍受！”将军喃喃地说。

“等一等，诸位等一等，容我来把事实讲一讲。”公爵恳求说，“蒲尔道夫司基先生，在五星期以前，您的全权代理人和律师到兹城来见我。他姓戚巴洛夫。您在那篇文章里把他描写得太好了，开历尔先生，”公爵忽然笑着对拳术家说，“但是，我完全不喜欢这个人。我一下子就明白整个关键全在这个戚巴洛夫身上，也许就是他利用您，蒲尔道夫司基先生淳朴的性格，如果露骨地来说，就是教唆您做这件事情。”

“您说有权利……我……我不是一个淳朴的人……这个……”蒲尔道夫司基心慌意乱地喃喃着。

“您没有任何权利做这样的推测。”莱白及夫的外甥用教训的口气插嘴说。

“这太无礼啦！”伊鲍里特尖叫着，“这个推测是无礼的、虚伪的、与正事无关的！”

“对不住，诸位，对不住。”公爵连忙赔罪说，“请你们恕罪。我所以这样说，就是因为我觉得我们最好是开诚布公地说话；不过，这是你们的自由，随你们的便。当时我对戚巴洛夫说，因为我不在彼得堡，我要立刻委托一位朋友办理这件案子，而且，蒲尔道夫司基先生，我把这种情况也通知过您。诸位，我对你们直说，我觉得这件事情是一个大骗局，也是有戚巴洛夫参加的缘故……啊，你们不要生气，诸位！看在上帝的面上，不要生气！”公爵又看见蒲尔道夫司基面带怒色，他的朋友们也露出激昂和抗议的神色，就很惊慌地喊叫道，“我说我认为这件事带有欺骗性质，这是和你们本身无关的。当时我不认识你们中的任何人，不知道你们的尊姓大名，我是根据戚巴洛夫一个人下的判断；一般来说，因为……你们要知道，自从我取得遗产以后，人们是怎样猛烈地来欺骗我呀！”

“公爵，您太天真了。”莱白及夫的外甥嘲笑地说。

“再加上，您是公爵和百万富翁！您也许真的具有善良洁白的心，但是，即使是这样，您也躲避不了普通的法律。”伊鲍里特喊道。

“可能这样，很可能这样，诸位。”公爵忙着说，“虽然我并不明白您讲的是什么样的普通法律。我还要继续说下去，只是请你们不要无端生气；我敢赌咒，我没有一点儿侮辱你们的意思。诸位，这究竟是什么道理，连一句诚恳的话都不能说，你们立刻就会生气！但是第一点，使我非常惊异的是，世上竟有‘伯夫里柴夫的儿子’存在，而且存在于像戚巴洛夫对我所说的那样可怕的境遇里。伯夫里柴夫是我的恩人和先父的知心好友。（唉，开历尔先生，您在那篇文章里，为什么对先父写了许多不真实的话？他并没有挪用军团的公款，也没有任何侮辱下属的事情，我肯定相信这一点。您的尊手怎么会举得起来，写这种造谣的话？）您所写的关于伯夫里柴夫的一切，都是令人忍无可忍的。您把这位极正直的人称为贪好女色的浪子，您说得那样大胆，那样肯定，活灵活现，就好像都是真的一般；而其实呢，他是一个世间稀有的最有节操的人！他甚至是一位著名的学者；他曾经和许多可敬的科学家通信，用许多钱帮助科学的发展。至于说到他的善心，他的善事，您写得自然很对，我当时几乎成为白痴，什么也不知道（虽然我还能说和听懂俄国话），但是我总能对我现在记住的一切做确切的估计……”

“对不住。”伊鲍里特尖声叫道，“这是不是太动感情了？我们不是小孩。您本来是打算言归正传的；请您不要忘了，现在已经九点多钟了。”

“好吧，好吧，诸位。”公爵立刻表示同意说，“在我最初发生怀疑以后，我认为可能弄错了，也许伯夫里柴夫真的留下一个儿子。但是，使我感到非常惊异的是，这个儿子竟这样随随便便地，我是想说这样明目张胆地宣布自己出生的秘密，竟不顾毁损自己母亲的名誉。因为戚巴洛夫在找我时，就拿公开宣布为手段来威胁我……”

“多么愚蠢的话！”莱白及夫的外甥喊道。

“您没有权利……没有权利！”蒲尔道夫司基喊道。

“儿子不能替父亲的浪荡行为负责，母亲并没有错。”伊鲍里特狂热地尖叫起来。

“我觉得，更应该爱惜她……”公爵畏怯地说。

“公爵，您不仅是天真，也许是太迂阔了。”莱白及夫的外甥恶狠狠地冷笑了一声。

“您有什么权利！……”伊鲍里特用极不自然的声音尖叫说。

“没有任何权利，没有任何权利！”公爵连忙说，“我承认您的话说得很对，但是，这是不由自主的。我当时就对自己说，我的个人情感不应该影响到事情上，因为假如我为了自己对伯夫里柴夫的情谊，那么，无论在什么情况下，也就是说不管我尊敬不尊敬蒲尔道夫司基先生，我也要满足他。诸位，我起先这样说，是因为我总觉得儿子公开泄露母亲的秘密是不自然的事情……总而言之，我主要是深信戚巴洛夫一定是个坏蛋，是他教唆蒲尔道夫司基先生进行这样敲诈勒索的活动。”

“这真令人忍无可忍！”他的客人们喊出这句话来，有几个人甚至站了起来。

“诸位！因为这样，我心里就认为这个可怜的蒲尔道夫司基先生一定是个普通的、孤苦无助的人，很容易上那些坏人的当，我觉得我更应该帮助他，像帮助‘伯夫里柴夫的儿子’一样——第一步，先反对戚巴洛夫先生，第二步，以我的忠实和友谊来指导他，第三步，送给他一万卢布，照我的计算，伯夫里柴夫在我身上就花了这些钱……”

“怎么！只有一万卢布！”伊鲍里特喊道。

“喂，公爵，你对数字太不高明了，也许是太高明了，而装出傻里傻气的样子！”莱白及夫的外甥喊道。

“一万卢布我不同意。”蒲尔道夫司基说。

“安其帕！你就答应吧！”拳术家从伊鲍里特的椅背后面弯过身来，迅速而明确地低语说，“你先答应下来，以后再说！”

“您听着，梅思金先生，”伊鲍里特尖声喊叫着说，“您要明白，我们并不是傻瓜，并不是庸俗的傻瓜，像您那些客人和这几位女人所想的那样，这几位女人非常愤慨地朝我们冷笑，特别是这位体面的绅士（他指着叶夫格尼·柏夫洛维奇说），我当然还不认识他，不过，好像听人家说……”

“对不住，对不住，诸位，你们又误解我啦！”公爵慌乱地对他们说，“第一，开历尔先生，您在那篇文章里把我的财产估计得太不准确：我并没有取到几百万卢布的遗产，我大概只有您所猜测的数目的百分之八或百分之十。第二，在瑞士的时候，我并没有花几万卢布；施涅台尔每年只收到六百卢布，而且是在最初三年，以后就没有了。伯夫里柴夫从来没有到巴黎去聘请美貌的保姆；这又是一个谣言。据我看，他花在我身上的钱加在一起，也远远不到一万卢布。但是，我愿意拿出一万卢布来。你们要知道，我无论如何不能拿出更多的数目向蒲尔道夫司基先生还债，即使我很爱他，我也不能这样做，我之所以不能多给，还由于自己心里有一种微妙的情感，我觉得这是还债，而不是施舍。诸位，我不知道你们为什么竟不明白这一点！不过，我今后愿意用我的友谊补偿这一切，我一定积极关心不幸的蒲尔道夫司基先生的命运，他显然是受了骗。他不能不受骗，主动同意干这种卑鄙的事情，像今天在开历尔先生的文章里公开宣布他的母亲的一切……诸位，你们为什么又生气了！这样一来，咱们是无法完全互相了解的！结果还是我的话说对了！我现在亲眼证实我的猜测是对的。”公爵热烈地说，他希望压下心里的激动，却没有注意到自己激动得更加厉害了。

“怎么？相信什么？”大家几乎是狂怒地围攻他。

“对不住得很，第一，我已经把蒲尔道夫司基先生看穿了，我现在亲眼看出他是一个什么样的人……他是一个天真烂漫的人，大家都欺哄他！他是一个孤立无援的人……所以我应该怜惜他。第二，我把这件事情委托笳佛里拉·阿尔达里昂南奇办理，但我有许多时候没有接到他的消息，因为我正在路上，后来又在彼得堡病了三天。刚才，在一小时以前，当他第一次和我晤面的时候，他忽然告诉我说，他已经弄清楚戚巴洛夫的用意，有相当的证据，戚巴洛夫就是我所推测的那种人。诸位，我自己知道，有许多人认为我是白痴，因为我素有随便把金钱给人的名声，所以戚巴洛夫心想很容易骗我，他所依靠的就是我对于伯夫里柴夫的情谊。但是，主要的是——诸位，请听下去，注意听下去！……主要的是，我现在忽然发现蒲尔道夫司基根本不是伯夫里柴夫的儿子！刚才笳佛里拉·阿尔达里昂南奇告诉了我这一点，还说他获得了确凿的证据。哎，你们会怎样想呢！在发生了这一切情形之后，谁也难以置信！但是有确凿的证据！我还不相信，我告诉你们，连我自己都不相信；我仍然怀疑着，因为笳佛里拉·阿尔达里昂南奇还没有来得及把所有的详细情形告诉我，至于说到戚巴洛夫是坏蛋一点，现在这是毫无疑义的！他把不幸的蒲尔道夫司基先生，他把你们这些基于正义跑来帮朋友忙（因为他显然需要帮助，我也明白这个）的先生，把你们大家全哄骗了，把你们大家都拖到敲诈行为里面，因为这实际上就是欺骗和敲诈！”

“怎么是敲诈！……怎么不是‘伯夫里柴夫的儿子’？……那怎么可能！……”一片喊声。蒲尔道夫司基的一伙人整个儿陷于极端混乱之中。

“自然是敲诈！……假如蒲尔道夫司基现在并不是‘伯夫里柴夫的儿子’，那么，在这种情况之下，蒲尔道夫司基先生的要求简直就是敲诈（自然，假如他知道真相的话）。但是，在事实上，是人家骗了他，所以我主张替他辩白，所以我说他这种老实性格是值得怜惜的，不能不帮一下忙；否则，他在这件事情里也成为一个骗子了。我自己深信，他一点儿也不明白内情！我自己到瑞士去以前也有过这样的情形，也喃喃地说出一些毫不连贯的话语——想表示意思而表示不出来……我明白这个；我很同情，因为我自己也差不多是这样的人，我可以说这个话！虽然现在已经没有‘伯夫里柴夫的儿子’，所有这一切都是虚假的，我仍然不改自己的决定，准备归还一万卢布，作为对伯夫里柴夫的纪念。我在蒲尔道夫司基提出要求以前，就想提出用一万卢布作为小学校的经费，以纪念伯夫里柴夫，但是现在呢，用作学校的经费，或是交给蒲尔道夫司基先生，这全是一样的，即使蒲尔道夫司基先生不是‘伯夫里柴夫的儿子’，也差不多和‘伯夫里柴夫的儿子’一样：因为他自己受了很大的蒙骗；他自己确实认为自己是伯夫里柴夫的儿子！诸位，请你们听笳佛里拉·阿尔达里昂南奇说话，让我们把这件事结束吧，你们不要生气，不要着急，请坐下！笳佛里拉·阿尔达里昂南奇立刻对咱们解释内中详情，说老实话，我自己很愿意晓得一切细节。他说他还到过蒲司可夫，见过蒲尔道夫司基先生的母亲，她并没有就要死去，像那篇文章上所记载的样子……你们坐下来，诸位，请坐下来！”

公爵坐下了，并且让从座位上跳起来的蒲尔道夫司基先生一伙人也都坐下来。在最后的十分钟或二十分钟内，他用急切的语调大声说，越说越激烈，越来越起劲，努力比大家说得多，比大家喊得响，自然他后来对于一些脱口而出的话语和推测感到深深的后悔。假如不是人家惹怒他，不是人家弄得他冒火——他绝不会这样露骨地、匆促地说出他的一些猜测和过分坦白的话。然而他刚坐下来，心里立刻感到非常后悔。他公然猜测蒲尔道夫司基先生有和他一样的病，就是他到瑞士求治的那个病，未免“侮辱”了蒲尔道夫司基先生，再加上又提出一万卢布的数目，不捐给学校而送给蒲尔道夫司基，据他看这又是一个粗暴的、不谨慎的举动，等于施舍，尤其是在大家面前发表出来，这更令人不安。“应该等一等，到明天再暗中向他提出来。”公爵当时想，“现在也许无可挽救了！是的，我是一个白痴，真正的白痴。”他自己心里想，一面感到羞愧，一面感到非常恼怒。

在这以前，笳佛里拉·阿尔达里昂南奇躲在一边，一言不发，现在经公爵邀请，才走到前面来，站在公爵身旁，开始平静而且清晰地报告公爵委托他办理的那个案件。所有的谈话顿时沉寂了。大家带着异常好奇的心情倾听着，特别是蒲尔道夫司基那伙人。

第九章

“您自然不会否认，”笳佛里拉·阿尔达里昂南奇直对着蒲尔道夫司基开始说，蒲尔道夫司基露出了惊讶的眼神，竭力倾听着，心里显然七上八下地跳动着，“您不会否认，自然也不打算郑重地否认，您是在令堂和令尊十品文官蒲尔道夫司基先生正式结婚后过了两年生下来的。您的出生时间是很容易用事实来证明的，所以开历尔先生的文章里，那种歪曲事实、过分侮辱您和令堂的地方，只好说是开历尔先生自己幻想的游戏。他以为这样就可以更显明地表明您的权利，从而对您有益。开历尔先生说，他预先把这篇文章对您读过，虽然并未全部读过……无疑地，他并没有向您读到这个地方……”

“的确没有读到。”拳术家打断他，“但是，所有的事实是一位有关系的人物通知我的，所以我……”

“对不住，开历尔先生。”笳佛里拉·阿尔达里昂南奇阻止他说，“请允许我说下去。我可以向您保证，一会儿一定会说到您的那篇文章，您到那时候再作解释，现在我们最好挨着次序说下去。经舍妹瓦尔瓦拉·阿尔达里昂诺夫娜从中帮忙，我完全偶然地从她的知己女友魏拉·阿莱克谢夫娜·佐勃可娃（一个守寡的女地主）那里，得到尼古拉·安德烈维奇·伯夫里柴夫的一封信，是二十四年以前，他从国外寄给她的。我和魏拉·阿莱克谢夫娜接近之后，依照她的指示，前去见退伍中尉蒂莫费意·费道洛维奇·瓦佐夫金，这个人是伯夫里柴夫先生的远亲，也是他当年最要好的朋友。我从瓦佐夫金那里得到尼古拉·安德烈维奇[1]的两封信，也是从国外寄来的。从这三封信上，从信上的日期和信里所讲的事实看来，可以像数学公式般证明，毫无推翻或疑惑的余地，那就是在蒲尔道夫司基先生出生一年半以前，尼古拉·安德烈维奇到国外去了，一连在国外住了三年。您也知道，令堂从来没有离开过俄国。……现在我也不必读出这几封信来。现在时间已晚，我只是把事实宣布出来。不过，蒲尔道夫司基先生，假如您愿意的话，明天早晨就可以到我那里见面，您尽管带您的证人（有多少都可以）和专家一同来核对笔迹，那时您就不会不相信我所讲的事实十分确凿，这是我深信无疑的。果真如此，那么这件案子就算自然而然地解决了。”

又随之而来一阵普遍的骚动和深深的惊慌。蒲尔道夫司基忽然站了起来。

“既然如此，那我是被骗了，被骗了，不是受戚巴洛夫的骗，而是老早老早就受骗了；我不需要专家，也不想到您那里见面，我相信您的话，我拒绝……我不要一万卢布……再见吧……”他取了帽子，把椅子一推，就想走出去。

“假如可以的话，蒲尔道夫司基先生，”笳佛里拉·阿尔达里昂南奇平静而温和地阻止了他，“最好再待上五分钟。从这件案子上还发现几桩极重要的事实，特别是对于您，这些事实都是极有趣的。据我看，您不应该不知道这几桩事实，假如能把这件事情完全解释清楚，您自己也许会更加愉快的……”

---

1 伯夫里柴夫的父名初为阿莱克谢维奇，此处又改为安德烈维奇，似属两歧，但因俄文原本如此，所以各仍其旧。

蒲尔道夫司基默默地坐下来，头微微低垂着，似乎陷入深深沉思的状态。莱白及夫的外甥本来已经起来，要送蒲尔道夫司基出去，这时也随着他坐了下来。这个人虽然还没有丧失聪明和勇气，但是已经露出十分惶惑的样子。伊鲍里特皱紧眉头，面带愁容，似乎十分惊讶。但在这时候，他咳嗽得非常剧烈，手帕上沾满了血。拳术家几乎惊慌起来了。

“唉，安其帕！”他很悲苦地喊叫着，“我那时候……前天就对你说，你也许真的不是伯夫里柴夫的儿子！”

传出一阵沉闷的笑声，两三个人的笑声比别人大。

“开历尔先生，您刚才告诉我们的事实是极珍贵的。”篰佛里拉·阿尔达里昂南奇抢上去说，“我根据极确实的材料，充分有权利来判断，蒲尔道夫司基先生虽然一定非常熟悉自己的出生时代，但是他完全不知道伯夫里柴夫旅居国外的情况，伯夫里柴夫先生在国外度过了大半生，回俄国的时间一向很短。再说，他当时出国又不是二十多年后还会使人记得的重大事件，连伯夫里柴夫的亲友都不会记得，更何况当时还未出生的蒲尔道夫司基了。自然，现在进行调查不是不可能的；不过，我应该说老实话，我所调查的一切情况完全是偶然得到的，也可能完全得不到它们。因此，对于蒲尔道夫司基先生来说，甚至对于戚巴洛夫来说，这种调查确是不可能的，即使他们想去调查一下，也无从下手。再加上他们也完全想不到……”

“容我说一句，伊伏尔金先生。”伊鲍里特忽然很恼怒地打断他的话说，“您唠叨这一大套话有什么用呀？（请您恕我直说出来。）现在事情已经解释清楚了。我们同意其中主要的事实，您何必啰啰唆唆讲一套烦琐的、气人的话呢？您也许想夸耀一番您的巧妙侦察手段，对我们，对公爵显示一下您是怎样优秀的检察官或侦探人员，是不是？或者您是想出来替蒲尔道夫司基辩白，为他开脱，说他是由于无知才参与这件事情的，是不是？但是，先生，这太鲁莽了！我告诉您说，蒲尔道夫司基并不需要您的辩白和饶恕！他本来就够痛苦了，这样一来就更加难受了，他的处境很尴尬，您应该看到，应该明白这一点……”

“够了，帖连奇耶夫先生，够了。”篰佛里拉·阿尔达里昂南奇打断他的话，“您安静一下。不要发怒，您也许很不舒服，我很同情您。在这种情况之下，只要您愿意的话，我就结束了，也就是说，只是万不得已地、很简单地告诉你们一点儿事实，这些事实，据我看来，不妨全部知道一下的。”他发觉众人之中有类似不耐烦的普遍骚动情况，就这样补充说，“我只想报告给一切有关系的人们，我还可以提出证据来，蒲尔道夫司基先生，令堂所以时常得到伯夫里柴夫的优待和照顾，只是因为伯夫里柴夫在年轻时钟情过一个女仆，而令堂是那个女仆的亲妹妹；他对那个女仆一往情深，假如她不得暴病而死，一定会娶她为妻。我有证据说明这桩家庭私事是千真万确的事实，知道这件事实的人很少，它几乎完全被人忘记了。往下我还可以说明的是：令堂十岁时，由伯夫里柴夫先生当作亲戚收养，并且给她一大笔妆奁，所有这些照顾在当时伯夫里柴夫的许多家属中引起了极可怕的谣言，他们甚至以为他会娶自己所收养的姑娘。然而结果呢，当她到二十岁的时候，由于爱上测地委员蒲尔道夫司基先生（我可以极确切地证明这一点），就嫁给他了。我还搜集了一些可作证据的极为确凿的事实。譬如，令尊蒲尔道夫司基先生完全不是一位事务人才，在得到令堂那笔一万五千卢布的妆奁以后，便辞官经商，结果受人欺骗，折了本钱。他由于不胜烦恼，就开始借酒浇愁，因此得了病，在和令堂结婚后第八年过世了。以后，根据令堂亲口所说，她陷入贫穷的境地，假如没有伯夫里柴夫时常慷慨救济的话，她会完全走投无路的。他每年补贴她六百卢布。还有无数的证据可以证明，您小的时候，他非常喜欢您。从这些证据上，又根据令堂的证明，发现他之所以爱您，主要是因为您在孩提时代具有口吃的样子、残废的样子、可怜和不幸的婴孩的样子（我根据确凿的证据说，伯夫里柴夫一生有一种特别的癖好，就是爱抚那些被压迫和被自然摧残的东西，尤其对于孩子们。——我相信，这件事实对于本案是极为重要的）。最后，我可以夸耀自己确切侦察出了一个重要的事实，就是伯夫里柴夫这样破格钟爱您（您由于他的努力考进了中学，在特别监督下读书），后来竟使伯夫里柴夫的亲戚和家属渐渐产生一种想法，认为您是他的儿子，令尊只是一个戴绿帽子的丈夫。但是，值得注意的是，这种想法在伯夫里柴夫晚年变成了大家确信不疑的东西。那时候，大家见到他的遗嘱而大惊小怪起来，大家都忘掉了最初的事实，而且也无从去调查它们。毫无疑问，蒲尔道夫司基先生，这个想法也会传到您的耳朵里，而且完全占据了您的心灵。我亲自见过令堂，据她说她虽然知道这些谣言，但是她至今还不知道（我也瞒住她）您，她的儿子，会受到这种谣言的蛊惑。蒲尔道夫司基先生，我在蒲司可夫见到令堂的时候，她正有病，境况非常苦，她是在伯夫里柴夫死后陷入这种境况的。她含着感谢的眼泪告诉我说，她只是在您的支持之下，在您的帮助之下，才活在世上；她对于您的前途有许多期待，热烈相信您未来会得到成功……”

“这真是忍无可忍啦！”莱白及夫的外甥忽然很不耐烦地吵嚷说，“您讲这一套浪漫故事，有什么目的呢？”

“这太肮脏了，太不体面了！”伊鲍里特剧烈地摇动着身体。但是，蒲尔道夫司基一言不发，连动也没有动。

“有什么目的？为什么？”笳佛里拉·阿尔达里昂南奇很狡猾地说，他准备用刻薄的口吻说出自己的结论，“第一，蒲尔道夫司基先生现在也许完全相信，伯夫里柴夫先生爱他是出于仁爱的心肠，并不是因为他是自己的儿子。蒲尔道夫司基先生必须知道这一桩事实，因为刚才在读那篇文章以后，他对开历尔先生的话深表赞成，而且加以证明。我之所以这样说，是因为我认为您，蒲尔道夫司基先生，是一个正经人。第二，在这件案子里，戚巴洛夫并没有丝毫敲诈欺骗的意思。这对我也是很重要的一点，因为公爵刚才在愤怒时曾经提到，说我也认为这桩不幸的事件是敲诈欺骗的行为。其实，正相反，各方面对这件事都有很充分的诚意。戚巴洛夫实际上可能是一个大骗子，但是在这件案子里，他只不过是个好耍手段的、诡计多端的讼棍罢了。他希望以律师的资格发笔大财，他的算盘不但打得精巧，而且稳准可靠。他这个计划的基础就是公爵仗义舍财，公爵对去世的伯夫里柴夫非常尊敬，感念他的大德；而最要紧的，就是公爵对于名誉与良心的义务，具有一定的骑士般的看法。至于蒲尔道夫司基先生本人，我们可以这样说，他由于自己的一些成见，竟被戚巴洛夫和包围他的一伙人完全蒙蔽，认为办这个案子并不是为了贪图钱财，而是为了真理、进步和人类服务。我刚才已将各种事实表明，大家全都会明白，蒲尔道夫司基先生不管外表如何，总算是一个纯洁的人，公爵现在会比刚才更迅速地、更乐意地对他进行友爱的协助和实际的帮助，像他刚才谈到学校和伯夫里柴夫时所提到的那种帮助。”

“住嘴，笳佛里拉·阿尔达里昂南奇，住嘴！”公爵喊道，他露出真正的恐惧，但是已经晚了。

“我说过，我已经说过三次了。”蒲尔道夫司基怒喊道，“我不要钱。我不能收……为什么……我不要……我要走啦！”

他几乎是从平台上跑了出去。但是莱白及夫的外甥拉住他的胳膊，对他耳语了几句。他迅速转回来，从口袋内掏出一个没有封口的大信封，把它扔到公爵身边的小桌上去。

“我在这里！……您竟敢……竟敢！……钱……”

“这就是您经戚巴洛夫的手，用施舍的方式寄给他的二百五十卢布。”陶克达连阔解释说。

“文章里说是五十卢布！”郭略喊道。

“我错了！”公爵走到蒲尔道夫司基面前说，“我对您，蒲尔道夫司基，办了错事，不过，您要相信，我并没有当作施舍来寄给您。我现在做错了……我刚才做错了（公爵露出心慌意乱，带着疲倦不堪的样子，连话都说不连贯了）。我谈到敲诈行为……但这不是说您，我错了。我说您……您和我一样，也是病人。但是您并不像我……您……

您还教功课，赡养您的老母亲。我说您玷辱您母亲的名节，但是您很爱她；她自己这样……我以前不知道……笳佛里拉·阿尔达里昂南奇刚才并没有完全对我讲……我错了。我胆敢提出给您一万卢布，那是我的错，我不应该这样做，但是现在……是没有法子挽救了，因为您现在看不起我……”

“这简直是疯人院！”丽萨魏达·博罗可菲耶夫娜喊道。

“自然是疯人院！”阿格拉耶忍耐不住，很尖刻地说。

但是，她的声音被大家的吵嚷掩盖住了；这时候，大家全都大声议论起来，有的争辩，有的狂笑。伊凡·费道洛维奇·叶潘钦极为愤慨，他带着丧失尊严的样子，等候丽萨魏达·博罗可菲耶夫娜出来。莱白及夫的外甥最后说道：

“是的，公爵，应该对您说句公平话，您很会利用您的……嗯，您的疾病（说得体面些）：您居然会用这种巧妙的方式提出友谊和金钱，现在使一个正直的人无论如何也不能够接受。这也许是因为您太天真了，也许是因为您太灵巧了……您自己了解得最清楚。”

“对不住，诸位，”笳佛里拉·阿尔达里昂南奇打开装钱的信封，喊道，“这里面并没有二百五十卢布，只有一百卢布。公爵，我说这句话，是为了防备发生什么误会。”

“管它呢，管它呢。”公爵对笳佛里拉·阿尔达里昂南奇挥手。

“不行，这不能不管！”莱白及夫的外甥立刻抢上去说，“公爵，您说这句‘管它呢’可使我们感到受了侮辱。我们并不躲藏，我们公开地声明：是的，这里只有一百卢布，不是二百五十卢布，但是这不一样吗！”

“不，这并不一样。”笳佛里拉·阿尔达里昂南奇带着天真的惊讶神情插嘴说。

“您别打断我的话，我们并不是像您所想那样的傻瓜，律师先生。”莱白及夫的外甥愤慨地喊叫说，“自然，一百卢布并不等于二百五十卢布，它们并不一样，然而，主要的是原则，主要的是动机，至于缺少一百五十卢布，那只是细节罢了。主要的是蒲尔道夫司基不接受您的施舍，他把这钱向您的脸上掷回去，在这个意义上，无论是一百卢布或二百五十卢布，那都是一样的。蒲尔道夫司基没有接受一万卢布，那是您看见的。假如他是一个不诚实的人，他绝不会归还这一百卢布。另外一百五十卢布已经付给戚巴洛夫，算作他去找公爵的旅费。您现在可以耻笑我们笨拙，耻笑我们不会办事；您本来就已经用尽力量使我们成为可笑的人物，但是您不能说我们不诚实。先生，这一百五十卢布由我们大家合力归还公爵；我们哪怕是一个卢布一个卢布地归还，也是要还清的，而且还要付利息。蒲尔道夫司基很穷，蒲尔道夫司基没有百万家私，而戚巴洛夫回来以后，却提出了一张账单。我们希望胜诉……谁在他的地位上不会这样做呢？”

“谁不这样做呢？”施公爵喊。

“我简直要发疯了！”丽萨魏达·博罗可菲耶夫娜喊道。

“这使我想起，”站在那里视察许久的叶夫格尼·柏夫洛维奇笑了，“新近一个律师的著名的辩护词。他替一下子杀死六个人、意图劫财的凶手辩护，提出他的贫穷作为免罪的理由，忽然做出下面的结论来，他说：‘自然被告是为了贫穷才想到杀死六个人，而且谁在他的地位上不会这样想呢？’他说出这类很有趣的话。”

“够了！”丽萨魏达·博罗可菲耶夫娜忽然喊道，她几乎气得直哆嗦，“现在别再胡说八道了！……”

她异常兴奋，很威严地仰着头，带着傲慢的、热烈的、急切的挑战神情，目光炯炯，向全体客人扫了一遍，一时之间，辨不清谁是朋友、谁是仇敌。她那蕴蓄已久、终于压抑不住的愤怒已经到了爆发的顶点，在这时候，主要冲动就是要立即战斗，立即去攻击什么人。熟悉丽萨魏达·博罗可菲耶夫娜的人们，马上感到她的心里发生了不平常的状况。第二天，伊凡·费道洛维奇对施公爵说：“她常有这种种情形，不过弄到像昨天那种程度，那还是少有的事，顶多三年一次，绝不会再多！绝不会再多！”他很明确地补充说。

“够了，伊凡·费道洛维奇！离开我！”丽萨魏达·博罗可菲耶夫娜喊道，“您为什么现在才把手伸给我？您刚才为什么不拉我走！您是丈夫，您是一家之主；假如我不肯听您的话，不肯走出去，您应该揪我这傻瓜的耳朵。就是为了女儿，您也应该关心些！现在没有您，我们也会找到回家的道路，这种耻辱够我受一年的了……等一等，我还想谢谢公爵！……公爵，多谢您的款待！我竟坐下来，听上小伙子的话了……这真是卑鄙，这真是卑鄙！这种乱七八糟的丑态，连做梦也见不到的！难道这类的人有很多吗？……住嘴，阿格拉耶！住嘴，阿历山大拉！这不是你们的事情！……不要在我身边乱转，叶夫格尼·柏夫洛维奇，我讨厌死您了！……亲爱的，你竟向他们请求饶恕吗？”她又朝公爵说，“您说：‘我错了，竟敢送钱给您……’你这好说大话的人还敢笑人家，有什么可笑的！”她忽然朝莱白及夫的外甥攻击道，“你说：‘我们不收钱，我们是要求，并不是请求！’你假装不知道这位白痴明天就会跑到你们那里，表示交情，亲自送钱上门！你去不去？你去不去呢？”

“我去。”公爵用平静而温和的声音说。

“你们听见了呀！你就是盼望这一点。”她又对陶克达连阔说，“现在那笔钱就等于在你的口袋里放着一样，所以你敢说大话，掉花枪……不，亲爱的，你去寻找别的傻瓜吧，我可看透你们了……你们那套把戏我全看透了！”

“丽萨魏达·博罗可菲耶夫娜！”公爵喊道。

“我们离开这里，丽萨魏达·博罗可菲耶夫娜，现在该走了，我们把公爵也带走吧。”施公爵极力显出平静的样子，微笑着说。

小姐们站在旁边，几乎带着惊惧的神色，将军吓得很厉害，大家却感到惊异。有些人站得远些，偷偷发出冷笑，相互窃窃私语着。莱白及夫的脸上现出极度欢欣的表情。

“太太，到处都可以见到丑态和乱七八糟的情形。”莱白及夫的外甥显出十分狼狈的样子说。

“并不像这样糟糕！先生们，并不是像你们这样糟糕，并不像你们这样糟糕！”丽萨魏达·博罗可菲耶夫娜似乎歇斯底里病发作了，以幸灾乐祸的口吻抢上去说。“你们离开我好不好？”她对劝她的人们喊道，“叶夫格尼·柏夫洛维奇，您刚才自己就说，连律师都会在法院里声明，为了贫穷一连杀死六个人是最自然的一件事，那么，这真是到了末日了。我还从来没有听见过这种事情。现在我全明白了！这个结巴（她指着蒲尔道夫司基说，他非常惊疑地望着她），难道他不会杀人吗？我敢打赌，他会杀人的！他也许不会取你的钱，取一万卢布，为了良心不肯收下，可是他到夜里会跑来杀你，从钱柜里把钱抢去，为了良心而抢去！这样一来，他就不算不诚实了！这是所谓‘正直义愤的爆发’，这是‘否定’，谁知道怎么回事……哼！一切都颠倒了，大家都头朝下走路。养大了一个姑娘，她在大街上会忽然跳到马车上说：‘妈妈，我前几天已经嫁给某个卡尔雷奇或伊凡南奇，再见吧！’你们以为这种行为好吗？值得尊敬吗？自然吗？这是妇女问题吗？这个孩子（她指着郭略说），他在前几天就争论过，说这就是‘妇女问题’。即使母亲是一个傻瓜，你也应该把她当人看待呀！……你们今天晚上为什么仰着头走进来呢？你们好像是说：‘闪开，我们来了。赶快把所有的权利都交给我们，你不许在我们面前开一句口。你应该对我们表示最大的敬意，从来没有过的敬意，可是我们对待你，要比对待最下等的仆人还坏！’这帮人口口声声寻觅真理，维护权利，而在文章里却像邪教徒似的竭力诽谤他。‘我们要求，而不是请求，我们绝不道一声谢，因为您是为了满足自己的良心而做的！’这是一种奇怪的理论。要知道，假如从你那里得不到任何的感谢，那么公爵也会回答你说，他对于伯夫里柴夫也没有任何感谢，因为伯夫里柴夫是为了满足自己的良心才行善的。你只是依赖他对伯夫里柴夫知恩图报的一点：因为他并没有向你借钱，他不欠你的钱，你不依赖感恩的一点，还能依赖什么呢？那么，你自己又怎么可以不承认感恩呢？真是一些疯子！他们认为社会是野蛮的、无人性的，因为它看不起被诱奸的女郎，引以为耻。你既然承认社会是无人性的，那么，也就会承认女郎对于社会是感到痛苦的。她既然感到痛苦，那么你为什么又在报纸上宣扬她，把她暴露给这个社会，还要求她不感受痛苦呢？真是疯子！真是好虚荣！不信仰上帝，不信仰基督！其实，虚荣和骄傲腐蚀你们，会把你们弄到互相乱咬的地步，我要预先告诉你们这一点。这不是空话，这不是乱七八糟，这不是丑态百出吗？而在这以后，这个受了耻辱的人还要钻上前去，请求他们饶恕！你们这种人究竟多不多呢？你们笑什么？笑我和你们在一块儿，自己丧失了体面吗？唉，我已经丧失了体面，现在还有什么办法！……你不许笑，你这肮脏的人！（她突然朝伊鲍里特攻击）他自己都快断气了，还要引坏别人。你把我这小孩引坏了（她又指着郭略）；他尽讲你所说的一些怪话，你教他无神论，你不信仰上帝，而你自己，先生，还只是一个乳臭未干的孩子，呸！……你去不去呢，列夫·尼古拉耶维奇公爵，明天你去不去他们那里呢？”她又问公爵说，几乎喘不过气来。

“去的。”

“从此以后，我不愿意再认识你了！”她很迅速地转过身去，但是忽然又回来了，“你到这个无神派那里去吗？”她指着伊鲍里特。“你为什么笑我？”她很不自然地喊叫了一声，忽然奔到伊鲍里特身旁，似乎受不住他的嘲笑似的。

“丽萨魏达·博罗可菲耶夫娜！丽萨魏达·博罗可菲耶夫娜！丽萨魏达·博罗可菲耶夫娜！”四面八方一齐喊叫起来。

“Maman，这太不好看了！”阿格拉耶大声喊道。

“您不要着急，阿格拉耶·伊凡诺夫娜。”伊鲍里特很平静地回答说。丽萨魏达·博罗可菲耶夫娜跳了过去，一把抓住伊鲍里特的胳膊，不知道为什么紧紧抓住不放；她站在他的面前，用疯狂的眼神盯住他。

“您不要着急，您的maman会看得出，对一个快要死的人是不能攻击的……我准备解释一下我发笑的原因……假如您允许我说，我是很喜欢的……”

他忽然很厉害地咳嗽起来，有整整一分钟压制不住咳嗽。

“人都快死了，还要夸夸其谈！”丽萨魏达·博罗可菲耶夫娜喊道，放开了他的胳膊，几乎带着恐怖的神情看着他擦嘴唇上的血，“你不应当再说什么话！你只应该去躺到床上……”

“好吧。”伊鲍里特用平静的、嘶哑的声音轻轻答道，“我今天一回去，立刻就躺下……我知道再过两星期我就要死去了……上个星期，勃亲自对我说过……假如您允许，我想对您说两句临别的话。”

“你发疯了吗？这真是胡说八道！你现在必须养病，还要说什么话！快去，快去，快去躺下！……”丽萨魏达·博罗可菲耶夫娜惊慌地喊。

“我一躺下来，就到死也起不来床了。”伊鲍里特微笑了，“我昨天就想躺下来，再也不起床，一直到死。但是，我决定推迟到后天再说，到两条腿不能走路的时候再说……为的是今天同他们一块儿到这里来……只是太累了……”

“坐下来，坐下来，为什么站着！这儿有一张椅子。”丽萨魏达·博罗可菲耶夫娜跑过去，亲自把椅子挪到他的身边。

“谢谢您。”伊鲍里特轻声继续说，“您坐在对面，我们好来谈几句话……我们一定要谈一谈，丽萨魏达·博罗可菲耶夫娜，我现在要坚持这一点……”他又向她微笑，“您想一想，我今天最后一次吸着新鲜的空气，和人们在一块儿，再过两星期，我一定要进入土中了。所以，我这就等于和人们、和自然告别。我虽然不十分感伤，但是您要知道，我很喜欢这一切都在伯夫洛夫司克发生，因为在这里到底可以望见树上的叶子。”

“现在还要谈什么话？”丽萨魏达·博罗可菲耶夫娜更加吃惊起

来，“你全身都在发烧！刚才你还叽叽喳喳地乱叫，现在已经要透不过气来，憋死了！”

“我就会休息过来的。你为什么想拒绝我最后的愿望？……您知道不知道，我早就想和您见面，丽萨魏达·博罗可菲耶夫娜。我听到关于您的许多话……从郭略那里听见的。差不多只有他一个人不离开我……您是一个古怪的女人，特殊的女人，我刚才也看出来了……您知道不知道，我甚至有点儿爱您。”

“天哪，我竟几乎打他一顿。”

“阿格拉耶·伊凡诺夫娜拦住了您。我没有说错吧？这位不是您的女儿阿格拉耶·伊凡诺夫娜吗？她长得太美了，我虽然从来没有见过她，可是一看就猜到是她。让我最后一次看看美人，也算不虚此生了。”他露出一种难看的、扭曲的微笑，“公爵在这里，您的老爷也在这里，大家都在这里。您为什么拒绝我最后的愿望？”

“拿椅子！”丽萨魏达·博罗可菲耶夫娜喊道，但是她自己抓了一把，在伊鲍里特对面坐下了。“郭略，”她命令道，“你立刻和他一块儿去，送他回去，明天我自己一定……”

“假如您允许，我想请公爵给我一杯茶……我太累了。您要知道，丽萨魏达·博罗可菲耶夫娜，我看您打算请公爵到您府上去喝茶，好不好请您留在这里，大家再坐一会儿，公爵一定会给咱们预备茶喝的。请原谅我这样擅自布置。……但是我了解您，您是善良的人，公爵也是的……我们大家都是善良到可笑的人……”

公爵忙乱起来，莱白及夫从屋内跑了出去，魏拉也跟着他跑出去。

“这是很对的。”将军夫人斩钉截铁地说，“你说吧，不过要说得轻些，不要太兴奋！你使我的心变软了……公爵！你不配留我在你这里喝茶，不过既已如此，我就留在这里吧，虽然我绝不向任何人请求饶恕！绝不向任何人！胡说！……再有，假如我骂了你，公爵，请你原谅我——如果你想这样做的话。我并不想留下任何人。”她忽然用异常愤怒的神色对丈夫和女儿们说，好像他们在她面前犯了什么大错误似的，“我一个人也会走回家去的……”

但是，大家没有让她说完。大家走向前去，很欣悦地围住了她。公爵立刻请大家留下喝茶，还道歉说，自己以前没有想到这一点。连将军都非常客气，他喃喃说出一些安慰的话，向丽萨魏达·博罗可菲耶夫娜赔笑问道：“在平台上不觉得太凉吗？”他还想问伊鲍里特：“你在大学里读了多久的书？”但是没有问出来。叶夫格尼·柏夫洛维奇和施公爵忽然变得客气和活泼起来，阿台拉意达和阿历山大拉的脸上虽然还残存着惊异的神情，可是也露出愉快的样子。一句话，在座的人见到丽萨魏达·博罗可菲耶夫娜息怒，莫不欢喜。只有阿格拉耶一人皱着眉头，默默地坐在远处；其余的客人全留下来，没有人想走，连伊伏尔金将军也在内。莱白及夫顺便向他耳语了几句大概很不愉快的话，所以他立刻退到角落里去了。公爵也到蒲尔道夫司基一伙人面前去邀请，没有例外。他们露出拘束的神色，喃喃地说要等待伊鲍里特，便立刻退到平台最远的角落，在那里挨着坐下了。莱白及夫大概是早就预备好了茶水，所以立刻就端来了。钟打了十一下。

第十章

伊鲍里特在魏拉·莱白及娃递给他的一杯茶里沾一下嘴唇，就把杯子放到小桌上，忽然好像感到不好意思似的，很窘迫地向四围望了一下。

“丽萨魏达·博罗可菲耶夫娜，您瞧这些茶杯。”他带着奇特的匆忙样子说，“这些瓷杯大概是极好的瓷器，永远放在莱白及夫的玻璃柜里面，锁着不用……这是他妻子的嫁妆……照例应该存放起来的……现在他取出来给我们喝茶，当然是为了您这位贵客，他感到太高兴了……”

他还想说几句什么话，但是没有说出来。

“他觉得有点儿不合适，我是料到的！”叶夫格尼·柏夫洛维奇忽然向公爵耳语说，“这是很危险的，是不是？这是一个最可靠的征候，表示他怀着恶意，要做出什么奇怪的把戏，使丽萨魏达·博罗可菲耶夫娜坐不住。”

公爵带着疑问的神情看了看他。

“您不怕奇怪的行为吗？”叶夫格尼·柏夫洛维奇又说，“我也不怕，甚至还想看呢。我只希望我们可爱的丽萨魏达·博罗可菲耶夫娜受到惩罚，就在此日此刻实现才好，我不看到她受惩罚，绝不想走。您大概是在发烧吧？”

“以后再说，请不要妨碍我。是的，我不大舒服。”公爵心不在焉地，甚至不耐烦地回答说。他听到了自己的名字，伊鲍里特提到他了。

“您不相信吗？”伊鲍里特歇斯底里地笑起来，“也许会的。不过公爵一下子就会相信，丝毫不会惊异。”

“你听见了吗，公爵？”丽萨魏达·博罗可菲耶夫娜回身对他说，“你听见没有？”

周围都笑了。莱白及夫连忙走上前去，在丽萨魏达·博罗可菲耶夫娜的面前旋转。

“他说这小丑，你的房主……曾经给那位先生修改文章，就是刚才读过的那篇关于你的文章。”

公爵很惊异地看了莱白及夫一眼。

“你为什么不说话？”丽萨魏达·博罗可菲耶夫娜甚至跺起脚来了。

“那有什么？”公爵喃喃地说，继续打量莱白及夫，“我看是他修改的。”

“真的吗？”丽萨魏达·博罗可菲耶夫娜很快地向莱白及夫转过身去。

“这是千真万确的事情，夫人！”他坚定不移地回答说，把一只手按在心口。

“好像还在夸口呢！”她几乎从椅子上跳起来。

“下贱，下贱！”莱白及夫喃喃地说，开始叩击自己的胸脯，头俯得越来越低。

“你下贱不下贱，与我有什么相干！他以为他一说低贱，就会卸脱责任了。公爵，我还要问你，你和这般人来往，不觉得害臊吗？我永远不会饶恕你的！”

“公爵会饶恕我的！”莱白及夫带着确信和温和的神情说。

“也就是因为我本性正直。”开历尔忽然跳过来，用洪亮的声音直朝着丽萨魏达·博罗可菲耶夫娜说，“也就是因为我本性正直，太太，还为了不愿意破坏朋友的名誉，我刚才没有提起修改的事，虽然刚才您自己也听见了，他竟提议把我们从楼梯上赶下去。现在，为了弄明白真相，我承认我的确花了六个卢布请教过他，但这并不是为了修改文体，而是要弄明白我大半不知道的事实，因为他是知道内中底细的。关于鞋套，关于瑞士教授家里的食欲，关于付出五十卢布，而不说付出二百五十卢布；一句话，所有这些布局全出于他的手笔，一共给了他六个卢布，不过他没有修改文体。”

“我应该声明，”莱白及夫用极不耐烦的态度和慢吞吞的声音打断他的话，别人的笑声也越来越多起来，“我修改的只是那篇文章的前半段，但是因为我们对中间的一段意见不合，还为了一个想法争论过，所以我并没有修改下半部，所以那些不通文理的地方（不通的地方很多！），完全和我不相干……”

“他所关心的原来是这一点！”丽萨魏达·博罗可菲耶夫娜喊道。

“请问，”叶夫格尼·柏夫洛维奇对开历尔说，“你们什么时候修改这篇文章的？”

“昨天早晨。”开历尔回答说，“我们会见时，双方约好互相保守秘密。”

“这就是他匍匐在你的面前，讲他如何对你尽忠的时候！人心真不可测呀！我不需要你的《普希金全集》，你的女儿也别登我的门！”

丽萨魏达·博罗可菲耶夫娜想站起来，但是，她忽然恼怒地对发笑的伊鲍里特说：

“孩子，你把我留在这里，难道是要给人作笑柄吗？”

“哪里的话，”伊鲍里特撇嘴笑着说，“不过最使我惊讶的是您那过分怪僻的性格。说老实话，我是故意引出莱白及夫修改的话来，我知道这在您身上会起作用，老是对您一人起作用，因为公爵是会宽恕的，而且一定已经宽恕了……也许甚至已经在脑筋里寻找道歉的话，对不对，公爵？”

他喘息着，他那奇怪的兴奋状态随着每一句话加重起来。

“怎么样？……”丽萨魏达·博罗可菲耶夫娜愤怒地说，对他的说话口气表示惊讶，“怎么样？”

“关于您的事情我已经听到许多，全是关于这一类的……我十分高兴……我已经学会了极端尊敬您。”伊鲍里特继续说。

他所说的是一件事情，但是他好像有弦外之音，指着另一件事情。他说话时带着嘲笑的口吻，同时又极端兴奋。他很不安地向周围看去。他显然心慌意乱，说话时上句搭不上下句。再加上他那肺病的样子，闪着奇妙光辉的、似乎疯狂的眼神，不由得吸引了人们的注意。

“我虽然不懂人情世故（我承认这一点），但是使我惊异的是，您不但自己留在我们这群使您有伤体面的伙伴里，而且还把那几位……小姐留下，听这桩龌龊的事情，虽然说她们在小说里面已经读过了。我也许不知道……因为我的头脑发昏了，但是无论怎么说，除了您以外，谁还能听从一个小孩的请求（我还是个小孩，这我也承认），陪他谈天谈了一晚上……对一切都表示同情……而到了第二天又感到羞愧……（我也同意，十分尊敬，虽然从您的老爷的脸色上可以看出，这一切对他来说是如何的不习惯……）嘻，嘻，嘻！”他嘻嘻笑着，完全昏乱起来了，他忽然来了一阵剧烈的咳嗽，有两分钟不能说下去。

“竟喘不出气了！”丽萨魏达·博罗可菲耶夫娜冷若冰霜地说，带着严厉的好奇神情打量着他，“可爱的小孩，够了。我们该走了！”

“先生，容我对您说一句话。”伊凡·费道洛维奇忍耐不住了，忽然很恼怒地说，“内人是到列夫·尼古拉耶维奇公爵家里来，因为他是我们的好朋友和邻居。无论如何，青年人，您不该批判丽萨魏达·博罗可菲耶夫娜的行为，更不该当面解释我脸上的表情。是的。如果说内人为什么留在这里，”他继续说，越说越恼怒，“先生，那多半是由于觉得奇怪，由于当今人人都怀有的一种想看怪青年的好奇心。我自己也留在这里，这好比有时候停在街头，当我看到什么东西，把它当作……当

作……当作……”

“当作稀奇的东西。”叶夫格尼·柏夫洛维奇提醒说。

“妙极了，对极了。”将军一时想不出比方，听了之后高兴地说，“就是当作稀奇的东西看。但是，无论如何，我觉得最奇怪而且最可气的，假如文法允许这样说的话，就是您这个青年人竟不明白丽萨魏达·博罗可菲耶夫娜现在之所以陪着您，就是为了您的病——假如您真的就要死去的话——也就是由于所谓的同情心，由于您说了一套可怜的话，先生，任何的烂泥都不会玷污她的名誉、品德和地位的……丽萨魏达·博罗可菲耶夫娜！”将军红着脸结束说，“假如你想走，我们就向我们这位善心的公爵告辞吧……

“多谢您的教训，将军。”伊鲍里特突然很严肃地插嘴说，若有所思地望着将军。

“我们走吧，maman，谁知道这还要到什么时候呢……”阿格拉耶站起来，急躁而愤怒地说。

“再等两分钟，亲爱的伊凡·费道洛维奇，假如你允许的话。”丽萨魏达·博罗可菲耶夫娜很威严地转身对丈夫说，“我觉得他全身发烧，简直是在那里说胡话；我从他的眼睛上看得出来这一点，不能够叫他这样下去。列夫·尼古拉耶维奇！可不可以让他在你这里住一夜，免得今天还要回到彼得堡去？Cher prince[1]，您不觉得闷吗？”她不知为什么忽然对施公爵说，“你到这里来，阿历山大拉，我的姑娘，你把头发弄一弄。”

阿历山大拉的头发本来不乱，母亲却给她整理了一番，并且吻她一下。母亲叫她来就是为了这件事情。

“我觉得您是能够发展的……”伊鲍里特摆脱了思绪，又开始说话了，“是的！这就是我想说的话！”他好像忽然想起什么事情，高兴起

1 法文：亲爱的公爵。

来了，“蒲尔道夫司基满心想保护自己的母亲，是不是？但是结果呢，他反而损害了母亲的名誉。公爵想帮助蒲尔道夫司基，满心要把自己的友情和金钱送给蒲尔道夫司基，在我们所有的人中间，也许只有公爵不讨厌他，但是他们俩也互相对立着，好像有不共戴天的仇恨似的……哈，哈，哈！你们大家都恨蒲尔道夫司基，因为据你们看，他对待自己母亲的方式不雅观，太龌龊了，对不对？对不对？对不对？你们大家最爱形式上的美好和表面上的雅观，你们所拥护的就是这个，对不对？（我早就猜到，你们所拥护的只是这个！）现在让我告诉你们，你们中间就没有一个人像蒲尔道夫司基那样爱自己的母亲！公爵，我知道您已经偷着叫箭纳给蒲尔道夫司基的母亲寄钱去了，我敢打赌（他歇斯底里地哈哈大笑着），我敢打赌，蒲尔道夫司基现在就会责备您形式不好看，责备您不尊敬他的母亲，我敢说就是这样，哈，哈，哈！”

这时候他又发喘，咳嗽起来了。

“全说完了吧？现在全说完了吧？全说完了吧？好，你现在上床去睡觉吧，你在发烧哪。”丽萨魏达·博罗可菲耶夫娜不耐烦地打断他的话，用不安的眼神盯着他，“哎，天哪！他还要说话呢！”

“您大概在那里发笑吧？您为什么笑我？我看出您在笑我。”他忽然很不安、很恼怒地对叶夫格尼·柏夫洛维奇说，那个人的确是发笑来着。

“我只想问您一句，伊鲍里特……先生……对不住，我忘掉了您的姓。”

“帖连奇耶夫先生。”公爵说。

“是的，帖连奇耶夫，谢谢您，公爵，大家刚才提过，我的脑子记不清了……我想问您一句，帖连奇耶夫先生，我听见您说，您认为自己只要有一刻钟对窗外的人讲话，他们立刻就会赞成您，跟着您走，对不对？”

“我很可能说过……”伊鲍里特回答道，似乎想起了什么，“一定说过的！”他忽然补充说，精神又活泼起来，很坚定地望着叶夫格尼·柏夫洛维奇，“那又有什么呢？”

“绝对没有什么，我只是要把它当作补充数据。”

叶夫格尼·柏夫洛维奇不作声了，但是伊鲍里特还带着焦急的神情看着他。

“怎么？完了吗？”丽萨魏达·博罗可菲耶夫娜对叶夫格尼·柏夫洛维奇说，“我的爷，你快说完吧，他应该去睡觉啦。你是说不出来吗？”（她显得异常恼怒。）

“我倒很想加以补充。”叶夫格尼·柏夫洛维奇继续微笑着说，“帖连奇耶夫先生，我从你的朋友们那里听到的一切，还有您刚才施展无可置疑的天才说出来的那一番话，据我看来，全应该归结到一个学说里去，那就是权利应该占优势，应该把它摆在第一位，把它放在中心，甚至完全排斥其他的一切，甚至也许在研究那种权利所包括的内容之前。我这话也说错了吧？”

“您自然说错了，我甚至没有了解您的意思……底下呢？”

角落里也发出一阵怨言。莱白及夫的外甥喃喃地说着什么话。

“底下差不多没有什么了。”叶夫格尼·柏夫洛维奇继续说，“我只想指出，如果站在这样的立场来看，就很容易归结到使用暴力的权利上去，也就是归结到个人拳头和个人意愿上去，世界上时常会有这样的结果。普鲁东所主张的就是使用暴力的权利。在美国战争时，有许多最进步的自由主义者都宣布他们拥护种植场主，因为他们说黑奴总是黑奴，比白种人低，使用暴力的权利应该在白种人一边……”

“怎么样？”

“那就是说，您并不否认使用暴力的权利吗？”

“底下呢？”

“您是consequens[1]。我只想说，从使用暴力的权利到老虎与鳄鱼的权

1 法文：合逻辑的。

利，甚至到达尼洛夫和郭尔司基，并不很远。”

“我不知道。然后呢？”

伊鲍里特不大听叶夫格尼·柏夫洛维奇说话，即使他在那里说着“怎么样”“然后呢”，那似乎多半是由于谈话的老习惯，而非由于注意与好奇。

“然后没有什么……完了。”

“然而我并不生您的气。”伊鲍里特忽然完全出人意料地说，他似乎根本没有意识到做什么，只伸出手来，甚至微笑。叶夫格尼·柏夫洛维奇起初很惊奇，但是后来就带着极严肃的神情，摸了一下朝他伸出来的手，似乎在接受人家的赔罪似的。

“我不能不再补充一句。”他用同样含混不清的尊敬口吻说，“那就是我很感谢您倾听我的话，因为根据我多次的观察，我们的自由派从来不容许别人具有特别的见解，要你有自己的主张，他们就马上辱骂你，甚至采取更恶劣的对待方法……”

“您这话说得非常对。”伊凡·费道洛维奇将军说，他倒背着手，带着极烦闷的神情，向平台出口退去，在那里很恼怒地打了一个哈欠。

“喂，朋友，你的话我听够了。”丽萨魏达·博罗可菲耶夫娜忽然对叶夫格尼·柏夫洛维奇说，“你使我感到讨厌……”

“是时候了。”伊鲍里特忽然带着关切的、几乎恐惧的神情站了起来，他很惶惑地环顾了一番，“我把你们留住了；我想对你们全说出来……我心想大家……最后一次……这是一个幻想……”

显然他的活泼是由于冲动而来的，他忽然从真正的赞语中脱离了几秒钟，忽然以充分的意识记起了什么，便说出来，大半是零零落落的，也许是他在床上，在孤寂里，在失眠时，在长久的、沉闷的时刻中早已想到和学到的一切。

“唔，再见！”他忽然厉声说，“你们以为我很容易对你们说出‘再见’吧？哈哈！”他很生气地嘲笑自己这个笨拙的问题。他好像为了自己总也说不出心里的话而发火，怒气冲冲地大声说，“阁下！我请您光临我的葬礼，假如您肯赏光的话……诸位，请大家都来，跟在将军的后面！……”

他又笑了，但这已经是疯子的笑声。丽萨魏达·博罗可菲耶夫娜很惊慌地跑到他面前，拉住他的手。他凝望着她，带着同样的笑，但这种笑已经不继续下去，它好像停止了，凝结在他的脸上。

“您知道不知道，我到这里来是为了看树的？就是这些……（他指着花园里的树）这不可笑吗？这里没有可笑的地方吗？”他很严肃地向丽萨魏达·博罗可菲耶夫娜问，忽然沉思了一下；过了一会儿，他又抬起头来，在人群里用好奇的眼光寻觅。他寻觅着叶夫格尼·柏夫洛维奇。这个人正站在右面不远，还是以前的那个地方——但是他已经忘记了，而向周围寻找，“啊，您还没有走！”他终于找到了他，“您刚才笑我想向窗外说一刻钟的话……您要知道，我的岁数并不只有十八岁：我已经有许多时候躺在这枕头上面，有许多时候向窗外观望，有许多时候思索……每一个人……的事情……您要知道，死人是没有年岁的。我在上礼拜，夜里睡醒来的时候还想到这一点……你们知道自己最怕的是什么？你们最怕的是我们的诚恳，虽然你们看不起我们！当时在夜里，我在枕头上面也想到了……您以为我刚才想笑您吗，丽萨魏达·博罗可菲耶夫娜？不，我不是笑您，我只是想夸奖您……郭略说，公爵称您为婴孩……这很好……我到底……还想要说什么来着？……”他用双手捂住脸，沉思了一会儿，“原来是这样的。刚才您想离开这里的时候，我忽然想：现在有这些人在这里，到将来风流云散，永远不会再有了！树木也是这样。剩下的只会是一座红墙，梅也耳的房子的砖墙……在我的窗户对面……喂，你把所有的话都对他们说……试着说出来；那边有一个美女……要知道，你是个死人，你要说出自己是个死人，你就说：‘死人是什么话都可以说的’……玛丽亚·阿莱克谢夫娜公爵夫人不会骂的，哈，哈！……你们不笑我吗？”他带着疑惑的神情向大家扫视了一下，“你们知道，我在枕头上产生了许多念头……你们知道，我相信大自然是很会嘲笑人的……你们刚才说是无神派，可是你们应该知道这大自然……你们为什么又发笑？你们是极残忍的人！”他忽然朝大家看了一眼，带着激愤的神情说，“我并没有引坏郭略。”他好像忽然又想起什么事情，完全用另一种严肃而肯定的口气说。

“没有人，没有人在这里笑你，你放心吧！”丽萨魏达·博罗可菲耶夫娜简直感到了痛苦，“明天可以请一位新医生来，那位医生诊错了。你坐下来，你站不住！你在说胡话哎，现在怎样处置他呢？”她忙乱着，扶他坐到沙发上。她的颊上闪耀着泪珠。

伊鲍里特几乎惊愕地站住了，他抬起一只手，畏惧地伸出去，抚摩那泪珠。他像孩子一般微笑着。

“我……对您……”他很高兴地开始说，“您不知道我怎样对您……他永远那么兴高采烈地讲到您，就是他，郭略……我喜欢他那兴高采烈的样子。我并没有引坏他！我只是留下他做朋友……我想留下所有的人，留下大家做朋友——但是我没有留下一个，连一个都没有……我想做一个事业家，我有权利……啊，我真想做许多事情！我现在什么也不想，什么也不愿意想，我已经发誓不再想任何事情；就让他们撇开我，自己去寻觅真理吧！是的，大自然是好嘲弄人的！它为什么，”他忽然热烈地说，“它为什么创造一些最优良的生物，只为了以后去嘲笑他们呢？由于它的摆布，使大家认为地球上只有一个生物是至圣至神……由于它的活动，把这个生物介绍给万民，叫这个生物说出一些导致大量流血的话语，假如这血一下子全都流出，一定会把人们都淹死了！啊，幸而我就要死了！否则我也许会说出一些可怕的谎话，大自然是会这样摆布的！……我没有引坏任何人……我想为了大众的幸福，为了发现和宣扬真理而生活下去……我向窗外梅也耳住宅的墙上观望，只想说一刻钟的话，说服大家，说服大家；我一生中有一次和你们相遇，假如说不是和所有的人！但是结果怎样呢？毫无所得！结果只是你们看不起我！所以说我没有用处，所以说我是个傻瓜，所以说我应该死了！我没有给人留下任何的回忆！没有留下一点儿声音、一点儿痕迹、一点儿事业，我也没有传播一个信念！……你们不要笑傻子吧！你们忘掉吧！忘掉一切……请你们忘记吧，不要那样残忍！你们要知道，我即使不得这种肺病，也要自杀的……"

他还想说许多话，但是没有说下去，他倒在沙发上，用双手遮住脸，像小孩子一样哭起来了。

"现在对他怎么办呢？"丽萨魏达·博罗可菲耶夫娜喊道，她跳到他的面前，抓住他的头，紧紧地、紧紧地偎到自己的胸前。他抽抽搭搭地呜咽着。"得啦，得啦！你不要哭啦。得啦，你是个好孩子，上帝是会为了你的无知饶恕你的。够了，勇敢一些……再说以后你会害臊的……"

"我家里有，"伊鲍里特竭力抬起头来说，"我家里有一个兄弟，几个妹妹，他们还是小孩子，贫穷、天真……她会教坏他们的！您是神圣的，您……自己就是一个婴孩——您救救他们吧！从那个女人手里抢救出来……她……真是可耻……啊，您帮助他们一下吧，帮助他们一下吧，上帝会给您百倍的报酬，看在上帝的分儿上，看在基督的分儿上……"

"伊凡·费道洛维奇，你说现在应该怎么办呢？"丽萨魏达·博罗可菲耶夫娜怒喊道，"劳您驾，打破您的庄严沉默吧！假如您不采取措施，您知道得很清楚，我一定要留在这里过夜的，您用专制手段压迫得我也够受了！"

丽萨魏达·博罗可菲耶夫娜用激动和恼怒的口气问，期待立时的答复。但是在这种情形下，在座的人数虽然很多，但是大半都报之以沉默和消极的好奇神情，不愿意自己揽过责任，到许久以后才会表示自己的意见。在座的人们中间，也有一些人下了决心，就是坐到第二天早晨，也不发出一句话来。譬如，瓦尔瓦拉·阿尔达里昂诺夫娜整晚都远远地坐着，不发一言，用异常好奇的神情一直在那里倾听，也许她自有一种原因。

“我的意思是，亲爱的，”将军发言了，“我们现在需要一个看护妇，这要比我们干着急好得多。或者找到一个可靠的、清醒的人侍候他一夜才好。无论如何必须请教公爵，而且……要立即使病人得到休息。明天再想法照顾他。”

“现在已经有十二点钟了，我们走吧。他是和我们一块儿去呢，还是留在您这里？”陶克达连阔对公爵很恼怒地说。

“假如你们愿意，你们也可以和他一块儿留下来。”公爵说，“地方是有的。”

“将军大人，”开历尔先生突然欢欣地跳到将军身边，“假如需要适当的人守夜，我准备为朋友牺牲……他是这样一个人！我早就认为他很伟大，大人！我的学问自然十分欠缺，但是，如果他批评的话，那真好像一粒粒的珍珠，一粒粒的珍珠撒下来，大人！……”

将军失望地转过身去。

“他留在这里，我是很高兴的。他现在回去自然是很困难的。”公爵说，回答丽萨魏达·博罗可菲耶夫娜恼怒的问题。

“你睡着了吗？假如你不愿意，朋友，我可以把他搬到我那里去。天呀！他自己几乎站不住脚啦！你有病吗？”

丽萨魏达·博罗可菲耶夫娜刚才没有发现公爵已经病得要死，只从公爵的外表上考察，过分夸大了他的健康状况，但是他的病刚好不久，至今仍然有沉疴的余痛，由于忙乱一晚上而感到疲倦，再加上“伯夫里柴夫的儿子”事件，现在的伊鲍里特事件——这一切都把公爵敏感的神经刺激到几乎发烧的地步。除此以外，他的眼睛里现在还另有隐忧，甚至是恐惧；他畏惧地看看伊鲍里特，似乎期待他还要做出什么事情来。

伊鲍里特突然立起，脸色异常苍白，在他那变形的脸上露出极度可怕的惭愧神情。在他那又愤恨又畏惧地望着众人的眼神里，在他那颤抖的嘴唇上所浮现出来的茫然的、扭曲的、轻微的嘲笑里，这神色显得特别清楚。他立刻垂下眼睛，摇晃着身体，一边还在微笑，慢慢走到蒲尔道夫司基和陶克达连阔的身旁。他们正站在平台的出口。他和他们一块儿走。

“我就怕这个！”公爵喊道，“正是应该如此！”

伊鲍里特带着狂怒的神情向他猛地转过身来，他脸上的每一根线条都似乎在颤动和说话。

“啊，您也就怕这个！据您看，‘正是应该如此’吗？那么，您要知道，如果说我在这里恨谁的话，”他大喊起来，带着嘶哑和尖叫，嘴里溅出唾沫，“我恨你们大家，你们我都恨！您，您，您这个伪善的甜蜜的灵魂、白痴、行善的百万富翁，在所有的人中我最恨您，在世间万物中我最恨您！我最初一听到您的时候，老早就了解您，恨上了您，我对您恨入骨髓……这全是您刚才弄出来的！这是您使我发作起来的！您使垂死的人感到羞耻，您，您，您应该对于我这样畏畏缩缩负责！假如我还能留在人世，我一定要杀死您！我不需要您的慈善，我不愿从任何人手里，您听着，我不愿从任何人手里接受任何东西！我在说谵语，你们不要得意！……我咒詈你们大家，永远咒詈你们大家！”

说到这里，他完全喘不过气来了。

“他对自己的泪感到羞耻了！”莱白及夫对丽萨魏达·博罗可菲耶夫娜低语，“‘正是应该如此！’公爵真行！一下子看透了……”

但是丽萨魏达·博罗可菲耶夫娜连看都不看他。她站在那里，骄傲地挺直身体，仰着头，带着轻蔑的神情端详着“这些小人物”。伊鲍里特说完以后，将军耸了耸肩；夫人怒气冲冲地从头到脚看了他一眼，似乎要求他解答他那种行动的意义。她立刻转向公爵。

“谢谢您，公爵，我们家的怪朋友，您给了我们大家一个愉快的晚会。您的心里现在大概很高兴，因为您把我们都拖进您的愚蠢行动里去了……够了，我亲爱的朋友，谢谢您，您总算让我们看清了您是个什么样的人！……”

她愤怒地整理着自己的斗篷，等候“那帮人”先走。这时候，有一辆马车跑来拉“那帮人”。这是在一刻钟以前，陶克达连阔打发莱白及夫的儿子（那个中学生）去叫来的。将军立刻随着他的夫人发言了：

“公爵，我万万想不到……在这以后，在所有这一切之后，在所有的友谊关系之后……最后，丽萨魏达·博罗可菲耶夫娜……”

“那怎么成呢？”阿台拉意达喊道，她迅速地走到公爵面前，和他握手。

公爵带着茫然的神情向她微笑。一阵热烈的、迅速的低语突然冲进他的耳朵。

“假如您不立刻抛弃这些讨厌的人物，我一辈子，一辈子都要恨您这个人！”阿格拉耶低声说。她好像发疯一般，但是，不等公爵看她一眼，她就转过身去了。其实，他现在已经没有什么东西或什么人可抛弃了，因为就在这个时候，那些人已经把病人伊鲍里特搀上马车，马车已经走了。

“怎么？伊凡·费道洛维奇，这一切还要继续很久吗？您以为如何？这些坏孩子们的气我还要受多久呢？”

“是的，我，亲爱的……我……我自然准备，而且……公爵……”

伊凡·费道洛维奇虽然向公爵伸出手，但是来不及握，就跟着丽萨魏达·博罗可菲耶夫娜跑开了。将军夫人带着愤怒和响声从平台上走下去。阿台拉意达、她的未婚夫，还有阿历山大拉，都诚挚地、和蔼地向公爵告别。叶夫格尼·柏夫洛维奇也去告别，只有他一个人欢天喜地。

“事情果然不出我的所料！我只是可怜您这个倒霉鬼受了损害。”他极温和地笑着说。

阿格拉耶没有告别就走了。

但是这天晚上的把戏还没有完，丽萨魏达·博罗可菲耶夫娜又有了一桩意外的遭遇。

当她还没有下台阶、走上花园旁边的道路时，忽然有一辆漂亮的马车，套着两匹白马，驰过公爵的别墅。马车上坐着两位漂亮的太太。那辆马车还没有走过十步，忽然站住了，一位太太急忙转过身来，好像突然看到一位有事相商的朋友。

“叶夫格尼·柏夫洛维奇！是你吗？”忽然一个清脆悦耳的声音使公爵（也许还使另一个人）浑身一哆嗦，“我真高兴，到底找到你了！我特地打发人到城里去找你。打发了两个人！他们整天找你！”

叶夫格尼·柏夫洛维奇站在平台的梯阶上面，好像遭了电击似的。丽萨魏达·博罗可菲耶夫娜也站在那里，但是并不像叶夫格尼·柏夫洛维奇那样恐惧和发愣：她还是趾高气扬的，露出冷淡轻蔑的神情，像五分钟前看着“小人物”似的看着这个大胆的女人。她立刻凝视着叶夫格尼·柏夫洛维奇。

“我有一件新闻！”清脆的声音继续说，“库布费洛夫的期票你不要担心啦。罗果静已经照三十的价钱买下来了，是我跟他谈妥的。你至少可以安静三个月了。至于皮司库布和那些坏东西，靠着朋友的交情，我们一定可以讲得通！所以一切都很顺利。你快乐快乐吧。明天见！”

车轮动了，马车很快就消失了。

“她是疯子！”叶夫格尼·柏夫洛维奇终于喊了出来，他气得满面通红，莫名其妙地环顾了一下四周。“我简直不知道她说的是什么话？什么期票？她是谁？”

丽萨魏达·博罗可菲耶夫娜又继续看了他两三秒钟；后来，她迅速地、坚决地向自己的别墅走去，大家跟着她。过了整整一分钟后，叶夫格尼·柏夫洛维奇返回平台，慌慌张张地来见公爵。

“公爵，您说实话，您不知道这是什么意思吗？”

“我一点儿也不知道。”公爵回答。他自己也处于病态的、极度的紧张之中。

“不知道吗？”

“不知道。”

“我也不知道。”叶夫格尼·柏夫洛维奇忽然笑了，“真是的，我和这些期票毫无关系，请您相信我的话！……您怎么啦？您发晕吗？”

“不，不，我告诉您，不会的……”

第十一章

到了第三天，叶潘钦一家才算完全宽下心来。公爵虽然有许多事情照例责备自己，诚恳地期待得到惩罚，但是他起初就充分相信，丽萨魏达·博罗可菲耶夫娜绝不会真生他的气，而多半是在生自己的气。因此，到了第三天，这样长时间的仇恨就使他感到极端苦恼了。其他的一些情况也造成他的愁闷，特别是其中的一桩；在这三天之内，它使公爵的疑窦越来越大。（公爵最近还责备自己走了两个极端：一个是极“无意义的、令人厌烦的”轻信，另一个是“阴郁的、低微的”疑心。）简单地说，关于那个从马车里向叶夫格尼·柏夫洛维奇说话的怪女人的事情，到第三天结束时，终于使他心里惊疑起来。在公爵看来，撇开事情的其他方面不提，这个谜的本质就在于一个可悲的问题：他是不是要对这个新的“怪异行为”负责，或者只是……但是，他没有说出还有谁。至于Н. Ф. Б. 三个字母，据他的观察，只不过是一种天真的淘气行为，甚至是最幼稚的淘气行为。所以，如果去想它的话，他觉得不好意思，甚至在某方面几乎是可耻的。

在那个狼狈不堪的“晚会”后的第二天早晨（公爵是造成那种紊乱现象的主要“因素”），公爵就接见了施公爵和阿台拉意达两个人：

“他们到这里来，主要是为了探问公爵的健康。”他们两个人出来散步，顺便看看他。阿台拉意达刚才在花园里发现了一棵树，繁茂的奇怪老树，树枝又长又弯，嫩叶又绿又浓，树上有一个大洞；她决意，决意去画它！因此，她在拜访公爵的半小时内，差不多都是在讲这件事情。施公爵和平日一样客气而和蔼，向公爵问些往事，回忆他们初次相识的情形，对昨天的事情几乎完全没有谈。后来，阿台拉意达终于忍耐不住，笑了一声，承认他们是“微服私访”，但是，她所承认的也只是这一点。不过，从这“微服”两个字就可以看出她的父母，主要是丽萨魏达·博罗可菲耶夫娜，正特别不高兴。阿台拉意达和施公爵在拜访的时候，对丽萨魏达·博罗可菲耶夫娜，对阿格拉耶，甚至对伊凡·费道洛维奇，都一字未提。他们俩再度出去散步时，也没有请公爵同去。至于说请他到家里串门，那更是一点儿暗示都没有。在这点上，阿台拉意达甚至透过一句很特别的话。据她讲，她画了一张水彩画，很想给公爵看：“怎么能快一点儿给您看呢？等一等！今天如果郭略来的话，我就叫他给您带来，再不，等我明天和公爵出来散步的时候，亲自给您带来！”她结束了自己的话，为了自己这样巧妙地、对大家都方便地解决了难题而感到喜悦。

施公爵在临走的时候，好像忽然想起什么似的：

“噢，对了。”他问，“您知道不知道，亲爱的列夫·尼古拉耶维奇，昨天在马车上喊叶夫格尼·柏夫洛维奇的那个女人是谁？”

“她是娜司泰谢·费里帕夫娜。”公爵说，“难道您还不知道她是谁？但是我不知道和她在一起的是谁。”

“我知道，我听人家说了！”施公爵抢上去说，“不过，她那样喊叫是什么意思？老实说，这对于我真是一个谜……不但对我，对别人也是一样。”

施公爵说话时带着特别而明显的惊讶神情。

“她讲叶夫格尼·柏夫洛维奇的什么期票。”公爵很随便地回答说，“由于她的请求，罗果静把它从一个高利贷者的手里弄了过来，罗果静允许叶夫格尼·柏夫洛维奇什么时候还都可以。”

“我听人家说了，我听见人家说了，我亲爱的公爵，不过，这是不会有的事情！叶夫格尼·柏夫洛维奇绝不会出什么期票！他有的是财产……自然，他以前由于浪荡轻浮，也出过这类事情，我也给他解过围……但是，以他这样丰富的财产，出期票给借印子钱的商人，并且为了这期票担心，是不可能的事情。他也绝不会和娜司泰谢·费里帕夫娜你我相称，发生那么亲密的关系——这是最主要的一个问题。他发誓说，他一点儿也摸不着头脑，我完全相信他的话。不过亲爱的公爵，我想问您一下，您知道不知道其中的原因？那就是说，您会不会偶然听到了什么消息？”

“不，我一点儿也不知道。我还要向您声明我跟这件事情没有一点儿瓜葛。”

“唉，公爵，您怎么会这样奇怪！我今天真对您感到莫名其妙了。我难道会猜疑您参加这类事情吗？……不过您今天精神不大痛快。”

他拥吻公爵。

“是说参加哪一种‘这类’事情呢？我没有看见任何‘这类’事情。”

“毫无疑问，这个女人是想用什么方法来阻碍叶夫格尼·柏夫洛维奇做某种事情，想在见证的人们的面前，给他增添他所没有且也不可能有的性格。”施公爵冷冷地回答说。

列夫·尼古拉耶维奇公爵感到惭愧，但是还带着疑问的神情盯着施公爵。施公爵没有说话。

“是不是就是关于期票的事情？是不是就像昨天她所说的那样？”公爵终于不耐烦地喃喃道。

“但是我对您说，请您自己判断一下，叶夫格尼·柏夫洛维奇和……她，还加上罗果静，他们之间究竟有什么共通点呢？我再重复说一遍，他的财产很多，那是我深知的；还有一笔财产，他正等候他的叔父遗留给他。那不过是娜司泰谢·费里帕夫娜……”

施公爵忽然又沉默了，显然因为他不愿意继续对公爵谈娜司泰谢·费里帕夫娜。

“这么来说，他一定认识她啦？”沉默了一会儿以后，公爵忽然问。

“大概是认识的。他是一个轻佻的人！不过，即使是认识，也是在很早以前，也就是两三年以前。他和托慈基也认识。现在绝不会有这类的事情，他们也永远不会你我相称！您自己知道，她一直没有在这里，什么地方也没有见到她，有许多人还不知道她重新出现。我看见那辆马车只有三天。”

“多么漂亮的马车！”阿台拉意达说。

“是的，马车很漂亮。”

两个人走了，施公爵用极友好的、可以说是兄弟一般的态度向列夫·尼古拉耶维奇辞行。

但是，对我们的主人公来说，这次拜访却具有极重要的性质。虽然说，从昨天夜里起（也许还早些），他自己就产生了很大的怀疑，但是，在他们来访以前，他还不能十分确定自己的怀疑是对的。现在已经弄清楚了。施公爵对事情的解释固然有些错误，但是他到底已经接近了真相，了解内中必有阴谋。（公爵想，施公爵也许完全了解是怎么回事，只是不愿意明说出来，所以故意作错误的解释。）最明显的是他们（也就是施公爵）到他这里来，是希望得到一些解释的；既然如此，人家简直认为他是阴谋的参与者。此外，假如果真如此，果真有重大的关系，那么，她一定怀着某种可怕的目的。究竟是什么目的呢？真可怕！“怎么才能阻止她呢？当她确信自己的目标时，就没有阻止她的可能了！”这是公爵从经验中知道的，“疯子！疯子！”

但是，这天早晨还有许许多多无从解决的问题都凑在一起，它们同时发生，都需要立即加以解决，因此公爵十分忧愁。使他稍为解闷的是魏拉·莱白及娃。她带刘葆赤卡来看他，一面笑，一面讲述什么事情，讲了很久。她的妹妹张着大嘴，也跑来了。那个中学生，莱白及夫的儿子，也跟了来，他说，根据他父亲的解释，《启示录》里所讲的那颗落到泉水旁边的地面上的“苦艾星”，就是在欧洲纵横交错的铁路网。公爵不相信莱白及夫会做出这样的解释，他决定得便时问问莱白及夫本人。公爵从魏拉·莱白及娃口里知道，开历尔昨天就搬到她家里来住，看样子一时不会离开他们，因为他找到了伙伴，和伊伏尔金将军处得很好。不过，他宣布说，他住在这里，只是为了完成自己的学业。总的来说，公爵一天天爱起莱白及夫的孩子们来了。郭略整天没有来，他一清早就上彼得堡了（莱白及夫也为了自己的什么事情，天刚亮就走了）。但是，公爵急不可耐地等候筋佛里拉·阿尔达里昂南奇的来临，筋佛里拉今天是一定要来找他的。

他在下午六点多钟，吃完饭以后来了。公爵一见到他，心里就想，这位先生至少应该知道事情的原委，他身边有瓦尔瓦拉·阿尔达里昂诺夫娜和她的丈夫做助手，还能不知道吗？但是，公爵和筋纳的关系还是有点儿特别。譬如说，公爵委托他办理蒲尔道夫司基的案子，而且特别恳求他办理；但是，不管公爵在这方面怎样信赖他，不管以前的种种，在两个人中间还保留着一些绝口不提的问题，就好像相互约定了似的。公爵有时觉得筋纳也许极愿意做友谊的、诚恳的表示。譬如说，他刚才进来的时候，公爵立刻觉得，筋纳已经深信现在到了在一切问题上打破坚冰的时候。（不过，筋佛里拉·阿尔达里昂南奇很忙；妹妹在莱白及夫那里等他，他们两人都忙着去办什么事情。）

但是，假如筋纳真的期待公爵提出一系列急切的问题，做出至情的叙述和友谊的流露，他自然就大错特错了。在他来访的二十分钟以内，公爵一直闷闷不乐，精神恍惚。看样子，公爵就不可能提出筋纳所期待的各种问题，或者更确切地说，就不可能提出筋纳最期待的一个主要问题。当时，筋纳也就决定用极含蓄的语调说话。他一连讲了二十分钟，一面笑，一面极轻松地、和蔼地迅速闲谈，但是，他没有提到主要的问题。

箔纳也讲到娜司泰谢·费里帕夫娜，说她到伯夫洛夫司克来只有四天，已经引起了大家的注意。她住在水平街一所难看的小房里，那是达里亚·阿莱克谢夫娜的家；但是，她的马车几乎是伯夫洛夫司克最漂亮的。她的身边已经聚集了一大帮狂蜂浪蝶，有老有少；他们有时骑着马跟随她的马车。娜司泰谢·费里帕夫娜还和以前一样爱挑剔，称心的才容许登门。就是这样，她的身旁还是聚拢了大批人马，必要时总有人会替她撑腰。有一位住在别墅里的先生，已经为了她和自己的未婚妻发生了争吵；还有一位老将军，为了她几乎咒詈自己的儿子。她时常带着一个漂亮的姑娘乘车出游，这个姑娘刚刚十六岁，是达里亚·阿莱克谢夫娜的远亲。这个姑娘歌唱得很好，所以每到晚间，她们的房屋就会引起人们的注意。不过，娜司泰谢·费里帕夫娜的行为特别检点，服装也很朴素，只是趣味特别高尚，所有的太太们全都“羡慕她的雅兴、美貌和马车”。

“昨天那件怪事，”箔纳说，“自然是有预谋的，自然不应该算数。如果想挑她的毛病，必须故意找碴儿，或者造谣生事，而那帮人立刻会这样做的。”箔纳结束说话后，他预料到公爵会立刻问：“他为什么认为昨天的事件是预谋的事件？为什么人家立刻会去做呢？”但是，公爵并没有问这个。

关于叶夫格尼·柏夫洛维奇的事情，箔纳又是自己说出来的，公爵并没有特别问他，这是很奇怪的，因为他毫无缘由地提到了那个人。照箔佛里拉·阿尔达里昂诺南奇的看法，叶夫格尼·柏夫洛维奇以前并不认识娜司泰谢·费里帕夫娜，现在只是和她有一面之缘，因为四天以前在散步的时候才有人介绍给她，恐怕连一次都没有和别人一块儿到她家里去过。期票也许会有的（箔纳确实知道这一点）；叶夫格尼·柏夫洛维奇的财产自然很多，但是“庄园方面有些事情的确很乱”。箔纳谈到这有趣的一点，忽然打住了。关于娜司泰谢·费里帕夫娜昨天的举动，除去上面偶然提到的，他没有说一句话。后来，瓦尔瓦拉·阿尔达里昂诺夫娜跑来找篰纳，她坐了一会儿，见没有人问起，就说，叶夫格尼·柏夫洛维奇今天或明天上彼得堡去，她的丈夫（伊凡·彼得洛维奇·波奇成）已在彼得堡，大概也是为了叶夫格尼·柏夫洛维奇的事情，那里的确发生了什么事情。临走时，她说丽萨魏达·博罗可菲耶夫娜今日心绪不佳，最奇怪的是阿格拉耶和全家吵嘴，不但和父母吵，而且和两位姐姐吵，她认为“这很不妙”。兄妹两人似乎无意中透露了最后这个消息（它对公爵是极重要的），然后就走了。关于“伯夫里柴夫的儿子”的事情，篰纳也没有提一句话，这也许是由于他假作谦恭，也许是为了“怕公爵伤心”。不过，公爵对于他这样努力办事，又向他道谢了一次。

公爵很喜欢只剩自己一个人；他从平台上走下来，穿过道路，走入花园；他想考虑并决定一个步骤。但是，这并不是那类应该仔细考虑的“步骤”，而是不必考虑就能简单决定的“步骤”；他忽然极想放弃这里的一切，回到他原来的地方，立刻远走他乡，甚至不和任何人告别。他预感到，假如再在这里留上几天，他一定会被无可挽回地卷入这个社会的旋涡，从此他的命运就和这个社会分不开了。但是，他还没有考虑上十分钟，就马上决定逃走是“不可能的”，他认为这近乎怯懦，他觉得自己面临着许多任务，他现在没有任何权利不去解决它们，或者不用全力去解决它们。他散步不到一刻钟，就怀着这样的心思回家了。他非常不快。

莱白及娃还没有回家，所以在黄昏时分，开历尔就闯到公爵那里去了，他并没有喝醉，但极力想对公爵倾诉一下衷肠。他直截了当地说，他跑来的目的是要对公爵讲述自己的一生，他就是为了这个才留在伯夫洛夫司克。想赶走他是绝对不可能的，因为怎么也弄不走他。开历尔预备长时间地、笼统地说下去，但是他刚说几句话，就跳到结论上去了。

他说，他已经完全丧失“一切道德的幻影”（只是由于不信上帝），甚至偷起东西来了——“您会想到这样嘛！”

“开历尔，您听我说。如果我是您的话，如果没有特别的需要，就不必自白这一点。”公爵开始说，“不过，您也许是故意说自己的坏话吧？”

“我是对您，单单对您一个人说的，单单是为了对自己的前途有利才说的！我绝不对另外的人说；我宁愿死去，把我的秘密带到棺材里去！但是，公爵，您要知道，您要知道，在我们这个时代弄钱是多么困难啊！请问您，究竟上哪里去弄呢？只会有一个回答：‘你用黄金和钻石来作抵押，我们可以借给你。’那正是我所没有的东西。您会想到这个吗？我等了又等，终于生起气来了。我说：‘用绿宝石作抵押能借给我钱吗？’对方说：‘用绿宝石作抵押，也可以借。’我说：‘那就行。’于是戴上帽子走了。我心里想：你们这些坏蛋！真是的！”

“那么，您有绿宝石吗？”

“我哪里有什么绿宝石！公爵，您还是把人生看得那么光明，那么天真，甚至可以说是牧歌式的！”

后来，公爵产生一种不完全是怜惜，而像是惭愧的心情。他甚至有过这样一个念头：“可不可以用一种良好的影响，把这个人改造一下呢？”由于某些原因，他认为自己的影响是极不相宜的——这不是由于自视太低，而是由于自己对事物的看法与众不同。他们渐渐谈起来，谈到难舍难分的地步。开历尔特别爽快地讲出一些对谁都不肯暴露的事情。每当他开始讲一桩事情，他都肯定地说他的内心是如何忏悔，“充满泪珠”，但他讲话的神情，却好像对自己的行为十分骄傲，有时讲得非常可笑，使他和公爵像疯子一般哈哈大笑起来。

“主要的是，您有一种孩子式的信任心和不寻常的真实性。”公爵终于说，“您知道，凭这一点，您就可以赎许多罪。”

“高尚，高尚，您像骑士一样高尚！”开历尔和颜悦色地说，“但是，您要知道，公爵，这一切全是幻想，全是所谓壮胆子的话，在实际上永远不会有什么结果！为什么这样？连我也不明白。”

“您不要失望。现在可以肯定地说，您已把您的一切事情都对我讲过了；至少我觉得在您所讲的以外，现在已没有什么可添加的东西，对不对？”

“没有什么可添加的？！”开历尔带着一些惋惜的语气呼喊着，“公爵，您真是还在用瑞士的方式了解人。”

“难道还可以添加吗？”公爵带着畏惧和惊异的神情说，“那么，您希望我做些什么呢？开历尔，请您说一说吧！您跑来对我忏悔是为了什么？”

“希望您？做些什么？第一，看您的淳朴天真是很有趣的，同您坐下谈谈也是很有趣的；我至少会知道，我面前是一个善良的人物，第二……第二……”

他迟疑着，不好开口。

“也许您想借钱吧？”公爵很正经地、很直爽地说，甚至有些畏惧的样子。

开历尔大吃一惊，他带着以前那种惊异的神情，迅速地向公爵望了一眼，拳头猛地朝桌子一击。

“您竟用这种手段把人打得发昏！公爵，您真行！您一会儿露出黄金时代所没有的淳朴天真，一会儿又洞察人心，像利箭似的穿入别人的肺腑。然而，公爵，这是需要加以解释的，因为我……我简直弄糊涂了！自然，我的最终目的是借钱，但是，照您问我话的口气来看，好像您觉得借钱也无可指责，而应该是如此的。”

“是的……您也就应该如此。”

“您不生气？”

“不……有什么可生气的呢？”

“我对您说，公爵，我从昨天晚上就留在这里，第一，是为了对法国主教蒲尔达尔表示特别的敬意（我们在莱白及夫屋里一直喝到早晨三点钟）；第二，也就是主要的一点（我可以向天发誓，我的话完全是真的），我所以留在这里，是为了想把我满心的忏悔讲给您听，以便使我前途光明。我怀着这种思想在三点多钟的时候，含着眼泪睡着了。我不知道您现在相信不相信一个正直人的话，正在我满含内心的眼泪和外表的眼泪（因为我到底哭了，我是记得的），想要睡上一觉的时候，我产生了一个坏念头：'为什么不在忏悔以后向他借钱呢？！'为此，我预备了一篇忏悔词，好像做了一盘'眼泪炒肉片'。想利用眼泪作引子，使您受感动之后，借给我一百五十卢布。您看，这不是太卑鄙了吗？"

"但是，实际情况一定不是这样，只不过是两者巧合罢了。两种思想的巧合是常有的事，我也不断发生这种情形。不过，我以为这不大好，您要知道，开历尔，我在这一方面是极端责备自己的。您现在好像把我自己的事情讲给我听。我有时想，"公爵十分严肃地、诚恳地继续说，露出极其关心的样子，"既然所有的人全是如此，我也就开始称赞自己，因为和这双重的思想战斗是非常困难的；我是经历过的。天知道这些思想是怎样出现和产生的。但是，您竟称这为卑鄙！现在，我又开始怕这些思想了。无论怎样，我不是您的裁判官。据我看来，还不能就称为卑鄙，您以为如何？您想用眼泪骗钱，这种手段是巧妙的，但是您自己也曾发誓，您的忏悔具有另一种高尚的目的，并不只是以金钱为目的；至于金钱一层，那您是预备用来喝酒的，是不是？在这样的忏悔之后，这自然是很怯懦的行为。但是，您又怎能在一时之间就戒酒呢？这是不可能的。怎么办呢？最好是照自己的良心去做，您以为怎样？"

公爵极好奇地望着开历尔。他显然早就考虑双重思想的问题了。

"既然这样，我真不明白为什么大家还叫你白痴！"开历尔喊道。

公爵微微地脸红了。

"传教士蒲尔达尔是不怜悯人的，而您却怜悯人，从人道上来批判我！为了惩罚自己，为了表示我受了感动，我不向您借一百五十卢布，只借给我二十五卢布就够了！我在两星期中至少需要这些。我在两星期以内，绝不再向您要钱。我曾想让阿格士卡快乐一下，但她不值得。亲爱的公爵，愿上帝祝福您！”莱白及夫刚回家就到公爵屋里来了，看见开历尔手里握着二十五卢布，便皱了一下眉头。但是，开历尔一有钱，就忙着走开，顿时溜之大吉了。莱白及夫立刻开始说他的坏话。

“您的话不正确，他的确是真诚忏悔来的。”公爵终于说。

“他的忏悔值个屁！就和我昨天说‘下贱，下贱’一样，其实只不过是空话罢了！”

“那么，您所说的只是一些空话吗？我还以为……”

“现在我对您，只对您一个人说真话，因为您看人很透彻：空话和行为、虚妄和真理在我身上交织糅合在一起，而且都是十足的。真理和行动就在我的真诚忏悔中，信不信随您，我可以发誓；空话和虚妄是在我的坏思想里（我永远有这种思想），譬如怎样设法找人，怎样用忏悔的泪水占便宜！真是这样！我绝不对别人说这种话，因为人家会笑我、唾我，而公爵您是从人道上来判断的。”

“啊，这正和开历尔刚才对我说的一模一样。”公爵喊道，“你们两人都好像在那里夸口，您真使我感到惊讶！不过，他比您诚实一些，因为您已经把这个当成根本职业了。够了，不要皱眉头吧，莱白及夫，不必把手按在心口。您有什么话对我说吗？您没有事是绝不会来的。……”

莱白及夫扮着鬼脸，扭起身体来了。

“我整天等候您，想向您提出一个问题：最好请您一开口就说实话，哪怕一辈子说一次实话也好。昨天那辆马车的事情，您是不是参加了？”

莱白及夫又扮起鬼脸，开始嘻嘻地笑，搓着手，甚至后来打了喷嚏，但还不敢说出什么话来。

“我看出您是参加的。”

“不过是间接的，只是间接的！我说的是实话！我只是预先报告那位太太，说我家里聚集了一群朋友，有某些人在座。”

“我知道您打发您的儿子到那里去了，他刚才亲自对我说过，但这是怎样的一个阴谋啊！”公爵不耐烦地喊道。

“不是我的阴谋，不是我的。”莱白及夫摇手说，“是另一些人，另一些人，如果说是阴谋，还不如说是幻想。”

“究竟是怎么回事呢？看在基督的分儿上，对我解释一下吧！难道您还不明白，这跟我有直接关系吗？这简直是糟蹋叶夫格尼·柏夫洛维奇的名誉。”

“公爵！尊贵的公爵！”莱白及夫又扭起身体来了，“您不容许我完全说实话；我已经开始对您讲实话了，而且不止一次，您不许我继续讲下去……”

公爵沉默着，寻思了一会儿。

“好极了。您说实话吧。”他沉重地说，显然内心经过一番极大的斗争。

“阿格拉耶·伊凡诺夫娜……”莱白及夫立刻开始说。

“住嘴，住嘴。”公爵疯狂地喊道，由于愤慨，也许是由于羞耻，满脸通红了，“这是不可能的，这全是胡说八道！这全是您自己想出来的，或是和您一样的疯子想出来的。我永远也不愿意再听您说这种话了！”

深夜，已经到十点多钟的时候，郭略带着许多消息跑来了。他的消息有两种：彼得堡的和伯夫洛夫司克的。他很快地讲述了彼得堡方面的主要新闻（特别是关于伊鲍里特的消息和昨天的那桩故事），其余的留待日后再加以补充。然后，他就连忙讲起伯夫洛夫司克的新闻了。三小时以前，他从彼得堡回来，没有先到公爵那里，直接到叶府去了。“那里出了可怕的事情！”自然，马车的事件是主要的，但是那里一定还发生了别的事情——他和公爵两个人都不晓得的一些事情。“我自然不去侦察他们，也不想细问任何人；不过，他们对我接待得太好了，好得出乎我的意料。但是，公爵，他们一句话也没有提到您！”最重要而且最有趣的是，阿格拉耶为了笳纳，刚才和家人争论起来。其中详细情形如何，我不知道，不过确是为了笳纳（您想一想这件事！），而且争吵得厉害，那一定是极重要的事情啦。将军回来得很晚，皱着眉头，和叶夫格尼·柏夫洛维奇一块回来的。大家极力款待叶夫格尼·柏夫洛维奇，而他本人也异常快乐和蔼。最重要的新闻是：丽萨魏达·博罗可菲耶夫娜悄悄地把坐在小姐那里的瓦尔瓦拉·阿尔达里昂诺夫娜叫去，一下子永远地把她从家里赶走，不过用的是极客气的方式。“这是我亲自从瓦略那里听来的。”但是，当瓦略从丽萨魏达·博罗可菲耶夫娜那里出来，和小姐们告别时，那些小姐并不知道母亲永远不许她上门了，她和她们是最后一次辞别了。

“但是，在七点钟的时候，瓦尔瓦拉·阿尔达里昂诺夫娜到我这里来过呀？”公爵很惊异地问。

“她是在七点以后，或是八点钟的时候被赶走的。我很可怜瓦略，很可怜笳纳……他们无疑地永远在那里搞阴谋，他们非这样不行。我从来也不知道他们想些什么，而且也不愿意知道。但是您必须相信，我亲爱的、善良的公爵，笳纳是个有良心的人。他在许多方面自然已经无可救药，但是，他在许多方面还具有值得注意的性格。我永远悔恨自己以前没有了解他……现在出了瓦略的那件事情以后，我不知道是不是还要到他们家里去。不错，我从开头起，就是用完全独立和单独的形式和他们相见的，但是我仍然需要考虑一下。”

“您不必太可怜您的哥哥。”公爵对他说，“既然事情已经弄到这种地步，笳佛里拉·阿尔达里昂南奇已在丽萨魏达·博罗可菲耶夫娜的眼里成为危险人物，那么，他的某种希望是受到鼓舞的。”

“什么破希望！”郭略惊奇地喊道，“您是不是以为阿格拉耶……这是不可能的！”

公爵沉默了。

“您是一个可怕的怀疑派，公爵。”郭略过了两分钟后说，“我觉得，您从不久以前已经成为一个极端的怀疑派；您开始什么也不相信，一切都猜疑……在这情形之下使用‘怀疑派’这个名词，用得正确吗？”

“我觉得是正确的，虽然我自己并不确切知道。”

“但是，我自己现在不用‘怀疑派’这个名词，因为我发现了新的解释。”郭略忽然喊道，“您不是怀疑派，而是喜欢吃醋的人！您为了一位骄傲的女郎，大大吃箭纳的醋！”

说了这句话以后，郭略跳起来，哈哈大笑了。他也许从来没有那样笑过。他看见公爵满脸发红，更加大笑起来。他想到公爵是为阿格拉耶吃醋，心里非常高兴，但是他一看见公爵真生气了，立刻也就不出声了。后来，他们又很正经、很不安地谈了一小时或一个半小时。

第二天，公爵为了一桩急事，在彼得堡待了一个上午。回伯夫洛夫司克已经是下午四点多钟了，他在火车站遇到伊凡·费道洛维奇。伊凡·费道洛维奇匆匆地拉住他的手，向四围环顾，似乎很惊慌；他把公爵拖到头等车里，一块儿坐下。他急切地要谈论什么重要的问题。

“第一，亲爱的公爵，你不要生我的气，我有什么方面不那个——请你忘记了吧。我昨天就想上你那里去，但是不知道丽萨魏达·博罗可菲耶夫娜对这有什么看法……我家里……简直成了地狱，一个神秘的人面狮身兽住在里面，而我走来走去，摸不着头脑。至于你呢，据我看，你的错比我们大家都少；自然啦，有许多事情是从你身上起来的。你瞧，公爵，行善最乐，但也不全是乐。你也许已经尝到这个滋味了。我自然喜欢行善，尊敬丽萨魏达·博罗可菲耶夫娜，但是……”

将军还继续说着这一类话，说了一大堆，但是，他的话前言不搭后语。显然他是为了一件特别莫名其妙的事感到烦恼、震惊。

“毫无疑问，我觉得你在这里毫不相干。”他终于表示出比较明确的意思，“但是，你在一个时期不要来看我们，等风头过了再说。至于说叶夫格尼·柏夫洛维奇，”他特别热烈地喊道，“那全是胡乱的诬蔑，诬蔑里的诬蔑！这是一种策略，一种阴谋，意在破坏一切，离间我们。你瞧，公爵，我跟你说贴心话：我们和叶夫格尼·柏夫洛维奇之间还没有说过一句话，你明白吗？我们并没有什么约束。但是，也许有人说这句话，也许很快很快就会说出来！那么，这就是为了起破坏作用。但是为什么，有什么原因——我不明白！她真是个奇怪的女人，真是个怪物。我非常怕她，夜里都睡不着觉。那辆马车，那两匹白马，真是chic[1]！的确是像法文里所说的，chic！是谁供给她的？我真是犯了罪过，前天我竟对叶夫格尼·柏夫洛维奇产生了怀疑。但是后来我发现，这是不会有的。既然不会有，她为什么想要破坏呢？这真是一个难题！是为了不放开叶夫格尼·柏夫洛维奇吗？但是我再对你说一遍，对你发誓说，他和她并不相识，关于期票的事情，完全是虚构的！她竟会这样厚颜无耻地在大街上‘你呀，你呀’地呼喊着，纯粹是一个阴谋！我们显然应该置之不理，对叶夫格尼·柏夫洛维奇加倍地表示尊敬。这话我已经对丽萨魏达·博罗可菲耶夫娜说过了。我现在对你说一句私心话：我深信她是为了以前种种对我个人进行报复，你记得以前的事情，我从来也没有什么对不住她的地方。我一回忆起来就会脸红。现在她又出现了，我以为她完全失踪了呢。请问，这个罗果静一直在哪里藏着呢？我心里想，她早就成为罗果静太太了。”

总而言之，这人的脑筋十分糊涂。在一个来小时的路程里，他独自说话，独自发出问题，自己又加以解答，又握着公爵的手，极力使公爵相信他对公爵没有什么疑惑。这对公爵是很重要的。最后，将军讲到叶夫格尼·柏夫洛维奇的亲叔叔，彼得堡某机关的长官——“他的地位很显赫，有七十岁，是一个好挥霍、贪吃的人，总之，是一个有个性的老

---

1 法文：富丽堂皇。

头子。……哈，哈！我知道他听见娜司泰谢·费里帕夫娜的芳名以后，也去追过她。我刚才到他家里去过，他没有接见，身体不舒服，但是他很有钱，很有钱，还有地位……但愿上帝赐他长寿，但是，他身后的财产会全遗给叶夫格尼·柏夫洛维奇……是的，是的……我还是有点儿害怕。不明白为什么，可是我很怕。好像有什么东西在空中，飞来飞去，一个灾难好像蝙蝠似的飞来飞去。我真怕，我真怕！……”

我们在上面已经讲过，到了第三天，叶家才和列夫·尼古拉耶维奇公爵正式重归于好。

第十二章

下午七点钟左右，公爵预备到花园里去。丽萨魏达·博罗可菲耶夫娜突然一人走到他的平台上来了。

“第一，你不要以为，”她开始说，“我是来给你赔罪的。那是瞎扯！错误完全在你。”

公爵沉默着。

“有没有错呢？”

“我的错和您的一样大。不过我和您，我们两个人所做的错事并不是故意的。前天我自认是有错的，现在才晓得不对头。”

“你原来是这样的！那很好。你听我说，你先坐下来，因为我并不打算站着。”

两个人坐下了。

“第二，关于那些坏孩子们不许说一个字！我要和你坐下来谈十分钟；我跑来向你调查一件事情（你想是怎么回事呀？），假如你有一个字提到那些胆大妄为的孩子，我站起来就走，完全和你断绝关系。”

“好的。”公爵回答说。

“请问你：两月或两个半月以前，在复活节前后，你给阿格拉耶写过一封信没有？”

“写过。”

“那是什么用意？信里写的什么？把信给我看一看。”

丽萨魏达·博罗可菲耶夫娜的眼睛灼烧着，她急得要打哆嗦。

“我身边没有信。”公爵惊异起来，显得异常胆怯，“假如那封信还存在的话，那么，它应该在阿格拉耶·伊凡诺夫娜那里。”

“不许耍花枪！你写的是什么？”

“我不是耍花枪。我没什么可怕的。我看不出不该给她写信的任何理由……”

“住嘴！你以后再说。信里有什么话？你为什么脸红了？”

公爵寻思了一下。

“我摸不透您的意思，丽萨魏达·博罗可菲耶夫娜。我只看出您很不喜欢这封信。您必须同意，我本来可以拒绝回答这样的问题；但是为了对您表示我并不因为这封信有所惧怕，也不对于所写的话有什么遗憾，也绝不为了这脸红（公爵的脸红得更厉害了），我现在对您读这封信，因为我大概能背得出来的。”

公爵说完就读这封信，几乎每个字都和原来一样。

“真是胡说八道！据你看，这类胡说的话究竟有什么意思？”丽萨魏达·博罗可菲耶夫娜注意倾听这封信以后，很严厉地问。

“我自己完全不知道，我只知道我的情感是诚恳的。在那个时候，我心里充满丰富的生命力和特别大的希望。”

“什么希望？”

“那很难解释，但并不是您现在心里所想的那种希望……一句话，那是未来的希望和快乐，由于我在那里并不陌生，并不是外人而感到的快乐。我忽然很喜欢祖国的一切。于是，在一个阳光明媚的早晨，我取了笔，写给她这封信。为什么写给她——我不知道。有时候人是希望有一个知己在旁边的；我显然是希望得到一个知己……”公爵沉默了一会儿以后，又说。

“你在恋爱吗？”

“不，我……我这封信好像是写给妹妹的。我的署名也用兄长的称呼。”

“唔！那是故意的。我明白。”

“我很难回答您这些问题，丽萨魏达·博罗可菲耶夫娜。”

“我知道你很难，不过你难不难，与我毫无关系。喂，你老老实实回答我，像对上帝一样：你对我说的是谎话吗？或者不是谎话？”

“我不说谎。”

“你说你不恋爱，这话当真吗？”

“我觉得千真万确。”

“真有你的，说什么‘我觉得’！是那毛孩子送给她的吗？”

“我请求尼古拉·阿尔达里昂南奇……”

“那个毛孩子！那个毛孩子！”丽萨魏达·博罗可菲耶夫娜很激昂地打断他的话说，“我不知道什么尼古拉·阿尔达里昂南奇！就是那个毛孩子！”

“尼古拉·阿尔达里昂南奇……”

“我告诉你，那是毛孩子！”

“不，不是毛孩子，而是尼古拉·阿尔达里昂南奇。”公爵虽然声很小，但坚决地回答说。

“好吧，亲爱的，好吧！这个我依你。”

她竭力压住自己的怒火，休息了一下。

“那个‘贫穷的骑士’是什么意思？”

“我完全不知道。那与我无关。那是开玩笑。”

“你的嘴倒真乖巧！不过，她真的对你有好感吗？她常管你叫‘小怪物’和‘白痴’呀。”

“您不必把这些话传给我。”公爵用责备的口吻小声说。

“你不要生气。她是一个任性的、疯狂的、娇生惯养的姑娘。如果她爱上什么人，她一定要对那人大声辱骂，当面取笑；我以前也是这样的。不过，请你不必得意，亲爱的，她不是你的。我不愿意相信这个，她绝不会是你的！我说这话，是为了使你现在就想办法。喂，你对我发誓，你不娶那个妇人。”

“丽萨魏达·博罗可菲耶夫娜，您这是说什么话？”公爵几乎惊讶得跳了起来。

“你不是几乎快娶她了吗？”

“几乎快娶她了。”公爵低语，垂下头来。

“这么说，你是爱上她了吗？现在就是为了她而来的吗？为了那个妇人吗？”

“我不是为了结婚而来的。”公爵回答说。

“你在世界上有没有认为神圣的东西？”

“有。”

“你发誓并不是为了娶她而来的。”

“我可以遂您的意发誓！”

“我相信。你吻我一下。我这才算松一口气。但是你要知道，阿格拉耶并不爱你，你应该去想办法。只要我活在世上一天，她都不会嫁给你的！你听见没有？”

“听见了。”

公爵满脸通红，竟不能直视丽萨魏达·博罗可菲耶夫娜。

“你记住吧。我曾经等你，像等天神下降一样（你是不值得这样看待的！），我在夜里流泪，把枕头都湿透了——但这不是为了你，亲爱的，你不必着急，我另有一种忧愁，而且永远如此。我之所以这样急切地等候你，是因为我仍然相信，上帝亲自派你来，是给我当知己朋友和亲兄弟的。在我身边，除去那个老太婆白洛孔司卡耶，就没有一个人，现在连她也远走高飞了，再加上她上了年纪，笨得像山羊一样。现在你简单地回答我：是或不是。你知道，她前天从马车上呼喊有什么用意？”

“说老实话，我并没有参与那件事，一点儿也不知情！”

“够了，我相信你的话。关于这件事情，现在我另有一个想法。昨日早晨，我还把一切都归罪到叶夫格尼·柏夫洛维奇的身上。前天一整天，还有昨天早晨，都是如此。现在，我自然不能不同意他们的意见，显然是人家在那里取笑他，把他当作傻子看待，为了什么缘故，反正总有些原因（这一点就很可疑！这就是不大体面！）——但是阿格拉耶绝不会嫁给他，我可以告诉你！他虽然是个好人，事情也只是如此。我以前动摇过，不过现在已经完全决定了。我今天对伊凡·费道洛维奇这样说：‘除非您先把我放在棺材里，埋到土里，休想我把女儿嫁给您。’你瞧我多么信任你，你看出来了没有？”

“我看出来了，我明白。”

丽萨魏达·博罗可菲耶夫娜很尖锐地瞧着公爵；她也许很想知道他听到叶夫格尼·柏夫洛维奇的消息后产生了怎样的印象。

“关于笳佛里拉·伊伏尔金，你一点儿也不知道吗？”

“您是说……我知道得很多。”

“你知道不知道他和阿格拉耶通信？”

“我完全不知道。”公爵吃了一惊，甚至哆嗦了一下，“什么？您说笳佛里拉·阿尔达里昂南奇和阿格拉耶·伊凡诺夫娜通信？这不可能！”

“还不很久。他的妹子一冬天替他开路，像一只老鼠似的工作着。”

“我不相信。”公爵稍加考虑，还露出骚乱的神情，然后很坚决地说，“假如有这种事情，我一定会知道的。”

“难道他会自己跑来，撞到你的怀抱里哭诉吗！唉，你真是个蠢货，你真是个蠢货！大家全骗你，把你当作……当作……你信任他不觉得可耻吗？难道你没有发现他千方百计地欺骗你吗？”

“我很了解他有时会欺骗我。”公爵不乐意地轻声说，“他也知道我了解这一点……”他补充了一句，但没有说完。

“既然了解，为何还要信任他！真是岂有此理！但是，你会做出这种事情来的。我还有什么可奇怪的，天呀！天底下有过这样的人吗？嗤！你知道不知道这位篩纳，或是那位瓦略，竟从中设法使她和娜司泰谢·费里帕夫娜通信？”

“使谁？！”公爵喊道。

“就是阿格拉耶。”

“我不信！这不可能！有什么目的呢？”

他从椅子上跳起来了。

“虽然有证据，可是我也不相信。阿格拉耶是一个任性的姑娘、好幻想的姑娘、疯狂的姑娘！一个脾气坏透了的、坏透了的、坏透了的姑娘！我要成千年地说，她是脾气很坏的姑娘。我那几个姑娘现在都是那样，连那个湿母鸡[1]阿历山大拉都是如此，但是，这个姑娘最要不得。不过，我也不相信她会干出这种事情来！也许是因为我愿意相信。”她好像自言自语地补充说，“你为什么没有来？”她忽然又转身对公爵说，“这三天你为什么没有来？”她又很急躁地朝他喊叫。

公爵开始讲述不去的原因，但是她又把他的话打断了。

“大家都认为你是傻瓜，大家都欺骗你！你昨天进城去了，我敢打赌，你一定跪着央求那个坏蛋接受一万卢布！”

“完全不是的。我想也没有想过，甚至没有见到他。再说，他也并不是坏蛋。我接到他一封信。”

“你把那封信拿给我看！”

公爵从皮包里取出一张字条，递给丽萨魏达·博罗可菲耶夫娜。字条上说道：

1　指怯懦的人。

先生，我在人们眼中，自然没有任何保留自尊心的权利。依照人们的意见，我太渺小了。但是，人们是这样看的，您的看法并不是这样。先生，我深信您也许比别人好些。我不同意陶克达连阔的看法，我们俩在这方面意见分歧了。我绝不愿收您分文，承您帮助家母，我应该感激您，虽然我认为这是一种软弱的行为。总之，我对您的看法不同，我认为应该告知您这一点。我觉得，我们今后不会发生任何的关系。

安其帕·蒲尔道夫司基再启：前款不足二百卢布，随后奉还不误。

“真是无聊！”丽萨魏达·博罗可菲耶夫娜一边把字条扔还给他，一边说，“不值得去读它。你冷笑什么？”

“您应该承认，您读了这封信是很愉快的。”

“什么！这一通表现虚荣心的无聊话吗？难道你没看见他们全都由于骄傲和虚荣而发疯吗？”

“是的，不过他总算认了错，和陶克达连阔脱离关系了。他的虚荣心越厉害，也越有价值。您真像一个小孩子，丽萨魏达·博罗可菲耶夫娜！”

“你是打算吃我一记耳光吗？”

“不，我完全没有这种打算。我所以这样说，是因为您高兴看这个字条，而又隐瞒着这种心情。您何必为自己的心情感到惭愧呢？您在每件事情上都是如此。”

“今后不许你再登我家的门。”丽萨魏达·博罗可菲耶夫娜气得脸色煞白，跳起来了，“从今以后，连你的灵魂都不许进我的家门！”

“三天以后，您自己会跑来请我去的……您怎么不害臊呢？这是您的最好的情感，您为什么要感到羞耻呢？要知道，您只是自己折磨自己罢了。”

“我从此宁死也不来请你去！我要把你的名字忘得干干净净！我已经忘掉了！！”

她离开公爵，跑出去了。

“您不禁止我去，也早就有人禁止我上您府上去了。”公爵在她的身后喊道。

“什么？谁禁止你去？”

她一下子转过身来，好像有一根针刺了她似的。公爵迟迟不答，他感到自己无意中说漏了嘴。

“谁禁止你去？”丽萨魏达·博罗可菲耶夫娜发狂地喊。

“阿格拉耶·伊凡诺夫娜禁止的……”

“什么时候？快说呀！！！”

“今天早晨派人来，让我永远不要到尊府上去。”丽萨魏达·博罗可菲耶夫娜站在那里愣住了，但是她在那里盘算着。

“派人送什么来了？派什么人来的？是经那个孩子的手吗？是传的口信吗？”她忽然大声喊叫起来。

“我接到了一张字条。”公爵说。

“在哪里？快拿来！快！快！”

公爵想了一会儿，最后，他终于从背心口袋里掏出一张不整齐的纸片，上面写着：

> 列夫·尼古拉耶维奇公爵！在发生一切事情之后，假如您还想光临舍下，使我惊异，那么，您要知道，您不会在欢迎的人们中间发现我的。
>
> 阿格拉耶·叶潘钦娜

丽萨魏达·博罗可菲耶夫娜想了一会儿，然后，她忽然跑到公爵身前，抓住他的手，把他拉走。

“快！快！快去！必须现在就去，立刻就去！”她带着特别激动和急切的神情喊道。

“您这样会使我遭到……”

“遭到什么？真是天真的蠢货！简直不像个男人！现在我自己全都要看见，亲眼看见……”

“至少得让我拿帽子……”

“你那讨厌的帽子在这里！我们走吧！你连好看的服装式样都不会挑！……这是她……这是她在刚才发生那桩事情之后……这是她在气头上写的。”丽萨魏达·博罗可菲耶夫娜喃喃地说，她拉住公爵，一刻也不放手，“我刚才替你辩护，说你不来真是傻瓜……否则她就不会写这种无意义的字条！一张不体面的字条。对于一个高贵的、有学问的、有教养的、聪明的女郎来说，这真不体面！……唔！”她继续说，“当然，她因为你不去是动气了，不过她没有想到，就不能够给一个白痴写这样的信，因为他是会当真的，实际上也果然如此。你为什么偷听我的话？”她忽然发觉自己说漏了嘴，这样喊道，“她需要你这样一个丑角，她许久没有见到了。她要你去，就是为了这个！我很高兴，我很高兴听到她现在这样取笑你。真高兴！就应该这样对待你！她懂得这一套！哦，她会得很！”

读客®

读客三个圈经典文库

经典就读三个圈　导读解读样样全

Идиот

白痴

（全2册）下

[俄]陀思妥耶夫斯基　著

(1821—1881)

耿济之　译

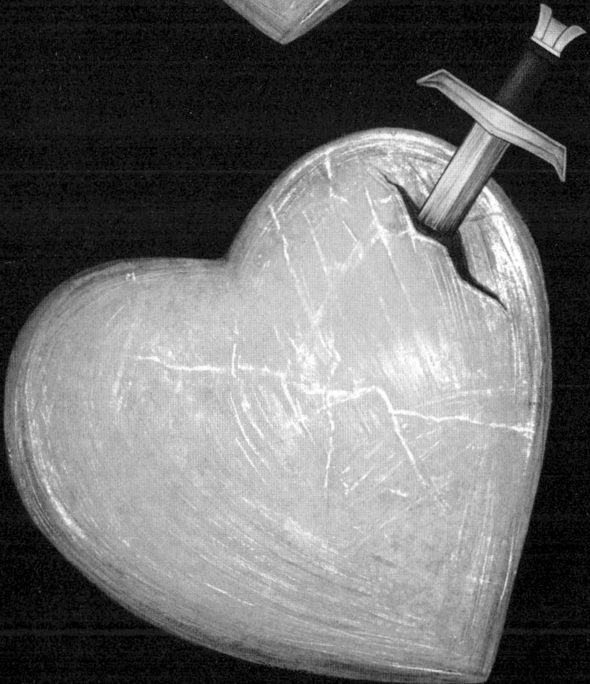

读客三个圈经典文库

经典就读三个圈　导读解读样样全

江苏凤凰文艺出版社
JIANGSU PHOENIX LITERATURE AND ART PUBLISHING

第三部

能不能爱一切一切的人们，爱所有自己的邻人？

第一章

时常有人诉苦，说我国没有干实事的人。譬如说，我们有很多政客，也有很多将军；至于各种管理员，无论需要多少，立刻就可以任意找到；然而，我国却没有干实事的人。至少大家全说没有。据说在几条铁路上，连正正经经的服务员都没有；又说，在轮船公司里组织一个稍为看得过眼的管理机关都不可能。你可以听到人家说，在某条新铁路线上发生撞车事故，或者火车在桥上倾覆；也有人记载说，一列火车几乎在雪地里过冬，它开车后走了几小时，而在雪里停了五天；又有人讲，有好几千普特[1]的货物放在一个地方两三个月，等候发运，结果竟腐烂了；也有人说（不过这很难置信），有一个商店伙计追着问一位管理员（什么监察员之类），要求发运货物，结果竟挨了管理员几下耳光，事后他解释这种官僚主义的行为，说是自己“性情暴躁了”。官爵多如牛毛，令人一想都不寒而栗。大家以前全去做官，现在还是做官，将来还想做官。因此人们怀疑，用这许多材料，怎么就不能组成一个体面的轮船公司呢？

1　重量单位，1普特合16.38千克。——编者注对于这个问题，有时会得到十分简单的回答，——简单到连所说明的理由都令人难以相信。不错，人家都说我国的人以前做官，现在还做官，这是依照德国最好的范例，从曾祖到曾孙二百年来的传统。但是，做官的人也就是最无用的废物。结果造成这样一种情况，在做官的人们中间，一直到最近，竟认为空谈理论和缺乏实际知识是极大的美德和荣誉。然而，我们无须来讲那些做官的人，我们要讲的倒是那些干实事的人。无疑地，我们常常认为畏首畏尾和缺乏己见是一个干实事的人最主要的、最明显的特征，不但过去如此，现在还认为如此。但是，假如把这种意见视为一种责备，那我们干吗只责备自己呢？自开天辟地以来，在世界上任何地方，都永远认为缺乏创见是精明强干的干实事的人的最高美德和无上荣誉，在一百人中，至少有九十九人（这是最少的估计），永远抱着这种见解，只有百分之一的人，无论过去或现在，都具有不同的看法。

发明家和天才，在他们事业的发轫之时（也常有在终结时），被社会认为是傻子，这已经是极陈腐的、尽人皆知的事情了。譬如说，在几十年中，大家全把自己的钱送到钱庄里存放，按四厘利息，存放几十亿，那么当钱庄倒闭的时候，大家就只好自己管理了。当然，这些金钱中一定要有大部分丧失在股票交易的狂潮或骗子们的手里，甚至出于体面和礼节就需要如此。是的，这正是礼节的需要。如果按照一般的见解，畏首畏尾的礼节和缺乏创见的体面至今还成为能干而规矩的人物必不可少的品质的话，那么，突然加以改变就太不正当，甚至太不体面了。譬如说，凡是热爱自己儿女的母亲，在她的儿子或女儿稍有越轨行动的时候，哪一个不会感到惊惧或吓出毛病来呢？“不，但愿他得到幸福，舒舒服服过一辈子，不要标新立异。”——每个母亲在给她的孩子推摇篮时，总是这样想的。自古以来，我们的保姆们摇孩子睡觉时，总要在嘴里念念有词地说：“但愿你穿金戴银，当上一品大将军！”这样看来，连我们的保姆都认为将军头衔是俄国人无上的幸福，是全民的太平安乐的美妙理想。实际上，一个人庸庸碌碌地通过考试，当上三十五年差事以后，最后谁能不成为将军，不在钱庄里存下相当一笔款子呢？因此，俄国人几乎用不着做任何努力，就会获得一个“能干的”和“干实事的人”的头衔。实际上，在我们国家里，只有标新立异的人，换一句话，也就是不安分的人，才会当不上将军。在这方面，也许会有一些误会；但是一般来讲，这大概是对的，我们社会在为干实事的人下定义时，也是完全合理的。我们的废话说得太多了。作者本来只想略微解释一下我们所熟识的叶潘钦的家庭。这一家人，至少说这一家庭中最有觉悟的分子，时常为一种普遍的家庭性格所苦恼，这种性格恰恰和上述的那种美德相反。他们并不充分了解事实（因为事实是很难了解的），但有时也发生疑惑，总觉得他家的一切与别家大不相同。别家里一帆风顺，他家里坎坷难行；别家里一切纳入正轨，他家里时时脱离轨道；别人永远循规蹈矩，谨小慎微，他们却不这样。不错，丽萨魏达·博罗可菲耶夫娜甚至过分地惊慌，但这并不是他们所想望的那种体面社会的循规蹈矩和谨小慎微。也许只有丽萨魏达·博罗可菲耶夫娜一个人是爱害怕的。小姐们虽然都很聪明、爱嘲讽，但毕竟还很年轻。将军虽然也很聪明（尽管不是毫不迟钝的），但在遇到困难的时候，他只会说：“嗯！”然后完全把希望寄托到丽萨魏达·博罗可菲耶夫娜身上，也就是把责任推到她的身上。这个家庭并不以标新立异、自有一套而著称，也并非有意识地喜好独出心裁、脱出轨道，因为这样是完全不体面的。哦，不是的！实际情况绝对不是这样，也就是说，他们并没有任何有意识规定的目的，但结果却发生这样的情况：叶潘钦一家虽然十分可敬，而人们总觉得有点儿不对劲，认为他们和一般世家不同。近来，丽萨魏达·博罗可菲耶夫娜常自怨自艾，认为一切都是自己的“倒霉”性格造成的，因而更增加了她内心的苦痛。她经常自称为“愚蠢的、不体面的老怪物”，因多疑而苦恼，不断地惶惑不安，不能在某种极普通的事物冲突中找到出路，并且时常把灾害夸大起来。

我们在本书开篇时就已经提过，叶潘钦一家是受大家真正尊敬的。伊凡·费道洛维奇将军虽然出身情况不详，但是到处都受到殷勤款待。他之所以值得尊敬，第一是因为他有钱有势，第二是因为他这人虽然智力不高，但是为人十分正经。不过，他的头脑多少带点迟钝，如果说他没有一切事业家的必要性格，至少也有所有正经的赚钱人不可缺少的品质。再加上将军举止大方、温文有礼，他知道什么时候该默不作声，同时还不让别人占自己的便宜，当然这不单单因为他是将军，而是因为他是一个诚实正直的人。最重要的是，他有力量雄厚的后台做靠山。至于丽萨魏达·博罗可菲耶夫娜，前面已经说过，她出身望族，假如没有必要的关系，我们对门第并不看重。然而，她也有一些高贵的朋友，而且为那些人所敬爱，结果，大家自然也就尊敬她、接待她了。毫无疑问，她对家庭所感到的痛苦是没有根据的，原因是微不足道的，而且这苦恼被夸大到可笑的程度。这正如一个人的鼻子上或额头上生了个瘤子，你总觉得全世界的人只有一件事可做，那就是观看你的瘤子，嘲笑它，为了它而责备你，哪怕你发现了美洲大陆也不成。毫无疑问，丽萨魏达·博罗可菲耶夫娜在社会上的确被认为是个“怪物”，但在同时又无可争辩地受到尊敬。不过，丽萨魏达·博罗可菲耶夫娜并不相信大家都尊敬她，——一切的不幸全在于此。每当她望着女儿的时候，她就疑心自己在不断妨害她们的前途，疑心自己的性格可笑、不体面和令人不能忍耐，——为了这，她当然也不断地责备女儿和伊凡·费道洛维奇，整天和他们争吵。而在同时，她又忘我地爱他们，爱到了近乎狂热的程度。

最使她苦恼的是：她疑心女儿们会成为和她一样的“怪物”，疑心世界上就没有、也不应该有像她女儿那样的姑娘。“她们要长成女虚无派，肯定如此！”她时常自言自语地说。在最近一年，特别在眼下，这种忧郁念头一天天在她心里根深蒂固起来。“第一，她们为什么不出嫁呢？”她时时刻刻询问自己。“为了折磨母亲，——她们认为这是她们的生活目标，当然如此，因为这全是新的观念，全是可恶的妇女问题在那里作怪！在半年前，阿格拉耶不是想剪去她那漂亮的头发吗？（天哪，我当年都没有这样的好头发！）她已经把剪刀握在手里，我简直要跪下来央求她别剪！……她在愤恨中这样做，一定是为了折磨母亲，因为她是一个坏透了的、任性的、娇生惯养的姑娘，主要是坏透了的，坏透了的，坏透了的！那个胖阿历山大拉不也是要模仿她，想剪去自己的头发吗？不过她不是由于愤恨，不是由于任性，而是像傻瓜一样出于至诚。阿格拉耶竟会说服她，使她相信没有头发可以睡得更舒适些，不会头痛。在这五年里，有多少人追求她们，真不知道有多少了！当中的确有些很好的人，甚至是上品的人物！她们究竟等候什么？为什么还不出嫁呢？也许只是为了使母亲伤心罢了，没有任何其他的什么原因，任何原因也没有！任何原因也没有！"

最后，在她那慈母的心里，太阳终于升了起来。总算有一个女儿，总算阿台拉意达的亲事办妥了。"总算有一个女儿脱手了。"丽萨魏达·博罗可菲耶夫娜在必须出声表示的时候，总这样说（她在心里却讲得特别温柔）。这件事情办得真漂亮，真体面；交际场上大家全带着尊敬的口吻来谈这件事情。丈夫是一个有名的人，一个公爵，又有财产，人品也好，最主要是合姑娘的心意，还能有比这更好的姻缘吗？不过，她以前对阿台拉意达并没有像对另外两个女儿那样担心，虽然阿台拉意达那种艺术家的习气常常使丽萨魏达·博罗可菲耶夫娜多疑的心感到不安。"然而，这个姑娘性格明朗，理智很强，她总不会倒霉的。"母亲终于这样自安自慰地说。她最担心的是阿格拉耶。我们顺便提一句，关于长女阿历山大拉，丽萨魏达·博罗可菲耶夫娜自己也不知道怎么办：是不是要替她担忧？一会儿她觉得这个姑娘"完全完了"，她已经二十五岁，一定会成为老处女。另一方面，"她又是那样的美！"丽萨魏达·博罗可菲耶夫娜甚至在夜里为她流泪，而在同一个夜里，阿历山大拉·伊凡诺夫娜却极安静地进入梦乡。"她究竟是什么东西？——是虚无派呢，还是傻瓜？"她绝不是傻瓜，在这一点上，丽萨魏达·博罗可菲耶夫娜也不会有任何疑惑：因为她极尊重阿历山大拉·伊凡诺夫娜的见解，喜欢和她商量事情。至于说她是“湿母鸡”，这是毫无疑问的：因为她“安静到无法把她推醒的程度”！不过“湿母鸡”是不会安静的。“咦！她们竟把我弄糊涂了！”丽萨魏达·博罗可菲耶夫娜对于阿历山大拉·伊凡诺夫娜怀着一种难以解释的哀怜和同情，甚至比对她所崇拜的阿格拉耶还厉害。但是，她的那些急躁的举动（她的母性关注和同情主要在这里表现出来）、吵闹的话语、“湿母鸡”的称呼等，只是使阿历山大拉觉得可笑。有时候，甚至一些极不相干的事情也会使丽萨魏达·博罗可菲耶夫娜大生其气，狂怒起来。譬如说，阿历山大拉爱多睡，时常做许多梦。她的梦一向特别空虚而且天真——那是七岁孩子应该做的梦。可是，不知为什么，这些天真的梦竟会触怒了母亲。有一次，阿历山大拉梦见九只鸡，为了这，她和母亲竟大吵了一顿。为什么呢？这很难解释。有一次，只有一次，她做了一个可以算作古怪的梦——她梦见一个修道士单独坐在黑屋子里，她不敢走进去。两个妹妹听到这个梦哈哈大笑，立刻郑重其事地报告给丽萨魏达·博罗可菲耶夫娜听。但是母亲又生起气来，骂她们三个都是傻瓜。“哼！她安静得像个傻瓜，她完全是一只‘湿母鸡’，怎么也推不醒她，可是她也会发愁，有的时候完全露出忧愁的样子！她愁什么？她愁吗？”她有时也对伊凡·费道洛维奇提出这个问题，照例是歇斯底里地、威严地提出的，等着他立即回答。伊凡·费道洛维奇“嗯！”“嗯！”地答应，皱紧眉头，耸起肩膀，最后摊开两手，决定道：

“她需要一个丈夫！”

“但愿上帝赐给她一个和你不一样的丈夫，伊凡·费道洛维奇，”丽萨魏达·博罗可菲耶夫娜终于像炸弹似的爆发了，“在思想和判断上不像你；也不像你那样野蛮的大老粗，伊凡·费道洛维奇……”

伊凡·费道洛维奇立刻溜走了，丽萨魏达·博罗可菲耶夫娜在“爆发”以后也就安静下来了。当然，到了那一天晚上，她免不了对伊凡·费道洛维奇，对那“野蛮的大老粗”伊凡·费道洛维奇，对那和善而可爱的、受崇拜的伊凡·费道洛维奇特别温存、平静、和蔼和恭敬，因为她一辈子喜欢伊凡·费道洛维奇，甚至热爱他，伊凡·费道洛维奇也很知道这一点，所以他对丽萨魏达·博罗可菲耶夫娜也无限地敬爱。

然而，成为她主要的烦恼，使她经常放心不下的是阿格拉耶。

“完全像我一样，完全像我一样，在各方面都跟我一模一样，”丽萨魏达·博罗可菲耶夫娜自言自语地说，“一个任性的、讨厌的淘气鬼！虚无派，怪物，疯子，坏透了的、坏透了的、坏透了的家伙！天哪，她将会如何的不幸！”

但是，我们在上面已经说过，初升的太阳立刻使一切变得柔和，而且普照一切。丽萨魏达·博罗可菲耶夫娜平生初次毫无牵挂地休养了一个来月。由于阿台拉意达婚期将近，社交界也提到阿格拉耶，而阿格拉耶的举止到处都显得那么美好，那么平和，那么聪明，那么得意，甚至有点儿骄傲的神情，但这种骄傲和她是多么相称啊！她在整个月内，对母亲是那么温和，那么殷勤！（“没错，对这位叶夫格尼·柏夫洛维奇还须好好调查，好好研究，况且阿格拉耶也不见得把他看得比别人重！”）无论怎么说，忽然变成一个那么漂亮的女人了——她是多么美呀，天哪，她是多么美呀，一天比一天好看！但是现在……

但是现在，这位讨厌的公爵，这位恶劣的白痴刚一出现，立刻又引起一阵骚乱，家里的一切都弄得天翻地覆！

可是，究竟出了什么事情呢？

在别人看来，一定没有出什么事情。然而，丽萨魏达·博罗可菲耶夫娜和人家不相同的地方，就是她能够从一些极平常事物的错综组合中，借着她永远具有的不安性格，看出一些有时会把她吓出病来的东西，那是一种极可疑的、极难加以解释的，因而也极沉重的恐怖。现在，她忽然从可笑的而毫无根据的不安状态中，真的发现一种似乎极为重要的，似乎值得惊慌、怀疑和猜测的东西，她的心境当然可想而知了。

“他们怎么敢，怎么敢给我写这封可恶的匿名信，上面说起那个破货，说起她和阿格拉耶互相通信？”丽萨魏达·博罗可菲耶夫娜在拉公爵到她家里去时，一路上这样想，到家以后，她让公爵坐在全家围聚的圆桌旁边时，也这样想。“他们怎么竟敢这样办？假如我有一点点相信，或者把这封信给阿格拉耶看，我是要羞死的！这真是对我们，对叶潘钦一家开玩笑！这全是，这全是伊凡·费道洛维奇的过错，这全是您伊凡·费道洛维奇的过错！唉，我为什么没到叶拉根岛上去避暑呢？我不是说过要到叶拉根岛去吗？这信也许是瓦略写的，我知道，或者也许……一切，一切都是伊凡·费道洛维奇的过错！这是那个破货开他的玩笑，纪念他们以前的关系；她要使他露出傻相给大家看，她正和以前那样耻笑他、愚弄他，把他当傻子看待，那时候，他还买珍珠送给她呢……不过，我们到底都被牵连进去了，伊凡·费道洛维奇，您的女儿们，千金小姐，上等社会的女郎，待嫁的姑娘，到底全都被牵涉进去了。她们都在场，站在那里，听到了一切。她们和那些男孩子一同被牵涉进去了。您高兴了吧，她们也在那里，而且听到了一切！我决不饶恕，决不饶恕这个小公爵，永远也不饶恕！阿格拉耶为什么犯了三天的歇斯底里，为什么和两个姐姐几次拌起嘴来，甚至和阿历山大拉也要吵嘴？——阿格拉耶一向像吻母亲的手似的吻她的手，一向那样地尊敬她！为什么她在这三天内让大家猜不透她的哑谜？笳佛里拉·伊伏尔金是怎么回事呢？为什么她在昨天和今天竟夸奖起笳佛里拉·伊伏尔金，还大哭了一场呢？为什么匿名信里提到那个可恶的‘贫穷的骑士’，而她没有把公爵的来信给姐姐们看一下呢？为什么……我为什么，我为什么像一只醉猫似的跑到他那里去，现在还亲自把他拖到家里来？天哪，我发了疯，我现在竟做出这样的事情！我和一个年轻男人谈论女儿的秘密，而且……而且几乎是和他本人有关的一些秘密！天哪，幸而他是个白痴，而且……而且还是全家人的朋友！不过，阿格拉耶果然看上那个丑八怪了吗？天哪，我在胡扯些什么！嗤！我们都是些怪物……应该把我们大家放在玻璃罩下展览，供大家参观，首先要展览我，门票十个戈比一张。我不能饶恕您这一点，伊凡·费道洛维奇，永远不能饶恕！为什么她现在不嘲弄他？她说要嘲弄的，可是并没有嘲弄！你瞧，她睁着大眼睛看他，一声也不响，站在那里，并不走开；她原先是不许他亲自上门的……他坐在那里，脸色惨白。可恶的，这个可恶的饶舌鬼叶夫格尼·柏夫洛维奇，他一个人把全部谈话都垄断了。你瞧他竟打开了话匣子，喋喋不休，连一句话也不让人插进去。只要把话题引到这上面，我现在就可以把一切调查清楚……”

公爵坐在圆桌旁边，脸色的确有点儿惨白，他好像非常害怕，但在同时，又时时产生连他自己都感到莫名其妙的、满腔的喜悦心情。啊，他真是怕朝那方面看，怕朝那个角落里看，在那里，有一双熟悉的黑眼睛盯着他，同时在她给他写信以后，他又能来到这里，坐在他们中间，倾听那个熟悉的声音，他心里感到多么幸福。“天哪，她现在要说什么话呢！”他自己连一句话还没有说出，只是注意倾听叶夫格尼·柏夫洛维奇滔滔不绝的谈论；那人很少有像今天晚上这样兴高采烈的神情。公爵虽然听他讲，但有许久，几乎连一句话也没有明白。除去伊凡·费道洛维奇还没有从彼得堡回来以外，全家人都在。施公爵也在这里。他们好像要等一会儿，在喝茶以前，一块儿出去听音乐。现在的谈话显然在公爵来到之前就已经开始了。不一会儿，郭略不知从什么地方跑来，溜到平台上来了。“这么说，他照旧是受这里人招待的。”公爵自己想着。

叶潘钦的家是一所豪华的别墅，具有瑞士农舍的风味，到处都是花草，收拾得十分雅致。它的周围是一座美丽的小花园。大家都坐在平台上，和在公爵那里一样；不过这里的平台比较宽敞，设备也漂亮些。

多数人好像都不喜欢现在的话题；可以猜出，这个谈话是由于一种忍不住发生的争论而起的，大家自然都想改变话题。但是，叶夫格尼·柏夫洛维奇好像越来越执拗，他不理睬别人的反应；公爵来到以后，他似乎更兴奋起来了。丽萨魏达·博罗可菲耶夫娜皱紧眉头，虽然她并没有完全听懂。阿格拉耶坐在旁边的角落里，没有走，她倾听着，始终保持沉默。

“对不住。”叶夫格尼·柏夫洛维奇热烈地辩驳着，“我一点也不反对自由主义。自由主义并不是罪过，它是整体中的一个必要的组成部分，没有它，整体就会解体或者僵死；自由主义具有存在的权利，正如最贤明的保守主义一样。但是我反对俄国的自由主义，我再重复一遍，我之所以反对它，是因为俄国的自由派并不是俄国的自由派，而是非俄国的自由派。如果你们找出一个俄国的自由派者，我可以立刻当着你们的面吻他。”

“只看他愿不愿意吻您。”阿历山大拉·伊凡诺夫娜异常兴奋地说。她的两颊红得比寻常厉害。

“你瞧，”丽萨魏达·博罗可菲耶夫娜心里想，“她有时混吃闷睡，推也推不醒她，有时忽然站起，每年一次，说出些令人无可奈何的话来。”

公爵偶然发觉，阿历山大拉·伊凡诺夫娜大概很不喜欢叶夫格尼·柏夫洛维奇的谈笑风生；他在谈论一个正经的题目，有时十分激昂，有时又似乎在开玩笑。

“公爵，我在您到来以前，刚刚发表一个意见，”叶夫格尼·柏夫洛维奇继续说，“就是说，直到现在，我国的自由派只由两个阶层的人组成，一个是以前的地主阶层（现在已经废除），一个是宗教界。因为这两个阶层已经完全形成等级，形成和民族完全不同的东西，代代相袭，越来越甚，所以他们过去和现在所做的一切，都完全不是民族的……”

“怎么？这么说来，他们所做的一切全不是俄罗斯的吗？”施公爵反驳说。

“不是民族的。虽然是俄国式的，但并不是民族的。我国的自由派不是俄罗斯的，保守派也不是俄罗斯的，他们全不是……你们要相信，凡是地主和教会所做的一切，民族决不承认，现在不，以后也不……”

“如果您不是开玩笑的话，这真是妙论！您怎么会发出这种妙论来呢？我不容忍这种攻击俄罗斯地主的怪话，您自己也是俄国地主。”公爵热烈地反驳说。

“但是，我关于俄国地主的言论并不像您所体会的那样。只是从我属于这个阶层的一点来看，这也是一个可尊敬的阶层；尤其是现在，当它已经不再存在的时候……”

“难道文学里也毫无民族的东西吗？”阿历山大拉·伊凡诺夫娜插嘴说。

“我对于文学完全是个外行人，但是据我看，俄国文学除去罗蒙诺索夫、普希金和果戈理以外，完全不是俄罗斯的。”

“第一，这已经不算少了。第二，他们之中有一个来自民间，另外两个是地主出身。”阿台拉意达笑着说。

“正是这样，但是您不要得意。因为在所有的俄国作家里，自古至今，只有他们三个人还能够各自说出一些确乎是自己的、本人的、不是从别人那里抄袭来的话。因此，这三个人也就立刻成为民族的了。在俄罗斯人中间，只要有人说出、写出或做出一点自己的、完全自己的、不是抄袭来的东西，那么，他一定会成为民族的，即使他不大会说俄国话也不要紧。这对于我是一个公理。但是，我们开始并没有谈论文学，我们讲到社会主义派，我们是从社会主义派开始谈起的；我认为，我们国内并没有一个俄国社会主义派；现在没有，以前也没有，因为我们所有的社会主义派也全是地主或宗教界出身。所有那些坏透了的、大肆宣传的社会主义派，无论是国内还是国外的作家，都只不过是农奴制度时代地主出身的自由主义派。你们笑什么？把他们的著作拿出来，把他们的学说和他们的回忆录拿出来，我虽然不是一个文学批评家，但是可以给你们写出一篇极可靠的文学批评论文，清楚地证明他们那些书籍、小册子和回忆录的每一页，首先是属于旧俄国地主的手笔。他们的怨恨、愤怒和机智，全是地主式的（甚至是法穆索夫[1]以前的地主！）；他们的喜悦，他们的眼泪，也许是真正的、诚恳的，然而也是地主式的！如果不是地主式的，便是教会式的……你们又笑了，您也笑了吗，公爵？您也不赞成吗？”

果然大家都笑了，连公爵也笑了。

“我还不能直说，我赞成不赞成。”公爵说，忽然止住了笑，哆嗦一下，露出小学生犯错误而被捉住时的神情，“但是，我对您说，听您的言论我感到特别愉快……”

他说话时几乎喘不过气来，额角还出了一些冷汗。这是他坐下来以后说出的第一句话。他想要向四围环顾，但又不敢这样做。叶夫格尼·柏夫洛维奇看到他的动作，微微笑了。

“诸位，我要向你们讲一桩事实，”他用以前的口气继续说，也就是一面似乎带着不寻常的热情和激烈的口气，一面几乎在那里发笑，也许是在笑自己所讲的话，“这种事实的观察和发现我应该归功于自己，甚至要归功于自己一个人，至少说，任何地方都没有讲过或写过这个事实。我所说的那类俄国自由主义的实质，就完全表现在这个事实里。第一，一般来讲，自由主义究竟是什么，不就是攻击现存的事物秩序吗？（这攻击是合理的或错误的，那是另一个问题。）不就是这样吗？现在，我的事实就在于俄国的自由主义并不是对现存事物秩序的攻击，而是攻击我们事物的本质，攻击事物本身。它不仅攻击秩序，不仅攻击俄国的秩序，而且攻击俄国本身。我的自由派竟达到否认俄罗斯本身的地步，也就等于仇恨和殴打自己的母亲。俄国的每一件不幸和失败的事实，都会使他欢欣若狂。他仇恨人民的风俗、俄国的历史，他仇恨一切。假如有可以为他辩解的地方，那就是他不明白自己在做什么，他把自己对俄国的仇恨当作最卓有成效的自由主义（噢，你们时常会在我们

1　格里鲍耶陀夫名剧《聪明误》中的人物。

中间遇到一个自由派，众人对他鼓掌欢迎，而其实呢，他也许是个最可笑、最愚蠢和最危险的保守派，自己却还不知道这一点！）。不久以前，我国还有一些自由派几乎把这种对俄国的仇恨当作真正的爱国心。他们自夸自赞，认为自己对爱国心应该表现在什么地方的这个问题，认为自己的看法高过别人。但是，现在他们表现得更加露骨了，甚至看见‘爱国’这两个字就感到羞耻，甚至认为这个概念有害，毫无价值，所以排斥它，消灭它。这个事实是千真万确的，我敢担保，而且……将来总有一天，我必须把真理充分地、简单地、公开地说明。但是，这种事实又是在任何地方、任何时候，无论在哪一个民族里都不会有和不会发生的，所以我认为这种事实是偶然的，是不能持久的。在其他任何地方，都不会有仇恨祖国的自由派。我们对这一切应该怎样去解释呢？我觉得还要用以前的话来解释，那就是俄国自由派至今为止，还不是俄国的自由派；据我看，不能有另外的解释。”

“我认为您所说的一切只是开玩笑而已，叶夫格尼·柏夫洛维奇。”施公爵正经地反驳说。

“我没有见过所有的自由派，所以不能加以判断。”阿历山大拉·伊凡诺夫娜说，“但是，我对您的意见感到很愤慨：您把个别的现象当成普遍的规律，这也就等于诬蔑。”

“个别现象吗？啊！你竟说出这样的话！”叶夫格尼·柏夫洛维奇抢上去说，“公爵，您以为怎样？这是不是个别现象呢？”

“我也应该声明，我不大和自由派见面，不大和他们来往。”公爵说，“但是，我以为您的话也许有点儿道理，您所说的那种俄国自由主义，的确有一部分仇恨俄罗斯本身而不只仇恨它的社会秩序。当然，这只是一部分……当然，对全体决不能这样说……”

他觉得难以措辞，不再说下去了。他的内心虽然非常激动，但是对于谈话却露出极大的兴趣。公爵有这样一个特点，就是当他听有趣的谈话时永远十分注意，当人家询问他时，他的回答非常率直。他的脸上，甚至他的身体动作上，都反映出他那种率直和信任的样子，反映出他对嘲笑和幽默并不怀疑。虽然叶夫格尼·柏夫洛维奇朝他发问时总是带着特别的嘲笑神情，但是现在经他这样一回答，竟很正经地望着他，似乎没有料到他会有这样的回答。

“啊……不过，您的话真有点儿奇怪，”他说，“您果真是正正经经地回答我吗，公爵？”

“您难道不是正正经经地问我吗？”公爵很惊异地反驳说。大家笑起来了。

“您相信他吧。”阿台拉意达说，“叶夫格尼·柏夫洛维奇总是愚弄人家！您要知道，他有时是很正经地讲什么事情的！”

“据我看，这是一个很重大的谈话题目，本来不应该来谈它。”阿历山大拉很严厉地说，“我们想出去散散步……”

“我们走吧，今天晚上很美！”叶夫格尼·柏夫洛维奇喊道，“但是，为了向你们证明我这一次说得十分正经，主要是为了向公爵证明这一点（公爵，您使我发生极大的兴趣，我可以向您赌咒，我还完全不是你们所想的那种空虚的人——虽然实际上我是一个空虚的人！）。而且，假如你们允许，诸位，我还要对公爵提出最后一个问题，这是由于我的好奇心提出的，谈完我们就可以走了。这个问题是在两小时以前好像特地钻进我的脑筋里来的（你瞧，公爵，我有时也思索正经的问题）。我已经把它解决了，但是我要看看公爵怎么说。刚才谈到‘个别事件’的问题。这几个字在我国很有重大意义的，时常可以听到人们谈到它。最近大家口头上谈论，报纸上也刊载某青年害死六个人的凶杀案，在审判时，辩护律师发出奇怪的言论，据他说，凶手在贫困的情况下，自然会想到杀死这六个人。他的原话不是这样，但是我觉得，意思的确是这样，或者近似这样。据我个人的意见，那位律师在表示这种奇怪的意见时，他深信自己所说的是当代可能说出的最自由、最人道、最进步的话。但是您的看法怎样呢？这种对概念和信仰的曲解，这种对于事物的歪曲和有趣的观察，究竟是个别现象还是普遍现象呢？”

大家哈哈地笑了。

“个别的，当然是个别的！”阿历山大拉和阿台拉意达笑起来了。

“还要容我对您提醒一下，叶夫格尼·柏夫洛维奇。”公爵说，“你的玩笑已经过于陈旧了。”

“您以为怎样，公爵？”叶夫格尼·柏夫洛维奇没有听完就问道，但他已经发觉列夫·尼古拉耶维奇公爵向他投出好奇和严肃的眼光，“您觉得这是个别现象还是普遍现象呢？说实话，我是为了您才想出这个问题来的。”

“不，这不是个别现象。”公爵轻声地但是坚定地说。

“得了吧，列夫·尼古拉耶维奇，”施公爵多少带点恼恨的神情喊道，“您不知道他想要和您为难吗？他根本是在取笑您，想拿您开心。”

“我以为叶夫格尼·柏夫洛维奇说得很正经。”公爵脸红了，垂下眼睛。

“亲爱的公爵，”施公爵继续说，“您记得不记得，三个月以前，我和您谈论过一次；我们曾经说，在我们新设立的法院里，可以找出许多非常卓越而有天才的律师来！陪审员们有多少极其巧妙的裁决！您当时是多么喜悦，我当时又如何为您的喜悦而高兴啊……我们说过，我们可以为此感到自豪……这种拙笨的辩护和奇怪的论据，当然只是偶然的，只是千分之一。”

列夫·尼古拉耶维奇公爵想了想，他轻声地，甚至很畏怯地，但带着十分自信的神情说：“我只是想说，对观念和概念的曲解（如叶夫格尼·柏夫洛维奇所说），是时常可以遇见的。不幸的是，普遍现象比个别现象多得多。假如这种曲解并不是普遍现象，那么，也许不会发生这类不可能的犯罪。”

“不可能的犯罪？但是，我可以告诉您说，像这样的犯罪，甚至更重大的犯罪，从前就有，而且永远都有，不仅在我国有，而且到处都有，据我看，此后还会长久地重演下去。区别只在于：我国过去不大公开，现在才开始公开谈论它，甚至写文章讨论它，因此人们觉得这类犯罪是如今刚出现的。您的错误就在这里，这是一个极天真的错误，公爵，我告诉您说。”施公爵带着讥讽的神情微笑了一下。

“我知道过去也有犯罪，而且是极大的罪行；我最近到监狱去过，认识了几个罪犯和被告。在罪犯中还有比这个人更可怕的，他杀过十个人，至今完全不认罪。不过，我看出这样一点：即使是最怙恶不悛的、不肯认罪的凶手，也都知道自己是一个罪人，也就是从良心上承认自己有过不良的行为，虽然并没有丝毫悔罪的意思。他们全是如此。但是，叶夫格尼·柏夫洛维奇所说的那班人竟不愿承认自己是罪犯，他们心里认为自己有权这样做，甚至行为很好，情形就是这样。据我看，重大的区别就在这里。还要注意的是，他们全是青年，也就是说，在他们的年龄，最容易受到歪曲观念的影响。”

施公爵已经不再发笑，带着怀疑的神情倾听公爵说话。阿历山大拉·伊凡诺夫娜早就想说什么话，但是她没有出声，好像有一种特别的念头在阻止她。叶夫格尼·柏夫洛维奇十分惊异地看着公爵，这一次没有丝毫讪笑的样子。

“我的先生，您为什么这样惊异地看他呢？”丽萨魏达·博罗可菲耶夫娜突然干涉起来，“难道他比您傻，不能和您一样判断事情吗？”

“不是的，我不是讲的这个，”叶夫格尼·柏夫洛维奇说，“不过，公爵（对不住，我要问您一声），假如您看到，观察到这一层，那么您为什么，究竟为什么（我还要向您道一声歉），在那件奇怪的事情里……就是新近发生的……就是蒲尔道夫司基的那桩公案里……您为什么没有注意到观念和道德信念的那种歪曲呢？实际上这是一模一样的！我当时觉得，您完全没有注意到。”

“是这样的，先生，”丽萨魏达·博罗可菲耶夫娜很激动地说，“我们大家都注意到了。我们坐在这里，在他的面前自吹自擂。但是，他今天接到他们中间一个人的信，就是那个最主要的人物，脸上长粉刺的人写的，你记得吗，阿历山大拉？他来信向公爵道歉（虽然用的是自己的方式），还说他和当时挑唆他的那个伙伴分手了。你记得吗，阿历山大拉？现在他最相信的就是公爵。我们虽然懂得怎样嘲笑他，但是还没有收到过这样的信。”

“伊鲍里特刚才也搬到我们别墅里了！”郭略喊道。

“怎么？已经来了吗？”公爵显得惊慌起来。

“您和丽萨魏达·博罗可菲耶夫娜刚走，他就来了，我带他来的！”

“我可以打赌。”丽萨魏达·博罗可菲耶夫娜忽然发火道，她完全忘记自己刚才还夸奖过公爵，“我敢打赌，他昨天一定到那个家伙住的阁楼上去，下跪求饶，恳求那个恶毒的家伙搬到这里来。你昨天去了吧？你刚才还承认过的，是不是这样？你是不是下跪了？”

“他根本没有下跪，”郭略喊道，“事实完全相反，昨天是伊鲍里特拉住公爵的手吻了两次，这是我亲眼看见的。他们两人的谈话就是这样结束的。此外，公爵只说，伊鲍里特如果能住在别墅里，病势会减轻些。伊鲍里特立刻答应等病势稍见减轻，便搬过来。”

“您这是何必呢，郭略……”公爵喃喃地说，站起来取帽子，“您何必讲这个，我……”

“您这是要往哪儿去呢？”丽萨魏达·博罗可菲耶夫娜阻止他说。

“您不必担心，公爵，”郭略兴奋地继续说，“您不必去惊扰他，他在走路以后睡熟了。他很高兴。您要知道，公爵，据我看，您最好今天不要见他，到明天再说，否则他又要觉得难为情了。他今天早晨说，他已经有半年没有感到这样爽快，这样强壮，甚至咳嗽也减少了大半。”

公爵看见阿格拉耶忽然离开座位，走到桌旁。他不敢望她，但是，他的整个身体都感到她在这一瞬间正看着他，也许很威严地看着他，她那对乌黑的眼睛里一定露出愤恨的神情，她的脸一定红了起来。

“尼古拉·阿尔达里昂南奇，我觉得您不应该把他带到这里来，假如他就是那个小痨病鬼，那天他哭泣着，请我们参加他的葬礼。”叶夫格尼·柏夫洛维奇说，“他当时那么娓娓动听地谈起邻家的墙，他一定会思念那面墙的，您要相信这一层。”

“你说得很对：他会跟你吵嘴或打架，随后当然就会走啦。”丽萨魏达·博罗可菲耶夫娜很威严地把针线盒挪到自己的身边，她忘记大家已经站起身来预备出去散步了。

“我记得他对于那座墙曾经大大赞扬，”叶夫格尼·柏夫洛维奇又抢上去说，“没有这座墙，他不能在巧辩中死去，而他是很想在巧辩中死去的。”

“那有什么？”公爵喃喃地说，“假如您不想饶恕他，您不饶恕，他也会死去的……他现在是为了树木搬来的。”

“哦，从我这方面说，我可以饶恕他的一切。您可以把这话转告给他。”

“您不应该这样了解，”公爵轻声地，似乎不乐意地回答说。他不抬起眼睛，继续朝地板上的一个点看：“您也应该准备接受他的饶恕。”

“这和我有什么相干？我对他有什么过错呢？”

“假如您不明白，那么……不过您是明白的。他当时打算祝福你们大家，并且接受你们的祝福，就是这样……”

“亲爱的公爵，”施公爵似乎小心翼翼地赶紧抢上去说，和在座的一些人交换了一下眼色，“地上的天堂不容易得到，不过，您到底还想找到它；天堂是很难达到的东西，公爵，比您那善良的心中所想象的还要困难。我们最好不要再谈下去，否则，我们大家也许又要惭愧起来，那时候……”

“我们出去听音乐吧。”丽萨魏达·博罗可菲耶夫娜厉声说，很生气地从座位上站起来。

大家跟着她站起来了。

第二章

公爵忽然走到叶夫格尼·柏夫洛维奇的身旁。

“叶夫格尼·柏夫洛维奇。”他用奇怪的热烈态度说，抓住他的手，“您要相信，我认为您是一个极正直的、极善良的人，无论在什么情况下都是如此。请您相信我这句话……”

叶夫格尼·柏夫洛维奇惊奇得倒退了一步。在刹那间，他强忍住笑；但是仔细一看，他发觉公爵似乎有点儿精神恍惚，至少心情和平常不一样。

“我敢打赌，”他喊道，“公爵，您想说的完全不是这个，也许完全不是对我说的……但是，您怎么啦？您不舒服吗？”

“可能，很有可能，您说我也许并不想朝您说话，这话您说得很对！”

他说完这话以后，似乎很奇怪地，甚至很滑稽地笑了一下。但是，他好像忽然兴奋起来，喊道：

“您不要对我提起我在三天以前的行为！我对于这三天感到十分惭愧……我知道我有过错……”

“但是……但是您究竟做了什么可怕的事情？”

“我看出您大概比任何人都为我感到惭愧，叶夫格尼·柏夫洛维奇。您脸红了。这是您心地善良的表征。我立刻就走，请您相信。”

“这是怎么啦！他的毛病总是这样发生的吗？”丽萨魏达·博罗可菲耶夫娜很惊慌地对郭略说。

“您不必担心，丽萨魏达·博罗可菲耶夫娜，我没有发病；我立刻就走。我知道，我……受了自然的侮辱。我病了二十四年，从出生一直到二十四岁。您现在就把我的话当作病人的呓语吧。我立刻就走，立刻就走，请您相信我。我并不脸红，因为为了这个而脸红是很奇怪的，不对吗？但是，在社会上，我是一个多余的人，我并不是由于自尊心才这样说。我在这三天内反复思索，决定我一有机会，就诚恳而正直地通知您。我有一些理想，有一些崇高的理想，这是我不应该来讲的，因为一讲起来，一定会惹得大家嘲笑。施公爵刚才对我提过这一点了。我没有文雅的姿态，我不懂得权衡轻重，我说话词不达意，这样往往贬低了思想。因此我没有权利……再说我好怀疑，我……我相信这府上没有人会侮辱我，大家过分地爱我，但是我知道（我一定知道），在病了二十年以后，一定会遗留下疾病的痕迹，因此人家不会不笑我……有时候……不是吗？”

他环顾一周，好像在等待回答和决定。这种突如其来的、病态的、在任何情况下都没有来由的举动，把大家弄得十分莫名其妙。但是，这种举动引起一段奇怪的插话。

“您为什么在这里说这个话？”阿格拉耶忽然喊道，“您为什么对他们说这个呢？对他们！对他们！”

她显然到了怒不可遏的程度，眼睛闪着火光。公爵哑口无言地站在她的面前，脸色突然惨白了。

“这里没有一个人配听这种话！”阿格拉耶的话爆发出来了，“这里所有的人，所有的人，都赶不上您的一只小指头，都不及您聪明，不如您心善！您比大家都诚恳，比大家都正直，比大家都美好，比大家都善良，比大家都聪明！这里有些人，都不配弯下身去拾起您刚才掉落的手帕……您为什么轻视自己、贬低自己？您为什么歪曲自己的美好品质？您为什么没有自豪心呢？”

“天哪，谁想到会说这个呢？”丽萨魏达·博罗可菲耶夫娜把手一举一拍，很惊讶地说。

“贫穷的骑士！万岁！”郭略如醉如狂地喊。

“不许出声！……您怎么敢在您家里侮辱我！”阿格拉耶忽然对丽萨魏达·博罗可菲耶夫娜责难道，她已达到了不顾一切的、什么也拦挡不住的歇斯底里状态，“你们大家为什么个个都折磨我！公爵，在这三天内，他们为什么为了您而和我纠缠呢？我无论如何也不会嫁给您！您要知道，无论如何，我永远也不会嫁给您！您要知道这一点！一个女人难道能够嫁给像您这样可笑的人吗？您现在用镜子照照自己，您现在站在这里像什么样子！……为什么，为什么他们尽逗我，说我想嫁给您呢？您大概知道吧！您也和他们同谋吧！”

“从来没有人这样逗你呀！”阿台拉意达吃了一惊，喃喃地说。

“谁也没有这样想过，谁也没有说过这样的话！”阿历山大拉·伊凡诺夫娜喊道。

“谁逗她了？什么时候逗她了？谁会对她说这种话？她是不是在说梦话？”丽萨魏达·博罗可菲耶夫娜朝大家说，气得直打哆嗦。

“在这三天内，大家都说了，每个人都说了！我永远，我永远也不嫁给他！”

阿格拉耶喊叫之后，苦泪横流，她用手帕捂住脸，身子落到椅子上了。

“他还没有对你求……”

“我还没有对您求爱，阿格拉耶·伊凡诺夫娜。”公爵忽然脱口而出。

“什——么？”丽萨魏达·博罗可菲耶夫娜忽然很惊讶地、激愤地、恐怖地喊出，“什么？”

她不敢相信自己的耳朵。

“我想说……我想说……”公爵哆嗦了一下，“我只想对阿格拉耶·伊凡诺夫娜解释……很荣幸地解释，我根本没有——向她求婚的意思……甚至将来也不……我在这件事情上一点儿也没有过错，真的，我一点儿也没有过错，阿格拉耶·伊凡诺夫娜！我从来不打算，我从来没有想过；您自己也会看出，我今后也绝不想这样。请您相信吧！一定是有什么坏人在您面前造我的谣言！您放心吧！”

他一边说，一边走到阿格拉耶的身边。她拿掉捂脸的手帕，匆匆地望了他一眼。她望着他那整个惊慌的姿态，咀嚼着他那一番话的意义，忽然面对着他哈哈大笑起来。她笑得那么爽朗，那么放纵，那么滑稽，那么充满讥讽的意味，阿台拉意达听了，首先按捺不住，尤其在她也看了公爵一眼的时候。她顿时奔到妹妹身旁，抱住她，发出和妹妹一样的、忍不住的、像学生一般快乐的笑声。公爵望着她们，忽然微笑起来，他带着快乐幸福的神情反复地说：

“嗯，谢天谢地，谢天谢地！”

阿历山大拉当时也忍不住，整个内心哈哈大笑起来。这三个人的笑声好像没完没了似的。

“真是疯子！”丽萨魏达·博罗可菲耶夫娜喃喃地说，“一会儿把人吓死，一会儿又……”

但是施公爵也笑了，叶夫格尼·柏夫洛维奇也笑了，郭略哈哈地笑个不停，公爵望着他们也哈哈地笑了。

“我们去散步吧，我们去散步吧！”阿台拉意达喊道，“大家一块儿去，公爵一定也要跟我们去。您不必走，您是一个可爱的人！他是一个多么可爱的人，阿格拉耶！对不对，妈妈？再说，我一定要，一定要吻他、拥抱他，为了……为了他刚才对阿格拉耶的那番解释。亲爱的

maman[1]，您容许我吻他吗？阿格拉耶，许我吻你的公爵吧！”这个淘气姑娘喊着，果真跳到公爵身旁，吻他的额角。公爵抓住她的手，紧紧握住，使阿台拉意达几乎喊叫起来。他带着无限的欢欣望着她，突然迅速地把她的手放到嘴边，连吻了三遍。

“我们走吧！”阿格拉耶呼喊道，“公爵，您搀住我。可以吗，maman？可以叫拒绝娶我的男人搀我吗？您不是已经永远拒绝我了吗，公爵？您不该这样，不该这样把手递给妇人，难道您不知道应该怎样搀着妇人走路吗？就是这样，咱们走吧，咱们要在最前面走；您想不想走在大家前面，tête-à-tête[2]。”

她滔滔不绝地说着，还在那里一阵阵地发笑。

“谢天谢地！谢天谢地！”丽萨魏达·博罗可菲耶夫娜唠唠叨叨地说，连她自己也不知道为什么喜欢。

“真是一些非常奇怪的人！”施公爵想，他自从和这般人相遇以来，已经想了成百上千遍了，但是……他很喜欢这些奇怪的人。至于梅思金公爵，他大概不十分喜欢。在大家都走出去散步的时候，施公爵皱着眉头，似乎十分忧虑的样子。

叶夫格尼·柏夫洛维奇心情好像极为快活，一路上，一直到车站，他都逗得阿历山大拉和阿台拉意达发笑。她们姐妹听到他所说的玩笑话以后，笑得特别爽朗，使得他开始有点儿疑惑她们并没有完全听他说话了。由于这个念头，他也不说明理由，就哈哈大笑起来，最后，带着十分特别的诚恳神情笑了起来（他的性格就是如此！）。这两个姐妹怀着极愉快的心情，她们不断地望着走在前面的阿格拉耶和公爵。显然，妹妹对她们出了一个极大的哑谜。施公爵努力和丽萨魏达·博罗可菲耶夫娜谈一些不相干的事情，他也许是想给她解闷，但是这使她感到非常厌

1　法语：妈妈。——编者注

2　法语：面对面。（tête本义是头，tête-à-tête指头挨头、面对面，引申为二人单独私谈。——编者注）

烦。她好像心情很乱，有时牛头不对马嘴地回答一句，有时则完全不回答。但是，阿格拉耶·伊凡诺夫娜的哑谜在这天晚上还没有结束。最后的一个哑谜已经落到公爵一个人的身上了。他们离开别墅，走了一百来步，阿格拉耶用急速的微语，对始终保持沉默的男伴说道："您朝右面看呀。"

公爵看了一下。

"您仔细看一看。您瞧公园里那只长椅，那里有三棵大树……不是一只绿色长椅吗？"

公爵回答说，他看见了。

"您喜欢这个地方吗？我有时在早晨七点钟，当大家还睡早觉的时候，一个人到这里来坐坐。"

公爵喃喃地说，这地方很美。

"现在您离开我吧，我不愿意再和您搀着手走了。不过，您最好还是搀着我的手走，但是不要同我说一句话。我愿意独自思索一下……"

不过这种警告是完全多余的。因为就算不这样吩咐，公爵在一路上也不会说出一句话来。当他听到关于长椅的话时，他的心跳得非常厉害。他在一分钟后醒过来了，很难为情地赶走自己的离奇念头。

在伯夫洛夫司克车站里，大家都知道，至少大家都在那里说，平常日子所聚集的人要比星期日和节日"上流些"。因为在星期日和节日，会从城里跑来"各色人等"。在平常日子，人们的打扮并不花哨，但极美观。大家去听音乐已成为一个习惯。这里的乐队也许确是俄国公园乐队中最好的一队，它时常演奏新曲。公园里显得非常体面和优雅，虽然整个说来有一些家庭气氛，甚至令人产生亲切的感觉。所有避暑的人们都到此地来会朋友。有许多人真正愉快地这样做，而且只为了会朋友才来。但是，也有些人单单是为了听音乐而来的。闹乱子的事情特别少，不过，就是在平常的日子里也发生过。这种事情原是不可避免的。

今天夜色很好，游人众多。乐队正在奏演着，坐满了人。我们的一伙坐在靠边的椅子上，在车站最左的那个大门附近。观众和音乐使丽萨魏达·博罗可非耶夫娜的精神活泼了一些，也使小姐们解了闷儿。她们已经和几个朋友打了照面，远远地向某些人很客气地点头。她们已经研究过行人服装的样式，发现一些奇怪的地方，讨论了一番，露出嘲笑的神情。叶夫格尼·柏夫洛维奇也时常和人家鞠躬。阿格拉耶和公爵仍然在一起，已经引起某些人的注意。有些相识的青年来到将军夫人和小姐们的身边；有两三个人留下谈话，他们都是叶夫格尼·柏夫洛维奇的朋友。他们中间有一个年轻漂亮的军官，十分活泼，很爱说话。他忙着和阿格拉耶攀谈，竭力使她注意自己。阿格拉耶对他十分和气，满脸堆着笑。叶夫格尼·柏夫洛维奇要把这个朋友介绍给公爵。公爵虽然不了解他的用意何在，但是介绍成功了，两个人互相鞠躬，伸出手来。叶夫格尼·柏夫洛维奇的朋友提出一个问题，但是，公爵不是不做回答，就是非常奇怪地咕噜了几句，这使得军官凝视他一下，然后又看了看叶夫格尼·柏夫洛维奇，立刻明白对方为什么做这个介绍了。军官微微冷笑一声，又对着阿格拉耶说话了。只有叶夫格尼·柏夫洛维奇一个人注意到，阿格拉耶突然为此而脸红了。

公爵甚至没有觉察出别人都在和阿格拉耶谈话和向她献殷勤，他有时候几乎忘记自己是坐在她的身旁。他有时想走到什么地方去，完全离开这里，即使到一个阴沉的、空旷的地方去也是高兴的，只要能够独自冥想，使任何人都不知道他的所在。至少说，他愿意回到自己家里的平台上去，但是不要有人在旁边，既不要莱白及夫，也不要他的孩子们；然后倒在沙发上，把脸伏在枕头上，就这样躺上一天一夜，然后再躺一天。他有时候也想到那些山，想到他所熟知的山下的一个点。他一向喜欢怀念那一个点，当他住在国外的时候，他喜欢到那个地方去，从那里瞭望下面的乡村，瞭望在下面微微闪着光的、像一条白线似的瀑布，瞭望白云，瞭望倾圮的旧堡垒。哦，他现在多么想到那里去。只想这一件事情，一辈子只想这件事情，就是想一千年也不够！但愿这里的人完全忘记他。啊，这简直是必要的。假如大家完全不认识他，他眼前的一切都是在梦境里，岂不更好！但是，梦和现实还不是一样吗？他有时忽然开始端详阿格拉耶，眼神有五分钟不离开她的脸。他的眼神太奇怪了：他望着她，就好像看着离他有二俄里远的东西一样，或者好像在看她的照片，而不是看她的真人。

“您为什么这样看我，公爵？”她忽然打断和周围人们的谈笑，这样说，“我害怕您。我老觉得您想伸出手来，用手指触我的脸，抚摩一下。对不对，叶夫格尼·柏夫洛维奇，他的眼神是不是这样的？”

公爵听到人家对他说话，似乎感到很惊异。他寻思了一下，也许不十分了解，并没有回答。不过，他看见阿格拉耶和大家都在笑，忽然张开嘴，自己也笑起来了。周围的取笑声更大了；军官大概是个爱笑的人，笑得前仰后合。阿格拉耶突然很愤怒地自言自语道：

“白痴！”

“天哪！难道她会这样……难道她完全发了疯！”丽萨魏达·博罗可菲耶夫娜自言自语地说。

“这是一个玩笑。这和从前那个‘贫穷的骑士’一样，只不过是一个玩笑。”阿历山大拉坚决地向她耳语，“只是如此罢了！她和平常一样，又和他开起玩笑来了。不过，这种玩笑开得太过分了，应该把它停止了，maman！她刚才好像女演员一样，演出她的拿手好戏，把我们吓了一大跳……”

“幸而她攻击的是那样一个白痴。”丽萨魏达·博罗可菲耶夫娜和她微语着。女儿的话总算使她感到轻松一些。

公爵听见人家叫他白痴了。他哆嗦了一下，但这不是由于人家管他叫白痴的缘故。他立刻忘掉“白痴”这两个字了。但是，在人群中，在离他的位置不远的地方，在旁边的什么地方，他怎么也指不出来，究竟在什么地方，究竟在哪一点上——闪出一个脸，惨白的脸，带着浓黑的松发，熟识的，而且十分熟识的微笑和眼神，它一闪就不见了。这很可能只是他的想象；从他所见的全部幻影中，留在他印象里的只有撇嘴的微笑，两只眼睛，和系在一闪而过的那位先生身上的淡绿的、漂亮的领带。

过了一分钟，他忽然匆促地、不安地环顾了一番。这第一个幻影可能是第二个幻影的预兆和前驱，一定是这样。在动身到车站来的时候，他莫非忘记了可能的遭遇吗？固然，他上车站来的时候，大概并不完全知道是到这里来——他是处在这样的精神状态之中。假如他善于或者能够仔细注意观察的话，他在一刻钟以前就能够察觉出，阿格拉耶也似乎在那里时时不安地环顾，好像在自己的周围寻觅什么东西。现在，当他的不安显露出来的时候，阿格拉耶心中的激动和不安也随着增长起来，他刚回头一看，她也立刻回过头去观望。他们的惊慌不久就得到了解释。

从车站的旁门里，就是公爵和叶潘钦一家人所坐的地方附近，忽然出现了一大群人，至少有十个左右。那群人的最前面是三个女人，其中有两个长得极美，在她们后面跟着许多崇拜者是不足为奇的。但是，这些崇拜者和女人本身都带有一种特别的、和乐队周围的听众完全不同的地方。大家差不多立刻就注意到他们了，但是大部分人都竭力装出完全没有看见他们的样子，只是有几个青年向他们微笑，低声交谈着。大家没法不看见他们：他们故意炫耀自己，高声谈笑。从表面上一看，就会知道他们中间有许多人已经喝醉了，虽然他们有几个人穿着漂亮考究的服装。但是，其中也有些样子很奇怪的人，他们穿着奇装异服，脸也红得奇怪；他们中间还有几个军人，也不全是年轻人；有的人打扮得很顺眼，穿着很合身的衣服，手上戴着戒指，袖子上戴着袖扣，头上有漂亮的、漆黑的假发和胡须，脸上露出特别高尚的，但是有点儿粗暴的神气，在社会上大家像避瘟疫似的躲避这种人。在我们那些郊外避暑胜地中间，固然有一些特别优美、名誉极好的地方；但是，就是最谨慎的人，也不可能在任何时候防备邻家屋上往下掉的砖头。这块砖头现在准备落到围在那里听音乐的右面观众头上。

如果要从车站走到乐队所在的小广场那里，必须走下三个石阶。

那群人就在石阶上止步了，没有敢走下来。但是，有一个女人一直向前走，她的随员中只有两个人敢跟随着她。一个是相当朴素的中年人，外表十分体面，但是他显出孤苦伶仃的样子，换句话说，他好像是那种从来不认识任何人，也没有人认识他的人物。另一个男人寸步不离那个女人，他穿着一身破烂衣服，脸上露出极暧昧的神情。此外再没有人跟在那个奇怪女人的身后了。当她下台阶的时候，她连瞧都没有往后瞧，仿佛有人跟她不跟她，是根本无所谓的。她照旧大声说笑；她的打扮特别雅致，雍容富贵，但是有点儿过分奢侈。她经过乐队，走向小广场的另一端，在那里，路旁有一辆自用马车正在等人。

公爵已经有三个多月没有看见她了。他来到彼得堡以后的这几天，一直想去见她；但是，一个神秘的预感阻止着他。至少他怎么也猜想不出，同她见面会留下怎样的印象，他有时拼命来想象这种印象。有一点他很清楚，这种相见一定是很痛苦的。在这六个月内，他有好几次想起他初次看见这个女人的照片的场景，想起她的面孔曾经使他产生怎样的感觉；但是他回想起，即使是在看照片的印象里，也包含着过多的痛苦成分。他在外省和她每天相见的那一个月，对公爵造成了一种可怕的影响，他有时愿意把这不久以前的回忆都赶走。在这个女人的脸上，永远有使他感觉痛苦的东西。公爵在和罗果静谈话时，把这种感觉说成无限的爱怜，这是很正确的。这张脸从照片上就使他的心里产生出极度怜惜的感情。他对这个女人产生的同情，甚至为她而痛苦的感觉，永远没有离开他的心，现在也离不开。不，甚至还要强烈些。但是，公爵并不满意他对罗果静所说的话；到了现在，在她突然出现的一刹那间，他也许从直接的感触上，了解他对罗果静所说的话里缺少的是什么。缺少的是可以形容恐惧的话。是的，就是恐惧！他现在，在这个时间内，充分感到恐惧；由于自己的特殊原因，他完全相信这个女人是个疯子。假如你爱一个女人甚于世间的一切，或者预感到这种爱情的可能性，而忽然看见她被锁在铁窗后面，在看守的棍杖下面呻吟。那么，这种印象和公爵现在所感觉到的就有点儿相像了。

“您怎么啦？”阿格拉耶很迅速地微语着，她回头看公爵，天真地拉他的手。

他把头转向她，看了她一眼，望着她那双乌黑的、在这时间闪耀着使他莫名其妙的光辉的眼睛，试着对她笑一下，但是好像在一刹那间忘记了她，又把眼睛移向右面，注视那特别的幻影。娜司泰谢·费里帕夫娜这时正从小姐们所坐的椅子旁边走过。叶夫格尼·柏夫洛维奇继续对阿历山大拉·伊凡诺夫娜讲一些大概十分滑稽可笑的话，他说得迅速而且热烈。公爵记得阿格拉耶忽然微语地说：“怎样的女人……”

这是一句不肯定的、没有说完的话：她立即忍住了，不再说什么话，但是，这已经足够了。娜司泰谢·费里帕夫娜旁若无人地走了过去，但是忽然回过头来，朝他们看去，似乎现在才发现叶夫格尼·柏夫洛维奇。

“咦！他在这里呢！”她忽然站住呼喊道，“人家打发多少听差寻找，都找不到他，他好像故意坐在这令人料想不到的地方……我以为你已经……到你叔叔那里去了！”

叶夫格尼·柏夫洛维奇满脸通红，疯狂地望着娜司泰谢·费里帕夫娜，但是很快地回转身去，背着她。

“什么！你难道不知道吗？你们想想看，他还不知道！用手枪自杀了！你的叔叔今天早晨用手枪自杀了！在两点钟的时候，人家对我这样讲的，现在已经满城风雨。听说他亏空了三十五万元公款，有的人说是五十万。我还以为他会给你留下遗产呢，其实他已经全部花光了。他是一个极放荡的小老头子……嗯，再见吧，bonne chance[1]！你果真不去吗？怪不得你及时辞职，真狡猾！不过这是废话，你是知道的，事先是知道的，也许昨天就知道了……”

虽然在这种无礼的纠缠里，在这种故意夸耀本来没有的亲密交情

1 法语：祝你成功！

里，一定含有什么目的，这一点现在已经毫无疑问了。但是，叶夫格尼·柏夫洛维奇起初还想含糊了事，无论如何不去理会那个侮辱他的女人。不过，娜司泰谢·费里帕夫娜的话却像霹雷似的打击他；他一听到叔叔死去，脸色白得好像手帕，转身向报信的女人看去。这时候，丽萨魏达·博罗可菲耶夫娜连忙从座位上站起来，大家也随着她立起，几乎从那里跑走了。只有列夫·尼古拉耶维奇公爵还在原来的座位上留了一会儿，似乎迟疑不决似的。叶夫格尼·柏夫洛维奇没有清醒，还站在那里，没有醒过来。但是，叶潘钦一家人还没有走上二十步，就出了一个可怕的乱子。

那个和阿格拉耶谈话的军官，是叶夫格尼·柏夫洛维奇的好朋友，他已经怒不可遏：

“就应该用鞭来抽，否则你没法驾驭这个贱货！”他说话的声音相当大。（他大概以前就是叶夫格尼·柏夫洛维奇的心腹。）

娜司泰谢·费里帕夫娜立刻向他转过身去。她的眼睛闪着光辉；她奔到站在两步以外的素不相识的年轻人身前，夺去那人握着的一根细马鞭，用全力斜抽侮辱她的人的脸。这一切发生在一刹那间……军官气得发昏，向她直扑过去。娜司泰谢·费里帕夫娜的随员已经没有一个人在她身旁，那个体面的中年绅士已经溜得无影无踪，那个快活的先生站在一旁，拼命地大笑。再过一分钟，警察自然是会赶到的，但是在这一分钟内，假如没有意外的援手，娜司泰谢·费里帕夫娜一定要吃些苦头。公爵也离有两步远，他连忙从后面抓住了军官的手。军官一面挣脱自己的手，一面朝公爵的胸脯上猛烈一推。公爵倒退两三步，落在椅子上了。但是，娜司泰谢·费里帕夫娜的身旁又出现了两个保护者。一个是拳术家，也就是读者已经熟知的那篇文章的作者，罗果静以前那帮喽啰中的活跃分子。他站到那个要行凶的军官的面前。

“我叫开历尔！退伍中尉！”他很傲慢地自我介绍说，“假如您想打架的话，上尉，我可以代替女性来伺候您，我曾经学过英国拳术。上尉，您不要推来推去。我很同情您流血受辱，但是当着大家的面向一个女人挥拳头，我是不能允许的。假若您是一个体面的绅士，就应该用另外一种方法。您自然明白我的意思，上尉……”

但是上尉已经清醒过来，不再听他说话了。这时，罗果静从人群中出现，迅速拉住娜司泰谢·费里帕夫娜的手，引她走开。罗果静本人显得十分慌张，脸色苍白，浑身哆嗦。他领娜司泰谢·费里帕夫娜走开的时候，对着军官的眼睛恶狠狠地笑了一下，用扬扬得意的商贩口气说：

“嗬！报应！脸上全是血！嗬！”

军官清醒以后，完全知道他应该找谁去算账，因此他一面用手帕捂住脸，一面很有礼貌地朝那已经从椅子上站起来的公爵说话：

“您是我刚才有幸结识的梅思金公爵吗？”

“她是疯子！得了疯病！请您相信我的话！”公爵用颤抖的声音回答，不知为什么向军官伸出两只哆嗦的手。

“我当然不能为发生这样的事情夸耀；但是，我需要知道您的尊姓大名。”

他点了点头，就走开了。在最后一位登场人物走开以后，过了整整五秒钟，警察才赶到地方。但是，这个乱子持续不过两分钟。群众中有些人站起来走了，也有些人只从这个座位移到另一个座位上；有些人很喜欢看热闹；还有些人纷纷议论，露出极大的兴趣。总而言之，这事情就平平常常地终结了。乐队又奏起音乐。公爵跟在叶潘钦一家人后面走去。假如在他被人家推开、坐到椅子上的时候，猜到或者向左看一看，一定会看见阿格拉耶站在离他二十步远的地方，观看这场丑剧，当时母亲和姐姐走得较远，频频呼唤，她也不理睬。后来，施公爵跑到面前，劝她赶快走。丽萨魏达·博罗可菲耶夫娜记得：当阿格拉耶回到她们身边的时候，神情非常紧张，几乎没有听见她们的呼唤。整整过了两分钟，当她们走进公园以后，阿格拉耶才用寻常那种冷淡和任性的声音说道：

“我想看一看这出喜剧怎样收场。”

第三章

车站上的事件使母亲和女儿们都产生了近乎恐怖的印象。在惊慌和骚乱中，丽萨魏达·博罗可菲耶夫娜领着女儿们几乎从车站上一直跑回家去。照她的观察和理解，在这事件里发生了、暴露了很多的东西。因此，在她那虽然非常混乱和惊慌的脑子里，已经产生出一些坚定的念头。大家全明白发生了一种特别的情况，也许还侥幸地开始暴露出某种特别的秘密。任凭施公爵以前怎样肯定地说明和解释，叶夫格尼·柏夫洛维奇“现在露出狐狸尾巴来了”，他现出了“庐山真面目”，“正式表明他和那个贱人有关系”，丽萨魏达·博罗可菲耶夫娜和她的两个女儿都这样想。从这结论里所得到的东西是哑谜更多了。小姐们虽然对于母亲那样惊慌失措的情况和明显的逃走暗中有些不满，但是在混乱的初期，她们没敢向她发问。此外，不知什么缘故，她们以为小妹妹阿格拉耶·伊凡诺夫娜对这件事情要比姐姐和母亲三个人知道得多。施公爵也像黑夜似的阴沉，显出沉思的样子。丽萨魏达·博罗可菲耶夫娜一路上不和他说一句话，而他却好像没有注意到这一点。阿台拉意达开口问她：“刚才讲的是哪一个叔叔？彼得堡出了什么事情？”但是，他的脸上露出极不愉快的神情，喃喃地回答说有待调查等极不肯定的话，他还说，这一切当然都是荒唐的。“这是无可置疑的！”阿台拉意达回答，之后再也不问什么了。阿格拉耶起初显得格外安静，只在路上说她们跑得太快了。她回头看了一次，看见公爵正在追赶她们。她看到他努力追赶的情形，冷笑了一声，再也不看他一眼。

最后，差不多到了别墅跟前，她们遇到迎面而来的伊凡·费道洛维奇。他刚从彼得堡回来。他一开口就询问叶夫格尼·柏夫洛维奇的情况。但是，他的夫人威风凛凛地从他面前走过，没有回答，甚至连看都不看他一眼。从女儿们和施公爵的眼神上，他立刻猜出家里起了大风波。但是，即使没出现这种情况，他自己的脸上也显出某种不安的神情。他立刻挽住施公爵的手，使他在家门口站住，悄悄和他说几句话。他们两人登上平台到丽萨魏达·博罗可菲耶夫娜那里去时，神色惊慌，根据这一点就可以猜出他们两个人听到了某种特别的消息。大家渐渐聚到楼上丽萨魏达·博罗可菲耶夫娜那里，平台只剩下公爵一个人了。他坐在角落里，似乎在等待什么，但是他自己也不知道是怎么回事；他看见这家人的混乱情形，竟没有想到走开。他显然忘却了整个宇宙，准备一连坐上两年，随便人家把他放在什么地方。他有时听见楼上惊慌的谈话声音。他说不出自己在这里坐了多长时间。天色已晚，完全昏黑了。阿格拉耶突然走到平台上来。她在外表上很镇静，虽然脸色有点儿惨白。她看见公爵坐在屋角的椅子上，“显然没有料到”会在这里碰见他，不由得惊疑地微笑了。

“您在这里做什么？”她走到他的跟前。

公爵喃喃地说些什么，露出很不好意思的样子，他从椅子上跳起来了；但是，阿格拉耶立刻坐在他的身旁，他也坐下来了。她忽然很仔细地看了他一下，然后又朝窗外看去，似乎并没有想什么，接着又朝他看。“也许她想笑，”公爵想，“但是不会的，如果要笑，她当时就会笑的。”

“您也许想喝茶吧？我叫他们沏茶。”她沉默了一会儿说。

“不，不……我不知道。”

“嗐，这还不知道！哎，我问您：假如有人叫您去决斗，您怎么办呢？我刚才就想问您。”

“但是……谁会这样做呢？没有一个人会叫我去决斗的。”

“嗯，假如有人叫您呢？您会十分害怕吗？”

“我想，我会十分……害怕的。”

“真的吗？那么，您是懦夫？”

“不是，也许不是。因惧怕而逃跑的人才是懦夫；虽惧怕而并不逃跑的，那还不是懦夫。”公爵想了一想，微微一笑。

“您不会逃跑吗？”

“我也许不会逃跑。”他终于对阿格拉耶的问话笑起来了。

“我虽然是个女人，但是我决不逃跑，”她几乎恼怒地说，“不过，您在那里笑我，并且照例在装腔作势，是为了表明您是一个极有趣味的人？请问您射击通常是不是在十二步以外？也有十步的吗？如此说来，那是一定会被打死或者受伤的？”

“怎么不大会呢？普希金不是被打死了吗？”

“那也许是偶然的。”

“完全不是偶然的：那是一场生死决斗，他被杀害了。”

“子弹在他身上落的位置很低，而丹特士一定是向高处瞄准的，对着他的胸部或头部；没有人会像那样瞄准目标。所以，子弹大概是偶然打中了普希金，因此这一定是错误造成的结果。这是内行人对我说的。”

“我有一次和一个兵士谈话，他对我说，当他们的队伍散开射击的时候，根据条令规定，他们必须朝半身瞄准。于是，他们就把这叫作‘朝半身射击’。不是朝胸部，也不是朝头部，而是朝半身射击。我之后问过一位军官，他说这是对的。”

“这是对的，因为他们是远距离射击。”

“您会射击吗？”

“我从来没有射击过。”

“难道连装手枪的子弹都不会吗？”

“不会。我明白怎样做，不过我从来没有装过。”

“这么说，您是不会的了，因为这需要实践！您听我说，要好好记住：最先要买一点儿上好的手枪用的火药，不要湿的（人家说不能用湿的，而要用很干的），还要细碎的，您必须买这样的货色，不要买放大炮用的火药。人家说，子弹是他们自己铸成的。您有手枪吗？”

“没有，也用不着。”公爵忽然笑了。

“唉，这真是没有意义的话！您一定要去买，买一支上好的，法国式或英国式的，听说那是最好的手枪。然后取一把火药，或者两把，塞进去。越多越好。然后塞进一块毛毡（不知为什么，听说非用毛毡不可），这可以想办法弄到，从一个褥垫里，或是从门上，有时人家是把毛毡钉在门上的。把毛毡塞进去以后，再把子弹放进去，——您听着，必须先放火药，然后放子弹，否则是射不出来的。您笑什么？我希望您每天练习射击几次，一定可以学会射中目标。您能够照办吗？”

公爵笑了。阿格拉耶恼恨地跺了跺脚。她在谈话时那种严肃的神情，使公爵感到惊异。他多多少少感觉到，他必须打听些什么、询问些什么。总之，是要问些比如何装手枪更正经些的事情。但是，这一切都从他的脑筋里飞走了，只剩下了一样，那就是她坐在自己的身边，他瞧着她。至于她讲什么话，在这一瞬间，他几乎是无所谓的。

伊凡·费道洛维奇本人，终于从楼上走到平台上来了。他紧蹙眉头，带着忧郁而坚决的神情，准备到什么地方去。

“啊，列夫·尼古拉耶维奇，你……现在到哪里去？”他问道，虽然列夫·尼古拉耶维奇并没想挪动地方，“咱们走吧，我要对你说几句话。”

“再见。”阿格拉耶说，跟公爵握手。

平台上已经很黑，公爵在这时候完全看不清她的脸。一分钟后，当他和将军从别墅里走出去的时候，他突然脸色发红，紧紧地握住自己的右手。

原来伊凡·费道洛维奇和他同路。伊凡·费道洛维奇不顾时间已晚，忙着和什么人谈话。但是，他忽然和公爵攀谈起来，话说得匆促、惊慌、极不连贯，他在谈话里时常提起丽萨魏达·博罗可菲耶夫娜的名字。假如公爵在这个时间内能够注意一下，他也许会猜得到伊凡·费道洛维奇想向他探听些什么事情，或者最好说是想直截了当地、公然地向他盘问什么事情，但是，总也不能谈到最主要的一点上去。使公爵感到惭愧的是，他的精神十分涣散，最初竟没有听见将军说的是什么，等到将军向他提出一个热烈的问题时，他不能不向将军承认自己一点儿也没有听明白。

将军耸了耸肩。

"你们全是一些奇怪的人，从各方面都是这样，"他又开始说，"我对你说，我完全不明白丽萨魏达·博罗可菲耶夫娜的思想和惊慌。她犯了歇斯底里症，一面哭，一面说人家侮辱我们，我们受了侮辱。是谁呢？怎样呢？和谁呢？什么时候？什么原因？老实说，我是有过错的。我承认这一点，我有许多过错。但是，这个不安静的、行为不端的女人的逼迫手段，可以唤警察来加以制止，我今天就打算和一个人见面，警告他一声。一切都可以轻轻地、温情地甚至和蔼地，借着朋友的交情安排妥当，绝不出什么乱子。我也同意，将来会发生许多事件，有许多解释不清的问题。这里也有阴谋；但是，假如大家在这里毫无所知，那么，他们在那里还是不会解释清楚的。假如我没有听见，你没有听见，他没有听见，她也没有听见任何东西，那么请问你，究竟谁听见了呢？假如不把事情的一半解释为海市蜃楼，解释为不存在的东西，好像日光……或其他的幻影，你看应该怎样来解释呢？"

"她是疯子。"公爵喃喃地说，忽然很痛苦地忆起了以前的一切。

"假如你讲的是她，那就说到一起去了。我有时也会有这样的念头，因此我一直睡觉睡得很安稳。但是我现在发现她们的意见正确些，便不相信她是发狂。这女人固然很无聊，然而她的心思极细，决不疯狂。今天对加比东·阿莱克谢奇的那种行动，就足够证明这一点。从她的方面讲，那是一种欺诈的手段，至少是伪善的举动，怀着特别的用意。”

“哪一个加比东·阿莱克谢奇？”

“唉，我的天，列夫·尼古拉耶维奇，你一点儿没有听我的话。我一开头就和你谈起那个加比东·阿莱克谢奇，我吓得现在手脚还直打哆嗦。也就是为了这件事情，我今天在城里多耽搁了一会儿。加比东·阿莱克谢奇·拉道姆斯基，叶夫格尼·柏夫洛维奇的叔叔……”

“啊！”公爵喊道。

“今天早晨七点钟，天刚亮，他开枪自杀了。这个老头儿受人尊敬，七十岁，是个乐天派，——正和她所说的一样，亏空了公款，一大笔款子！”

“她从哪儿……”

“知道的呢？哈，哈！要知道，她刚一到这儿，她的周围就成立了完整的司令部。你知道现在有什么人物到她那里去寻觅这种‘结交的荣耀’吗？她自然会从那些客人的口里听到的，因为现在整个彼得堡都已经知道这件事情，伯夫洛夫司克也总有一半人已经知道了，也许整个伯夫洛夫司克都知道了。但是，她所说的关于军服的那句话是多么细腻呀！据他们告诉我说，她曾经说叶夫格尼·柏夫洛维奇是预先辞职的！这真是一个恶毒的暗示！不，这并不表示疯狂。我自然不相信叶夫格尼·柏夫洛维奇会预先知道这件祸事在什么时候发生，也就是说在某天的七点钟等。但是，他总会有一些预感的。至于我，我们大家，还有施公爵，全都以为那老头子会给他留下一份遗产！可怕呀！可怕呀！但是你要了解，我并不责备叶夫格尼·柏夫洛维奇什么，这是应该对你赶紧说清楚的，不过，事情到底还是有点儿可疑。施公爵十分惊愕。这一切发生得太奇怪了。”

“但是，叶夫格尼·柏夫洛维奇的行动有什么可疑的呢？”

“一点儿也没有！他的举止非常高尚。我并不作什么暗示。我看，他自己的财产是完整的。丽萨魏达·博罗可菲耶夫娜当然不愿意听这个……但是最要紧的是，所有这类家庭灾祸，或者最好说是所有这类无谓的纠纷，简直叫人不知道该怎样去称呼它们……列夫·尼古拉耶维奇，你可以说是我们家庭的真正朋友，你想一想，原来叶夫格尼·柏夫洛维奇在一个月以前就已经向阿格拉耶求婚，遭到她严词拒绝，固然这消息确不确切还不得而知。”

“这是不可能的！”公爵热烈地喊道。

“难道你知道一点儿底细吗？”将军哆嗦了一下，露出惊异的样子，呆若木鸡地站在那里。“你瞧，亲爱的，我也许对你说出了无用的、不体面的话，但这是因为你……因为你……可以说是那样的人。也许你知道点儿特别的情形吗？”

“关于叶夫格尼·柏夫洛维奇……我一点儿也不知道。”公爵喃喃地说。

“我也不知道！我……我，老弟，他们简直把我……把我往土里活埋，也不想一想，这对于一个人是那么难受的事情，我忍受不了这个。刚才又发生了一场吵闹，真可怕！我对你说这话，因为我把你当作亲儿子看待。主要的是，阿格拉耶好像在那里笑她的母亲。关于叶夫格尼·柏夫洛维奇在一个月以前向阿格拉耶正式求婚，以及被她拒绝的事情，是她的姐姐们作为一种猜测说出来的……不过是一种极可靠的猜测。不过，你知道，她是一个任性的、荒唐的姑娘，非言语所能形容！她也许有的是宽厚豁达，有的是心智方面的优点，但是她还有那份任性、那份嘲笑。一句话，她具有一个魔鬼的性格，还加上荒唐的理想。现在她竟当面嘲笑母亲，嘲笑姐姐们，嘲笑施公爵。对我就更不必提了，她很少有不取笑我的时候；至于我呢，你要知道，我很喜欢她，就是她取笑我，我也喜欢她。我觉得，这个小鬼就为了这一点儿而特别爱我，也就是胜过爱别的人。我敢打赌，她也在那里取笑你。我刚才看见，她在楼上大吵一阵以后，又去和你谈话了。她和你坐在一起，像个没事人似的。”

公爵脸色通红，紧握住右手，但是默不作声。

“亲爱的，我的良善的列夫·尼古拉耶维奇！”将军忽然带着热烈的情感说，“我……连丽萨魏达·博罗可菲耶夫娜在一块儿（她又开始骂你，还为了你骂我，虽然我不明白为什么），我们总是爱你的，诚恳地敬爱你，甚至不管出什么事情，不管外表如何。但是，你必须同意，亲爱的朋友，你自己必须同意，这突然出的哑谜多么难猜，令人多么感到懊丧，当你听到这个冷血的小鬼（因为她站在母亲面前，露出对于我们的一切问话、特别对于我的问话，非常轻视的态度，因为我鬼使神差地发了傻气，忽然想表示自己是一家之主——真是发了傻气），这个冷血的小鬼竟忽然嘲笑地宣布，那个‘女疯子’（她是这样称呼的，我觉得很奇怪，她会和你说一样的话，她说：‘难道你们至今还没有猜到吗？’），‘那个女疯子’自己在心里决定，无论如何要使我嫁给列夫·尼古拉耶维奇公爵，就为了这个，竭力想把叶夫格尼·柏夫洛维奇从我们家里撵出去，她只说了这句话，另外没有任何解释，自己哈哈地笑着。我们当时张开了嘴。她当时把门啪地一带，就出去了。后来有人对我讲刚才你和她出了一段笑话……亲爱的公爵，你听着，你是一个不爱生气、很有判断力的人，我看出你身上这一点儿了，但是……你不要生气：她确乎是取笑你。她好像小孩似的取笑人，所以你不必生她的气，但是事情确实如此。你不必想到别的上去。她只是想愚弄你，愚弄我们大家，由于无事可做的缘故。啊，再见吧！你知道我们的情感吗？你知道我们对你的真挚感情吗？这感情是永远不变的，一点儿也不会变的……但是，我现在要到这里来，再见吧！我很少有像今天这样心绪不佳（通常是这么说的吧？）的情况……好一个别墅！”

公爵独自留在十字路口，向四面环顾一下，匆促地越过那条路，走近一所别墅的闪着灯光的窗子跟前，打开刚才和伊凡·费道洛维奇谈话时紧握在右手里的那张小纸，借微弱的灯光读道：

明晨七时，我将在公园绿椅上等候您。我决定和您谈一件与您直接有关的极重要的事情。

再者：希望您不要把这封信给任何人看。我对您下这样的命令虽然感到不好意思，但是我觉得，这是您应得的处分，也就写下了，同时为了您那可笑的性格羞得脸红。

又启者：绿椅就是我刚才指给您看的那个。您应该感到难为情！我不能不补写这一句。

这张字条大概是在阿格拉耶走到平台上来之前匆忙中写成的，马马虎虎折好的。公爵露出无可形容的、类似惊惧的激动神情，又紧紧地将那张小纸握在手里，赶紧从窗户旁边、从光亮那里跳走，像一个受惊的小偷一样。就在这种行动里，忽然和一直立在他肩膀的一位先生相撞。

“我在监督着您呢，公爵。”那位先生说。

“是您吗，开历尔？”公爵很惊异地喊道。

“我正找您呢，公爵。我在叶潘钦家的别墅附近等候您，自然不能进去。您和将军同行的时候，我在后面跟着。公爵，我愿意为您效劳，您可以支使我。我准备牺牲，甚至准备死，只要您需要的话。”

“但是……为了什么？”

“一定会发生一场决斗的。那个莫洛夫错夫中尉，我知道他，不过并无个人交往……他是不肯忍受侮辱的。对我们这班人，也就是我和罗果静，他自然看得一文不值，这也许是应该的，因此他就只要找您一个了。只好归您付酒钱了，公爵。他问过您的姓名，我听见的。明天他的朋友一定会上您那里去，也许现在已经在那里等候。假如您看得起我，选我为证人，我是准备为您效劳的。我就为了这件事来找您，公爵。”

“您也讲起决斗来了！”公爵忽然哈哈大笑起来，使开历尔感到特别惊异。他笑得很厉害。开历尔在提出充当证人的要求还没有得到满足之前，的确像坐在针毡上一样不安，现在看着公爵这样欢笑，几乎生起气来。

“但是，公爵，您刚才抓住他的手。在大众面前，对于一个体面的人来说是难以忍受的。”

“但是，他推我的胸脯！”公爵笑着喊道，“我们没有什么可决斗的！我向他赔一个罪，也就完了。不过，如果要打架，那就打吧！我宁愿让他先放枪。哈，哈，哈！我现在会装手枪啦！您会装手枪吗，开历尔？应该先去买一点儿火药，手枪用的，不要湿的，不要放大炮用的那种大粒的；应该先把火药放进去，再从门上取一块毛毡，然后再塞进子弹，而不是先放子弹，后放火药，因为这样是放不响的。开历尔，我跟您说：因为这样是放不响的。哈，哈！难道这不是至理名言吗，开历尔老兄？您知道，我现在想抱着您，吻您一下。哈，哈，哈！您刚才怎么会忽然立在他面前？您快点儿到我家里去喝香槟酒吧。我们喝它一个烂醉！您知道不知道，我有一打香槟酒，放在莱白及夫的地窖里。前天，也就是我搬到他那里去的第二天，莱白及夫‘偶然’卖给我的，我把它全部买下来了！我要邀请一大批客人！怎么，您今天夜里还想睡觉吗？”

“和每个夜里一样，公爵。”

“那么，祝您安眠！哈，哈！”

公爵越过道路，跑到公园里去了，这使开历尔很窘，站在那里寻思起来。他从未看见公爵有过这样奇怪的情绪，简直想象不到他会这样。

“也许是太激动了，因为他是一个神经质的人，这一切使他发生强烈的印象，但是，他自然是不会胆怯的。这类人是不会胆怯的，真的！”开历尔在心里想道。“嗯！香槟酒！这真是一个好消息。十二瓶酒，一打，存货倒真不少。我敢打赌，这批香槟酒一定是莱白及夫从什么人那里收下，当作抵押品的。嗯，这公爵是很可爱的人；我真爱这类人。现在不要磨蹭了……假如有香槟酒，现在正是应该喝的时候……”

公爵太激动了，这一点自然是对的。

他在黑暗的公园内徘徊了许久，终于“发现自己”在一条林荫路上走来走去。他的意识里留下一个回忆。那就是：他在这条林荫路上，从长椅到一株高大的老树那里，总共一百来步，已经来回走了三四十次。他怎么也记不起，他在公园里逗留了至少有一小时，在这段时间内想些什么，即使他愿意记起也记不起了。他发觉自己有一个念头，为了这个念头，他忽然忍不住笑起来了。虽然没有什么可笑的地方，但是他老想笑。他想到，不只是开历尔一个人猜测会发生决斗，如何装子弹的故事也不是偶然说出来的……“哎哟！”他忽然站住，脑筋里闪出另一个念头，“她刚才到平台上去的时候，我正坐在角落里。她发现我在那里，显得特别惊讶，竟笑起来了……还讲到喝茶的话。其实，她的手里当时已经握着那张纸，她一定知道我坐在平台上，为什么要惊讶呢？哈，哈，哈！”

他从口袋里取出那张纸，吻了一下，但是立刻止步，凝思起来。

“这真是奇怪！这真是奇怪！”一分钟以后，他甚至带一种忧愁说着：在感到极度快乐的时候，他永远会变得忧愁起来，他自己也不知道这是为什么。他向四周仔细观看了一下，很惊讶自己会跑到这里来。他很累，走到长椅那里，坐了下来。四周特别静寂。车站上的音乐已经停止了。公园内大概已经没有一个人了。时间自然是到了十一点半以后。夜是寂静的、温暖的、光明的。

那是六月初的彼得堡之夜。在花草浓密、绿荫如盖的公园里，在他停留的林荫路上，差不多已经完全黑暗了。

假如在这时候有人对他说，他已落入情网，热恋一个女人，他一定会大吃一惊，否认这种想法，甚至也许会愤慨起来。假如又有人说，阿格拉耶的信是一封情书，是约期幽会，那么他会为那人羞愧得无地自容，也许要找他出去决斗。这一切是完全诚恳的。他一次也不疑惑，或者容许一点点“双重”思想的存在，以为这个女郎可能爱他，甚至他可能爱这个女郎。这个女郎可能爱他，爱“他这样一个人”，他认为这是一件荒诞的事情。他想，假如真有什么事情，那不过是她的顽皮行为；但是，他对于这种顽皮行为感到非常冷淡，认为这是题中应有之义；而自己呢，却忙于另外一件完全不同的事情，为另外一件事情担忧。刚才那个慌乱的将军说过，她在那里取笑大家，特别是取笑他，取笑公爵，他完全相信那句话。但是，他并不感到丝毫的侮辱；据他看，这是应该如此的。他认为主要的是：明天一清早，他又可以看见她，和她并坐在绿椅上，倾听她讲装手枪子弹的方法，看她的脸。他也不需要什么别的东西。她究竟要对他说什么话，那对他有直接关系的重要事情究竟是什么？——关于这个问题，他也想过一两次。除此而外，他对于阿格拉耶叫他去商量的这件“重要事情”，一刻也不疑惑它的确是存在的，但是，他现在几乎完全不去想这件重要的事情，甚至感觉不到有一点儿去想它的心情。

林荫路的沙子上发出一阵轻轻的脚步声，他听到之后便抬起头来。有一个人走到长椅前面，在他的身旁坐下了。在黑暗中，很难辨别这个人的脸。公爵迅速挪到那人的身边，几乎挨到一起，这才看清了罗果静的惨白的脸。

“我就知道你在这里的什么地方溜达，不费多少工夫就找到了。”罗果静从牙缝里喃喃地说。

自从那一天在旅馆的走廊里相遇以后，他们还是第一次碰头。罗果静的突然出现使公爵大吃一惊，在一时之间不能集中自己的思想，痛苦的感觉又在他的心里复活了。罗果静显然明白他给予公爵怎样一个印象。他虽然起初有点儿混乱，似乎用一种熟练的轻松神情说话，但是公爵不久就觉得罗果静并没有一点儿熟练的，甚至并没有一点儿特别惭愧的神色：即使在他的姿势与谈话中有什么难为情的样子，那也只是外表；这个人在内心里是不会改变的。

“你怎么……会来这里找我？”公爵为了说点儿什么话，先这样问。

“是开历尔告诉我的（我到你那里去过的），他说：‘公爵到公园里去了。’我想，原来如此。”

“什么叫作‘原来如此’？”公爵很惊慌地追问这句脱口而出的话。

罗果静冷笑一声，没有加以解释。

“我接到了你的信，列夫·尼古拉耶维奇。你用不着来这一套……你何必如此！……我现在代表她来见你：她一定请你去一趟。她有重要的话对你说。请你今天就去。”

“我明天去。我现在要回家去，你……到我家里去吗？”

“有什么事？我已经对你全说过了。再见吧。”

“你难道不去吗？”公爵轻声问他。

“你这人真怪，列夫·尼古拉耶维奇，你真奇怪。”罗果静恶狠狠地笑了一下。

“为什么？为什么你现在这样恨我？”公爵忧愁地、热烈地抢上去说，“现在你自己也知道，你的想法完全是不对的。我觉得你至今还没有消去对我的仇恨。你知道这是为什么？因为你曾经想谋害我的性命，因此你的恨意还没有消除。我对你说，我只记得一个帕尔芬·罗果静……就是那天结拜为弟兄的那个罗果静。我在昨天那封信里提到这一点，希望你忘记那些噩梦，不要开始和我谈这件事情。你为什么从我的身边躲开？为什么把手藏了起来？我对你说，那天的一切我只认为是一个噩梦；我现在完全了解你在那一天的心情，正如了解我自己一样。你想象的一切是不存在的，而且也不会存在。我们的仇恨为什么要存在下去呢？”

“你还会有什么仇恨？”罗果静回答着公爵的热情的、突如其来的话语，又笑起来了。他确乎躲着他，立在一旁，倒退了两步，把手藏起来了。

“现在根本不能到您那里去，列夫·尼古拉耶维奇。”他最后慢吞吞地、很简洁地补充说。

“你竟恨我到这种地步吗？”

“我不喜欢你，列夫·尼古拉耶维奇，我为什么要到你那里去呢？公爵，你就像一个小孩，你想找玩具，而且立刻就要，但是你不明白事理。你现在所说的一切，在信上写得明明白白，难道我不相信你吗？我相信你说的每一句话，我知道你从来不骗我，将来也不会骗我。但是，我还是不喜欢你。你在信上说，你已经忘却一切，只记得一个结拜兄弟罗果静，并不记得当时动刀杀你的罗果静。你为什么知道我的情感？（罗果静又笑了）我从那时候起，对这件事一次也没有忏悔过，而你却把你饶恕弟兄的话寄给我了。我也许在那天晚上已经完全想别的事情，至于这件事情……”

“竟忘记想了！”公爵抢上去说，“那还用说！我可以打赌，你当时一直坐了火车到伯夫洛夫司克来听音乐，就像今天似的，在人群里尾随和监视着她。这并没有使我惊讶！你当时假如不是只想一件事，就绝不会举刀来杀我。那天我从早晨起，一看到你就有了预感；你知道不知道，你那时是怎样的？当我们交换十字架的时候，我就有了这种念头。你那时为什么领我到老太太那里去？你不是想借此拦阻自己的手吗？不见得是有意识地想，也许只是感觉到，像我一样……我们当时具有同样的感觉。假如你当时不举手杀我（上帝把这手挪开了），我现在该怎样对你呢？我在这方面反正已经疑惑你，我们的罪过是一样的，是相同的！（你不要皱眉！喂，你笑什么？）你说，‘没有忏悔过！’即使你想忏悔，你也许还不能忏悔，因为你并不喜欢我。即使我像天使一般，在你面前是纯洁的，你也不会容忍我，只要你想她不爱你，而是爱我，你就容不下我。这就是妒忌。我在这星期内仔细想过，帕尔芬，现在我对你说：你知道不，她现在也许爱你比爱任何人都厉害，她越折磨你，也就是越爱你。她不会对你说这个，但是你自己必须会观察。为什么她到底要嫁给你呢？她之后会对你说的。有些女人就希望人家这样爱她们。她就是这样性格的一个人！你的性格和你的爱情会使她发生强烈的印象！你知道不知道，女人能够用残忍和嘲笑折磨男子，从来不感到良心的责备，因为她每次看着你，心里都会这样想：‘现在我把他折磨得要命，以后可以用我的爱情来补偿他’……”

罗果静听完公爵的话，哈哈地笑了。

“公爵，你自己不是碰到这样的女人了吗？我也听到人家讲你的事情，就不知道确不确定？”

“你听到什么话？”公爵忽然哆嗦了一下，止住步，显出异常惭愧的样子。

罗果静继续发笑。他带着一些好奇心，也许还有些愉快地倾听公爵的话。公爵那种快乐的、热烈的情感使他感到惊异，给他增添了勇气。

“我不但听到，现在自己也看出，这是实在的。”他补充说，“你从什么时候起像现在这样说话？这样的谈话好像不是从你嘴里说出来的。假如我没听到人家说你这类话，我就不到这里来了；而且是半夜里到公园来。”

“我完全不明白你的话，帕尔芬·谢敏诺维奇。”

“她早已对我解释过你的事情，今天我也亲自看到你和那一位一同坐在一起听音乐。她对我赌咒，昨天和今天都对我赌咒，说你像一只小猫似的爱上了阿格拉耶·叶潘钦娜。公爵，这对于我反正一样，而且这件事与我也不相干：即使你不再爱她，她还没有不爱你。你要知道，她一定想要你和那一位结婚，她竟发了这样的誓，哈，哈！她对我说：‘不达到这个目的，我就不嫁给你，她们到教堂里去，我们也到教堂里去。’这是什么意思，我无从了解，而且永远不会了解。她是不是爱你爱得没有止境呢，还是……她如果爱你，为什么又要你和别的女人结婚呢？她说：‘我想看见他幸福。’这么说，她是爱你的。”

“我对你说过，在信上也写着，她……是发疯啦。”公爵听了罗果静的话以后，很痛苦地这样说。

“天晓得！你也许弄错了……不过，今天当我把她从音乐队那里拉走的时候，她就定下了结婚的日期：过三星期以后，也许还早些。她说，我们一定结婚；她起誓，把圣像摘了下来，吻了一下。公爵，现在一切都看你的啦，哈，哈！”

“这完全是胡说八道！你所说的关于我的一切，是永远不会有的，永远不会有的！我明天到您那里去……”

“你怎么说她是发疯呢？”罗果静说，“在别人看来，都认为她的神志很清醒，怎么唯独你一人认为她是发疯了呢？她怎么会写信到那边去呢？她既然是疯子，从信上也可以看出来。”

“什么信？”公爵惊惧地问。

“她写信给那一位，那位读她的信。你还不知道吗？你总会知道的，她一定会给你看。”

“这真令人无法相信！”公爵喊道。

“唉！列夫·尼古拉耶维奇，你呀！据我看，你对此道经验太少了，你只是刚刚开始。过不了多久，你就要雇私人侦探，自己日夜看守着，打听她每一步的行动，如果……”

“你住嘴吧，永远别再提这件事情！”公爵喊道，“我跟你说，帕尔芬，刚才在你没有来以前，我到这里来，突然大笑起来，也不知道为什么。唯一的原因，就是我记起明天恰巧是我的生日。现在快到十二点钟了。走吧，我们去迎接这个日子！我有酒，我们可以喝两杯。请你向我表示祝贺，祝什么呢？我自己也不知道祝贺什么。你祝贺我，我也祝你幸福无疆。否则的话，你就把十字架还给我！在第二天，你并没有把十字架送还给我呀！你带在身上吗？你现在还带着吗？”

“我身上带着呢。”罗果静说。

“好，那么我们走吧。你不在的话，我不愿意迎接我的新生命，因为我的新生命开始了！你不知道，帕尔芬，我的新生命今天开始了吗？”

“现在我亲眼看见并且自己知道新生活是开始了，我要这样告诉她。你现在完全不像你自己了，列夫·尼古拉耶维奇。”

第四章

公爵同着罗果静走进自己的别墅时，感到特别惊异，他看见平台上灯火辉煌，有许多人在那里谈笑。这伙人情绪很高，边说边哈哈大笑；他们好像大声喊叫地辩论着。一看就知道他们正在解闷消闲。当他走上平台的时候，他果真看见大家正在喝酒，喝的是香槟酒，而且似乎已经喝得很久了，因此，有许多饮酒作乐的人已经露出手舞足蹈的样子。客人全是公爵的熟人，但奇怪的是，他们却好像接到邀请似的一下子都来了，而在实际上，公爵并没有邀请任何人，就是自己的生日，他也是刚才偶然想起来的。

“你一定告诉过什么人，说你要开香槟酒，所以他们全都跑来了。”罗果静喃喃地说，随着公爵到平台上去。“我们知道这种情形，只要朝他们吹一下口哨就够了。”他几乎很恼怒地说，显然忆起了他最近的情况。

大家向公爵呼喊和祝贺，把他包围住了。有些人嚷得很厉害，也有些人安静得多，但是，当大家听到他过生日时，就都忙着轮流上前道贺。公爵对某些人的来临有兴趣，譬如蒲尔道夫司基。但是，最使他惊异的是，叶夫格尼·柏夫洛维奇也在这伙人里面。公爵几乎不相信自己的眼睛，他看到那个人，不免吓了一跳。

莱白及夫满脸通红，带着兴高采烈的神情，他立刻跑来做解释：他的酒已经喝得很够程度了。从他那啰啰唆唆的话里，可以知道大家的聚会完全是自然而然发生的，甚至算得上一种巧遇。将近黄昏时，伊鲍里特首先来到，他因为病体大大好转，愿意在平台上等候公爵。他横躺在沙发上面，然后莱白及夫跑来看他，然后他的整个家庭全都来了，也就是他的女儿们，还有伊伏尔金将军。蒲尔道夫司基是伴送伊鲍里特来的。篇纳和波奇成大概来得不久，顺路进来看一看（他们是在车站上出事的时候来的）。随后，开历尔来了，他宣布今天公爵过生日，便要香槟酒喝。叶夫格尼·柏夫洛维奇半小时以前才来。郭略极力主张开香槟，举行庆祝。莱白及夫很爽快地把酒取出来了。

“不过，这是我自己的酒，我自己的酒！”他对公爵喃喃地说。“为了祝贺您，这次由我请客，另外我还预备了些菜、冷盘，小女正在张罗着；但是，公爵，您知道他们在讨论什么题目呀！您记得哈姆雷特所说‘生存还是毁灭’[1]这句话吗？一个现实的题目，现实的！有问有答……帖连奇耶夫先生兴致勃勃，觉都不想睡了！香槟酒他只喝了一口，喝了一口，对他是不会有害处的……公爵，您挪坐得近些，决定一下！大家全等候您，大家只等候您施展卓越的智慧……”

魏拉·莱白及娃也忙着从人群里挤到公爵面前，公爵看到了她那温柔可爱的眼神。他越过大家，先伸出手来给她；她快乐得脸红，祝他“从今天起一直过着幸福的生活”。然后她很快地跑进厨房，她正在那里预备冷盘。在公爵回家之前，她只抽出了一点儿工夫，跑到平台上来，用心倾听那些喝了酒的宾客争论某些极抽象的、她感到很奇特的问题。她的小妹子张着嘴，在另一间屋的箱子上面睡熟了，但是那个男

1　莎士比亚名剧《哈姆雷特》中主人公所说的话，即英文的“to be or not to be”。——编者注

孩，莱白及夫的儿子，却站在郭略和伊鲍里特身旁，单从他那兴奋的脸色就能看出：他准备一动不动地站在这里欣赏和倾听着，哪怕一连站十个钟头都可以。

“我特别等候着您，看见您带着这样快乐的样子回来，尤其感到异常高兴。”当公爵与魏拉握过手之后，立刻走过去和伊鲍里特握手的时候，伊鲍里特这样说。

“您怎么知道我‘这样快乐’呢？”

“从脸上看得出来。您和他们寒暄以后，赶快坐到我们这里来。我特别等候您。”他又补充说，特别着重在“等候您”这几个字上。公爵问：“你坐得这么久会不会妨害身体的健康？”他回答说，他自己也觉得奇怪，他在三天以前几乎要死了，可是从来没有感到像今天晚上这样舒服。

蒲尔道夫司基跳了起来，喃喃地说是“这么回事……”，说伊鲍里特是他“带来的”，他也很喜欢。他在信里写了些“无聊的话”，现在“只是高兴……”。他没有说完，就紧握公爵的手，坐到椅子上了。

公爵最后才到叶夫格尼·柏夫洛维奇面前去。叶夫格尼·柏夫洛维奇立刻搀住他的胳膊。

“我有两句话对您说，”他低声说，“有一桩极重要的事情，我们到那里去一会儿。”

“两句话。”另一个声音朝公爵的另一只耳朵上微语，另一只手从另一面挽住他的胳膊。公爵惊异地看见一个毛发异常蓬松，脸色紫红，一面挤眉弄眼一面笑的人，公爵立刻认出他就是费尔特申阔，不知道他是从哪里钻出来的。

“您还记得费尔特申阔吗？”那个人问。

“您从哪里来的？”公爵喊道。

“他正懊悔哪！”开历尔跑过来喊道，“他躲藏起来了，他不愿意出来见您，他躲到那个角落里忏悔，公爵，他觉得自己做错了。”

“有什么错处？有什么错处？”

“我遇见了他，公爵，我刚才遇见他，把他领来了。他是我的一个少有的朋友，但是他在那里忏悔。”

“诸位，我很高兴。来，你们和大家坐在一块儿吧，我立刻就来。”公爵终于摆脱了他们，匆忙走到叶夫格尼·柏夫洛维奇那里去。

“您这里很有趣。”叶夫格尼·柏夫洛维奇说，“我很愉快地等候了您半个来小时。是这样的，最敬爱的列夫·尼古拉耶维奇，我和库尔梅塞夫全说妥了，所以跑来安慰您。您不必担心，他把这事情看得很慎重，何况，据我看来，本来就是他的错。”

“和哪一个库尔梅塞夫？”

“就是您刚才拉住他的手的……他非常愤怒，已经打算明天派人来和您解释。”

“算了吧，多么无聊！”

“当然无聊，也只好以无聊了结它。但是我们这些人……”

“您到这里来也许还有别的什么事情吧，叶夫格尼·柏夫洛维奇？”

“当然还有别的事情。”叶夫格尼·柏夫洛维奇笑了，“亲爱的公爵，我明天天一亮就到彼得堡去办那件不幸的事情（就是家叔的事情），您想一想，这一切都是确实的。除我以外，大家全都知道了。这使我惊愕得竟来不及上叶家去；明天我也不去，因为我要上彼得堡去，您明白吗？我也许有三天不能回来。总而言之，我的事情有点儿尴尬。虽然事情并不特别重要，但是我想我必须极开诚布公地和您解释一下，而且不能丧失时机，也就是要在离开这里以前。我现在想坐一会儿，等一等，如果您愿意的话，我要等到那伙人散走，再加上我也没有什么地方去，我的精神十分不安，睡不着觉。虽然我这样直接麻烦人，有点儿昧良心，而且不很体面，但是我要对您直截了当地说：我的亲爱的公爵，我是跑来寻求您的友谊的。您是一个天下少有的人，那就是说，并非步步都要说谎，也许根本就不说谎，而我在一件事情上需要一个朋友和顾问，因为我现在已经完全成为不幸的人了。”

他又笑了。

“糟糕的是……”公爵寻思了一会儿说，“您想等他们散走，但是天晓得他们什么时候走呢。我们现在最好到公园里去，他们可以等候一下的。我可以向他们道歉。”

“不必，不必，我有自己的原因，不愿人家疑惑我和您进行着带有目的的紧急谈话；这里有些人对于我们的关系很感兴趣，您不知道这一点儿吗，公爵？最好是使他们看见我们相互非常友善，并不是只具有特殊的关系，您明白吗？他们过两点钟后散走；我只要费您二十分钟，或半小时的工夫就够了……”

“好吧，非常欢迎。就是不解释，我也很高兴。您说我们具有友好的关系，我很感谢您。我今天精神恍惚，请您原谅。您知道，我不知为什么这时候竟不能集中注意力。”

“我看见了，我看见了。”叶夫格尼·柏夫洛维奇微微一笑，喃喃地说。他这天晚上很爱笑。

“您看见什么？”公爵抖动一下说。

“您不疑惑，亲爱的公爵。”叶夫格尼·柏夫洛维奇继续笑着，不直接回答问题，“您不疑惑，我到这里来是在存心骗您，顺便向您探听什么事情吗？”

“您到这里来探听，这一层是无可疑惑的。”公爵终于笑了。

“您也许还决心骗我一下。但是没什么，我并不怕您，再说我现在有点儿满不在乎，您相信吗？而且……而且……而且因为我首先相信：您终归是一个极好的人，结果我们也许会真的成为朋友。我很喜欢您，叶夫格尼·柏夫洛维奇，您……您是一个很正经的……据我看来，您是一个很正经的人！”

“无论如何，和您相处是极有趣味的，在任何事情上都是这样。”叶夫格尼·柏夫洛维奇结束说，“来，我为您的健康干一杯。我到您这里来，感到很满意。喂！”他忽然站住了。“那位伊鲍里特先生搬到您这里来住吗？”

“是的。”

“我看，他不会马上就死吧？”

“怎么了？”

“也没有什么，我和他在这里同坐了半小时……”

伊鲍里特这些时候一直等候公爵，当公爵和叶夫格尼·柏夫洛维奇移到一旁谈话的时候，他不住地望着他们。当他们走到桌子旁边的时候，伊鲍里特狂热地活泼起来了。他感到不安和兴奋，额头上直冒汗。他的眼睛闪闪发光，除去经常流露一种迷惘不安的神情外，还隐隐有一种不耐烦的神情，他的目光茫无目标地从这个东西移到那个东西，从一张脸移到另一张脸。

他虽然至今还积极参加全体的、喧嚷的谈话，但是，他的兴奋只是狂热的。其实，他对谈话并不注意。他的争论是没头没尾的、含嘲讽意味的、自相矛盾的。他不等把话说完，就把前一分钟热烈开始的谈话中断了。公爵感到惊异和惋惜的是，他听说大家竟不阻拦伊鲍里特，让他在今天晚上喝了两大杯香槟酒，现在刚开始喝的那一杯酒已经是第三杯了。但是，他之后才知道这种情况，当时他并没有注意到。

“您知道，今天恰巧是您的生日，我非常高兴。”伊鲍里特喊道。

“为什么？”

“您之后可以看出来，快坐下吧。第一，因为您全套人马都聚齐了。我早就料到大家会来的，我平生第一次料事料得成功了！可惜我以前不知道您的生日，否则我要带点儿礼物来……哈，哈！也许我带着礼物来了！到天亮还要很久吗？”

“不到两小时就要天亮了。”波奇成看了看表说。

“现在为什么还要盼天亮呢？不等天亮，在外面不也可以读书吗？”有人说。

“因为我要看日出，能不能为太阳的健康干一杯？公爵，您以为怎样？”

伊鲍里特厉声地问，他对所有的人都不客气，好像在指挥人家似的，不过，他自己好像没有觉察出这一点。

“如果您愿意的话，我们可以干一杯。不过，您应该安静一下，伊鲍里特，是不是？”

“您老是劝人睡觉。公爵，您成了我的保姆啦！等太阳一露头，在天上‘发出声响’（是谁作的一首诗，其中说‘太阳在天上发出声响’？这句子没有意义，但是很好！），我们再睡觉。莱白及夫！太阳不是生命的源泉吗？《启示录》里所谓‘生命的源泉’是什么意思？您听过关于‘苦艾星’的话吗，公爵？”

“我听见莱白及夫说，他认为这个‘苦艾星’就是遍布欧洲的铁路网。”

“不，对不住，不能这样！”莱白及夫喊道。他跳起来，挥着手，似乎想止住大家刚开始的哗笑。“对不住！同这些先生们……所有这些先生们。”他忽然转身对公爵说，“在某些点上，就是这样……”于是，他就毫不客气地在桌子上敲了两下，而且笑声更大了。

莱白及夫虽然平常带有“暮气”的情绪，但是这一次他为前面那段长时间的“学术”辩论感到激动，显得过于兴奋了。在这种情况下，他对于自己的对手，总是抱着无法穷尽的、十分公开的轻蔑态度。

“这不对！公爵，我们在半小时前曾经互相约定，当一个人说话时，别人不许打断他，不许哈哈大笑，让他自由地发表一切意见，假如无神派愿意的话，之后再加以反驳。我们还推举将军当主席。就是这样，要不会怎样呢？那就会把任何人的理想，把高深的理想打断了……”

“您说吧，您说吧，没有人来打断您呀！”几个声音一齐说。

“您尽管说，但是不要瞎说。”

“什么叫作‘苦艾星’？”有人问。

“我不明白！”伊伏尔金将军回答说，他大模大样地坐在他刚坐的主席位子上。

“公爵，我最爱所有这些争论和辩驳，当然我指的是学术方面的。”同时，开历尔喃喃地说，他带着过度兴奋急躁的神情在椅子上转来转去。“学术的和政治的。”他忽然突如其来地对坐在身旁的叶夫格尼·柏夫洛维奇说，“您知道，我极爱读报上关于英国议会的记载。这并不是说，我注意他们在议会里议论些什么（您知道，我不是政治家），而是注意他们如何互相解释，如何显现所谓政治家的风度，譬如‘坐在对面的高贵子爵’‘赞成鄙见的高贵伯爵’‘以自己的提案震撼欧洲的高贵反对派’，诸如此类的词句，所有这种自由民族的议会政治——正是我们同胞有兴趣的！我被迷惑了，公爵。我在心灵深处永远是一个艺术家，我可以向您起誓，叶夫格尼·柏夫洛维奇。”

“既然这样。”筛纳在另一个角落兴奋起来了，“从您的话里就可以得到一个结论：铁路是可诅咒的，铁路是害人的，它是降到地上来污染‘生命的源泉’的瘟疫，对不对？”

这天晚上，筛佛里拉·阿尔达里昂南奇的情绪特别高涨，显得非常快活，公爵看他有扬扬得意的样子。他本来是和莱白及夫开玩笑，煽动他，但是没过多久，他自己也激动起来了。

“不是铁路，不是的！”莱白及夫反驳说，他一面发火，一面感到无上的愉快，“单是铁路并不会污染生命的源泉，但是整个来说，这一切是可恶的，我们最近数世纪的整个趋势，在科学和实践方面，也许的确是可恶的。”

“是一定可恶的，或者只不过也许是可恶的？这是必须弄明白的。”叶夫格尼·柏夫洛维奇问道。

“可恶的，可恶的，一定是可恶的！”莱白及夫热烈证实说。

“您不要忙，莱白及夫，您在早晨时善良得多。”波奇成笑着说。

“但是到了晚上坦白些！到了晚上诚实些、坦白些！”莱白及夫热烈地对他说，“诚恳些、确定些、正直些、高贵些。我虽然把我的弱点暴露给你们，但是并没有关系。我现在和你们大家，和所有的无神派挑战，你们用什么拯救这世界，到哪里去寻觅正当的途径呢？我问你们这些科学家、工业家、公司老板、领工资的以及其余的人们？用什么东西呢？用信贷吗？什么是信贷？信贷会给你们带来什么样的结果？”

“您的好奇心可不小呀！”叶夫格尼·柏夫洛维奇说。

“我的意见是，凡是不注意这类问题的人，便是上等社会里的chenapan[1]。”

“信贷至少会达到利益一致和均等的结果。”波奇成说。

“就是这样！就是这样！除去满足个人的利己主义和物质需要以外，我们不承认任何的道德基础吗？全面的和平，全面的幸福，都是由于必要而产生的！请问，我的好先生，我对您的话了解得对吗？”

“但是，生存与饮食的普遍需要，还有一种极完善的、科学的信念，即相信如果没有利益的普遍联结和一致，决不能使这些需要得到满足，这大概是一种十分坚强的思想，可成为人类未来世纪的砥柱和生命的源泉。”十分兴奋的第纳说。

“饮食的需要只是一种自卫的情感……”

“只是自卫的情感还嫌少吗？自卫的情感是人类的正常法则……”

“这是谁对您说的？”叶夫格尼·柏夫洛维奇忽然喊道，“您说法则，也是对的，但是，正常的法则也就是破坏的法则，也许是自我破坏的法则。难道人类的正常法则只在于自卫吗？”

“嘿！嘿！”伊鲍里特喊道，迅速地转向叶夫格尼·柏夫洛维奇，用野蛮的好奇神情端详他，但是看见他笑，自己也笑了出来，把站在旁边的郭略推了一下，又问他现在几点钟，甚至亲自把郭略的银表拉过

1 法语：坏蛋。

来，贪婪地看着表针。然后，他好像把一切都遗忘了，横躺在沙发上，手被压在头后，开始望天花板。半分钟后他又坐在桌旁，挺直身体，倾听兴奋到极点的莱白及夫在那里唠叨。

“一个狡猾的、嘲笑的想法，一个阴险的想法！”莱白及夫紧紧抓住叶夫格尼·柏夫洛维奇的怪论，“发表这种想法的目的在于诱引敌人来战斗，——但是，这是一个正确的想法！因为您是上等社会里专好嘲笑的人，您是骑兵队的军官（当然不是没有能力的！），您自己不知道您的思想是如何深刻、如何正确！是的。自我破坏的法则和自卫的法则，在人类中是同样坚强有力的！魔鬼同样地统治人类，一直到我们还不知晓的时候为止。你们笑吗？你们不相信魔鬼吗？不信有魔鬼是法国式的思想，是一种轻浮的思想。你们知道魔鬼是谁？你们知道他叫什么名字？你们连他的名字都不知道，竟会嘲笑他的外形，仿照伏尔泰的例子，笑他的蹄子、尾巴和尖角，笑你们自己创造出来的这些东西；因为恶魔的灵魂是一种伟大的、可畏的灵魂，并不带着你们创造出来的蹄子和尖角。但是现在问题不在他的身上！”

“您为什么知道现在问题不在他的身上呢？”伊鲍里特忽然喊道，好像发了歇斯底里病似的哈哈大笑起来。

“一个巧妙而带有暗示的思想！”莱白及夫抢上去说，“但是问题依然不在这里。我们的问题在于‘生命的源泉’会不会枯竭下去，自从增加了……”

“铁路吗？”郭略喊道。

“并不是铁路交通线，急性的小伙子，而是那种铁路作为其写照和艺术表现为它服务的趋势。火车据说是为了人类幸福而隆隆地、辚辚地、风驰电掣地奔跑着。‘人类显得过于喧闹和商业化了，缺少精神的安宁。’一个隐逸的思想家抱怨说，‘随他去吧，但是，给挨饿的人们运粮食的车辆的辚辚声，也许会比精神的安宁好些。’另一个到处乱跑的思想家用战胜者的口吻回答他说，并且趾高气扬地离开他走了。我这个卑贱的莱白及夫，就不相信给人类运粮食的车辆，因为给全人类运粮食的车辆，如果对行为缺乏道德的基础，就会十分冷淡地阻止大部分人类享受运来的东西，这种事情已经有过了……”

“车辆会被冷淡地阻止吗？”有人抢上去说。

“这种事情已经有过了，”莱白及夫证实说，不去注意人家的问话，“已经有过了一个马尔萨斯，他是人类的好友。但是，人类的好友如果缺乏稳固的道德基础，便成为吃人的生番，至于他的虚荣心那就更不必提了。因为，只要你把这无数的好友中的任何一个人的虚荣心加以侮辱，他立即怀着浅薄的复仇心理，准备从四面八方纵火焚烧整个世界，就像我们所有的人一样，说老实话，就像我这种最卑贱的人一样，因为我也许首先送来木柴，而自己连忙跑开。但是，问题还不在这上面！”

“到底在什么上面呢？”

“真讨厌！”

“问题在下面的一段古老故事里，因为我必须讲一讲古老的故事。在现代，在我们祖国里，诸位，我希望你们和我一样爱这个祖国，因为我宁愿流尽全部的鲜血，为了……”

“往下说！往下说！”

“在我们祖国里，正和在欧洲一样，根据可能的计算，按照我所能记忆的，现在每逢四分之一世纪，换句话说，就是每隔二十五年，人类就要遇到一次全面的、普遍的、可怕的饥荒。对于正确的数字我不争辩，然而比较起来，这个数字是极少的。”

“与什么作比较？”

“比较十二世纪前后。因为，根据作家们的记载和证明，当时每两年一次，至少每三年一次，人类必然遇到普遍的饥荒。在这种情况下，人们竟会互相残食，虽然他们保持着秘密。有一个吃人肉者在晚年，谁也没逼迫着他，就自动讲出，他在漫长的、困苦的一生中，在极度的秘密中，亲手杀死并吃掉了六十名修道士和几个俗世人家的小孩，大约有六个，也就是比他所吃掉的修道士的数目少得多。至于世俗的成人，他倒没有去杀他们吃。”

“不会有这种事！”充当主席的将军几乎用恼怒的声调喊叫说，“诸位，我时常和他讨论和争辩这一类问题；但是，他时常说出那些离奇的话来，叫人连耳朵都听得疼了，那些话一点儿也靠不住！”

“将军！请你回忆一下卡尔司被围时的情况。诸位，你们要知道，我的故事是千真万确的事实。我自己觉得，一切的现实虽然都具有其不移的法则，但是它永远是难以置信的，永远不像是真实的。事情越现实，有时就越显得不真实。”

“难道吃掉六十个修道士是可能的吗？”周围的人们都笑了。

“他并不是一下子把这么多人吃掉的，这是十分明显的。但是，他也许在十五年到二十年中吃掉他们，这就是很容易了解而且很自然的了……”

“很自然？”

“很自然！”莱白及夫非常固执地说，“此外，天主教修道士天性好奇，容易上钩，人们极容易把他诱入林中或其他僻静的处所，照上述的方法处置他。但是，我也不否认被吃人数显得太多这一点。”

“这也许是实在的，诸位。”公爵忽然说。

在这以前，他默默地倾听人们争论，没有参加谈话。在哄堂大笑之后，常常发出会心的笑声。可见他极喜欢这样热闹、喧哗，甚至喜欢他们喝这许多酒。他也许整个晚上都不说一句话，但是现在忽然说起话来了。他说话时一本正经，所以大家忽然都以好奇的眼光望着他。

“诸位，我的意思是说，从前的确常常发生这样的饥荒情况。我虽然不大知道历史，但是也听说过这种事情。但是我觉得，事情大概是应该如此的。当我进入瑞士的群山时，对于古代骑士城堡的废墟大为惊异，这些城堡建筑在山坡的悬崖上，那悬崖至少有半俄里高（这就等于数俄里的山路）。你们知道，城堡就是一大堆石头。这是一种极艰巨的、不容易完成的工作！这当然全是那些可怜的臣民建造的。除此而外，他们还要缴纳各种捐税，供养僧侣阶级。这样一来，他们哪里还能养活自己和耕地呢！他们当时的数目已经很少，一定饿死了许多，他们可能没有一点儿吃的东西。我有时甚至这样想：这些人当时怎么没有完全灭绝，怎么没有遇害，怎么能够支撑和忍受得住呢？毫无疑问，莱白及夫说得很对，当时有过吃人生番，而且也许有过很多；我只是不知道，他为什么把修道士夹杂到这个故事里去，这种说法究竟有什么目的？”

“大概在十二世纪时，只有修道士可吃，因为只有修道士身上很肥。”笳佛里拉·阿尔达里昂南奇说。

“一个绝妙的、正确的思想！”莱白及夫喊道，“因为，他连一个世俗的人都没有杀掉。在六十个修道士中就没有一个世俗的人。这是一个可怕的思想、历史的思想、统计学的思想，最后，内行的人就是用这类事实来创造历史的。因为精确的数字可以证明，当时僧侣阶级的生活至少要比其余的人们舒适和快乐六十倍。也许比其余的人至少胖六十倍……”

“太夸张了！太夸张了！莱白及夫！”周围的人们哈哈地笑着。

“我同意这是一个历史的思想，但是您说这个有什么用意？”公爵继续问道。（他一本正经地说，虽然大家全都嘲笑莱白及夫，但是他对莱白及夫没有一点儿冷嘲热讽的意思。因此，在这一伙人的一般语调中间，他的语调就不由得显得很滑稽了。再等一会儿，人家也许会笑他了，但是他没有理会这一点。）

“难道您没看出，公爵，他是一个疯子吗？”叶夫格尼·柏夫洛维奇朝他弯过身来，“刚才在这里有人对我说，他为了想做律师和做辩护词发了疯，并且想去参加考试呢。我等候着听有趣的游戏文章哪。”

“我想得到极重大的结论。”当时，莱白及夫喊叫起来说，“但是，让我们首先来分析一下罪犯的心理状态和法律地位吧。我们可以看出，那个罪犯，或者把他称为我的当事人，不管寻觅别种可吃的东西是怎样不可能，而在他那有趣的生涯中却几次表示忏悔的意思，拒绝吃僧侣。我们可以从事实上明显看出了这一点。我们要知道，他到底还是吃了五六个小孩，这个数目虽然比较小，但在另一方面也是值得注意的。他显然受到良心上的可怕谴责（因为我可以证明，我的当事人是一个虔诚的、有良心的人），为了尽可能减少自己的罪孽，就以试验的形式，六次将修道士的肉改为俗世人的肉。我说是以试验的形式，这也是无可置疑的。因为，假如只是为了变变口味，那么六个就未免太少。为什么只是六个，而不是三十个呢？（我拿两种人各占一半来说）但是，假如这只是由于害怕渎神和侮辱教会的绝望念头而做的试验，那么，这个数字就非常容易理解了。因为试验本来是不会成功，做六个试验就足够满足良心的谴责了。第一，据我看，小孩太小，身体不大，在一定的时间内，吃俗世小孩的数目就要比吃修道士的数量多三五倍，所以罪孽虽然在一方面减少了，可是归根结底，在另一方面却增加了，不是在质上增加，而是在量上增加了。诸位，我这样判断，当然是深入十二世纪罪犯的肺腑了。至于说到我这个十九世纪的人，我也许另有判断的方法，这一点我应该通知你们一声，所以你们诸位也不必咧嘴笑我。将军，您这样是极不雅观的。第二，根据我个人的意见，小孩没有养分，也许太甜，气味也难闻，所以既不能满足需要，也不会留下良心的谴责。现在就是结论，就是终点，诸位，在这终点里包含着当时和现代的一个大问题的解答！结果，那个罪犯竟跑到教会那里自首，向政府投案。请问，照当时的情形，他将遭遇到怎样的酷刑——是用车轮碾死呢？是在火刑柱上烧死呢？还是被扔到火堆里呢？是谁促使他去自首的？为什么不在六十这个数字上打住，一直到死保守秘密呢？为什么不只是放弃僧侣，过终日忏悔的逸士生活呢？还有，为什么自己不去充当僧职呢？问题的解答也就在这里！如此说来，一定有比火柱和火焰，甚至比二十年习惯更厉害的东西！如此说来，就有一种比一切不幸、荒歉、折磨、瘟疫、麻风和整个地狱还要强烈的思想，人类假如没有那种使人们团结、指导他们的心灵，以及充实生命源泉的思想，就不能忍受地狱的苦难。在我们这种罪恶和铁路的时代，你们把这类的力量拿出来给我看吧……我本来应该说轮船和火车的时代，但是我说在罪恶和铁路的时代了，因为我喝醉了，不过我很公道！你们把联结现在人类的思想，哪怕只有从前那些世纪的思想的一半力量，拿出来给我看。再有，你们大胆地说，在这颗'星'底下，在把人们捆绑住的这个底纹下，生命的源泉并没有枯竭，也没有混浊。你们不必用你们的繁荣，你们的财富，饥馑的减少和交通的发达来吓唬我！财富是多了，但是力量减少了；联结的思想没有了；一切都松懈了，一切东西都显得没有力量，一切人都显得没有力量！我们大家，大家，大家都像没有力量！……但是，这已经够了！现在问题并不在这上面，而在于要不要请诸位客人来吃早就给他们预备好的凉菜，尊贵的公爵？"

莱白及夫几乎惹得几个听众真正要冒火了（应该注意的是，酒瓶一直不断地开着），现在突如其来地拿凉菜来作他的谈话的结论，立刻使那些反对者心平气和了。他自己称这个结论是"巧妙的、律师式的总结"。大家又发出愉快的笑声，客人们活跃起来，所有的人都从桌边站起，松散松散四肢，在平台上走一走。只有开历尔不满意莱白及夫的言论，显得特别激动。

"他攻击文化，宣传十二世纪的迷信，装腔作势，没有任何真挚的情感。请问，他自己是怎样赚到这所房屋的？"他大声地向每一个客人诉说。

"我看见过一个真正解释《启示录》的人。"将军在另一角落里对另一些听众说，还特地抓住波奇成的纽扣，对他说，"那便是去世的格里哥里·谢敏诺维奇·蒲尔米司脱洛夫，他会把人们的心燃炽起来。他首先戴上眼镜，翻开一大册黑皮的古书，哦，再加上一把灰白的胡须，两枚由于捐款而领到的勋章。他威风凛凛地开始说话，将军们全对他低头，太太们昏厥过去——然而这位竟用凉菜来作结论！真是一点儿也不像话！”

波奇成听将军说话，微微笑了，他好像要去取帽子，但又似乎犹疑不决，或者不断地忘掉自己的愿望。笳纳还在大家从桌边站起来以前，忽然就停止了喝酒，推开了酒杯。他的脸上飘过一点儿阴影。当大家从桌边立起来的时候，他走到罗果静身旁，和他并肩坐下。这样子会使人家猜想，他们是极好的朋友。罗果静起初也有几次想悄悄溜走，现在却坐在那里，动也不动，低垂着头，似乎也忘记想走开的事情了。他在整个晚上没有喝一滴酒，露出十分沉郁的样子。他只是偶然抬起眼睛，朝大家看了一眼。现在可以猜到，他在这里等候一件对他特别重要的事情，所以暂时决定不走。

公爵一共喝了两三杯酒后，稍为显得快乐一点儿。他从桌边站起，遇到叶夫格尼·柏夫洛维奇的眼神，想起他们中间将要有一番解释，不由得愉快地笑了。叶夫格尼·柏夫洛维奇对他点头，忽然朝伊鲍里特指着——当时他正凝视着伊鲍里特。伊鲍里特横卧在沙发上睡熟了。

“公爵，这个孩子为什么总纠缠着您？”他忽然说，很明显地带着一种恼恨甚至怨恨的神情，这使公爵感到惊异。“我敢打赌，他怀着不良的意图！”

“我也看出来了，”公爵说，“至少我觉得，叶夫格尼·柏夫洛维奇，您今天对他发生极大的兴趣。对不对？”

“您可以补上一句：我本身就有许多事情应该去想一想，可是我整个晚上竟不能不看这个可憎的面庞，这使我自己也感到惊异！”

“他有一个美丽的脸庞……”

“你瞧，你瞧！”叶夫格尼·柏夫洛维奇拉住公爵的胳膊，喊道，“你瞧！”

公爵又惊异地向叶夫格尼·柏夫洛维奇看了一眼。

第五章

莱白及夫讲演终结时，伊鲍里特忽然在沙发上睡熟过去，现在忽然又醒了过来，好像有人从旁推他，他一哆嗦，抬起身子，向四围环顾，脸色发白，他甚至带着惊异的神情向四围望了一遍。但是，在他忆起一切和努力思索的时候，他的脸上几乎露出恐怖的神情。

“怎么？他们散了吗？已经完了吗？全完了吗？太阳出来了吗？”他抓住公爵的手，惊慌地问，“几点钟了？看在上帝的分儿上，请告诉我：几点钟啦？我睡过时候了。我睡很久了吗？”他几乎带着绝望的神情说，好像他睡这一觉，就失去了一个至少和他的全部命运有关的机会。

“您睡了七八分钟。”叶夫格尼·柏夫洛维奇回答说。

伊鲍里特贪婪地看他一下，思索了几秒钟。

“啊，只有这些时候吗？这么说，我……”

他贪婪地、深深地换了一口气，似乎从身上卸去了特别沉重的东西。他终于猜到，一切并“没有完”，天还没有亮，客人们从桌边立起是为了预备吃凉菜，只有莱白及夫那番唠叨的话刚刚说完。他微笑了，痨病的红好像两个鲜艳的斑点，在他的脸上飘动着。

“我睡觉的时候，您竟替我一分一分地数起来了，叶夫格尼·柏夫洛维奇。”他嘲笑地说，“您整个晚上目不转睛地望着我，我看见了……啊，罗果静！我刚才梦见他。”他对公爵微语，皱着眉头，朝坐在桌旁的罗果静点头。“噢，对啦！”他忽然又转到别的题目上去了，“那位雄辩家哪里去了？莱白及夫哪里去了？那么，莱白及夫说完了吗？他说些什么？公爵，您有一次是不是说过‘美’可以拯救世界？诸位！”他对大家高声喊道，“公爵说，美可以拯救世界！思想，是因为他现在陷入了情网。走进来的时候，我就看出这一点。您不要脸红，公爵，这会使我感到您可怜。什么样的美可以拯救世界呢？这话是郭略转告给我的……您是不是热心的基督徒？郭略说您自称为基督徒。”

公爵仔细打量着他，没有回答。

“您不回答我吗？您也许心想我很爱您吗？”伊鲍里特忽然补充这句话，似乎是脱口而出的。

“不，我并不那样想。我知道您不爱我。”

“怎么？从昨天那件事情以后就如此吗？昨天我对您不是十分诚恳吗？”

“我昨天就知道您不爱我。”

“那是因为我妒忌您，妒忌您，是不是？您永远这样想，现在还这样想，但是……但是我为什么对您说这个话呢？我还想喝香槟酒。请您给我倒一杯，开历尔。”

“您不能再喝了，伊鲍里特，我不能让您再喝……”

公爵说着，就把酒杯从他身边挪开了。

“真是这样……”他立刻同意了，一面似乎在沉思着，“也许人家会说……不过，我才不管人家说什么哪！对不对？对不对？随他们以后怎么说吧，对不对，公爵？以后怎么样，那与我们大家又有什么相干！……不过，我是刚醒过来。我做了一个可怕的梦，现在才想了起来……我不希望您做这样的梦，公爵，虽然我的确也许不爱您。不过，即使您不爱一个人，又何必希望他倒霉呢，对不对？我为什么总是提问，我问他做什么？你把手伸出来，我要紧紧地握一下，就是这样……您居然把手伸了过来？这么说，您知道我会诚恳地握它吗？……也许我不再喝酒了！几点钟了？不用啦，我知道现在是几点钟。时间到了！现在正是时候。怎么？在那边角落里摆上凉菜了吗？这么说，这张桌子空着吗？好极了！诸位，我……但是这些先生都没有听着……我打算读一篇文章，公爵，凉菜当然是有趣些，但是……”

忽然，他完全出乎意料地从衣服上侧的口袋里掏出一个盖着大红印的、公事房用的巨型信封。他把它放在桌子上，放在自己的面前。

这个突如其来的举动对这一伙丝毫没有准备的，或者不如说并未对这一点准备的人产生了强烈的印象。叶夫格尼·柏夫洛维奇甚至从椅子上跳了起来。篰纳迅速地挪近桌旁，罗果静也这样做，但是他带着一种厌恶的恼怒神情，似乎明白是怎么回事似的。莱白及夫恰巧站在近旁，他带着好奇的眼光走到跟前，看着信封，努力猜测到底是怎么回事。

“您这是什么？”公爵不安地问。

“太阳刚一露头，我就要躺下，公爵，这话我已经说过了。说老实话，您之后会看得到的！”伊鲍里特喊道，“但是……但是……难道您以为我不会拆开这个信封吗？”他补充说，带着一种挑战的神情，用眼睛向大家身上扫射了一下，似乎毫无区别地看着大家。

公爵看出他全身在打哆嗦。

“我们谁也没有这样想，”公爵代表大家回答说，“您为什么以为有人会产生这样的念头呢？……您怎么会生出读这篇东西的奇怪念头来呢？您那篇文章是什么东西，伊鲍里特？”

“这是什么？他又出了什么事情？”周围的人们问着。

大家都走过来。有的人还在吃着凉菜，那只盖着红印的信封像磁铁似的吸引了大家。

“这是我昨天自己写的，公爵，就是在我答应到您这里来居住以后。我昨天写了一天一夜，今天早晨才算写完。昨天夜里，天快亮的时候，我做了一个梦……”

“明天读不好吗？”公爵怯声怯气地打断他的话。

“明天该‘没有时间’了！”伊鲍里特歇斯底里地笑着说，“但是，您不要着急，有四十分钟，顶多一小时，我就可以读完……您瞧，大家都产生兴趣了，大家都走过来了，大家都看我的红印。要知道，假如我不把那篇文章封在信封里，它是不会发生任何效果的！哈，哈！所谓神秘性，就是这个意思！打开不打开，诸位？”他喊着，发出奇怪的笑声，眼睛闪着光辉。“秘密，秘密！您记得不记得，公爵，谁宣布‘再没有时间’的？那是《启示录》里一个强大有力的天使宣布的。”

“最好不要读！”叶夫格尼·柏夫洛维奇忽然喊道，但是他露出一种意料不到的不安神色，使许多人都感到奇怪。

“不要读！”公爵也喊起来，把手放在信封上面。

“念什么？现在是吃凉菜的时候。”有人说。

“是一篇文章吗？是送到杂志社去的吗？”另一个人询问。

“也许是很沉闷的吧？”第三个人补充说。

“里面究竟是什么东西？”其余的人们询问。但是，公爵那种胆怯的手势好像使伊鲍里特都惧怕起来了。

“那么……不要念吗？”他似乎提心吊胆地对公爵低声说，撇着发青的嘴唇微笑。“不要念吗？”他喃喃地说，目光朝着众人身上，朝着大家的眼睛和面孔扫射，似乎又抓住大家，露出以前那种好像攻击大家的侵略态度。“您……惧怕吗？”他又向公爵转过身去。

“怕什么？”公爵问，神色越来越严肃了。

“谁有二十戈比的银币？”伊鲍里特忽然从椅子上跳起来，好像有人拉他一把，“随便什么钱币都成，谁有？”

“这儿有！”莱白及夫立刻递过去了。他心里想，有病的伊鲍里特一定发了疯。

“魏拉·罗吉央诺夫娜！”伊鲍里特匆匆地请求说，“您拿去，往桌子上扔。看是鹰还是字，假如是鹰，就应该念！”

魏拉惊惧地看着银币和伊鲍里特，然后又看看父亲，带着不好意思的样子，把头往上一仰，似乎以为她自己不应该看那银币似的。当时，她把银币往桌上一扔。结果上面是鹰。

“应该念！”伊鲍里特似乎为命运的决定所逼迫，喃喃地说。即使宣告处他死刑，他的脸色也不会更惨白了。“但是，”他忽然哆嗦一下，沉默了半分钟，“这是怎么回事？难道我刚才是抽签吗？”他带着那种强求的、坦率的神气向大家环顾了一下。“但是，这是奇怪的心理特征！”他忽然对公爵喊道，露出极惊异的样子。“这是……这是一种不可思议的特征，公爵！”他证实说，精神很兴奋，似乎清醒过来了，“公爵，您可以写下来，记住它，您大概在收集关于死刑的材料……人家对我说的，哈，哈！唉，天哪，那是多么荒唐无稽的事情！”他坐到沙发上，把两个胳臂架在桌子上，用双手捧住头。“这甚至是可耻的！……我才不管羞耻不羞耻呢！”他几乎立刻抬起头来。“诸位！诸位！我现在要打开信封了！”他带着突然发生的决心宣布说，“不过，我……我并不强迫你们听！……”

他用那激动得发抖的手拆开了信封，从里面掏出几张信纸，纸上写满了一行行的小字。他把几张纸放在前面，用手把它们舒展开。

“这是什么？这是什么东西？他要读什么？”有几个人很阴郁地喃喃自语；另一些人却沉默着。但是，大家全都坐了下来，很好奇地张望着，也许果真在等候着什么不寻常的事情。魏拉紧紧抓住她父亲所坐的椅子，吓得几乎哭出来；郭略也差不多和她一样害怕。莱白及夫本来已经坐下，忽然又站起来，拿起蜡烛，放在伊鲍里特身边，使他读时更明亮些。

“诸位，你们立刻可以看出这……这是怎么一回事。”伊鲍里特不知为什么补充说。他突然开始念道：“‘必要的解释！’……题词：

'Après moi le déluge'[1]……嗤！见鬼！”他喊着，好像被烫痛了似的。

“我真会一本正经地写下这种愚蠢的题词吗？……你们听着，诸位！……我可以告诉你们，这一切归根结底也不过是极琐碎的事情！这里只是我的一些意思……如果你们以为这里……有什么神秘的……或者犯禁的……一句话……”

“不必来开场白，就读下去吧。”篰纳打断他的话。

“装腔作势！”另一个人补充说。

“空话连篇。”始终沉默着的罗果静插嘴说。

伊鲍里特忽然朝他看望，当他们俩的眼睛相遇的时候，罗果静龇着牙，做出阴郁的苦笑，慢吞吞说出一些奇怪的话来：

“这件事情不该这么办，小伙子，不该这么办。”

罗果静想说什么，自然谁也不明白，但是他的话给大家留下极奇怪的印象，每个人的心头都掠过一个共同的思想。这些话对伊鲍里特发生了可怕的印象，他哆嗦得那么厉害，公爵见到，连忙伸手去扶他。看起来，他突然发不出声来了，假如不是这样，他一定会喊叫起来的。他有整整一分钟说不出话来，沉重地呼吸着，一直向罗果静看望。最后，他喘着气，用尽气力说：

“原来是您……是您……您吗？”

“我怎么啦？我又怎么样？”罗果静莫名其妙地回答说。但是，伊鲍里特涨红了脸，他几乎忽然疯狂起来，厉声喊道：

“上星期您在夜里两点钟到我那里去过，就是我早晨找您去的那一天。那是您！您老实说，是您吗？”

“上星期在夜里吗？你果真发疯了吧，小伙子？”“小伙子”又沉默了一会儿，他把食指按在额头，好像打量着什么事情。但是在他那惨白的、由于恐怖而撇着的嘴唇所浮现的微笑里，忽然闪过一种狡猾的甚至

1　法语：“哪怕我死后有洪水”，相传是法国国王路易十五的宠妾厅帕图尔侯爵夫人的话。

得意的神情。

“那一定是您！”最后，他几乎低声地、但露出特别肯定的神情重复说，“是您到我这里来，默默地在我家靠窗的椅子上坐了整整一小时，时间还多些，在半夜一点钟前后。后来，在两点多钟的时候，您站起来走了……那一定是您，一定是您！您为什么吓唬我，您为什么跑来折磨我——我不明白，但那一定是您！”

他的目光里忽然闪过无限仇恨的神情，虽然他的全身依然由于惊惧而发抖。

“诸位，你们立刻就会知道这一点……我……我……你们听着……”

他又特别匆忙地抓起自己那几张纸，那些纸张全扔散了，显得十分零乱。他努力把它们折叠起来，那些纸在他哆嗦的手里抖动着，他好半天才把它们捡到一起。

诵读终于开始了。起初，有五分钟工夫，这篇奇文的作者还在那里一面喘息，一面很不连贯地、声音忽大忽小地诵着；随后他的嗓音坚定下来，充分表现出他所读的文章的意义。他有时来一阵十分剧烈的咳嗽，只有这个会打断他。当文章读到一半的时候，他的嗓音非常嘶哑了，他越读越兴奋，最后竟达到极大的程度，他对于听众所产生的病态印象，也是这样。下面就是这篇“文章”的全部内容：

“我的必要的解释”

“Après moi le déluge！”

“公爵昨天早晨到我家来，他劝我迁到他的别墅里去。我早就知道他一定坚持这种主张，并且相信他一定会很直率地对我说，我到了别墅以后，依照他的说法，‘在人们和树木中间，可以死得更舒服些’。但是，他今天没有说出‘死’字，却说‘可以生活得舒服些’，但是，拿我的情况来说，这对于我并没有什么区别。我问他，他不断提出‘树木’这两个字究竟是什么意思？他为什么尽用这些‘树木’来缠我——当时，我很惊异地听到他说，好像我自己在那天晚上说过，我是最后一次到伯夫洛夫司克来看树木。我对他说，不论是在树木底下，或是望着窗外的砖墙，反正都是一样的死，对于两个星期的日子是用不着这样客气的，他当时同意我的话。但是据他看来，树木和新鲜空气一定会使我发生一些身体上的变化，我容易激动和做梦的毛病是会变的，也许会减轻的。我又笑着对他说，他的口吻很像唯物派。他微笑着回答我说，他一向是个唯物派。因为他从来不撒谎，所以他这些话具有一点儿意义。他的笑容很好，我现在仔细打量着他。我不知道，我现在爱不爱他，现在我没有时间研究这个。我五个月来一直对他怀着仇恨，但是我必须指出在最后的一个月内，我已经开始完全解消这种仇恨了。谁知道，我到伯夫洛夫司克来，也许主要就是为了看他。但是……我当时为什么离开我的屋子呢？被判处死刑的人不应该离开自己的角落，假如我现在不作最后的决定，而相反地决定等到最后一小时，那么，我当然决不会离开自己的屋子，决不会接受搬到伯夫洛夫司克他家里来‘死’的提议。

“我必须在明天以前，赶紧写完这篇‘解释’。因此，我不会有重读和修正的时间。明天我再去重读，那时候，我要对着公爵和希望在那里找到的两三个证人面前朗读。因为这篇文章里没有一句虚妄的话，字字都千真万确，坚定不移，所以我预先就很好奇地想：在我开始重读的那个时间，它对我自己会产生怎样的印象？不过，我用不着写‘千真万确，坚定不移’这句话，因为活两个星期是不值得的，本来就用不着为两个星期而说谎，这是我只写实话的最好证明。（附注：不要忘记一个思想，我在这时候，也就是在这几分钟内，是不是发了疯？

有人对我肯定地说，得痨病的人到了最后阶段，有时是会发疯的。明天在诵读时，要通过听众的印象来检查这一点。这个问题必须十分精细地解决一下；否则，什么事情也无从着手。）

“我觉得，我现在写了一些极拙笨的话。但是我说过，我没有工夫加以修改。再说，我特意决定不在这篇手稿里修改任何一行，即使我自己发觉每隔五行就有自相矛盾的地方，也照样不改。我想在明天诵读时确定的就是，我的思想的逻辑思路是否正确，我是否觉察了自己的错误；也就是这六个月我在这个屋内反复思索的一切是否正确，或者只是胡思乱想。

“假如在两个月以前，我像现在似的完全离开我的屋子，和梅逸尔的墙壁告别，那么，我相信，我会感到忧愁的。现在我什么感觉也没有，而明天便要永远离开这个屋子和这面墙了！因此，我认为两个星期不值得惋惜，而且也不必发生任何感觉的信念，竟征服了我的天性，现在已经可以指挥我的一切情感。但是，这是真实的吗？我的天性现在完全被征服了，这是真实的吗？假如人家现在拷打我，我一定会喊叫出来，决不会说不值得喊叫和感觉痛苦的话，因为我活在世上只剩下两个星期了。

“然而我真的只能活两个星期，而不会再多活些日子了吗？我当时在伯夫洛夫司克说了谎；勃并没有对我说什么，从来没有见过我。但是，一星期以前有人领一个大学生，姓基司洛罗道夫的，前来见我。从他的见解来看，他是一个唯物派、无神派、虚无派。我之所以要叫他来，就是因为这个缘故；我需要一个人最后对我讲出赤裸裸的真理，毫不婉转，也不客气。他就这样做了，不但十分爽快，一点儿也不客气，甚至很明显地露出愉快的神情（据我看，这未免是多余的）。他直率地对我讲，我只能活一个来月，假如环境良好的话，也许稍为多些。但是，也许很早就会死的。据他的意见看，我会突然死去，甚至明天就会死的。这类事实是常有的，在科洛姆纳就有一位年轻的太太，她得了痨病，情况和我相仿，前天正预备上市场买菜，忽然感到不舒服，躺到沙发上，叹了一口气就死了。基司洛罗道夫向我讲一切情况的时候，甚至有些伪装漠不关心的样子，好像赏给我一个面子，借此表示他认为我和他自己一样，是那样否定一切的高尚人物，当然在他看来，死是无足重轻的事。不过，事实总算得到了印证：只是一个月的限期，决不会更多！他不会发生错误，我对这一点深信不疑。

“使我十分惊讶的是：公爵为什么刚才会猜到我做‘噩梦’？他直接说，在伯夫洛夫司克，‘我的激动和梦’是会变化的。怎么知道是梦呢？他不是通晓医术，便是的确具有异常的聪明，能够猜透很多的事情。（但是，他到底是一个‘白痴’，这也是毫无疑问的。）真也凑巧，在他来以前，我做了一个好梦（实在说，这种梦我现在有几百个）。我睡熟了——我觉得是在他来的前一小时——梦见我在一间屋内（但不是在我自己的屋子里）。那个屋子比我的又大又高，陈设很好，又很敞亮。其中有衣柜、抽屉柜、沙发、我的又宽又大的床，床上铺着绿绸棉被。但是，我在这屋内看到一只可怕的动物，一个怪物。它像蝎子，但并不是蝎子，比蝎子更加难看，更加可怕得多，大概是因为天地间并没有这种动物，它是特意在我那里出现的，其中包含着一种秘密似的。我看得很清楚：它是栗色的、有壳的、爬行的动物，长四俄寸，脑袋有两个手指厚，越往尾巴那里越薄，因此尾巴尖还没有十俄分厚。离头一俄寸远，挺出两只脚爪，和躯干呈45度角，一边一只，长约两俄寸，所以从上面看来，整个动物就好像三叉戟的样子。头我没有看清楚，只看见两根短短的胡须，像两根硬针一样，也是栗色的，尾巴尖和每个爪尖上也都有两根胡须，一共是八根。那个动物在屋子里很快地跑来跑去，用爪和尾巴支着地，当它跑的时候，躯干和脚爪像蛇一样弯曲，虽然有壳，还跑得飞快，使人看了十分讨厌。我极怕它蜇我，有人对我说过，它是有毒的，但是最使我感到苦恼的是：究竟是谁打发它到我屋子里来的？他们有什么用意？内中有什么秘密？它藏在抽屉柜和衣橱的下面，向角落里爬。我盘腿坐到椅子上，把两脚压在身子底下。它斜着迅速跑过整个屋子，在我的椅子附近不见了，我吓得向四处张望。但是，因为我盘腿而坐，所以希望它不会爬到椅子上来。我忽然听见在我身后，几乎在我的脑袋旁边，有一种窸窣的声音。我转过身去，看见那东西在墙上爬着，已经和我的头相平，它的尾巴弯曲和转动得很快，几乎碰到我的头发。我跳起来，那动物转眼不见了。我怕上床，因为它也许会爬到枕头底下了。我的母亲，还有她的一个朋友，走进屋来。她们开始捕捉那个动物，她们比我稳静，甚至一点儿也不害怕。但是，她们一点儿也不明白。突然那动物又爬出来了，这一次它悄悄地爬，似乎具有一种特别的用意，慢慢盘曲着，又斜着穿过屋子，向门前爬去，那样子更令人讨厌。当时，我的母亲打开门，喊叫我们的狗诺尔玛。那是一只巨大的、乌黑的、长毛纽芬兰狗，它在五年以前死掉了。它跑进屋内，在爬虫旁边纹丝不动地站着。那爬虫也站住了，但是还在那里蜿蜒，用爪尖和尾巴尖叩击地板。假如我没有弄错的话，动物是不会感到神秘性的惊骇的。但在这时候，我觉得诺尔玛的惊骇中似乎含有一种非常特别的，几乎就是神秘的东西，它也和我一样预感到这个动物身上包含着一种致命的东西，包含着一种秘密。它慢慢地从那爬虫身边向后倒退，那爬虫却稳静而谨慎地向它那里爬着，它似乎打算忽然奔过去，把狗蜇一下。诺尔玛虽然吓得要命，四肢全打哆嗦，但是它恶狠狠望着。它突然慢吞吞地露出可怕的牙齿，张开巨大的红嘴，蹲伏着，准备好了，决定好了，突然用牙咬住那只爬虫。那只爬虫一定是用劲要挣脱，所以，当它要逃跑的时候，诺尔玛又一次用爪按住它。而当它已经逃跑的时候，诺尔玛两次用整个大嘴去啃它，好像要把它吞下去似的。硬壳在狗的牙齿上发出咯吱的响声，露出在狗嘴外面的爬虫的尾巴和脚爪，摆动得特别快。诺尔玛忽然很可怜地尖叫一声，原来那爬虫已经蜇了它的舌头。它痛得张开了嘴，带着尖叫和嗥鸣，我看见那条被咬破的爬虫还在它的嘴边动弹，从被咬的一半躯体上放出许多白汁，流到狗的舌头上，那白汁很像被压扁的黑蟑螂的汁水……我当时醒过来，公爵走进来了。”

“诸位。”伊鲍里特忽然停止诵读，甚至带着羞愧的神情说，“我并没有重读过，但是，我似乎的确写了许多累赘的话。这个梦……”

“有点儿这样。”笳纳忙着插嘴说。

“我同意，这里有过多私人的，也就是关于我自己的……”伊鲍里特说这话时露出筋疲力尽的样子，他用手帕擦额头的汗。

“是的，您太注意自己了。”莱白及夫说。

“诸位，让我再说一遍，我决不强迫任何人，谁不愿意听，尽管走。”

“在别人家里……还要赶人出去。”罗果静用极低微的声音说。

“如果我们大家忽然站起来就走，那又怎样呢？”费尔特申阔突然说话了。在这以前，他是不敢出声说什么话的。

伊鲍里特忽然垂下眼皮，抓住那叠手稿，但是只过一瞬间，他又抬起头来，眼睛闪闪发光，颊上露出两个红色的斑点，盯看着费尔特申阔，说道：

“您完全不爱我！”

有人发笑，但是，大多数人并不笑。伊鲍里特满脸通红。

“伊鲍里特，”公爵说，“您把您的稿子合上，将它交给我，您自己就留在这里，到我屋里去睡觉吧。在您睡觉以前，以及在明天，我们可以谈一下。但是有一个条件，您永远不要再翻这些稿子。好不好？”

“难道这是可能的吗？”伊鲍里特十分惊异地望着他。“诸位，”他喊叫起来，又露出狂热的样子，“这是一段愚蠢的插曲，在这件事情里，我不会做出适宜的举动来。我决不愿意使诵读再中断。谁愿意听，谁就听下去……”

他急忙从玻璃杯中喝一口水，急忙把胳膊肘支在桌上，遮住眼光，并且很顽强地开始继续读下去。但是，他的羞愧心情不久就过去了……他继续读道：

“关于不值得生活这几个星期的观念，开始猛烈地袭击我，从一个月前，当我还能活四个星期的时候，我是这样想的；但是在三天以前，当那天晚上我从伯夫洛夫司克回来的时候，这个观念才完全占据了我。我最初是在公爵的平台上完全地、直接地领会这个思想，也就是当我想做最后的生命试验，想看一看人们和树木（就算这是我自己说的）的那一瞬间；就是在我兴高采烈，主张‘我的近邻’蒲尔道夫司基的权利，幻想他们大家忽然张开胳膊来拥抱我，求我宽恕，而我也向他们求恕的那一瞬间。一句话，结果我好像一个庸碌的傻子似的。就在这些时间内，我的心头燃起了最后的信念。现在我觉得奇怪的是：我没有这种信念怎么会生活整整六个月呢！我明确知道我得了无法治疗的痨病。我不欺骗自己，对事情很明白。但是，我越了解它，便越急切地想活下去。我抓住生命，无论如何想活下去。我承认我当时能够憎恨黑暗凄惨的命运，它压迫我，就像压死苍蝇一般。当然，我并不知道为什么这样憎恨；但是，为什么我没有只限于憎恨呢？我明知自己已经不能开始生活，为什么当真开始生活呢？明知自己已经无可再试，为什么还要试呢？我甚至读不下书去，我停止了读书。只剩下六个月，我何必去读，何必去求知呢？这种思想屡次使我扔掉书本。

“是的，梅逸尔的这面墙会转述许多话来！我在这面墙上记载了许多东西。在这面肮脏的墙上，我没有一个斑点不研究得烂熟。这面该死的墙呀！在我看来，它比伯夫洛夫司克的所有树木都珍贵，那就是说，假如我现在并不是满不在乎的话，它比一切都要珍贵些。

“我现在回忆起，我当时怎样仔细注意侦察他们的生活。我以前没有过这样的兴趣。当我病得很严重，不能离开屋子的时候，我有时不耐烦地等候着郭略，一面辱骂他。我开始注意一切细节，对于各种谣言发生兴趣，我竟成为一个爱搬弄是非的人了。譬如说，我不明白这些人既有那么多的生命，他们怎么就不能成为富翁（我现在还不明白）。我认识一个穷人，后来听说他饿死了。我记得，这个消息使我很愤慨：假如可以使这个穷人复活的话，我一定会弄死他。我有时在整整几个星期内感到轻松，我可以到外边去走走，但是，街道终于使我非常恼怒，所以我虽然可以和大家一样走出去，而我还是故意整天待在屋子里面。我忍受不住那些在人行道上从我身旁穿来穿去、来回奔忙、永远带着焦虑、阴郁和惊慌神情的人们。他们为什么永远这样忧愁、惊慌和忙乱呢？他们为什么永远愁眉苦脸带着恼恨的神情呢（因为他们是凶恶的，凶恶的，凶恶的）？他们虽然能活上六十年，但是他们多灾多难，不懂得怎样生活，这究竟是谁的过错呢？扎尔尼岑有六十岁的寿命，为什么竟把自己弄到饿死的地步？每人都指着自己的破烂衣服、自己劳动的手，很苦恼地呼喊道：‘我们像牛马一般劳动，我们天天做工，可是我们饿得像狗，穷得要命！另一些人并不工作，并不劳动，而却很有钱！’（永远是这一套！）在他们旁边，有一个‘正经人’出身的可怜虫，伊凡·福米奇·苏里阔夫——他住在我们的房子里，在我们的楼上——从清晨到半夜，东奔西跑，忙忙碌碌，衣裳在胳膊肘那里永远是破的，纽扣散落光了，他要听各种人差遣，受许多人支使，从早到晚，跑来跑去。你和他谈话，他总是说：‘贫穷呀，没钱呀，饥饿呀，妻子死了，没钱买药，孩子在冬天冻死了；大女儿给人家当姘头……’他永远抹鼻涕，他永远哭泣！哎，我对于这些傻瓜连一点点、一点点怜惜都没有，不论是从前或现在都是一样——我可以很自豪地这样说！他为什么不做洛特·加龙省希尔德呢？他不像洛特·加龙省希尔德那样有百万家财，他没有像狂欢节时所搭的高山那样的金山，究竟是谁的错处呢？他既然活在世上，那么，他没有权掌握一切！他不明白这一点，那是谁的错处呢？

“嗬，现在我已经满不在乎，现在我已经没有时间来怨恨，然而在当时，我再说一遍，在当时，我简直整夜狂怒得咬我的枕头，撕破我的被子。嗬，我当时真是幻想着，真是希望着，有意地希望人家把我这十八岁的、没有衣服穿、没有东西盖的孩子，突然赶到街上，孤孤零零，没有住所，没有工作，没有一块面包，没有亲属，没有一个朋友，在大都市里，挨饿，挨打（这样更好！），然而身体很健康，于是，我就要给他们看……

“给他们看什么呢？

“哦，难道你们以为我不知道我这篇‘解释’已经使自己降低身份吗？唉，人人都会认为我是一个不懂人情世故的可怜虫，人人忘记我已经不是一个十八岁的人，忘记我这六个月的生活就等于活到白发苍苍了！但是，尽管让他们去笑，让他们去说，这一切全是童话吧。我也的确是在对自己讲童话。我用这些童话消磨漫漫的长夜，我现在对这些童话还记得很清楚。

“难道现在我还要把童话重新讲述一番——现在，也就是童话的时代对于我已经成为过去陈迹的时候，对谁去讲述呢？当初我很想研究希腊文法，在我看清楚人家不许我研究的时候，我就拿童话来安慰自己。我那时想：‘不等我读到句法，我就会死去了。’我念第一页时就这样想，于是就把那本书扔到桌子底下去了。它现在还躺在那里，我不准玛德邻纳去拾它。

“凡是见到我这篇‘解释’并耐心读完它的人，也许认为我是个疯子，或者认为我是个中学生，最正确的是认为我是一个被判处死刑的人，这种人自然会觉得除他而外所有的人都过于不珍惜生命，过于轻易地挥霍掉它，过于懒惰地、过于无良心地享受它，因此所有的人全都和生命不配合。好，随他们怎样想吧！结果怎样呢？我现在宣布，我的读者是错误的，我的信念和我的死刑完全无关。你去问他们，你只要去问他们，他们大家，他们每一个人明不明白什么是幸福？嘀，你必须相信，哥伦布并不在发现美洲之后，而是在正发现美洲的时候感到幸福；你必须相信，他最感到幸福的时间也许就在发现新大陆的前三天，当叛变的船员怀着绝望的心情，几乎要使他们的船折回欧洲的时候！问题并不在于新大陆，即使它七分八裂也没有关系。哥伦布几乎没有看到新大陆就死了，在实际上，他不知道发现了什么地方。问题在于生命，只是在于生命——在于发现它，在于永远不断地发现它，而完全不在于发现的本身！但是，说了又有什么用处呢！我怀疑，我现在所说的一切很像极普通的句子，大家一定认为我是一个低年级的学生，在交以‘日出’为题的作文，或者说我也许想发些议论，但是空怀着满腔的愿望，并不会畅所欲言。不过，我还要追加一句，在每一个天才的思想里，在人类的新思想里，或者在某人头脑内产生的每个严肃的人类思想里，永远有一些怎样也不能传达给别人的东西，哪怕您著作多少卷书，用三十五年的工夫来解释自己的思想。您的头盖骨里永远会保留一些怎样也不愿意暴露的东西，它永远跟随着您，您会带着它死去，而不把您的最主要思想传达给任何人。假如我现在也不能传达出我在这六个月内所苦恼的一切，但至少人家会明白我在得到现在这个‘最后信念’时，也可支付了极大的代价。这就是我认为为了我所知晓的目的，在这篇‘解释’里必须先行申明的地方。

“让我再继续下去吧。”

第六章

“我不愿意说谎：在这六个月内，现实也引我上了钩，我有时为它所引诱，竟忘记我死期将至，或者更正确地说，我不愿意去思索它，甚至工作起来了。我顺便提一提我当时的情况。八个月之前，当我病得已经十分沉重的时候，我停止了一切交际，将我以前的同学全部遗弃了。因为我一向是个极阴郁的人，同学们很容易把我忘记掉。当然啦，即使没有这种情况，他们也会忘掉我的。我家的环境，也就是‘在家庭里’，也是很孤独的。五个月以前，我将房门从里面永远关起，使自己和家里入住的房屋完全隔绝。家里人总是听从我，谁也不敢进我的屋子，除去在一定时间收拾屋子和给我端饭以外。我的母亲战战兢兢地服从我的命令，我有时决定放她进屋，她甚至不敢在我面前低声耳语。她时常为了我殴打孩子们，不许他们吵嚷，不许他们惊扰我。我时常抱怨他们吵嚷，但是，他们现在一定还很爱我！‘忠实的郭略’，我这样称呼他，我觉得我也把他折磨个够受的。近来他也折磨我：这一切是极自然的，人们是为了互相折磨而创造出来的。但是我觉察到，他仿佛预先发誓宽恕病人，忍受着我爱发脾气的性子。自然，这更使我生气；但是，他似乎想模仿公爵那种‘基督教的温顺’，这未免有点儿可笑。他是一个性子急躁的男孩子，当然要模仿一切；但是我有时觉得，他应该用自己的脑筋生活下去，我很爱他。我也折磨过住在我们楼上、从早到晚、受别人委托跑来跑去的苏里阔夫。我时常对他证明，他的贫穷是他自己的错处，他终于害怕起来，不再来看我了。他是一个十分温顺的人，最温顺的生物（附注：听说温顺是一种可怕的力量，这一点必须问一问公爵，因为这是他自己的说法）。但是，当我三月里上楼，到他家去看他所说的‘冻死’的婴儿的时候，我无意地对着那婴儿的尸身冷笑了一下，因为我开始对苏里阔夫解释说，那是他‘自己的错处’。当时，那个可怜虫的嘴唇突然哆嗦起来，他一只手抓住我的肩膀，另一只手指着门外，轻轻地，几乎和微语一般，对我说‘您走吧！’，我走出去了。这使我很喜欢，当时，甚至在他赶我出去的那个时候，我就十分喜欢。但是到了后来，当我回忆的时候，他的话使我许久发生一种令人难受的印象，就是我根本不想有怜悯的心情，而对他一方面轻视，一方面却怀着一种奇怪的怜悯。甚至在那样受侮辱的时候（我感到我侮辱了他，虽然我并没有这个意思），甚至在这种时候，他都不会发怒！当时他的嘴唇哆嗦着，我敢起誓，不是由于愤怒。他抓住我的胳膊，一点也不生气地说出‘您走吧！’这样冠冕堂皇的三个字。他有尊严的神情，甚至有很多，根本不和他的脸相配（老实说，这里也有许多滑稽的地方），但是并没有愤怒。也许他只是忽然看不起我了。从那时候起，我有两三次在楼梯上遇见他，他忽然在我面前脱下帽子（以前他永远没这样做过），但是他已经不像从前似的停留下来，而露出惭愧的样子，从我面前跑了过去。假如他看不起我，那他也有另一种风格：他是‘温顺地轻蔑着’。他的脱帽也许只是由于害怕债主的儿子，因为他时常欠我母亲的债，怎么也摆脱不开债务。这大概是最确实的原因。我打算向他解释一下，并且一定知道，他在十分钟后是会请我饶恕的，但是后来我决定，还是不理他好。

“在这时候，也就是在三月中旬，苏里阔夫把婴儿‘冻死’的时候，不知道什么原因，我忽然感到十分轻松，这样继续了两个星期。我开始出门，多半是在黄昏时候。我最爱三月的黄昏，正在开始冰冻，点燃煤气灯的时候。我有时走得很远。有一次，在六店街上，一个‘上等人’从黑暗里追上了我，我没有看清他的脸。他手里拿着一个纸包，身上穿着一件短小的、难看的大氅——薄得和时令不合。当他走到街灯下边的时候，在我前面有十步远，我看见有件东西从他的口袋里掉出来。我忙着把它捡起来，捡得倒正是时候。因为当时就有一个穿长衫的人跳了过来。但是，他一看见东西落到我的手里，并不争论，只朝我的手里偷看了一下，就溜走了。这东西是一只旧式的鞣皮夹，装得鼓鼓的；但是不知为什么，我一眼就猜到里面是别的东西，不是银钱。那个丢东西的过路人已经离开我四十步，很快就要在人群里消失了。我跑过去，朝他呼喊，但是因为除了‘喂！’以外，我喊不出什么来，所以他也没有转过身子来。他突然朝左拐，走进一所房屋的大门。等我跑进乌黑的大门时，那边已经一个人也没有了。这所房屋很大，这类大厦是投机商人所建，分成许多套小住宅出租的，有些大厦包括成百套小住宅。当我跑进大门时，我觉得在右边，在大院落后边的角落里，仿佛有一个人在走路，虽然我在黑暗里看不大清楚。我跑到角落那里，看见有一个通楼梯的门。楼梯很窄，特别脏，完全没有点灯。但是，我听得有一个人还在高处的梯级上跑着，我赶紧跑上楼梯，想人家给他开门时，我便可以追到他。结果真是这样。每段楼梯极短，但是段数是很多的，因此我喘不过气来了。第五层有一个门开了又关上了，我在下面三层的楼梯上就听出来了。等到我跑上去，在梯台上透一口气，寻觅门铃的时候，已经过了几分钟。最后，一个村妇给我开了门。她正在窄小的厨房里生茶炊。她默默地倾听我的问话，当然一点儿也没有明白。她默默地给我打开第二间屋子的门，那间屋子也很小，低矮得厉害，放着粗笨的应用家具，还有一张宽大的床，床前垂着帘子，'铁冷奇兹'（村妇这样喊叫他）躺在上面，我觉得他有点儿醉了。桌上有一个铁蜡台，上面点着一个蜡头，还有几只酒瓶，差不多挂空了。铁冷奇兹躺在那里，对我咕噜着什么，又向里屋的门挥手，当时那个村妇已经走了，我没有别的方法，只好去开那扇门。于是我这样做了，走进另一间屋子。

"这间屋子比前一间更窄更挤，我甚至不知道如何转身。墙角放着一只狭窄的单人床，它占了极多的位置。其余的家具只有三只普通椅子，上面堆满各种各样的破絮，一只极普通的、厨房用的木桌放在漆布面的旧沙发前面。因此，桌子和床铺之间差不多无法走路。桌子摆着铁蜡台，也和那间屋子一样，上面插着蜡烛。一个小小的婴儿在床上哭叫，从哭声判断，他也许只生下三个星期。一个有病的、脸色惨白的女人替他换尿布。这女人似乎年纪很小，穿着很随便的内衣，也许是产后刚刚起床。那小孩不耐烦地喊叫着，等待瘦弱的母亲的乳头。另外一个小孩睡在沙发上，那是一个三岁的女孩，好像用燕尾服盖住身体。有一位穿着很破的礼服的先生站在桌旁（他已经脱下大衣，放在床上），正在打开一个蓝纸包，里面包着两磅白面包和两条小香肠。此外，桌上放着一把茶壶，里面有茶，还放着几块黑面包。床下露出一只没有关好的皮箱和两个包着烂布的包袱。

“总而言之，秩序紊乱得可怕。我一眼就看出他们两人，先生和太太，本来是体面人士，但是由于贫穷而沦落下去了。沦落以后，紊乱的秩序终于战胜一切想消灭这种秩序的尝试，甚至使人感到一种苦痛的需要，这种需要就是想在这种日益增大的紊乱秩序中，寻求一种辛酸的、似乎信念深重的快感。我和那位先生是前后脚进去的，当我进去时，他正在打开食品纸包，迅速而热烈地和妻子说话。妻子还没有换好尿布，但是已经啜泣起来，大概听到的消息照例不很好。从这位先生的外貌看，他有二十八岁模样。他的脸是黑瘦的，生着黑色的络腮胡子，下面剃得精光，看起来令人感到很体面，甚至是很舒服。他那张脸是忧郁的，带着忧郁的眼神。但是，也露出一种病态的、极容易惹恼的骄傲的影子。当我走进去的时候，发生了奇怪的一幕。

“有些人对于自己恼怒的感觉特别欣赏，尤其在这种感觉达到极点的时候（永远很快就会达到极点）。在这一刹那间，他们会觉得受侮辱要比不受侮辱还痛快些。这些恼怒的人，当然啦，假如他们头脑聪明的话，假如他们能够想到自己的发火程度已经超过应有程度十倍左右的话，他们以后会永远大大后悔的。那位先生很惊异地望了我一会儿，他的太太带有害怕的神气，仿佛有人到他们家里是一件稀奇古怪的事情。但是，他突然如疯如狂地朝我奔来。他没有等我说上两句话，大概由于特别看到我穿得体面，而我胆敢如此无礼地张望他的角落，观看他自感羞愧的一切简陋陈设，认为是对自己的莫大侮辱。他得到这样一个机会，可以在别人身上发泄一下半生潦倒的怒气，当然十分高兴。在一瞬间，我甚至觉得他要跑过来打架，他的脸色白得好像女人发作歇斯底里症时一样，这使他的妻子吓得要命。

“‘您怎么敢擅自走进来？滚出去！’他喊着，浑身发抖，甚至说不出话来。但是，他突然看见自己的皮夹握在我的手里。

“‘大概是您丢的。’我说，尽可能显得安静些、严肃些。（当然也应该如此。）

“他立在我面前，露出十分吃惊的神情，一时似乎失去了知觉；然后，他很迅速地抓住自己衣裳侧面的口袋，吓得张大了嘴，用一只手拍打自己的额角。

“天哪！您在哪里捡到的？怎么捡到的？

“我用极简短的话向他解释，而且尽可能说得冷酷些。我讲我如何捡起皮夹，如何奔跑，叫喊他，最后根据自己的猜想，几乎是摸索着，随他走上了楼梯。

“‘我的天哪！’他对妻子喊道，‘我们所有的证件都在这里，嗬，先生，您知道不知道，您对我有多大的恩德？要不，我就会完蛋啦！’

“当时我抓住门柄，想不出一声就退出去。但是，我自己喘不过气来了，我的兴奋忽然勾起一阵极强烈的、抵御不住的咳嗽。我看见那位先生向四处乱窜，给我找一只空椅，他终于从一只椅子上抓起破衣烂衫，把它们扔到地板上，急忙把椅子递给我，小心翼翼地按我坐下。但是，我仍然咳嗽不已，三分钟还没有停歇。当我恢复原状的时候，他已经坐在我旁边的另一只椅子上（大概也是把一些破衣烂衫从椅子扔到地板上去了），正在盯着看我。

“‘您大概……有病吧？’他用医生开始诊察病人时普遍所说的那种语调说，‘我自己是……医务人员（他不说是医

生），’他说完这句话以后，不知为什么，用手指给我看那间屋子，似乎在对自己现在的地位提出抗议，‘我看，您……’

“‘我有痨病。’我尽可能地说得简短些，站了起来。

“他也立刻站了起来。

“‘您也许夸大一些……在适当治疗以后……’

“他弄得十分糊涂，似乎还没有清醒过来，那只皮夹握在他的左手里。

“‘噢，您不必担心。’我又打断他的话，一面抓住了门上的把手，‘上星期勃来给我诊察过（我又把勃拉了进去），我的命运已经决定了。对不起……’

“我又想去开门，离开这位发窘的、感激的、羞愧的医生，但是，万恶的咳嗽偏偏又来袭击我。这位医生当时坚持让我再坐下来休息一会儿；他对妻子看了一眼，她没有离开原来的位置，对我说了几句感谢和欢迎的话。她也感到很窘，因而在她那淡黄的、清瘦的脸颊上浮现出两点红晕。我坐下了，但是露出每秒钟都很害怕使他们受到拘束的神情（也应该如此）。我看出来，那位医生在很苦痛地忏悔着。

“‘假如我……’他开始说，时时刻刻中断，从这句跳到那句，‘我很感谢您，我不应该那样对待您……我……您瞧……’又指着这间屋子，‘现在我处于这样的境况之下……’

“‘噢。’我说，‘用不着看，事情是很明显的，您大概是失掉了工作，所以到此地来疏通一下，再找一个位置，不是吗？’

“‘您……怎么知道的？’他很惊异地问。

“‘一眼就看出来了。’我不由得用嘲笑的口气回答说，‘有许多人从外省到此地来，怀着莫大的希望，跑来跑去，也就这样生活下去了。’

“他忽然热烈地说起话来，嘴唇打着哆嗦。他开始诉苦，开始讲述。老实说，我觉得他的自述很有趣味。我在他那里坐了一个来钟头。他给我讲自己的历史，一段很平常的历史。他是一个省城里的医生，本来在官厅供职，但是忽然发生了一些阴谋，连他的妻子都卷进去了。他露出一些骄傲，发了一些脾气，省城当局就袒护他的仇敌了。那人陷害他，控诉他，结果他就失掉了官职。他使用最后几个钱，跑到彼得堡来申一下冤。到彼得堡以后，大家都知道，他们申诉许久没有得到受理，后来受理了，后来又被驳回，后来又给他一个希望，后来又严词回绝他，后来吩咐他提出书面解释，后来又拒绝接受他所写的东西，吩咐他另返呈文——一句话，他已经跑了四个多月，把一切都吃尽当光了。连妻子最后的一点儿破衣服都送进当铺，那时恰巧生了一个孩子，而，而，……据他说，‘今天对我所递的呈文下了最后的严复，而我差不多已经没有面包，什么也没有了，妻子又生了孩子。我，我……’

“他从椅子上跳起来，转过身去。他的妻子在角落里哭泣，孩子又开始号哭了。我掏出我的日记簿，记录起来。当我记完，站起来的时候，他站在我的面前，带着又害怕又好奇的眼光望着我。

“‘我记下了您的名字。’我对他说，‘对，还有其余的一切：如服务地点，贵省总督的姓名，年月日。我有一个同学，姓巴赫莫托夫，他有一个叔叔，彼得·玛德魏维奇·巴赫莫托夫，是实任的五品文官，现在当司长……’

“‘彼得·玛德魏维奇·巴赫莫托夫！’我的医生喊道，他几乎哆嗦起来，‘这一切几乎全靠他来决定呀！’

“的确，在那位医生的故事和它的结局中，由于我偶然从旁帮忙，竟使一切顺顺当当，圆满解决，这简直好像在小说里，故意安排好的一样。我对这对可怜的夫妇说，请他们不要对我存什么希望，我只是一个贫苦的中学生（我故意夸大自己的低微地位，我早就毕业，已经不是中学生了），他们也不必知道我的姓名。但是，我立刻到瓦西里也夫司基岛去，找我的同学巴赫莫托夫，因为我确实知道他的叔叔，那个实任的五品文官！是个没有子女的单身汉，对自己的侄儿非常钟爱，当作珍宝，认为他是家族里的独苗，所以我说：'我的同学也许会为你们，当然也就是为我，向他的叔叔说情的……'

"'只要能允许我向那位大人解释一下就好了！如果我能得到恩施，口头解释一下就好了！'他喊道，哆嗦得好像发了热病一样，眼里闪着光亮。他竟说出'得到恩施'的话来。我又重复一遍说，这事情一定会吹的，一切都可能弄不好。我后来说，假如明天早晨我不到他们这里来，那么事情已经完了，他们也就不必再等候。他们鞠着躬送我出去，他们几乎发了狂。我永远忘不掉他们的面部表情。我雇了马车，立刻上瓦西里也夫司基岛去了。

"我上中学的几年中，一直和这个巴赫莫托夫处于敌对的地位。在我们学校里，大家认为他是贵族，至少我这样称呼他。他穿得很讲究，坐自用马车上学，只是一点儿也不摆架子，总是容易相处，总是露出特别快乐的样子，有时甚至还有点儿小聪明。虽然他的智力并不见得十分高明，即使他在班里永远考第一名。至于我呢，无论哪门功课从来都没有考过第一名。除我一个人以外，所有的同学全爱他。他在这几年来有好几次想接近我，但是我每次总是沉着脸，很恼怒地躲开他。现在我已经有一年左右不见他的面了。他在大学里求学。八点多钟的时候，我到他家里去（礼节很大：仆人先行通报我的姓名），他起初带着惊异的神情迎接我，甚至没有一点儿欢迎的样子，但是他立刻快乐起来，望着我，忽然哈哈大笑着。

“‘您怎么忽然想到我这里来了，帖连奇耶夫？’他喊着，露出那种永远可爱的逍遥自在态度，这种态度有时显得很傲慢，但是永远没有侮辱的性质，我极爱他这种态度，同时也为了这种态度而恨他。——‘这是怎么回事？’他惊慌地喊道，‘您竟病到这种地步了！’

“咳嗽又来折磨我，我颓坐到椅子上，简直喘不过气来。

“‘您别着急，我有痨病。’我说，‘我来求您一件事。’

“他惊异地坐下了。我立刻把医生那段故事原原本本讲给他听，并且解释说，他在叔叔跟前特别有威信，也许可以帮一点儿忙。

“‘我可以帮忙，一定帮忙，明天就向家叔进攻。我也很喜欢这样做。您把这件事情讲述得太好了……但是，帖连奇耶夫，您怎么会想到来求我呢？’

“‘一则这件事情完全在令叔一个人身上，二则巴赫莫托夫，咱们俩一向是仇敌，因为您是一个正直的人，我觉得您不会拒绝一个仇敌。’我带着讽刺的口吻补充说。

“‘好比拿破仑向英国求援！’他喊着，哈哈大笑起来，‘帮忙，我来帮忙！如果可能的话，我立刻就去！’他看见我很严肃地站起来，急忙补充说。

“这件事情果然出乎意料地进行得十分顺利。过了一个半月，那位医生又在另外一省谋得一个位置，领到差旅费，外加津贴费。我很疑惑，常到他家里去的巴赫莫托夫（我故意不登他家的门，医生来看我时，我也表示很冷淡），我很疑惑，巴赫莫托夫竟能说服医生，使医生接受他的借款。在这六星期内，我和巴赫莫托夫见了两次，第三次是在给医生送行的时候。巴赫莫托夫在自己家内设宴给医生送行，还预备了香槟酒，医生太太也出席了。但是她待了一会儿，很快就回家看孩子去了。那是五月初的一个傍晚，天气晴朗，巨球似的太阳落入海湾。巴赫莫托夫送我回家，我们在尼古拉也夫司基桥上走着，两人都喝了点儿酒。巴赫莫托夫说事情这样圆满解决，使他十分喜欢，他很感谢我，因为他做了好事以后，现在感到愉快。他还说，这件事情应该完全归功于我。现在有许多人主张，行个别善事是毫无意义的——这种说法很不正确。我也很想发表自己的意见。

“‘凡是攻击个别“施舍”的人，’我开始说，‘那就等于攻击人的天性，蔑视个人的尊严。但是，实行“社会救济”和个人自由的问题，这是两个不同的但不是互不兼容的问题。个别善事永远会存在下去，因为他是个性的需要，它是一个个性要直接影响另一个个性的迫切需要。莫斯科住着一个老人，一个“将军”，也就是实任的五品官。他有一个德国人的姓。他一生在监狱里走动，和罪人们周旋，每一批充军西伯利亚的囚徒，预先都知道会有一位“老将军”在雀山和他们见面。他极严肃而虔诚地做自己的事情。他来到以后，在充军囚徒的行列里走着。囚徒们把他团团围住，他在每个人的面前都停留下来，询问每个人缺乏什么东西，他几乎从来不对任何人说教，他管大家都叫“老弟”。他送给他们金钱和各种日用品，如裹腿、衬衣、麻布等。他有时带来一些劝善的小书，分送给每个识字的人，深信他们在路上会加以诵读，由识字的人读给不识字的人听。他不大问人家犯什么罪，假如罪犯自己说起来，他才去听。他看一切罪犯完全平等，毫无区别。他和他们说话时如对亲弟兄一般。不过，之后他们自己认为他是父亲了。如果看到一个充军的女人，抱着小孩，他便走过去，抚爱那个小孩，手指碰出响声，引他发笑。他这样做了许多年，直到他死为止。后来全俄罗斯，全西伯利亚都认识他了，也就是说全部罪犯都知道他了。有一个到过西伯利亚的人对我讲，他亲自看见有些罪大恶极的犯人在怎样怀念那位将军，但是将军访问他们时，很少有施给每个人二十戈比以上的情况。固然，犯人怀念他的时候并不如何热烈，只是有点儿极正经的样子。在这些“不幸者”中间，有一个人杀害十二条性命，砍死六个小孩，原因只是由于他一时高兴（据说这类人是有的）。这个人忽然无缘无故地，也许二十年来头一次叹了口气，说道：“现在那位老将军怎么样啦？还活着吗？”也许在说这话时，他还发出一声冷笑——这样也就完了。您怎么能知道，他二十年念念不忘的这位“老将军”，往他的心灵里永远投进了怎样的种子？您怎么能够知道，巴赫莫托夫，一个个性和另一个个性的联结对被联结的个性的命运具有多大的意义？……你要知道，这是整个一生的事情，在我们后面隐藏着无数的枝节。最优秀的象棋选手，他们中间最聪明的，也只能预先看出几步棋。有一个法国选手预先能看出十步棋，报上传为奇谈。棋步有多少嗬，我们所不知道的有多少嗬？当您投下种子“行善”和做任何形式的好事的时候，您就将您的一部分个性交付出去，承受下另一个个性的一部分，你们互相联结起来了。如再稍加注意的话，您便会获得报酬，因为您会多得一些知识，有些极意外的发现。最后，您一定会把您的事业看作一种学问，它会抓住您的整个生命，可以充实整个的生命。从另一方面看，您的一切思想，您所投下而也许被您遗忘的一切种子，都会滋长起来，从您手里取得这些种子的人，会把它们转送给别人。您哪里知道，您在未来解决人类命运时会占据怎样的地位？假如您具有丰富的知识，您一生从事这种工作，您就可能投下巨大的种子，将伟大的思想遗留给世界，那么……’这一套话，我当时说了很多。

“‘您想一想，您虽然这样谈，可是您自己却快死了！’巴赫莫托夫喊道，似乎在热烈地责备什么人。

“当时我们站在桥上，把臂肘支在栏杆上面，向涅瓦河上瞭望。

“‘您知道我在想什么？’我把身子更加弯到栏杆上面说。

“‘难道想投河吗？’巴赫莫托夫吃惊地喊。他也许从我脸上猜出了我的思想。

“‘不，现在只是这样一个见解：我现在只能活两三个月，也许四个月。但是，譬如说，在只剩两个月的时候，假如我极想做一桩好事，这事情需要工作、奔跑和张罗，就像那位医生的事情似的，那么，为了我所剩的时间不够，我就只好拒绝做这件事情，另外寻找一件比较小的、我的能力办得到的“好事”（假如我真想做好事的话）。您必须同意，这是个有趣的想法！’

“可怜的巴赫莫托夫为我深深担忧，他一直送我到家，而且非常识趣，他一次也没有说安慰的话，几乎始终沉默着。他和我作别时，热烈地握住我的手，请我允许他常来看我。我回答他说，假如他想以‘慰问者’的资格来看我（因为，我对他解释说，即使他一声不出，终归是作为慰问者而来的），那么，他每次就会更多地对我提到‘死’这个字。他耸了耸肩，但对我的话表示同意了；我们十分客气地分了手，这是我料想不到的。

“然而，就在这个晚上，就在这个夜里，投下了我的‘最后信念’的第一粒种子。我贪婪地抓住这个新思想，贪婪地分析它的一切奥秘和它的一切种类（我整夜没有睡），我研究得越深入，越领会这种思想，心里也越加害怕。最后我怕得了不得，之后几天也一直害怕。有时候，在想起我这种经常不断的恐怖时，我很快又生出了新的恐怖，浑身感到发冷。从这种恐怖中，我可以判断我的‘最后信念’已经在我心里十分严正地生了根，将来一定会得到解决。但是，我没有足够的决心来解决它。过了三星期，一切都完了，决心也有了，但这是由于一桩极奇怪的事情而来的。

“在我这篇‘解释’里，我将所有的日期和数字全都记载下来。我当然认为一切全是无所谓的，但是现在（也许只是在这时候），我希望那些判断我的行为的人能够很明显地看出，我的‘最后信念’是从一套什么逻辑结论产生出来的。我刚才写过，我缺乏执行‘最后信念’的最后决心，后来我有了这种决心，但是它不是从逻辑结论中产生的，而是由一种奇怪的刺激，由一种奇怪的事实，也许和事情本身毫无关系的事实产生的。大约十天以前，罗果静为了一件事情来找我，这件事情我就不多费笔墨了。我以前从未见过罗果静，但是关于他的话听到过很多。我向他提供他所需要的一切消息，他很快就走了。因为他只是来调查一件事情，所以我们中间的关系也就算完了。但是，他使我发生很大的兴趣，那一整天我都怀着一些极奇怪的思想，因此我决定第二天亲自到他家里去回拜。罗果静显然不喜欢我，甚至很客气地暗示出我们不必继续交往的意思。但是我总算过了很有趣的一小时，他大概也是如此。我们俩有显著的不同，我们俩（尤其是我）也不能不注意到这一点：我是一个死期将至的人，而他过着最充实、最无拘无束的生活，完全不关心‘最后’的结论、数字，或任何别的事情，除去那件……那件使他发狂的事情，请罗果静先生恕我写下这样的词句，把我当作一个不会表达自己思想的蹩脚文学家看待。他这人虽然不懂得客气，但是我觉得他是一个聪明人，可能了解许多事情，虽然他对于与己无关的事情不大有兴趣。我没有将我的‘最后信念’暗示给他，但是不知为什么，我觉得他在听我说话时，已经猜到了。他沉默着，很不爱说话。我临走时暗示给他，我们俩虽然性格不同，而且有各种矛盾，但是les extrémités se touchent[1]（我用俄文对他解释这句话），所以我觉得，他离我的‘最后信念’也许并不很远。他听了这话，扮一个极阴郁苦涩的鬼脸来答复我。他站起来，亲自替我找到帽子，做出我似乎自己想走的样子，而其实是他把我从那个阴沉的屋子里赶出来，他还做出殷勤送我的神情。他的房子使我很吃惊，好像一座坟场，但是他似乎很喜欢它。这一点很容易了解：他所过的那种充实的、天真的生活本身就极为丰富，不需要什么布景。

“这次回拜罗果静使我十分疲倦。再说，我从早晨起就感到不很舒适；到了晚上，我的身体十分衰弱，只好躺到床上，有时觉得身上燥热，有时甚至在说胡话。郭略伴我坐到十一点钟。但是，我记得他所讲的和我们谈论的一切。我有时合上眼睛，那时总看到伊凡·福米奇，他似乎取得了几百万金钱。他完全不知道如何处置这些财产，绞尽了自己的脑汁。他生怕人家偷走，最后才决定把它埋在地里。我劝他不必把这一大堆金子白白埋到地里，不如用它给那个‘冻死’的小孩铸造一只小棺材，把那个孩子特地从土里掘出来，装到金棺材里。苏里阔夫流着感激的眼泪，接受了我这个讽刺他的建议，立刻着手执行这个计划。我好像唾了一口痰，就离开他了。当我完全清醒过来的时候，郭略告诉我说，我根本没有睡，一直和他谈论苏里阔夫。我有时候感到极度苦闷和惊慌，因此郭略临走时露出

1　法语：两个极端互相接近。

不安的样子。当我自己起床去锁门的时候，我突然回忆起，我刚才在罗果静那里，在他家一间最阴暗的大厅的门上所看到的一幅油画。他是无意中把那幅画指给我看的，我在那幅画面前站了有五分钟左右。那幅画在艺术方面并不出色，但是它引起我一种奇怪的不安。

“那幅画上画着刚从十字架上卸下来的基督。我觉得画家们平常画钉在十字架上或从十字架上卸下的基督的时候，总是把他的脸部画得特别美，甚至在他受着剧烈苦痛的时候，画家们也还竭力保持着这种美。但是在罗果静的画里，根本没有美可言，那完全是一个人的尸骸，他在上十字架之前就忍受着无穷的痛苦、创伤、凌辱、守卒和人们的殴打，当他自己背着十字架，由于十字架太重而跌倒以后，还继续受了六小时十字架的痛苦（根据我们计算，至少有这些时间）。固然，这是一个刚从十字架上卸下来的人的脸庞，那就是说，在脸庞上还保存着很多活气和温暖。死者身上还一点儿也没有变硬，因此脸上还露出痛苦的神情，似乎现在还感到痛苦（画家对这一点画得很好）。不过，这脸画得一点儿也不留情面。它表现得十分逼真。一个人的尸骸，无论他是什么人，在受过这种痛苦以后，总应该是如此的。我知道，基督教会在最初数世纪内就确定基督所受的不是形象上的，而是实际上的苦痛，他的身体在十字架上完全服从自然的法则。在这幅画上，基督的脸庞受到凶猛的殴打，显得浮肿，带有可怕的、浮肿的、血污的伤痕，眼睛张着，眼珠发歪，巨大的、张开的眼白，闪耀着一种死沉沉的、玻璃般的光彩。奇怪的是，当你望着这个受难者的死尸时，会产生一个特别有趣的问题：如果基督的所有弟子们，他的未来的主要使徒们，以及跟他走来并站在十字架旁边的妇女们，一切信仰他、崇拜他的人们看见了这样的死尸（它一定应该是这样的），那么，他们望着这个尸骸，怎么会相信这位受难者会复活呢？到了这里，不由得会产生一个概念，那就是：假如死是这样可怕，自然法则是这样有力，怎样才能克服它们呢？基督在生前战胜过自然，使自然服从他，当他呼喊‘姑娘，立起来吧！’的时候，那姑娘就立了起来，当他呼喊‘拉萨罗斯，出来！’时那死人就走出来了，而现在连他都不能战胜自然规律，这些规律又怎样去克服呢？在看这幅画的时候，人对自然就产生一种错误，觉得它好像一个巨大的、残忍的、不出声的野兽，或者说得正确些，说得更正确些，虽然有点儿奇怪，它好像一台最新型的巨大机器，它没有意义地、漠不关心地、毫无怜悯地抓住一个伟大的、珍贵的生物，把他揉得粉碎，吞了下去——这个生物本身的价值就抵得住整个自然、一切自然法则和所有的土地，也许地球就只是为了这个生物出生而创造的呀！这幅画所表现的就是这种黑暗的、傲慢的、无意义的、永恒的、一切东西都要服从它的力量的观念。这观念自然而然地传达到你们的心中。围在死人身边的人们（在图画中一个也没有画出），在一下子将他们的一切希望和信仰打得粉碎的这一天晚上，应该感到多么苦闷和慌乱呀！他们每个人虽然怀着一个永远不能放弃的伟大思想，但是，当时他们一定在极度惊慌中散开。如果这位老师能够在被处死刑之前看到自己的形象，他自己会那样从容升上十字架，像现在那样就死吗？当你看这幅画的时候，自然而然也会产生这个问题。

“在郭略走后整整一个半小时中间，这一切断断续续地在我的心头浮现出来，我也许是完全神志不清，但有时是有具体形象的。没有形象的东西能不能现出形象来呢？但是，我有时觉得，我在一个奇怪的、不可能有的形式中看见这种无穷尽的力量，看见这个阴沉的、黑暗的、不出声的东西。我记得，有一个人曾经拿着蜡烛，牵着我的手臂，给我看一只巨大的、难看的蜘蛛，开始告诉我说，这就是那个黑暗的、阴沉的、强有力的东西，同时还对我的愤怒付诸一笑。在我屋里，神像前面夜间总点一盏油灯，光线暗淡而微弱，但是还能看清一切东西，甚至灯下还能读书。我觉得已经过了午夜，我完全没有睡，睁着眼睛躺在那里。忽然我的房门开了，罗果静走了进来。

“他走进来以后，关上门，默默地望着我，轻轻地向墙角的一张椅子走去，那张椅子几乎就放在油灯下面。我很奇怪，用期待的神情望着他；罗果静把臂肘支在小桌上，默默地望着我。这样过了两三分钟，我记得，他的沉默使我十分恼怒。他为什么不愿意说话呢？他来得这样晚，我当然觉得奇怪，但是我记得，我对于这一点并没有太惊讶。恰恰相反，在早晨时，我虽然没有将我的思想向他明白表示出来，但是我知道他是了解的。为了这种思想，他当然可以跑来和我再谈一次，哪怕时间已经很晚。我心想他是为这个而来的。我们早晨离别时，多少带着仇视的样子，我甚至记得，他曾经用尽情嘲笑的神情看了我两三次。就是现在我也可以看出他那嘲笑的眼神，这种嘲笑也使我受到侮辱。我从最初就丝毫也不怀疑这确是罗果静本人，并不是幻象，也不是狂想。我根本没有这个念头。

“他继续坐在那里，还是用那种嘲笑的样子望着我。我恶狠狠地在床上转了个身，也把臂肘支在枕头上，决定也故意沉默着，即使我们一直就这样坐下去。我不知为什么，一定要他首先说话。我心想，这样过了二十分钟。我突然想起一个念头，假如他不是罗果静，而只是一个幻象，那会怎样呢？

“我生病时和生病以前，从来还没有看见过一个幻象；但我永远觉得，在我还小的时候，甚至现在，也就是不久以前，觉得我只要看见一次幻象，立即就会死去，虽然我对任何幻象都不相信。但是，当我想到那人不是罗果静，而只是幻象的时候，我记得，我一点儿也没有害怕。不但不害怕，我甚至还为这个恼怒起来了。另有一件奇怪的事情，就是我对于这是幻象，或是罗果静本人的问题的解决并不怎样有兴趣，也不怎样使我感到惊慌，好像是应该如此的。我觉得，我当时所想的是一些别的事情。譬如说，最使我发生兴趣的就是：罗果静在早晨是穿着便服和便鞋的，为什么现在竟穿上燕尾服和白背心，打上了白领结？我心里还闪出一个念头：如果这是一个幻象，我并不怕他，那么我为什么不站起来，走到他面前，亲自加以证实呢？也许我不敢，我害怕。但是，当我刚想到我害怕的时候，忽然像有一阵冰水浇上我的全身，我感到背上发凉，我的膝盖直打哆嗦。就在这一刹那间，罗果静好像猜到我害怕似的，移开支在桌上的那只手，挺起身子，活动自己的嘴唇，好像要发笑。他盯着看我，我狂怒起来，我决心要朝他身上扑去，但是因为我赌咒不首先开始说话，所以仍旧留在床上，况且我还没有完全肯定：他究竟是不是罗果静呢？

“我记不准确这种情形持续了多少时候，也不确实记得，我是不是有时完全神志不清。但是，罗果静终于站起身来，悠然地、仔细地望着我，像刚才走进来时一样，但是他停止了嘲笑，轻轻地，几乎蹑着脚，走到门前，打开门，走了出去。我没有下床，也不记得我睁着眼睛躺了多少时候，一直在那里想着。天知道我想什么，我也不记得我怎样又昏睡过去。第二天早晨九点多钟的时候，外面叩门，才把我惊醒。我和他们约定，假如到九点多钟我自己不开门出来，喊他们端早茶，玛德邻娜应该亲自叩我的门。当我给她开门的时候，我立刻产生一个念头：门扣得好好的，罗果静怎么能走进来呢？我调查了一下，更加相信真正的罗果静是不可能走进来的，因为我家所有的门夜里全都上锁。

“我如此详细记述的这桩特别事件，是我完全‘下定决心’的原因。因此，促成最后解决的并不是逻辑，也不是逻辑的信念，而是嫌恶的心情，生命既然具有这样奇怪的、使我感受侮辱的形式，我不能再留在人间了。这个幻象侮辱了我。我不能服从具有蜘蛛形式的黑暗力量。到了黄昏，当我终于感到自己完全下了决心时，我才轻松一些。这只是第一阶段，到了第二阶段，我便来到伯夫洛夫司克了。不过，我在上边已经讲得很多，不再赘述了。”

第七章

“我有一支袖珍小手枪，还是我小的时候买来的。当时我正在那种可笑的年龄，我忽然喜欢起关于决斗和盗匪抢劫的故事，喜欢想象人家怎样来找我进行决斗，我怎样勇敢地举着手枪，站在那里准备决斗。一个月以前，我把它检查了一下，预备了一下。在放手枪的匣内发现两粒子弹，火药匣内还存有放三次枪用的火药。这是一支很糟糕的手枪，向外射击，只能射十五步远。但是，如果把它对准自己的太阳穴，当然也会把脑壳翻到一旁去。

“我决定到伯夫洛夫司克去死，在太阳初升的时候，并且到公园里去，免得惊动别墅中的任何人。我这篇‘解释’足够把全部案情向警察解释清楚。爱研究心理学的人们，还有那些愿意知道的人们，可以从这篇文章里找出他们所需要的一切。但是，我不愿意把这篇手稿公布于世。我请公爵把这稿件自己存留一份，将另一份送给阿格拉耶·伊凡诺夫娜·叶潘钦娜。这就是我的遗嘱。我将我的脑壳遗赠给医药科学院，以作科学研究之用。

“我不承认任何人有裁判我的权力。我知道我现在处于裁判官的一切权力之外。我最近还有一个可笑的理想：如果我现在忽然想杀死任何人，哪怕一口气杀死十个人，或者做出一件在这世界上被认为最可怕最可怕的事情，那么，在现在苦刑和拷问已被废止的时候，在我这有限的两三个星期内，裁判官在我面前岂不成为傻瓜了吗？我可以在他们的医院里，在精细的医生诊察之下，暖暖和和地、舒舒服服地死去，也许比在自己家里还舒适和温暖得多。我不明白，那些和我情况相同的人们，哪怕只是为了开玩笑，为什么脑筋里不产生这样的思想？然而也许会产生出来的，在我们这里，爱开玩笑的人多得很。

“虽然我不承认人家裁判我，但是我知道，在我已经成为哑巴，不能为自己辩护时，人家总要裁判我这个被告的。我不留下回答的话，决不愿意走开。我的话是自己的，不是强迫的，更不是为了替自己辩护——嘀，不是的！我用不着向任何人请求原谅，也没有请人原谅的事情——我之所以这样做，是因为我自己愿意如此。

“第一，这里发生了一个奇怪的思想：什么人，根据什么权利，由于什么动机，忽然想在我临死的两三星期内来争夺我的权利？这和哪一个裁判官相干？谁需要我不仅受到判决，而且很好地服满刑期？难道果真有人需要这一点吗？为了维护道德吗？我很明白，假如在我身体完全健康、强壮有力的时候，我企图戕害我这‘对邻人等也许有益’的生命，那么，道德也许会依照传统的习惯，责备我连问也不问便支配了我自己的生命，或者用它自己知道的一套理由来责备我。但是现在，现在，在对我已经宣判刑期的时候，便怎样呢？哪一种道德不仅需要您的生命，而且还需要您放弃最后一个生命原子时的最后喘息声，一面倾听着公爵安慰的话语，而他根据基督教的理论，一定会有一种乐观的说法，认为在实际上，您还是死了的好（像他这样的基督徒永远会怀抱着这种思想，这是他们最爱好的题目）。他们为什么要弹出他们那可笑的‘伯夫洛夫司克的树木’？要使我在临终之前快乐一番吗？难道他们不明白，我越忘掉自己，越迷恋于这最后的生命与爱情的幻影（他们想用这个使我不去看梅逸尔的墙壁和在墙上那样公开而且坦白地写出的一切东西），他们便更加使我不幸吗？你们的自然风景，你们的伯夫洛夫司克公园，你们的日出和日落，你们的蔚蓝的天和你们的得意面孔，在这整个不尽的筵席刚刚开始，首先把我一个人当作多余的时候，对于我又有什么用处呢？当我每分钟、每秒钟都应该知道，现在不能不知道，连那只在我身旁的阳光中嗡鸣的小蝇，连它都参加这种筵席和歌咏队，了解自己的地位，爱这种地位，并且感到荣幸，只有我一个人成为被遗弃的孤儿，只是由于我的懦怯至今还不愿了解这个的时候，这一切的美与我有什么相干呢！唷，我知道，公爵和他们所有的人都想使我放弃所有这些‘阴险恶毒’的言语，由于善心，为了道德的胜利，唱出米尔瓦几行著名古典诗句：

O, puissent voir votre beauté sacrée
Tant d'amis, sourds á mes adieux!
Qu, ils meurent pleins de jours, que leur mort soit pleurée,
Qu, un ami leur ferme les yeux! [1]

1　法语，大意为：
唷，但愿那些不理睬我的离别的朋友，
能够看见您的美多么神圣！
让他们活到天年，让他们死时有人哭泣，让他们有朋友给他们合上眼睛！
［这几行诗原为法国诗人日尔（Gilbent，1751—1780）所作。］

“但是，你们相信不相信，相信不相信，诚实的人们，在这首法文诗内，在这善良的诗句里，在这学院派的对于世界的赞颂里，包含着多少内心的怨恨，多少无法调和的、隐藏在韵脚里的愤怒，连诗人自己也许都会成为傻瓜，将这种愤怒当作和悦的眼泪，以此而终，但愿他的灵魂得到安谧！你们要知道，耻辱在自卑与软弱的感觉中是有界限的，人不能越过这个界限一步，只要一越过这个界限，人就会从耻辱中感到极大的愉快……当然啦，在这个意义上，温顺是一种伟大的力量，我承认这一点——虽然和宗教把温顺当作一种力量的意义迥然不同。

“宗教！我承认永恒的生命，也许我一向就承认的。让意识用崇高力量的意志燃烧起来，让意识向全世界观看，并且说道：‘我在！’让这最高的力量忽然命令它自行消灭，因为由于某种目的——甚至不必解释为了什么目的——这是必要的，就这样做吧，这一切我全都承认。但是，又来了一个永远解决不了的问题：我的温顺到底有什么用处呢？难道不能把我痛快吃下去，而不要求我赞颂吃我的事实吗？难道在天上果真有人因为我不愿等候两个星期而感到侮辱吗？我不相信这一点。最好是这样假定：这里所需要的只是我低微的生命，一个原子的生命，为了使整个全面和谐，为了一种加与减，为了一种矛盾，以及其他等等，正好比每天需要牺牲许多生物的生命一样。假如他们不死，其余的世界便将不能成立了（只是应该注意，这并不是个伟大的思想）。但是，随它去吧！我同意，如果不这样，也就是人们不经常互相蚕食，世界便不可能维持下去；我也可以承认，我对于世界怎样构成是毫不了解的；但是，我确实知道：假如一旦允许我怀着这种‘我在’的意识，那么，关于世界构成包含着错误，它不如此就不能维持下去这一点，与我又有什么相干呢？在这以后，谁来裁判我？而且裁判我什么呢？随便你们怎么说，这一切是不可能的，而且是不公平的。

“我虽然极愿意这样，但是我从来没有设想没有未来的生活，没有神的存在。这一切大概都有，但是我们对于未来的生活和它的法则并不了解。假如这一切那么难于了解，甚至完全不可能了解，难道我会负不能理解不可思议的事物的责任吗？固然，他们会说，当然公爵也会和他们在一起说，这里也需要服从，不加任何理论，只是由于虔信而服从着，为了我的温顺，我一定会在另一世界内取得酬报。我们过于玷辱上帝，将我们的观念加到他的身上，由于我们不能了解他而感到恼怒。但是，假如对上帝无从了解，那么，我要重复一句，我们便难于负没有使人们了解的责任。既然如此，又怎么能因为我不能了解神的真正意志和规律而裁判我呢？不，我们最好不要讨论宗教吧。

“说得很不少了。在我写到这几行的时候，太阳一定已经升起，‘在天上发响’，在整个大地上散布它那伟大的、无可计算的力量。随它去吧！我要直看着力量和‘生命的源泉’而死去！我不需要这生命了！如果我有权不生出来，我一定不在这种嘲笑的条件下出生。但是，我还有死的权利，虽然我返还的日子已经寥寥可数。这既不是伟大的权利，也不是伟大的反抗。

“最后的一个解释：我要死了，但不是为了无力忍受这三个星期；啊，我的力量是足够的，假如我愿意使出来的话，只要我意识到所受的侮辱，便足以自慰而有余；但是我不是法国诗人，不愿意得到这种安慰。最后，还有一个诱惑：大自然宣判我只能活三星期，极度限制我的活动，因此我感到，自杀大概是我可以按照自己的意志开始和结束的唯一行动。也许我是想利用行动的最后可能性吧？反抗有时并不是一桩小的行动……”

“解释”念完了，伊鲍里特终于停止了诵读……

人们到了山穷水尽的时候，会采取最后的、恬不知耻的坦率态度。一个神经质的人会生气动火，不再惧怕一切，准备做一切的捣乱行为，甚至乐于去做。他会向人们攻击，而自己也怀着一个模糊的，但是坚定的目的，决定在一分钟后从钟楼上跳下，一下子解决可能发生的各种疑难。体力的近乎衰竭通常也是这种心境的前兆。伊鲍里特在这以前所保持的特别的、近乎不自然的紧张状态，已经达到最后的阶段。这个十八岁的、被疾病折磨的男孩子，就像从树上摘下的一个颤抖的小树叶一样软弱。但是，他的目光朝那些听众扫射一下——在最后的一小时内，这是第一次，在他的眼神和微笑里，就立刻表现出极傲慢的、极轻蔑的、极恼怒的厌恶心情。他忙着向大家挑战。但是，听众们也露出十分愤怒的样子。大家吵吵嚷嚷地从桌旁立起，精神都很懊丧。疲倦、酒力和兴奋，都增加了紊乱的状态，假如可以如此形容的话，简直好像是“印象的泥塘”。

伊鲍里特突然很快地从椅子上跃起，好像有人把他拖下来似的。

“太阳出来了！”他看到树梢上闪耀的光辉，当作奇迹一般向公爵指着，说，“太阳出来了！”

“您以为太阳不会出来吗？”费尔特申阔说。

“又要热一整天，”筛纳露出不经意的苦恼神情，喃喃地说，他双手拿着帽子，挺下身体，打个哈欠，“如果整个月这样干旱，那可怎么好！走不走，波奇成？”

伊鲍里特很惊异，呆若木鸡地倾听着。他的脸色忽然惨白得可怕，全身哆嗦着。

"您做出您那冷淡的样子，想侮辱我，但是做得太笨拙了。"他盯着�纳，对他说，"您是浑蛋！"

"真是胡闹，怎么竟会这样！"费尔特申阔嚷叫起来，"多么怯懦的行为！"

"简直是傻瓜。"笳纳说。

伊鲍里特镇定了一些。

"我明白，诸位，"他开始说，照旧哆嗦着，每句话都结结巴巴地说出来，"我理应受到你们大家的报复……我用这一篇梦呓（他指着稿件）折磨你们，我感到十分可惜，但是我又可惜没有把你们折磨够（他傻笑着）……折磨了没有，叶夫格尼·柏夫洛维奇？"他忽然跳到那人身前，问道，"折磨了没有？您说呀！"

"有点儿冗长，但是……"

"全说出来呀！但愿您一生中有一次不撒谎！"伊鲍里特一面打哆嗦，一面命令说。

"哦，这对于我根本是一样的！劳您驾！请您饶了我吧！"叶夫格尼·柏夫洛维奇带着嫌恶的神情转过身去。

"明天见，公爵。"波奇成走到公爵身边说。

"他立刻就会用手枪自杀的！你们怎么啦！你们瞧他呀！"魏拉喊出来，跑到伊鲍里特身边，露出特别惊慌的样子，甚至抓他的胳臂。"他说过，太阳出来以后，他就要自杀！你们怎么啦？"

"他不会自杀的！"有几个人喃喃地说，带着幸灾乐祸的神情，笳纳也在其内。

"诸位，留神呀！"郭略喊，也抓住伊鲍里特的胳臂。"你们只要看一看他的脸！公爵！公爵，您到底怎么啦！"

魏拉、郭略、开历尔和蒲尔道夫司基围在伊鲍里特身旁，四人全用手抓住他。

"他有权利的，他有权利的！……"蒲尔道夫司基喃喃地说，但是也显出手足无措的样子。

“对不起，公爵，您有什么吩咐？”莱白及夫走到公爵面前。他喝得醉醺醺的，愤怒到了出言不逊的地步。

“什么吩咐？”

“不行，对不住，今天我是主人，虽然我并不愿意失去对您的敬意……即使主人是您，我也不愿意在我自己的房屋内这样……就是的。”

“他不会自杀的。这孩子太任性了！”伊伏尔金将军带着愤怒和自信的样子，出人不意地喊道。

“将军的话好极了！”费尔特申阔附和着说。

“我知道他是不会自杀的，将军，可尊敬的将军，但是总归……总归我是主人。”

“喂，帖连奇耶夫先生，”波奇成突然说，一面和公爵告别，一面向伊鲍里特伸出手来，“您在那篇文章里好像提起过您的脑壳，您自己的脑壳，也就是说您想捐出您的骨头吗？”

“是的，我的骨头……”

“那就对了，否则会弄错的。听说，已经有过这样的事情。”

“您何必逗他呢？”公爵忽然喊道。

“弄得眼泪都流出来了。”费尔特申阔补充说。

但是，伊鲍里特并没有哭。他想从座位上站起来，但是围住他的四个人忽然一下子抓住他的胳臂，发出一阵哄笑声。

“弄得叫人家抓起他的胳臂来了；读那篇文章，也就为了这个缘故吧。”罗果静说，“再见吧，公爵。我们坐得很久了，骨头都痛了。”

“假如您果真打算自杀，帖连奇耶夫，”叶夫格尼·柏夫洛维奇笑了，“假如我处于您的地位，当人家说了这一套夸奖的话以后，为了逗一逗他们，就故意不自杀。”

“他们非常希望看见我自杀呢！”伊鲍里特对他喊道。

他说着话，好像准备向人们扑过去似的。

“他们看不到，一定会恼恨的。”

“您以为他们看不到吗？”

“我并不煽动您，相反地，我以为您很可能自杀。主要的是，您不要生气……”叶夫格尼·柏夫洛维奇说，用庇护的口气拉长自己的话。

“我现在才看出，我把那篇东西读给他们听，是犯了可怕的错误！”伊鲍里特说，突然用信任的神情望着叶夫格尼·柏夫洛维奇，仿佛向好友有所请教似的。

“一个可笑的地位，但是……说实话，我不知道应该替您出什么主意。”叶夫格尼·柏夫洛维奇微笑着回答说。

伊鲍里特严厉地盯着他，眼珠转也不转一下，一直沉默着。可以料到，他有时完全陷入昏迷状态了。

“不，对不住，他这种做法太奇怪了，”莱白及夫说，“他说：‘我要在公园内开枪自杀，免得惊吵任何人！’他心里就是想，只要他走下楼梯，跨上三步，进了花园，就不会惊吵任何人了。”

“诸位……”公爵开始说。

“不，对不住，可尊敬的公爵。”莱白及夫愤怒地抢上去说。

“因为您自己看见，这并不是开玩笑；因为您的客人中间至少有一半人意见相同，他们都相信他说出这套话以后，为了保持他的名誉，现在一定会开枪自杀，那么，我以主人的资格，当着许多证人的面，宣布我应该请您帮我的忙！”

“要我做什么呢，莱白及夫？我准备帮您的忙。”

“是这样的，第一，他应该立刻把他在我们面前夸耀的手枪和一切零件交出来。假如他交出来，我就准许他在这房子里过一夜，由于他的身体有病，当然要受我的监督。但是，明天他必须离开这里，随他到什么地方去都可以。对不住得很，公爵！假如他不交出武器，我立刻抓住他的手，我抓住一只，将军抓住另一只，马上派人去报告警察，那就可以把这事情交给警察去审理了。费尔特申阔先生，看在交情的分儿上，您去一下吧。”

接着一阵喧哗声。莱白及夫发起火来，压抑不住他的情感了。费尔特申阔预备去警察局；篇纳极力强调说，绝没有人会自杀的。叶夫格尼·柏夫洛维奇一言不发。

“公爵，您曾经从钟楼上跳下来过吗？”伊鲍里特突然向他微语。

“没有……”公爵天真地回答说。

“难道您以为我不曾预见所有这些仇恨吗？”伊鲍里特又微语着，眼睛闪闪发光；他望着公爵，仿佛真是期待他的回答。“够了！”他忽然朝众人喊嚷，“我错了……比大家都错得厉害！莱白及夫，钥匙在这里（他掏出一个皮包，从里面取出一只钢圈，上面挂着三四个小钥匙），就是这条，末后第二条……郭略会指点给您的……郭略！郭略哪里去了？”他喊道，用眼睛找郭略，但并没有看见他。“是的，他会指给您看的。他刚才和我一块儿整理那只手提包的。你领他去，郭略，在公爵的书房里，桌子底下……我的手提包……就用这个钥匙，在桌子底下，在小箱子里……我的手枪和火药匣。莱白及夫先生，那是他刚才自己放好的，他会指给您。但是有一个条件，明天一清早我回到彼得堡去的时候，您应该把手枪交还给我。您听见没有？我为了公爵才这样做，并不是为了您。”

“这样就好了！”莱白及夫抓住钥匙，恶狠狠地冷笑一声，就跑到邻室去了。

郭略站住，想说什么话，但是莱白及夫拉他走了。

伊鲍里特望着那些发笑的客人们。公爵发觉他的牙齿叩着，好像打着很厉害的冷战。

“他们全是浑蛋！”伊鲍里特又疯狂地对公爵小声说。他和公爵说话的时候，老是俯下身体微语。

“您不要理他们，您的身体很弱……”

“立刻，立刻……我立刻就走。”

他突然拥抱公爵。

“您也觉得我是疯子吗？”他望着公爵，奇怪地笑了。

“不，但是您……”

“立刻，立刻，请您不要说了，一句话也不要说了，请您站好……我想看一看您的眼睛……您这样站着，让我看一下。我在和人类告别呢。”

他站在那里，呆望着公爵，默默地望了十来秒钟，脸色十分惨白，鬓角间被汗水浸透了，他的一只手很奇怪地抓住公爵，似乎害怕放走公爵。

“伊鲍里特！伊鲍里特！您怎么啦？”公爵喊。

“立刻……够了……我要躺下来。我要喝一口酒，祝太阳的健康……我要，我要，你们不要管我！”

他迅速地从桌上取起酒杯，从原来的地方走开，一刹那间走到平台的台阶那里。公爵想跑过去追他，但好像故意似的，叶夫格尼·柏夫洛维奇偏偏在这时候伸出手来和他告别。过了一秒钟，平台上突然传出一阵喊声。随后，有一段极度骚乱的时间。

当时的情况是这样的：

伊鲍里特走到平台的台阶那里，便停了步，左手握着酒杯，右手伸到大衣的右边口袋里。后来开历尔说，伊鲍里特以前就把这只手始终放在右边口袋里，在他和公爵说话，用左手抓公爵肩膀和领口的时候就是这样。开历尔说，他将这只右手放在口袋里，使开历尔首先起了疑心。无论怎么说，开历尔总感到有点儿不安，所以他跑去追赶伊鲍里特。但是，他没有赶上。他只看见伊鲍里特的右手里突然有什么东西发亮，就在这几秒钟内，一支袖珍小手枪突然顶在伊鲍里特的鬓角旁边了。开历尔奔了过去，抓住他的手，但是就在这一瞬间，伊鲍里特扣动了枪机。枪机发出激烈的、干涩的响声，但是并没有随来射击的声音。开历尔拦腰抱住伊鲍里特，伊鲍里特倒在他的怀里，好像失去了知觉，也许真的以为自己已经中弹死了。手枪已经落到开历尔手里。大家扶着伊鲍里特，端来一只椅子，让他坐下。大家围在他的四面，呼喊着、询问着。大家听到枪机的响声，但是看见的是一个活人，甚至连擦伤都没有。伊鲍里特自己坐在那里，不明白发生了什么事情，用无神的目光向周围的人们望着。莱白及夫和郭略就在这时跑了进来。

“火门闭塞了吗？”周围的人们问。

“也许没有装火药吧？”另一些人猜度。

“装着的！”开历尔检查着手枪，宣布说，“但是……”

“难道是火门闭塞吗？”

“根本没有铜帽。”开历尔说。

随后一幕可怜的场面是难以用笔墨来形容的。大家最初的惊慌很快就为笑声所代替了；有些人甚至哈哈大笑起来，享受着幸灾乐祸的快感。伊鲍里特歇斯底里地呜咽着，绞着自己的手，奔到众人面前，甚至奔到费尔特申阔面前，双手抓住他，向他发誓说，他忘记了，“完全偶然地，而不是故意地忘记了”放铜帽，说“铜帽全在这里，在背心口袋内，有十来个”（他取出给大家看），说他以前没有装进去，是因为害怕手枪在衣袋里走火，心想在需要的时候总来得及把它装进去，但是忽然忘记了。他奔到公爵面前，又奔到叶夫格尼·柏夫洛维奇面前，哀求开历尔把手枪还给他，他立刻对大家证明，“他的名誉，名誉”……他现在“永远丧失了名誉！”……

他终于倒在地上，真的失去了知觉。大家把他抬进公爵的书房，莱白及夫已经完全醒了酒，他立刻打发人去请医生，而自己同女儿、儿子、蒲尔道夫司基和将军留在病人床前。当大家把不省人事的伊鲍里特抬进公爵室内的时候，开历尔站在屋子中间，精神抖擞地、字字清晰地大声宣告说：

“诸位，假如你们中间还有人敢在我面前公然表示怀疑，觉得铜帽是故意遗忘的，因此认为这位不幸的青年人只是演了一场喜剧。那么，这样的人应该找我说话。”

但是，没有一个人回答他。客人们终于匆忙地、一窝蜂似的走了。波奇成、笳纳和罗果静是一同走的。

公爵感到很奇怪：叶夫格尼·柏夫洛维奇竟改变了主意，不向他说话就要走出去。

“您不是想在大家散去以后和我说话吗？”公爵问他。

“是的，”叶夫格尼·柏夫洛维奇突然坐在椅子上，又请公爵坐在他的旁边，“但是现在，我暂时变了主意。我对您说实话，我有点儿心慌，您也是这样。我的思想被搅乱了。再说，我想和您商谈的事情，不但对于我极其重要，对于您也是很重要的。您瞧，公爵，我想在一生中哪管做一次完全诚实的事情，也就是说完全没有私心在内的事情，但是我觉得，我现在，在这一瞬间，是不能完全做出这种诚实的事情来的，您或者也……所以……嗯……我们以后再谈吧。假如我们再等两三天，这几天我要到彼得堡去一趟，也许我们双方对于事情会更清楚些。”

他说罢，又从椅子上站起来。也很奇怪，不知为什么，他又坐下来了。公爵也觉得叶夫格尼·柏夫洛维奇心里不满意，而且生着气，露出仇视的神情，他的眼光完全和刚才不同了。

“顺便问一下，您现在想去看病人吗？”

“是的……我害怕。”公爵说。

“您不要害怕，他一定会活过六星期，也许会在这里养好病的。但是，最好明天就赶走他。”

“也许真是我促使他自杀，为了……我没有说一句话的缘故。也许，他心里想，我不相信他会自杀。您看怎么样，叶夫格尼·柏夫洛维奇？”

“一点儿也不。您的心太好了，竟会顾虑到这一点。这类事情我曾经听见过，但是我从来没有实地看到，一个人会为了使人家恭维他，或是为了人家不恭维他而怀恨在心，故意自杀。主要的是，我就不相信人会这样公开地表现自己的怯懦！明天您最好是把他赶走吧。”

“您以为他还会自杀吗？”

“不，他现在是不会自杀的。但是，您对于我们这类在家里长大的‘拉赛涅’应该当心一点儿！我向您重复一句：犯罪常常是这种无能的、急躁的、贪婪的无用东西的避难所。”

“难道他是‘拉赛涅’吗？”

“实质是一样的，虽然典型也许不同。您看吧，这位先生一定会弄死十个人，只是为了‘开开玩笑’，正像他刚才读给我们听的那篇‘解释’里所写的那样。他那些话现在会使我睡不着觉。”

“您也许太过虑了吧。”

“公爵，您这人真是奇怪，您不相信他现在能够杀死十个人吗？”

“我害怕回答您，这是十分奇怪的，但是……”

“那就随您的便吧，随您的便吧！”叶夫格尼·柏夫洛维奇很恼怒地说，“再说，您是一个勇敢的人，但愿您自己别落到十个人的数目里去。”

“他多半是不会杀死任何人的。”公爵说，若有所思地望着叶夫格尼·柏夫洛维奇。

叶夫格尼·柏夫洛维奇恶毒地笑了。

“再见吧！我该走啦！您注意到，他把那篇‘忏悔录’抄了一份送给阿格拉耶·伊凡诺夫娜吗？”

“是的，我注意到了，而且还在想这一点。”

“这是对的，假如他杀死了十个人。”叶夫格尼·柏夫洛维奇又笑了，随着就走了。

一小时后，三点多钟的时候，公爵走进公园里去。他曾经想在家里睡一觉，但是由于心脏跳动得太厉害，没有睡着。家里一切都安排妥当，尽可能地安静下去。病人睡熟了，医生来后，宣布说没有什么特别危险。莱白及夫、郭略、蒲尔道夫司基在病人的屋内躺下，以便轮流值守。因此，已经没有可担心的地方了。

但是，公爵的不安心情一分钟比一分钟增长。他在公园内闲走，精神恍惚地向周围张望。当他走到车站前的小广场上，看见一排空长椅和乐队的谱架时，很惊异地站住了。这地方使他惊愕，他不知为什么觉得这个地方非常丑陋。他转回身去，一直顺着昨天和叶潘钦一家人上车站的那条路，走到约好和他见面的绿长椅那里，坐在上面，突然大笑起来。他立刻对自己感到极度的愤怒。他不断烦闷着，他想走开，到什么地方去……他不知道往哪里去好。有一只小鸟在他的头顶的树上啼鸣，他的眼睛开始在树叶间寻觅它。那小鸟突然从树上飞走了，这时候他不知为什么想起伊鲍里特所写的在“炎热的阳光下”的“小蝇”，想起那个“它知道自己的地位，参加公共的合唱队，只有他一个人被人们遗弃”的话。当时他对这句话感到很惊奇，现在他想起来了。他想起一桩早被遗忘的事情，忽然觉得眼前明亮了。

这事发生在瑞士，是在他养病的第一年，甚至是在最初的几个月里。那时候他还完全是一个白痴，甚至不大会说话，有时不能了解人家要求他干什么。有一次，在一个阳光明媚的日子里，他上山走了许久，怀着一种苦痛的，但是什么也不能体现的心情。他的眼前是明净的天空，下边是一面湖，周围是没有边际的、永无穷尽的、光亮的地平线。他观看了许久，心中感到莫名的苦痛。他现在想起，他曾经将两只胳膊伸向明亮的、无尽的蔚蓝天空，痛哭起来。他所感到痛苦的，是他对这一切完全陌生。这算什么筵席？这算什么永远伟大的佳节？（它没有尽期，很早就诱引他，从孩提时代就经常诱引他，但他怎么也参加不进去。）每天早晨升起同样光辉的太阳；每天早晨瀑布上出现虹彩，每天晚上，最高的雪山上遥远的天边燃起紫红的火焰；每只“在炙热的阳光下面，在他身旁嗡鸣的小蝇参加到合唱队里；它知道自己的地位，爱这个地位，而且感到幸福”；每根小草都不断生长，幸福异常！一切东西都有自己的道路，一切东西全都知道自己的道路，它们歌唱而去，歌唱而来；只有他一个人什么也不知道，什么也不明白，他既不了解人们，也不了解声音，对于一切都是陌生的，成为被遗弃的孤儿。哦，他当时自然不能用这些话说将出来，不能表达自己的问题；他心里暗自痛苦；但是现在，他觉得他当时也曾说过这一切，说过所有这些话；至于“小蝇”一词是伊鲍里特从他那里，从他当时的话和眼泪里得到的。他深信这一点，他想到这里，心不知为什么跳跃起来了。

他在长椅上睡熟了，但是他在梦中依然惊慌。他在入梦之前，想起伊鲍里特可能杀死十个人的话，对这种荒谬的猜测冷笑了一下。他的周围景色艳丽，万籁俱寂，只有树叶发出微微的响声。因此，周围显得更加静寂和孤独了。他做了许多梦，全是惊慌不安的梦，因此时时打哆嗦。一个女人终于到他这里来了，他认识她，由于认识而感到苦痛；他永远能够叫出她的名字，指出她这个人。但是奇怪得很，现在她的脸仿佛完全和他以前所知道的不同，他很不愿认为她就是那个女人。这张脸上充满忏悔和可怕的表情，使人一看到就觉得她是一个可怕的罪犯，刚刚做下可怕的罪行。泪水在她惨白的面颊上抖动，她对他招手，把一个手指按在嘴唇上，似乎警告他，叫他悄悄地跟着她走。他的心好像停止跳动了；他怎样也不愿意，怎样也不愿意承认她是个罪犯；但是他感到，立刻会发生一桩葬送他的一生的最可怕的事情。她大概想在公园里，在不远的什么地方，指给他看一件什么东西。他站起来，想要跟她走去，但是，在他身旁忽然发出什么人的明朗清脆的笑声；一只手突然塞在他的手里。他抓住这只手，紧紧地握住，就此醒过来了。阿格拉耶站在他面前，大声笑着。

第八章

她又笑又生气。

“睡觉呢！您竟睡着了！”她带着轻蔑的惊异神情喊道。

“原来是您呀！”公爵喃喃地说，他没有完全清醒，很惊异地辨认出她来，“哎哟！是的！我们在这里约会……我却睡熟了。”

“我看见啦！”

“除了您以外，没有人叫醒我吗？除了您以外，没有人在这里吗？我心里想，另一个女人到这里来过。”

“另一个女人到这里来过吗？”

他终于完全醒过来了。

“这不过是一个梦，”他若有所思地说，“真奇怪，在这时候会做这样的梦……您请坐吧。”

他拉她的手，让她坐到长椅上；自己坐在她身旁，沉思起来。阿格拉耶没有开始谈话，只是凝望着她的对方。他也看她，但是有时看得好像完全没有看见她似的。她开始脸红了。

“啊，是的！”公爵哆嗦了一下，“伊鲍里特开枪自杀了！”

“什么时候？在您家里吗？”她问，但是没有露出极大的惊异。

“他昨天晚上大概还活着的，是不是？您遇到这种事情以后，怎么还能在这里睡觉呢？”她喊道，突然显得活泼起来。

“但是，您要知道，他并没有死，手枪没有放响。”

阿格拉耶逼着公爵立刻把昨夜的事情详详细细地讲给她听。当他讲述时，她总催他讲得快些，但是，她自己却不断用几乎不相干的问题和他打岔。她津津有味地倾听着叶夫格尼·柏夫洛维奇所说的话，有几次还叫他重讲一下。

“够了，应该快一点儿，”她全部听完了以后，这样说，“我们在这里只有一点钟的时间，到八点钟为止，因为我到八点钟一定要回家，不使他们知道我到这里来过。我到这里来是有事情的。我有许多话要告诉您。不过，您现在完全把我搅乱了。关于伊鲍里特，我以为他的手枪应该放不出来，这与他的性格十分相合。但是，您相信他一定想开枪自杀，并没有欺骗吗？”

“没有丝毫的欺骗。”

“这大概是对的。所以他写信说，要请您把他的‘忏悔录’送给我。可是，您为什么没有送来呢？”

“但是，他并没有死呀！我去问他一下。”

“您一定要送来，不必再问。他一定感到这是愉快的事情，因为他自杀的目的，也许就是使我以后读他的‘忏悔录’。请您不要笑我的话，列夫·尼古拉耶维奇，因为这是很可能的。”

“我并没有笑，因为我自己也相信，您这话也有一部分道理。”

“您相信吗？难道您也这样想吗？”阿格拉耶突然异常惊异起来。

她迅速地发问，匆忙地说话，但是有时仿佛前言不搭后语，而且时常不把话说完。她常常忙着下警告，总而言之，她露出特别惊慌的样子，虽然眼神十分勇敢，带着挑战的意思，但实际上却有点儿胆怯。她穿着极普通的家常衣服，但是很合身。她时常哆嗦、脸红，坐在长椅的边上。公爵证实伊鲍里特的自杀是为了使她读他的“忏悔录”，她很惊讶。

“当然如此，”公爵解释说，“他希望除您以外，我们大家也都夸奖他……”

“怎样的夸奖法呢？”

“那就是……这话怎么说呢？这是很难说的。不过，他一定希望大家围住他，对他说，大家很爱他，很尊敬他，大家全极力劝他活下去。也许他最注意到您，因为他竟在这个时候提到您，虽然他自己也许并不知道在注意您。”

“您一会儿说他注意到我，一会儿又说他不知道注意到我，这真叫莫名其妙。然而，我好像是可以明白的。您知道不知道，当我十三岁的时候，我曾经有三十次想要服毒自杀，想给父母留一封信，把这一切都写明白，我还想如何躺在棺材内，大家为我痛哭，并责备自己对我太残酷了……您为什么又微笑起来？”她皱紧眉头迅速地补充说，“当您独自幻想的时候，您在想些什么？也许您想象自己是一员海军大将，把拿破仑打败了。”

“对，说老实话，我真是这样想，特别在我快要睡熟的时候，”公爵笑了，“不过我所击破的不是拿破仑，而是奥地利人。”

“我并不想和您开玩笑，列夫·尼古拉耶维奇。我自己想和伊鲍里特见面；请您先通知他一下。在您的方面，我认为这一切都很糟糕，因为这样观察一个人的心灵，并像您裁判伊鲍里特似的来裁判它，是很鲁莽的。您没有温柔的性格，单凭一个真理，因而并不公平。”

公爵沉思着。

“我觉得，您对我并不公平，”他说，“要知道，我对于他的想法看不出有什么坏的地方，因为大家都这样想；再说，他也许完全不那样想，只是希望着……他希望他能在最后一次接近人，博得人们的尊敬和喜欢；这本来是很好的情感，只是结果完全不是那样；这也许是因为他有病，还加上别的原因！再者，不管什么事情，有些人永远做得很好，一些人简直就不成……”

“这一定是在说您自己吧？”阿格拉耶说。

“是的，是在说我自己。”公爵回答，没有觉察出问话里有任何恶意。

“不过，我如果处在您的地位，怎么也不会睡着的。这样看来，您无论碰到什么事情，都会睡觉的。您这样子可不是很好。”

“可是我一夜没有睡觉了。然后我又一直走着，走着，还到过听音乐的地方……”

“什么听音乐的地方？”

“就是昨天演奏的那个地方。然后我才到这里来，坐下，想着，想着，就睡熟了。”

“原来是这样啊！这就变得对您有利了……可是您为什么到听音乐的地方去了？”

“我不知道，就是这样……”

“好的，好的，以后再说；您总是打断我的话。您上音乐台那里去，和我又有什么相干？您梦见的是哪一个女人？”

“就是……您见过她的……”

“我明白，我很明白。您对她很……您怎样梦见她的？她当时是什么样子？不过，我并不想知道这个，”她忽然愤愤地说，“您不要打断我的话……”

她停了一会儿，似乎在那里聚精会神，或者努力消除满腔的懊恼。

“我请您到这里来，是为了这样一桩事情：我想向您提出，要您做我的知己朋友。您为什么忽然这样死死地盯着我？”她几乎很愤怒地补充说。

这时候，公爵果然在仔细打量着她，看出她的脸又通红了。在这种情况下，她的脸越红，她越是生自己的气，在她那光亮的眼睛里很明显地表露出这一点来。平常的时候，只要过上一分钟，她就一定把自己的怒气发泄到说话的对手身上，也不管那个人有没有错；她要开始和那个人发生口角。她知道而且感到自己的粗野性格和好害羞的脾气，所以平常不大参加谈话，比两个姐姐沉默一些，有时甚至显得过于沉默了。当她非开口不可的时候，特别是在这类微妙的场合，她便用特别傲慢的神情，仿佛带着挑战的样子，开始讲话。她永远会预感到什么时候开始脸红，或者什么时候就要脸红。

“您也许不愿意接受我的提议吧。”她傲慢地望着公爵。

“不，我愿意的。不过，完全没有这种必要。那就是说，我怎么也想不到您应该做这样的提议。”公爵露出惭愧的神情。

“那么，您怎样想的？您以为我喊您到这里来是为了什么事情？您心里怎么想的？不过，您也许认为我是一个小傻瓜，我家里的人都这样认为。是不是？”

“我不知道，他们认为您是个傻瓜，我……我并不这样认为您。”

“您不认为吗？这是您非常聪明的地方。您的话说得特别聪明。”

“据我看，您有时是很聪明的，”公爵继续说，“您刚才忽然说出一句很聪明的话。您谈到我对伊鲍里特怀疑的时候说‘单凭一个真理，因而并不公平’，我要记住这句话，仔细想想。”

阿格拉耶忽然快乐得脸红了。所有这些感情，在她的心里特别迅速地变动着，她丝毫不加以掩饰。公爵也高兴起来，望着她，快乐得笑起来了。

“您听着，”她又开始说，“我等候了您许多时候，想把这一切告诉给您听。从您寄给我那封信的时候起，甚至在那以前就等候着……昨天我已经讲了一半了。我认为您是最诚实最可靠的人，比一切人都诚实而可靠。如果人家说到您的脑筋……也就是说，您的脑筋有时出毛病，那是不公平的。我肯定这样想，而且和人家争论。因为，您的脑筋虽然实际上有毛病（当然，请您不要生气，我这是从最高的观点来说的），但是您的主要脑筋要比他们大家都好，他们大家连梦也没有梦到过这样的脑筋，因为脑筋有两种：一种是主要的，一种是不主要的。对不对？对不对呢？”

“也许是这样的。”公爵勉强说出来，他的心直跳，身上哆嗦得很厉害。

“我就知道您会明白的，”她郑重其事地说，“施公爵和叶夫格尼·柏夫洛维奇怎么也不明白有两种脑筋，阿历山大拉也不明白，但是您想想看：maman倒明白了。”

“您很像丽萨魏达·博罗可菲耶夫娜。”

“怎么？真的吗？”阿格拉耶奇怪了。

“真是这样。”

“我谢谢您，”她想了一下，说，“我很高兴自己像maman。您一定很尊敬她吧？”她补充了一句，完全没有觉察到这句问话的天真。

“很尊敬，很尊敬。您马上会了解这一点，使我感到很高兴。”

“我也很高兴，因为我看出人家有时……笑她。但是，现在您且听要紧的话：我想了许久，最后终于选择上您了。我不愿意家里的人们笑我；我不愿意人家认为我是小傻瓜；我不愿人家逗我……这一切我立时都明白了，我一口回绝了叶夫格尼·柏夫洛维奇，因为我不愿意人家不断地想把我嫁出去！我愿意……我愿意……我愿意逃出家庭，我选择您是为了要您帮我的忙。”

“逃出家庭！”公爵喊道。

“是的，是的，是的，逃出家庭！”她忽然喊道，暴怒起来，“我不愿意，我不愿意他们永远逼我脸红。我不愿意在他们面前，在施公爵面前，在叶夫格尼·柏夫洛维奇面前，在任何人面前脸红，因此也就选上了您。我愿意和您把一切事情都说出来，甚至在我高兴的时候，说出那最主要的事情。另一方面，您也不应该对我有一点儿隐瞒。我想和一个人无所不谈，就像和自己一样。他们忽然说我等候您，说我爱您。这还在您来到这里以前，而我并没有给他们看那封信；现在大家都这样说了。我愿意勇敢起来，什么也不怕。我不愿意赴他们的跳舞会，我愿意做点儿有益的事情。我早就想走了，二十年来我被封闭在家庭里，大家全想把我嫁出去。我十四岁的时候就想逃走，虽然那时我还是一个傻瓜。现在我已经考虑过一切，等候着您，向您打听国外的一切情形。我没有看到过一座哥特式的教堂，我想到罗马去，我想参视一切的科学研究所，我想到巴黎去求学；最近一年我始终预备功课，读了许多书；我把所有的禁书都读过了。阿历山大拉和阿台拉意达什么书都读，允许她们读，而不允许我读全部，她们监督着我。我不想和姐姐们拌嘴，但是我早就对父母宣布，我愿意完全变更我的社会地位。我决定从事教育工作，我对您怀着极大的希望，因为您说过，您很爱小孩子。我们可以在一块儿从事教育工作，不是现在，而是在将来，好不好？我们可以在一块儿做点儿有益的事业；我不愿意做将军的小姐……请问，您是极有学问的人吗？”

“哦，完全不是的。”

“这很可惜。不过我想……我怎么会这样想的？您总归应该指导我，因为我选上了您。”

“这真是离奇得很，阿格拉耶·伊凡诺夫娜。”

“我愿意，我愿意逃出家庭，”她喊道，眼睛又闪起光辉，“假如您不同意，我就嫁给筛佛里拉·阿尔达里昂南奇。我不愿意家里认为我是一个讨厌的姑娘，乱七八糟地责备我。”

“您发疯了吧？”公爵几乎从座位上跳起来，“他们责备您什么？谁责备您？”

“家里所有的人都责备我，母亲、姐姐、父亲、施公爵，甚至那位讨厌的郭略！他们即使没有直说出来，心里总是这样想的。我当他们的面讲过这一点，对父母都讲过。Maman病了一天，到第二天，阿历山大拉和爸爸就对我说，我自己不明白是在胡说八道，自己不明白是在说些什么话。我当时很直率地对他们说，我已经明白一切事情和一切话，我已经不是小孩子，我在两年以前就特地读过Paul de Kock[1]的两部小说，为的是了解一切事情。Maman听见我的话，几乎晕过去了。”

公爵的头脑里忽然闪过一个奇怪的念头。他盯着阿格拉耶，微微一笑。

他简直不相信，在他面前坐着的就是那个极端高傲的女郎，就是从前那么高傲而轻蔑地把笳佛里拉·阿尔达里昂南奇的信读给他听的那个姑娘。他不了解，这位傲慢的、冷若冰霜的美人竟会是这样一个孩子，会是一个甚至直到现在还的确听不懂所有的话的孩子。

“您过去老在家里住着吗，阿格拉耶·伊凡诺夫娜？”他问道，“我是想说，您没有上过中学或大学吗？”

“我从来没上什么地方去过，我老待在家里，像被封闭在瓶子里一般，将来就从瓶子里出嫁。您为什么又笑了？我觉得您大概也在笑我，和他们一个鼻孔出气。”她紧紧皱起眉头，补充说，“您不要惹我生气。不这样，我还不知道该怎么办好呢。我敢肯定说，您到这里来的时候，一定相信我是爱上了您，约您来幽会的。”她很恼怒地说。

“昨天我的确怕这个，”公爵很坦白地说（他露出很窘的样子），“但是，今天我相信您……”

“怎么！”阿格拉耶喊道，她的下唇忽然哆嗦起来。

“您怕我……您竟敢以为我……天哪！您也许疑惑我唤您到这里来，为的是把您引进网里，然后让人家当场发现我们，强迫您娶我……”

“阿格拉耶·伊凡诺夫娜！您怎么不害臊呢？您那纯洁天真的心灵里怎么会产生出这种龌龊的念头来？我敢打赌，您自己不相信您所说的每一句话……您自己不知道您在说什么话！”

1 保罗·德·科克（1774—1871），法国资产阶级作家，有一些轻松喜剧和许多小说。一提起他的名字，通常就指庸俗下流的色情文学。

阿格拉耶坐在那里，顽强地低着头，似乎自己害怕自己所说的话。

“我完全不害臊，”她喃喃地说，“您怎么知道我的心是天真的？您当时怎么敢把情书寄给我呢？”

“情书？我的信是情书吗？这封信是极恭敬的。这封信是在我一生最苦痛的时间从我的内心流出来的！我当时想起您，好像想起一种光明……我……”

“好，好。”她忽然打断他的话，但是口气和以前完全不同了。

她露出非常忏悔甚至恐惧的样子。她把身体俯到他旁边，仍然竭力不去直看他，她想触动他的肩膀，为的是更加恳切地请他不要生气。“好，”她又补充了一句，显得十分惭愧，“我感到，我说了很愚蠢的话。我这是……为了试探您一下。您就当我没说吧。假如我得罪了您，请您多原谅。请您不要这样逼着看我，请您转过身去。您说这是很龌龊的念头：其实，我是故意这样说的，想要刺激您一下。我有时害怕我想要说的话，可是我会忽然说出来。您刚才说，您在一生中最苦痛的时间写了这封信……我知道这是怎样的时间。”她轻轻地说，又向地上看去。

“唉，假如您能全知道才好呢！”

“我全知道！”她带着新的激动神情喊道，“您从前跟那个讨厌的女人一齐逃走，和她住在一所房子里，整整一个月……”

她说这话时已经不再脸红，反而显得苍白了。她突然离开座位站起，仿佛陷入昏迷状态。但是，她立刻就清醒过来，坐了下去。她的嘴唇又哆嗦了好半天。沉默了一分来钟。公爵对这种突如其来的举动感到特别惊愕，不知道怎样应付才好。“我完全不爱您。”她突然毫不客气地这样说。

公爵没有回答，两人又沉默了一分来钟。

“我爱笳佛里拉·阿尔达里昂南奇……”她说得很快，但是声音细微，几乎听不见，同时，她把头更加低下去。

“这是不真实的。”公爵也轻声说。

“这么说，我是说谎吗？这是实话。前天，就在这张长椅上，我答应他了。”

公爵惊慌起来，沉思了一会儿。

“这是不真实的，”他坚决地重复说，“这一套话是您编造的。”

“您真是够客气的！您知道，他已经改过了。他爱我，胜过爱他自己的生命。他在我面前烧自己的手，只是为证明他爱我，胜过爱他自己的生命。”

“烧自己的手吗？”

“是的，烧自己的手。您相信不相信，这与我无关。”

公爵又沉默了。阿格拉耶的话没有开玩笑的意思。她很生气。

“怎么？假如事情是在这里发生的，难道他把蜡烛带到这里来了吗？否则我想不大通……”

“是的……他带来蜡烛了。这有什么不可能的？”

“是整支蜡烛呢？还是安在蜡台上的？”

“是的……不……是一半蜡烛……蜡烛头……整个蜡烛——那全是一样的，您不要瞎缠……假如您想听的话，我可以告诉您：他还带来了火柴。他点上蜡烛，手指在蜡烛上面放了整整半小时。难道这是不可能的吗？”

“昨天我见到他，他的手指好好的。”

阿格拉耶忽然扑哧一笑，完全像小孩一般。

“您知道我刚才为什么说谎？”她突然对公爵显出孩子般的信任神情，笑声依旧在她的嘴上抖动。“因为当你说谎的时候，假如很巧妙地插进一点儿不大寻常的、古怪可笑的东西，您知道，插进一点儿极其稀少甚至完全没有的东西，那么，这个谎会变得极可信的。我注意到这一点。不过，因为我不会说谎，所以露了马脚……”

她忽然又皱紧眉头，似乎清醒过来了。

“那一天，”她对公爵说，很严肃地甚至很忧郁地望着公爵，“那一天，我给您读‘贫穷的骑士’，那是想……为了一件事恭维您，同时又想责骂您的行为，对您表示我什么事都知道……”

“阿格拉耶，您对待我，对待您刚才说得那么可怕的那个可怜女人，都很不公平。”

“因为我全都知道，一切都知道，所以说出这样的话来！我知道您在半年以前当众向她求过婚。您不要打断我的话，您瞧，我说这话，并不加任何批评。在那以后，她和罗果静逃走了；然后您又和她同住在一个村子里，或者在城市里，她又离开您，跑到别人那里去。（阿格拉耶满脸通红）然后她又回到罗果静那里，他爱她，好像……好像疯子一般。您也是很聪明的人，您一打听到她回到彼得堡来，立刻就赶到这里来找她。昨天晚上您跑过去救她，刚才又梦见她……您瞧，我全都知道；您是为了她，为了她才到这里来的吧？”

“是的，为了她，”公爵轻轻地回答。他带着忧郁和沉思的神情低下头，没有怀疑到阿格拉耶用怎样闪耀的眼光望着他。“为了她，只是想弄明白她和罗果静在一起会不会幸福，虽然……一句话，我不知道我能够为她做什么事，我能帮她什么忙，但是我来了。”

他哆嗦着，瞧了阿格拉耶一眼，阿格拉耶带着仇恨的样子听他说话。

“假如您跑到这里来，不知道为了什么事情，那么，您一定很爱她。”她终于说。

“不，”公爵回答说，“不，我不爱她。嗬，您要知道我回忆起和她相处的那些日子，心里感到多么可怕！”

在说出这番话时，他的身体哆嗦了一阵。

“您全说出来吧。”阿格拉耶说。

“在这方面，就没有不可告诉您的话。我为什么只想对您讲这些话，光对您一个人说，我不知道；也许因为我的确很爱您。这个不幸的女子深信她是世界上最堕落的、最有罪的人。嗬，您千万不要羞辱她，不要朝她身上扔石头！她用那种不应得的耻辱感觉，把自己折磨得够呛！但是她有什么错？天哪！她时时刻刻疯狂地呼喊，她不承认自己有罪，她是人们的牺牲物，是淫棍和恶徒的牺牲物；但是，她无论对您说什么话，您知道，她自己首先不相信自己，相反地，她从整个良心上相信她自己有错。当我尝试去赶跑这种暗影的时候，她竟陷入极大的痛苦，现在使我一想起那段可怕的时间，我的心便隐隐作痛。我的心好像永远被刺破了。她离我而去，您知道是为了什么？只是为了对我证明她是一个低贱的女人。但是，最可怕的是她自己也许并不知道只是向我证明这一点，她之所以逃跑，是因为她在内心一定要做出一桩可耻的事情，以便能够对自己说：'现在你做出新的可耻行为了，因此你是个低贱的东西！'也许您不明白这一点，阿格拉耶！您知道，在这种对于耻辱的不断感觉中，也许包含有可怕的、不自然的愉快成分，仿佛是对什么人的报复似的，我有时想使她重又看到自己周围的光明，但是她立刻愤慨起来，狠狠地责备我在她面前夸耀自己地位的崇高（其实我心里并没有这种思想）。对于我的求婚，她最后竟宣布说：她并不向任何人要求傲慢的同情和帮助，或者上升到任何人的水平。您昨天看见她了；您果真觉得她和那群人在一起会感到幸福，觉得那是她应该处的社会吗？您不知道她有多么高的文化程度，她的知识多么渊博！她有时甚至使我惊异！"

"您在那里也对她这样说教吗？"

"不，"公爵若有所思地继续说，没有注意到问话的口气，"我不出声的时候多。我常想说话，但是，我实在不知道说什么好。您知道，在某些情况下，最好什么也不说。是的，我爱过她，而且很爱她……但是以后……以后……以后她全都猜到了。"

"猜到了什么？"

"猜到我不过是可怜她，我……已经不爱她了。"

"您怎么知道，也许她真的爱上了那个……和他一同逃跑的地主呢？”

“不，我全知道；她只是要笑他。”

“她从来没有耻笑您吗？”

“不。她常常在恼怒时耻笑我。那时候，她怒气冲冲地、恶狠狠地责备我。而她自己也非常痛苦！但是……以后……唉，您别再对我提这件事情吧，别再对我提这件事情吧！”

他用双手掩住自己的脸。

“您知道不知道，她差不多每天给我写信？”

“这么说，这是实在的啦！”公爵惊慌地喊道，“我听说过，但是始终不愿意相信。”

“谁告诉您的？”阿格拉耶胆怯地抖动了一下。

“罗果静昨天对我说，不过说得不是很清楚。”

“昨天吗？昨天早晨吗？昨天什么时候？在听音乐之前，还是之后？”

“之后，晚上十一点多钟。”

“嗯，既然是罗果静，那还好……您知道，她在那些信里对我说些什么？”

“我一点儿也不惊异。她是个疯子。”

“这就是那些信（阿格拉耶从口袋里掏出三封信，扔到公爵眼前）。她已经有整整一星期央求我、劝告我、引诱我，使我嫁给您。她……她这人虽然疯狂，但是很聪明。您说得很对，她比我聪明得多……她给我写信，说她爱上了我，说她每天都找机会看到我，哪怕从远处也好。她在信里说，您很爱我，她知道这个，早就看出来了，您在那里常和她谈到我。她希望您将来幸福；她相信只有我能使您幸福。她写得很粗野……很奇怪……这些信我没有给任何人看过，我等候着您。您知道这是什么意思？您一点儿没有猜到吗？”

“这是疯狂。这证明她是疯狂的。”公爵说，他的嘴唇哆嗦起来。

“您是不是哭了？”

“不，阿格拉耶。不，我没有哭。”公爵望着她说。

“叫我怎么办呢？您给我出个什么主意呢？我不能老收这样的信呀！”

“您不要理她，我恳求您。”公爵喊道，“您在这种黑暗中有什么办法？我要用尽全力，使她不再写信给您。”

“如果这样，您真是一个没心没肺的人！”阿格拉耶喊道。

“难道您没有看见，她并不是爱我，而是爱您，只爱您一个人！难道您能看出她身上的一切，而看不到这一点吗？您知道这是怎么回事！这些信表明什么意义！这是嫉妒；这比嫉妒还要厉害！她……您以为她果真想嫁给罗果静，像她在这信里所写的一样吗？我们只要一结婚，第二天她就会自杀的！”

公爵哆嗦了一下，他的心几乎停止了跳动。但是，他惊异地望着阿格拉耶，他很奇怪地感到这个女孩子早就成为妇人了。

“上帝可以看见，阿格拉耶，为了使她回复安宁，使她得到幸福，我可以献出我的生命，但是……我已经不能够爱她，她也知道这一点！”

“那么您可以牺牲自己，您是惯于这样做的！您是一个伟大的慈善家。您不要称呼我‘阿格拉耶’……您刚才还随随便便地称呼我‘阿格拉耶’……您应该，您必须使她复活，您应该再和她出走，使她的心平静和安宁。您是爱她的呀！”

“我不能这样牺牲自己，虽然我有一次曾经想过……也许现在还想。但是，我确实知道，她和我在一块儿是会同归于尽的，所以我离开她。我约定今天七点钟见她，我现在也许不去了。以她这样的骄傲，她永远不会饶恕我的爱情，结果我们就要同归于尽！这是不自然的，这里面的一切都是不自然的。您说她爱我，但是，难道这是爱情吗？在我曾经沧海以后，难道还会有这样的爱情吗？不，这是别的东西，并不是爱情！”

“您的脸色多么苍白呀！”阿格拉耶突然吓了一跳。

“不要紧，我睡得太少了，身子发虚，我……当时，我们的确谈到过您，阿格拉耶……”

“那么，这是实在的事情吗？您果真会和她谈到我吗？您只见过我一面，怎么就能爱上我呢？”

“我不知道怎么会这样。在我当时的黑暗境界里，我曾经梦想……也许是憧憬一个新的曙光。我不知道怎么会首先想到您。我当时写信给您，说我不知道，那是实在的。当时这只不过是一个梦想，由于当时的恐怖而发生的……我后来开始工作，我本可以三年不到这里来……”

“这么说来，您是为她而到这里来的吗？”

阿格拉耶的声音有点儿颤抖。

“是的，为了她。”

两方都闷着不出声。过了两三分钟，阿格拉耶从座位上站起来。

“您也许说，”她用不坚定的声音开始说，“您相信那个……您的那个女人……是个疯子，但是，她那疯狂的理想可与我毫不相干……列夫·尼古拉耶维奇，请您收下这三封信，替我掷还给她！假如她，”阿格拉耶忽然喊道，“假如她敢再给我写一行字，请您对她说，我要告诉家父，把她送到感化院里去……”

公爵跳起来，很惊慌地望着阿格拉耶突然暴怒的样子，似乎有一阵迷雾忽然落在他的面前……

“您不能有这样的感觉……这是不实在的！”他喃喃地说。

“这是实在的！这是实在的！”阿格拉耶喊道，几乎发了疯。

“什么是实在的？什么是实在的？”他们的身边传出一个惊惧的声音。

丽萨魏达·博罗可菲耶夫娜站在他们的面前。

“我要嫁给笳佛里拉·阿尔达里昂南奇！我爱笳佛里拉·阿尔达里

昂南奇，明天就和他从家里逃走！”阿格拉耶对母亲狂喊道，“您听见没有？您的好奇心得到满足了吗？您这就满意了吧？”

她说罢，就跑回家去了。

“不行，先生，您现在不能就这样走开，”丽萨魏达·博罗可菲耶夫娜阻止住公爵，“劳驾您，请您对我解释一下……这真太痛苦了，我整夜没有睡着……”

公爵跟她走着。

第九章

丽萨魏达·博罗可菲耶夫娜走进家里，就在第一间屋内停住了。她再也不能往前移动了，她坐到长沙发上面，筋疲力尽，甚至忘记请公爵坐下了。那是一间很大的厅堂，中间放着一只圆桌，有壁炉，窗边的木架上摆着许多花，后墙还有一扇玻璃门，可以通入花园。阿历山大拉和阿台拉意达立刻走进来，用疑问和惶惑的样子望着公爵和母亲。

在别墅里，小姐们平常在九点钟左右起床，只有阿格拉耶一个人在最近两三天内起得稍为早些，到花园里散步。不过，就算早些，也并不是在七点钟，而是在八点钟，或者还要晚些。丽萨魏达·博罗可菲耶夫娜由于种种不安，果真一夜未睡，到八点钟左右起床。她预料阿格拉耶已经起来，特意上花园里去找她，但是，在花园和卧室里，都没有找到她。她当时颇为惊慌，把两个大女儿叫醒了。女仆们告诉她说：阿格拉耶·伊凡诺夫娜在六点多钟就到公园去了。两位大小姐对于荒唐妹妹的新鲜花样不禁冷笑一声，她们还对母亲说，假如母亲到公园去找阿格拉耶，阿格拉耶也许还要生气的，她现在一定坐在绿椅子上看书，三天以前她讲过那张椅子，为了那张椅子，她几乎和施公爵吵起架来，因为施公爵认为绿椅子附近并没有什么特别的景色。丽萨魏达·博罗可菲耶夫娜看见女儿和公爵在那里约会，又听到女儿说出一些奇怪的话，由于许多原因，她感到十分吃惊。但是，现在她把公爵领来以后，又不敢大胆明说出来："阿格拉耶到底为什么不能在公园内和公爵晤谈，即使他们是预先约好的？"

"亲爱的公爵，您不要以为，"她终于鼓起勇气说，"我拖您到这里来，是要拷问您……亲爱的，自从昨天晚上以后，我宁愿长期不和您相见……"

她的话中断了一会儿。

"但是您到底很想知道，我今天和阿格拉耶·伊凡诺夫娜是怎样相会的吧？"公爵极稳静地说。

"我当然想知道！"丽萨魏达·博罗可菲耶夫娜立刻脸红了，"我不怕把话直说出来。因为我并不得罪任何人，也不愿意得罪任何人……"

"那自然啦！不管得罪不得罪，您自然是想知道的。您是做母亲的呀！我根据阿格拉耶·伊凡诺夫娜昨天的邀请，今天早晨七点钟整，在绿椅子那里和她相见。她昨天晚上给我一个便条，说她要见我，和我谈一件重大的事情。我们见面以后，在整整一小时内，谈论与阿格拉耶·伊凡诺夫娜一人有关的各种事情，就是这样。"

"当然如此，亲爱的，无疑就是这样。"丽萨魏达·博罗可菲耶夫娜很威严地说。

"好极了，公爵！"阿格拉耶突然走进屋来，说，"我衷心地感谢您，因为您也认为我没能把自己降低到说谎的地步。够了吧，maman，您还打算拷问吗？"

"你知道，我从来还没有在你面前为了什么事情脸红过，虽然你也许喜欢这样，"丽萨魏达·博罗可菲耶夫娜用教训的口吻回答说，"再见吧，公爵，我惊吵您，真是对不起。我希望您会相信我对您的尊敬是不变的。"

公爵立刻朝两面鞠躬，默默地走出去了。阿历山大拉和阿台拉意达冷笑了一声，互相耳语。丽萨魏达·博罗可菲耶夫娜很严厉地看了她们一眼。

“我们笑不过是因为，maman，”阿台拉意达笑起来了，“公爵鞠躬的姿势太奇妙了，有的时候笨手笨脚，现在忽然竟像……像叶夫格尼·柏夫洛维奇。”

“优雅和尊严是自己的心教导的，而不是舞蹈教师教导的。”丽萨魏达·博罗可菲耶夫娜像读格言似的说，然后便上楼到自己屋内去，连看都没看阿格拉耶一眼。

公爵回到自己家里，已在九点钟左右。他在平台上遇见魏拉·罗吉央诺夫娜和女仆。她们一块儿整理和扫除昨夜凌乱场面的残余。

“谢天谢地，我们总算在您回来以前收拾完了！”魏拉快乐地说。

“您好呀！我的头有点儿晕。我没睡好。我想睡一下。”

“像昨天一样就在这平台上吗？好的。我对大家说，不许他们叫醒您。爸爸不知到什么地方去了。”

女仆出去了，魏拉已经跟她走出去，但是又回来了，带着焦虑的神情走到公爵面前。

“公爵，您可怜那个不幸的人吧！今天不要赶他出去。”

“我决不赶走他，随他自己的便吧。”

“他现在不会做出什么来的……您不要对他太严厉了呀！”

“不会的。那为什么呢？”

“还有……不要取笑他，这是最要紧的。”

“绝对不是啊！”

“我是个愚蠢的人，不应该对您这样的人说这种话。”魏拉脸红起来了。“您虽然很累，”她笑着，转过一半身子，预备走出去，“但是，在这时候，您的眼睛是极可爱的……愉快的。”

“真是愉快的吗？”公爵急切地问，兴致勃勃地笑起来了。

魏拉本是一个天真烂漫、像男孩一样鲁莽的姑娘，但不知为什么，她忽然害起臊来，脸越来越红，她一面依旧笑着，一面赶紧从房中走了出去。

“多么……可爱的女孩子……”公爵想，但是立刻忘记了她。他向平台的角落走去。那里放着一只长沙发，沙发前面有一张茶几。他坐了下来，用双手捂住脸，坐了十来分钟。他忽然匆忙而惊慌地把手伸入旁边的口袋，从里面掏出三封信来。

门又开了，郭略走了进来。公爵觉得很高兴，因为他可以把信放回口袋，过一会儿再读。

“嗜，真是新闻！”郭略说。他坐到长沙发上，并像和他年纪相仿的所有人一样，直截了当地接触到本题。“现在您对伊鲍里特采取什么样的态度？不尊敬他吗？”

“为什么……但是，郭略，我累了……再开始来讲这件事情，那未免太凄惨了，不过，他怎样啦？”

“睡着了，还会睡两个钟头。我明白。您没有在家里睡，到公园里去了……当然心里很乱……那还用说！”

“您怎么会知道我上公园了，没有在家里睡觉呢？”

“魏拉刚才说的。她劝我不要进来；我按捺不住，坐一会儿就走。我在他的床前守了两小时；现在让郭士卡·莱白及夫替我。蒲尔道夫司基走了。公爵，您躺下吧。祝您夜……不，祝您日安！您知道，我真是感到惊愕！”

“当然……所有这一切……”

“不是的，公爵，不是的，我对于那篇‘忏悔录’感到惊愕。主要的是，他讲到上帝和未来生活那一段，那里面有一个重大的思想！”

公爵和蔼地看着郭略。他走进来，当然是为了赶快谈一谈这重大的思想。

“但是主要的，主要的不只在思想方面，而在整个环境上面。假如写这篇东西的是伏尔泰、卢梭、普鲁东，我读下去，把它记住，决不会惊愕到这种程度。但是，一个人明知他只能活十分钟，而说出这样的话来——这不值得骄傲吗？要知道，这是表示自我尊严的最高独立性；要知道，这是公然的反抗……不，这是巨大的精神力量！而在这以后，还说他有意不放铜帽进去——这是低卑的、不自然的。您知道，他昨天要了花招，欺骗我们，我从来没有和他一块儿收拾过行李，也没有看见过手枪；行李是他自己收拾的。因此，他忽然把我弄糊涂了。魏拉说，您答应留他在这里住；我敢发誓，决不会有什么危险，况且我们大家一刻也不离开他。”

“你们里面谁守夜来的？”

“我，郭士卡·莱白及夫，蒲尔道夫司基。开历尔留了一会儿，后来就到莱白及夫那里去睡觉了，因为我们这里没有地方可睡。费尔特申阔也睡在莱白及夫那里，七点钟的时候走的。将军总是在莱白及夫家里住，现在也走了……莱白及夫也许立刻会到您这里来；我不知道为什么事情，他曾经找您，问了两次。既然您想躺下来睡，放不放他进来呢？我也想去睡觉。啊，是的，我要对您说一件事情。刚才将军使我吃了一惊。蒲尔道夫司基在快到七点钟的时候，也许就在六点钟的时候，把我唤醒，叫我去看守。我走出去一下，忽然遇见将军，他还没有醒酒，竟没有认出我来。他呆呆地站在我的面前。他一醒过来，就朝我奔来问：‘病人怎么样啦？我是来打听病人的情况的……’我一五一十地讲给他听。他说：‘这一切都很好，但是，我所以到这里来，我所以老早就起床，主要是为了警告你；我有理由猜想，在费尔特申阔先生面前不能把话全说出来……应该保留一点。’您明白吗，公爵？”

“真的吗？不过这……对于我们是一样的。”

“是的，当然是一样的，我们并不是共济会会员[1]！将军特地为了这

1 共济会是18世纪欧洲各国所产生的神秘宗教组织，现在在各个资本主义国家中仍然存在。

件事情夜里跑来唤醒我，我觉得很奇怪。”

“您说，费尔特申阔走了吗？”

“七点钟走的，还顺便到我这里来了一趟，那时候我正在值班。他说要到维尔金家里去补一会儿觉。这里有一个叫维尔金的人，也是醉鬼。我走啦！啊，罗吉央·蒂莫菲维奇也来了……公爵想睡觉，罗吉央·蒂莫菲维奇，请往回走吧！”

“只待一分钟，尊敬的公爵，为了一桩在我看来十分重要的事情。”莱白及夫走进来，用勉强装出来的沉稳嗓音低声说，他郑重其事地鞠了一躬。他刚从外边回来，还没来得及进自己的屋子，因此帽子还握在手里。他的脸上带着焦虑的样子，显出特别自尊的神情。公爵请他坐下。

“您请过我两次吗？您也许为昨天的事情还在不安……”

“您以为是关于昨天那个孩子的事情吗，公爵？哦，不是的。昨天我的思想很混乱……但是今天我已经不打算contrecarrer[1]您的任何主张。”

“Contre……您说什么？”

“我说contrecarrer。这原是一个法国词，像俄文中许多别的外来词一样，但是，我最不主张这个办法。”

“莱白及夫，您今天怎么这样神气活现，摆起官僚架子，咬文嚼字地说话呢？”公爵冷笑了。

“尼古拉·阿尔达里昂南奇！”莱白及夫几乎用温和的声音对郭略说，“我有点儿事情对公爵说，关于我自己的……”

“自然啦，自然啦，这不关我的事情！再见吧，公爵！”郭略立刻退出去了。

“我很喜欢这个懂事的孩子，”莱白及夫目送着他，说，“这孩子

1 法语：反对。

很敏捷，但是好刨根问底。我遭到了极大的不幸，尊敬的公爵，昨天晚上，或是今天黎明时候……我还不能确定在哪个时间。”

“什么事？”

“从旁边的口袋遗失了四百卢布，尊敬的公爵，遭了洗劫！”莱白及夫带着苦笑说。

“您丢了四百卢布吗？这很可惜。”

“尤其是一个贫穷的、以正当的劳力过生活的人。”

“自然啦，自然啦！怎么会丢的？”

“就为了酒呗。我来找您，就好比来求神一般，尊敬的公爵。这四百卢布的款子是我昨天下午五点钟从一个放债人手里取来的。后来我就坐火车回到这里来了。皮夹放在口袋里。当我把制服脱下来，改穿便服的时候，便把钱改放到便服口袋里。我是想放在身边，预备晚上借给一个户头……我等候一个代理人。”

“顺便问一句，罗吉央·蒂莫菲维奇，听说您在报上登广告，说您借钱给人家要用金银器具作抵押，是真的吗？”

“经代理人的手，我自己的姓名和住址是不露出来的。我有一点儿小小的资本，再加上家庭人口的增加，您会同意一种正当的利息。”

“是的，是的。我只不过是询问一下。我打断您的话，对不住得很。”

“代理人没有来。在那时候，他们把那个不幸的人弄来了。我在吃中饭的时候，已经就有些喝醉了。后来那些客人来了，喝着茶，……我高兴起来。真是倒霉透了！在很晚的时候，那个开历尔走了进来，宣布庆祝您的生日，还吩咐开香槟酒，亲爱的、尊敬的公爵，我具有一颗心（您大概也看出来，因为您应该看出我这一点来），我具有一颗心，我姑且不说是一颗重感情的心，只说是知恩图报的心，我也以此而自豪——我为了准备十分隆重地迎接您，等候对您道贺，忽然想去更换我的旧衣裳，仍旧穿上我回来时脱下去的制服，我怎么想就怎么做，所以，公爵，您一定看见我整夜穿着那套制服了。当我换衣裳时，忘记了放在便服口袋里的那只皮夹……当上帝想惩罚人时，一定先夺去他的理性，这话真对。到了今天早晨七点半钟，我才醒了，像半疯似的跳起来，首先就去抓那件便服——口袋竟是空空如也，皮夹连影儿都不见了！”

“唉，这真伤脑筋！”

“真伤脑筋！您的脑筋真快，马上找到了适当的字眼。”莱白及夫有些狡狯地补充说。

“可不是！不过……”公爵惊慌起来，一面露出沉思的样子，“这是很正经的。”

“的确是正经的，公爵，您又找到了另一句话，为了表示……”

“算了吧，罗吉央·蒂莫菲维奇，有什么可找的？要紧的不是言语，您不认为在您喝醉的时候，皮夹会从口袋里掉出去吗？”

“会的。在喝醉的时候，一切都是可能的，您这句话说得十分诚恳，尊敬的公爵！但是请您想一想：假如我在换衣裳的时候，把皮夹从口袋里掉出去，那么，掉出去的东西应该在地板上。但是，这东西到哪里去了呢？”

“您没有放在桌子抽屉里吗？”

“全都找遍了，到处全翻遍了，况且，我没有藏在任何地方，也没有打开任何抽屉，我记得很清楚。”

“橱柜里看过没有？”

“首先就看过，今天已经看过好几次……我怎么会放到橱柜里呢，我的尊敬的公爵？”

“老实说，莱白及夫，这使我感到不安。这么说，一定有人从地板上捡去了吧？”

“或者是从口袋里偷走的！二者必居其一。”

“这使我十分不安，因为究竟是谁呢？……这真是问题！”

“毫无疑问，这是一个主要的问题。您十分正确地找到适当的语言和思想，确定适当的情况，尊贵的公爵。”

“喂，罗吉央·蒂莫菲维奇，请您别嘲笑人，这里……”

“嘲笑！”莱白及夫喊道，把双手一举一拍。

“好了，好了，我并不生气，这完全是另一件事情……我是替人担忧。您怀疑是谁干的？”

“这是个极困难……极复杂的问题！我不能怀疑女仆，她当时坐在厨房里面。我也不能怀疑自己的孩子……”

“那还用说。”

“这么说来，一定是客人里的什么人了。”

“但是，这可能吗？”

“完全不可能，极端不可能，但是，一定是这种人。但是，我可以承认，甚至于深信，假如这钱是被窃的，那么，不是在晚间大家聚会的时候，而一定是在夜里，甚至是在大清早，被住在这里的人偷去的。”

“哎哟，我的天哪！”

“我觉得，蒲尔道夫司基和尼古拉·阿尔达里昂南奇当然不算在内；他们没有走进我的屋内。”

“那自然啦，即使走进去也不会如此！谁在您那里过夜的？”

“连我在内，一共有四个人过夜，在两间相连的屋子里：我，将军，开历尔和费尔特申阔先生。这么说，就是我们四个人中间的一个啦！”

“也就是说三个人中间的一个啦！但是，究竟是谁呢？”

“我为了公平合理起见，我把自己也算在内了。但是，您必须同意，公爵，我自己决不会偷窃自己，虽然世界上也有过这类事情……”

“莱白及夫，这真是闷死人了！”公爵不耐烦地喊道，“快入正题吧，您何必这样拖拉……”

“这么说来，还剩下三个人，第一人是开历尔先生。他是一个没有常性的人，爱喝酒的人，在某些情况下是个自由派，也就是指他对衣裳口袋的态度而言。但是在其他方面，如果说他是自由派，还不如说他是古骑士派。他起初在这里过夜，是在病人的屋子内，深夜才搬到我们那里去，他借口说光地板睡着太硬。”

“您怀疑他吗？”

“我怀疑过。我在早晨七点多钟像半疯似的跳了起来，手抓自己的额角，立刻把正做着美梦的将军唤醒。我们俩觉得费尔特申阔走得很奇特，就已经引起一些疑心，因此立刻决定搜查躺在那里像……像……差不多像一根铁钉似的开历尔。我们搜查得很仔细：他口袋里没有一分钱，甚至没有发现一只没有破洞的口袋。他有一条蓝色的、方格的布手绢，样子很不雅观。还有一封情书，是一个女仆写给他的，向他要钱，还带着一些恐吓的话，此外便是您已经知道的那段小品文的残稿了。将军，绝对不是他偷的。为了得到充分的证据，我们喊他，好容易才把他推醒了。他不明白是怎么回事，张大了嘴，带着醉酒的样子，面部浮现出荒唐、天真甚至愚蠢的表情，绝不是他！”

“噢，我多么高兴！”公爵很高兴地吸一口气，“我真是替他担心！”

“您担心吗？那么，您有理由怀疑他吗？”莱白及夫眯缝着眼睛说。

“不，我是这样说说的，”公爵口吃起来，“我说我担心，这话说得太愚蠢了。劳您驾，莱白及夫，不要把这话对任何人说……”

“公爵呀，公爵呀！我把您的话藏到心里……藏到我的心的深处！决不泄露！”莱白及夫欢欣地说，把帽子紧按到心口上。

“好啦，好啦！这么说，一定是费尔特申阔啦！我是想说，您怀疑费尔特申阔吗？”

“还有谁呢？”莱白及夫轻轻地说，眼睛盯着公爵。

“那自然啦……还有谁呢……但是我又要问：有什么证据呢？”

“当然有证据的。第一，在早晨七点钟的时候，甚至是在六点多钟的时候，他就溜走了。”

“我知道的，郭略告诉过我，他到郭略那里去说，他要离开这里，到……到谁家去补觉，我忘记是到谁家了，反正是到他的朋友那里去的。”

“到维尔金那里。那么，尼古拉·阿尔达里昂南奇已经对您说过啦？”

“他并没有说过丢钱的事情。”

“他并不知道，因为我对这件事暂时严守秘密。这么说，他是到维尔金那里去了。说起来，这有什么稀奇的，一个醉鬼到和他一样的醉鬼那里去，哪怕是天还没有亮的时候，哪怕没有任何的来由，又有什么要紧？但是，在这里露出一个马脚：他离开的时候，留下了地址……现在请您注意，公爵，这里有个问题，他为什么留下地址呢？他为什么故意到尼古拉·阿尔达里昂南奇那里转一个弯，告诉他，‘我到维尔金家里去补觉’呢？有谁会注意他的走开，甚至到维尔金那里去呢？何必预先告诉人家呢？不，这里面有文章，贼人的妙处就在这里！这意思就是表明：‘我故意不隐藏我的踪迹，这样一来，我哪里还是贼呢？难道贼会预先告诉他上哪儿去吗？’这是一个多余的关心，意在避去嫌疑，所谓擦去沙子上的脚印……您明白我的意思吗，尊敬的公爵？”

“明白，很明白，但是这一点并不充分。”

“第二个证据：那个踪迹是虚伪的，他留下的地址也不正确。一小时后，也就是在八点钟的时候，我已经跑去叩维尔金家的门；他就住在第五路，我和他还认识呢。那里并没有费尔特申阔。我从一个完全耳聋的女仆那里打听出，在一小时以前，确乎有人叩他们家的门，而且叩得相当厉害，把铃儿都拉断了。但是女仆不肯开，不愿意吵醒维尔金先生，或者也许自己不愿意起床。这是常有的事。”

“您的证据就是这些吗？这还不够。”

“公爵，但是还能怀疑谁呢，您想一想？”莱白及夫很和蔼地说，在他的冷笑里露出一点儿狡狯的样子。

“您再仔细查一查屋内和抽屉里！”公爵沉思一会儿以后，很焦虑地说。

“查过了！”莱白及夫更加温和地吸了一口气。

“嗯！……您为什么，为什么要换这件衣服呢？”公爵喊道，恼怒地敲着桌子。

“这是一个古代喜剧里的一个问话。但是，正直的公爵！您把我的不幸过于放在心上了！我不值得您这样关心。也就是说：我一个人是不配的；但是，您也替罪犯痛苦……替那个一文不值的费尔特申阔先生，是不是？”

“是的，是的，您真是使我感到焦虑，”公爵很冷淡地，而且很不愉快地打断他的话，“那么，现在您打算怎么办……假如您这样深信是费尔特申阔干的话？”

“公爵，尊敬的公爵，哪里会有别人呢？”莱白及夫越发和蔼地说，“既然没有别的什么人可以怀疑，也就是说，除去费尔特申阔先生以外，既然完全不能怀疑任何人，这就是怀疑费尔特申阔先生的又一个证据，这已经是第三个证据啦！因为，我再问一句，另外还有谁呢？我不能怀疑蒲尔道夫司基先生呀！哈，哈，哈！”

“真是瞎说！”

“也不能怀疑将军吧？哈，哈，哈！”

“更是胡说八道！”公爵说时几乎生气了，他不耐烦地在座位上转过身去。

“当然是胡说八道！哈，哈，哈！那个人，就是将军，真把我笑死了！我刚才和他两个人，趁着热乎劲，追到维尔金家去……您应该注意，我在发现失窃以后首先叫醒他的时候，他比我还显得惊愕，甚至脸色都改变了，一会儿红，一会儿白，最后，忽然出现严厉而高尚的激愤神情，我真料不到会达到这种程度。他真是一个极高尚的人！他虽然由于性格软弱，时常说谎，但是，他是一个具有最崇高的情感的人，为人并不奸诈，因为他很天真，就赢得人们的完全信任。我已经对您说过，尊敬的公爵，我不但对他有偏心，甚至还敬爱他。他忽然在街道中心站住，解开上衣，露出胸脯，说：‘你搜查我吧。你搜查过开历尔，你为什么不搜查我呢？这样做才算公道！’他的手脚都哆嗦着，他的脸色惨白，他露出很可怕的样子。我笑了一声，对他说：‘你听我说，将军，假如有人对我说你如何如何，我立即亲手把我的脑袋摘下来，放在一个大盘子上，亲自端着送给一切猜疑的人们，说："你们瞧这个脑袋，我可以用自己的脑袋替他担保，不但是用脑袋，就是跳火坑也可以！"’我说，‘我准备这样替你担保！’他立刻抱住我，在大街当中，流着眼泪，打着哆嗦，把我紧紧地搂在胸前，压得我简直要咳嗽起来。他说：‘你是我在患难中唯一的知己！’真是一个好动感情的人！当时，他在路上又触景生情地讲了一段故事。他说，他在青年时代，也有一次人们怀疑他偷了五十万卢布，但是在第二天，他跑进一所失火的房子，从火焰里救出怀疑他的伯爵和尼娜·阿历山大洛夫娜，尼娜·阿历山大洛夫娜当时还是姑娘。伯爵拥抱他，尼娜·阿历山大洛夫娜因此和他结了婚。在失火的第二天，他们又在废墟上发现了那只装着所遗失的银钱的小匣；那只小匣是铁的，英国出品的，带有暗锁，不知怎么掉到地板底下去了，因此谁也没有注意到它，失火之后才找出来。这完全是谎话。但是，当他提到尼娜·阿历山大洛夫娜的时候，他甚至啜泣起来。尼娜·阿历山大洛夫娜是一个十分正直的女人，虽然有点儿恼我。"

"您不认识她吗？"

"差不多不认识，但是很愿意认识她，哪怕只是为了在她面前辩白一下也好。尼娜·阿历山大洛夫娜生我的气，说我现在用酒带坏了她的丈夫。但是，我不但没有带坏他，反而使他老实了；我也许还使他离开了那帮有害的朋友。再说，他是我的知己朋友，老实告诉您，我现在决不离开他，也就是说：他走到哪里，我也到哪里，因为他这个人只能用热情来感化他。他现在完全不去找那位上尉夫人了，虽然说他内心里对她仍然念念不忘，有时一想到她就呻吟起来，尤其是在每天早晨起身后穿皮靴的时候，我不知道他为什么一定在这个时候呻吟。他没有钱，这很糟糕，但是上她那里去，没有钱是不行的。他没有向您借钱吗，尊敬的公爵？”

“不，没有借。”

“他不好意思借。他是想借的；他甚至对我说过，他想来打扰您，但是有点儿害臊，因为您不久以前已经借钱给他，而且他想，您不会再借给他。他对我说了出来，认为我是他的知己。”

“您没有借钱给他吗？”

“公爵！尊敬的公爵！不但是钱，为了这个人，就是所谓牺牲性命……不，我不愿意夸张——虽然不是性命，但是，假如发生极大困难的话，像疟疾，长疙瘩，甚至咳嗽等，我的确愿意替他忍受，因为我认为他是一个伟大的、然而已经完结的人！是这样的，但不是钱！”

“这么说，您借过钱吗？”

“没有。我没有借钱给他，他自己知道，我决不会借给他。但是，这只是为了节制他，使他改过自新。刚才他缠着我，要和我一块儿到彼得堡去。我到彼得堡去，是为了赶紧追寻费尔特申阔先生的踪迹，因为我知道，他一定到彼得堡去了。我的将军急得不得了；但是我怀疑他到了彼得堡以后就会从我身边溜开，去找上尉夫人。说老实话，我甚至故意想让他离开我，我们已经约好到彼得堡以后，马上分道扬镳，为了更容易找到费尔特申阔先生。我放他走后，忽然到上尉夫人家去捉他，好像冷水浇他的头一样。这是为了使他明白自己是个有家室的人，而且是个堂堂大丈夫，因而感到羞耻。”

“不过您不要弄出乱子来，莱白及夫，看在上帝的分儿上，千万不要弄出乱子来呀！”公爵低声说，心里感到非常不安。

“不，只是为了使他害臊，看一看他出什么丑相，因为从一个人的相貌上可以判断出许多事情，尊敬的公爵，尤其在这种人身上！嗬，公爵！我自己虽然非常不幸，但是我现在也不能不想到他，想到改造他的道德质量。我对您有一个要紧的请求，尊敬的公爵，我老实对您说，我就是为这个而来的。您已经和他的家庭认识，而且在他家里住过。假如您，好心的公爵，肯在这方面帮我的忙，只是为了将军一个人，为了他的幸福起见……”

莱白及夫合起双手，好像哀求一般。

“什么事？怎样帮忙？请您相信，我很愿意完全了解您，莱白及夫。”

“我有这样的信心才到您这里来的！您可以从尼娜·阿历山大洛夫娜那里使点儿劲，应当在这位将军的家庭内部时常监督他、观察他。可惜我不认识他们……再加上，尼古拉·阿尔达里昂南奇很敬爱您，对您佩服得五体投地，他也许可以帮一下忙……”

“不……让尼娜·阿历山大洛夫娜管这个事情……那是办不到的！您还要把郭略……不过，我也许还没有了解您，莱白及夫。”

“也完全没有什么可了解的！”莱白及夫甚至从椅子上跳起来了，“只有，只有情感和温柔，才是我们这个病人的良药。您，公爵，准许我认为他是病人吗？”

“这很可以表示出您的礼貌和聪明。”

“我打譬喻来对您解释，为了明显起见，我从实际生活里找来这个例子。您瞧，他是怎么样一个人：他现在只有一个弱点，就是对上尉夫人恋恋不舍，但是他没有钱就休想登她的门。我今天就想在她家里捉住将军，为了他的幸福起见。但是，我们假定没有上尉夫人，而他犯了很大的罪案，干出有损名誉的行为（虽然他是不会这样做的），那么，我对您说，只要用一种高贵的温柔，就可以完全说服他，因为他是一个极有情感的人！请您相信我的话，他忍不上五天，就会自己说出来，一边哭一边承认一切——尤其是，假如由他的家庭和您监督他的一切行动，用一种巧妙的、正直的手段……啊，善心的公爵！”莱白及夫跳起来，带着很兴奋的样子，“我并不是说他一定……我现在准备为他流尽全身的血，虽然您应该同意，放荡、酗酒，以及上尉夫人，这三者合在一处，就会使他什么事情都做得出来。”

“为了这种目的，我当然永远准备帮忙，”公爵说，立起身来，“不好，莱白及夫，我对您说老实话，我感到十分的不安。请问，您是不是还在……一句话，让您自己说，是不是还在怀疑费尔特申阔先生？”

“除了他，还能怀疑别人吗？另外还有什么人呢，尊敬的公爵？”莱白及夫又讨好似的叉着手，满面赔着笑容。

公爵皱着眉头，从座位上站起来。

“您瞧，罗吉央·蒂莫菲维奇，在这种事情上，最可怕的是错误。这个费尔特申阔……我不愿意讲他的坏话……但是这个费尔特申阔，谁知道，也许就是他干的！我是想说，他干这种事情的可能性，也许的确比别人大一些。”

莱白及夫睁大了眼睛，耸起了耳朵。

“您瞧，”公爵前言不搭后语地说，他的眉头皱得越来越紧，在屋内来回踱步，竭力不去看莱白及夫，“人家告诉我……有人对我讲，费尔特申阔先生是那样一种人，在他的面前应该非常谨慎，不要说出……一点儿多余的话，您明白吗？我觉得在这件事情上，他的可能性也许的确比别人大，但是不要弄错，这是最主要的，您明白吗？”

“谁向您讲费尔特申阔先生来的？”莱白及夫简直喊叫了出来。

“哦，有人附耳告诉我的。不过我自己并不相信这个……我很遗憾，我不能不把这话告诉您，但是您必须相信，我自己并不相信这个……这是一些无聊的话……唉，我做得多么愚蠢呀！”

“您瞧，公爵，”莱白及夫甚至全身抖动起来，“这是很重要的，现在这是十分重要的。我不是指着费尔特申阔先生说，而是指这个消息怎么竟会到您耳朵里。（莱白及夫说这话时，随着公爵身后，在屋内来回踱步，努力和他脚步一致。）是这样的，公爵，我现在可以告诉您，刚才我和将军到维尔金家去的时候，他对我讲完了那段失火的故事，就气势汹汹地，忽然对我讲出那套关于费尔特申阔先生的话，他说得十分离奇，驴唇不对马嘴，使我不由得对他提出几个问题。因此，我也就深信这个消息只不过是将军大人一时心血来潮，吃饱饭后没事干编造出来的。因为他这个人说谎，常常只是由于自己不能控制自己的情感作用。现在您瞧：假如他说谎（我是深信他说谎的），那么，您怎么会听到这个消息呢？公爵，你要明白，那只是他一时心血来潮。究竟是谁告诉您的呢？这是很重要的……这是很重要的……”

“这话是郭略刚才告诉我的，他是听他父亲说的。他在六点钟，在六点多钟，为了什么事情走进外屋，在那里遇见他的父亲。”

公爵把一切情形详详细细地讲了出来。

“这就是，这就是所谓线索！”莱白及夫搓着手，不出声地笑着说，“我就是这样想的！这就是说，将军大人在五点多钟的时候故意打断自己的美梦，去叫醒他的爱儿，告诉儿子说，和费尔特申阔先生交往是十分危险的！这样一来，费尔特申阔先生会成了多么可怕的人，将军大人的慈父心肠又是多么不安！哈，哈，哈！”

“您听着，莱白及夫，”公爵终于感到惶惑起来，“您听着，这件事要悄悄地办！不要大喊大叫！我请求您，莱白及夫，我哀告您……在这种情形下，我可以发誓说，我一定帮您的忙，但是不要让任何人知道，别叫任何人知道！”

“请您相信吧，诚恳的、正直的、好心的公爵，”莱白及夫十分兴奋地喊道，“请您相信，我把这一切装在自己高贵的心里，决不泄露一个字！我们要共同采取稳重的步伐！我们要共同采取稳重的步伐！我甚至可以流尽我全部的血……尊贵的公爵，我在心灵上和精神上都是低贱的，但是随便问什么人，不仅是低贱的人连无赖都算在内：他喜欢跟什么人来往呢？是喜欢跟他那样的无赖来往呢？还是跟您——最诚实的公爵——这样的正直人来往呢？他一定会回答说：他愿意跟极正直的人来往，道德的胜利就在这上面！再见吧，尊敬的公爵！我们要共同采取稳重的步伐……稳重的步伐……”

第十章

公爵终于明白了，当他每次碰到这三封信的时候，他的身上为什么发冷，他为什么要把读它们的时间推延到晚上。他早晨在长沙发上昏睡的时候，还不敢打开三封信中的任何一封，当时，他又做了一个可怕的梦，那个“女罪犯”又到他身边来。她又在向他看，长长的睫毛上停留着晶莹的泪珠。她又在呼唤他跟着她走。他又像刚才那样醒过来，痛苦地回忆她的面容。他立刻想要到她那里去，但是不能，最后怀着几乎绝望的心情，打开信读了起来。

这三封信也像梦一样。人有时会做出一些奇怪的、不可能的、不自然的梦，醒了以后，还会清清楚楚地记住它，对于怪梦感到惊异。你首先会记得在你做梦的整个时间内，理智并没有离开你；你会记起，在那很久很久的时间内，凶手们把你包围，他们还对你施展狡猾手段，掩盖自己的用意，对你称兄道弟，而他们却已经准备好武器，只等信号一发就开始动手；你记起你最后如何灵巧地骗过他们，躲开他们；然后你猜到他们已经看穿你的骗局，他们知道你藏在什么地方，只是不露声色而已；但是你又想出妙计，把他们瞒了过去，这一切你记得很清楚。但是，你的理智和你梦中所充满的那些显然稀奇古怪和不可能的事实为什么能够和平共处呢？

在那些包围你的凶手里面，有一个当着你的面变为女人，又由女人变为一个小小的、狡猾的、讨厌的侏儒，而你为什么立刻把这一切当作已成的事实，几乎没有丝毫怀疑的样子，同时在另一方面，你的理智又极度紧张，显示出异常的力量、狡猾、怀疑和逻辑性呢？为什么在睡醒以后，在完全回到现实里以后，你几乎每次都感到，有时还特别强烈地感到，你随着梦留下一点儿你所不能解释的东西呢？你会笑你的梦过于离奇，同时也会感到，在这种古怪离奇之中包含着一种思想。但是，这个思想是现实的，与你的现实生活有些关联，它在你的心里存在着，而且一向就存在着；你的梦仿佛对你说出了一些崭新的、预言性质的、你所期待的东西；你的印象是强烈的，它可能是快乐或痛苦的。但是，它究竟是什么，对你意味着什么，你既不能了解这个，也回忆不出这一切。

在读了三封信以后，情况差不多也是这样。但是，公爵在没有打开信封的时候感到，这几封信的存在和可能出现的这个事实就好像一场噩梦。他在晚上独自散步的时候（他有时自己都不知道是往哪里走），他问自己说：她怎么敢给她写信呢？她怎么能够写这个事情？她的脑子里怎么会产生出这样疯狂的幻想来呢？但是，这个幻想已经实现了，他感到最奇怪的是：当他读过这三封信的时候，他几乎相信这种幻想是可能的，甚至是可以为之辩护的。不错，这当然是一个梦，是一个噩梦，是一种疯狂现象；但是，它里面包含着一种痛苦的现实和悲哀的正义，足以为这个梦、这个噩梦和这种疯狂作辩解。他一连好几小时，仿佛被所读的字句迷住了，时时想起其中的片段，研究它、揣摩它。他有时想对自己说，他预先就感到，预先就猜到这一切了；他甚至觉得，他在很久很久以前就读到了这一切，而在他老早就读过的这三封信里，包含着他至今所忧虑的一切，他至今所苦恼和惧怕的一切。

“在您打开这封信的时候（第一封信是这样开始的），请您首先看一看信末的署名。这个署名可以向您说明一切，解释一切。因此，我大可不必对您辩白什么，解释什么。假如我和您地位相等的话，您对于我这种鲁莽行为也许会感到侮辱。然而，我是什么人？您又是什么人？我们是两个极端，我的地位比您差得太远了。因此，即使我想侮辱您，也不可能侮辱到您。”

下面，她在另一个地方写道：

“请不要把我的话当作狂人的梦话。在我看来，您是一个完善的人物！我看见过您，我每天都看见您。我并不想评论您；我并不是从理智出发，认为您是完善的人物；我只是信仰您。但是，我在您面前也是有罪的，因为我爱您。完善的人物是不能爱的；对于完善的人物，只当作完善的人物来敬仰，不是这样吗？然而我却爱上了您。虽然爱情可能把人们拉到平等的地位上去，但是请您放心吧，我决不把您放在和我相等的地位上去，就是在我内心的深处，我也决不这样想。我对您写‘你放心吧’难道您能不放心吗？……如果可能的话，我愿意吻您的脚印。嗬，我和您的地位不相等呀……请您看署名，快看署名吧！

“但是，我觉察到（她在另一封信中写道），我把您和他的名字联结在一起，连一次也没有问，您爱不爱他？他只看见您一面，就爱上您了。他思念您，就像思念‘光明’一样；这是用他自己的话来说的，我亲自听他这样说过。但是，用不着他说，我也了解您是他的‘光明’。我在他身边住了整整一个月，才明白您也爱他；对于我来说，您和他是一样的。

“这是什么意思？（她又写道）我昨天从您身边走过时，您仿佛脸红了。这是不可能的，只是我的错觉。就是把您领到一个最藏污纳垢的巢穴里去，把赤裸裸的罪恶指给您看，您也不应该脸红。您绝无可能为了耻辱而激愤。您可以仇恨一切卑鄙而低贱的人们，但这不是为了自己，而是为了别人，为了受他们侮辱的人们。您是不会受人侮辱的。您知道吗？我觉得，您很应该爱我。您对于我，正如您对于他一样，是光明之神。一个天使是不能恨人，也不能不爱人的。能不能爱一切一切的人们，爱所有自己的邻人？我时常对自己提出这个问题。当然是不能的，甚至是不自然的。在对人类的抽象的爱里，一个人差不多只是永远爱自己。但是，这对于我们是不可能的，而您又有所不同：您在不能把自己和任何人相比的时候，您在超越一切耻辱，超越一切个人激愤的时候，您怎么能不爱什么人呢？只有您一个人可以不怀私心地去爱人，只有您一个人可以不为了自己，而为了您所爱的对象去爱人。哦，假如我知道您会为了我感到羞耻或愤恨，那我该多么痛苦呵！您如果这样，那就会趋于灭亡，您立时会降低到和我同等地位……

“昨天我遇见您以后，回到家来，想出了一幅图画。画家们全根据《圣经》上的故事画基督：我愿意把基督画成另外一种样子。我要画他一个人——他的门徒有时是会留下他一个人的呀！我只留一个小小的婴儿和他在一起。那婴儿在他身旁游戏；也许正用小孩子的语言对他讲什么，基督听着他的话，但是马上又沉思起来；他的手不由自主地，像被遗忘似的留在婴儿的光亮的头上。他向遥远的地平线上望去，他的眼神里藏着和整个世界一样宏大的思想；他的面上带有愁容。婴儿不出声了，把身子靠在他的膝头，用小手托着脸颊，举起小头，凝神地，像小孩们有时那样凝神地，盯着看他。太阳正往下落……这就是我的那幅图画！您是天真的，您的一切完善就存在您的天真里面。哦，您千万要记住这一点！我对您的热情，和您有什么相干呢？您现在已经是我的，我将一辈子留在您的身边……我快死了。”

在最后的一封信里这样写道：

“看上帝的面上，请您不要对我有什么猜疑，不要以为我用给您写这封信的方式降低我自己的身份，也不要以为我属于那类以降低自己身份而快乐的人们，哪怕他们是由于骄傲而这样做。不，我有我自己的慰藉；但是，我很难对您解释这一点。我甚至很难对自己明白说出这一点，虽然我正为它而苦恼着。但是我知道，就是由于骄傲心的发作，我也不会自行降低身份。我更不能由于心地纯洁而做降低自己身份的举动。因此，我是绝不会降低自己身份的。

“为什么我想使你们结合起来？是为了您呢？还是为了我自己？当然是为了我自己。我早就对自己说过，这样就会解决我的一切困难……我听说令姐阿台拉意达曾经评论我的照片，说一个人有这样的美貌，可以把全世界都翻过来。但是，我放弃了这个世界。您看见我穿着绫罗绸缎，戴着金钻宝石，整天和一些酒鬼流氓鬼混在一起，听我这样说不觉得可笑吗？您不必注意这个，我差不多已经不存在了，我很清楚上帝知道我为什么还活着。我从两只可怕的眼睛里，每天可以看出这一点；那一双眼睛经常看着我，甚至它们不在我面前的时候也是一样。这双眼睛现在沉默着（它们一直沉默着），但是我知道它们的秘密。他的住宅是阴沉的、愁闷的，里边存在着秘密。我相信他的抽屉里藏着一把剃刀，用绸子裹着，正和那个莫斯科凶手一般；那个凶手也是和母亲同住在一所房屋里，也用绸子裹着剃刀，为了割断一个人的喉咙。我到他家去的时候，老觉得在地板底下什么地方，他的父亲也许就隐藏着一个死人，用漆布盖好，就像那个莫斯科凶杀案的死人一样，周围也摆着一些盛着日达诺夫液的瓶子，我甚至可以把这个角落指给您看。他一直沉默着；我知道他太爱我，爱到已经不能不仇恨我的地步。您的婚礼要和我的婚礼同时举行：我和他已经这样决定了。我对他没有秘密。我会由于恐怖而把他杀死……但是，他一定先把我杀死……他现在笑着说我在说梦话呢；他知道我给您写信。”

在这三封信里还有许许多多同样的梦呓。第二封信是用两张大信纸，满满写着蝇头的小字。

公爵终于从黑暗的公园里走了出来。他和昨天一样，在公园内闲荡了许久。光亮的、透明的夜色，他觉得比平常更加光亮一些。他心里想：“难道天还这样早吗？”（他忘记拿表了）他仿佛听到远方的音乐声。“大概在车站上，”他又想，“当然，他们今天是不会到那里去的。”当他转到这个念头时，他发现自己已经站在叶潘钦别墅的门前了。他早就知道，他最后一定会到这里来。他沉住心，走上了平台。没有人迎接他，平台上是空的。他等候了一下，开门走进大厅。“他们这扇门永远不关的。”他的心里这样想，但是连大厅也是空的，里面黑洞洞的。他惊疑地站在屋子中央。门突然开了，阿历山大拉·伊凡诺夫娜手持蜡烛，走了进来。她一看见公爵，大吃一惊，带着询问的神情站在他的面前。她显然只是经过这间屋子，从这个门到那个门，完全没想到在这里会遇到什么人。

“您怎么会到这里来的？”她终于说。

“我……顺便走过……”

“Maman不很舒服，阿格拉耶也是这样。阿台拉意达要睡了，我也就要去睡。我们今天晚上完全没有外人。爸爸和施公爵到彼得堡去了。”

"我来了……我到你们这里来了……现在……"

"您知道现在几点钟？"

"不知道……"

"十二点半。我们总是在一点钟睡觉。"

"哎哟，我以为……只有九点半。"

"不要紧！"她笑起来了，"您刚才为什么不来？我们也许等候您呢。"

"我……以为……"他一边走出去，一边喃喃地说。

"再见吧！明天我会招大家笑的。"

他顺着围绕公园的道路，走回自己的别墅。他的心怦怦直跳，他的思绪十分零乱，他周围的一切都好像在梦境里一般。突然，就和昨天他两次从同样的幻梦中醒来时一样，他又看见同样的幻象了。那个女人从公园出来，站在他的面前，好像在那里等候他似的。他哆嗦一下，停住了脚步。她抓住他的手，紧紧把它握住。"不，这不是幻象！"

她终于面对面地站在他的面前。自他们分离之后，这是第一次。她对他说什么话，但是他只是默默地望着她。他满腹块垒，苦恼得连心都发疼。嗬，他永远不会忘记这次和她相遇的情景，永远怀着同样的痛苦回忆着。她跪在他面前，就在街头上，像疯子一般。他惊惧地退后了一步，而她捉住他的手，吻它，和他梦中所见的一样，她的泪珠在那长长的睫毛上闪着光。

"起来吧，起来吧！"他惊惧地轻声说，把她扶起来，"快起来呀！"

"你快乐吗？快乐吗？"她问，"只要对我说一句话就行，你现在快乐吗？今天，现在？你到她那里去了吗？她说什么？"

她没有站起来，她没有听他说话；她匆匆忙忙地问，匆匆忙忙地说，仿佛有人在后面追她似的。

"我明天就走，依照你的吩咐。我不会再……这是我最后一次见你，最后一次！现在已经完全是最后一次了！”

“你安静些，你起来呀！”他绝望地说。

她贪婪地看着他，抓住他的手。

“再见吧！”她说。她终于站起来，并且迅速地离开他，几乎是跑走的。公爵看见罗果静忽然出现在她的身边，抓住她的胳膊，领她走了。

“等一等，公爵，”罗果静喊道，“我过五分钟再回来。”

五分钟后，他果真回来了，公爵在原来的地方等候他。

“我扶她上了马车，”他说，“马车就在角落里，从十点钟就等候着。她早就知道你会在那位小姐家里待一晚上的。你今天写给我的信，我已经切实转达给她了。她不会再给那位小姐写信，她已经答应了。她还决定依照你的愿望，明天离开这里。她想最后一次见你一面，虽然你拒绝了她。我们就在这地方等候你回家，就在那张长椅子上面。”

“她跟你一块儿来的吗？”

“怎么不呢？”罗果静龇着牙说，“我看见了我预先知道的事情。信你读了没有？”

“你真的读过吗？”公爵问，他想到这一点甚感惊奇。

“那还用说，每封信她都亲自给我看。你记得吧，还有关于剃刀的话，哈，哈！”

“她是疯子！”公爵喊，扭着自己的手。

“谁知道呢？也许不是。”罗果静小声说，似乎在自言自语。

公爵没有回答。

“嗯，再见吧，”罗果静说，“我明天也要走了！我有什么对不起的地方，请原谅吧！喂，老弟，”他很快地转过身来，补充说，“她问你‘你快乐不快乐’的时候，你怎么一句也不回答呢？”

“不，不，不！”公爵喊道，露出无限的忧郁神情。

“当然不会说‘是’啦！”罗果静恶狠狠地笑了一声，连头也不回地走了。

第四部

我们不要忘记，人类行为的原因通常总比我们后来加以解释的、很少弄得清楚的要复杂和杂乱无数倍。

第一章

我们这部小说的两个人物在绿色长椅上约会以后，又过了一个来星期。在一个晴朗的早晨，十点半左右，瓦尔瓦拉·阿尔达里昂诺夫娜·波奇成出去拜访朋友后回家，露出极度沉思的神情。

有一种人，我们很难一下子把他们的极典型的特征整个形容出来，这类人一般称为“普通人”“大多数人”，的确，他们是构成每个社会的大多数。作家在写长篇和中篇小说时，大半要选取几个社会典型，把他们形象化和艺术化——这些典型虽然在实际上极少整个地遇到，但是他们几乎比现实本身还要现实些。鲍阔莱新[1]这个典型也许过于夸张了些，但不是没有这种人。有许多聪明人读过果戈理的鲍阔莱新之后，立刻发现自己有成十上百的良朋好友酷似鲍阔莱新。原来他们在没读果戈理的作品之前，就已经知道他们这些良朋好友和鲍阔莱新一样，只不过不知道他们就叫这个名字罢了。在现实中，新郎很少有临结婚时从窗户跳出去的，因为，别的且不必说，这样做总有些不大方便。然而有多少新郎，甚至是体面而聪明的人，在结婚之前准备从良心深处自认为鲍

1 果戈理《婚事》中的人物。

阔莱新呢。再举个例子，并不是所有的丈夫每走一步路喊一声“Tu l'as voulu, George Dandin!”[1]，但是，天哪，全世界的丈夫们，在度过蜜月之后，谁知道，也许就在结婚第二天，会千千万万遍发出这种内心的呼声啊！

我们不再更深入地来解释，而只想说，在现实中，人物的典型性似乎被水冲淡了，这一些乔奇·唐丹和鲍阔莱新实际是存在的，每天在我们面前跑来跑去，只不过典型的浓度较稀薄罢了。最后，为了充分说明真理起见，我们还要补充一句，就是：莫里哀所创造的乔奇·唐丹，虽然并不多见，但在现实里是完全可以遇到的。我们的议论到这里打住吧，因为它开始像一篇杂志的批评文章了。不过，我们还遇到这样一个问题：小说家究竟应该怎样处理平凡的、完全“普通”的人物，究竟怎样把他们呈现到读者面前，使他们变得更有趣味些呢？在小说里决不能完全忽略他们，因为平凡人物在人生事件的锁链中，因其人数众多，时时刻刻地，而且多半是必要地构成一环。因此，忽略他们就等于破坏真实性。在一部小说里，如果堆积一些典型，或者只是为了增添趣味，写出一些莫须有的奇怪人物，那就未免失真，也许反倒乏味了。据我看，作家应该竭力从平凡中间挖掘既有趣味又有教育意义的东西。譬如说，如果有些平凡人物的本质就是他们那种永久不变的平凡性，或者情形更好一些，如果这些人物不管如何努力摆脱平凡和因循的轨道，而结果仍不过成为不变的、永久的因循现象的时候，那么这种人物甚至会取得一种别的典型性——一种平凡性，那就是怎么也不愿存留它本来的形象，无论如何也想标新立异、独立存在，但同时并没有达到独立的任何方法。

本书的几个人物就属于这类“寻常人”或“平凡人”。作者承认，

1　法语：“你自己愿意这样！”出自莫里哀所著喜剧《乔奇·唐丹》，已成为常用的俗语。——俄文本注

至今还没有把他们向读者交代清楚。瓦尔瓦拉·阿尔达里昂诺夫娜·波奇成娜，她的丈夫波奇成先生，她的哥哥箭佛里拉·阿尔达里昂南奇，都是这类人。

譬如说，家财富有，出身望族，仪表堂堂，有些教养，并不愚蠢，甚至有些善良，但同时又没有任何天才，没有任何特点，甚至没有任何怪僻，也没有一点儿自己的理想，根本“和大家一样”，实际上，再也没有比当这种人更伤脑筋的事情了。财富是有的，但没有洛克菲勒那么多；姓氏是有名望的，但从来并无特别显著可言；仪表是堂堂的，但很少鲜明的特征；学识是充分的，但不知如何使用；聪明是有的，但没有自己的理想；心是有的，但并不宽宏；等等，在各方面都是这样。这类人在世界上极多，甚至比所想象的还多。他们像所有的人一样，分成两大类：一类是智识有限的，另一类是“聪明得多的”。前一类比较幸福些。打个譬喻吧，一个知识有限的“寻常人”，最容易自命不凡，认为自己是个奇人，而且毫不疑惑地引以为乐。我们的小姐们中间有个只要剪去头发，戴上蓝眼镜，自称为虚无派，便立刻深信，在戴上眼镜以后，她们当时就有自己的“见解”了。另一些人只要自己心里稍微有点儿人道的、善良的感觉，便立刻深信，没有人具有像他那样的情怀，他已成为整个社会发展中的前驱者。还有些人只要随便听来一些什么思想，或是无头无尾地读了一页什么书，便立刻相信，“这是自己的思想”，是在他自己的脑筋里产生出来的。在这种情形下，天真的无耻（假如可以有这般说法）竟达到了奇怪的境界；这一切是离奇的，但是随时可以遇到。这种天真的无耻，一个愚人对于自己和自己的天才的深信不疑，果戈理在庇罗果夫中尉[1]这个奇怪的典型中巧妙地揭发出来了。庇罗果夫不但不怀疑自己是个天才，而且觉得比一切天才还高；他深信不疑到这种程度，甚至连一次也没有反躬自问过；不过，他对什么都不

1 果戈理著名中篇小说《涅瓦大街》中的主人公。

存在问题。伟大的作家终于不能不揍他一顿，以慰藉自己读者被侮辱的道德感情。但是，果戈理一看见那个伟大人物只是摇了摇身体，为了补充精力，在挨打以后吞吃了一个夹层炸包子，他也就惊异地摆摆手，把读者丢开不管了。果戈理只给伟大的庇罗果夫那么小的官衔，使我永远感到遗憾，因为庇罗果夫已经自满到极大的程度。他很容易想象自己的肩章会因年月和升擢而加宽和扭弯，因而成为非常人物，譬如说大元帅；他甚至还不是想象，简直是一点儿也不怀疑这一点：他既然升做将军，怎么不会做大元帅呢？有多少这类的人之后在战场上一败涂地！在我们的文学家、科学家、宣传家之间有过多少庇罗果夫呀！我虽然说“有过”，但现在自然还是有的……

这个故事里的人物篩佛里拉·阿尔达里昂南奇·伊伏尔金属于另一类，他属于“聪明得多”那一类人，虽然从头到脚，整个身子都充满想标新立异的愿望。但是我们上面已经提过，这一类人比前一类人不幸得多。原因是聪明的“普通”人即使偶然（但也许一辈子）想象自己是有天才的、极奇异的人，他的心里总归还保存着疑惑的念头，这种念头有时会使聪明的人陷于完全绝望的地步。假如他表示屈服，那已经是完全中了根深蒂固的虚荣心的毒害。不过我们所取的总归是极端的例子；这类聪明人多半不会有如此悲惨的结局；只是在晚年时肝脏多多少少受些损伤，也就完了。但是在顺从和屈服之前，这类人到底有时会十分长久地从青年到驯服下来的年龄为止，做出些不正经的举动，而这全是出于想标新立异甚至会发生奇怪的事情：由于想要标新立异，有些诚实的人竟准备干出低贱的勾当；甚至还有些不幸的人，他不仅诚实，甚至十分善心，他成为全家的守护神，不仅用自己的劳力赡养家属，甚至赡养外人，而结果如何呢？

他竟会一辈子都不安心！他一点儿也不能由于自己如此完善地尽了为人的本分而自安自慰；相反地，这个念头竟刺激着他。他说：“我这一辈子全浪费到这上面去了，全是这一切束缚我的手脚，全是这一切妨碍我发明火药！没有这一切，我也许一定会有发明的——不是发明火药，便是发现美洲——虽然发明什么还不知道，但是一定会发明的！”这些老爷身上最大的特点是：在实际上，他们一辈子也不能确切地知道他们需要发明的究竟是什么，他们一辈子预备发明的到底是什么：是发明火药呢，还是发现美洲？但是他们的苦痛，他们对于想要发明事物的烦闷，足以抵得上哥伦布或伽利略而有余。

笳佛里拉·阿尔达里昂南奇就是这样开始的，只不过还在开始而已。他还要胡闹许久。他一面深深地、不断地感到自己没有才能，一面怀着一种不可抗拒的愿望，深信他是个独立有为的人，这两种感情很有力地刺伤了他的心，几乎从少年时代起就是如此。这个青年人天性忌妒，私欲强烈，生来就好像神经过敏。他认为私欲强烈是一种力量。他极想出人头地，因此有时就准备孤注一掷，采取轻率的举动；但是刚达到轻率冒进的边缘，我们这位主人公永远显出过人的聪明，遇到适当机会，会决心做出极为卑劣的事情。好像鬼使神差似的，他一到那个分界线上，永远会变为过于诚实的人，不能去干那种极卑劣的事情（至于小的卑劣事情，他是永远准备去做的）。他见到自己家庭贫穷和没落，又是嫌恶，又是怨恨。他明明知道自己母亲的名誉与性格现在还是他升官发财的主要靠头，可是他对母亲抱着十分鄙夷的态度。在到叶潘钦那里去服务的时候，他立刻对自己说：“既然要做卑劣的举动，那就卑劣到底，只要取得胜利就行。”——不过，他几乎从来没有卑劣到底。他为什么想象自己一定要做卑劣的事情呢？他当时简直害怕阿格拉耶，但是并没有和她断绝往来，只是拖延下去，以备万一。虽然他从来没有真正相信她会垂青于他，随后在和娜司泰谢·费里帕夫娜发生了那段感情纠葛的时候，他忽然想象金钱可以买到一切。“卑劣就卑劣吧。”他当时每天很自满地，但也有些恐怖地反复说；“既然要卑劣，那就卑劣到顶点吧。”他时时刻刻地鼓舞自己；“寻常人在这种事情上是会胆怯的，而我可不会胆怯！”他失去了阿格拉耶，而且由于情势所迫，他完全颓丧起来，果真将当初那个疯女人扔给他的，即由另一个疯狂的人送给她的那笔款子，交还给公爵了。关于这送还金钱的事，他之后忏悔过千遍，虽然也曾不断引以为荣。他在公爵留在彼得堡的时候，果真痛哭了三天，但是在这三天内，他也恨上了公爵，因为公爵用过于怜悯的神情看着他，同时关于交还银钱的这件事实，他觉得“也并非人人都敢做的”。但是最使他感到痛苦的是，他爽直承认自己的一切烦闷只不过出于不断被摧毁的虚荣心。只是过了许多时间以后，他才看清，而且深信，他和阿格拉耶那样天真而且奇怪的人物来往，会得到多么严重的后果。他不住地忏悔；他辞去了职务，沉入烦恼和悲哀里去。他随着父母住在波奇成家里，靠波奇成供养，还公开地蔑视波奇成；不过，他也听波奇成的劝告，而且还很识趣地永远向他请教。譬如说，笳佛里拉·阿尔达里昂南奇见到波奇成不想做洛克菲勒，不抱定这样的目标，心里十分生气。“既然是放印子钱的，那就要做到底，压榨人们，用他们铸成钱，表现出你的性格，做犹太人的皇帝！”波奇成是一个谦逊而且安静的人，他听了笳纳的话也只是笑笑。但是有一次，他也认为必须严肃地向笳纳解释一下，而且带着几分尊严的态度这样做了。他对笳纳说，他不做丝毫有损名誉的事情，笳纳不应该称他为犹太人；假如金钱的价值如此，那并不是他的过错。他所作所为一直是诚实正直的，实际上，他只不过是“这类”事情的代理人，最后说，由于他办事谨慎，他已为那些一流人物所知晓和赏识，于是他的事业也就扩张了。我不会做洛克菲勒，而且也不必去做。他笑着补充说：“但是我要在李铁因大街上弄一所房屋，也许两所，这样就行了。”“谁知道呢，也许可以弄三所呀？”他这样想，然而从来没有说出，一直把自己的梦想隐藏在心里。大自然宠爱这类人：它赏赐给波奇成的一定不止三所，而是四所房屋，因为他从儿童时代起，就已经知道自己永远成不了洛克菲勒。但是大自然怎么也不会给他四所以上房屋，波奇成的一生顶多也就这样了。

笳佛里拉·阿尔达里昂南奇的妹子是个完全不同的人物。她也具有强烈的愿望，但是这些愿望是很固执的，不是突发性的。在事情达到最后境界的时候，她有许多常识。但在未到这个境界时，常识也不离开她。固然，她也是幻想古怪行为的“普通”人之一，但是她很快就认识到自己没有一点儿特别古怪的地方，心里也不十分引为遗憾——谁知道，也许是由于一种特别的骄傲才如此吧。她用特别的决心迈了第一步，那就是嫁给波奇成先生。但在出嫁时，她并没有对自己说：“既然卑劣，那就卑劣下去吧，只要达到目的就成。”而笳佛里拉·阿尔达里昂南奇呢，他在遇到这种情况时，免不了会这样说的。（甚至在她面前，当他以长兄资格赞成她的决定的时候，几乎就要表示出来。）事情甚至恰恰相反：在出嫁以前，确实相信她的未来良人是一个谦逊的、有趣的、颇有学问的人，永远不会做出极卑劣的事来。关于小的卑劣举动，瓦尔瓦拉·阿尔达里昂诺夫娜认为都是末节，她并没有过问；她觉得这种末节不是到处都有吗？她不是要寻觅理想人物呀！况且她知道，她一出嫁，就可以给父母和弟兄找到一个安身的处所。她看见哥哥遭到不幸，便不顾以前那些家庭误会，极想去帮助他。波奇成有时催笳纳出去做事，用的是极友好的态度。“你看不起那些将军们，看不起将军的职位，”他有时开玩笑似的对笳纳说，“但是你瞧，‘他们’结果都会当上将军；如果你寿命长，自然看到的。”“他们从哪里看出我看不起将军和将军的职位呢？”笳纳带着嘲讽的心情寻思道。为了帮助哥哥，瓦尔瓦拉·阿尔达里昂诺夫娜决定扩大她的活动范围：她想法钻进叶潘钦府里去。儿童时代的回忆在这方面对她大有帮助，她和她的哥哥在小的时候就和叶家姐妹在一处玩。

我们应该在这里提一句：假如瓦尔瓦拉·阿尔达里昂诺夫娜访问叶家，是存着某种不寻常的幻想，那么，她也许立刻就从自己所归属的那一类人里脱离了；不过，她并没存着什么幻想；她的打算是很有物质基础的：她所盘算的是这一家族的性格。她曾经毫不厌倦地研究阿格拉耶的性格。她抱定的目标是：要把她哥哥和阿格拉耶两个人重新撮合在一起。她在实际上也许达到了几分目的，但也许陷入错误里。譬如说，她对于哥哥期望过殷，而他永远，而且无论如何不能做到这一点。不管怎样吧，她在叶潘钦家里活动得十分巧妙；她在好几个星期内，一点儿也不提起她的哥哥，她总是显得十分真挚诚恳，带着纯朴但是尊严的态度。至于说到她的良心的深处，她并不害怕向里面窥视，也完全没有可以责备自己的地方。这也使她增添了勇气。她只是有时感觉到，她也会发怒，她有很大的自尊心，甚至还有许多未经摧毁的虚荣心；在某些时候，差不多每次离开叶家的时候，她都特别地感觉到这一点。

现在她从叶家回去，我们已经说过，带着忧郁的沉思神情。在这忧郁中也露出一点儿苦笑的样子。波奇成住在伯夫洛夫司克一所不大体面但很宽敞的木板房内。这所房屋坐落在一条尘土飞扬的大街上，不久就要完全归他所有，所以已经开始把它售卖给什么人。瓦尔瓦拉·阿尔达里昂诺夫娜走上台阶时，听见楼上有非常响亮的喧闹声音，她辨别出那是她哥哥和父亲在叫喊。她走进大厅，看见笳纳在屋内来回跑着，气得面色发白，几乎要撕自己的头发。她皱着眉头，带着疲乏的神色坐到沙发上面，并不脱去帽子。瓦略很明白，假如她还沉默一分钟，不问哥哥为什么这样跑，那么，哥哥一定会生气的。因此，她赶紧发出了问话：

“还是以前那套故事？”

“还是以前的！”笳纳喊，“还是以前的！不，鬼知道现在出了什么事情，不是以前的！老头儿疯狂得一塌糊涂……母亲哭着。真的，瓦略，不管怎么说，我要把他从家里赶出去，或是……或是自己离开你们。”他补充说，大概是想起从别人家里赶人出去是不可能的。

“原谅一点儿吧。”瓦略喃喃地说。

“原谅什么？对谁原谅？”笳纳脸红了，“原谅他那些卑贱行为吗？不行，随便怎么说，这是不行的！不行，不行，不行！这算什么作风：他自己做了错事，还要摆臭架子。‘我不愿意从大门里进去，你给我拆围墙吧……’你为什么这样坐着？你的脸色怎么不好看？”

“脸色还是和平常一样呀！”瓦略不愉快地回答。

笳纳仔细地看她。

“到那里去了吗？”他突然问。

“去了。”

“等着，又喊起来了！多么可耻，恰巧还在这时候！”

“什么时候？这并不是什么特别的时候。”

笳纳更加仔细地看着妹妹。

“打听到什么事情啦？”他问。

“至少没有什么意料不到的事情。我打听出，这一切全是确实的。我的丈夫说得比我们俩全有理；他一开始说的话全都应验了。他在哪儿？”

“不在家。应验了什么？”

“公爵已成为正式的未婚夫，事情已经决定了。两位姐姐对我说的。阿格拉耶已经同意了。她们甚至不再瞒人了。（要知道，叶家以前非常保守秘密。）阿台拉意达的婚事又要推迟，以便两人一块儿举行婚礼，在同一个日子。真是一件风流韵事！多么富有诗意。你最好作一首贺新婚的诗，也比白白在屋内跑来跑去好得多。白洛孔司卡耶今天晚上到他们那里去；她来得正是时候；还会有另外一些客人。他们要把公爵介绍给白洛孔司卡耶，虽然他和她已经认识了。这场订婚大概会正式宣布的。他们只怕他走进屋来见客的时候掉落什么东西，或是碰碎什么东西，或者自己扑通一声，倒下地去；他是会做出这类举动来的。”

笳纳十分注意地倾听着，但是使他的妹妹惊讶的是：这个应该使他惊心动魄的消息似乎并没有产生惊动他的作用。

“这是很明显的，”他思索了一下说，“这么说来，一切都完了！”他带着一种奇怪的嘲笑神情补充说。他狡猾地望着妹妹的脸，还继续在屋子内走来走去，但是脚步已经安静多了。

“你用哲学家的态度接受这一切，那还好，我的确很高兴。”瓦略说。

“这可以从肩膀上卸下重担了，至少是从你的肩膀上。”

“我总算极诚恳地替你服务了，既不发议论，也不使你讨厌。我没有问过你，你想向阿格拉耶寻觅什么样的幸福。”

“难道我想……向阿格拉耶寻觅幸福吗？”

“请你不要钻进哲学里去！当然是这样的。一切都完了！我们没有什么可做的了！我们当了一阵傻瓜。我老实对你说，我从来没有把这件事情看得十分正经。我担任这件事情，不过存着万一侥幸的心理。我对于她那可笑的性格抱着奢望，而主要的还是为了安慰你。我知道十成里头有九成会吹的。我甚至到现在都还不知道，你究竟打着什么主意。”

“你和你丈夫现在就会催我去做事；说一套为人应该不屈不挠、意志坚强、不轻视小事情等大道理，我会背得烂熟的。”笳纳哈哈地笑起来了。

“他的脑筋里有点儿新的念头。”瓦略想。

“叶家怎么样？——父亲和母亲都高兴吗？”笳纳忽然问道。

“大概不。不过，你自己是可以判断的。伊凡·费道洛维奇很满意，母亲有点儿惧怕，她以前总是不愿意他成为未婚夫，这是大家都知道的。”

“我讲的不是这个。他是一个不可能的、想象不到的未婚夫，这很明显。我问的是现在。现在叶家怎么样？她已经正式同意了吗？”

“她至今没有说出一个‘不’字——也就是这样；但是，你从她那里再也不会得到另外的东西。你知道，她的羞愧和不好意思，过去真是到了疯狂的地步。她在儿童时代，只是为了不想出去见客人，就会钻进衣橱里坐上两三个钟头。她虽然长成一个高个子，但是现在还是如此。你知道，我总认为这里面一定有点儿严重的事情，甚至她那方面也有。听说她从早到晚竭力取笑公爵，为了暴露自己的真实感情；但是，她每天一定会轻轻地对他说些什么话，因为他好像在天上走路一样，满面春风……人家说，他那样子真是十分可笑。我这也是从她们那里听来的。我还觉得她们当面笑我，那两个大的。”

笳纳终于皱起眉头来了。瓦略也许为了摸清他的真意，故意扯到这个题目上去。但楼上又传来一声呼喊。

“我要把他赶出去！”笳纳这样吼叫着，似乎喜欢迁怒到别人身上。

“那时候他又会到各处去羞辱我们，像昨天一样。”

“怎么——怎么像昨天一样？什么叫作像昨天一样？难道说……”笳纳忽然十分恐惧起来。

“哎哟，我的天哪，难道你还不知道吗？”瓦略突然补充说。

“怎么……难道他真的到那里去过吗？”笳纳喊道，脸上由于羞愧和狂怒而涨得通红，“天哪，你是从那里来的！你打听到什么没有？老头儿去过吗？去过没有？”

笳纳说完，就向门外跑去，瓦略追到他面前，两手抓住他。

“你怎么啦？你往哪里去？”她说，“你现在放他出去，他会干出更坏的事情，他会去找每一个人！……”

“他在那里做了什么事情？他说了些什么？”

“她们都不会讲，也没有弄明白，不过把大家都吓了一大跳。他跑去见伊凡·费道洛维奇，恰巧将军不在家，他又请见丽萨魏达·博罗可菲耶夫娜。他起初向她求差事，想找个事做，然后开始抱怨我们，抱怨我和我的丈夫，特别抱怨你……说了一大堆话。”

“你没有打听出来他说些什么吗？”笳纳像发作歇斯底里症似的直打哆嗦。

“我上哪里打听去！他自己也不见得明白说什么话，不过人家也许没有把一切话都告诉我。”

笳纳捧住头，跑到窗前，瓦略坐在另一个窗户前边。

“阿格拉耶真可笑！”她突然说，“她唤住我，说道：‘请您替我对令尊和令堂转达我个人特别的敬意；过几天我一定找个机会和令尊见面。’她说得十分正经。太奇怪了……”

“不是取笑吗？不是取笑吗？”

“恰好不是，所以才奇怪呢。”

“她知道不知道老头儿的事情？你以为怎样？”

“她们家里并不知道，我对这一点毫不疑惑。但是你提醒了我：阿格拉耶也许是知道的。只有她一个人知道，因为当她那样正经地请我向父亲转达敬意的时候，两位姐姐也感到惊异。为什么偏偏要对他致敬呢？假如她知道的话，一定是公爵告诉她的！”

“不难猜出是谁告诉她的！贼！真是岂有此理！我们的家庭里出了一个贼！‘一家之主！’……”

“这真无聊极了！”瓦略喊，很生气，“这不过是醉鬼闹出来的把戏，没有别的。这是谁想出来的？莱白及夫，公爵……他们自觉不错；他们的脑筋太聪明了！我可不大相信这个。”

“老头儿是个贼，是个醉鬼，”笳纳恼怒地继续说，“我是乞丐，妹夫是放印子钱的。这足够阿格拉耶惊奇的！没什么可说的，美丽极了！”

“这个放印子钱的妹夫给你……”

“给我饭吃，是不是？请你不要客气。”

“你生什么气呢？”瓦略赶快接着说，“你真像一个小学生，什么也不懂。你以为这一切会使你在阿格拉耶眼里丢脸吗？你不知道她的性格。她会拒绝一个最合适的未婚夫，而非常高兴地跟一个学生跑到亭子间去挨饿——这是她的理想！假如你能用坚定和骄傲的态度忍受我们这样的环境，她会认为你是一个非常有趣的人，不过，你永远也不会了解这一点。公爵所以能够使她上钩，就因为第一，他完全没有放钓竿；第二，他在众人面前是一个白痴。她为了他而把整个家庭搅得一塌糊涂，只从这件事实中就可以看出她现在喜欢的是什么。唉，你是一点儿也不会了解的！”

“了解不了解，咱们走着瞧吧，”笳纳很神秘地嘟囔着，“不过，我到底不愿意她知道老头儿的行为。我觉得，公爵是不会讲出来的。他也不让莱白及夫乱说。连我死乞白赖问他的时候，他都不愿意和盘托出……”

“如此说来，你看，就是不讲，大家也会知道的。现在这对你有什么关系？你还希望什么？假如还残存着希望，那么，这也不过使她把你看作可怜虫罢了。”

“不管她如何喜欢浪漫主义，她总会害怕出乱子的。一切都是到一定的界限为止，人人都要到一定的界限为止。你们全是这样。”

“阿格拉耶会害怕吗？”瓦略脸红了，她鄙夷地看了哥哥一眼，“你的心灵可真卑贱！你们全都是一文不值的人。即使她是个可笑的怪物，也比你们大家高贵一千倍。”

“没有什么，没有什么，你不要生气，”笳纳又自满地喃喃着，“我只是替母亲可惜，”瓦略继续说，“我害怕父亲这段故事会传到她的耳朵里去。我真怕！”

“一定已经传到了。”笳纳说。

瓦略站起身来，想上楼到尼娜·阿历山大洛夫娜那里去，但是她又站住了，仔细地向哥哥看了一眼。

“谁会对她说呢？”

“大概是伊鲍里特。我想，他一搬到我们这里来，最快乐的事情就是向母亲报告这件事情。”

“但是，他怎么会知道的？请你告诉我。公爵和莱白及夫决定不对任何人说，郭略连一点儿都不知道。”

“伊鲍里特吗？他自己打听出来的。你想象不出这鼻子很快就会嗅出一切不好的、丢人的事情。信不信由你，我深信他会把阿格拉耶抓在手里的！如果他现在没有抓住，将来也是会抓住的！罗果静也和他有联系。公爵怎么没有觉察出这一点来！他现在很想把我打倒！他认为我是他的死敌，我早就看出来了。这是为什么呢？他何必如此呢？要知道，他总归要死的。我真弄不明白！但是我会欺骗他；你等着瞧吧，结果是我把他打倒，而不是他把我打倒！”

“你既然这样恨他，为什么要招引他来呢？他还值得一击吗？”

“那是你劝我招引他到我们这里来的。”

“我觉得他是会有益处的。你知道，他现在爱上了阿格拉耶，时常写信给她吗？人家向我问过他的……他几乎要给丽萨魏达·博罗可菲耶夫娜写信呢。”

“在这方面，他并不危险！”笳纳说，恶狠狠地笑了一下，“不过，你一定搞错了。说他堕入情网，这是可能的，因为他是一个男孩子呵！但是……他决不会给老太婆写匿名信。他是一个那么凶恶的、毫无价值的、自高自大的庸人！……我深信，我确切地知道，他已经对她说我是一个阴谋家。他就从这里开始。说实话，我起初像傻子似的把一切话都对他说了出来；我觉得他单单为了对公爵复仇，就会为我的利益而活动。他真是一个狡猾的东西！啊，我现在完全弄清楚他了。关于偷窃的事情，他是从他的母亲——上尉夫人那里听来的。老头儿所以敢干出这种事情来，那总是为了买上尉夫人的欢心。他忽然无头无脑地告诉我，‘将军’答应给他母亲四百卢布，他就这样完全无头无脑地告诉我，没有一点儿客气。我当时全都明白了。他就这样看我的眼睛，露出一种愉快的样子。他一定也对母亲说过，只是为了高兴看她伤心。为什么他还不死呢，我请问你？他答应过三个星期就死，到了这里反而发胖了！连咳嗽也止住了。昨天晚上，他自己说已经有两天不咳血了。”

“你把他赶出去好啦！”

“我不是恨他，却是看不起他，”笳纳骄傲地说，“是的，是的，就算我恨他好了！就算是这样吧！”他突然特别愤怒地喊道，“我要当面对他表示出来，即使在他倒在枕头上快要死去的时候，我也要说！你如果读过他的‘忏悔录’——我的天，那真是天真到无耻的地步！他是悲剧里的庇罗果夫中尉，他是诺兹德廖夫[1]，而主要的是一个乳臭未干的毛孩子！我当时真想痛痛快快地揍他一顿，使他惊异一下。现在他为了当时没有弄成功，想对大家报复一下……这是怎么回事？又吵起来了！这究竟是怎么回事？我真是忍受不住了。波奇成！”他朝着走进屋来的波奇成喊道，“这是怎么回事？我们这里究竟会弄到什么地步？这是……这是……”

然而喧闹的声音越来越近，门突然敞开，老伊伏尔金涨红了脸，气冲冲地，激动得控制不了自己，朝波奇成身上攻击起来。

尼娜·阿历山大洛夫娜和郭略跟在老头儿后面，在最后面的是伊鲍里特。

1 果戈理《死魂灵》里的人物，一个地主、说谎者、吹牛家，喜欢发笑、打架。

第二章

伊鲍里特搬到波奇成家里来，已经有五天了。这事好像是自然而然发生的，他和公爵之间并没有特别的闲言，也没有任何的争吵。他们不但没有争吵，在分手时外表上还像密友一般。笳佛里拉·阿尔达里昂南奇那天晚上本来对伊鲍里特抱着十分仇视的态度，但在出事后的第三天，竟亲自跑来探问伊鲍里特，大概是由于心血来潮的关系吧。不知有什么原因，罗果静也常来看病人。公爵起初觉得，假如“可怜的孩子”从公爵家里搬出去，对于那孩子也许好些。但是在搬走的时候，伊鲍里特说他要搬到波奇成那里去，因为那个人心眼好，能给他一个安身的地方。同时，他好像故意似的一次也没有提他要搬到笳纳那里去，虽然原是笳纳主张把他接到家里来住。笳纳当时就觉察出这一点，暗暗地记在心里。

他对妹妹说病人的病已经好了，这话是对的。伊鲍里特确乎比以前好了些，一眼就可以看出，他不慌不忙地走进屋里来，落在大家后面，露出嘲讽的、仇恨的微笑。尼娜·阿历山大洛夫娜十分惊慌地走了进来。（她在这半年变了很多，显得瘦了；自从女儿出嫁，自己也搬到女儿家里居住以后，她几乎不再公开干涉儿女的事情。）郭略显得十分焦虑，似乎在惊疑着；他对于“将军的疯劲”（用他自己的话来说），有许多莫名其妙的地方，他当然不知道家里这次新骚乱的主要原因。但是他明白父亲总是整天地到处乱嚷，忽然变成和以前完全不同的人了。使他感觉不安的是，老头在最近三天已经完全不喝酒了。他知道，父亲已经跟莱白及夫和公爵分了手，而且争吵了一顿。郭略刚刚回家，手里拿着一大瓶伏特加酒，是他用自己的钱买的。

“真是的，妈妈，”他还在楼上的时候就对尼娜·阿历山大洛夫娜说，“真是的，还是让他喝点儿酒好。他已经有三天没有接触到一滴酒，当然会感到烦恼。他喝了的确会好些；他住监狱的时候，我也常送酒给他喝……”

将军敞开大门，站在门槛上，气得直打哆嗦。

“先生！”他用雷鸣一般的声音对波奇成喊道，“假如您果真决定为了那个乳臭小儿和无神派牺牲可尊敬的老人、您的父亲，至少说是您的岳父、在朝廷上有功的人，那么我的脚从现在起不再跨进您家一步。您选择吧，先生，立刻选择吧：不是我，便是那个……螺旋！是的，螺旋！我脱口说了出来，但他就是螺旋！因为他像螺旋似的钻破我的心灵，没有丝毫敬意……简直就像螺旋！”

“您是不是说开酒瓶的螺丝锥？”伊鲍里特插嘴说。

“不，不是螺丝锥，因为站在你面前的我是一位将军，并不是酒瓶子。我有勋章，它们表示我有过……而你却什么也没有。不是他，便是我！请您决定吧，先生，立刻决定，立刻决定！”他又向波奇成狂喊。郭略当时递给他一张椅子，他颓然地坐在上面。

“真的，您最好是……睡一会儿。”惊愕异常的波奇成喃喃地说。

“他竟威吓起来了！”笳纳对妹妹小声说。

“睡一会儿！”将军喊道，“我没有喝醉酒，先生，您简直侮辱我。我看出来了，”他继续说，又站起身来，“我看出来了，这里的一切东西都反对我，一切东西和所有的人。够了！我要离开这里……但是您知道，先生，您知道……”

大家不让他说完，又按他坐下，劝他安静一些。笳纳愤愤地走到角落去了。尼娜·阿历山大洛夫娜一面哆嗦，一面哭泣。

“我对他做了什么事情？他抱怨些什么！”伊鲍里特嘲笑着。

“难道您没有做吗？”尼娜·阿历山大洛夫娜突然说，“您尤其应该感到惭愧……折磨老人是一件不人道的事……就是在您所处的地位也是一样。”

“第一桩，我所处的是什么样的地位，老太太！我很尊敬您，尊敬您本人，但是……”

“他是一只螺旋，”将军喊道，“他钻我的灵魂和心脏！他想叫我相信无神论。你要知道，你这乳臭小儿，当你还没生下的时候，我已经得到许多荣誉奖赏了。你只是一个爱忌妒的人，咳嗽得弯下了腰……在愤恨和不信神之中等死……笳佛里拉为什么把你弄到这里来？大家全反对我，从外人一直到亲生的儿子！”

“得了吧，别再演悲剧啦！”笳纳喊道，“只要不弄到全城人都羞辱我们，就算不错！”

“怎么？你这小毛孩子，我会使你丢人吗？我会使你丢人吗？我只能给你增添荣誉，决不会丢你的脸！”

他跳了起来，大家已经不能压制住他了，但是笳佛里拉·阿尔达里昂南奇显然也不能控制自己了。

“你还讲名誉呢！”他恶狠狠地喊。

“你说什么？”将军怒吼起来，他面色发白，向笳纳身前走了一步。

“只要我张一下嘴，就可以……”笳纳突然怒喊道，但没有说完。两人面对面立着，都很激动，尤其是笳纳。

“笳纳，你怎么啦！”尼娜·阿历山大洛夫娜喊，奔过去阻止儿子。

“你们都胡说八道起来了！”瓦略愤怒地喊道，“算了吧，妈妈！”她抓住母亲。

“只是看母亲面上，饶你一次。”笳纳用悲剧的声调说。

“你说吧！”将军怒吼着，露出完全疯狂的样子，“你不怕父亲的诅咒，你就说吧……你就说吧！”

“你瞧，就好像我怕你的诅咒似的！你这八天来像疯子一样，那是谁的错处呀？已经有八天了，你瞧，我连日子都知道的……你不要把我惹急了；我全会说出来的……你昨天为什么到叶潘钦家里去？还要自称为白发老人，一家之主！真好极了！”

“住嘴，笳纳！”郭略说，“不要再说了，傻瓜！”

“我怎么，我怎么侮辱他啦？”伊鲍里特固执地说，但是他还在用那种嘲笑的口气，“他为什么管我叫螺旋，你们听见没有？他自己来纠缠我。他刚才跑了来，提起那个叶洛彼郭夫上尉的事情。将军，我并不愿意陪您谈话。我以前也竭力避免，您自己是知道的。叶洛彼郭夫上尉的事情与我毫无相干，这话您自己也同意吧？我并不是为叶洛彼郭夫上尉搬到这里来的。我不过对他表示出我的意见，也许叶洛彼郭夫上尉这个人是根本不存在的。”他顿时发起脾气来了。

“毫无疑问，是不存在的！”笳纳坚决地说。

但是，将军呆呆地站在那里，只是无意义地环顾左右。儿子的话这样率直，使他大吃一惊。在最初一瞬间，他简直说不出话来。最后，伊鲍里特用哈哈大笑来回答笳纳，并且喊道：“您听见没有，您的亲儿子也说没有叶洛彼郭夫上尉这个人！”这时候，老头儿才前言不搭后语地喃喃地说道：

“是嘉比东·叶洛彼郭夫，不是上尉……嘉比东……退伍的中校，叶洛彼郭夫……名字是嘉比东。”

“连嘉比东也没有的！”笳纳完全火起来了。

“为……为什么没有？”将军喃喃地说，脸上一阵红。

“算了吧！”波奇成和瓦略劝他说。

“住嘴，笳纳！”郭略又喊道。

但是，旁人的劝架似乎使将军想起来了。

“怎么没有？为什么不存在？”他威风凛凛地攻击儿子。

“就是因为没有。没有就得了，而且完全不可能有！就是这样。我对你说，躲开我吧。”

“他还是儿子……还是我的亲生儿子，我把他……天哪！硬说没有叶洛彼郭夫，叶洛士卡·叶洛彼郭夫这个人！”

“你瞧，一会儿是叶洛士卡，一会儿是嘉比东！”伊鲍里特插嘴说。

“是嘉比东，先生，嘉比东，不是叶洛士卡！嘉比东·阿莱克谢维奇上尉，不对，嘉比东……中校……退役的……娶了玛丽亚·彼得洛夫娜。苏……苏……朋友和同事……苏图郭瓦，甚至从在军官学校学习的时候起。我为他流了……我挡住他……被杀死了。嘉比东·叶洛彼郭夫怎么会没有呢！怎么不存在呢！”

将军拼命呼喊，但是令人觉得，他所喊的事情好像与原来的问题毫不相关。不错，如果在别的时候，就是听到人说，嘉比东·叶洛彼郭夫这个人根本不存在更加耻辱得多的言论，他也能够忍受，他呼喊一两下，闹点儿乱子，生一下气，但是临末总归会退到楼上自己屋内去睡觉的。然而现在，由于人心特别奇怪，像怀疑叶洛波郭夫并不存在这样的小事，他也容纳不下了。老头儿的脸涨得紫红，举起手来，喊道：

“够了！……离开这个家！尼古拉，你把我的手提包拿来，我离开这里！”

他匆匆忙忙，特别愤怒地走了出去。尼娜·阿历山大洛夫娜、郭略和波奇成在后面追他。

“你现在做出了什么事情！”瓦略对哥哥说，“他也许又要跑到那边去。真是丢脸！真是丢脸！”

“不应该去偷东西呀！”笳纳喊，愤恨得几乎透不过气来。他的眼神忽然和伊鲍里特相遇；笳纳几乎直打哆嗦。“但是您呢，先生，”他喊道，“您应该记住，您到底还是住在别人家里……受人款待，不应该触怒这老头子，他显然已经发了疯……”

伊鲍里特好像也要打起哆嗦来，不过他一下子按捺住了。

“您说令尊发疯，我不十分同意，”他很平静地回答说，“真的，我反而觉得他的理性最近增多了。您不相信吗？他已经变得那么谨慎，那么多疑了，对于每件事都很注意，说每句话时都要盘算一下……关于这个嘉比东，他和我提起是另有用意的。您想一想，他是想引我……”

“他想引您到什么地方去，那关我什么事！我请您不要和我施展狡猾手段，不要和我装腔作势，先生！”笳纳尖声叫喊，“假如您也知道老头儿现在所以有这种心境的真正原因（您这五天尽在我这里侦察，一定是知道的了），您根本就不应该惹恼……这个不幸的人，不应该扩大事实，使家母感到痛苦，因为这件事情本来很无聊，只不过是醉鬼闹出来的把戏，并没有什么别的，甚至连证据都没有，我并不怎样重视……但是您一定要使人难受，刺探人家的秘密，因为您……您……”

“是一只螺旋。”伊鲍里特冷笑了，“因为您是一个坏蛋，因为您把大家折磨了半小时，您想用没有装好子弹的手枪自杀，来吓唬吓唬他们，结果闹了一个丢脸的大笑话。您这个自杀未遂的窝囊废，您走来走去，到处散播怨恨的种子。我好心好意款待您，您发了胖，止住了咳嗽，而您所报答的却……”

“请容许我说两句话，我是住在瓦尔瓦拉·阿尔达里昂诺夫娜的家里，没有住在您的家里。您并没有给我任何的款待。我以为，您自己也是寄在波奇成先生篱下的。四天以前我就请家母在伯夫洛夫司克给我租一所房子，叫她也搬到那里，因为我在此地确实觉得轻松些，虽然我根本没有发胖，而且仍旧咳嗽着。家母昨天晚上通知我，房子已经租妥了。我赶紧通知您，我今天就要向令堂和令妹道谢，然后搬到自己租的房子里去，这件事我昨天晚上就决定好了。我打断您的话，实在对不住。您好像还打算说许多话哩。”

“既然如此……”笳纳哆嗦着说。

“既然如此，请容许我坐下吧。”伊鲍里特补充说，十分安静地坐在将军坐过的那张椅子上，“我到底是个有病的人。我现在准备倾听您的话，况且这是我们最后的一次谈话，也许是最后一次的见面。”

笳纳突然感到惭愧起来。

“您要相信，我不会把自己的身份降低到和您算账的程度，”他说，“假如您……”

“您何必这样骄傲，”伊鲍里特打断他的话说，“我在搬到此地来的第一天，就决定在我们分手时，痛痛快快地用完全公开的方式，把一切都对您倾吐出来。我现在就打算履行自己的诺言，当然要在您说完以后。”

“但是我请您离开这间屋子。”

“您最好还是讲吧，要知道，您如果不讲，以后会后悔的。”

“不要讲了吧，伊鲍里特。这一切是非常可耻的。劳您驾，不要讲了吧！”瓦略说。

“只是看在太太的面上。”伊鲍里特立起身来，哈哈大笑道，“瓦尔瓦拉·阿尔达里昂诺夫娜，我为了您，准备把话缩短一点儿，但并不是不说，只是缩短一点儿，因为我和您哥哥之间有几句话必须解释一下。我在弄清误会之前，无论如何不肯离开这里。”

“您简直就是一个专门捣乱的家伙，”笳纳喊道，“因此，您不捣乱一下是不肯走的。”

“您瞧。”伊鲍里特冷冷地回答说。

“您已经按捺不住了。您现在不说，将来真会后悔的。我还让您先说，我可以等一下。”

笳佛里拉·阿尔达里昂南奇沉默着，露出轻蔑的神情。

“您不愿意说。您打算练一练您的性格，那随您的便吧。至于我呢，我要尽可能说得短些。今天我有两三次听到人家责备我接受你们的款待；这是不公平的话。您邀请我到这里来，是您自己想把我捉进网中，您指望我一定想对公爵报复。您又听到阿格拉耶·伊凡诺夫娜对我表示同情，读了我的‘忏悔录’。您以为我会用全力维护您的利益，您希望得到我的帮助。我不打算更详细地解释！我也不要求您的承认和证实；我只要使您问问自己的良心就够了。我们现在相互间是很能了解的。”

“天晓得，您竟把一件极普通的事情弄成这个样子！”瓦略喊道。

“我对你说过：‘他是一个造谣生事的孩子。’”笳纳说。

“对不住，瓦尔瓦拉·阿尔达里昂诺夫娜，我继续说下去。对于公爵，我当然不能爱他，也不能尊敬他；然而，他完全是一个好人，虽然是个……可笑的人。我完全没有什么可以恨他的地方。在您哥哥教唆我反对公爵的时候，我没有对他表示态度；我就是希望在终结时取笑他一下。我知道您哥哥会对我说出来，还会铸成大错的。结果真是如此……我现在准备饶了他，但这只是由于尊敬您，瓦尔瓦拉·阿尔达里昂诺夫娜。我在对您解释清楚我不那么容易上钩以后，还要对您解释我为什么这样高兴把您哥哥变成傻瓜。您知道，我这样做完全是由于仇恨，我可以坦白承认。我在临死以前（因为我到底会死的，虽然像您所说的那样发了胖），我在临死以前，假如能把那类为数众多的、迫害我一辈子的、我也恨他们一辈子的人们中间的代表者愚弄一下，我会极端心平气和地走进天堂。您哥哥就是我所说那类人中间的最显著的例子。我所以恨您，笳佛里拉·阿尔达里昂南奇，就是为了——你也许觉得很奇怪——就是为了您是最蛮横的、最自满的、最庸俗的、最讨厌的平凡人物的最高级典型、化身和体现！您是妄自尊大的寻常人物，您是毫不疑惑的、庄严宁静的寻常人物；您是寻常人物中的最寻常人物！在您的脑筋里，在您的心里，永远不会形成一点点自己的思想。但是您非常好妒忌；您深信您是伟大的天才，但有时在阴暗的时间，您的心里还会发生怀疑，于是您就恼恨起来，嫉妒起来。在您的视野内还有乌黑的斑点；当您完全变得愚蠢的时候，它们会消失的，这已经为期不远了。但是您到底还要走一段冗长的和不单调乏味的、我不敢说是愉快的道路，我很喜欢这一点。第一，我可以对您预言，您是不会把那位姑娘弄到手的……”

“这真叫人不能忍受！”瓦略喊道。

“您说完了没有，讨厌的家伙？”

箚纳脸色惨白，浑身哆嗦，默不作声。伊鲍里特止步，很愉快地注视着他，又朝瓦略身上看了一眼；他冷笑了一声，鞠一躬，走了出去，没有再说一句话。

箚佛里拉·阿尔达里昂南奇有理由抱怨自己命运恶劣和人生失败。瓦略一时不敢向他讲话，甚至当他迈着大步从她身旁走过的时候，都不敢看他一眼。最后，他退到窗前，背着她站着。瓦略想起了俄国的“吉凶莫卜”这一个俗语。楼上又传来了喧闹的声音。

“你要走吗？”箚纳听见她从座位上站起来以后，突然转过身来问她，“等一等，你瞧瞧这个。”

他走过来，把一个小纸片扔到她前面的椅子上，那张小纸片叠成便条的样子。

“天哪！”瓦略喊，摆着双手。

便条上一共只有六行字：

箚佛里拉·阿尔达里昂南奇！我自己有一件极端重要的事情，由于我深信您对我抱着友善的态度，所以决定向您请教一下。我希望明晨七时在绿椅上和您见面。那地方离我们的别墅不远。瓦尔瓦拉·阿尔达里昂诺夫娜一定伴您同来，她很熟悉这个地方。

阿·叶[1]

---

1 即阿格拉耶。

“现在你去和她算账吧！”瓦尔瓦拉·阿尔达里昂诺夫娜摊开双手。

笳纳在这时候无论怎样都不高兴夸耀，但是不能不露出得意的神色，当伊鲍里特说出那句侮辱的预言之后，更是如此。他的脸上显露出自满的笑容，瓦略也快乐得发笑了。

“这正在他们宣布订婚的那一天！现在你去和她算账吧！”

“据你看，她明天想说什么话呢？”笳纳问。

“她说什么无所谓，主要的问题是，她和你有六个月不见面，现在头一回想和你相见了。你听我说，笳纳：无论怎么样，无论结果如何，你要知道，这也是很重要的一件事情！这件事情太重要啦！你不要再做出傲慢的样子，不要再发生错误，千万不要胆怯！我半年来一直到她们家里去，这是为了什么，她还能不晓得吗？你瞧：她今天竟一句话也没有对我说，一点儿也没有露出来。我还是偷偷到她们那里去的，老太太并不知道我坐在那里，要是知道的话，也许把我赶出来了。我为了你冒险前去，无论如何要打听出来……”

楼上又传来呼喊和吵闹的声音，几个人从楼梯上走下来。

“现在无论如何不能容许有这种事情发生！”瓦略上气不接下气，惊惊慌慌地喊道，“一点儿捣乱的影子都不能有！你快去赔罪吧！”

但是，一家之主已经走到街上去了。郭略在后面拖着他的手提包。尼娜·阿历山大洛夫娜站在台阶上面痛哭，她想跑去追他，但是波奇成拦住了她。

“您这样做，更会使他冒火，”他对她说，“他没有地方可去，过半点钟后人家就会把他带回来，我已经和郭略讲过了。您让他做点儿傻事吧。”

“您吵闹什么？您往哪里去？”笳纳从窗里喊，“您没有地方可去！”

“回来吧，爸爸！”瓦略喊，“邻居们会听见的。”将军止了步，转过身来，伸出一只手，喊道：

“我诅咒这所房子！”

“他一定要装出唱戏的口调来！”箭纳喃喃地说，把窗户砰的一声关上了。

邻居们果真听见了。瓦略从屋内跑出来。

瓦略走出去以后，箭纳从桌上拿起字条，吻了一下，用舌头吮出响声，踮着脚尖做了一次旋舞。

第三章

在其他的任何时候，将军的纷扰都不会有什么结果。以前，他也常像这样突然胡闹起来，不过次数很少，因为通常来说，他是一个很温和的、脾气不坏的人。他也许有一百次和他近年来常有的坏脾气斗争过。他突然回忆起他是“一家之主”，便和妻子和解，诚恳地哭泣。他尊敬甚至是崇拜尼娜·阿历山大洛夫娜，因为她时常默默地饶恕他，就是在他降低身份、丑态百出的时候，她也爱他。但是，他对坏脾气的伟大奋斗通常并不坚持很久；将军还是一个过于“容易冲动”的人，虽然他的冲动是一种特殊的冲动。他平常总是忍受不住在家庭中像一个隐修人似的无所事事地生活，结果就来一阵反抗。他陷入一种狂热的心情，在有这种心情的时候，他也许会责备自己，但是并不能控制住自己。他要和人争吵，滔滔不绝地说一顿大话，要求人家过分地、格外地尊敬他，到了最后，就要弃家出走，有时还失踪许久。近两年来，他只是在大体上知道自己家里的事情，或者只是有所耳闻；他也不详细打听，丝毫不感到有这样做的必要。

但是在这一次，“将军的纷扰”却出现一点儿异乎寻常的性质；大家似乎知道一些什么情况，似乎怕说出来。将军在三天以前才“正式”回家，也就是到尼娜·阿历山大洛夫娜那里去，但是他完全不像历来“重现”时那样低首下心，那样忏悔，反而露出特别恼怒的神情。他显得很好说话，焦灼不安，遇到谁就跟谁大谈一阵，似乎要攻击到人家身上去。但是，他所谈的题目多种多样，突然而来，使人怎么也弄不清楚，他内心真正感到不安的究竟是什么。他有时候很高兴，但是时常陷入沉思，不过他自己也不知道在想些什么；他会突然开始讲什么事情，——讲叶潘钦家里的情形，讲公爵和莱白及夫，但突然又打住了，完全停止说话。人家如果追问，他就只用傻笑来回答，他甚至都没有注意到人家在问他，他就微笑了。他头一天晚上是在叹息与呻吟中度过的，把尼娜·阿历山大洛夫娜折磨得好苦，他整夜没有睡觉，不知为什么给他敷上温蒸药剂；清晨时他忽然睡熟了，睡了四个小时，等到醒来，他极强烈地、极混乱地发作了忧郁病，结果是和伊鲍里特争吵和“诅咒这个家庭”。大家也注意到，他在这三天内不断地表现出强烈的虚荣，因此特别容易动怒。郭略坚持对母亲说，这全是由于他想喝酒，也许是想念近来特别要好的莱白及夫。但在三天前，他忽然和莱白及夫吵起架来，在异常愤怒之中分了手。他甚至和公爵也发生了一幕纠纷。郭略曾请公爵解释其中的原因，并且怀疑公爵好像有什么话不愿对他说似的。假如像箭纳那样极有把握猜测的，伊鲍里特和尼娜·阿历山大洛夫娜之间曾经进行过什么特别的谈话，那么奇怪的是，这个恶毒的青年人（箭纳公开管他叫作造谣的人），竟不高兴用同样的方式把秘密泄露给郭略。他也许不是像箭纳对妹妹所讲那样恶毒的“孩子”，而是另一种恶毒的人；他也不见得会为了“使她伤心”而将自己的某种观察告诉尼娜·阿历山大洛夫娜。我们不要忘记，人类行为的原因通常总比我们后来加以解释的、很少弄得清楚的要复杂和杂乱无数倍。一个讲故事的人有时最好是直述各种事件。我们在下面解释将军这场纷扰时，就是采取这个好办法。因为我们无论怎样匆忙，已经感到必须打破以前的计划，非对本书中的这位二流角色更加注意和多费些篇幅不可了。

这些事件是按照下面的顺序逐渐发生的：

在莱白及夫到彼得堡去找费尔特申阔，当天就同将军一道回伯夫洛夫司克的时候，并没有向公爵报告什么特殊的事情。假如公爵当时不是有另一些极其重要的印象萦绕脑际，使他过于分神，他一定很快就会发觉，在之后两天内，莱白及夫不但没有对他作任何解释，甚至恰好相反，不知为什么好像避免和他相遇。公爵后来注意到这一点，使他惊讶的是，在这两天内，当他和莱白及夫偶然相遇的时候，他总觉得莱白及夫兴致勃勃，而且差不多永远和将军在一起。两个朋友形影不离。公爵有时听到楼上传来洪亮而迅速的谈话声，欢笑和愉快的辩论声。有一次深更半夜，他突然听到军人唱的狂饮曲，他立刻听出那是将军嘶哑的低音。但是那歌没有唱完，突然停止了。后来有一小时左右，楼上一直继续着极兴奋的谈话，从各种迹象来看，谈话的人已经喝醉了。他可以猜得出：楼上作乐的那两个好友正在互相拥抱，后来有一个哭了，然后又忽然发生激烈的争吵，这争吵也很快地平息了。在所有这些时候，郭略总是发生一种特别焦虑的情绪。公爵时常不在家，有时很晚才回家；每当他回来的时候，家里总是报告他说，郭略整天寻觅他，问他在家不在家。但是，当他见到郭略的时候，郭略并没有什么特别要说的话，只说他非常“不满意”将军和将军现在的行为：“他们整天到处闲逛，在附近的酒馆里喝得醉醺醺的，互相拥抱，在街头争吵，互相挑唆，但是谁也离不开谁。”公爵对他说，以前每天也是这样的，郭略根本不知道怎样回答，也不会解释他真正的不安究竟在哪里。

在唱过狂饮曲和争吵以后的第二天早晨，十一点钟左右，公爵正想从家里出去，将军忽然站在他的面前，为了什么事情显得十分惊惶，差不多露出受震动的样子。

“我早就想找一个机会和您相见，尊敬的列夫·尼古拉耶维奇，很久，很久了，”他喃喃地说，紧握着公爵的手，几乎使公爵发痛，“很久，很久了。”

公爵请他坐下。

“不，我不坐。而且耽误您的工夫，我下次再来吧。我觉得我可以恭贺……您完成您的心愿。”

“什么心愿？”

公爵很窘。他正和许多处于他的地位上的人一样，总觉得根本没有人看出，没有人猜出，也没有人了解他的事情。

“请您安心吧，请您安心吧！我不会扰乱您那极优美的情感。我自己体验过这种情感，我自己也知道，所谓‘干卿底事’是什么意思。我每天早晨都有这种体验。我是为了另一件事情来的，为了一件重要的事情。我是为了一件非常重要的事情来的，公爵。”

公爵又请他坐下，自己也坐了下来。

“一秒钟是可以的……我是来请教您一件事情。我在生活中虽然没有实用的目标，但是我很尊重自己……尊重一般俄国人所疏忽的求实精神……我希望使自己、内人和我的孩子得到这样一种地位……一句话，公爵，我是跟您请教的。”

公爵热烈地称赞他的意图。

“这一切全是没意义的，”将军突然打断他的话，“我主要的并不是要谈这个，我是要谈另一件重要的事情。我只是要对您解释，列夫·尼古拉耶维奇，因为您这个人态度诚恳，品德高尚，这是我所深信的，因为……因为……您对于我的话不感到惊异吗，公爵？”

公爵假如不是带着特别的惊异神情，便是带着过分的注意和好奇心注视着他的客人。老将军的脸色有些苍白，嘴唇有时微微地抖动，手好像找不到适当的地方放似的。他只坐了几分钟，就已经有两次不知为什么突然从椅子上站起来，突然又坐下去，而且显然一点儿也没有注意到自己的那种行动。桌上放着一些书籍；他拿起一本，一面继续说话，一面翻开书看，但立刻又把书合上，放到桌子上；然后又拿起另一本书，但这回并没有翻开，在临走以前始终握在右手里，不断在空中挥动着它。

“够了！”他忽然大喊道，“我看，我打扰您太过分了。”

“一点儿也不，请继续说下去吧！恰好相反，我在这里倾听，希望猜到……”

“公爵，我希望使自己得到受尊敬的地位……我希望尊重自己……和自己的权利。”

“一个人具有这样的希望，就已经是值得尊敬的了。”

公爵把楷书临写簿里的话说出了一句，他深信这句话会引起良好的效果。他似乎本能地猜到，这类空洞的、好听的句子，如果说得恰是时候，会使得将军那样的人，尤其是怀着将军那样心情的人马上心平气和起来。无论如何要使这种客人轻松愉快地走出去，这真是一个难题。

这个句子讨好了将军，打动了将军的心，使他从心眼里喜欢：他忽然动了情感，一下子改变语气，作起欢乐的、冗长的解释来了。但是公爵无论怎样费劲，无论怎样倾听，简直一点儿也不能了解。将军说了足有十分钟，说得又热烈又快，好像一下子要吐出满腔情绪似的。最后，他的眼眶里盈着泪水，但是他所说的仍然是一些没头没尾的句子、一些突如其来的话和一些意料不到的思想，它们像狂风骤雨似的，一个接着一个往外猛冲。

“够了！您了解我，我也就安心了，”他忽然站起来，结束他的话说，“像您这样的心一定会了解一个苦心人的。公爵，您是一个理想的高尚人物！别的人和您比起来，岂不是和粪土一样吗？您的年纪还轻，我祝福您。最后，我是来请求您指定一个时间和我作重要的谈话，这就是我最主要的希望。我寻觅的不过是友谊和同情，公爵，我永远不能控制我内心的要求。”

“为什么不马上谈呢？我洗耳恭听……”

“不，公爵，不！”将军热烈地打断他的话，“现在不能谈！现在只是一个梦想！这太重要了，太重要了！谈这话的一小时将成为决定最后命运的一小时。这是我的时间，在这种神圣的时间内，我不愿意有一个不速之客，有一个莽撞汉跑进来打断我们，要知道，这类人是不少的。”他俯到公爵的耳边，带着奇怪的、神秘的、几乎惊慌的语调轻声说，“那种莽撞汉还没您脚上穿的鞋跟更有价值呢，可爱的公爵！哦，我不是说我脚上穿的！您要特别注意，我并没有提我的脚；因为我太尊重自己，不肯爽爽快快地说出来；但是只有您一人能够了解，我在这种情况下撇开我的鞋后跟不提，也许正是表示极骄傲的尊严。除您以外，是没有任何人会了解的，特别是他更不了解。他一点儿也不明白，公爵；他完全，完全不会了解的！必须有一颗心，才能了解！”

公爵后来几乎害怕起来，他只好向将军约定明天这个时候相见，将军精神抖擞地走了出去，心里得到很大慰藉，差不多恢复了宁静。晚七点钟，公爵打发人请莱白及夫来一趟。

莱白及夫很匆促地走了进来。“我认为十分荣幸……”他一走进来，立刻就这样开始说；一点儿也看不出他三天来好像在躲藏着，显然避免和公爵相遇。他坐在椅子边上，带着怪脸和微笑，眼睛含笑张望着，双手搓来搓去，露出极天真的期待神情，好像在等着听什么期待已久的、大家猜到的重要消息。公爵又感到不痛快了；他开始明白，大家忽然从他身上期待着什么，大家看着他，似乎希望向他道贺，做出一些暗示，微笑和眨眼。开历尔已经跑来三次，也是显然怀着道贺的愿望：每次总是那样欢欣地、暧昧地开始说话，不等说完，就匆匆地溜走了。（他近几天在某处喝了许多酒，还在一家弹子房内吵闹过。）郭略虽然十分忧愁，但他也模模糊糊地向公爵开始谈了两次。

公爵直率地、带着几分恼怒地问莱白及夫，他对于将军现在这种心境有什么看法，为什么将军显得如此的不安？公爵用几句话把刚才的那一幕讲给莱白及夫听。

“各人都有各人的不安，公爵……尤其在我们这种奇怪的、不安的时代，是这样的。”莱白及夫冷冷地回答说，他很恼怒地沉默着，露出大失所望的神情。

“好一套哲学理论呀！”公爵冷笑了。

“哲学是必需的，在我们的时代是很必需的，在实用方面是很必需的，但是大家轻视它，就是这样。从我这方面说来，尊敬的公爵，我虽然在您所知道的某一点上，蒙您对我有所信任，但这也只是在一定程度上，怎么也超不出与某一点有关的情况的范围以外……我明白这个，而且一点儿也不抱怨。”

“莱白及夫，您好像在为了什么事情生气吧？”

“一点儿也不，尊敬的、光辉的公爵，一点儿也不！”莱白及夫用一只手按着心口，欢欣地喊道，“恰恰相反，我非常明白，以我在世界上所处的地位而论，以智识和心灵的发展而论，以所积累的财产而论，以我从前的行为和意识而论——我完全不配得到我所预期以外的您对我的信任；假如我有可以为您效劳的地方，我愿意做您的奴隶和仆人，非这样不行……我并不是生气，而是有点儿忧愁。”

“罗吉央·蒂莫菲维奇，算了吧！”

“非这样不行！现在就是这样，在现在的情况下就是这样！我在遇到您，在心里和思想里观察您的时候，自己总是说：我不配得到您的友谊和信任，但是我作为房东，在适当的时候，在预期的日子以前，也许可以得到一个所谓‘指示’，或者至少是关于那即将发生的、大家期待着的变动的通知……”

莱白及夫说出这话的时候，用那两只锐利的小眼睛盯着公爵，而公爵正在很惊讶地望着他；他还在希望满足自己的好奇心。

“我根本一点儿也不明白，”公爵几乎愤怒地喊道，“您……您真是最可怕的阴谋家！”他突然发出极诚恳的笑声。

莱白及夫也立刻笑了，他的快乐眼神表示出他不但肯定了自己的希望，而且大大增加了。

“您知道我要对您说什么，罗吉央·蒂莫菲维奇。但愿您别生我的气，我对于您的天真，也不只是您一个人的天真，感到非常惊异！您露出那份天真的态度，对我期待着一些什么，就在此时此刻，都使我觉得对您有点儿不好意思，因为我没有任何东西可以使您得到满足；但是我可以对您赌咒，根本一点儿东西也没有，您自己可以想象一下！”

公爵又笑了。

莱白及夫露出威严的样子。不错，他在好奇之中有时显得太天真，太固执；但同时，他是一个极狡猾的、城府极深的人，在某些事情上过于缄默不言；公爵由于不断地疏远他，几乎使他变成了自己的仇人。但是，公爵之所以疏远他，并不是因为看不起他，而是因为他所寻求的题目太微妙了。几天以前，公爵还把自己的一些梦想当作一种罪行，但是，罗吉央·蒂莫菲维奇却把公爵的拒绝当作对他个人的嫌恶和不信任，很伤心地走开了，他不但为了公爵而忌妒郭略和开历尔，甚至还忌妒自己的女儿魏拉·罗吉央诺夫娜。在这时候，他本来能够向公爵报告一个对公爵极有兴趣的消息，而且他也非常愿意这样做，但是他很阴郁地沉默着，没有说出来。

“我在哪方面可以替您效劳啊，尊敬的公爵？因为现在总算是您来……唤我的。”他沉默了一会儿，终于开口说。

“我想问关于将军的事情，”公爵也在那里沉思了一会儿，突然很急促地回答说，“还有……您告诉我的那桩失窃的事情……”

“您指什么说的？”

“哎呀，您现在好像不明白我的话啦！天哪，罗吉央·蒂莫菲维奇，您总是这样装糊涂！那笔钱，那笔钱，就是从您的皮夹里丢失的那四百卢布，就是那天早晨，您要到彼得堡去以前，跑来对我讲的——您到底明白了没有？”

“哎哟，您讲的是那四百卢布吗？”莱白及夫拉着长声说，好像现在才明白过来似的，“公爵，谢谢您对我这样地关心；我觉得这可太荣幸了，但是那钱呢……我找到了，早就找到了。”

“您找到了！哎哟，谢天谢地！”

“您这样欢呼是非常高尚的，因为对于一个穷人，靠艰苦的劳力过生活的人，有一大群没娘的孩子的人来说，四百卢布是很了不起的数目……”

“我不是讲的这个！不过我很高兴您找到了，”公爵连忙改口说，“但是……您怎么找到的呢？”

“很简单，就在挂外衣的那张椅子底下，显然那个皮夹是从口袋里溜到地板上去的。”

“怎么是在椅子底下？这不可能，因为您对我说过，所有的角落您都找遍了，您怎么会把最主要的地方漏过去了呢？”

“我觉得我是看过的！我记得很清楚，记得清清楚楚，我是看过的！我趴在地上，用手在那个地方摸过，还把椅子搬开，因为我不相信自己的眼睛；我没有看见什么，只是一块空空的、光滑的地方，就像我的手掌一般，但是我还继续摸。一个人在遗失巨款、到处搜寻的时候，总是会暴露这样的弱点：他明明没有看见什么，只是一个空地方，可是还要朝那地方看上十遍二十遍的。”

“是的，也许如此。但是，这究竟是怎么回事呢？……我老是不明白，”公爵弄得莫名其妙，就喃喃地说，“您从前告诉我说，那里并没有什么，您在那个地方也寻找过，可是怎么突然又发现了呢？”

“真是突然又发现了。”

公爵奇怪地看了莱白及夫一眼。

“将军呢？”他忽然问。

“将军是怎么回事呢？”莱白及夫又不明白了。

“哎哟！我的天哪！我问，当您在椅子底下找到皮夹的时候，将军说什么话？你们以前不是一块儿搜寻的吗？”

“以前是一块儿搜寻的。但是这一次，老实对您说，我没有出声，而且我也不愿告诉他我已经单独找到皮夹了。”

“为……为什么呢？钱一个也不少吗？”

“我打开皮夹看过，原封未动，连一个卢布也不短。”

“您应该跑来告诉我一声。”公爵沉郁地说。

“我怕当面惊吵您，公爵，正在您有自己的、也许极重要的印象的时候；此外，我自己也假装没有发现什么的样子。我打开皮夹，查看一番，然后就把它合上，又放到椅子底下了。”

“那是为了什么？”

“是这样的，由于更进一步的好奇心。”莱白及夫搓着手，突然嘻嘻笑了。

“那么，从前天起，它一直还放在那里吗？”

“不！只放了一昼夜。您瞧，我很想使将军找到它。因为假如我能找到的话，那么，将军为什么看不见那件从椅子底下露出来的、所谓‘触目’的东西呢？我把椅子举起好几次，挪动一下，使那只皮夹完全显露出来，但是将军一点儿也没有注意到，这样继续了整整一昼夜。他现在显出心神不安的样子，简直摸不清楚是怎么回事。他一面说呀，讲呀，笑呀，哈哈呀，一面又忽然对我大发脾气，我也不知道是为什么。我们后来从屋内走出，故意把门敞开；他迟疑了一下，想说什么话，大概为那个装钱的皮夹担心，但是他忽然又大大的生气，一句话也不说；我们在街上没有走两步，他就把我扔下，到街道对面去了。我们晚上才在酒馆里遇见。”

“但是，您后来到底从椅子下面拿起那只皮夹没有？”

“没有，就在那天夜里，那只皮夹在椅子底下遗失了。”

“那么，它现在在什么地方呢？”

“就在这里，”莱白及夫突然笑了，全身从椅子上立起来，愉快地看着公爵，“忽然发现在这里，在我的外褂的前襟里面。您自己摸摸看。”

果然在左面的前襟里，一直在前面最显著的地方，形成了一个口袋，摸一摸立刻就可以猜出里面是个皮夹，它是从破衣袋漏下来的。

"我掏出看过，钱一个也不少。我又把它放到里面去，从昨天早晨起，就这样穿着衣裳到处走。那东西放在前襟里，来回打腿。"

"您没有注意到吗？"

"我没有注意到，哈，哈，哈！您想一想，尊敬的公爵——虽然这东西并不值得您这样特别注意——我的口袋永远是完好的，但是在一夜之间，忽然发现了它有这样的破洞！我很好奇地仔细观察过——好像是用裁纸刀割坏的，差不多是这样吧。"

"但是……将军呢？"

"他整天生气，昨天和今天都在生气。他非常不满意，他一会儿快乐，欢欣，甚至拍我的马屁，一会儿又感动得下泪，否则便忽然生起气来，弄得我直害怕，真的。公爵，我到底不是武人。昨天我们坐在酒馆里，我的衣裙似乎无意中放在最显著的地方，简直就像一座山；他斜眼望着，尽生气。他现在早就不直看我的眼睛，只是在喝酒大醉，或者十分感动的时候才那样看我；但是昨天他有两次那样看我，使我的脊背好像通过一道寒流。我打算明天去找那只皮夹，在明天之前，还要带着它出去玩儿一晚上呢。"

"您为什么这样折磨他呢？"公爵喊道。

"我没有折磨呀，公爵，我没有折磨呀！"莱白及夫热烈地抢上去说，"我真是敬爱他……尊敬他……现在，不管您相信不相信，我觉得他更加可贵了，我更加看重他了！"

莱白及夫把这几句话说得那样严肃而诚恳，使公爵甚至狂怒起来。

"您说爱他，而又这样折磨他，单就他把遗失的东西给您放在显著的地方，放在椅子底下和上衣里面；就这一点，他就是要直接对您表示，他不愿意和您施展狡猾的手段，而要坦白地求您饶恕。您听着：他是在求您饶恕！他就是这样指望您表现优美的情感，他也就是这样相信您对他的友谊，但是您竟把这样一个老实人弄到如此低贱的地步！"

"老实人，公爵，真是最老实的人！"莱白及夫抢上去说，眼睛闪着光芒，“只有您一个人，最正直的公爵，只有您一个人能够说出这样公平的话来！我就是为了这个崇拜您、信赖您，即使我因为犯了各种罪恶而朽烂，也会这样！现在我决定了！我现在立刻就要掏出那只皮夹来，不等明天了。我现在就当您的面把它掏出来。这不就是吗！钱全在这里！最正直的公爵，您现在拿去吧，保存到明天，明后天我来取。您知道，公爵，这件遗失的东西头一夜显然是放在我那小花园里的石头底下。您以为如何？”

“您留点儿神，不要当面对他直说您找到了皮夹。只要使他看见前襟里已经没有什么东西，他也就明白了。”

“是这样吗？好不好就对他说我已经找到了，可是至今我没有猜出它在什么地方呢？”

“不，”公爵沉思着说，“不，现在已经晚了，这样做更危险。真的，最好不要说！您对他和蔼一点儿，但是……不要做得太过分，而且……而且您知道……”

“我知道，公爵，我知道，那就是说，我知道我也许不会实行，因为在这里需要有像您这样的心。加上他自己喜欢生气，好耍脾气，现在有时对我过于傲慢；一会儿哭起来，拥抱着，一会儿忽然又开始糟蹋我、嘲笑我；所以我一气，故意把衣襟下摆露在外面。哈，哈，再见吧，公爵，因为我显然占去您许多时间，阻碍您抒发有趣的情感……”

“但是看在上帝的分儿上，还是和以前一样保守秘密吧！”

“脚步轻些！脚步轻些！”

事情虽然已经了结，但公爵却比以前焦虑得更厉害了。他急不可耐地等待明天和将军会面。

第四章

约定好的时间是十二点钟，但是公爵完全出乎意料地耽误了。他回家时，将军已经在他那里等候着。乍看一下，他觉察出将军带有不满意的神情，也许就是因为叫他等候的缘故。公爵道了歉，连忙坐下去，但是胆怯得有些奇怪，就好像他的来客是个瓷娃娃，他时时刻刻怕碰碎它似的。他以前见到将军从来不胆怯，脑子里根本没有胆怯的想法。公爵很快看出他是和昨天完全不同的人了，今天不是心慌意乱和精神恍惚，而是露出一种不寻常的矜持态度，可以断定，这个人已经胸有成竹，下了最后的决心。不过，安静是表面的，并不是实际上的。但是无论如何，这位客人做出落落大方的样子，还隐隐地露出几分威严。在起初的时候，他好像用一种宽宏的态度对待公爵——有些骄傲而怀着怨气的人，有时会做出这样落落大方的态度。他说话很和蔼，虽然语气间不免带点忧郁。

“这是我上次向您借的那本书，”他意味深长地朝他所带来的、已经放在桌上的一本书点了点头说，“谢谢。”

“啊，不错。您读过那篇文章吗，将军？您喜欢吗？不是很有趣吗？”公爵因为能够很快谈起一些闲事而感到快乐。

“也许有趣，但是很粗野，而且是荒唐无稽的。也许每一句都是谎话。”将军充满自信地说，甚至把话拉长一些。

“这真是极坦白的故事，一个亲眼看见法国兵蹂躏莫斯科的老兵所叙述的故事，有些地方写得很妙。而且，一切目击者的笔记都是宝贵的材料，不管那目击者是谁。不对吗？”

“假如我做编辑，我是不会刊载的。至于说到一般目击者的笔记，那些虽然胡说八道，但是讲得很有趣味的人总比那些可尊敬的、有功劳的人可以信任些。我知道几种记述一八一二年的笔记……我决定了，公爵，我要离开这所房子——莱白及夫先生家。”将军意味深长地看了公爵一眼。

“您在伯夫洛夫司克有住宅，在……在您的小姐那里……”公爵说，他不知道说些什么。他想起将军是为了一件和他的命运有关的重要事情来向他讨教的。

“在妻子那里；换句话说，在自己家里，在我女儿的家里。”

“对不住，我……”

“我离开莱白及夫的房子，因为，亲爱的公爵，因为我和这人断绝关系了。昨天晚上断绝的，我后悔没有早一点儿断绝。我要求人家尊敬我，公爵，希望我把心都呈献给他们的那些人尊敬我。公爵，我时常把心献给人家，而我差不多永远受骗。他这个人是不配接受我的礼物的。”

“他有许多乱七八糟的行动，”公爵很沉着地说，“还有几种性格……但是，从所有这一切中，可以看出一颗心，可以看出狡猾的、有时很有趣的智慧。”

公爵所用优雅的词句和尊敬的口气，显然博得了将军的欢心，虽然他有时还带着突如其来的不信任神情看人。但是，公爵的口气是那么自然，那么诚恳，简直无可置疑。

“说到他有好性格这一点儿，”将军抢上去说，“我首先声明，我几乎把自己的友谊送给这个人了，我既然有自己的家庭，便不需要他的房屋和他的款待了。我对于自己的缺点并不打算辩白；我不肯节制自己；我和他在一块儿喝酒，现在我也许还为这事痛哭。但是，并不只是为了喝酒（公爵，请您饶恕一个恼怒的人所表现的粗野的坦率态度），并不只是为了喝酒，我才和他结交的，使我感到荣幸的就是您所说的性格。但是一切都有一定的界限，连性格也是如此。假如他忽然当面胆大妄为地告诉我，在一八一二年，还在婴孩时代，在小的时候，他丧失了左脚，把它葬在莫斯科'瓦刚可夫司基'公墓，那就是超出了范围，表示不尊敬，显得太无耻了。"

"也许这不过是一种玩笑，使人家欢笑一场罢了。"

"我明白。为了博得一场欢笑，说出天真的谎话，抑或是弥天的大谎，也不会使人心感到侮辱。有些人说谎，只是由于友谊，为了给予对谈者一点儿快乐。但是，假如露出了不尊敬，假如想借着这种不尊敬表示他对于友谊已感到痛苦，那么，一个正直的人只有转过身去，和侮辱他的人断绝关系，对他指出他的真正位置。"

将军说话时，脸都红起来了。

"莱白及夫不会在一八一二年到莫斯科去的，那时候他年纪很小，这太可笑了。"

"这是第一点；再说，即使他当时已经出生，他又怎能当面对人说，一个法国步兵为了取乐，把炮向他瞄准，打掉他的腿呢。他还说当时他把那条腿捡了起来，带回家去，后来把它葬在'瓦刚可夫司基'公墓；他又说在公墓上立了一个纪念碑，碑的一面写着'九品文官莱白及夫之一足安葬于此'，另一面写着'愿宝贵之遗骨静卧，以待快乐之清晨'；最后还说，他每年要祭奠这只腿（这已经是渎神的行为），每年专为此事到莫斯科去一趟。他为了证明自己所言非虚，还叫我到莫斯科去参观坟墓，甚至还要领我到克里姆林宫去看那尊被缴获的法国炮。他说，从大门那里数起，就是第十一尊旧式法国鹰炮。"

"再加上他的两只腿完好无缺，明显得很！"公爵笑起来了，"我告诉您，这是天真的玩笑，您不要生气呀！”

“但是请您也准许我发表我的见解；关于他明明有两只脚这一层——也许不是完全不可思议的；他说他的脚是切尔诺司维托夫给他装上的……”

“啊，不错，听说用切尔诺司维托夫所装的假腿可以跳舞呢。”

“我完全知道，切尔诺司维托夫发明假腿的时候，首先跑来给我看。但是，切尔诺司维托夫的假腿是在一八一二年之后很久才发明的……他还硬说，他那去世的太太在他们结婚以后，一直都不知道她丈夫的腿是木头的。‘假如你，’当我指出他完全是胡说八道的时候，他说，‘假如你在一八一二年做过拿破仑的侍从，你一定允许我在“瓦刚可夫司基”公墓埋葬我的腿。’”

“难道您……”公爵开始说，感到很窘。

将军用极高傲的态度去看公爵，几乎露出嘲笑的样子。

“您说下去吧，公爵，”他特别柔和地说，“您说下去吧。我是宽宏大量的，您什么都可以说出来。您可以坦白地说，您一想到自己看见一个人处于真正自卑自贱、没有益处的地位上，同时听说这个人亲眼见过伟大的局面，心里就不觉得可笑。他还没有对您嚼过舌头吗？”

“没有，我什么也没有听莱白及夫说过，假如您指的是莱白及夫……”

“嗯……我猜他已经说过了。昨天我们两人所谈的，恰巧就是《史料丛录》里的那篇奇妙的文章。我指出那篇文章的离奇，因为我自己是亲眼看见的人……您微笑了，公爵，您在那里看我的脸，不是吗？”

“不，我……”

“我的外貌还年轻，”将军拉长了语调，“但是我的年龄比实际上看出来的老。我在一八一二年是十岁或十一岁。我的岁数连我自己也不大知道，履历书上把岁数减少了；我有一个坏脾气，就是一辈子爱把自己的岁数减少。”

“将军，我告诉您，关于一八一二年您在莫斯科的这件事，我完全不觉得奇怪……我以为，您当然可以讲出一些消息……和其他亲身经历的人们一样。我国有一位自传作家，在他那本自传一开头就说，一八一二年他还是个吃奶的孩子，法国兵如何在莫斯科给他面包吃。”

“您瞧，就是这样，”将军很谦恭地同意说，“我那桩事件虽然和普通的事件不同，但是其中并不包含一点儿不寻常的意味。真人真事常常从外面看去是不可能的。少年侍从！这听起来当然让人觉得很奇怪。但是一个十岁儿童有此奇遇，其原因也许正在于他年龄小。十五岁的孩子也许不会遇到这类事情，一定是如此，因为我如果是十五岁，就决不会在拿破仑侵入莫斯科那一天，从我们所住的旧巴司曼街的木房走出去，轻易离开我的母亲。我的母亲当时因为来不及离开莫斯科，吓得直打哆嗦。我到了十五岁，也许会胆怯的，但在十岁时却一点儿也不害怕，从人群里钻过，甚至一直挤到宫殿的台阶旁边，恰巧拿破仑正在下马。”

“无疑地，您说得很对，在十岁的时候是不会害怕的……”公爵凑上去说，一面有点儿胆怯，生怕就要脸红。

“无疑地，一切发生得那样简单而且自然，就像实际上可能发生的那样；如果由小说家来写这件事，他一定会编出一些不可置信的、离奇的故事来。”

“这是不错的！”公爵喊道，“我也有过这种想法，甚至是在最近的时候。我知道一件为了偷只表而杀人的案子，这是真实的事情，现在各报已经刊载出来。假如这是作家虚构出来的，那些熟悉人民生活的人和批评家们立刻就会喊出这是不可思议的事情；但是您既然是在报纸上读到这个事实，您就会感觉到，您正可以拿这些事实来研究俄国的现实。您刚才说的一番话很妙，将军！”公爵热烈地结束说，因为能够躲避脸上显著的红晕，而感到异常高兴。

“对不对？对不对？”将军喊道，甚至乐得眉开眼笑起来，“一个男孩，一个婴儿，他不懂得危险，从人群里钻出，去看漂亮的场面，辉煌的制服，随从的官员，最后还去看大家已经在他耳边喊得烂熟的那个伟大人物。因为当时大家一连许多年都议论这个人物，全世界到处都听到这个名字，我从吃奶的时候就听到它。拿破仑在两步以外走着，无意中看到了我。我当时穿着小贵族的服装，我的打扮很好。在那大群人里，只有我一个是这样的，您可以相信这一点……"

"毫无疑问，这应该使他惊愕，而且给他证明，莫斯科的人并没有全体离开，还剩下一些贵族和他们的子女。"

"正是！正是！他本来有拉拢俄国贵族的意思！在他的鹰眼朝我身上看的时候，我的眼睛大概在闪着光回看他。'Voilà un garçon bien éveille! Qui est ton père?'[1]我立刻回答他，激动得几乎喘不过气来：'一个死在祖国战场上的将军。''Le fils d'un boyard et d'un brave par-dessus le marché! J'aime les boyards. M'aimes-tu, petit?'[2]对于这个迅速的问题，我也迅速地回答说：'俄国人的心甚至在祖国的敌人中间，也能辨别出大人物来！'我并不记得这是不是我当时的原话……我当时是一个小孩……但是大意一定是这样的！拿破仑十分惊愕，他想了想，就对随员说：'我爱这孩子的骄傲！假如俄罗斯人全有这孩子的思想，那么……'他没有说完，就走进宫里去了。我立刻夹杂在随员中间，在他后面跑着。随员们全让我先走，把我当作皇帝的宠臣看待。但是，不过是一刹那的工夫……我只记得，皇帝走进第一个大厅，忽然在叶卡捷琳娜女皇的照片前边站下了，沉思地看了好半天，最后说道：'这是一位伟大的女性！'于是就走开了。过了两天，宫内和克里姆林宫所有的人就已经全知道我了，管我叫作'Le petit boyard'[3]。我只是回家去睡觉。家里人几乎要发疯了。又过了两天，拿破仑的少年侍从德·巴庄库尔男爵，因为受不住行军的艰苦，病死了。拿破仑想起我来。我被唤了进去，也不向

---

1 法语：一个多么活泼的男孩！你的父亲是谁？

2 法语：一个俄国贵族的儿子，而且是勇敢的！我爱俄国贵族。你爱我吗？

3 法语：小贵族。

我说明原因，就给我穿上死者的制服。那个男爵是个十二岁的孩子。我穿好了制服之后，他们就领我去见皇帝。他对我点了点头，人家向我宣布，我奉谕任为皇帝的少年侍从。我很快乐，我的确早就对他发生热切的同情心……再加上，您也知道，一套漂亮制服对于一个孩子来说，是很了不起的事情……我穿着深绿的礼服，后面拖着狭长的裙尾，金纽扣，绣着金边的袖子上有红色的缘饰，绣着金边的、高耸的、敞开的领子，裙尾上也有刺绣；狭窄的白羚羊皮裤子，白绸背心，丝袜子，带扣的皮鞋……在皇帝乘马出游时，如果我也随着前去，便穿上高马靴。虽然当时的局势并不见佳，已经预感要遭到极大的灾难，但是仍然尽可能保持旧礼节，甚至越厉害地预感到这种灾害，越拘泥着礼节。”

“假如您能记载下来……一定特别有趣。”

“当然喽……”公爵喃喃地说，几乎带着手足无措的神情。

将军现在所讲的，就是昨天讲给莱白及夫听的那一套，所以他讲得很流畅；但是立刻又带着不信任的神情，斜了公爵一眼。

“我的回忆，”他带着加倍的骄傲说，“写下我的回忆吗？但是这并不能诱动我，公爵！您要知道我的回忆录早就写好了。但是……它们放在我的写字台上了。等到我进了坟墓的时候，才能发表出来，自然也会译成许多外国文字，但这不是由于它们的文学价值，而是由于那些重要的大事件，是我亲眼看见的，虽然我当时还只是一个孩子。就因为我是个孩子，所以能闯进这位‘伟大人物’的所谓秘密卧室里去！我在夜里听到这位‘陷入不幸的伟人’的呻吟，他是不会在一个孩子面前感到哭泣和呻吟是不好意思的，虽然我已经明白他痛苦的原因就在于阿历山大皇帝保持沉默。”

“的确他写过信……提议议和……”公爵胆怯地附和着说。

“我们根本不知道，他写信去有什么建议，但是他每天、每小时在那里写，一封信跟着一封信！他十分焦急。有一天夜里，趁着没人的时候，我流着眼泪跑到他面前（啊，我是很爱他的！），对他喊道：‘您请求饶恕，向俄皇阿历山大请求饶恕吧！’其实我应该说：‘请您和俄皇阿历山大讲和吧。’但是我是一个小孩，所以我很天真地说出我的意见。‘唉，我的孩子！’他回答说——他在屋内踱来踱去，‘哎，我的孩子！’他当时好像没有注意到我只有十岁，很爱和我谈话。‘唉，我的孩子！我准备吻俄皇阿历山大的脚，但是那个普鲁士国王，那个奥地利皇帝，我永远恨他们，而且……而且……你当然对政治是一窍不通的！’他好像忽然忆起和谁说话，就不再作声了，但是他的眼睛还长久地闪耀着火花。假如我把所有这些事实描写了出来——我是亲眼看见那些伟大事实的——假如我现在发表出来，那么所有这些批评家，所有这些文学的虚荣，所有这些忌妒、党派……不，我才不干呢！”

“关于党派一层，您说得当然很对，我很同意。”公爵沉默了一会儿以后，轻声回答，“最近我也读过一本叙述滑铁卢战役的书，是色拉司写的。这本书显然写得很严肃，专家说著者知识非常渊博。但是，这本书的每一页都流露出以侮辱拿破仑为快的心情，假如能够对拿破仑在其他战役上一切天才表现提出异议，色拉司大概会特别高兴的。但是，一本严肃的著作是不应该如此的，因为这便是党派的精神。您当时在拿破命皇帝身边服务，很忙碌吗？”

将军大为高兴。公爵的话是那么严肃而率直，使将军连最后一点儿不信任的心情也烟消云散了。

“色拉司！我自己也十分愤恨！我当时就写信给他，但是……我现在根本不记得了……您问我当时公务忙不忙，不忙！人家称我为少年侍从，但是当时我并不认为这很了不起。再说，拿破仑很快就失掉了和俄罗斯人接近的希望，自然也会忘掉我的（因为他为了政治关系才和我接近……），假如他……假如他自己不爱我的话，我现在可以大胆地这样说，我的心倾向到他身上去了。我没有确定的职务，只要偶尔进宫一趟……伴皇帝骑马出游，也就行了。我擅长骑马。他在午饭前出游，随行的平常总是达武，我，奴隶罗司丹……”

“孔司丹。”公爵不知怎的，忽然脱口而出。

“不，孔司丹当时没有在那里；他当时去送一封信……给约瑟芬皇后；代替他的是两个传令兵，几个波兰骊骑兵……他的随员就是这几个，不过将军们和大将们不算在内，拿破仑时常带他们出去视察地方情形，军队部署，还互相商议……我现在记得，常在他身边的是达武；一个魁伟的、肥胖的、冷静的人，戴着眼镜，露出奇怪的眼神。皇帝时常和他商议。皇帝很珍重他的意见。我记得，他们曾经商议过好几天；达武早晚都来，甚至时常辩论；最后拿破仑表示同意了。他们俩在书房里，第三个就是我，他们差不多不注意我的存在。突然，拿破仑的眼神偶尔地落到我身上来了。他的眼内闪出一个奇怪的念头。‘孩子！’他忽然对我说，‘你以为怎样？假如我信奉正教，释放你们的农奴，俄罗斯人会服从我吗？’‘永远不会的！’我愤激地喊道。拿破仑十分惊愕。他说：‘我从这小孩的闪耀着爱国主义光芒的眼睛里，看出了全俄罗斯人民的意向。算了吧，达武，这全是幻想！再讲您的另一个计划吧。’”

“是的，不过连这个计划也是一个坚强的意念！”公爵说，显然感兴趣了，“您觉得这计划是达武所主张的吗？”

“至少是他们互相商议的。当然这是拿破仑的思想，是鹰的思想，但是另一个计划也是极有见地的……那就是最有名的‘conseil du lion’[1]，拿破仑这样称呼达武的计策。这个计策的内容就是：带同全军死守克里姆林宫，建造军营，修筑工事，配置大炮，尽可能多宰马，腌马肉；尽可能多劫粮食，度过严冬；到了春天，再从俄罗斯人中间杀开一条血路。拿破仑对这个计策很中意。我们每天在克里姆林宫墙周围巡视，他指出何处应该拆除，何处应该建筑，何处筑眼镜堡，何处筑半月堡，何处造一排碉堡——他眼光锐利，思路敏捷，目标坚定。一切终于决定了。达武逼他做最后的决定。他们俩又单独在一起，第三个是我。拿破

1 法语：狮子的计策。

仑又交叉着手，在屋内来回走着。我不能把自己的眼神从他的脸上移开，我的心怦怦直跳。‘我走了。’达武说。‘往哪儿去？’拿破仑问。‘腌马肉去。’达武说。拿破仑哆嗦了一下，命运已经决定了。‘孩子，’他突然对我说，‘你觉得我们的计划怎么样？’他这样问我，当然就和那些具有绝顶聪明的人在最后的一刹那间有时用钱币的正反面来决定事情一般。我不向拿破仑，却向达武，仿佛带着灵感地说：‘您最好溜回家去吧，将军！’这计划就破坏了。达武耸了耸肩膀，在走出去时，低声说：‘Bah！Il devient superstitieux！’[1]第二天就宣布退却。”

“这一切是很有趣味的，”公爵十分平静地说，“假如真有这些事情的话……也就是我想说……”他连忙改口说。

“公爵呀！”将军喊道，他对自己所讲的故事入了迷，连极不谨慎的话都脱口而出了，“您说：‘假如真有这些事情！’我告诉您，不但有，而且有许多呢！这一切只是些微的、政治方面的事情。但是，我要再对您说一遍，我亲眼见过这个伟人在深夜流泪和呻吟；这件事除了我，谁也没有见过！不错，后来他已经不哭了，不掉眼泪了，有时只是呻吟着；但是他的脸上越来越增添了愁容。好像永恒已经用黑色的翅膀把他遮住了。有时候在夜里，我们俩一块儿度过数小时，一言也不发——奴隶罗司丹在邻室内打鼾；这人睡得太死了。‘他是忠于我和朝廷的。’拿破仑这样谈到他。有一天我感到异常痛苦，他突然看到我眼睛里的泪水，他惊异地望着我，喊道：‘你可怜我呢！你是小孩，也许还有一个小孩怜惜我，那就是我的儿子，le roi de Rome[2]；其余的一切人全恨我，弟兄们首先会在我不幸的时候把我卖掉！’我呜咽着，奔到他身边去，他当时也忍不住了；我们拥抱着，我们的眼泪掺和在一起。

1 法语：咦！他迷信起来了！

2 法语：罗马王。

‘您写信，写信给约瑟芬皇后！’——我呜咽地对他说。拿破仑哆嗦了一下，想了想，对我说：‘你使我想起爱我的第三颗心来了；我很感谢你，我的好友！’他立刻坐下来，写信给约瑟芬，第二天就派孔司丹把信送去。”

“您做得太好了，”公爵说，“您使他的凶恶念头转换为善良的感情。”

“就是这样，公爵，您解释得真好，和您自己的心相适应！”将军兴高采烈地喊叫，奇怪的是，他的眼睛里真的有眼泪了。

“是的，公爵，是的，这是一个伟大的景象！您知道不知道，我几乎随着他到巴黎去，如果去了，当然会和他一同‘被囚在炎热的岛上’，但是我们的命运是各有不同的！我们分手了：他到炎热的岛上去，他在那里，在异常忧郁的时间，总会有一次想起他在莫斯科时，有一个可怜的孩子曾经抱住他，饶恕他，流过眼泪；而我呢，后来被送入士官学校，在那里受严格的训练，受同学的欺侮……唉！一切都化为灰烬了！‘我不愿意从你母亲手里把你夺走，所以不带你去！’他在退却的那一天对我说，‘但是我愿意为你做一点儿事情。’他已经上马了。‘请您在我妹妹的纪念册上写几个字，留个纪念吧。’我怯生生地说，因为他当时心绪不佳，十分阴郁。他转回来，要了一支笔，把纪念册拿过去。‘你的妹妹多少岁数？’他问我，手里已经握住笔了。‘三岁了。’我回答说。‘Petite fille alors？’[1]说完，他便在纪念册上写了几个字：

‘Ne mentez jamais.

Napoléon votre ami sincère.’[2]

---

1 法语：还是一个小女孩哪。

2 法语：永毋说谎。您的诚挚的朋友拿破仑。

“在这种时间竟有这样的劝告，您想一想，公爵！”

“是的，这是极可纪念的。”

“这张纸放在金边镜框里，罩着玻璃，我妹妹一辈子把它悬挂在客厅里最显著的地方，一直到她死去——她是在产后死的；现在这张纸在哪里，我不知道……但是……我的天哪！已经两点钟了！我耽搁了您多少时候呀，公爵！这是无可饶恕的。”将军从椅子上站起来。

“哦，哪里的话！”公爵喃喃地说，“您给我许多快乐……这终于……这太有趣了；我很感谢您。”

“公爵！”将军说，又把他的手握得发痛，眼睛灿烂有光地注视着他，好像突然想起什么事情，被那些念头吓呆了似的。“公爵！您这人太良善了，太坦白了，我甚至有时觉得您十分可怜。我很和悦地看着您。愿上帝赐福给您！但愿您的生命从此在爱情中开花结果。我的一生已经完结了。哦，请饶恕我，请饶恕我！”他迅速地走出去，用双手掩住脸。他的内心的确是在激动，公爵对这一点是不能怀疑的。他也明白，老人走出去的时候，为自己得到的成功所迷醉；但是，他仍然感到他属于那类说谎的人，他们虽然说谎到狂热的程度，甚至到遗忘自己的程度，然而，当他们迷醉到极点的时候，心里总要暗中怀疑人家不相信他们，而且也不能相信他们。在老人现在所处的地位上，是可能自己醒悟过来的，他会感到过分的羞愧，怀疑公爵极度哀怜他，因此觉得受了侮辱。“我把他引到这样的灵感上去，不会更坏吗？”——公爵惊慌起来，他突然忍不住，哈哈大笑起来，笑了有十来分钟。他开始责备自己发出这样的狂笑；但是立即明白也没有什么可责备的地方，因为他对于将军感到无穷的怜惜。

他的预感应验了。他在晚上就接到一封奇怪的信，文字简单，但是意思很坚决。将军通知他说，要和他永远分离。将军说，虽然尊敬他，感谢他，但是不愿从他那里接受“有损一个本来就极不幸的人的体面的哀怜表示”。公爵听到老人躲在尼娜·阿历山大洛夫娜那里之后，就放了心。但是我们已经看见，将军在丽萨魏达·博罗可菲耶夫娜那里也闯下不少祸事。我们在这里虽然不能详述，但是可以简单地说明，这次见面的结果是：将军使丽萨魏达·博罗可菲耶夫娜吃了一惊，由于他说了笳纳的一些坏话，使她非常恼怒。他终于很可耻地被撵出来了。就是为了这个原因，他那样度过一夜和一早晨，精神完全错乱，几乎发疯地跑到街上去了。

郭略还没有完全了解事情的真相，甚至希望用严厉的态度对付他。

“将军，您以为我们现在该跑到哪儿去呢？”他说，“您既不愿意到公爵那里去，又和莱白及夫吵了嘴，您身边又没有钱，而我是永远没有钱的。这样一来，我们就只好在街上喝西北风了。”

“坐在街上喝西北风，总比没有西北风喝痛快多了。”将军喃喃地说，“我这句双关语引起……军官们的……狂笑……那是四十四年……一千……八百……四十四年，是的！……我不记得……唉，你不要提醒我，不要提醒我！‘我的青春何处去了！我的新鲜活力何处去了？’有人这样喊叫……这是谁喊的，郭略？”

“这是果戈理在《死魂灵》里喊叫的，爸爸。”郭略回答说，很胆怯地斜眼看了父亲一下。

“死魂灵！是的，死魂灵！等你埋葬我的时候，墓碑上要写这样几个字：‘死魂灵安眠于此！’‘耻辱袭击我！’这是谁说的，郭略？”

“我不知道，爸爸。”

“怎么会没有叶洛彼郭夫？怎么会没有叶洛士卡·叶洛彼郭夫！”他疯狂地呼喊，在街头停留了一下。“这是儿子，亲生的儿子！叶洛彼郭夫这个人有十一个月和我像弟兄一般，我替他出去决斗……魏郭莱兹基公爵，我们的上尉，在喝酒的时候对他说：‘格里沙，你在哪里得的“安娜”勋章，你说呀！’——‘在祖国的战场上，就是在那里得到的！’我喊道，‘妙极了，格里沙！’因此就发生了决斗，之后他和玛丽亚·彼得洛夫娜·苏……苏图基娜结婚，在战场上被杀死了……子弹从我胸前的十字架那里跳出去，一直跳到他的头上。‘我一生一世也不会忘记的！’他喊了一声，就倒地而死。我……我规规矩矩地服务，郭略。我正正直直地服务，但是耻辱，——‘耻辱袭击我！’你和尼娜一块儿到我坟上去……‘可怜的尼娜！’我以前这样称呼她，郭略，那是老早了，还在最初的时候，她真是爱我呀……尼娜！尼娜！我把你弄成这样苦命！你为什么爱我，你这能忍耐的心灵呀！你母亲的心灵像天使一般，郭略，你听见没有，像天使一般！”

“这个我知道，爸爸。好爸爸，我们回到妈妈那里去吧！她跑出来追我们。您为什么站住了呢？好像没有明白……您哭什么呀！”

郭略自己也哭了，吻父亲的手。

“你吻我的手，吻我的！”

“是的，吻您的手，您的手。这有什么奇怪的？您何必在大街上哭泣，还自称为将军、武人呢。我们走吧！”

“好孩子，愿上帝祝福你，因为你对于一个受耻辱的……是的！受耻辱的老人，你自己的父亲，十分尊敬……你将来也会有这样的一个孩子……le roi de Rome……唉，‘诅咒，诅咒这个家庭！’”

“但是，这究竟是怎么一回事呀！”郭略突然喊道，“发生了什么事情？为什么您现在不愿意回家呢？您怎么发疯了呢？”

“我会解释，我会对你解释……我全对你说；你不要喊，人家会听见的……le roi de Rome……唉，我真难受，我真忧愁！

乳母呀，您的坟墓在何处！

这是谁呼喊的，郭略？”

“我不知道，我不知道是谁呼喊的！我们现在马上回家！我要揍茄纳一顿，假如必要的话……您又要到哪里去呢？”

但是，将军拖他到邻近一家房屋的台阶上去。

“往哪儿去？这是别人家的台阶！”

将军坐到台阶上面，拉住郭略的手，把他牵到自己身边。

“你俯下身去，你俯下身去！”将军喃喃地说，“我全对你说……耻辱……俯下身去……用耳朵，用耳朵，我贴着你的耳朵说……”

“你这是怎么啦？”郭略十分害怕，但还是把耳朵凑上去了。

“Le roi de Rome……”将军低声说，似乎浑身都在哆嗦。

“什么？您为什么说le roi de Rome？……什么？”

“我……我……”将军又微语着，把“自己孩子”的肩膀抓得越来越紧，“我……我想……我对你……一切，玛丽亚，玛丽亚……彼得洛夫娜·苏——苏——苏……”

郭略挣脱了身，抓住将军的肩膀，像疯子似的看他。老人的脸涨得通红，嘴唇发青，脸上有一条条抽动的样子。他突然俯下身子，开始轻轻地倒入郭略的怀里。

“中风了！”郭略终于猜到了是怎么回事，朝整条街呼喊。

第五章

实际上，瓦尔瓦拉·阿尔达里昂诺夫娜和哥哥谈话时，对于公爵向阿格拉耶·叶潘钦娜求婚消息的准确性多少有点儿夸大了。也许因为她是个目光敏锐的女子，所以预先猜到在不远的将来要发生的事情；也许因为她的梦想已经破灭，所以感到失望（在实际上，她也不相信自己的梦想能够实现）。她既然是一个人，就不免夸大灾祸，将更多的毒汁灌进哥哥的心，而且引以为乐，虽然她真心爱他，为他烦恼。但是无论如何，她不可能从她的女朋友——叶家小姐们那里，得到非常准确的消息；有的只是一些暗示、未尽的话语、缄默和猜测。也许阿格拉耶的姐姐们欲擒故纵，为了从瓦尔瓦拉·阿尔达里昂诺夫娜口中打听出一点儿什么，而自己先引逗几句。后来，也许她们犯了女人常有的脾气，愿意逗弄女友一下，即使是儿童时代的女友。在这样多的时候，她们就不可能一点儿看不出她的用意。

从另一方面讲，公爵在竭力使莱白及夫相信，自己没有什么话可以告诉他，而且也没有发生什么特别的事情的时候，他所说的固然完全是实话，但是也许会弄错了。实际上，在各方面都好像发生了什么离奇古怪的事情：一方面是什么事情都没有发生，而同时又似乎发生了很多事情。最后的情形，就是瓦尔瓦拉·阿尔达里昂诺夫娜用可靠的女性本能猜出来的。

叶府的人怎么会弄到忽然一下子全产生了同样的想法，认为阿格拉耶发生了重要的事件，她的命运正在决定中——这是很难按照次序来讲述的。但是这个念头在大家心里刚一出现，大家马上一齐说他们早就看出来了，他们早就很清楚地预见到了；自从“贫穷的骑士”起，甚至还在以前，他们就全都明白了，不过当时还不愿意相信这样荒唐的事情。姐姐们都这样说；当然，丽萨魏达·博罗可菲耶夫娜是比大家先看出，先知道的，“她的心早已痛了起来”。但是，不管早也好，晚也好，现在她一想到公爵，忽然就感到很不自在，因为这个念头已经把她弄糊涂了。这里还有一个问题必须立即解决，然而，它不但不能得到解决，可怜的丽萨魏达·博罗可菲耶夫娜无论怎样着急，连问题本身都不能完全搞清楚。事情是很困难的：“公爵这人好不好呢？这一切好不好呢？假如不好（这是毫无疑问的），那么，究竟什么地方不好？假如好（这也是可能的），那么，究竟又好在什么地方呢？”伊凡·费道洛维奇身为一家之主，虽然首先感觉惊奇，但是随后承认说：“真的，我也一直有这种感觉，现在好像突然又想到了这一点！”他在夫人威严的眼光之下，立刻沉默下去了。但是，他在早晨沉默着，而到了晚上，当和夫人单独相对，不能不再说话的时候，忽然好像特别勇敢地说出一些令人意料不到的想法：“她实际上怎么样呢？……”（沉默）“当然，如果这都是真的，这一切是很奇怪的。不过我并不想争论，但是……”（又是沉默）“从另一方面说，假如正视现实的话，那么公爵的确是一个极好的青年，并且……并且……再加上姓氏，我们这一族的姓氏，这一切东西将会显出一种样子，就是维持已经失去社会地位的氏族名誉，也就是从这个眼光来观察，也就是因为……当然讲的是上流社会；上流社会就是上流社会；但是公爵到底不是一个没有财产的人，虽然甚至只是有一点点遗产……他还有……还有……还有……”（持久的沉默和根本无话可讲）丽萨魏达·博罗可菲耶夫娜听了丈夫的话，她的怒气完全控制不住了。

据她看来，已经发生的一切事情都是“无可原谅的，甚至是犯罪性的东西，这是一种荒诞的、愚蠢的、离奇的现象”！第一，“这个小公爵是一个有病的白痴；第二，他是傻瓜，没有见过世面，在社会上没有地位：把他拿出来给谁看？把他往哪里安置？一个不能容忍的民主派，甚至连个职位都没有，还有……还有……白洛孔司卡耶会怎么说呢？我们为阿格拉耶所设想的、所计划的就是这样的、这样的丈夫吗？”最后一个论据当然最为重要。母亲一想到这里，她的心就哆嗦起来，充满了血和泪，但同时在这颗心里又有一种东西蠕动着，突然对她说：“公爵的哪一点不合您的要求呢？”丽萨魏达·博罗可菲耶夫娜心里的这些反对意见，使她最感麻烦。

阿格拉耶的姐姐们一想到公爵，不知为什么心里很喜欢；她们也不认为奇怪；一句话，她们随时有完全倾向到他那方面的可能，但是她们俩决定保持沉默。叶家已经养成一个一成不变的习惯，就是：在她们全家争论某一点时，丽萨魏达·博罗可菲耶夫娜有时反驳和抵抗越顽强、越激烈，便越表明她在这一点上对大家的意见已经同意。但是，阿历山大拉·伊凡诺夫娜是不能完全沉默的。母亲早已把她当作自己的参谋，现在时时刻刻叫她来，征询她的意见，而主要的是问她一些回忆，即“这些事情是怎么发生的？为什么谁也没有看见？为什么当时没有说？当时那个该死的‘贫穷的骑士’究竟有什么意思？为什么她——丽萨魏达·博罗可菲耶夫娜——一个人必须照顾一切、注意一切、预先料到一切，而别的人却马马虎虎、不闻不问呢？”等。阿历山大拉·伊凡诺夫娜起初很谨慎，只说父亲的意见她认为很对，因为叶潘钦家选梅思金公爵为东床佳婿，社会上一定会很满意的。她渐渐地兴奋起来，甚至说公爵并不是“傻瓜”，从来也没有成为傻瓜。至于说到地位一层，她觉得谁也不知道过几年之后，一个正人君子在我们俄国究竟从哪方面表现出来：是和以前一样，必须博取功名呢，还是在别的方面呢？母亲对于她这些话立刻严厉地回答，说阿历山大拉是“一个自由思想派，全是可恶的妇女问题在那里作祟”。半小时后，母亲进城去了，又从城里到石岛去找白洛孔司卡耶。白洛孔司卡耶是阿格拉耶的干娘，她这时恰好在彼得堡，但不久就要离去。

“老太婆”白洛孔司卡耶倾听了丽萨魏达·博罗可菲耶夫娜那一套发疟疾似的、绝望的自白，一点儿也没有为那弄得糊里糊涂的母亲的眼泪所打动，甚至带着嘲笑的样子望着她。这“老太婆”极端专横；在友谊中，甚至在多年的交谊中，很不喜欢和对方处于平等的地位，她把丽萨魏达·博罗可菲耶夫娜根本就当作是一个protegee[1]，仍旧和三十五年前一样，怎么也看不惯被保护人的那种鲁莽的、独立的性格。她说：“她们家里的人由于旧习惯作祟，似乎神经过敏，大惊小怪；她无论怎样倾听，还是不相信她们家果真发生了什么重大的事情；不如等一等，看以后怎样再说；她认为公爵是一个很正派的青年，只是身体有病，行为奇特，而且在社会上的地位太小。最坏的是，他竟公然养个情妇。”丽萨魏达·博罗可菲耶夫娜心里很明白，白洛孔司卡耶因为自己所介绍的叶夫格尼·柏夫洛维奇没有成功，有点儿生气。她回到伯夫洛夫司克去的时候，比离开时更加恼怒；回到家里，立刻拿大家撒起气来，她主要是说“大家全气疯了”，说只有她家的人干这种蠢事，任何人也不会这样做；她说：“何必这么忙呢？出了什么事情呢？无论我怎样仔细看，怎么也不能断定，果真出了什么事情！等一等，看一看情形再说吧！伊凡·费道洛维奇总是喜欢幻想，何必如此大惊小怪呢？”等等。

这样一来，结果就必须平静下去，冷冷地观望和等待了。然而可叹的是，这种平静没有能够保持到十分钟。在母亲到石岛去的时间所发生的新闻，首先打击了她冷观的态度。（丽萨魏达·博罗可菲耶夫娜

---

1 法语：被保护人。

的进城时间，是在公爵半夜十二点而不是九点来拜访叶府的第二天。）两个姐姐对于母亲那种不耐烦的盘问，都很详细地回答了，她们首先说，“她不在家的时候，似乎一点儿也没有出什么事情”，公爵来是来过的，但是阿格拉耶很久没有出来见他，过半小时以后才出来，她一出来，立刻向公爵提议下象棋；但是公爵并不会下，阿格拉耶很快就赢了；她觉得很快乐，因为公爵不会下，她奚落他，百般嘲笑他，使人看着公爵觉得十分可怜。后来她又提议打纸牌，打“耍傻瓜”[1]。但是结果恰恰相反：公爵很会玩“耍傻瓜”，正像…… 正像一位教授似的；他玩得太巧妙了；尽管阿格拉耶怎样施展欺骗手段，调换纸牌，当着他的面就偷被吃的牌，但他每次总是胜利，使她成为“傻瓜”；一连五次都是如此。阿格拉耶恼怒异常，甚至完全放肆起来了；她对公爵说出许多尖刻的、无理的话，使他都止住了笑声。她后来对他说：“当他在的时候，她的脚再也不会跨进这屋子来；在出了一切事情之后，他还时常到她们家里来，半夜十二点多钟还来，他简直太没有良心了。”她说完这一套话之后，公爵的脸色完全苍白了。她随后把门一摔，就走出去了。公爵离开叶府的时候，就好像送完殡回家似的，不管大家怎样安慰他也没有用。公爵走后不到一刻钟，阿格拉耶突然从楼上跑到平台上来，她那样子非常匆忙，连眼泪都没有擦干，她的眼睛已经哭肿了；她所以跑下来，是因为郭略来了，而且带来一只刺猬。她们大家全看起刺猬来了；她们问郭略刺猬是从哪里来的，郭略解释说，这刺猬并不是他的，他是和中学同学郭士卡·莱白及夫一块儿走路的，那个同学留在外面，不好意思进来，因为手里还握住一把斧头；他们刚才见一个农夫，刺猬和斧头是从农夫手里买来的。那农夫出售刺猬，索价五十戈比，至于斧头是他们自己要向农夫买的，因为它恰巧有用，而且还是一把好斧头。阿格拉耶忽然死乞白赖地缠着郭略，要他立刻把刺猬卖给她。她显得非

1　一种打纸牌的方式。

常兴奋，甚至称郭略为“亲爱的”。郭略久久不肯答应，但是终于经不起人家一再的请求，就把郭士卡·莱白及夫叫过来了。那个学生果真拿着一把斧头走进来，显得很不好意思。但是仔细一问，原来这刺猬并不是他们俩的，而是属于另一个学生彼得洛夫的。彼得洛夫把钱交给他们两个人，让他们向第四个学生买一本石洛赛尔的“历史教科书”，因为那个学生等着钱用，卖得很便宜。他们本来要去买石洛赛尔的“历史教科书”，但是途中遇到刺猬，忍不住就买下了，所以刺猬和斧头都属于第三个学生，他们现在就要给他送去，以代替石洛赛尔的“历史教科书”。阿格拉耶坚持要买刺猬，后来他们决定把刺猬卖给她了。阿格拉耶刚一买下那只刺猬，立刻由郭略帮忙，把它放在藤筐内，盖上饭巾，她请郭略不要再到别处去，立刻把刺猬送给公爵，用她的名义送去，请公爵接受，以表示她的“深深的敬意”。郭略很快乐地应允了，满口说他这就送去，但是，他立刻追着问：“用刺猬做礼物是什么意思？”阿格拉耶回答他说，这与他并不相干。他回答说，他相信其中一定有比喻的意思。阿格拉耶生了气，对他厉声说，他只是一个小孩子，懂得什么。郭略立刻反驳她说，要是他不尊重她作为一个女人的面子，要是他不看重自己的信念，他一定立即叫她看看，他能够怎样对付这种侮辱。然而，最后还是由郭略高高兴兴地把刺猬送去，郭士卡·莱白及夫也跟着他走了。阿格拉耶看见郭略把筐子摇晃得太厉害，竟忍不住从平台上对他的背影喊道：“郭略，好弟弟，请你不要掉在地上呀！”——那种亲切样子，就好像刚才没有和郭略吵嘴似的；郭略站住了，也好像他们没有吵过嘴一般，用极畅快的样子喊道：“不，我不会掉的，阿格拉耶·伊凡诺夫娜。请您完全放心吧！”说罢，立刻就低着脑袋跑开了。阿格拉耶哈哈大笑了一阵，很满意地跑到自己屋里去，之后整天都是很快乐的。

这种新闻使丽萨魏达·博罗可菲耶夫娜完全吓呆了。这究竟是为了什么呢？显然，她的情绪是很恶劣的。她的惊慌已经达到极点。主要的是那只刺猬。刺猬究竟代表什么？它暗含着什么意思？有什么约定？那是什么暗号？什么电报密码？况且那个可怜的伊凡·费道洛维奇正在旁边，经他一盘问，开口就把事情完全弄坏了。据他的意见，这里面并没有什么电报密码，至于刺猬呢？那只是刺猬罢了——它含着互相友好、释去前嫌、双方和解的意思，总而言之，这一切全是开玩笑，一个天真的、可以原谅的玩笑。

我们应该附加一句：他完全猜对了。公爵从阿格拉耶那里回来，受了她的耻笑，又遭她的驱逐，呆呆坐了半小时之久，露出极阴郁的绝望神情，这时候，郭略忽然拿着一只刺猬跑来了。乌云立刻散了。公爵好像复活过来了。他盘问郭略，对于郭略所说的每一句话都仔细琢磨，反反复复追问了十几遍，像孩子一般笑着，那两个学生笑着，很坦然地望着他，他不时来握他们的手。原来公爵明白，阿格拉耶业已饶恕他，他今天晚上又可以上她家里去，这对于他不但是极重要的，而是整个的事情。

"我们还只是一些孩子，郭略！并且……并且……我们全是孩子，这多么好呀！"他终于如醉如痴地喊了出来。

"公爵，她简直是爱上了您，就是这么回事！"郭略带着很有威信的样子，庄严地回答说。

公爵脸红了，但是这一次没有说出一句话来，郭略只是拍掌大笑；过一分钟，公爵也笑了，他之后每五分钟便看一次表，时间过了多少，到晚上还有多少时候，就这样一直看到晚上。

但是坏情绪占了上风：丽萨魏达·博罗可菲耶夫娜终于忍不住，发作了歇斯底里症。尽管她的丈夫和女儿们都反对，她还是立刻打发人去唤阿格拉耶来，想向她提出最后的问题，并要她极明显地做最后的答复。"为了一下子痛快解决，从肩头卸去重担，从此就不必再提它了！"她说，"否则的话，我会连晚上也活不到！"到了这里大家才明白过来，原来事情已经弄到这样无意义的地步了。除去假装惊异、愤怒、狂笑、嘲笑公爵、嘲笑一切盘问的人而外——从阿格拉耶那里没有得到任何东西。丽萨魏达·博罗可菲耶夫娜躺到床上，到了喝茶的时候，到了大家都等候着公爵的时候才出来。她带着战栗期待公爵来临，等他到来以后，她几乎发作了歇斯底里症。

公爵自己也是畏畏缩缩地走了进来，他好像偷偷摸摸的，带着奇怪的微笑，朝大家的眼睛看望，似乎对大家发问，因为阿格拉耶又不在屋内，这使他立刻又吓了一跳。晚上没有外人，全是家里的人。施公爵还在彼得堡，为了叶夫格尼·柏夫洛维奇叔叔的事情。“如果他在这里，说上两句多好呀！”丽萨魏达·博罗可菲耶夫娜渴念着他。伊凡·费道洛维奇闷坐在那里，显出十分焦虑的样子。姐姐们也板着脸，好像故意沉默着似的。丽萨魏达·博罗可菲耶夫娜不知道如何开始谈话。最后，她忽然拼命骂起铁路来，用坚决的挑衅神情望着公爵。

唉！阿格拉耶始终不出来，公爵感到非常失望。他一面颤抖着，露出很慌张的样子，一面发表意见，说修路是极有益处的，但是阿台拉意达突然笑了，公爵又完全受了挫折。就在这一刹那间，阿格拉耶带着平静而骄傲的神情走了进来，她很有礼貌地向公爵鞠了一躬，很庄严地坐在圆桌旁边的一个极显眼的地方。她带着疑问看了公爵一眼。大家全明白，已经到了解决一切疑难的时间了。

“您收到我的刺猬没有？”她坚定地、几乎生气地问。

“收到了。”公爵回答，脸色发红，沉住呼吸。

“请您立刻解释一下，您对这是怎样想法？为了使母亲和我们全家人得到安宁，您必须这样做。”

“喂，阿格拉耶……”将军突然不安起来。

“这，这简直超出一切范围了！”丽萨魏达·博罗可菲耶夫娜忽然有点儿惧怕了。

“并没有什么范围呀，maman！”女儿立刻很严厉地回答说，“我今天打发人送给公爵一只刺猬，愿意知道他的意见。怎么样，公爵？”

"什么意见，阿格拉耶·伊凡诺夫娜？"

"关于刺猬的。"

"那就是说……我想，阿格拉耶·伊凡诺夫娜，您是愿意知道，我怎样接受……那只刺猬……或者最好是说我有什么看法……对于这个礼物……刺猬……如果这样，我觉得……一句话说……"

他透不出气来，沉默了。

"您说得并不多呀！"阿格拉耶等候了五秒钟，"好，我答应把刺猬放在一边不谈；但是我很高兴，我终于能够打破这一切积聚下来的疑团。现在我当面请问您：您是不是向我求婚？"

"唉，天哪！"丽萨魏达·博罗可菲耶夫娜脱口喊了出来。公爵哆嗦了一下，身体摇动了。伊凡·费道洛维奇吓呆了，姐姐们皱着眉头。

"不要说谎，公爵，说实话吧。为了您，大家都奇奇怪怪地追问我；这些追问究竟有什么根据呢？说吧！"

"我过去没有向您求婚，阿格拉耶·伊凡诺夫娜，"公爵说，忽然显得活泼起来，"不过……您自己也知道，我是怎样爱您，相信您……现在也是如此……"

"我问您：您现在是不是向我求婚？"

"我求婚。"公爵回答，屏住了呼吸。随着是一阵剧烈的、普遍的骚动。

"这一切全不对，亲爱的朋友。"伊凡·费道洛维奇说，露出十分激动的样子。"假如这样，这……这几乎是不可能的，阿格拉耶……对不住，公爵，对不住，我的亲爱的！丽萨魏达·博罗可菲耶夫娜！"他向他太太求援，"你应该……了解……"

"我拒绝，我拒绝！"丽萨魏达·博罗可菲耶夫娜挥手。

"请让我说下去，maman，我在这种事情里总还应该占个重要地位吧，因为现在正是决定我的命运的重大时刻（阿格拉耶就是这样说出来的），所以我愿意自己知道，还愿意当着大家的面……请问您，公爵，假如您‘有这样的心愿’，您打算怎样保障我的幸福？”

“我真不知道，阿格拉耶·伊凡诺夫娜，应该怎么样回答您。回答什么呢？而且……有必要吗？”

“您大概害臊起来，喘不过气来啦！您稍微休息一会儿，振作一下精神；喝一杯水吧；不过，马上就会给您端茶来。”

“我爱您，阿格拉耶·伊凡诺夫娜，我很爱您，我爱您一个人……请您不要开玩笑，我很爱您。”

“但是，这是一件重大的事情。我们不是小孩子，应该做正确的观察……现在请您说明一下，您的财产状况怎么样？”

“得啦，得啦，阿格拉耶！你是怎么啦？这不对，这不对……”伊凡·费道洛维奇惊慌地喃喃着。

“真丢人！”丽萨魏达·博罗可菲耶夫娜大声说。

“发疯了！”阿历山大拉也大声说。

“财产……那就是钱吗？”公爵惊异了。

“就是的。”

“我有……我现在有十三万五千卢布。”公爵喃喃地说，脸涨得通红。

“只有那么一点儿吗？”阿格拉耶大声地说，而且公开表示很惊异起来，她一点儿也不脸红，“但是不要紧，假如省吃俭用的话……您打算做官吗？”

“我打算应家庭教师的考试……”

“这很好，这当然会增加我们的收入，您打算充当侍从武官吗？”

“侍从武官吗？我并没有想到干这个，但是……”说到这里，两个姐姐都忍不住，迸出笑声来了。阿台拉意达早就在阿格拉耶抽动着的脸上看出有迅速的、控制不住的笑影，只不过阿格拉耶在竭力忍耐着罢了。阿格拉耶朝发笑的姐姐们狠狠瞪了一眼，但是过一秒钟以后，她自己也忍耐不住，顿时极疯狂地、几乎歇斯底里地哈哈大笑起来。她终于跳出去，从屋内跑出去了。

“我早就知道，这只是开开玩笑，没有别的！”阿台拉意达喊道，“从最初起，从那个刺猬起。”

“不，我不能允许这个，我不能允许这个！”丽萨魏达·博罗可菲耶夫娜忽然怒喊道，她急忙出去追阿格拉耶。姐姐们也立刻跟着她跑出去。室内只留下公爵和一家之主。

“这个，这个……你能想象到这类事情吗，列夫·尼古拉耶维奇？”将军厉声喊道，显然自己还不知道想说什么呢，“不，认真严肃地说，认真严肃地说，能想象得出吗？”

“我看，阿格拉耶·伊凡诺夫娜是在那里取笑我。”公爵闷闷地回答说。

“等一等，老弟。我先去，你等一等……因为……你最好对我解释一下，列夫·尼古拉耶维奇，最好对我解释一下：这一切是怎样发生的，这一切，从整个说来，究竟是什么意思？老弟，你自己也会同意吧——我是当父亲的；我到底还是个父亲呀，所以我一点儿也不明白；你最好对我解释一下！”

“我爱阿格拉耶·伊凡诺夫娜，她知道的……好像早就知道。”

将军猛然耸了耸肩膀。

“奇怪，奇怪……你很爱她吗？”

“很爱。”

“奇怪，这一切我觉得很奇怪。这样的意外和打击……你瞧，亲爱的，我并不指财产而言（虽然我原来以为你的财产会更多一些），但是……我女儿的幸福……到底……你能不能保障……这幸福呢？并且……并且，这是怎么回事：她是开玩笑呢，还是当真如此？我问的不是你的态度，而是她的态度如何。”

门内传出阿历山大拉·伊凡诺夫娜的声音，她唤父亲进去。“等一等，老弟，等一等，等一等，想一想，我立刻就来。”他匆忙地说，惊惊慌慌地向阿历山大拉呼唤的地方奔去。

他看见夫人和女儿互相抱着，两人都流着眼泪。这是幸福的、温柔的、和解的泪水。阿格拉耶吻母亲的手、颊、唇，两人紧贴在一起。

“你瞧她，伊凡·费道洛维奇，现在这是她整个的样子！”丽萨魏达·博罗可菲耶夫娜说。

阿格拉耶把她的幸福的、流泪的面孔从母亲的怀里移开，转过去看了父亲一眼，大声发笑，跳到他身边，紧紧地抱着他，吻了几遍。之后，她又奔到母亲身前，把脸完全藏到母亲的怀里，不让任何人看见，立刻又哭了。丽萨魏达·博罗可菲耶夫娜用围巾的一端遮盖着她。

“你这个残忍的姑娘，你想把我们弄成什么样子呀？我要问问你！”母亲这样说，但是她已经露出快乐的样子，好像突然呼吸变得轻松了。

“残忍的！我是残忍的！”阿格拉耶突然抢上去说，“我是坏透了的姑娘！我是娇生惯养的姑娘！您告诉爸爸去吧！哎哟，对啦，他在这里呢。爸爸，您在这里吗？您听见的！”她带着眼泪笑了。

“我的姑娘，我的宝贝！”将军满脸都是幸福的笑容，吻女儿的手（阿格拉耶并不挣开她的手），“那么，你爱这个……这个年轻人吗？”

“不，不，不！我不爱……您这位年轻人，我受不了！”阿格拉耶忽然发怒，抬起头来，“爸爸，假如您胆敢再一次……我可是在严肃地对你说话；你听着：我是在严肃地说话！”

她果真正经地说话：整个脸都红了，眼睛闪耀着光芒。父亲愣住了，非常惊慌，但是丽萨魏达·博罗可菲耶夫娜从阿格拉耶背后对他示意，他明白这意思是，别再追问啦！

“假如这样，我的天使，那就随你便吧，这是你的自由。他一个人在那里等候；要不要对他暗示一下，客客气气地，让他走开？”

将军也向丽萨魏达·博罗可菲耶夫娜使了一个眼色。

“不，不，这是多余的；尤其不必‘客客气气地’。您先出去陪他，我随后就来。我想对这个…… 年轻人赔罪，因为我得罪了他。”

“得罪得很厉害。”伊凡·费道洛维奇很严肃地同意说。

“既然这样…… 你们大家最好留在这里，我一个人先去，你们立刻跟在我后面出来，你们要马上就来呀；这样好些。”

她已经走到门旁，忽然又回来了。

“我要笑出来了！我会笑死的！”她悲哀地说。

但是就在这一刹那间，她转过身去，跑到公爵那里去了。

“这究竟是什么意思？你是怎么想的？”伊凡·费道洛维奇急促地说。

“我怕说出来。”丽萨魏达·博罗可菲耶夫娜也急促地回答说，“据我看来，这是明显的。”

“据我看来也是明显的，像白昼一样明显。她爱他。”

“不但是爱，简直是迷恋上他了！”阿历山大拉·伊凡诺夫娜说，“不过，她迷恋的可是什么人呀？”

“假如她就是这样的命，愿上帝祝福她！”丽萨魏达·博罗可菲耶夫娜虔诚地画十字。

“她一定是这个命。”将军表示同意说，“人是逃避不掉命运的！”

大家全走到客厅里去，那里又有奇怪的事情等待着他们。

阿格拉耶走近公爵身旁的时候，不但没有像她所担心的那样笑出声来，反而怯生生地对他说：

“请您饶恕一个愚蠢的、恶劣的、娇生惯养的女孩子吧（她拉他的手），而且请您相信，我们大家都非常尊敬您。如果说我竟敢拿您那美好的…… 善良的、率真的性格当作笑料，那么，就请您把我当作小孩子，饶恕我的顽皮行为吧；请您恕我逼问出那一套离奇的话来，这套话当然不会有一点儿后果的……”

阿格拉耶用特别着重的口气，说出最后的两句话。

父亲、母亲和姐姐们一齐走进客厅的时候，正好看见这一切情况，听见这些谈话。她所说的“这套话不会有一点儿后果”以及阿格拉耶说出这句离奇话时所表现的严肃心情，使大家非常惊异。大家用疑问的神情对看了一眼；但是公爵似乎没有了解这句话，他感到极度的幸福。

“您为什么这样说呢？”他喃喃地说，“您为什么要……请求……饶恕……”

他甚至想说，他是不配有人向他请求饶恕的。谁知道呢，他也许已经明白那句“这套话没有一点儿后果”的意义，但是，因为他是一个怪人，或者喜欢这句话也未可知。毫无疑问，只要他还能不受阻拦地常到阿格拉耶那里去，允许他和她说话，和她坐在一处，和她一同出去散步，这对于他已成为无上的幸福。谁知道，他也许会一辈子以此为满足！（丽萨魏达·博罗可菲耶夫娜心里最害怕的似乎就是这种满足；她已经猜到他的心情；她心里害怕许多事情，而她又不能把这些事情说出来。）

我们很难形容公爵这天晚上是怎样生气勃勃，充满了勇气。他是那样高兴，使得大家都看着他高兴起来——阿格拉耶的两位姐姐之后这样评价。他开始谈笑风生，这是半年以来，自从他初次和叶家相识的那个早晨起所没有过的。当他重返彼得堡的时候，他很明显地，故意地沉默着，最近他当着大家的面，对施公爵说他必须竭力忍耐，默不作声，因为他没有自己吐露思想，而又把它压抑下去的权利。这天晚上，他差不多唱独角戏，一个人说了许多话；他很明确地、愉快地、详细地回答一切问题。但是，他的话里没有一点儿类似喁喁情话的东西。他所谈的全是一些严肃的，有时也很深奥的思想。公爵甚至讲出了他自己的几个观点，自己内心的一些观察体会。假如他这一席话不是“说得娓娓动听”（像在座的人后来承认那样），也许会显得十分可笑了。将军虽然要听严肃的谈话题目，但是他和丽萨魏达·博罗可菲耶夫娜暗中都觉得学究气未免太重了些。因此，他们后来甚至显得忧郁了。然而公爵兴致勃勃，后来竟讲了一些可笑的故事，因为他自己首先笑起来，别人也跟着笑了，如果说他们是对那些故事本身笑，倒不如说他们是对公爵的快乐笑声而发笑。至于阿格拉耶，她几乎整个晚上都没有说话；她不间断地听列夫·尼古拉耶维奇说话，甚至不见得是听他说话，而只是望着他。

“她不住地看着他，连一眼也不离开；她仔细倾听他的每句话；简直就像捕捉它一般，简直就像捕捉它一般！”丽萨魏达·博罗可菲耶夫娜随后对丈夫说，“但是你要是对她说，她爱上了他，那她无论如何是不爱听的！”

“那有什么办法，这是命中注定呀！”将军耸了耸肩，把这句心爱的话重复好半天。我们还要补充一句：因为他是个事务家，所以，他对当前这种情况有许多地方很不喜欢，而主要的是在于事情含混不清；不过在暂时之间，他也决定默不作声，对丽萨魏达·博罗可菲耶夫娜看望着。

这个家庭的愉快气氛没有维持很久。第二天上午，阿格拉耶就又和公爵吵起嘴来了，在以后的日子也仍然是如此。她常常一连好几小时取笑公爵，几乎使他成了小丑。固然，他们有时在家里小花园的凉亭内坐上一两点钟，但是大家看得见，在这些时候，差不多总是由公爵给阿格拉耶读报纸，或是读什么书。

“您知道不知道，”阿格拉耶有一次打断了读报，对他说，“我觉得您太没有学问。如果人家问您，某人是什么样的人？某件事发生在哪一年？根据的是哪个条约？您总是不大知道的。您太可怜了。”

“我对您说过，我是没有什么学问的。”公爵回答说。

“既然这样，您还有什么呢？既然这样，我怎么能尊重您呢？您读下去吧；也许干脆算了吧，您不必再读下去。”

就在那天晚上，大家又从她身上发现了一个疑团。施公爵回来了。阿格拉耶对他非常和蔼，问了许多关于叶夫格尼·柏夫洛维奇的话。（当时列夫·尼古拉耶维奇公爵还没有来。）施公爵突然暗示出，“家庭内不久将有新的变动”，根据丽萨魏达·博罗可菲耶夫娜吐露的几句话，可以猜想，阿台拉意达的结婚又要延期，以便同时举办两桩喜事。谁也没有料到，阿格拉耶对“这些愚蠢的推测”竟大发脾气；她甚至脱口说出这样的话来，她还不打算去顶任何人的情妇的位置。

这些话使大家很惊愕，特别是她的父母。丽萨魏达·博罗可菲耶夫娜和丈夫秘密商议时，坚持主张他要去和公爵彻底谈清楚娜司泰谢·费里帕夫娜的问题。

伊凡·费道洛维奇赌咒说，这只不过是一种“乖张行动”，是由于阿格拉耶“怕羞”产生的；假如施公爵不提结婚的话，便不会出现这种“乖张行动”，因为阿格拉耶自己也知道，而且确实知道，所谓“情妇”只不过是坏人们所造的谣言，而娜司泰谢·费里帕夫娜是要嫁给罗果静的；公爵不但没有和她发生关系，而且是毫不相干的；假如说句真话，可以说他们从来就没什么关系。

公爵一点儿也没感到不安，他仍然过着逍遥自在的生活。他有时看到阿格拉耶瞟起阴郁的、急切的眼光，又因为他对另外的某种事情更具有信心，所以那种阴郁的神情也就自消自灭了。他一旦相信某种事情以后，就已经不再有什么动摇。他也许显得过分安静了；至少伊鲍里特有这样的感觉。有一次，伊鲍里特偶然在公园内和公爵相遇。

“我当时对您说，您已经爱上了女人，岂不是说对了吗？”他开始说，自己走到公爵身前，挡住公爵的去路。公爵和他握手向他道贺，说他“气色极好”。病人自己也觉得精神爽快，这是害肺痨的人常有的现象。

他走到公爵面前，本来由于公爵满面春风，他打算说几句嘲弄的话，但他立刻感到迷惘异常，于是就谈起自己来了。他开始抱怨，许多时候说出不少抱怨的话，而且说得极不连贯。

“您不会相信，”他说，“他们大家是怎样易怒、琐碎、自私、虚荣、庸碌，您相信不相信，他们把我收留下来，只有一个条件，就是使我赶快死去，而现在我没有死，反而减轻些，这就使大家都发疯了。这算是一幕滑稽剧！我可以打赌，您不相信我。”

公爵不高兴地反驳他。

“我有时甚至想再搬到您那里去住。”伊鲍里特不经意地补充说，“那么您并不认为他们所以收留一个人，就为了他一定会死，而且很快就会死的缘故吗？”

“我以为，他们请您去住，是为了什么别的理由。”

“咦！您并不像人家所说的那样简单！现在还不是时候，否则，我可以把笳纳的事情和他的希望告诉您一些。公爵，有人在您的背后施展阴谋，毫不留情地施展阴谋……您还这样安静，真使我觉得可惜。但是，唉，您就不可能是别的样子！”

“您倒怜惜起我来啦！”公爵笑起来了，“怎么，难道您以为我不安静些，就更幸福了吗？”

“宁可做一个不幸的人，知道一切，也不要做一个幸福的人，而过着……傻瓜的生活。您似乎一点儿也不相信，在那个方面有人和您竞争吗？”

“您所说的关于竞争的话，是有点儿嘲讽味道的，伊鲍里特；我很抱歉，我没有权利回答您。至于说到笳佛里拉·阿尔达里昂南奇，假如您知道一些他的事情，您自己也应该同意，他在丧失了一切之后，心里当然不会感到舒服的。我觉得最好从这个眼光加以观察。他还来得及改变样子，他的生活前途还很远，而且是丰富的生活……然而……然而……”公爵突然茫无所措了，“关于阴谋一层……我简直不明白您指的是什么事情，我们最好别谈这话了，伊鲍里特。”

“暂时不谈也好，再说，您当然不能显出君子的风度。公爵，您必须自己用手指去摸，才会不相信的，哈，哈，哈！您现在很看不起我，您说是不是？”

“为什么？就是为了您以前比我们痛苦，现在仍然受到很大痛苦吗？”

“不是的，只是为了我不配受这痛苦。”

“一个人所受的痛苦越多，便越配多受痛苦。阿格拉耶·伊凡诺夫娜读过您的‘忏悔录’以后，很想见您一面，但是……”

“她在拖延……她不能够，我明白，我明白……”伊鲍里特打断他的话，好像要尽快把话题岔开，“听说您把这一套唠唠叨叨的话朗诵给她听了；那篇东西是糊里糊涂写出来的。我不明白，一个人怎么会弄到这种地步——我姑且不说这是残忍（因为这对我来说有失体面），但可以说怎么会有那样幼稚的虚荣心和报复心，竟用这‘忏悔录’来责备我，用它当作武器来反对我！您不必担心，我并不是说您……”

“但是，我觉得可惜的是，您拒绝这篇文章，伊鲍里特，而这篇文章是很诚恳的，您要知道，即使是其中最可笑的地方，也是如此，至于可笑的地方，那是很多的，（伊鲍里特皱紧眉头）——也可以用痛苦来补偿，因为承认这一切也就是一种痛苦……也许是一种很大的勇敢。那种鼓舞您做这件事的想法，不管表面上看起来怎样，一定具有高尚的基础。时间越长，我越看得清楚，我可以对您起誓。我并不是批评您，我这样说是为了表示自己的意见。我很可惜自己当时没有说话。”

伊鲍里特脸红了。他心里想，也许公爵在那里装模作样，要探听出他的底蕴；但是，他仔细看了看公爵的脸，他不能不相信公爵的诚恳；他的脸色立刻明朗了。

“但是总归要死的！”他说着，几乎要加上一句，“像我这样的人！”“您想一想，您的筘纳真把我折磨得够了；他异想天开地反驳说，在当时听我那篇文章的人们中间，也许要有三四个人比我先死！这是什么话！他以为这是给我一个安慰，哈，哈，哈！首先，他们还没有死；假如这些人全部死光了，我又得到什么安慰呢，您自己想一想！他是在以己度人；而且，还不只如此，他现在简直骂起人来了，他说，在这种情况下，正经的人是会默默而死的，而我这样做，只不过是自私自利的表现！这是什么话！是呀，他那才是自私自利的表现呢！他们的自私自利是如何的精细，也可以说像公牛一样粗鲁，而他们从自己身上却看不出这一点……公爵，您读过十八世纪斯台彭·格莱鲍夫被处死的故事吗？我昨天偶然读到……”

“哪一个斯台彭·格莱鲍夫？”

“在彼得大帝时代被钉在木桩上的。”

“哎哟，我的天哪，我知道的！他在木桩上待了十五个小时，在严寒的时候穿着皮袭，极庄严地死去了；我读过的……怎么啦？”

“上帝给一些人这样的死法，但是不给我们！您也许以为，我不会像格莱鲍夫那样死吗？”

“哦，一点儿也不。”公爵很窘地说，“我只是想说，您……您并不见得像格莱鲍夫，但是……您……您那时候会成为……”

“我猜到了：会成为奥斯台尔曼，并不是格莱鲍夫，你是不是想说这句话？”

“哪一个奥斯台尔曼？”公爵惊异了。

“奥斯台尔曼，外交家奥斯台尔曼，彼得时代的奥斯台尔曼。”伊鲍里特喃喃地说，忽然有点儿慌乱了，接着显出困惑的样子。

“不，不！我并不想说这个，”公爵在沉默了一会儿之后，突然拉长声调说，“我觉得，您……从来没有成为奥斯台尔曼。”

伊鲍里特皱起眉头。

“我为什么这样说呢？”公爵突然抢上去说，显然想加以纠正，“因为当时的人们（我对您发誓，这永远使我惊愕），好像完全和我们现在的人不同，不是现在我们这个世纪的种族，的确像是另一个族类……从前人们好像只有一个理想，而现在都显得神经质一点儿，脑筋灵一点儿，情感多一点儿，好像一下子会产生两三个理想……现在的人心胸宽阔些，——我可以赌咒说，这一点正妨碍他成为像从前那样单纯的人……我……我说这话只是为了这个，并不是……”

“我明白；您不同意我的幼稚言论，现在正为了这个来竭力安慰我。您完全是一个小孩子，公爵！但是，我注意到，你们大家全把我当作……当作一个瓷杯……不要紧，不要紧，我并不生气。不论怎么说吧，我们俩的话是极可笑的；您有时完全是一个小孩子，公爵。您知道，我也许想成为比奥斯台尔曼好一点儿的人；为了奥斯台尔曼，是不值得从死人堆里复活的，但是我看出我必须快点儿死，否则我自己……请您离开我吧。再见！好啦，您对我说吧，您以为我怎样死才好呢？是不是要尽可能地……合乎道德一些？喂，说吧！”

“您从我们身边走过去，饶恕了我们的幸福吧！”公爵轻声说。

“哈，哈，哈！我早就料到您会这样说！我知道您一定会说出这类的话！但是您……但是您……得了吧！您这人真能花言巧语！再见！再见！”

第六章

关于叶家别墅举行晚宴、白洛孔司卡耶将要光临的消息，瓦尔瓦拉·阿尔达里昂诺夫娜也是十分正确地通知了她哥哥的；那天晚上叶家的确等候客人的光临；不过，她的话又有一些夸大其词。固然，这件事安排得过于匆忙，甚至带点儿完全无用的惊慌，但这是因为叶府“办事，一切都要与众不同”。主要的原因就是“不愿再有所疑惑”的丽萨魏达·博罗可菲耶夫娜怀着急不可耐的心情，父母两人对爱女的幸福关怀太深。再说，白洛孔司卡耶的确不久就要离开这里。由于这老太婆的庇护在社会上具有很大的力量，由于叶家父母希望她能对公爵发生好感，所以他们指望通过一个极有权势的“老太婆”的手，使“社会”直接把阿格拉耶的未婚夫接受下来；假如其中有什么奇怪的地方，那么，在她的庇护之下，也就不会显得奇怪了。其中的关键就在于：父母自己无论如何不能解决：“这件事情究竟有没有奇怪的地方？假如有，那么奇怪到什么程度？或者完全没有奇怪的地方？”现在，由于阿格拉耶的缘故，还没有最后作决定，在这时候，那些有权威且有资格的人们的友好和坦率的意见是很有用处的。无论如何，或早或晚，公爵一定要被引到社会上去的，而他对于这社会却没有一点儿概念。简单地说，他们打算把他拿出来“给大家看一看”。不过，那天的晚会计划得很简单；只邀请了一些“家庭好友”，而且人数很少。除去白洛孔司卡耶以外，还邀请一位夫人，一个极重要的贵族和显宦的太太。在年轻人中，只邀请了叶夫格尼·柏夫洛维奇一人；他是要伴着白洛孔司卡耶同来的。

关于白洛孔司卡耶光临的消息，公爵在晚会的前三天就听说了；至于开晚会的事情，他头一天才知道。他当然看出了叶家上下忙乱的情形，甚至从他们向他说话时所带的暗示性的焦虑神色上，也看出他们担心他可能给人留下坏印象。不过，叶家的人不论是谁都有同一的想法，认为他头脑简单，根本不能看出大家替他担心的情形。因此，大家一看见他，心里就暗自发愁。实际上，他也的确没有重视当前的事件；他所忙的完全是别的事情：阿格拉耶一小时比一小时变得更乖张，更阴郁——这使他感到十分焦急。当他听说叶家邀请了叶夫格尼·柏夫洛维奇的时候，他十分高兴，并且说他早就希望见见这个人。不知为什么，没一个人爱听到他这句话；阿格拉耶很恼恨地离开屋子，到深夜十二点来钟，当公爵要走时，她才抓到一个机会，一面送他，一面对他单独说几句话。

“我希望您明天不要到我们家里来，晚上等那些客人都到齐的时候您再来。您知道有客人来吧？”

她不耐烦地、特别严厉地说着；她初次说起这个“晚会”。人人都看得出来，她对于所请这般客人几乎是不能忍耐的。为了这件事情，她也许很想跟父母吵一顿，但由于骄傲和怕羞，没有开口。公爵立刻明白，她也在为他担心（但又不愿意承认她在担心），忽然自己也害怕起来了。

“是的，我被邀请了。”他回答说。

她显然难于继续说下去。

“能不能和您正正经经地谈点儿什么？哪怕一生中只有一次呢？”她突然异常生气，不知道为了什么，而且也没有力量控制自己。

“可以，我现在洗耳恭听，我很高兴。”公爵喃喃地说。

阿格拉耶又沉默了一分钟，带着很明显的厌恶神情开始说：

“我不高兴和他们争论这件事情，有些情形你没法使他们了解。妈妈有些规矩永远使我感觉讨厌。我并不想讲父亲，指望他是没有用的。妈妈当然是一个正直的女人，你只要敢对她讲出下流的话，就可以看得出来。但是，她为什么要崇拜这些……无聊的人呢！我并不是指着白洛孔司卡耶说的。她虽然是一个无聊的老太婆，性格也无聊得很，但是她很聪明，会把他们大家掌握在手掌里——这就是她的长处。唉，真是卑贱极了！而且也可笑得很：我们永远是中等阶层的人们，是地地道道中等阶层的人：为什么一定要爬进那上等社会里去呢？姐姐们也想爬到那里去；施公爵把大家都弄糊涂了。您为什么喜欢叶夫格尼·柏夫洛维奇出席晚会呢？”

“我跟您说，阿格拉耶！”公爵说，“我觉得，您为我十分担心，怕我明天在这个社会里……栽跟斗，是不是？”

“为您担心吗？我怕吗？”阿格拉耶的脸完全红了，“为什么我要为您担心，哪怕您……哪怕您完全受人家取笑呢？对于我又有什么相干？您怎么会说出这样的话来？什么叫作‘栽跟头’？这是不好听的、庸俗的字眼。”

“这是……小学生用的字眼。”

“真的，这是小学生用的字眼！不好听的字眼！您明天大概也打算用这种字眼谈天。您干脆先在家里搬出字典，多找出一些这类的字眼，管保可以发生很大的效果！真可惜，您还懂得礼貌地进人家的大门。您从哪儿学来的规矩？当大家故意望着您的时候，您会不会很有礼貌地举杯喝茶呢？”

“我想我会的。”

“这很可惜；否则我一定要笑出来的。您至少应该把客厅里的那个中国花瓶砸破！它很值钱。请您砸破吧。这花瓶是人家赠送的。妈妈一定会发疯，当着大家的面哭泣——因为她最珍重这只花瓶。您做出您平常所做的那种手势，碰倒它，把它砸破了吧。您可以故意坐在它的旁边。”

“恰好相反，我要尽量坐得远些。谢谢您的警告。”

“这么说来，您预先就害怕自己会乱挥胳膊啦！我敢打赌，您会讲起那些‘题目’，那些严肃的、有学问的、高尚的题目来的，是不是？这将多么……有体面呀！”

“我觉得有点儿愚蠢……假如说得不是时候。”

“喂，您现在应该永远记住，”阿格拉耶终于忍不住了，“假如您谈起什么死刑，或是俄国经济的状况，或是‘美可以拯救世界’等，那么……我当然很高兴，而且会笑出来，但是……我要预先警告您：您以后再也别见我！您听着，我说的是正经话！这一次我说得很正经！”

她果真是很正经地说出这番威吓的话来。因此，从她的话里可以听出，从她的眼神里也可以看出公爵以前所没有注意到的不寻常的东西，这当然并不像在开玩笑。

“您这样一来，倒使我感到一定会‘高谈阔论’起来，我由于害怕，一定会把花瓶碰碎。我也许会在光滑的地板上摔跤，或是出这一类的事情，因为我已经有过这类事情了；今晚我会做一夜这类的梦；您为什么偏要提起这个来呢？”

阿格拉耶阴郁地对他看了一眼。

“我告诉您说：明天我干脆就不来！我推说有病，也就完了！”他终于这样决定说。

阿格拉耶跺着脚，脸都气白了。

“天哪！天底下，谁见过这样的事情！人家特地为他请客，他倒不来……我的天哪！跟您这样……头脑不清的人打交道，真是够受的！”

“好啦，我来就是啦！”公爵连忙打断她的话，“我可以对您起誓，我整个晚上坐着，一句话也不说。我会这样做的。”

"您这样做很好。您刚才说'推说有病';您到底是在哪里学来的这种话?您何必用这种字眼和我谈话呢?您想逼我吗?"

"对不住。这也是一句小学生用的话;我以后不用了。我很明白……您……您替我担心……(您可不要生气啊!),我很喜欢这样。您不知道,我现在是多么害怕,同时又是多么高兴听到您的话。但是,我可以对您赌咒,所有这些惊惧全是琐碎的、无聊的。真的,阿格拉耶!剩下来的便是快乐。我很高兴您是这样一个孩子,这样一个美好善良的孩子!您可以达到多么美好的地步呀,阿格拉耶!"

阿格拉耶听了这话当然会发脾气的,而且已经想要发脾气了,但是在一刹那间,忽然有一种料想不到的情感占据她的整个心灵。

"在日后……什么时候您会不会责备我现在所说的这些粗野的话?"她突然问道。

"您怎么啦!您怎么啦!您为什么又脸红了?又那样阴郁地看着我!您有时看我露出过于阴郁的神情,阿格拉耶,这是以前从来没有过的。我知道这是为什么……"

"别说啦!别说啦!"

"不,还是说了好。我早就想说;我已经说了,但是……这还不够,因为您不肯听我的话。我们中间到底有一个人……"

"别说啦,别说啦,别说啦!"阿格拉耶忽然打断他的话,紧紧抓住他的手,几乎带着恐怖的样子看着他。这时候有人唤她;她好像很高兴似的,甩开他走了。

公爵整夜发寒热病。奇怪得很,他已经一连几夜忽冷忽热了。这一次在半梦呓中,他产生出一个念头:假如明天当众忽然晕倒又怎么办呢?他不是在白天晕倒过吗?他一想到这个就发起冷来;他整夜想象自己处在一个奇怪的从来没有见过的社会里,在一些奇怪的人物中间。主要的是他"高谈阔论起来"了。他知道不应该说,但是他一直说着,他劝那些人。叶夫格尼·柏夫洛维奇和伊鲍里特也在这些客人中间,好像交情很不错。

他在九点钟的时候睡醒了，头痛、思想混乱，心里充满一些奇怪的印象。他不知为什么，很想见一见罗果静；见他一面，和他谈许多话，——究竟说什么，连他自己也不知道；之后，他完全决定到伊鲍里特那里去办点儿事情了。他的心里有些混乱。因此，今天早晨所发生的事情虽然使他得到极强烈的印象，但是到底记不很清楚。其中有一件事情就是莱白及夫的访问。

莱白及夫出现得极早，九点刚过就来了，他差不多完全喝醉了。公爵近来虽然不大注意外面的事情，但是他也看出，自从伊伏尔金将军三天前搬走后，莱白及夫的行径十分不好。他的衣裳忽然弄得很脏，染上许多油污，他的领带歪到一边，衣领也撕破了。他在自己家里大吵大闹，隔着小院都听到了，魏拉有一次流着眼泪跑来，告诉公爵出了什么事情。他今天早晨来了，捶着自己的胸脯，说了一些奇怪的话，对自己责备了一番……

“由于我背信弃义、卑鄙无耻，我已经得到了……得到了惩罚……挨到了一记耳光！”他终于像演悲剧似的说。

“耳光！谁给你的？这样早吗？”

“早？”莱白及夫讽刺地微笑着，“与时间没有一点儿关系……即使是对肉体的惩罚……但是，我挨了一记精神上的……精神上的耳光，而不是肉体上的！”

他突然不客气地坐下来，开始讲述是怎么回事。他的讲述是不连贯的，公爵皱着眉头，想要出去；但是，突然有几句话使他惊愕。他由于惊愕而愣住了……莱白及夫先生讲出一些奇怪的事情。

他起初显然是讲到一封什么信；他提到阿格拉耶·伊凡诺夫娜的名字。然后，莱白及夫忽然很悲苦地责备起公爵来；可以想见他曾经受到公爵的侮辱。据他说，公爵起初曾经把自己和某“角色”（即娜司泰谢·费里帕夫娜）的事情委托给莱白及夫；但是之后完全和莱白及夫断绝了关系，把他撵走，伤了他的面子，甚至弄到非常可气的程度，最后连他问一句“家里将有变动”的话都很粗暴地拒绝答复。莱白及夫醉眼蒙眬地承认说：“此后他决不能忍耐下去了，尤其是他听到很多事情……很多事情……从罗果静那里，从娜司泰谢·费里帕夫娜那里，从娜司泰谢·费里帕夫娜的女朋友那里，从瓦尔瓦拉·阿尔达里昂诺夫娜本人那里……从……甚至从阿格拉耶·伊凡诺夫娜本人那里……您想一想看，这全是由魏拉从中帮忙，由我的爱女魏拉，独生的……不对……并不是独生的，因为我有三个孩子。是谁写信给丽萨魏达·博罗可菲耶夫娜，甚至严守秘密，哈，哈！是谁把一切关系……把娜司泰谢·费里帕夫娜这个人物的行动报告给她，哈，哈！请问，那个写匿名信的是谁，到底是谁？”

“难道是您吗？”公爵喊道。

“正是，”醉鬼带着尊严的神气回答说，“就在今天早晨八点半，只有半小时……不，三刻钟，我曾通知那位尊贵的母亲，我有一件重大的事情转告她……我写了一张便条，交给女孩子，从后面的台阶那里送去。她收下了。”

“您刚才看见丽萨魏达·博罗可菲耶夫娜吗？”公爵不能相信自己的耳朵，问道。

“我刚才去见她，竟挨了一记耳光……精神上的。她把信还给我，甚至掷了过来，但没有拆开……她指着我的脖子，把我推出去了……但只不过是精神上的，不是肉体上的……不过，几乎等于肉体上的，相差并不太远！”

“她扔给您什么信，没有拆开来的？”

“难道……哈，哈，哈！难道我还没有告诉您吗？我以为我已经说过了……我接到了这样一封信，转交的……”

“谁的信？给谁的？”

但是，莱白及夫的一些“解释”是很难弄清楚，或者加以了解的。

公爵费了许多劲儿，才明白那封信是大清早由女仆送给魏拉·莱白及娃，托她按地址转交的……还和以前一样……还和以前一样由同一个人物交给某个角色……（内中一个我称为“人物”，另一个单称为“角色”，以作区别，而且是为了表示轻蔑的意思；因为天真而且高贵的将军女公子和……茶花女之间是有极大区别的。）这封信是那位“人物”写的，他的名字的第一个字母是A字……

“那怎么可能呢？写给娜司泰谢·费里帕夫娜的吗？真是无意义的事情！”公爵喊道。

“有的，有的。假如不是给她，便是给罗果静，给罗果静也是一样……还有一封信，是由A字母的人物交给帖连奇耶夫先生转交的。”莱白及夫使了一个媚眼，微笑着。

因为他时常从这件事纠缠到另一件事上去，忘记了最初的话题，所以公爵索性不说话，让他一个人发言。但是到底弄不明白：那封信是经他的手，还是经魏拉的手转交的？假如他自己说，“给罗果静和给娜司泰谢·费里帕夫娜都是一样”，那么，假如真是有那些信的话，那些信不会经他手的。至于现在这封信怎么会落到他手里去，根本无从加以解释；大概可以猜到的是，他用什么方法从魏拉手里抢来……轻轻地偷来，另有一番用意送到丽萨魏达·博罗可菲耶夫娜那里去。公爵终于这样推测到，而且了解到了。

“您发疯了！”他十分慌乱地喊出来了。

“并不完全是，可尊敬的公爵，”莱白及夫带着些愤恨回答说，“不错，我本来想亲手交给您，为了替您效劳……但后来想到不如替那边效劳，把这一切报告给那位尊贵的母亲……因为以前给她写过一次无名信。刚才我写了一张字条，‘请在八点二十分相见’，下面署名也是‘您的秘密通信者’。到了那个时候，他们会立刻地，甚至非常匆促地，领我从后门过去见那位尊贵的母亲。”

“后来呢？……”

“后来您已经知道了，几乎把我揍了一顿；所谓‘几乎’，就可以说是差不多要揍我了。她还把信掷还给我。她本来想把信留下——但是她想了一下，又掷还给我了：‘既然人家委托你转交，你就转交好了……’她甚至生气起来。她既然不好意思对我说这话，那一定是生了气。她的脾气暴躁极了！”

“现在信在哪里？”

“还在我身边，这不就是？”

于是，他把阿格拉耶给箔佛里拉·阿尔达里昂南奇的信交给公爵，这封信就是今天早晨箔佛里拉·阿尔达里昂南奇收到后两小时，得意扬扬地给他的妹妹看的那封。

“这封信不能留在您手里。”

“给您，给您！我现在呈献给您，”莱白及夫热烈地抢上去说，“我过去一度叛变，现在又成为您的仆人，完全成为您的仆人，从头到心！正如英国的、大不列颠的……托马斯·莫尔[1]所说的一样：‘惩罚心灵，饶恕胡须。’正如罗马教王所说的：Meaculpa，meaculpa，[2]不对，那是罗马教皇，我竟称他为罗马教王了。”

“这封信应该立刻转去，”公爵忙乱起来，“让我来转交吧。”

“好不好，好不好，极有教养的公爵，好不好……这样！”莱白及夫扮出一副奇怪的、带着阿谀神情的鬼脸；他当时忽然颤动得很厉害，好像有人忽然用针扎了他一下，同时，他还很狡猾地挤眉弄眼，打着手势。

“什么？”公爵很威严地问道。

“把信先拆开来？”他巴结地、极秘密似的微语着。

公爵怒不可遏地跳起来，莱白及夫吓得拔腿就跑。但是他跑到门

1 托马斯·莫尔（Thomas More，1478—1535），英国杰出的人道主义思想家，空想社会主义创始人之一，著有《乌托邦》一书。

2 拉丁语：我承认自己的错误。

前，又站住了，想看看公爵能不能饶恕他。

“唉，莱白及夫呀！您怎么会堕落到这样卑鄙胡来的地步？”公爵很悲伤地喊叫道。莱白及夫的一脸愁云飞散了。

“我卑鄙！我卑鄙！”他立刻走过来，含着泪，捶着自己的胸脯。

“这真是卑鄙龌龊的行为！”

“正是卑鄙龌龊的行为！这话说得真对！”

“您这种奇怪的行为……算什么道理？您……简直是个侦探！您为什么要写匿名信，惊扰那样正直而且良善的女人？阿格拉耶·伊凡诺夫娜怎么会没有权利给任何人写信？您今天是跑去告密的吗？您打算在那里得点儿什么？您跑去告密有什么动机？”

“纯粹出于一种愉快的好奇心……还由于有一个正直的心灵，愿意替人效劳，就是这样！”莱白及夫喃喃地说，“现在我全是您的人，又全是您的人了！您让我上吊都可以！”

“您就是像现在这种样子去见丽萨魏达·博罗可菲耶夫娜的吗？”公爵很嫌恶地露出好奇的样子。

“不……精神振作些……甚至要体面些；我是在丢了脸以后……才弄成这副模样的。”

“好极了，您离开我吧。”

但是，这个请求必须重复几次，客人才走出去。他完全把门打开了，又转回来，蹑着脚走到屋子中央，又开始做手势，表示如何拆开信；他不敢再用自己的话来劝告；之后就出去了，轻轻地、和蔼地微笑着。

听到这一切是非常难过的。从这一切话中，只发现一个非常主要的事实，那就是：阿格拉耶不知为什么极为惊慌，极为迟疑，极为苦痛（公爵自言自语说：“这是由于醋意。”）。显然，那些恶人正在搅扰她，很奇怪的是，她竟会这样信任他们。当然，在这缺乏经验的、热情的、骄傲的脑筋里正成熟着一些特别的计划，它们也许是有害的，并且是…… 粗野的。公爵显得特别惊惧，在慌乱中不知如何决定才好。一定要作一番警告，他感到了这一点。他又朝那个封得很严的信封上所写的地址看了一眼：对于这个他真没有疑惑和不安的，因为他很相信；在这封信里，使公爵不安的是另一个情形：他不相信笳佛里拉·阿尔达里昂南奇。但是，他决定亲自把这封信送去，他为了这个，已经从家里走出，但在路上又改变了主意。事有凑巧，郭略在波奇成的房子旁边出现了，公爵就委托他把信交给他的哥哥，仿佛是直接从阿格拉耶·伊凡诺夫娜那里取来的。郭略没有细问，就送去了，因此笳纳并没有想象到，这封信会经过了几个人的手。公爵回家时请魏拉·罗吉央诺夫娜到他那里来，把应该告诉的话全部告诉她听，并且好好安慰了她一番，因为她一直在那里寻找那封信，哭泣着。她一知道这封信是她父亲拿走的，显得非常恐怖。（公爵之后从她那里知道，她曾经为罗果静和阿格拉耶·伊凡诺夫娜秘密地做过很多事；她没有想到这样做对公爵是有害的……）

公爵心里十分懊丧，两小时后，当郭略打发人跑来报告父亲生病的时候，他最初几乎不明白究竟是怎么回事。但是这件事情使他的心情恢复了原状，因为这件事情吸引了他的注意力。他在尼娜·阿历山大洛夫娜那里（病人当然被抬到那里去了），差不多一直坐到晚上。他在那里不见得有什么益处，但是有一类人，当你在痛苦时看见他们坐在身旁，不知为什么，你会感到舒服的。郭略异常惊愕，歇斯底里地哭泣着，但是一直跑来跑去地忙个不停：他跑去请医生，找到三个，然后又跑到药房和理发馆里去。将军被救活了，但是还没有清醒过来。医生们认为“病人尚未脱离危险”。瓦略和尼娜·阿历山大洛夫娜不离开病人一步；笳纳感到惭愧和惊愕，但是他不想上楼去，甚至怕见病人。他扭着自己的两只手，前言不搭后语地和公爵谈着话，他说：“竟弄出这样不幸的事情，简直像故意似的，偏偏在这种时候！”公爵心里明白笳纳所指的是什么时候。公爵没有在波奇成家里遇到伊鲍里特。傍晚的时候，莱白及夫跑来了。自从早晨作那番“表白”之后，他一直睡到现在。他的酒现在差不多都醒了，他流着真正的泪水，当着病人的面哀哭，就好像哭他的亲哥哥一样。他大声责骂自己，但没有说出是什么原因；他死缠着尼娜·阿历山大洛夫娜，时时刻刻对她说：“他是造成这一切混乱的主要原因，不是别人，只是他自己……只是为了好奇的缘故，‘死者’（他不知为什么对还活着的将军坚持这样的称呼）简直是个很有天才的人！”他特别严肃地说将军有天才，好像这样一说，在这时候就会产生莫大利益似的。尼娜·阿历山大洛夫娜见到他流着诚恳的眼泪，终于丝毫不加责备地，甚至露出和蔼的神情对他说：“得了吧，不要哭啦！上帝会饶恕您的！”莱白及夫被这几句话和说这几句话时的语调所感动，因此整个晚上不想离开尼娜·阿历山大洛夫娜（在之后的几天内，一直到将军死为止，他差不多从早到晚尽逗留在他们家里）。那天，丽萨魏达·博罗可菲耶夫娜两次派人到尼娜·阿历山大洛夫娜那里打听病人的情况。晚上九点钟，当公爵走进业已坐满客人的叶家客厅时，丽萨魏达·博罗可菲耶夫娜立刻问他病人的情况，问得非常关切和详细；白洛孔司卡耶问：“谁病啦？尼娜·阿历山大洛夫娜是什么人？”她也很庄严地作了答复。这颇使公爵喜欢。他向丽萨魏达·博罗可菲耶夫娜说明情况的时候，据阿格拉耶的姐姐们之后所说，讲得“好极啦”，她们说他“谦恭，沉稳，没有废话，不指手画脚，很有气派；进门时的仪态很好，衣服穿得也很讲究”，他不但没有像头一天她们所担心的那样“在光滑的地板上摔跤”，而且显然博得了大家的好感。

等他坐定，向四围观看了一遍以后，他立刻发觉这个集会既不像昨天阿格拉耶所吓唬他的那样可怕，也不像他昨夜的噩梦那样惊心。他有生以来，初次看到用“上等社会”这几个可怕字眼称呼的一个角落。他由于怀着一些特别的用意、想法和欲望，早就渴望钻进这个神奇的圈子里去，因此他对这个人群的最初印象是十分强烈的，也可以说他的最初印象是非常美妙的。他当时忽然觉得，所有这些人似乎生下来就在一起；他觉得叶府这天晚上并不是开什么“晚会”，招待来宾，他们全是“一家人”，而他自己早已成为那般人的忠实朋友和同志，他是在暂时离别以后，现在又回到他们中间里了。优雅的举止、坦率的作风，再加上外表的诚恳，真是令人神往。他决不会想到，所有这些坦率和正直，机智和派头，也许只不过是一种富丽堂皇的伪造艺术品罢了。在客人中，虽然大多数仪表堂堂，但他们都是绣花枕头，内心非常空虚；不过，他们由于自负自满，所以连自己都不知道，他们身上的许多优点只是一些做作出来的东西。这个过错倒不在他们身上，因为他们只是不知不觉地，由祖先传下来的罢了。公爵由于最初对这般人印象极好，根本就没有想到这一层。例如有一位老人，是个高官显贵，以年龄论，与他的祖父相当，他见到那位老人为了倾听他这样一个涉世未深的青年说话，自己竟停止了对别人的谈论；那老人不但倾听公爵说话，而且显然尊重他的意见，待他非常和蔼，露出诚恳而和善的态度，而他们俩本来素不相识，今天是头一次谋面。也许是这种彬彬有礼的态度，公爵的多情善感的心灵起了很大的作用。也许他早就有了主见，认为这般人一定会给人留下愉快的印象了。

所有这些人虽然可以称为“家庭密友”或是彼此知己，但实际上并不像公爵被介绍和他们相识时所想象的那样，他们既不是什么家庭中的亲密朋友，彼此之间也没有大不了的交情。这里有些人，永远不会承认叶潘钦家的人和自己是平等的。这里有些人，他们互相之间完全充满了仇恨。白洛孔司卡耶老太婆一辈子“看不起”那位上年纪的“显贵”的夫人，而那位夫人又很不喜欢丽萨魏达·博罗可菲耶夫娜。那位“显贵”，也就是那位夫人的丈夫，不知什么原因，从叶潘钦夫妇年轻的时候起，就成为他们的保护者了，现在宾客之中，也高居上座。在伊凡·费道洛维奇看来，他是一个了不起的人物，伊凡·费道洛维奇在他面前，除了崇拜和恐惧之外，没有另外的感觉；假如他有一分钟认为自己和那位大人物平等，而不认为是奥林匹斯山的主神，那他一定会发自内心地厌恶自己。在座的客人中，有些已经几年没见过面，他们相互漠不关心（假如不说是憎恶，也是没有任何的情感可言）。然而现在相见以后，他们却好像昨天刚刚欢聚一堂、称兄道弟似的。不过，今天出席晚宴的人数并不多。除了白洛孔司卡耶和那个老“显贵”（他当真是位要人）以外，除了他的夫人以外，贵宾中间还有一位体格十分魁伟的武职将军、伯爵或男爵，他姓的是德国人的姓。这个人沉默寡言，由于精通政务，学问渊博而有很大的声誉，他是那些“除开俄罗斯本身而外”万事皆通的高官显贵之一，五年来始终把“深刻异常”这几个字作为口头禅，而到将来，这句话一定会成为谚语，就是在极低的阶级中也会广为流传；他是那样一种高级官吏，通常在宦海中浮沉很久（长久得都有些奇怪），到死时一定爵位很高、差事很肥、金钱很多，他们没有什么赫赫的功勋，甚至对功勋还抱着一些敌意。这位将军是伊凡·费道洛维奇的顶头上司，伊凡·费道洛维奇由于感恩心重，甚至是由于特别的自尊心，也认为他是自己的恩人，然而那位将军却不承认自己是伊凡·费道洛维奇的恩人，虽然很乐意伊凡·费道洛维奇在各方面为他效犬马之劳，可是他保持着十分冷酷的态度。一旦有所必要，哪怕没有太大的必要性，他也会将伊凡·费道洛维奇立即撤职，调换他人。在座的还有一个老迈的、架子十足的绅士，好像是丽萨魏达·博罗可菲耶夫娜的亲戚，其实根本不是；此人高官厚禄，出身望族，体格粗壮，十分健康；他好说话，甚至是出名的牢骚家（用这个名词是最好的含义），他好动肝火，这也出了名（但是这一点到了他身上也是令人愉快的）。他具有英国贵族的风度和英国人的嗜好（譬如喜欢吃带血的牛排，爱用马具和仆人等），他是那位“显贵”的好友，他博得了那位“显贵”的欢心。另外，丽萨魏达·博罗可菲耶夫娜不知为什么怀着一个奇怪的念头，认为这位老绅士（这人的行为有些轻浮，特别好色）说不定什么时候会向阿历山大拉求婚。在这次晚会中，除开这些高贵人物而外，还有一些比较年轻的客人，他们也具有极端美妙的性格。除施公爵和叶夫格尼·柏夫洛维奇以外，以英俊出名的恩公爵也属于这一阶层。此人以善于勾引妇女驰名全欧，现在虽然已经四十五岁，但仍然仪表堂堂，能说会道；他本来财产很多，但现在已经成了破落户。他通常多半旅居国外。在来宾之中还有些人，他们似乎组成了第三种特别阶层，他们虽然不属于社会上的“不可侵犯的阶层”，但是不知为什么，他们就和叶潘钦夫妇一样，令人有时在这“不可侵犯的阶层”内遇到。叶氏夫妇有一种惯例，他们虽然不常举行宴会，但在请客时总喜欢把上等社会的人物和比较下层的人们（即“中流人物”的优秀代表）兼容并包，凑在一起。为了这一点，大家都夸奖叶氏夫妇，说他们对自己地位有所认识，极为知趣，而叶氏夫妇听到大家的意见，也颇扬扬得意。这天晚上，中流人物的代表之一是一位工兵上校，人极严肃，是施公爵的知己朋友，也就是由他介绍到叶府上来的。这位上校在交际场中沉默寡言，右手的巨大食指上戴着一只很显眼的大戒指，多半是人家赠送的。在座的还有一个文学家、诗人，出生于德国，却是一位俄罗斯的诗人。再有，他长得十分体面，所以把他介绍到上流社会里，是用不着担心的。他总是笑嘻嘻的，但不知为什么令人感到有些讨厌。他的年纪约三十八岁，穿得十分讲究，出身于最受人尊敬的德国家庭，属于资产阶级上层。他善于利用各种机会获得上流人物的庇护，使他们始终宠爱他。他曾经从德文里翻译某位重要德国诗人的一部重要作品，他很巧妙地将这部翻译的诗作献给一位已故的俄国名诗人，夸耀他和这位诗人有过深厚的友谊（有一类作家特别喜欢在刊物上发表自己和已故的大作家交往的逸事）。他是新近由老“显宦”的夫人介绍给叶氏夫妇的。这位夫人素以保护文学家与学者出名，而且的确通过她所熟悉的权责，给一两个作家弄到过津贴。她具有一种特殊势力。这位夫人年约四十五岁（对于她丈夫那样老态龙钟的人来说，还是个小媳妇）。她年轻时很有美丽姿色，现在依照一般四十来岁的徐娘的风习，还爱穿花花绿绿的衣裳。她的头脑不见得聪明，也没有什么了不起的文学素养。但是，保护文学家已成为她的一种癖好，正和她爱穿华丽服装一般。有许多创作和翻译都在扉页上写着呈献给她；有两三位作家得到她的许可，发表了他们写给她的、讨论一些重大问题的书信……现在，公爵把这样一个社会完全当作极纯的金币，成色十足的黄金，没有一点儿合金在内。而所有这些人，在这次晚会中，也仿佛故意表示高兴，带有自满的神情。他们大家都知道，他们的驾临是给叶氏夫妇很大的面子。但是可叹得很，公爵并没有识破这些微妙之处。譬如说，他并没有看出，叶氏夫妇解决女儿终身大事这样的重要问题，就不敢不把他列夫·尼古拉耶维奇公爵拉出来，给公认为叶家保护人的老“显贵”看相一番。那个老“显贵”就是听说叶氏夫妇倒天下的大霉，也会完全泰然不动的，可是，假如叶氏夫妇不和他商量，不征得他的同意，就宣布女儿订婚，那老头子非生气不可。恩公爵是一个态度温和、富有机智、十分诚恳的人，他自信自己就好像太阳一般，今夜悬在叶家客厅上方。他认为叶氏夫妇比自己低贱得多，正是由于他怀着这个坦率而高尚的念头，所以他对叶氏夫妇极端和蔼，露出友好的态度。他很清楚，这天晚上他一定要讲个故事，博得大家的欢心。因此，他就大动脑筋准备了一番。列夫·尼古拉耶维奇公爵听完恩公爵所讲的故事以后，他感到自己从来没有听到像恩公爵这样唐璜式的人物，说得如此幽默，如此愉快，如此天真，而且如此动人。其实他哪里知道，这个故事已经老掉牙了，人人背得烂熟，在别家的客厅里已成为令人讨厌的废物，只有在天真的叶氏夫妇那里，它又成为一件新闻，成为一个光辉灿烂的人物的即兴的、诚恳的、美丽的回忆！再有，那位德国诗人虽然显得特别客气和谦恭，但是他也几乎认为自己的光临是给叶家很大的面子。公爵却没有注意到事情的内幕，没有注意到任何的潜流。连阿格拉耶都没有预料到这种不幸。她今天晚上显得特别美丽。三位小姐虽然不太华丽，但是都打扮起来了，甚至打了特别的发结；阿格拉耶坐在叶夫格尼·柏夫洛维奇旁边，和他特别友善地谈话，还开着玩笑。叶夫格尼·柏夫洛维奇的举止似乎比别的时候稍微庄重些，这也许是由于尊敬显宦的缘故。不过，在交际场上大家早已认识他了；他年纪虽轻，但已经成为上流社会的一员了。这天晚上，他上叶府去的时候，帽子上缠着黑纱，为了这块黑纱，白洛孔司卡耶把他夸奖一顿：如果换一个爱交际的侄儿，在出席这种宴会时，也就不会给叔父戴孝的。丽萨魏达·博罗可菲耶夫娜也认为满意，但是一般地说，她露出好像极焦虑的样子。公爵看见阿格拉耶两次朝他注视，他觉得很满意。他渐渐地觉得太幸福了。他刚才那些“幻想”和顾虑（在他和莱白及夫谈话以后），现在突然地，但是时常地回忆起来，竟是多么不现实的、不可能实现的甚至可笑的梦呀！（在整整一天内，他的最主要的、无意识的愿望和冲动，就是想法儿使他不相信这个梦！）他说话很少，所说的不过是回答人家的问题，后来完全沉默下去，坐在那里，一直听着，显然充满了愉快的心情。他心里渐渐产生一种灵感，一遇到机会，就会爆发出来。……他的说话是出于偶然的，也是在回答人家的问话，似乎并没有特别的用意……

第七章

当他带着愉快的心情，端详着正和恩公爵以及叶夫格尼·柏夫洛维奇欢谈的阿格拉耶的时候，那个英国派的老绅士正在另一角落款待“显贵”，向“显贵”大讲特讲着什么，他忽然提起了尼古拉·安德烈维奇·伯夫里柴夫的名字。公爵很迅速地向他们那面转过身去，听起来了。

他们谈论的是某省地主庄园目前的好坏情况。英国派绅士所讲的内容大概很有趣，因为那位老“显贵”终于笑起他那种激动的样子来了。他讲得很流畅，好像诉怨似的把话拉长，而且将重音很柔和地放在元音字母上面。他讲自己为了遵守现行的法规，为什么不得不以半价卖掉在某省内的一片良田，其实他并不特别需要什么钱；而在同时，他又不得不保留那些已经荒芜了的、受损失的、正在涉讼的田产，甚至还要倒贴一些钱。“我为了避免再为伯夫里柴夫的地打官司，连忙躲开他们了。假如再来一两笔这样的遗产，我就要垮台了。不过，我可以得到三千俄亩肥美的田地！”

“原来……伊凡·彼得洛维奇是已故尼古拉·安德烈维奇·伯夫里柴夫的亲戚……你大概寻找过亲戚的。”伊凡·费道洛维奇对公爵轻声说。他见到公爵十分注意倾听谈话，突然来到公爵的身旁。在这以前，他竭力款待那位上司将军，不过，他也早已看出列夫·尼古拉耶维奇单独一人缩在一边，因而感到不安起来；他想在一定程度上使公爵参加谈话，以便再向“上流人物”介绍一下，使那些人物看看。

“列夫·尼古拉耶维奇，在他父母死后，就由尼古拉·安德列维奇·伯夫里柴夫做他的监护人。”他在遇到伊凡·彼得洛维奇的眼神以后，这样插嘴说。

“很好，”伊凡·彼得洛维奇说，“我记得很清楚。刚才伊凡·费道洛维奇给我们介绍的时候，我立刻就认出您了，甚至连脸都记得清楚。您的外貌真是没有什么变动，虽然我看见的时候，您还只是一个小孩子，那时您只有十岁，或十一岁。您的面貌上有某种可以使人记住的东西……”

“我小的时候，您看见过吗？”公爵问，露出特别惊异的样子。

“哦，这是很久以前的事情了，”伊凡·彼得洛维奇继续说，“在兹拉托魏尔霍伏，当时您住在我的表亲家里。我以前常到兹拉托魏尔霍伏去，您不记得我吗？也许您不会记得……您当时……您当时有病，我有一次看到您，非常惊讶……”

“我一点儿也不记得了！”公爵热烈地重复了一遍。

他们还作了一些解释性的谈话，当谈话时，伊凡·彼得洛维奇极为稳静，而公爵却非常激动，原来那两位老处女，是已故伯夫里柴夫的亲戚，住在他的兹拉托魏尔霍伏庄园里；她们是伊凡·彼得洛维奇的表姐妹，公爵就是托她们养大的。伊凡·彼得洛维奇也和大家一样，几乎解释不出伯夫里柴夫所以那样照顾他的义子——小公爵的原因。他说，“当时竟忘记注意到这一点了。”但是，后来却发现他的记忆力很强，因为他还记得大表姐玛尔法·尼其乞士娜对待她所养育的孩子十分严厉，“有一次为了教育您的方式，我竟和她吵起嘴来，因为她竟用鞭子抽打一个有病的孩子——您自己想一想……这真是……”而那个二表姐，娜泰里亚·尼其乞士娜，却恰恰相反，对可怜的孩子态度温和……

“她们姐妹俩，”他又往下解释说，“现在住在某省（不过，我不知道她们现在是不是还活着），在那里，伯夫里柴夫留给她们一个极好的小小庄园。玛尔法·尼其乞士娜似乎想进修道院；不过我不敢肯定；也许我听到的是别人的事情……是的，我前两天听见那位医生太太想要这样……”

公爵倾听这些话时，眼里闪耀着快乐与温和的光辉。他带着特别的热情说，他在内地各省旅行的六个月期间，没有找机会去拜访他小时候的女教师，自己永远感到是无可原谅的事情。他每天想去，总是被别的事情岔开了……现在他自己发誓……一定……要到某省去一趟……“您认识娜泰里亚·尼其乞士娜吗？她是一个多么漂亮、多么高尚的女人呀！但是，玛尔法·尼其乞士娜也……对不住，您对玛尔法·尼其乞士娜大概看错了！她固然很严厉，但是……您要知道，我当时是个白痴。教养我那样的孩子……谁也忍耐不住的（嘻！嘻！）。您要知道，我当时完全是一个白痴呀！（哈！哈！）然而……然而……您当时看见过我，并且请问，我怎么会不记得您呢？这么说，您……唉，天哪，难道您果真是尼古拉·安德烈维奇·伯夫里柴夫的亲戚吗？”

“您应该相信我。”伊凡·彼得洛维奇微笑着，朝公爵看了一眼。

“我的意思并不是……怀疑……这有什么可怀疑的呢？（吓！吓！）……哪会有一点儿怀疑呢？这就是说，一点儿怀疑也没有！！（吓！吓！）我要说的是，已故的尼古拉·安德烈维奇·伯夫里柴夫的确是个极好的人！我对您说，他真是一个慷慨大方的好人！”

当时公爵并不是发生急喘，而是像阿台拉意达和她的未婚夫施公爵在第二天早晨谈话时所说的“由于心肠好，憋住气了”。

“唉，我的天哪！”伊凡·彼得洛维奇哈哈笑起来了，“我为什么不能成为一个慷慨大方的好人的亲戚呢？”

“唉，我的天哪！”公爵喊道，他露出惭愧的神情，匆匆忙忙地，而且越来越兴奋了，“我……我又说了一些蠢话，但是……也应该如此，因为我…… 我…… 我又说得牛头不对马嘴了！并且在这样利益之下…… 在这样极大的利益之下…… 请问，现在我又算得了什么呢？和这样慷慨大方的人比较起来——因为他的确是一个慷慨大方的人，不对吗？不对吗？”

公爵甚至全身都颤抖着。他为什么忽然那样惊慌起来，为什么完全没来由地产生那样喜悦的情感，好像和谈话的题目一点儿也不相称，——这是很难解答的。他当时的心情的确是这样，在这时候，不论对什么人，为了什么事情，他都怀着热烈的、极深厚的感谢心情——不只对伊凡·彼得洛维奇，就是对所有的客人也是这样。他真是快乐极了。伊凡·彼得洛维奇开始向他仔细端详；“显贵”也十分注意看他。白洛孔司卡耶对公爵怒目相视，咬紧自己的嘴唇。恩公爵、叶夫格尼·柏夫洛维奇、施公爵、小姐们，大家都停止了谈话，倾听起来。阿格拉耶显得十分惊慌，丽萨魏达·博罗可菲耶夫娜简直胆怯起来。她们母女也真奇怪：她们本来希望公爵最好默不作声地坐一晚上；但是刚一看见他缩在屋子的角落里，十分孤寂，并且完全安于自己的命运，她们马上又惊慌起来了。阿历山大拉已经打算走到他那里，小心谨慎地穿过整个屋子，参加他们的一伙，也就是参加恩公爵的一伙，坐在白洛孔司卡耶身旁。现在公爵刚一开口，她们母女更加惊慌了。

“您说他是个极好的人，这话很对，”伊凡·彼得洛维奇庄严地说，已经敛住了笑容，“是的，是的…… 他是一个很好的人！是一个值得尊敬的好人，”他沉默了一会儿，又说，“甚至可以说极端值得崇拜的人，”他在第三次停顿后，更加庄严地补充说，“并且…… 就是从您这方面看来，也是很有趣的……”

“这个伯夫里柴夫是不是有过一段…… 很奇怪的故事…… 和那个天主教修道院院长…… 和那个修道院院长…… 我忘记是和哪一个修道院院长了，不过，大家当时全在谈论着显贵。”似乎想起旧事，有人这样说。

“就是和古洛院长，天主教耶稣会的神父，”伊凡·彼得洛维奇提醒说，“是的，我们那些好人，那些值得尊敬的人就办这类事情！因为他这个人到底是世家，有财产，做过宫中高级侍从，假如能够……继续服务下去……但是他忽然辞去官职，抛弃一切，改信天主教，当起耶稣会的神父来了，而且明目张胆地，很高兴这样干。总算死得是时候……是的；当时大家都说……”

公爵不能控制自己了。

“伯夫里柴夫……伯夫里柴夫改信天主教了吗？这是不会的！”他恐怖地喊出。

“哼，竟说是‘不会的’！”伊凡·彼得洛维奇很威风地说，“这话说起来很长，您自己也明白，亲爱的公爵……但是您太看重已故的伯夫里柴夫了……他的确是个好人。那个浑蛋古洛之所以能够成功，在我认为主要是由于伯夫里柴夫的性格的关系。但是，您要知道，我后来为了这件事情……也就是为了这个古洛，弄了多少麻烦，出了多少乱子！您想一想看，”他突然对那个老头儿说，“他们甚至想对遗嘱提出异议，我当时就不得不采取最厉害的手段……去说服他们……因为他们什么鬼事都办得出来！真是奇怪！不过，这事幸而出在莫斯科，我立刻去见伯爵，我们终于说服了……他们……”

“您不会相信，您是怎样使我恼怒和惊讶！”公爵又喊道。

“我很抱歉；但在实际上，说老实话，这一切都是无关紧要的事情，我相信，结果也会和往常一样烟消云散的。去年夏天，”他又对老头儿说，“听说克伯爵夫人在国外时，也曾经到一个天主教修道院里去。我们俄国人假如上了这些……无赖汉的圈套，尤其在国外，便不能坚持到底了。”

“我以为，这全是由于我们的疲倦神情产生的，”老头儿很有权威地说，“他们那种传教方法……是漂亮的、别致的……他们还会吓唬人。我跟您说，一八三二年的时候，我在维也纳，他们也吓唬过我；不过我没有屈服，从他们那里逃走了。哈哈！”

“我听说，先生，您当时是和那位美丽的伯爵夫人利瓦伊慈卡耶从维也纳跑到巴黎去的，放弃了自己的职务，但并不是从耶稣会教士那里逃走的。”白洛孔司卡耶突然插嘴说。

“一定是从耶稣会教士那里逃走的，总归是从耶稣会教士那里逃走的！”老人抢上去说，他由于回忆起往日的欢娱，不由得笑起来了。“您大概极有宗教观念，现在在青年人中间是不大会遇见的。”他对列夫·尼古拉耶维奇公爵和蔼地说。公爵张口结舌地听着，露出很惊异的样子。老头儿显然想对于公爵认识得更清楚些。由于某一些原因，他对公爵发生了兴趣。

“伯夫里柴夫头脑灵敏。他是一个基督教徒，正直的基督教徒，”公爵忽然说，“他怎么能皈依基督教以外的宗教呢？……天主教就不是基督的宗教！”他突然又补充了一句，他的眼睛闪耀着光芒，朝自己的前面观望，眼神向大家扫射了一下。

“这是太过分了。”老头儿喃喃地说，他很惊异地向伊凡·费道洛维奇看了一眼。

“为什么天主教不是基督的宗教呢？”伊凡·彼得洛维奇在椅子上转动着，“那么，是什么样的宗教呢？”

“第一，它不是基督的宗教！”公爵显得特别激动，他过分尖锐地说了起来，“第二，罗马的天主教比无神论还坏，我就有这样的意见！是的，我就有这样的意见！无神论只宣传没有神，天主教跑得更远；他们宣传歪曲的基督，被他们诽谤和糟蹋的基督，矛盾的基督！他们宣传反基督主义，我可以对您发誓，我可以使您相信！这是我个人很早就有的想法，这个想法使我自己感到很痛苦……罗马天主教相信，教会没有全世界性的政权，就不能在地球上立足，因此喊着：non possumus[1]。据我看，罗马天主教简直不是宗教，它完全是西罗马帝国的继续。从信

1 拉丁文：不能够。

仰起，一切都属于这个思想。教皇占据土地，登上宝座，手执宝剑；从那时候起，一直就是这样做，只不过在宝剑以外，另加上说谎、奸诈、欺骗、狂热、迷信、计谋，玩弄人民的最神圣的、真诚的、纯朴的、火热的感情。他们为了争权夺利，把一切一切都出卖了。这不是反基督的教义吗？从他们那里怎么会不产生无神论呢？无神论就是从他们那里，从罗马天主教本身产生的！无神论首先是从他们本身开始的！他们还能信仰自己吗？无神论是由于对他们的嫌恶巩固起来的，它是他们造谣撒谎和精神贫乏的产物！无神论！我们国内不信上帝的，只有刚才叶夫格尼·柏夫洛维奇形容得那么漂亮的、失去了根的特殊阶级；但是在欧洲那里，绝大多数人民已经开始不信神了——最初是由于黑暗与说谎造成的，现在则是由于狂热，由于仇恨教会和天主教造成的。”

公爵停下话，换了一口气。他说得非常快。他脸色惨白，一直在那里发喘。大家你看看我，我看看你；但是到后来，老头儿公开地笑起来了。恩公爵掏出单眼镜来，目不转睛地注视着公爵。德国诗人从角落里爬出来，走到桌边，露出邪恶的微笑。

“您未免太——夸——张了，”伊凡·彼得洛维奇拉长嗓子说，微微露出沉闷的神情，甚至有点儿羞愧的样子，“在欧洲的教会里，也有很值得尊敬的、道德高尚的代表人物……”

“我从来不谈论教会里的个别代表人物。我讲的是罗马天主教的实质，我讲的是罗马。难道教会是会完全消灭的吗？我从来没有说这句话！”

“我同意，但这一切是大家都晓得的，甚至是不需要的，并且属于神学的范围……”

“不！不！并不只属于神学，我跟您说，不是这样！这一切跟我们的关系，要比您所想象的还近得多。我们在这方面的全部错误，就在于我们还看不出这件事并不单纯属于神学范围！您要知道，社会主义也是天主教和天主教本质的产物！社会主义正如它的弟兄无神论一样，是从绝望中产生出来的，它从道德的意义上反对天主教，以便代替宗教所丧失的道德权力，以便消除人类的精神饥渴，不是用基督，而是用暴力来拯救人类！这也是用暴力来获得自由，这也是用剑与血来达到统一！‘不许信仰上帝，不许有私人财产，不许有个性，fraternité ou la mort[1]，二百万颗头颅！’正如古语所说：欲察其人，先察其行。我们要从他们的行动了解他们。你们不要以为这只是儿戏，没有什么可怕的；我们需要抵抗，越快越好，越快越好！必须使我们的基督发出光芒，抵抗西欧。我们保存了基督，他们是不知道的。我们不应该像奴隶似的上了耶稣会教士的钩，我们要把我们俄罗斯的文化输送给他们，现在就应该站在他们前面，我们不要说他们讲道讲得好听，像刚才有人说的那样……”

“但是请允许我说一句呀，允许我说一句呀！”伊凡·彼得洛维奇非常不安，向四外环顾，甚至开始胆怯起来，“我们所有的思想当然值得称赞，而且充满爱国主义，但这一切是极度地夸张的，而且……不如不去讲它。”

“不，不但没有夸张，反而有些缩小了；所以缩小，就是因为我没有能力表达出来，但是……”

“请容我说呀！”

公爵沉默了。他挺着身子坐在椅子上，一动也不动，用火焰般的眼光向伊凡·彼得洛维奇看望。

“我以为，您的恩人那桩事情给予您很大的影响，”老头儿和蔼地说，依然十分稳重，“您也许是由于过孤寂的生活……显得过分热情了。假如您能和人们常在一起，到社会上去活动，我希望人家都会欢迎您，认为您是一个有趣的年轻人，那么，您自然就会心平气和，把这一切看得更简单些……而且这种稀有的事件之所以发生，据我看……一部

1　法语：要不就是兄弟般的团结，要不就是死。

分是由于我们存有厌倦之感，一部分是由于……寂寞无聊……”

“就是的，就是这样，”公爵喊道，“一个十分美妙的想法！正是‘由于寂寞无聊’，由于我们的寂寞无聊，并不是由于厌倦，却是由于发渴……并不是由于厌倦，您这是弄错了！不但由于发渴，甚至是由于发炎，由于像生热病似的发渴！而且……而且您不要以为这是一件小事，笑笑就算了。对不住，这是应该预感到的！我们俄国人一到达岸边，确定是岸以后，便会欢喜得跳起来一直跑到终点；这是为什么呢？您对于伯夫里柴夫表示惊讶，您认为一切都是出于他的疯狂或善心，但是，事实并非如此！我们俄国人在这类事情上的热情，不但使我们一般人，甚至使全欧洲人都为之惊慌，我们俄国人假如改信天主教，一定会成为耶稣会的教士，而且还是极下层的；假如成为无神派，一定会开始要求用暴力，也就是用剑来根绝对上帝的信仰！为什么，为什么一下子会这样狂热呢？难道您不知道吗？因为他发现了他在这里所忽视的祖国，因此感到很高兴；他发现了岸、土地，奔过去吻它！俄国的无神派和俄国的耶稣会教士的产生，并不只是由于人们爱好虚荣，并不完全是由于恶劣的虚荣心，而是由于精神的苦痛，由于精神的枯竭，由于对高尚事业、对坚实的岸、对祖国的怀念，——他们对这祖国已不再信仰，因为他们从来也没有了解它！俄国人是很容易成为无神派的，比全世界其他的人都容易！我们俄国人不只成为无神派，却一定要信仰无神主义，似乎把它当作新的信仰，一点儿也没有觉察到他们所信仰的是一片空虚。我们俄国人的渴望总是这样的！‘谁的脚下没有坚定的土地，谁就没有上帝。’这不是我的话。这句话是我在旅行时遇见的一个信旧教的商人说的。这固然不是他的原话，他说的是：‘谁拒绝了祖国的土地，谁就是拒绝了上帝。’您只要想一想，我们那些有学问的人竟会相信起鞭笞教来……但是，在这种情况下，究竟鞭笞教要比虚无主义、耶稣会主义和无神论坏在什么地方？甚至也许还要深些！你瞧，烦闷竟会弄到这种地步！……请你们给哥伦布的那些饥渴和狂热的同伴们展示

‘新大陆’的海岸，给俄国人展示俄国的‘世界’，并让他们把这黄金和地下宝藏寻找出来！把整个人类未来的革新和复兴途径指示出来，这种革新和复兴也许可以用俄国的思想，用俄国的上帝和基督来完成，你们就会看到一个多么坚强、真诚、英明而温和的巨人将在惊异的世界面前成长起来，全世界的人们之所以惊异和恐怖，就是因为他们以为我们只会用剑，用剑和暴力，就是因为他们以己度人，总以为我们不可能不使用野蛮手段。以前是这样，今后还会这样！并且……”

但是说到这里忽然发生了一桩事件，演说家的演讲突然中断了。这一大套狂热的议论，这一大套疾风骤雨式的热烈的和不安的言辞，以及欢乐的思想，仿佛在慌乱中拥挤到一起，一个接一个出来似的，——这一切表现出在一个突然无缘无故地发作的年轻人的情绪中，具有某种危险的、特别的东西。叶家客厅里所有认识公爵的人，全部很畏缩地（有些人很羞愧地）对他的举动表示惊异，因为他一向非常稳重，甚至有些腼腆；他在某些情形下特别出奇地机敏，他对于最高的礼貌有一种本能的感觉，而现在却完全不同了。大家不了解他怎么会变成这样子。大家认为告诉他伯夫里柴夫的事情，并不是使他发疯的原因。女人们的确把他当作疯子看待，白洛孔司卡耶之后承认说，“再等一分钟，她就打算逃席了。”“老头儿们”弄得惊慌失措；那个上司将军坐在椅子上看着，露出不满意的、严厉的神情。工兵上校一动也不动地坐着。德国人脸色惨白，但还发出虚假的微笑，看着别人，想知道别人有何反应。然而这一切，“一切乱子”都可以用极平常而且自然的方法加以解决，也许过一分钟就可以解决；伊凡・费道洛维奇显得特别惊讶，但是他比大家都明白得早些，他有好几次想去阻止公爵讲话；他没有能够阻止住，现在正想用坚决果断的态度对付公爵。再过一分钟，假如需要的话，他可能以公爵有病为口实，很友善地把公爵扶出去，而公爵有病原是实在的情形，伊凡・费道洛维奇心里也很相信这一点……但是，这件事实得到了另外一个结局。

公爵刚刚走进客厅时，他尽可能坐得离阿格拉耶警告过他的那只中国花瓶远些。说来也奇怪，自从昨天阿格拉耶警告他以后，他的心里产生一种不可磨灭的信念、一种奇怪到极点的预感，他昨天觉得，明天定会砸碎那只花瓶，无论怎样躲开它，无论怎样避免这个灾难也不行！情形也的确是如此。在这天晚上，我们已经讲过，他的心里充满了另一些强烈的、光明的印象。他忘却了自己的预感。当他听见人家讲伯夫里柴夫的事情，伊凡·费道洛维奇又领他谒见伊凡·彼得洛维奇的时候，他改坐在离桌子较近的沙发上，紧靠着一只好看的中国大花瓶，那只花瓶放在木架上面，就在他的胳臂肘旁边，稍为靠后一点儿。

他在说出最后几句话的时候，忽然从座位上站起来，漫不经心地挥一下手，好像用肩膀一推……于是大家齐声喊叫起来！花瓶摇晃了一下，起初好像犹疑不决，看看是不是要落到一个老人的头上去，但是，它忽然倾斜到相反的一面，吓得几乎跳起来的德国人的方面，一下子摔到地板上去了。一声轰响，一阵喊叫，贵重瓷器的碎片纷纷散在地毯上，害怕，惊异——当时公爵的情形很难描写，而且也没有描写的必要！但是，我们不能不提起一种在这一瞬间突然从其他一切模糊和奇怪的感觉中凸显出来，使他惊奇万分的奇异感觉。最使他惊异的并不是羞愧，不是乱子，更不是恐怖，而是阿格拉耶的预言竟已经应验！在这个念头里，究竟是什么东西这样引人入胜，他自己不能解答；他只是感到这东西打中他的心，他站在那里，露出近乎神秘的恐惧神情。再过一会儿，好像一切都在他的面前扩展了，代替恐怖的是光明和快乐，是兴奋和欢欣；他喘不过气来了……但是，一瞬间过去了。谢天谢地，还不是那样！他换了一口气，向四围看望。

他有很长时间似乎不明白自己身边为什么乱成一团，也就是说，他虽然完全明白和看见了一切，但是他好像一个特殊人物似的站在那里，完全置身事外，仿佛童话里的隐身人，溜进屋内，观察那些陌生的，但是他很感兴趣的人物。他看见人家收拾碎片，听见匆促的语声，看见阿格拉耶脸色惨白，奇怪地，很奇怪地望着他：她的眼睛里完全没有怨恨的神情，一点儿也没有怒气；她用惊慌的，但是非常同情的眼光望着他，同时用闪耀的眼光望着别人……他的心忽然疼痛起来，但是疼痛的滋味很好受。他终于很奇怪地看见大家全都坐下了，甚至笑着，好像没有出任何事情似的！再过一分钟，笑声增多了。大家全瞧着他，瞧着他那种呆痴的样子笑，但是他们的笑充满友谊和快乐。许多人都和他交谈，说话的态度很和蔼。领头的是丽萨魏达·博罗可菲耶夫娜，她一边笑着，一边说了些非常非常和气的话。他突然感到伊凡·费道洛维奇很亲密地拍他的肩膀；伊凡·彼得洛维奇也笑着；那个老头儿表现得更好，更有趣，更使人欢喜；他握住公爵的手，轻轻地捏着，又用另一只手轻拍着公爵的那一只手，劝他冷静下来，好像劝一个受惊的小孩子一般，这使公爵感到非常愉快，后来他把公爵按在自己身旁坐下了。公爵很愉快地注视他的脸，不知为什么还没有力量开口说话，公爵喘不过气来了。公爵很喜欢老人的面孔。

“怎么？”他终于喃喃地说，“您果真饶恕我吗？还有……您，丽萨魏达·博罗可菲耶夫娜，也是这样吗？”

笑声增大了，公爵的眼睛里盈满泪水；他不相信自己，他被鬼迷住了。

“当然，这个花瓶是很精美的。我记得它摆在这里已经有十五六年，是的……有十五六年……”伊凡·彼得洛维奇说。

“嗯，这有什么不得了的！人早晚都会死的，何况一个用泥制成的花瓶！”丽萨魏达·博罗可菲耶夫娜大声说，“你何必这样害怕，列夫·尼古拉耶维奇？”她甚至很胆怯地补充说，“算了吧，亲爱的，算了吧！你真会把我吓坏的。”

“您一切都饶恕我吗？除了花瓶而外，一切都饶恕我吗？”公爵突然从座位上站起来，但是老头儿立刻又去拉他的手。老头儿不肯放他走开。

“C'est très curieux et c'est trés sérieux！[1]”他隔着桌子对伊凡·彼得洛维奇小声说，但是声音十分清晰；公爵也许听见了。

“那么，我没有侮辱你们中间任何一个人吗？你们不会相信，我这样想是多么幸福啊！但是，也应该这样！难道我能够侮辱这里的任何人吗？假如这样想，我又要侮辱你们了。”

“冷静一下吧，我的朋友，您这话有点儿夸张了。没有什么可需要您这样感谢的；您的情感是美好的，但是太夸张了。”

“我不是感谢你们，我不过是……羡慕你们，我望着你们，感到很快乐；也许我说得太笨了，但是，我必须说一说，必须解释一下……哪怕是出于对自己的尊重。”

他身上的一切都是激动的、模糊的、狂热的。他所说的话常常不是他所想说的。他似乎用眼神在询问，他可不可以说话？他的眼神落到白洛孔司卡耶身上。

“不要紧，先生，继续说下去，继续说下去，不过，不要喘不过气来，”她说，“你刚才开始说话时就觉得气喘，竟弄到了这种地步；但是，您不要害怕说话。这些先生和太太还见过比您更奇怪的人，大家不会对您感到惊异。再说，您还不是那种怪人。您只是砸破了花瓶，吓了我们一跳罢了。”

公爵微笑着听她说话。

“就是您，”他忽然对小老头儿说，“就是您在三个月之前救了大学生鲍特库莫夫和官员石瓦勃林，使他们免遭流放，是不是？”

小老头儿脸红了一点儿，他喃喃地说，自己应该安静一下。

“我还听见过有关您的事情，”他立刻又对伊凡·彼得洛维奇说，“在某省内，那些已经解放的、给您带来不少麻烦的农人们的房子失火烧掉的时候，您曾经送给他们木材，让他们建筑房屋，是不是？”

1　法语：这是十分有趣的，十分认真的！

“嗯，这是——夸——夸张。”伊凡·彼得洛维奇喃喃地说，可是，他很愉快地装出威严的神情。这一次他说是“夸张”，这很对，因为公爵听到的消息不很确实。

“公爵夫人，您呢，”他忽然笑嘻嘻地对白洛孔司卡耶说，“半年以前，由于有丽萨魏达·博罗可菲耶夫娜的信，您在莫斯科曾经把我当儿子看待，是不是？是的，您对待我像对待亲儿子一样，您给我的忠告使我永远不能忘怀。您记得不记得？”

“你何必这样激动呢？”白洛孔司卡耶懊恼地说，“你为人很好，然而有些可笑！只要送给你两枚铜钱，你就千恩万谢，好像救了性命一般。你以为这一点值得夸奖，而其实是讨人厌恶的。”

她已经要生起气来，但是忽然转怒为笑，而且这一次是善意的笑。丽萨魏达·博罗可菲耶夫娜面有喜色，伊凡·费道洛维奇也露出了笑容。

“我说过列夫·尼古拉耶维奇是这样一个人……一个人……总而言之，只要他不像公爵夫人所说的那样喘不过气来……”将军在狂欢中喃喃地说着，他重复着白洛孔司卡耶那几句使他惊异的话。

只有阿格拉耶一个人有点儿忧郁；但是她的脸依然红红的，也许是余怒未消的缘故。

“他真是很可爱的。”老头儿又对伊凡·彼得洛维奇小声说。

“我走进来的时候心里怀着苦痛，”公爵继续说，他的心情越来越激动，他的话越来越快，越来越奇特，越来越兴奋，“我……我怕你们，也怕自己。最怕的是自己。我回到彼得堡的时候，自己发誓一定要结识我国第一流人物，一些古老世家的贵族，因为我自己也属于贵族阶级，在贵族中间，我的出身是最高贵的。现在我同和我一样的公爵们坐在一起，不是这样吗？我想了解你们，这是必要的；这是十分必要的！……我时常听到大家讲你们的坏话，这要比讲你们的好话多得多；大家说你们气量小，只考虑自己的利益，说你们落后，学识浅薄，习惯可笑。在笔头和口头上，有多少辱骂你们的东西！我今天怀着好奇的心情，忐忑不安地到这里来；我必须用自己的眼睛亲自了解一下：俄罗斯人的上层阶级是不是已经毫无用处，它的时代是不是已经过去，它是不是寿命已尽，只好坐以待毙；它是不是不顾死期将至，还嫉妒未来的人们，妨碍他们，跟他们纠缠不清呢？我以前完全不相信这种看法，因为我们俄国从来没有上等阶级，只有受宫廷宠信的，穿制服的，或是……走运的，而到现在，这个阶级已经全消失了，对不对呢？对不对呢？”

“不，这完全不对。”伊凡·彼得洛维奇恶狠狠地笑了。

“瞧，他又聊起来了！”白洛孔司卡耶忍耐不住，这样说了出来。

“Laissez le dire[1]，他全身都哆嗦起来了。”老头儿又轻声警告说。

公爵根本不能控制自己了。

“结果怎样呢？我看到了优雅的、坦白的、聪明的人们；我看到了老人很和蔼地倾听像我这样的小孩子的话；我看见一些能够了解和饶恕的人，看见了俄罗斯人，心善的、差不多和我在外遇到的一样真诚的好人，而且只有过之，并无不及。你们想一想，我是多么感到惊喜！请你们允许我把这种心情表白出来！我不但听到很多，而且自己也曾经相信，上流社会已经虚有其表，只剩个空壳，而实质已荡然无存。但是，现在我看得出，我国的情况并不是这样；在别的国家也许如此，在我们这里就不是这样了。难道你们现在全是耶稣会教士和骗子吗？我听见恩公爵刚才讲过：难道这不是纯朴天真的、充满灵感的幽默吗？难道这不是真正的仁爱敦厚吗？从一个死人口里，从一个智穷才尽的死人口里，难道能说出这样的话吗？难道死人会像你们这样对待我吗？难道这不是一种……可以用来构筑未来，给人以希望的材料吗？难道这样的人会不明白，会落后吗？”

“再请求您安静一下，亲爱的公爵，我们以后再谈这些，我很喜欢……”“显贵”冷笑了。

1 法语：让他说去吧。

伊凡·彼得洛维奇喉咙里发出咯咯的声音，在沙发椅上旋转了一下；伊凡·费道洛维奇动了动身体；上司将军和显贵的夫人谈话，一点儿也没有注意公爵；但是显贵的夫人却时常倾听，不时看看他。

“不，你们要知道，还是让我来说好些！”公爵带着新的、狂热似的激动神情继续说话，他对小老头儿似乎特别信任，甚至做密谈一般，“阿格拉耶·伊凡诺夫娜昨天禁止我说话，甚至还指出了一些不应该谈论的题目。她知道我谈这些题目时会成为一个可笑的人。我今年虽然已经二十七岁，但是我知道，我还像个小孩子似的。我没有表现我的思想的权利，我早就说过了。我只是在莫斯科和罗果静公开地谈话……我和他在一起读普希金的诗，什么都读；他什么也不懂，连普希金的名字都不知道……我总是害怕我的可笑样子会玷辱思想和主要观念。我说话没有良好的姿势。我的姿势老是不适当，这会使人发笑，使我的思想受到损害。我又不知道分寸，而这是主要的事情，甚至是最主要的事情……我知道，我最好坐在那里，不发一言。在我保持缄默的时候，我甚至会显出极懂事的样子，而且会仔细考虑一切。但是现在我还是说出来好些。我所以说起话来，是因为您那样和蔼地望着我；您的脸色太好了！我昨天曾经向阿格拉耶·伊凡诺夫娜发誓说，我一晚上都不说一句话。”

“Vraiment[1]？”老头儿微笑了。

“但是，有时我觉得我这样想是不对的。诚恳的态度不是比讲话的姿势更有价值吗？对不对？对不对？”

“有时候是这样。”

“我想把一切都解释出来，一切的一切！是的！您以为我是乌托邦主义者吗？是一个思想家吗？不是的，说真的，我的头脑里全是一些普通的思想……您不相信吗？您在笑吗？您要知道，我有时是卑鄙的，因为我失去了信仰。刚才我到这里来，心想：‘我怎样和他们谈话呢？应

1 法语：真的吗？

该从什么话说起，使得他们能够明白一些呢？’我非常害怕，但是我更替你们担心。真是可怕！真是可怕！但是我能害怕吗？我这样害怕不是很可耻吗？前进的只有一个，而落后的、不善良的人却多得数不过来，那怎么办呢？我所以喜欢，就因为我现在深深相信，落后的人并不是数不过来，他们全是活的材料！不必为了我们可笑而感到不安，对不对？在实际上，我们的确很可笑，举动轻浮，恶习很多，我们烦闷无聊，不善于观察，理解能力差，我们全是这样的，包括您、我和他们，全是一样！我现在当面说很可笑，您不感到受了侮辱吗？既然如此，难道您不是上面所说的材料吗？据我看，做一个可笑的人有时甚至很不错，而且是非常好的；因为这比较容易互相谅解，也容易忍让。我们不能一下子了解所有的事物，也不能一开始就得到圆满的结果！为了得到完满的结果，首先应该对许多事情糊涂一番。如果了解得太快，了解的深度一定不够。这话我是对你们说的，你们已经能够了解许多事情……而对许多事情是保持糊涂的。我现在并不为你们担心。像我这样的小孩子对你们说出这一套话，不会使你们生气吗？您笑我吗，伊凡·彼得洛维奇？您以为我在替那些人担心，是他们的辩护人，是民主主义者，是拥护平等的人物吧？”他歇斯底里地笑了（他时时发出短短的、欢欣的笑声）。“我是为你们担心，为你们所有的人，为咱们大家担心。我自己也是世袭的公爵，和公爵们坐在一起。我说这话，是为了拯救我们大家，为了不使我们的阶级白白消灭；在黑暗中，我们辨别不出任何东西，我们咒骂一切，丧失掉一切东西。当我们能够成为先进者，成为领导者的时候，我们为什么要自行消失，把位置让给他人呢？我们应该成为先进者，成为领导者。让我们为了做首领，才去做仆人吧。”

他想从椅子上站起来，但是老头儿时常拦住他，带着越来越不安的神情望着他。

“你们听着！我知道空口说白话是不好的！最好要举例子，最好开始说……我已经开始了……难道当真要做不幸的人吗？假如我能够成为幸福的人，我的忧愁和灾难又算得了什么呢？我真不明白，当一个人从一棵大树旁边走过，看到它，怎么会不感到幸福呢？和一个所爱的人谈话，怎能不感到幸福呢？我只是不会表达我的意思……世界上到处都有美丽的东西，就连最失望的人也会感到美丽。请您看一看婴儿吧！看一看旭日东升吧！看一看小草怎样生长吧！看一看望着您和热爱您的眼睛吧。”

他早已站起来说话了。老头儿心惊胆战地望着他。丽萨魏达·博罗可菲耶夫娜喊道：“哎哟，我的天哪！”她首先看出不对头来，所以把两手一举一拍。阿格拉耶迅速地跑到他面前，恰巧把他接在怀里，她带着恐怖的神情，带着由于苦痛而斜歪的脸，听到一个不幸者“惊心动魄”地蛮叫一声。病人躺在地毯上面了。有一个人连忙把枕头垫在他的头下。

谁也没有料到这一层。过一刻钟，恩公爵、叶夫格尼·柏夫洛维奇、小老头儿想使晚会再度活跃起来，但是再过半小时，大家也就散了。他们说了许多同情的话，也说了许多抱怨的话，提出了一些意见。伊凡·彼得洛维奇表示说：“这年轻人是个斯拉夫派或诸如此类的人，不过并没有什么危险。”小老头儿什么也没有说。固然，在后来，在第二天和第三天，大家有点儿生气了，伊凡·彼得洛维奇甚至感到侮辱，但是并不厉害。上司将军在一个时期内对伊凡·费道洛维奇有点儿冷淡。叶家的“保护人”，那个“显贵”，也对这位一家之主喃喃地说出一些教训的话，还用客气的口吻表示他很注意阿格拉耶的命运。他的确是一个比较善良的人；但是在他当天晚上对于公爵抱着好奇心的许多原因中间，公爵和娜司泰谢·费里帕夫娜早先的那段历史也算是一个。

关于这段历史，他听到过一些，甚至产生很大兴趣，想要详细打听一下。

白洛孔司卡耶从晚会走时，对丽萨魏达·博罗可菲耶夫娜说：

“这人有优点也有缺点；假如你愿意知道我的意见，我认为他的缺点比较多。你自己也会看出他是什么样的人，他是一个病人！”

丽萨魏达·博罗可菲耶夫娜心里想，决不能把女儿嫁给他。当天夜里她发誓说：“只要我活一天，决不能使公爵成为阿格拉耶的丈夫。”第二天早晨起床时，她还是这样想。但是，过了一早晨，到十二点多钟吃午饭的时候，她又陷入自相矛盾的境界中了。

忽然当姐姐们发出一句极为谨慎的问话时，阿格拉耶冷冷地、傲慢地、斩钉截铁地说：

“我从来没有答应过他什么，我从来没有认为他是我的未婚夫。他对于我是个路人，正如其他任何人一样。”

丽萨魏达·博罗可菲耶夫突然脸红了。

“我万万没想到你会这样，”她很伤心地说，“我知道，他不可能做你的丈夫，谢天谢地，我们的意见总算是一致的；但是，我万没想到你会说出这样的话来！我原本以为你将说出另一些话来。我可以把昨天的那些人全都赶走，只留下他来，他就是这样的人！……”

她忽然停止了，对自己所说的话吓了一跳。但是，她哪里知道，她在这时候对女儿的看法是怎样不公平呀？阿格拉耶的心里已经决定了一切；她也在等候着解决一切问题的时间的到来，别人的每一个暗示，每一次不小心碰到她的重创，都使得她心肝欲裂。

第八章

这天早晨，公爵也受到沉重预感的影响；他的预感可以说是由自己的病情得来的。不过，他陷入一种模糊不清的忧愁之中，这使他最感到痛苦。诚然，他的眼前摆着一些明显的、严重的、恶毒的事实，但是，他的忧愁超过他所记忆和所思考的一切；他明白，他是不能安慰自己的了。他的心里渐渐产生了期待的心情，希望今天一定会发生一桩特别的、不可改变的事情。他昨天的昏厥是很轻的；除了心里烦闷，脑袋昏沉，四肢酸痛以外，他感不到有其他的任何毛病。他的脑筋十分清楚，虽然心灵是有病的。他起床很晚，起床后，马上清清楚楚地记起昨天晚会的情形。即使不够完全清楚，也总还记得他是在昏厥后半小时被送回家去的。人家告诉他，叶家已派人来探听过他的病况。十一点半，又派一个人来，这一点使他感到很愉快。魏拉·莱白及娃首先跑来看他，并且侍候他。她刚看到他，突然痛哭起来，但是，当公爵立刻去安慰她的时候，她又笑起来了。他见到这个女郎对他非常哀怜，忽然感到很惊异；他抓住她的手，吻了一下。魏拉脸红了。

“哎哟，您怎么啦？您怎么啦？”她惊呼一声，很快地挣脱了自己的手。

她怀着一种奇怪的羞愧心情，很迅速地走开了。但是，她在走以前已经说出，她的父亲在今天早晨天刚亮的时候，就跑到“死人”（他这样称呼将军）那里去，打听将军是不是在夜里已经死去，听说将军很快就要死了。十一点多钟，莱白及夫回到家亲自来见公爵，但只是“待一分钟，打听一下公爵的病情”，另外便是朝“橱柜”里张望了一番。他除了唉声叹气而外，什么也没有说，公爵不久也就放他走了。不过，莱白及夫到底还试着盘问公爵昨天昏厥的情形，虽然很显然，他已经详详细细知道了一切。郭略在他走后跑了进来，也只是待了一分钟；这一位的确匆忙，露出忧愁和恐慌的神情。他一开口就直截了当地、固执地要求公爵把瞒住他的事情全都说个清楚，并且说，昨天他差不多全都打听出来了。他深感震惊。

公爵怀着一切可能发出的同情心将事情全盘讲了一遍，他讲得十分详细，那可怜的男孩子听了之后，惊吓得好像遭到雷击一样。他不能说出一句话，默默地哭泣着。公爵感到：这个印象将永远存留在他年轻的头脑中，使他的生命发生转变。他忙着把自己对这件事的见解讲出来，他还补充说，照他看来，老人之死主要是由于他做了错事以后留在心里的恐怖造成的，这样的感情并不是所有的人都能够产生的。郭略听完公爵的话以后，眼睛里闪耀着光芒。

“箭纳，瓦略和波奇成全是无用的！我不打算和他们争吵，但是从今以后，我们要分道扬镳了！公爵，我从昨天起有很多新的感触；这是给我的一次良好教训！我现在认为我的母亲完全应该由我照料；虽然她在瓦略那里的生活还安定，但这总是不对的……”

他想起别人在等候他，便跳了起来，匆忙地询问公爵的健康情况，当听到回答以后，他忽然很匆促地补充说：

“没有别的什么事情吗？我昨天听说……（虽然我没有权利这样）不过，假如您在任何时候，遇到任何事情，需要一个忠实仆人的话，那么，我马上就来为您效劳。看起来，我们俩都不十分幸福。对不对？但是……我并不仔细追问，我并不仔细追问……”

他走了，公爵更加沉思起来：大家都预言着要有不幸的事情发生，大家都已经下了结论，大家都看着他，似乎已经知道了一些什么，这些都是他所不知道的。莱白及夫问着，郭略直接暗示着，魏拉哭泣着，他终于很恼恨地挥了挥手，他心里想：“可诅咒的病态的疑心。”当他在一点多钟，看到叶家的人进来看望他“一会儿”的时候，他喜笑颜开。这些人的确是走进来“一会儿”了。丽萨魏达·博罗可菲耶夫娜吃完早饭以后，宣布大家马上要一块儿出去散步。这个通知带有命令的形式，口气冷冷地，话不连贯，也不加任何解释。大家全都出去了，也就是母亲、小姐们和施公爵。丽萨魏达·博罗可菲耶夫娜一直向前走去，方向和每天相反。大家明白是怎么回事，大家都没有说话，怕惹恼母亲。她好像为了避免责难和反驳，在大家前面走着，连头都不回。阿台拉意达终于说，散步时用不着这样快跑，她简直追不上母亲。

“这样吧。”丽萨魏达·博罗可菲耶夫娜忽然转过身来说，“我们现在路过他的房子。不管阿格拉耶怎样想，不管以后会出什么事情，他对我们来说总归不是路人，现在还加上他正遭到不幸，生了疾病，至少我想进去探望他一下。谁愿意和我进去，那就一块进去，谁不愿意进去，那也悉听尊便；我也不强拦住谁。”

于是，大家都进去了。公爵又照例忙着请她原谅昨天打碎花瓶的事……还有闹出那个乱子。

“这没什么，”丽萨魏达·博罗可菲耶夫娜回答说，“花瓶并不可惜，可惜的是你。你现在自己看到，出了一个乱子！第二天早晨总是这样的……但这并不要紧，因为每个人现在都看得出，你是没有什么可责备的。嗯，再见吧。假如你能够出去走走，最好散一散步，然后再去睡觉，这是我的劝告。假如你想来，照旧到我们家来好了。你应该永远记住，无论出什么事情，无论结果怎样，你总是我们家里的朋友，至少是我的朋友。我至少可以对自己负责……”

大家全响应母亲的号召，表示她们和母亲的心情相同。她们走了，但是在她们匆匆说出的一些温情和鼓励的话语中，是包含着许多残忍因素的，丽萨魏达·博罗可菲耶夫娜对这一点是不疑惑的。在邀请他“照旧”上她家去的话里，在“至少是我的朋友”一语中，又包含着一些预言性的东西。公爵想起阿格拉耶的情况来了。固然，她在走进来时和辞去时曾经向他露出奇怪的微笑，但是她一言不发，甚至在大家声明友情不断的时候，她也只向公爵盯了两眼，没有说什么。她的脸比平日更加惨白，好像整夜没有睡好似的。公爵决定晚上一定“照旧”上她们那里去，很兴奋地看了看表。叶家的人们走后，只过了三分钟，魏拉走进来了。

“列夫·尼古拉耶维奇，阿格拉耶·伊凡诺夫娜刚才暗中托我转告您一句话。”

公爵简直打起哆嗦来了。

“有信吗？”

“没有，带的是口信；就连这口信，也是忙着说出来的。她请您今天一整天内连一分钟也不要离开家，一直到晚上七点钟，或者到九点钟，我没有十分听清楚。”

“是的……这是为了什么？这是什么意思呢？”

“我一点儿也不知道；不过她严厉地吩咐我把这话转告您。”

“她说出‘严厉地’这三个字吗？”

“不，她没有直说出来。在我刚跑过去的时候，她才转过身来，说了这几句话。从她的脸上就可以看出：她的命令严厉不严厉。她对我看了一下，使我的心几乎停止跳动了……”

公爵又询问了几句，虽然他没有打听出更多的东西，可是更加惊慌了。他在剩下自己一个人的时候，躺到沙发上去，又开始思索起来。“也许有人要在九点钟以前到她们那里去，所以她替我担心，怕我又在客人面前胡闹。”他这样想，又开始不耐烦地看表，等候晚上来临。但是，在离晚上还早的时候，由于另一个人的来访，就揭露了这个哑谜。这个哑谜的猜破又具有一种新的神秘形式。叶潘钦一家人走后整整半小时，伊鲍里特到他这里来了。伊鲍里特带着筋疲力尽的样子走进来，一句话也不说，好像神志已经不清似的，他立即倒在沙发椅上，忍不住咳嗽起来。他咳嗽时吐了血。他的眼睛闪耀着光芒，两颊露出红色的斑点。公爵对他小声说些什么，但是他不回答；又有许久，他不出声，只是摆手表示暂时不要吵他。后来，他终于清醒过来了。

“我要走了！”他勉强用嘶哑的嗓音说。

“要不要我送您回去？”公爵说，从座位上站起来了。但是他想起刚才那个不许他离开家里的禁令，又愣住了。

伊鲍里特笑了。

“我并不是要从您这里走，”伊鲍里特继续说，他不断地发喘，喉咙里很干，“恰好相反，我认为必须到您这里来，为了一件重要事情……没有这件事，我是不会打扰您的。我要走到那个世界去了，这一次好像是真的。完蛋了！您要相信，我不是来求您怜悯……我今天早晨十点钟就倒下了，打算不再起床，一直到那个时候为止。但是我又改变了主意，又起来一次，到您这里来……这就是说，有要紧的事。”

“我看到您这样子，真是可怜；您不如叫我去就得了，何必劳驾您亲自来呢。”

“得了，您的话已经够了。您已经表示出您的怜悯，为了交际的礼貌，您的话是够了……可是我忘记问您啦：您的健康怎么样？”

“我很健康。我昨天……不很……”

“我听说啦，我听说啦！那只中国花瓶出了岔子；可惜我不在那里！我这次来，是有一点儿事情。第一，我今天很荣幸地看到笳佛里拉·阿尔达里昂南奇和阿格拉耶·伊凡诺夫娜在绿椅子那里见面。我真觉得奇怪，一个男人竟会露出那样愚蠢的神情！笳佛里拉·阿尔达里昂南奇走后，我就对阿格拉耶·伊凡诺夫娜说出这一点来。您大概对什么事都不觉得奇怪，公爵，”他补充说，带出不信任的眼光望着公爵那张平静的面孔，“据说，对任何事物都不惊奇，这是巨大智慧的表现；但据我看，这同样也可以成为极端愚蠢的象征……我并不是指着您说的，对不住得很……今天我说话的口气不大好。”

“我昨天就知道箚佛里拉·阿尔达里昂南奇……”公爵顿住了，显然感到惭愧。不过，伊鲍里特却在那里恼他为什么不感到惊异。

“您是知道的！这才是新闻呢！但是，您不必说下去了……您今天没有在那里做他们两人见面的证人吗？”

“假如您自己在那里，您一定看到我并不在场。”

“也许躲在树丛后面呢。不过，无论如何我是很高兴的，当然是替您高兴，否则我会以为箚佛里拉·阿尔达里昂南奇占了上风。”

“我请您不要和我谈这个，伊鲍里特，不要用这种口气。”

“况且您已经全都知道了。”

“您弄错了。我几乎一点儿也不知道，阿格拉耶·伊凡诺夫娜一定了解，我是一点儿也不知道的。我对他们约会的事情一点儿都不知道……您说，他们见面了吗？那很好，我们不要管它……”

“到底是怎么回事？您一会儿知道，一会儿又不知道。您说：‘那很好，我们不要管它。’不行，您不能这样轻信别人！尤其是，假如您一点儿也不知道的话。您所以轻信人家，是因为您不知道。但是，您知道不知道，那兄妹两个人有些什么打算？您也许会疑惑这一点吧？……好的，好的，我不讲下去了……”他看见公爵打着不耐烦的手势，又补充说，“不过，我是为自己的事情而来的，我打算和您解释一下这件事情。真要命，我不解释，死也不会瞑目的。我要三番五次地加以解释。您想听吗？”

“您说吧，我听。”

“但是，我又改变了主意，我还是要从箚纳说起。您想一想，今天人家也约我到绿椅子那里去会面。但是我不愿意撒谎；我自己主张和她晤面，自己向她提议，答应揭穿一个秘密。我不知道，我是不是去得太早（大概确乎早些），我刚在阿格拉耶·伊凡诺夫娜身边坐下，往前一看，箔佛里拉·阿尔达里昂南奇和瓦尔瓦拉·阿尔达里昂诺夫娜两人挽着手出现了，他们好像散步似的。他们兄妹二人见到我在那里，似乎十分惊讶；他们没有料到这一点，甚至露出了窘态。阿格拉耶·伊凡诺夫娜脸红了，您信不信，甚至有些惊慌失措，这也许是由于我在那里，也许只是为了看到箔佛里拉·阿尔达里昂南奇。您知道，她长得非常美；不过，她的脸这时全烧红了，事情在一秒钟内就已经解决，十分可笑。她站起身来，向箔佛里拉·阿尔达里昂南奇的鞠躬和瓦尔瓦拉·阿尔达里昂诺夫娜的谄媚微笑还礼，她忽然毫不顾忌地说：'我只是要当面向你们表示我的愉快，为了你们那份诚恳的、友谊的感情，假如我需要的时候，我一定……'她当时鞠了一躬，他们兄妹二人就走开了——我不知道他们是觉得受人愚弄，还是感到得意扬扬，箔纳自然成了傻瓜。他一点儿也摸不着头脑，脸红得像一只醉虾（他的脸色有时非常奇怪！）；但是，瓦尔瓦拉·阿尔达里昂诺夫娜好像明白应该赶快溜走，阿格拉耶·伊凡诺夫娜来这一手也真是够她受的，因此她就把哥哥拖走了。她比哥哥聪明些，我相信她现在会感到扬扬得意的。我是去和阿格拉耶·伊凡诺夫娜谈论关于她和娜司泰谢·费里帕夫娜会面的事情的！"

"和娜司泰谢·费里帕夫娜会面！"公爵喊道。

"啊！您大概失掉冷静的态度，开始惊异了吧？我很高兴，您打算成为和平常一样的人了。关于这一点，我可以安慰您。为那些心灵高尚的年轻姑娘们服务，就会得到这样的下场：我今天就吃了她一记耳光。"

"精神上的吗？"公爵不由得问道。

"是的，不是肉体的。我觉得，任何人的手都不会举起来打我这样的人，就是女人，现在也不会打我；就是箔纳，也不会打的！虽然昨天有一个时候我曾经想，他会攻击到我身上……我敢打赌，我知道您现在正想什么事情。您在想：虽然不应该打他，但是可以趁他睡觉的时候，用枕头或一块湿布把他闷死——这么做甚至是应该的……从您的脸上可以看出来，您在这时候还是这样想。”

“我从来没有这样想！”公爵带着嫌恶的神情说。

“我不知道，我昨天夜里梦见有一个人……用湿布把我闷死……我告诉您是谁，就是罗果静！您以为怎样，用湿布可以把人闷死吗？”

“我不知道。”

“我听说是可以的。好啦，我们不要管它。我怎么会成为挑拨是非的人啦？她为什么今天骂我是挑拨是非的人？您要注意，这是在她听了我最后一句话之后，而且是反复问了我几遍之后说的……女人们都是这样！就为了她，我和罗果静这个有趣的人物发生了接触。我又为了她的利益，替她布置好她和娜司泰谢·费里帕夫娜约见的事情。也许是由于我对她暗示说，她爱吃娜司泰谢·费里帕夫娜的‘残羹剩饭’，所以触犯了她的自尊心吧？我是为了她的利益一直对她解释，这一点我并不否认。我给她写了两封这样的信，今天是第三封，再加上当面约会……况且，所谓‘残羹剩饭’那句话，并不是我说的，而是别人说的；至少大家在笳纳那里全这样说；她自己也可以证明的。那么，我为什么还能算作给她挑拨是非的人呢？我看出来了，我看出来了：您现在瞧着我，觉得十分可笑；我敢打赌，您要对我引用下面两句拙劣的诗：

> 也许在我的凄怆的夕照里，
> 爱情将闪耀出离别的微笑。

哈，哈，哈！”他突然发出歇斯底里的笑声，然后咳嗽起来了。“您要注意，”他夹着咳嗽，嘶哑地说着，“笳纳就是这样一个人：他一面说是‘残羹剩饭’，现在自己却想大嚼一番！”

公爵沉默了许久，他感到恐怖。

“您说她要和娜司泰谢·费里帕夫娜见面吗？”他终于喃喃地说。

“咦，难道您果真不知道，今天阿格拉耶·伊凡诺夫娜将和娜司泰谢·费里帕夫娜见面？为了这个，由阿格拉耶·伊凡诺夫娜的邀请和我的努力，还经过罗果静从中斡旋，特地给娜司泰谢·费里帕夫娜写信，把她从彼得堡请来，现在她正和罗果静在一块儿，在离我们很近的地方，就是以前那所房屋里，在那位太太达里亚·阿莱克谢夫娜的家里……那位暧昧的太太是她的朋友。今天阿格拉耶·伊凡诺夫娜就要到这个暧昧的房屋里，和娜司泰谢·费里帕夫娜作友谊的谈话，解决各种问题。她们想要研究一下算术。您不知道吗？真的吗？”

“这是不可思议的！”

“您说不可思议，那也好。但是，您哪里会知道呢？虽然说在这种小地方，一个苍蝇飞过，大家都会知道的！不过，我已经警告过您，您应该感谢我。好吧，再见吧，咱们大概要到另一个世界才能见面啦！还有一件事情：虽然我在您面前做出卑鄙的事情，因为……我为什么要使自己受损失呢？请您告诉我。是为了您的利益吗？我把我的‘忏悔录’呈献给她了。（您不知道这个吗？）但是，她是怎样接受我的‘忏悔录’呀！哈！哈！我在她面前并没有做什么卑鄙的事情，我在她面前一点儿也没有过错；即使提起所谓‘残羹剩饭’这一类的话。我现在可以把约会的日期、时间和地点全告诉给您，把这一套戏法揭穿……当然是由于气愤，而不是由于宽宏大量。告别吧，我太爱说话了，好像一个结巴，或是一个痨病鬼似的。您要留神，假如您还配称为人的话，必须赶紧想出措施。约会定在今天晚上举行，这消息是确实的。”伊鲍里特走到门那里，但是公爵向他一喊，他就在门口站住了。

“如此说来，您以为阿格拉耶·伊凡诺夫娜今天会亲自到娜司泰谢·费里帕夫娜那里去吗？”公爵问道。他的颊上和额上都露出了红色的斑点。

“详情我不知道，但是大概是如此的，”伊鲍里特一面回答，一面向后面斜看一眼，“也不可能是别的样子。娜司泰谢·费里帕夫娜还能上她那里去吗？也不会在简纳那里：他家现在等于停放着一个死人。将军怎么样啦？”

“从这一点看，就不可能在他家里！”公爵抢上去说，“即使她想去，也去不了。您不知道……叶家的规矩：她不能一个人离开家，上娜司泰谢·费里帕夫娜那里去。这是胡闹！”

“您瞧，公爵，在平常时候，谁也不会从窗户跳出去。但是，一旦失了火，就是最高贵的老爷太太们也要夺窗而逃的。只要到了必要的地步，那就没有法子可想，我们的小姐会到娜司泰谢·费里帕夫娜那里去。难道叶家不放小姐们到任何地方去吗？”

“不，我说的不是这样……”

“既然不是这样，那么，她只要下了台阶，一直向前走，从此不回家都可以。有的时候连船都可以烧掉，甚至可以永远不回家。生活并不只是由一些早餐、午餐，再加上施公爵组成的。我觉得，您是把阿格拉耶·伊凡诺夫娜当作千金小姐或是女学生看待了；我已经对她讲过这句话，她似乎是同意的。您等到七点钟或八点钟……我如果是您，一定会派人去监视，看她下台阶的准确时间。您哪怕打发郭略去也可以；他很喜欢做侦探，请相信我的话，尤其是为了您……因为世界上的一切东西都是相对的……哈，哈！”

伊鲍里特走出去了。既然有人能够前去监视，公爵也没有请任何人前去监视的必要。阿格拉耶所以吩咐他坐在家里，现在差不多已经完全明白了她的用意：她也许打算到这里来，约他同去。可是，也许她恰好不希望他到那里去，所以吩咐他坐在家里……也许是这样的。他的头晕了，整个屋子都转动起来了。他躺在沙发上，合上眼睛。

不论这样或那样，大势已经完全决定了。不，公爵并不认为阿格拉耶是个千金小姐或是女学生；他现在感到，他早就担心了，而且担心的正是这一类的事情。但是，她为了什么想见娜司泰谢·费里帕夫娜呢？

一阵寒战通过公爵的全身：他又害寒热病了。

不，他并不认为她是个小孩子！使他害怕的是她近来的一些眼神、一些话语。有时他觉得，她似乎太矜持、太拘束了；他记得，这件事很使他害怕。固然，在这几天内，他努力不去想这件事情，赶跑了苦恼的思绪；但是，在那个心灵里隐藏着什么呢？他虽然相信那个心灵，而这一问题却早就折磨着他了。这一切今天就应暴露出来并且解决。一个可怕的念头！又是“这个女人”！为什么他觉得这个女人会在最后的一刹那出现，把他的整个命运扯断，就像扯断一根烂线似的？他永远觉得如此，他现在准备为这一点赌咒，虽然他差不多处于半梦呓的状态。假如说他近来努力忘记她，那只是因为害怕她。怎么样？他究竟爱这个女人呢，还是恨她呢？他今天一次也没有向自己提出这个问题；他的心是纯洁的，他知道他爱的是谁……他并不怎样怕她们两人的见面，并不害怕这次奇特的会面，并不害怕他所不知道的会面的原因，也不害怕这次会面后的任何结果——他怕的是娜司泰谢·费里帕夫娜本人。过几天后，他回忆起在这害寒热病的数小时内，他几乎一直见到她的眼睛、她的眼神，听到她的话语——一些奇怪的话语，虽然说在这害寒热病的、烦闷的数小时以后，留在他记忆中的印象并不多。譬如说，他已经不大记得魏拉如何端饭给他吃，他如何吃饭，也不记得他饭后睡过觉没有。他只知道，在这天晚上，当阿格拉耶突然走到他的平台上来，他从沙发上跳起，走到屋子中央迎接她的那个时候起，才开始完全清楚地辨别一切。那时候七点一刻，阿格拉耶独自进来，打扮得很随便，似乎极匆促的样子，穿着一件连头巾的无袖外衣。她的脸惨白得和上次一样，眼睛闪耀出鲜艳的、严厉的光芒；他从来没有见过她的眼睛里有那样的表情。她仔细向他身上打量了一番。

“您完全预备好了，”她轻声说，似乎心里很平静，“您打扮好了，手里还拿着帽子；这么说来，已经有人预先告诉您了。我知道是谁，是伊鲍里特吧？”

“是的，他对我说过……”公爵喃喃地说，几乎和半死人一样。

“咱们走吧，您知道，您一定要伴我回去。我想，您还能够走出去吧？”

“我能够，但是……难道这是可能的吗？”

他的话一下子断了，再也说不出话来了。这是他想阻止这疯人的唯一尝试，之后他就像囚犯似的，跟着她走出去了。他的思想无论怎样模糊，他总归明白，就是他不去，她也会到那里去，所以他无论如何都应该跟着她走。他了解她的决心具有何等的力量；他是不能阻止这个野蛮冲动的。他们默默地走着，一路上差不多没有说一句话。不过，他注意到她很熟悉道路，当他想绕过一条胡同（因为那条路比较荒僻些），而把这话对她提出的时候，她似乎极注意地倾听着，坚决地回答说：“一样！”当他们快走到达里亚·阿莱克谢夫娜的房屋（一所古老的大木房）跟前的时候，一个服装华丽的太太和一个年轻的姑娘从台阶上走下来，两人坐进正在台阶旁等候着的漂亮马车，大声谈笑，甚至对走过来的人一眼也没有看，就好像没有看见似的。马车刚一走，门又重新开了，等候着的罗果静把公爵和阿格拉耶放进去，随手关上了门。

“在这所房屋里，现在除了我们四个人以外，没有别人。”他高声说，很奇怪地看了公爵一眼。

娜司泰谢·费里帕夫娜就在第一间屋内等候，她打扮得很随便，浑身穿着黑色的衣裳。她站起来迎接客人，但是没有笑，甚至没有和公爵握手。

她用凝聚的、不安的眼神不耐烦地盯住阿格拉耶。两人在互相离得远一些的地方坐下，阿格拉耶坐在屋子角落里的沙发上，娜司泰谢·费里帕夫娜坐在窗户旁边。公爵和罗果静不坐下，人家也没有请他们坐下。公爵带着惊疑，还似乎带着痛苦，又望了罗果静一眼，但是罗果静还是和以前一样微笑着。沉默又持续了几秒钟。

有一种凶恶的感觉终于从娜司泰谢·费里帕夫娜的脸上通过；她的

眼神是固执的、坚定的，几乎是带有仇恨的，一分钟也不从女客人的脸上离开。阿格拉耶显然感觉到很窘，但是并不胆怯。她走进来的时候，稍稍地瞧了她的情敌一眼。随后她就一直坐着，垂下眼睛，似乎在那里沉思。有两次，似乎不经意地，她的眼神向屋中扫射。她的脸上显然露出嫌恶的神气，她好像怕被这个地方弄脏似的，她机械地整理衣裳，甚至不安地变更了一次座位，把身体移到沙发的角落里。她对自己所有的行动未必都觉察得出来；但是，正因为她是无意识的，所以她的行动就更具有侮辱性。她终于坚决地直望着娜司泰谢·费里帕夫娜的眼睛，立刻看明白她的情敌的恶狠眼光中所闪耀的一切。一个女人明白了另一个女人的心思。阿格拉耶哆嗦了一下。

“您当然知道，我为什么请您到这里来。”她终于说道，但是声音很小，甚至在说出这个短句的时候停顿了两次。

“不，我一点儿也不知道。”娜司泰谢·费里帕夫娜冷冷地、斩钉截铁地回答说。

阿格拉耶脸红了。她也许忽然觉得很奇怪，觉得不可思议，她怎么现在会和这女人同坐在“这女人”的家里，还要求她的回答。当娜司泰谢·费里帕夫娜刚一出声的时候，她浑身战栗了一下。“这女人”对眼前的情况自然看得很清楚。

“您全都明白……但是您故意做出不明白的样子。”阿格拉耶小声说，很阴郁地望着地面。

“这是为什么呢？”娜司泰谢·费里帕夫娜露出一点儿冷笑。

“您想利用我的地位……因为我在您家里。”阿格拉耶可笑地、拙笨地继续说。

“对于这个地位，应该由您负责，而不是我！”娜司泰谢·费里帕夫娜突然脸红了，“我没有邀请您，而是您邀请我。我现在还不知道是为了什么事情。”

阿格拉耶傲慢地抬起头来。

“您把您的舌头约束一下，我到这里来不是为了用这种武器和您交战的……”

“啊！如此说来，您到底是来‘交战’的了？我以为您……应该更聪明些。”

两人互相对望着，不再隐藏仇恨的心情了。在这两个女人中，有一个最近还对另一个写过那样的信。而在第一次见面，说出第一句话之后，一切就都烟消云散了。但是怎么样呢？在这时候，在这间屋内的四个人中间，似乎没有一个认为这是奇怪的。公爵昨天还不相信有在梦中看到这种情况的可能，现在他站在那里，望着、听着，好像他早就预感到这一切似的。最荒诞的幻梦突然变为最明白的现实。这两个女人中间的一个这时候深深恨着另一个，是那么想把这一点告诉对方（照罗果静第二天所说，也许她就是为了这个才跑来的），使得头脑混乱和内心疼痛的另一个女人，无论怎样玄妙，她预先确定的观念也敌不住她的情敌的恶毒的、纯女性的轻蔑神情。公爵深信娜司泰谢·费里帕夫娜是不会提起那些信来的；从她的闪耀的眼光中，他猜出这些信现在对于她有多大的价值；他愿意牺牲半个生命，使阿格拉耶现在不提起这些信。

但是，阿格拉耶似乎忽然聚起精神，一下子控制了自己。

“您没有充分了解我，”她说，“我不是来和您争吵的，虽然我并不喜欢您。我……我到您这里来……是想说几句人话。我叫您来的时候，我已经决定要对您说什么话，我不放弃自己的决定，哪怕您完全不了解我。这对于您不好，对于我并没有什么。我打算答复您写给我的一切，当面答复，因为我觉得这样方便些。请您听我对于您的信的答复：我在那天和列夫·尼古拉耶维奇初次见面，后来又知道了在您的晚会上所发生的一切事情，在这之后，我就开始觉得他可怜了。我所以可怜他，就是因为他是这样纯朴的一个人，也就由于自己纯朴，而相信他和这样性格的……一个女人在一起……可以过幸福的生活。我替他担忧的事情也发生了：您并不能爱他，把他折磨够了以后就甩开了。您不能爱他，因为您太骄傲……不，并不是由于骄傲，我说错了，而是因为您太虚荣，甚至还不是如此，您的自尊心到了……疯狂的地步，您给我写的信就可以证明这一点。您不能爱像他这样纯朴的人，您内心也许看不起他、耻笑他。您所能爱的只是自己所受的耻辱和那种不断的思虑，认为您受了耻辱，人家欺负了您。假如您所受的耻辱少些，或者完全没有受到，那您就会更加不幸了……（阿格拉耶愉快地说完这几句话，她的话虽然是非常急促地跳出来的，但是她早就预备好和思索好这些话了，当她在梦里都没有梦到现在这次会见的时候，她就再三思索过了；她用恶毒的眼光注视着娜司泰谢·费里帕夫娜那张由于激动而蹙眉的脸上的表情。）您记得，"她继续说，"他当时给我写了一封信。他说您知道这封信，甚至读过它。从这封信上，我明白了一切，而且明白得更深刻。他最近亲自对我证实过的，也就是我刚才对您说的一切，甚至是一字不差。我收到他的信以后，就开始等候。我猜到您一定会到这里来，因为您离不开彼得堡：您到外省去，就显得太年轻、太美丽了……然而，这也不是我的话，"她补上这句话，两颊绯红，从这时候起，一直到她说完这句话为止，她脸上的红晕总没有退。"当我又看到公爵的时候，我替他感到非常痛苦，非常难受。您不要笑：假如您一笑，您就不配了解这个……"

"您瞧我并没有笑。"娜司泰谢·费里帕夫娜忧郁地、严厉地说。

"不过我不在乎，您随便去笑吧。在我自己开始问他的时候，他对我说，他早就不爱您，甚至想起您来都会使他感觉痛苦的，但是他很可怜您，他一提起您来，他的心就好像'永远受了刺伤似的'。我还应该对您说，我一生中从未遇见过他这样一个人，他高尚纯朴，对人是无限地信任。我听他说了这句话以后，就料到无论什么人，只要愿意的话，都能够骗他，而且无论什么人骗他，他最后总会加以原谅，我就是为了这个才爱上他……"

阿格拉耶停了一下，她似乎很惊奇，似乎不相信自己会说出这种话来。但在同时，她的眼光里露出极度骄傲的神情。她现在好像已经满不在乎，哪怕“这女人”笑她脱口而出的自白，她也不管了。

“我全对您说完了，您现在自然已经明白我要求您的是什么了。”

“我也许明白了。但是，还请您自己说吧。”娜司泰谢·费里帕夫娜轻声地回答说。

阿格拉耶的脸上露出盛怒的神情。

“我要问您，”她坚定地、明晰地说，“您有什么权利干涉他对我的情感？您有什么权利敢给我写信？您有什么权利时时刻刻地对他又对我宣布您爱他，然后又甩掉他，用那样糟糕的和可耻的方式从他那里逃走？”

“我并没有对他，也没有对您宣布我爱他，”娜司泰谢·费里帕夫娜费力地说，“再有……您说得对，我是从他那里逃走的……”她用听不大清楚的声音补充说。

“您怎么没有对我和对他宣布呢？”阿格拉耶喊道，“您的信呢？是谁求您给我们撮合的？是谁求您劝我嫁给他的？难道这不是宣言吗？您为什么死乞白赖地给我们撮合呢？我起初还以为您想借着干预我们的事情，使我产生嫌恶他的心思，使我抛弃他；然后，我猜出是怎么一回事情：您不过在幻想着用这一套虚假的行为建立奇功……假如您这样爱虚荣，您还能爱他吗？您为什么不干脆离开这里，而要给我写些可笑的信呢？他既然这样爱您，而且向您求婚，您现在为什么不嫁给这个正直的人？这道理显而易见：您一嫁给罗果静，哪还会有什么可抱怨的呢？您甚至会得到太多的荣耀！叶夫格尼·柏夫洛维奇说您读过许多诗，‘以您的……地位来说，学问太多了！’您是一个读死书的、游手好闲的女人；再加上虚荣心很强，您的行动就是出于这些原因……”

“您不也是游手好闲的女人吗？”

这件事十分匆促地、十分赤裸地达到了意想不到的焦点，之所以意想不到，就是因为当娜司泰谢·费里帕夫娜在动身到伯夫洛夫司克来的时候，虽然料到凶多吉少，但她还抱着一些幻想。阿格拉耶一时感情冲动，好像从山头滚落一般，控制不住复仇的极度愉快的心情。娜司泰谢·费里帕夫娜看到阿格拉耶这种样子，甚至觉得奇怪；她望着阿格拉耶，好像不相信自己的眼睛似的，在最初的一刹那间弄得不知所措了。她是不是一个读过许多诗的女人，像叶夫格尼·柏夫洛维奇所猜想那样；或者不过是一个疯女，像公爵所深信那样——总而言之，这个女人虽然有时采取一些大胆无耻的手段，而在实际上，却并不像人家所推测的那样子，她是十分怕羞、十分温柔，而且容易信任别人的。固然，她的心里有许多书本的、幻想的、幽闭的、荒诞的，但同时又是强烈的、深刻的东西……公爵明白这种情况；他的脸上显出苦痛的神情。阿格拉耶注意到这一点，气得直打哆嗦。

“您怎么敢对我这样？”她带着无可形容的高傲神情，对娜司泰谢·费里帕夫娜回答说。

“您大概听错了吧，”娜司泰谢·费里帕夫娜惊异起来，“我对您怎么样？”

“假如您愿意做一个正经的女人，当时您为什么不干脆甩开勾引您的托慈基，而要演一场戏呢？”阿格拉耶忽然没头没脑地说。

“您对于我的地位知道什么，竟敢这样批评我？”娜司泰谢·费里帕夫娜哆嗦了一下，脸色变得煞白。

“我知道您没有出去工作，而是跟着富翁罗果静走了，为了扮演一个降落红尘的天使的角色。托慈基要为了这个降落红尘的天使自杀，我觉得也没有什么可奇怪的！”

“别讲啦！”娜司泰谢·费里帕夫娜嫌恶地，好像带着痛苦似的说，“您对我的看法正和……达里亚·阿莱克谢夫娜的女仆一样，她最近还在和她的未婚夫在法庭上打官司。不过，她或许比你更明白事理……”

“正经的女子大半是靠劳动生活的。您为什么这样轻视女仆呢？”

“我并不轻视劳动，而是在您谈论劳动的时候轻视您。”

“您如果想做一个正经的女子，您可以去当洗衣工人。”

两人全站起来，面色惨白，互相对视着。

“阿格拉耶，请住嘴吧！这话说得不公平。”公爵喊道，好像精神错乱似的。罗果静不再微笑，他只是咬紧嘴唇，交叉着两手，在那里听着。

“你们看她。”娜司泰谢·费里帕夫娜说，气得直打哆嗦。“你们看这位小姐！我原来把她当作天使看待呢！您没有带保姆就光临到我这里吗，阿格拉耶·伊凡诺夫娜？……您要不要……要不要我现在对您直说，老老实实地说，您为什么光临到我这里来？您是为了胆怯，才到这里来的。”

“胆怯？怕您吗？”阿格拉耶问，她听见娜司泰谢·费里帕夫娜竟敢对她这样说话，产生一种天真的、受辱的惊讶心情，结果无从控制自己了。

“当然是怕我！既然您决定到我这里来，就说明是怕我。既然怕我，便不会看不起我。您要知道，我是多么尊敬您，直到此时此刻！您知道您为什么怕我，现在您的主要目的是什么吗？您想当面证明：他爱我是不是比他爱您多些，因为您吃醋吃得太厉害……”

“他已经对我说，他恨您……”阿格拉耶的声音小得几乎听不清。

“也许是这样；也许我不值得他的爱，不过……不过我觉得您是在那里撒谎！他不会恨我，他不能这样说！但是，我准备饶恕您……为了您所处的地位……不过，我曾以为像您这样更好些；曾以为您更聪明，甚至长得更美些，这是真话！……好吧，把您的宝贝拿走吧……他就在这里，正瞧着您，没有醒过来，您尽管取去，但是有一个条件：立刻离开这里！马上就走！”

她倒在沙发椅子上，流着眼泪。但是，她的眼睛里突然闪耀出新的光辉；她凝聚地望着阿格拉耶，从座位上站起来说：

“你要不要我现在……下命令，你听见吗？只要我对他下命令，他立刻就会甩开你，永远留在我的身边，娶我，而你只好一个人跑回家去。要不要？要不要？”她像疯子似的喊着，也许自己并不相信竟会说出这样的话来。

阿格拉耶惊慌得跑到门旁，但是在门前站住了，好像被钉在那里一般，倾听着。

“要不要我把罗果静赶走？你以为我为了你的快乐，已经和罗果静结婚了吗？我现在当着你的面喊：‘你走吧，罗果静！’我对公爵说：‘你记得你答应的话吗？’天哪！我为了什么在他们面前这样降低自己的身份呢？公爵，不是你自己对我保证，我无论出什么事情，你都会跟我走，永远不离开我吗？你不是还说你爱我，可以饶恕我的一切，而且尊……尊敬我吗？是的，你说过这个话的！我为了解除你的束缚，才从你的身边逃走，但是现在我不愿意了！她为什么对待我像对待一个放荡女人似的？我是不是放荡的女子，你问一问罗果静，他会对你说的！现在她羞辱我，还当着你的面，难道你也要把身子转过去，挽着她的胳膊一同走出去吗？我只信赖你一个人，而你竟做出这种样子，你真是该死。你走吧，罗果静，我不需要你！”她几乎毫无知觉地喊出，竭力从胸腔里吐出话来，脸庞变了形，嘴唇好像烤焦似的，显然自己一点儿也不相信那豪言壮语，但在同时，她还希望把这一瞬的时间延长一会儿，欺骗自己。那冲动来得非常强烈，使得她也许就会死去的，至少公爵这样觉得。“你瞧他！”她终于对阿格拉耶喊道，一面用手指着公爵，“假如他现在不走到我身边来，不娶我，不抛弃你，你就把他拿去，我让给你，我不需要他！……”

她和阿格拉耶站在那里，好像等待似的，两个人都和疯子一般望着公爵。但是，他也许不明白这个召唤的全部力量，甚至可以肯定这样说。他只是在眼前看见一个绝望的、疯狂的面孔，为了这张面孔，像他有一次对阿格拉耶所说，“他的心像永远受了刺伤”。他再也不能忍受下去，一面指着娜司泰谢·费里帕夫娜，一面带着哀怜和责备的口吻对阿格拉耶说道：

“难道能这样吗？要知道她是……那样不幸的人！”

但是，他刚说出这句话来，见到阿格拉耶可怕的眼神，就吓呆了。这个眼神里表现出许多的痛苦和无限的仇恨，使他不由得把双手一举一拍，喊叫了一声，跑到她面前去，但是为时已晚了。她对他一刹那迟疑都忍受不住，用双手掩住脸，喊着：“哎呀，我的天哪！”然后就从屋内跑出去，罗果静随在后面，给她拉开街门的铁门。

公爵也跑了出去，但是在门槛上有两只手把他抱住了。娜司泰谢·费里帕夫娜用那悲伤的、扭歪的脸面对着他，发青的嘴唇颤动着问道：“你跟她去吗？跟她去吗？”

她失去知觉，倒在他的怀里。他把她抱起来，进了屋子，放在沙发椅上，他站在她的面前，呆若木鸡似的等候着。小桌上放着一杯水；罗果静回来了，抓起那杯水，把水喷到她的脸上。她睁开眼睛，有一分钟工夫一点儿也不明白；但是，她忽然向四面环顾，哆嗦着，呼喊了一声，扑到公爵身上。

“是我的！是我的！”她喊道，“那个骄傲的小姐走了吗？哈，哈，哈！”她歇斯底里地笑着，“哈，哈，哈！我把他送给这位小姐啦！可是为了什么？为了什么？我真是疯子！真是疯子！……你走开吧，罗果静，哈，哈，哈！”

罗果静用凝聚的眼神看着他们，没有说一句话，拿起帽子，走出去了。十分钟以后，公爵坐在娜司泰谢·费里帕夫娜的身旁，目不转睛地望着她，用两手摸她的头和脸，像抚摩小孩子一般。她笑，他也笑，她流泪，他也想哭。他一句话也不说，却聚精会神地倾听她那激动的、欢欣的、不连贯的喃语；他不见得明白多少，但是，他微笑着，他刚刚感到她又开始烦闷或哭泣，责备或诉苦，立刻又去摸她的头，温柔地抚摩她的两颊，像劝小孩一般安慰她和劝说她。

第九章

在发生了前章所讲的事件以后，过了两个星期，这部小说中的一些人物的情况发生了很大的变化，如果不加特别的解释，我们就极难继续讲下去。但是，我们感到我们应该尽可能地只叙述事实，而不作特别的解释，原因极简单：因为我们在许多情况中，很难解释所发生的一切。我首先这样声明，读者一定会感到莫名其妙：你怎么能讲述自己并不明确，而且没有个人意见的事情呢？为了使自己不陷入更加虚伪的状态，我们最好拿一个例子来说明问题，通过它，高贵的读者们就会明白我们的困难在什么地方，况且这个例子并不是要将故事扯开，恰恰相反，它正是故事的直接继续。

过了两个星期，已是七月初旬，不但在两个星期后，就在这两个星期之内，我们主角的故事，特别是这个故事的最后一段奇谈，已经变为一段十分怪异的、极端有趣的、几乎不可思议的，同时又是很明显的笑话了，这个笑话渐渐传到邻近莱白及夫、波奇成、达里亚·阿莱克谢夫娜、叶潘钦的别墅的各街道上，简单地说，就是几乎传遍全城，甚至传到了四郊。差不多整个的社会——当地居民、避暑客，以及来听音乐的人们——大家全都讲同一的故事，用几千种不同的讲法。他们讲，一位公爵在一个清白的、有名气的家庭里闹出了乱子，被一个出名的私娼迷住，和这家的小姐——他的未婚妻背弃婚约，割断了以前的一切关系，不顾一切，不管人家的威吓，不管大众的愤怒，打算不久就在伯夫洛夫司克这里和那个受糟蹋的女人结婚，公开地，当着众人的面，扬起头，向着大家直看。这个故事被渲染上许多诽谤的细节，里面加进许多有名的大人物，还添上了各种荒诞神秘的色彩；但在另一方面，它又不像捕风捉影而具有一些无从推翻的明显事实，这样一来，一般的好奇心和闲言闲语自然就很值得原谅了。最精细、巧妙，同时又足可信赖的解释，是几个严正的闲话家说出来的。他们属于那类有理性的人们的阶层，在每个社会里，总是最先忙着对别人解释事件的原因，认为这是他们的任务，甚至是一种安慰。根据他们的解释，那位青年是个世家子弟，公爵，相当有钱，傻里傻气，然而是个民主派，受了屠格涅夫先生所揭示的现代虚无主义的迷惑，几乎不会说俄国话；他爱上了叶潘钦将军的女儿，叶家已把他看作快婿。但是，这个公爵和报上新近发表的一篇故事里的法国神学生一样，那位神学生故意请人任命他当神父，故意请求任圣职，做完一切礼节、一切礼拜，亲吻十字架、宣了誓，等等，就为了第二天当众发表他给主教的一封信，说他不信仰上帝，认为欺骗民众、白吃人民的饭是不名誉的事情，因此辞去昨天受命的圣职，还把信交给自由主义派的报纸发表。公爵也就像这个无神派一样，干出了同样的行径。据大家讲，他好像故意等候他的未婚妻的父母举行隆重晚会，把他介绍给许多知名人物的时候，来当众发表他的思想方式，痛骂尊贵的显官，公然和未婚妻解除婚约，加以侮辱，当仆人撵他出去的时候，他还进行抵抗，把一只美丽的中国花瓶砸碎了。此外还添上几句，作为现代风俗的写照，仿佛说这个糊涂青年的确很爱他的未婚妻——将军的女儿。他所以和将军的女儿解除婚约，只是为了虚无主义，为了准备闹一场乱子，做出称快一时的举动，也就是明目张胆地娶一个放荡女子为妻，来证明在他的信念里并无所谓放荡女人和正经女人之分，而只有一个自由的妇女；他不相信交际场里这种陈旧的区分方法，而只相信“妇女问题”。在他的心目中，放荡女人比不放荡的女人还高尚呢。这个解释好像是极可信的，为大多数避暑人士所乐于接受，尤其是因为它为每天出现的事实所证明。固然，有许多事情是解释不了的：有人说那个可怜的姑娘非常爱她的未婚夫（有人说他是诱骗她的浪子），竟在被他抛弃的第二天跑到他那里去，那时候，他正和情妇坐在一起；另一些人的说法完全相反，他们说公爵故意把她引诱到他的情妇家去，纯粹只是为了虚无主义，也就是为了羞辱她一番。无论怎样说，大家对这件事的兴趣一天比一天大，他们毫不怀疑那个捣乱的婚礼一定即将举行。

现在假如有人请我们解释，——不是解释这事件的虚无主义色彩。不，不！——只是关于这个决定举行的婚礼究竟能满足公爵的愿望到什么程度，他在这时候的愿望究竟是什么，我们对书中主人公在这时候的精神状态究竟应该下怎样的定义，诸如此类的问题，那么我们说句老实话，实在是难于置答的。我们只知道一桩事情，那就是婚礼的确已成定局，公爵本人委托莱白及夫、开历尔和莱白及夫介绍给他的一个熟人担任教堂和庶务方面的各项杂事；他还吩咐他们不必吝惜金钱，娜司泰谢·费里帕夫娜也在催促，坚决主张从速举行婚礼。由于开历尔的自荐，他们就规定这个人做公爵的伴郎，蒲尔道夫司基被派在娜司泰谢·费里帕夫娜那里做相同的职务，他也高高兴兴地接受了。婚期定在七月初旬。但是除去这些极端正确的情节以外，我们还知道一些事实，这些事实使我们糊涂起来，因为它们和以前的事实互相矛盾。譬如说，我们非常怀疑，公爵在委托莱白及夫等人担任各种事务以后，几乎当天就忘记了他已经预备好伴郎、司仪员，忘了一切结婚的手续，假如他这样匆促地把一切杂务交给别人办理，那只是为了自己不必去想它，甚至也许是为了赶快忘掉它。在这种情形下，他自己究竟想些什么，他要记住些什么，他要达到什么目的？毫无疑问，这里并没有任何强制他的地方（譬如，从娜司泰谢·费里帕夫娜方面），娜司泰谢·费里帕夫娜的确希望赶快举行婚礼，结婚是她的主张，完全不是公爵的意思；但是公爵根据自由意志应允了；他甚至露出满不在乎的样子，好像请求他做一桩极平常的事情似的。这样奇怪的事实在我们面前是很多的，但是不管我们列举多少事实，这些事实非但不能解释问题，而且据我们看来，反而把事情的解释掩盖起来了，无论怎样解释也是没有用的。不过，现在我们姑且再举出一个例子来。

譬如，我们完全知道，在这两个星期内，公爵和娜司泰谢·费里帕夫娜朝夕相聚，寸步不离；她带他一块儿出去散步，听音乐；他每天和她同坐马车出去，他只要有一小时看不见她，便开始替她担心（从各方面看，他很真诚地爱她）；他一连几小时，带着平静温和的微笑听她讲话，不管她讲的是什么，而他自己几乎一言不发。但是我们还知道，他在这些日子里有几次，甚至许多次，忽然到叶潘钦家里去，并不隐瞒娜司泰谢·费里帕夫娜，因此使她几乎达到绝望的地步。我们知道，叶家的人留在伯夫洛夫司克的期间，都不肯接见他，并且经常拒绝他和阿格拉耶·伊凡诺夫娜见面；他当时一言不发地走了，但是第二天还去，好像完全忘却昨天被拒绝的事情一般；当然啦，他重新又碰了回钉子。

我们还知道，当阿格拉耶·伊凡诺夫娜从娜司泰谢·费里帕夫娜那里跑开一小时以后，也许还不到一小时，公爵就已经到叶家去了，当然他认为可以见到阿格拉耶，他刚到叶家，就引起极度的混乱和恐怖，因为阿格拉耶还没有回家，一家人还是从他嘴里初次听说她和他一同到娜司泰谢·费里帕夫娜家里去的事情。有人讲，丽萨魏达·博罗可菲耶夫娜，女儿们，连施公爵在内，当时对公爵的态度异常粗暴，他们带着敌视的样子，坚决表示和他绝交，尤其是当瓦尔瓦拉·阿尔达里昂诺夫娜忽然上丽萨魏达·博罗可菲耶夫娜那里去的时候；瓦尔瓦拉·阿尔达里昂诺夫娜宣布说，阿格拉耶·伊凡诺夫娜已经在她家里待了一小时，精神错乱，大概不愿意回家。这最后的消息使丽萨魏达·博罗可菲耶夫娜最感惊愕，而且这个消息完全是正确的；阿格拉耶从娜司泰谢·费里帕夫娜那里出来的时候，的确宁愿一死，也不愿再见到家里的人们，因此就跑到尼娜·阿历山大洛夫娜那里去了。瓦尔瓦拉·阿尔达里昂诺夫娜当时认为，必须把这一切情况赶紧报告给丽萨魏达·博罗可菲耶夫娜。母亲和两个女儿立刻跑到尼娜·阿历山大洛夫娜那里去，之后那个一家之主，刚刚回家的伊凡·费道洛维奇也跟着去了。列夫·尼古拉耶维奇不管人家的驱逐，也不顾他们的粗暴言语，也跟着他们去了；但是，瓦尔瓦拉·阿尔达里昂诺夫娜吩咐不放他进去见阿格拉耶。结果，阿格拉耶看见母亲和姐姐们对她哭，一点儿也不责备她，便投到她们的怀中，立刻和她们回家去了。又有人说（虽然这个传说并不十分确实），笳佛里拉·阿尔达里昂南奇在这里又遭到了倒霉的事情；他利用瓦尔瓦拉·阿尔达里昂诺夫娜跑到丽萨魏达·博罗可菲耶夫娜那里去，只剩下他和阿格拉耶两个人在一起的时候，忽然讲起自己的爱情来了。阿格拉耶听着他的话，尽管非常心烦和伤心，却突然哈哈大笑起来，对他提出一个奇怪的问题：他能不能为了证明自己的爱情，现在就把手指放在蜡烛上焚烧？据说笳佛里拉·阿尔达里昂南奇听到这个建议，非常惊骇，简直不知道如何回答是好，他的脸上露出疑惧的神情，阿格拉耶见到那副神情，不由得对他哈哈大笑，像歇斯底里病发作了似的，立刻离开他，跑到楼上尼娜·阿历山大洛夫娜那里去，而她的父母就在那里找到了她。这笑话在第二天由伊鲍里特传到公爵那里去。伊鲍里特已经卧床不起，他特地打发人去请公爵来，把这个消息告诉他。这消息怎么会传到伊鲍里特的耳朵里去，我们不知道，但是，当公爵听到关于蜡烛和手指的故事时，也大笑起来，这使伊鲍里特吃了一惊；之后，他忽然哆嗦了一下，流出眼泪来了……总之，他在这几天内显出极度惶惑不安的神情，这种神情是不确定的、十分苦痛的。伊鲍里特直截了当地说他精神错乱了，但是，我们还不能肯定这一点。

当我们举出所有这些事实，而不加以解释的时候，我们并不想在读者眼前替书中的主人公辩白。不但如此，我们还准备同情他在朋友之间所引起的那种愤慨。连魏拉·莱白及娃有一个时期也对他表示愤慨起来；连郭略也对他很愤慨；就是开历尔，在他被选为伴郎以前，也是愤慨过的；莱白及夫本人，那就更不必说了，他已经开始对公爵施展阴谋，而这也是由于愤慨，甚至是真正的愤慨。但是，关于这个我们以后再说。一般地讲，我们对于叶夫格尼·柏夫洛维奇那几句极有力的、在心理上非常深刻的话，完全表示同情。这些话是他在娜司泰谢·费里帕夫娜家里的那个事件发生以后第六天或第七天，在友好的谈话中，直率地、不客气地说出来的。我们顺便说一下，不但叶潘钦家里的人，就是所有与叶家有直接或间接关系的人，都认为必须和公爵完全绝交。

譬如说，施公爵遇到他的时候，竟扭过身去，不向他还礼。但是，叶夫格尼·柏夫洛维奇并不害怕玷辱自己的名声，还是跑来拜访公爵，虽然他每天上叶家去，而叶家也越来越好地款待他。叶潘钦一家人离开伯夫洛夫司克的第二天，他到公爵那里去了。他走进去的时候，已经知道社会上传播着的种种谣言，其中有一部分正是他自己的贡献。公爵见到他后，非常高兴，立刻谈起了叶家的事情。这种坦白直率的开端，使叶夫格尼·柏夫洛维奇完全无拘无束地、直截了当地讲起正文来了。公爵还不知道叶家已经离开这里；他感到很惊愕，脸色显得惨白。但是过了一分钟，他摇着头，露出惭愧和沉思的样子，自己承认“应该如此”，以后立刻就问：“他们到哪里去了？”

叶夫格尼·柏夫洛维奇很仔细地观察他，而公爵发问的匆忙，问题的简单，惭愧的神情，同时又有一种奇怪的坦白、不安和兴奋，——所有这一切都使他感到十分惊异。不过，他客气地、详细地把一切告诉公爵听：许多事情公爵还不知道，因为他是第一个从叶家跑来报告消息的人。他证实阿格拉耶的确生了病，有三天三夜没有睡熟，还发着高烧。她的病现在已经减轻，脱离了危险，但是仍处于神经质和歇斯底里的状态……“幸而她家还风平浪静！大家都竭力不提起往事，不但在阿格拉耶面前，甚至在他们相互之间都竭力不提起往事。父母已经互相商量好了，等到秋天阿台拉意达结婚以后，他们一家立刻到国外去旅行。阿格拉耶听到家人吐露这个计划，也默默接受了。”叶夫格尼·柏夫洛维奇说他也可能到国外去。甚至施公爵也打算携阿台拉意达同去，假如公务允许的话，要游上两三个月。将军准备独自留下。叶家的人现在搬到高尔米诺、他们的庄园那里去了，离彼得堡有二十来俄里，那里有一所很大的房屋。白洛孔司卡耶还没有到莫斯科去，也许是故意留下来的。丽萨魏达·博罗可菲耶夫娜坚决主张，在发生这一切事情之后，他们不能再留在伯夫洛夫司克。叶夫格尼·柏夫洛维奇则每天把城里的谣言说给她听。他们也认为不能搬到叶拉金的别墅里去。

“实际上，”叶夫格尼·柏夫洛维奇补充说，“您自己也应该同意，他们是不可能硬着头皮忍受下去的……尤其是在知道您家里每时每刻所做的一切之后。公爵，还有一点，就是您不管人家拒绝不拒绝，每天必上那里去一趟……”

“是的，是的，是的，您说得很对，我想见阿格拉耶·伊凡诺夫娜……”公爵又摇头晃脑起来。

“唉，亲爱的公爵，”叶夫格尼·柏夫洛维奇突然喊道，露出兴奋和忧愁的样子，“您当时怎么会容许……所发生的一切事情？当然啦，当然啦，这一切对您是那样突如其来……我同意，您大概当时心慌了……您不能阻止一个疯狂的女人，您没有这份力量！但是您应该明白，这位女人对您的……感情是多么真挚，多么强烈。她不愿意和别的女人平分，而您……您竟会把这宝物遗弃和砸碎了！”

“是的，是的，您说得对。是的，那是我的错。”公爵又说，露出极烦闷的样子，“您要知道，只有她一个人，只有阿格拉耶一个人这样看娜司泰谢·费里帕夫娜……其余的人都不是这样看的。”

“可痛恨的是，这里并没有一点儿什么严重的情况！”叶夫格尼·柏夫洛维奇喊道，他完全兴奋起来了，“请您饶恕我，公爵，但是……我……我想到这一层，公爵；我反复地想了许多次；我知道以前发生过的一切，我知道半年前发生的一切，我全都知道——但是，这一切并不严重！这一切只不过是头脑的冲动，只不过是一幅图画、一些幻想、一缕轻烟；只是一个丝毫不通世故的女人由于妒忌而心里害怕，才会把这一切看得如此严重！”

于是，叶夫格尼·柏夫洛维奇完全不客气地、任意地把自己的愤慨发泄了出来。他有条理地、很明晰地，对心理做深刻分析地，把公爵过去和娜司泰谢·费里帕夫娜的一切关系，对公爵一一讲了出来。叶夫格尼·柏夫洛维奇一向善于言辞，而现在已经达到了雄辩的地步。“从一开始的时候起，”他说，“就是虚伪；既以虚伪开始，也就应该以虚伪告终；这是自然的法则。当人家——无论是什么人——称您为白痴的时候，我不赞成，甚至非常愤慨；对于这个称呼，您显得太聪明了。但是，您这人又非常奇特，和一般人不同，您自己也应该同意这一点。我认为，所以会发生这一切事情，首先是由于您天生不通世故（公爵，请您注意‘天生’这两个字），其次是由于您的过分纯朴；再其次，是由于您不知分寸（您已经有好几次承认这一点）；最后，是由于您的头脑里有一大堆信念，而您的性格又特别诚实，至今还认为这些信念是真正的、天生的、自觉的信念！您自己应该承认，公爵，在您对娜司泰谢·费里帕夫娜的关系上，从最初起就有一种传统民主成分（我为了简单起见这样说），有一种所谓对于‘妇女问题’的迷醉（说得更简单些）。我确实知道罗果静到娜司泰谢·费里帕夫娜家里送钱时所发生的那出奇怪的闹剧。假如您愿意的话，我可以把您本身详详细细地分析一下，使您像照镜子一般看看自己的嘴脸，我确切知道那是怎么回事，为什么会演变成那个样子。您是一个青年，在瑞士怀念着祖国，想回到俄国来，像到一个陌生的、充满希望的国家里去一样。您读了许多关于俄罗斯的书，这些书也许很好，但是对于您是有害的；您怀着满腔的热望回国，想做一番事业。就在那一天，有人把一个受侮辱的女人的凄惨悲苦的、惊心动魄的历史讲给您听，把一个女人的事情讲给你这个骑士般的天真少年听！就在那一天，您见到了这个女人；您被她的秀色，被她那怪诞的、魔鬼般的美貌迷惑住了（我同意她是一个美人）。再加上神经质，再加上您的癫痫病，再加上我们彼得堡的、震撼神经的解冻时期；再加这一整天您都在一个陌生的、对于您几乎很荒诞的城市里，度过了那一整天，您在那一天有过很多奇遇，见过许多闹剧，意外地结识了不少人，发现了极端意外的现实情况，这一天你碰见叶潘钦家的三个美女，其中有阿格拉耶，再加上疲倦和头晕；再加上娜司泰谢·费里帕夫娜的客厅和这个客厅的色调，还有……在这个时候，您还能从自己身上希望什么呢？”

“是的，是的，是的，是的，”公爵点着头，开始脸红了，“是的，这差不多是对的；您知道，头天夜里在火车里，我几乎整夜没有睡，再头一天夜里我也没有睡，因此精神十分不佳……”

“当然喽，我要说到这上面去呀！”叶夫格尼·柏夫洛维奇继续兴奋地说，“事情很明显，您在狂欢之中，觉得在这里有了当众宣布忠恕之道的可能；说您这位世袭的公爵和纯洁的人，竟不认为那个女人是不清白的，您认为她被人糟蹋并不是她的过错，而应该归罪于一个可憎的、上流社会的色鬼。天哪，这是很容易了解的！但是，问题并不在这里，亲爱的公爵，问题在于这是不是真的，您的情感里有没有真实，是不是一种自然的情感，或者只是脑筋里一种欢欣的状态？您以为怎样：在教堂里，一个女人，就像她这样一个女人，被饶恕了，通常不会对她说，她做得很好，值得一切尊敬和荣誉，是不是？难道这三个月内，您凭着常识就没有了解事情的真相吗？即使她现在是清白无罪的，——我并不坚持我的意见，因为我不愿意坚持，——可是，难道她那一切奇怪的行为，可以替她那种令人无可忍耐的、魔鬼般的骄傲，那样无耻的、那样贪婪的自私心辩白吗？对不住，公爵，我受了感情的冲动，但是……”

“是的，这是可能的；也许您说得很对……”公爵又喃喃地说，

“她的确很生气，您的话当然很对，但是……”

“她值得怜悯吗？您是不是想说这句话，我的好公爵？但是，为了怜悯她，为了使她高兴，难道可以侮辱另一个高贵纯洁的女人，在那双傲慢的，在那双怀着仇恨的眼睛里，贬低那个女人的身价吗？怜悯竟会弄到这种地步吗？这真过于夸张啦！难道爱上一个女人，就可以在她的情敌面前贬低她的身份，在已经向她求过婚之后，为了另一个女人并且就在另一个女人的眼前把她抛弃吗？……您已经向她求过婚了，您已经当着她的父母和姐姐的面表示过了！既然这样，我请问您，公爵，您还能成为一个正直的人吗？再说……您对女人说您爱她，您不是欺骗这个圣洁的女人吗？”

“是的，是的，您说得很对。哎哟，我感到我错了！”公爵说，露出无可形容的烦闷神情。

“难道这就够了吗？”叶夫格尼·柏夫洛维奇激愤地喊道，“难道光喊一喊：‘哎哟，我错了！’就行了吗？您做错了事，但是自己还顽固着！当时您的心哪儿去啦，您的‘基督’心肠哪！您在那个时候也看到了她的脸：难道她会比那一位，比您的另一个女人，比硬是拆散你们的另一个女人苦痛少吗？您怎么能在看见以后又容许这样做呢？那是什么道理呢？”

“不过……我并没有容许呀……”不幸的公爵低声说。

“您怎么没有容许呢！”

“我真的什么也没有容许。我至今还不明白，这一切是怎样发生的……我……我当时跑过去追阿格拉耶·伊凡诺夫娜，但是娜司泰谢·费里帕夫娜昏晕过去了，叶家至今还不让我去见阿格拉耶·伊凡诺夫娜。”

“那还不是一样！您应该跑去追阿格拉耶，哪怕另一个女人晕倒在地上！”

“是的……是的……我应该的……但是，您要知道，她会死的！

她会自杀的，您还知道她，而且……这是一样的，我之后可以对阿格拉耶·伊凡诺夫娜解释一切，并且……您知道，叶夫格尼·柏夫洛维奇，我看您大概没有知道全部情况。请您告诉我，为什么人家不许我去见阿格拉耶·伊凡诺夫娜？我可以对她完全解释明白。您知道：当时她们两人说的都不是那么回事，完全不是那么回事，因此，她们就弄成这种样子……我怎么也不能对。您解释清楚这一点；但是，我也许会对阿格拉耶解释明白……唉，我的天哪，我的天哪！您说起她当时跑出去的时候那副脸色……唉，我的天哪，我记得的！……我们走吧！”他忽然拉叶夫格尼·柏夫洛维奇的袖子，匆忙地从座位上跳起来。

“往哪里去？”

“我们到阿格拉耶·伊凡诺夫娜那里去，立刻就去！……”

“可是，我说过，她不在伯夫洛夫司克了。并且，去找她做什么呢？”

“她会明白的！她会明白的！”公爵喃喃地说，合手做出祈求的样子，“她会明白这一切全不是那么回事，完完全全是另一回事！”

“怎么完全是另一回事？您到底是不是要结婚呢？这样说来，您还在那里固执……您结婚不结婚呢？”

“是的……我要结婚；是的，我要结婚！”

“那么，怎么说不是那回事呢？”

“噢，不对，不是那回事，不是那回事！我结婚不结婚都是一样的，这没有什么。”

“怎么是一样的？怎么说是没有什么？这还算是小事吗？您娶一个心爱的女人，使她得到幸福，而阿格拉耶·伊凡诺夫娜也看到而且知道这一点。那么，怎么会一样呢？”

“幸福吗？那是不对的！我只不过随便结一下婚；她要我这样做。即使我结了婚，又有什么关系呢？我……这总归是一样的！不过，她一定会死的。我现在看出，她和罗果静结婚是一种疯狂的举动！我以前不明白的，现在全部明白了。您要知道，在她们两人面对面站着的时候，我当时受不住娜司泰谢·费里帕夫娜的脸……您不知道，叶夫格尼·柏夫洛维奇（他很神秘地把声音压低），我从来没有对任何人说过这个话，就是对阿格拉耶也没有说过，但是我看到娜司泰谢·费里帕夫娜的脸于心不忍……您刚才讲起在娜司泰谢·费里帕夫娜家举行晚会的情况，都是很实在的；但是您还忽略了一点，因为您不知道，这就是我一直看着她的脸！那天早晨我看她的照片时，就不能忍受了……魏拉·莱白及娃的眼睛就完全是另一种样子；我……我害怕看见她的脸！”他带着极度恐怖的神情补充说。

“您害怕吗？”

“是的，她是一个疯子！”他小声说，面色显得惨白。

“您确实知道这一点吗？”叶夫格尼·柏夫洛维奇十分好奇地问。

“是的，确实知道，现在已经确实知道了；现在，在这几天内，我已经完全确实知道了！”

“您何以这样呢？”叶夫格尼·柏夫洛维奇惊惧地喊道，“这么说来，您的结婚是出于一种恐惧吗？这里是无法理解的，也许对她连爱情也没有吗？”

“不，我从整个心灵里爱她！她是……一个孩子，她现在是个孩子，完全是一个孩子！唉，您是一点儿也不知道的！”

“同时，您还对阿格拉耶·伊凡诺夫娜宣布您爱她吗？”

“是的！是的！”

“怎么会这样呢？这么说，您想爱两个女人吗？”

“是的！是的！”

“得了吧，公爵，您说的是什么话？您醒一醒吧！”

“我没有阿格拉耶是……我一定要见到她！我很快就要在睡觉的时候死去了；我想，我今天夜里就会在睡觉的时候死去的。唉，如何能使阿格拉耶知道这一切，知道这一切……那就是说，一定要她知道一切。因为在这种情况下，一个人是应该知道一切的，这是最要紧的事情！为什么我们在必要的时候，在别人犯了错的时候，一向不能知道别人的一切呢！……我不知道我说的是什么话，我已经混乱了；您使我非常惊讶……难道她的脸现在还像她跑出去时的样子吗？是的，我有错！这一定全是我的错。我还不知道怎么回事，但是我有错。这里面有一点是我不能对您解释的，叶夫格尼·柏夫洛维奇，我没有话说，但是……阿格拉耶·伊凡诺夫娜会明白的！我永远相信她会明白的。”

“不，公爵，她不会明白的！阿格拉耶·伊凡诺夫娜对您的爱，是一个女人的爱，是一个人的爱，而不是……抽象精神的爱。您知道不知道，我可怜的公爵；您大概对这个女人和那个女人从来都没有爱过！”

“我不知道……也许是这样，也许是这样；您在许多地方是对的，叶夫格尼·柏夫洛维奇。您太聪明了，叶夫格尼·柏夫洛维奇；唉，我的头又开始痛起来了。我们到她那里去吧！看在上帝的分儿上，看在上帝的分儿上！”

“我对您说过，她不在伯夫洛夫司克，她在高尔米诺。”

“我们到高尔米诺去，现在就去！”

“这是不可能的！”叶夫格尼·柏夫洛维奇拉长声音说，他站了起来。

“您听着，我要写一封信，请您转送去！”

“不，公爵，不！请您不要委托我这种差事，我办不到！”

他们分手了。叶夫格尼·柏夫洛维奇走出来的时候，带着一些奇怪的信念：据他看来，公爵的脑筋有点儿不清楚。他又怕又爱的这个面庞，究竟有什么意义呢？同时，他见不到阿格拉耶，也许真的会死去，因此，阿格拉耶也许永远不会知道他对她爱到怎样程度！哈，哈！怎么能爱两个女人呢？用两种不同的爱情吗？这是很有趣的……可怜的白痴！现在他怎么办呢？

第十章

然而，公爵在结婚之前并没有死，无论在醒着的时候，或是“在睡梦中”，像他对叶夫格尼·柏夫洛维奇预言的那样。他也许的确睡得不好，做些噩梦；但是白天和人们在一起时，他显得很和善，甚至很满意，不过有时很沉闷，只是在独处时才这样。大家忙着办喜事：婚期就定在叶夫格尼·柏夫洛维奇造访后一星期左右。事情非常匆促，就连公爵最好的朋友（假如有这样的人），也会对于自己想“拯救”不幸的疯子的努力感到失望。有人造谣言说，叶夫格尼·柏夫洛维奇的造访与伊凡·费道洛维奇将军和他的夫人丽萨魏达·博罗可菲耶夫娜有些瓜葛。但是，假如他们两个人由于心地无限善良想把这可怜悯的疯子从深渊中拯救出来，他们当然就只好做这番软弱的努力了：不论他们的地位，或是他们的心情，（当然）都做不出更大的努力来。我们已经提过，连公爵周围的人们，也有一部分反对他。魏拉·莱白及娃只是暗自流泪，她多半坐在自己家里，不像以前那样常到公爵那里去。郭略这时候正在办理父亲的丧事。老将军在第一次中风后八天，又昏厥一次，就死去了。公爵非常同情这个家庭所遭到的哀痛，最初几天每天他在尼娜·阿历山大洛夫娜那里留几小时；他还去送殡，去教堂。许多人注意到，教堂内的群众彼此发出不由自主的微语，迎送着公爵，在大街上和花园里也是如此：在他步行或坐车走过的时候，总会传出一些语声，提起他的名字，指指点点，听到他们说娜司泰谢·费里帕夫娜的名字。有人在送殡的时候寻觅她，但是她没有去送殡。上尉夫人也没有去送殡，是莱白及夫把她劝阻住了。葬礼时的诵经给予公爵极强烈的病态的印象；他在教堂内回答莱白及夫一个问题的时候对莱白及夫小声说，这是他初次参加东正教举行葬礼诵经的仪式，只记得在儿童时代在一个乡村教堂中有过一次诵经的仪式。

“是的，好像躺在棺材里的并不是那个人，我们最近还在一处，推他当主席呢，您记得吗？”莱白及夫对公爵小声说，“您找谁呀？”

“没有什么，我觉得……”

“不是罗果静吗？”

“难道他在这里吗？”

“在教堂里呢。”

“怪不得我好像看到他的眼睛，”公爵很不好意思地喃喃着说，“怎么样？……他在这里做什么？是你邀请他来的吗？”

“根本不是，我跟他是完全不认识的。这里什么人都有，这里是公共场所。您为什么这样惊讶？我现在时常遇见他，最近的一星期内，我在这里，在伯夫洛夫司克遇到他四次。”

“我一次还没有看见他……从那天起。”公爵喃喃地说。

由于娜司泰谢·费里帕夫娜一次也没有告诉他，她“从那个时候起”遇见过罗果静，所以公爵现在断定罗果静故意为了什么原因不露面。这一整天他陷入深深的沉思状态；娜司泰谢·费里帕夫娜却在这天和这天晚上显得特别快乐。

郭略在父亲没有去世以前，就和公爵言归于好了。他劝公爵请开历尔和蒲尔道夫司基做伴郎（因为事情是迫切的，而且是刻不容缓的）。他向公爵担保说，开历尔一定会做得很体面，也许“还有用处”。至于蒲尔道夫司基，那更不必说了，他本来就是一个小心谨慎的人。尼娜·阿历山大洛夫娜和莱白及夫对公爵说，如果已经决定结婚，何必一定要在伯夫洛夫司克举行，而且还赶在避暑的旺季这样公开地举行呢？到彼得堡去，或者到家里去举行不更好吗？公爵十分明白，所有这些恐怖的用意何在；他简单明了地回答说，是娜司泰谢·费里帕夫娜一定要这样做。

当人家通知开历尔，叫他做伴郎以后，他第二天就来见公爵了。他走进公爵家以前，站在门口，一见到公爵，就把右手朝上举起，露出弯曲的食指，像起誓似的喊道：

“我不喝酒！”

他走到公爵面前，紧紧地握住公爵的两只手，摇晃了一下，然后宣称，他起初听到这件事情的时候持反对态度，而且在打台球的时候宣布；他所以反对，并不是别的原因，而是因为带着友人的急切心情，每天期望着公爵能娶一位像德罗刚公主那样的女子；但是，现在他自己看到，公爵的思想至少要比他们“一股脑儿”的想法高尚十二倍！因为他所需要的不是荣耀，不是财富，甚至不是名誉，而只是真理！高尚人物的同情心是尽人皆知的，但是公爵的学问太高了，一般地说，他不能成为高尚人物的！“但是，那些混账东西和庸俗人士的判断是两样的；在城市里、家庭中、集会上、别墅里、音乐会上、小酒店里、弹子房内，大家谈论和呼喊的，只是即将发生的那个事件。我听说，在所谓‘初夜’，他们甚至打算到窗下来演奏滑稽音乐！公爵，假如您需要一个正直的人用手枪帮忙的话，那么，在您新婚第二天早晨起床时，我准备出于义愤，用掉半打枪弹。”他担心从教堂内出来时看的人太多，又提议在院内预备好消防队的橡皮带。但是莱白及夫大为反对。他说，“假使安放了橡皮带，房屋都会给拆成碎片”。

“这个莱白及夫在那里对您施展阴谋，公爵，真是的！您想也想不到，他们想把您放在官厅的监护之下，把您的自由意志和财产（就是使人和禽兽有别的两种东西）完全剥夺！我听说了，听得非常确实！这是千真万确的事情！”

公爵记得，他自己也好像听见过这类话，但是，他当然没有加以注意。他只是一笑置之，马上就忘记了。过去有个时候，莱白及夫张罗过一阵；这个人的主意一向是从灵感中产生的，由于他过分热心把事情复杂化，多生枝节，结果离原来的出发点就很远了。他一生一事无成，就是这个原因。后来，在结婚的头一天，当他到公爵那里赔罪的时候（他有一个固定的习惯，就是永远要向他暗地里反对的那个人表示赔罪，尤其在他没有得逞的时候），他对公爵说，他出生时本来姓塔力蓝，不知为什么竟会变成莱白及夫。然后，他在公爵面前坦白出全部的计划，使公爵感到极大的兴趣。他说，他开始先找高官显贵的庇护，以便必要时有所依靠。他先去见伊凡·费道洛维奇将军。伊凡·费道洛维奇将军感到惊疑，他希望“年轻人”幸福无疆，但是将军说，“他虽然极愿意拯救他，但是他不便有所行动”。丽萨魏达·博罗可菲耶夫娜既不愿意听他的话，也不想见他；叶夫格尼·柏夫洛维奇和施公爵只是摆摆手。但是莱白及夫并不灰心，他和一个精明的法律家商量了一下，这是一位可敬的老人，他的好朋友，而且几乎是恩人。据法律家表示，这件事是完全办得到的，不过必须具有相当的证明书，断定神经的失调和完全疯狂，此外，主要的还是高官显贵的保护。莱白及夫当下并不发愁，有一次甚至领了一个医生来见公爵。这医生也是一位可尊敬的老人，一个避暑客，佩戴着“安娜”勋章。他到公爵那里来，只是为了欣赏当地风景，结识公爵，借此非正式地，而是所谓友好地谈一下对公爵的看法。公爵记得那次医生前来拜访的情形。他记得莱白及夫头一天就缠住他，硬说他身体不健康，而在他断然拒绝诊治之后，莱白及夫忽然偕医生同来，借口说他们俩刚才在帖连奇耶夫先生那里，病况很坏，所以医生想和公爵谈谈病人的情况。公爵夸奖了莱白及夫几句，异常客气地款待医生。他们立刻谈起病人伊鲍里特的事情。医生请公爵详细讲述当时那幕自杀的情景，公爵所讲的故事和他对这个事件的解释，使医生感到非常有趣。他们又讲起彼得堡的气候和公爵本人的疾病，讲起了瑞士和施涅台尔。公爵讲述了施涅台尔的治疗方法，讲了一些故事，使医生听得十分入神，竟坐了两小时之久。他吸着公爵的上等雪茄，莱白及夫也取出一瓶非常有滋味的甜酒，是由魏拉端来的。那个医生本是已经娶妻生子的人，竟在魏拉面前大献殷勤，这引起她深深的痛恨。他们离别时竟成为极要好的朋友。医生从公爵那里出来时，对莱白及夫说，假如把这种人完全加以监护，那么，应该派谁做监护人呢？莱白及夫把即将发生的事件作了可怕的叙述以后，医生狡猾地、谲诈地摇了摇头，最后说，不要说“男人要娶女人”，而“那位绝世佳人，至少据他所听到的，除去倾城之貌而外（这一点已足使有钱人为之倾倒），她还拥有一笔财产，是从托慈基和罗果静那里得来的，此外还有珍珠、金刚钻、围巾和木器，因此这段婚姻不但不会表明尊贵的公爵特别愚蠢，反而可以证明他的头脑的精细和计算的巧妙，而使人取得相反的、对公爵完全有利的判断”……这个意见使莱白及夫深为惊愕，他也就从此罢手。所以现在，他对公爵补充说：“现在是除了忠心和流血而外，您不会从我那里看到什么；我也就是带着这种意思上这里来的。”

最近几天内，伊鲍里特也使公爵很分心：他时常打发人来请公爵。他们住在不远的一所小房里；小孩子们，伊鲍里特的弟妹们，很喜欢别墅这个地方，至少是为了到花园去可以躲开病人。可怜的上尉夫人还受他的支配，完全成为他的牺牲品。公爵必须每天替他们调解，为他们讲和。病人仍旧称他为“保姆”，同时由于他当和事佬，又不能不轻视他。他很不满意郭略，因为郭略起初守着垂死的父亲，后来又陪伴着守寡的母亲，几乎完全不到他那里去。最后他决定把公爵和娜司泰谢·费里帕夫娜最近的婚事作为嘲笑的目标，结果侮辱了公爵，使公爵非常生气，不再来看望他了。过了两天，在清晨，上尉夫人跑到公爵家里去，含着眼泪哀求公爵光临她家，否则那家伙会把她吞噬了的。她补充说，他打算揭开一个很大的秘密。公爵去了。伊鲍里特表示愿意言归于好，哭了一顿，哭完以后更加愤恨，但是不敢露出怒意。他的病况很坏，从一切方面可以看出，现在他已经不久于人世了。他除了由于激动（也许是假装的）而喘不过气来，热烈请求"留心罗果静"以外，其实也没有什么特别的秘密。他说"这个人是不肯让步的；公爵，他和你我不同；这个人想做什么事情，就会做得出来，连眉毛都不动一动……"诸如此类的一套话。公爵详细盘问起来，希望得到一些事实。但是，除了伊鲍里特个人的感觉和印象以外，并没有任何的事实。伊鲍里特由于把公爵吓得魂不附体，心里特别痛快。公爵起初不愿意回答他的一些特别的问题，只微笑着，对他提出建议说："哪怕逃到国外去也可以；俄国的神父到处都有，在外国也可以结婚。"最后，伊鲍里特谈到了他的想法："我担忧的只是阿格拉耶·伊凡诺夫娜；罗果静知道您是如何爱她；您夺人之爱，人亦夺您之爱；您从他手里抢走了娜司泰谢·费里帕夫娜，他会把阿格拉耶·伊凡诺夫娜杀死；虽然她现在不是您的人，但到底会使您感到痛苦的。不对吗？"他达到了目的：公爵从他那里出去时，样子显得反常。

关于罗果静的这种警告，是在结婚前一天发生的。这天晚上，公爵和娜司泰谢·费里帕夫娜在婚前最后一次会面；但是，娜司泰谢·费里帕夫娜并不能使他得到安慰，甚至相反地，最近更加使他不安。以前，也就是在数天之前，她和他见面时，用尽所有力量使他快乐，她很害怕他的忧愁神情，甚至还试着给他唱歌；时常对他讲一切认为可笑的东西。公爵差不多永远做出笑得很开心的样子，有时也的确是为了她的聪明才智和优美情感而笑的；当她冲动的时候（她时常冲动），是会用优美情感来讲述的。她听到公爵的笑声，看见他所受的印象，便感到欢喜，开始自豪起来。但是，现在她的忧愁和心事几乎每小时都在增长。他对于娜司泰谢·费里帕夫娜的意见已经确定，否则，他现在对于她的一切行为就会觉得神秘得不易理解。但是，他深信她还能复活。他对叶夫格尼·柏夫洛维奇说，他完全诚恳地爱她，这话是很正确的；在他对她的爱情里，的确包含着一种好像对于一个可怜的、生病的婴儿的柔情，他对这婴儿是很难自由放任的，甚至就不可能这样做。他没有对任何人解释自己对她的感情，假如不能避免谈话时，他也不喜欢谈到这一点。他和娜司泰谢·费里帕夫娜坐在一处的时候，从来不讨论“情感”，好像两人已经约好了似的。任何人都可以参加他们的寻常的、快乐的、活泼的谈话。达里亚·阿莱克谢夫娜后来讲，她这些日子一直欣赏他们，瞧着他们发乐。

但是，他对于娜司泰谢·费里帕夫娜的精神和智力状态的这种见解，一部分也使他避免了其他许多疑窦。现在，她已经变成和他在三个月以前所知道的完全不同的女人。譬如说，他对于她为什么当初不愿意和他结婚，带着眼泪、咒骂和责备逃走，而现在则自己竭力主张赶快结婚一层，已经不多加思索了。公爵想：“如此说来，她并不像当初那样，害怕因为和他结婚而使他遭到不幸。”据他的观察，她的自信心恢复得这样快，不是出于自然的事情。这种自信心也不会只是由于憎恨阿格拉耶而产生的：她会有比较深的一些感情。同时也不会是由于害怕她和罗果静同居将遭遇不幸而产生的。总而言之，既有这些原因，又有一些别的原因，凑在一起构成的。但是，对于他来说，最明显的就是他早就疑惑到的事情，即那个可怜的、痛苦的心灵忍受不住了。这一切虽然使他别开生面地避免疑惑，但是，在这一切时候，都不能使他得到安宁和休息。有时他似乎努力让自己什么也不去想；他对婚姻大概也真是看作一种不重要的形式；他对于自己的命运估价太轻。至于那些辩驳和谈话，例如和叶夫格尼·柏夫洛维奇的谈话，他根本一点儿也不能作答，他感到自己对这一类东西完全不能胜任，因此也就避免作这一类的谈话。

他觉察出，娜司泰谢·费里帕夫娜非常明白和理解阿格拉耶对于他有什么意义。她并不说出来，但是当他有时准备上叶潘钦家里去的时候，他看得出她的面部表情。叶家一搬走，她的脸上好像放光了。他无论怎样不注意，怎样不会猜疑，但有一个念头使他感到不安，那就是娜司泰谢·费里帕夫娜决定闹出什么乱子来，设法把阿格拉耶从伯夫洛夫司克撵走。所有的别墅都纷纷议论公爵举行婚礼的事情，一部分原因当然是娜司泰谢·费里帕夫娜鼓动起来的，目的是故意激怒她的情敌。因为叶潘钦一家人很难遇到，有一次，娜司泰谢·费里帕夫娜竟把公爵拉到马车上，然后吩咐车夫一直从叶家别墅的窗前疾驰而过。这对于公爵是完全出乎意料的事情；他照例是在无从补救、马车已经通过窗前的时候才明白过来。他一句话也没有说，随后接着病了两天；娜司泰谢·费里帕夫娜不再重复这种试验了。在婚前的最后几天，她开始闷闷不乐；结果是她永远战胜了自己的忧愁，又快乐起来，但似乎变得文静了，不像最近以前那样高声谈笑、欢天喜地了。公爵加倍注意了。他感觉有趣的是，她从来不和他谈起罗果静。只有一次，在他们结婚前五天，达里亚·阿莱克谢夫娜忽然打发人来，请公爵立刻就去，因为娜司泰谢·费里帕夫娜病得很厉害。他发现她好像完全疯狂了一样：她又喊又叫，浑身发抖，吵着说罗果静藏在她家花园里，她刚才看见他，他夜里一定会杀死她……宰死她！她整天不能安静下来。但是那天晚上，当公爵到伊鲍里特家里去的时候，上尉夫人刚从城里回来（她有事进城去的），讲起今天罗果静到她的彼得堡寓所里去，打听伯夫洛夫司克的情形。公爵问罗果静什么时候上她那里去的，上尉夫人说出的时间，恰好就是今天娜司泰谢·费里帕夫娜说在花园里见到他的那个时间。事情总算弄清楚了，原来只是一种想象。娜司泰谢·费里帕夫娜自己到上尉夫人那里去详细查明了一下，这才大大放了心。

在结婚前一天，当公爵离开娜司泰谢·费里帕夫娜的时候，她正处于极兴奋的状态：成衣铺从彼得堡送来了明天用的服装，有结婚礼服、帽子等。公爵料不到她见到服装竟会如此兴奋；他自己尽夸奖着，由于他的夸奖，她显得更加快乐了。但是，她说漏了她的心事：她已经听说城里激愤的情形，听说确有一些坏蛋在那里组织滑稽音乐队，还特地编了几首歪诗，而对于这一切，其他社会人士仿佛默许过似的。现在她一定要在他们面前高高地抬起头来，用她那时髦而又豪华的服装遮掩一切——“让他们去呼啸，只要他们敢！”她一想到这里，她的眼睛里就闪耀着光芒。她心里还隐藏着一个幻想，但是她没有说出来：她幻想阿格拉耶，或者至少她要打发什么人来，偷偷地杂在人群中，在教堂中，望着、看着，她自己在准备着。她在晚上十一点钟左右和公爵分手的时候，正萦绕着这些念头；但是还没有过午夜，达里亚·阿莱克谢夫娜就跑来见公爵，请他快去，因为她病得很厉害。公爵发现他的未婚妻锁在卧室里，痛哭流涕，犯着歇斯底里病；她许久没有听到人家在门外对她说些什么，后来才开了门，放公爵一个人进去，又把门锁上，跪在他的面前。（至少达里亚·阿莱克谢夫娜之后是这样讲的。她偷看到了一点儿。）

“我做的是什么事！我做的是什么事！我把你弄成这样子！”她喊着，猛然紧紧抱住他的脚。

公爵和她坐了整整一小时。我们不知道他们说些什么。达里亚·阿莱克谢夫娜讲，他们在一小时后分手时已快快乐乐地重归于好了。这天夜里，公爵又打发人去打听了一下，但是娜司泰谢·费里帕夫娜已经睡熟了。第二天早晨，在她睡醒以前，公爵又打发两个人到达里亚·阿莱克谢夫娜那里去，等到打发第三个人去的时候，她吩咐那个人这样转达公爵：“现在有一大群从彼得堡来的成衣匠和理发师在娜司泰谢·费里帕夫娜身旁，昨天那段事情连痕迹都没有了，她现在正忙于打扮，正像一个绝世佳人在结婚前那样的忙碌。现在，她正开着紧急会议，讨论究竟应该戴哪一种钻石，用怎样的戴法！”公爵听到这些，就完全安心了。

这场婚事之后所发生的笑话，当场目击的人作了如下的叙述，大概是很正确的。

婚礼定于午后八点钟举行；娜司泰谢·费里帕夫娜在七点钟的时候就预备好了。从六点钟起，就有一群闲人在莱白及夫别墅周围，尤其是在达里亚·阿莱克谢夫娜房子附近，断断续续地聚拢到一起。从七点钟起，教堂里开始聚满了人。魏拉·莱白及娃和郭略很替公爵担心；但是，他们在家里有许多事情要做，他们在公爵的几间闲屋内布置关于招待宾客和摆设喜筵的事情。举行婚礼以后，并没有多少人打算聚会。除去举行婚礼时必要的人员以外，由莱白及夫邀请了波奇成夫妇、筋纳、佩戴“安娜”勋章的医生、达里亚·阿莱克谢夫娜。公爵向莱白及夫询问，他为什么忽然想请医生，“我和他简直等于不认识。”莱白及夫扬扬得意地回答说：“他佩戴‘安娜’勋章，是一个可尊敬的人，可以用他来装点门面。”他说完后，公爵笑起来了。开历尔和蒲尔道夫司基穿着燕尾服，戴着手套，看起来很体面；只是开历尔有点儿公开地喜好战斗，这使公爵和担保的人们多少感到不安，他还很仇视聚在房屋附近的闲人们。公爵在七点半钟，终于坐着马车到教堂去了。我们应该顺便提出的是，他自己故意不愿放弃任何一个共通的风俗习惯，一切都做得明显、公开，而且“应有尽有”。公爵到了教堂，在群众不断的微语和呼喊之下，由开历尔指挥着，往左右投射威严的眼光之后，好不容易才走了进去，暂时躲在祭台后面，之后开历尔动身去接新娘，在达里亚·阿莱克谢夫娜房屋的台阶旁发现了一群人，论人数不但要比在公爵那里的多两三倍，论放肆也许要多上三倍。他升上台阶时，听到了那种呼喊，使得他不能忍受下去，正想面对群众，发表适当的演说，但是，幸而被蒲尔道夫司基和从台阶上跑下来的达里亚·阿莱克谢夫娜阻止住了；他们把他拉住，用力把他拖到屋里去。开历尔很生气，露出匆忙的样子。娜司泰谢·费里帕夫娜站起身来，又朝镜子里瞧了一下，撇嘴笑了笑（据开历尔之后说），她觉察出，“自己的脸白得像死人一般”；她虔敬地向圣像鞠了一躬，就走出台阶了。雷鸣般的欢呼声迎接她的出现。固然，在最初的一刹那间听得见哗笑、鼓掌，几乎还有呼啸；但是过了一会儿传出另一些语声来了：

“真是美人儿！”人群里喊道。

“她不是第一个，也不是最后一个！”

“一切全被结婚礼服掩盖住了，傻瓜！”

“不，你们去找出这样的美人来吧！万岁！”站在她身旁的人们喊。

“公爵夫人！我愿意把灵魂卖去，换这样的公爵夫人！”一个书记样的人喊道，“我要以生命作代价，换取一夜的欢娱！……”

娜司泰谢·费里帕夫娜出来的时候，脸色的确惨白得像一块手帕；但是，她那一双巨大的、乌黑的眼睛，却好像两团红炭向人群闪耀着光芒；这个眼神是人群受不住的，激愤变为欢欣的呼喊。马车的门已经开了，开历尔已经把手递给新娘，她突然呼喊了一声，从台阶上一直奔到人群里去。送她的人们全都惊讶得呆住了，人群在她面前松散开来，罗果静忽然在离开台阶五六米远的地方出现了。娜司泰谢·费里帕夫娜在人群里看到了他的眼神。她好像疯子似的跑到他的面前，两手抓住他。

“救救我吧！带我走吧！随你到哪里去都行，立刻就去！”

罗果静差不多把她抱了起来，差不多抬到马车那里去。然后，在刹那间，他从皮夹里取出一张一百卢布的钞票，递给马夫。

“到火车站去，如果赶得上车，再给你一百卢布！”

他自己随着娜司泰谢·费里帕夫娜跳进马车里去，把车门关上了。马夫一分钟也不迟疑，就鞭打起马来了。开历尔后来抱怨这件事情过于突如其来，他说：“再等一秒钟，我是会清醒过来的，我决不会答应的！”他在讲述这桩奇闻的时候，这样解释着。恰巧身旁还有一辆马车，他本想和蒲尔道夫司基坐上去追赶，但是刚一动身，他就改变了主意，“终归是晚了！用强力是不能挽回的！”

“而且公爵也不愿意！”蒲尔道夫司基受惊之后，这样决定说。

罗果静和娜司泰谢·费里帕夫娜跑到车站时，火车恰巧就要开到了。罗果静从马车里走出，当他正要踏上火车时，把一个从身旁走过的女人叫住，那个女人穿着半旧的却还很像样的深色斗篷，头上围着一块绸巾。

“我用五十卢布买您的斗篷，好不好？”他忽然把钱递给女人。当她还在惊讶着，竭力想弄明白是怎么回事的时候，他已经把五十卢布的一张钞票塞到她手里，拉下女人的斗篷和围巾，披在娜司泰谢·费里帕夫娜的肩上和头上了。她那套过于漂亮的服装会炫耀人家的眼睛，惹起火车上人们的注意。然后，女人才明白人家为什么花了很大价钱，买下她的不值钱的旧货。

这段奇闻特别迅速地传到教堂里去。当开历尔走到公爵那里去的时候，有许多和他完全不相识的人跑过来盘问他。教堂里传出洪亮的语声，有些人摇头，有些人甚至发笑；谁也不离开教堂，大家等候着看新郎对于这件新闻采取怎样的态度。他脸色惨白，但是静静地接受这个新闻，发出极端细微的声音说：“我怕这样，但是我到底没有想到竟会这样的……”然后沉默了一会儿，又补充说：“不过……在她的情况中……这是完全必然的。”对于这样的评论，开历尔之后称之为“没有前例的哲学”。公爵从教堂内出来，显得十分平静，而且精神饱满。至少有许多人看到的情形是这样，以后这样讲了出来。他似乎很想回家，赶快独自留在家里，但是人家不让他这样做。在被邀请的客人中，有几个人随他走进屋内，其中有波奇成、笳佛里拉·阿尔达里昂南奇，还有那个医生，他也不想走。此外，整所房子简直被闲人包围住了。公爵一到平台上，就听见开历尔和莱白及夫跟几个完全不相识的人发生剧烈的争论，——那几个人的样子颇像官僚，无论如何要走进平台来。公爵走到争论的人们面前，问明是怎么回事，他客客气气地把莱白及夫和开历尔推开，很有礼貌地朝一个头发业已斑白、身躯非常强壮的先生说话，——那位先生站在台阶的梯级上，在另外几个愿意进来的人们的前面，——请他赏光，进到里面去坐。那位先生感觉不好意思，但是走了进去；随着走进了一个、两个。人群里只有七八个人走了进去，努力装出十分潇洒的样子。此外没有乐意进去的了，过了一会儿，人群里就有人开始对那些冒失鬼大加责难了。公爵请走进去的人们坐下，开始谈话，端上茶来。这一切弄得十分体面，而且谦虚，使走进来的人们觉得有点儿惊异。当然，他们也做过几次尝试，想把谈话弄得活泼一些，引到“正题”上去；提出了几个不客气的问题，发表了一些“大胆”的意见。公爵用朴实和乐观的态度回答大家，同时露出那样的尊严，用那样对于客人正派作风的信任，竟使那些不客气的问题自然而然地偃旗息鼓了，谈话渐渐地开始正经了。有一位先生抓住一个话头，忽然用异常激愤的态度起誓，说他无论出什么事情，也不愿意将地产卖去；相反地，他要等候时机，而且一定会等候到有利时机，因为“产业比金钱好”，“先生，这就是我的经营方案，您应该知道”。由于他是对公爵说的，所以公爵热心地恭维他一番，虽然莱白及夫附耳告诉他，这位先生“家徒四壁”，从来没有置过什么田产。过了几乎一小时，茶喝完了。喝完茶以后，客人们不好意思再坐下去了。医生和那位斑白头发的先生恳切地和公爵道别；大家也都熙熙攘攘地，很恳切地道了别。他们说出一些希望和意见，例如“用不着忧愁，也许这样更好些”之类。固然，也有人想要香槟酒喝，但是在客人中，年长的阻止了年轻的。大家散去以后，开历尔俯首对莱白及夫说：“如果是你我处理这个问题，一定会呼喊起来，打个不亦乐乎，弄得声名狼藉，结果招来警察；但是，他竟交到了新朋友，而且交的是那般人，我是知道他们的！”莱白及夫醉醺醺地，叹了一口气说：“他对智慧的、精明的人们隐瞒，而向小孩们公开，我以前就这样讲过他；但是，现在我要补充一句：上帝保护了小孩，他和他所有的圣徒，把小孩从深渊中救了出来。”

十点半钟左右，终于剩公爵一个人在家里。他头痛得厉害。郭略走得最晚，帮他换去结婚礼服，穿上家常衣裳。他们很恳切地分了手。郭略没有再提今天的事情，但是答应明天早点来。他随后证明说，公爵在最后离别时一点儿没有作任何警告，把他的计划瞒住了，不使郭略知道。不久，整个屋内几乎没有留下任何人；蒲尔道夫司基到伊鲍里特那里去了，开历尔和莱白及夫也动身到什么地方去了。只有魏拉·莱白及娃一个人还在屋内留了一会儿，匆匆地把这些屋子从办喜事的样子收拾成寻常的状况。临走时，她到公爵那里窥望了一下。他坐在桌旁，把两肘支在桌上，用手捂住头。她轻轻地走到面前，触动他的肩膀。公爵疑惑地望了她一眼，差不多有一分钟左右在那里回忆。通过回忆了解一切以后，他突然露出特别惊慌的样子。他结果对魏拉作了紧急的、热烈的请求，请她明天早晨七点钟在第一班火车开行前敲他的房门。魏拉答应下了；公爵坚决请她不要对任何人说这件事情。她也答应下来了。最后在已经完全开了门，预备出去的时候，公爵第三次又阻止住她，拉住她的手，吻着，然后又吻她的额头，用一种“特别”的神色对她说：“明天见！”后来魏拉是这样告诉人家的。她走出去之后，替他十分担心。第二天早晨，她的精神稍为振作了一点儿，七点多钟的时候如约敲公爵的房门，通知他火车在一刻钟以后就要开到彼得堡去了。她觉得他开门时精神十分饱满，甚至露出微笑。他夜里几乎没有脱去衣裳，但是睡倒是睡了。据他说，他今天就可以回来。结果，他认为在这个时候，可以而且必须把进城去的消息单独报告。

第十一章

一小时后，他已经到了彼得堡。九点钟左右，他按罗果静家的门铃。他是从正门走进去的，许久没有人给他开门。后来，罗果静母亲住宅的门开了，露出一个老态龙钟、仪表优雅的女仆。

“帕尔芬·谢敏诺维奇没在家，”她从门内回报说，“您找谁？”

“帕尔芬·谢敏诺维奇。”

“他不在家。”

女仆用粗野的好奇眼光打量着公爵。

“至少请您告诉我，他昨晚上在家里过夜吗？昨天是不是一个人回来的？”

女仆继续望着，没有回答。

“昨天，在这里……晚上的时候……娜司泰谢·费里帕夫娜是不是同他一块儿来的？”

“请问，您贵姓？”

“列夫·尼古拉耶维奇·梅思金公爵，我们是很要好的朋友。”

“他没有在家。”女仆垂下眼睛。

“娜司泰谢·费里帕夫娜呢？”

“我一点儿也不知道。”

“等一等，等一等！他什么时候回来？”

“这个我也不知道。”

门关闭了。

公爵决定过一小时后再来。他朝院内望了一下，遇见了看院人。

“帕尔芬·谢敏诺维奇在家吗？”

“在家。”

“怎么刚才他们对我说不在家呢？”

“是他屋里的人说的吗？”

“不是的，是他母亲的女仆说的，我在帕尔芬·谢敏诺维奇那里按铃，没有人开门。”

“也许出去了，”看院人断定说，“他不会留话的。他有的时候把钥匙带走，房门一连关上三天。”

“你昨天确实知道他在家吗？”

“在家的。有时从正门走进，就看不见了。”

“娜司泰谢·费里帕夫娜昨天是不是和他在一起呢？”

“这个我不知道，她不常来。假如来了，也会知道的。”公爵走了出去，在人行道上沉思地走了一会儿。罗果静住的几间房屋的窗子全关着；他母亲所住的一半房屋的窗子，差不多全都敞开了；天气是晴朗的，炎热的。公爵越过街心，到对面的人行道上去，站在那里又朝窗内看了一遍：窗子不但全关好，而且几乎都放下了白色的窗帘。

他站了一分钟，说也奇怪，他忽然觉得一个窗帘的边微微地抬起，罗果静的脸闪了一下，只是一闪，立刻就不见了。他又等候了一下，已经决定再去按铃，但是他又变了主意，要等一小时后再说：“谁知道，也许只是一个幻觉……”

主要的是，他现在忙着到伊慈玛意洛夫团娜司泰谢·费里帕夫娜新近住过的房子去。他知道，她在三个星期前经他的请求从伯夫洛夫司克搬走的时候，就住在伊慈玛意洛夫团以前的一个女朋友那里，那位太太是个教师留下的寡妇，这是一位可尊敬的太太，她有儿有女，出租极讲究的、带家具的房间，几乎完全靠这个维持生活。当娜司泰谢·费里帕夫娜再度搬到伯夫洛夫司克去的时候，大概总会把那些房间留下来；至少说她一定住在这所房子，昨天罗果静就会把她送去的。公爵雇了一辆马车。他在路上想，本来就应该先从那里下手，因为她决不会在夜里就上罗果静那里去。他又记起看院人的话，娜司泰谢·费里帕夫娜是不常来的。既然不常来，怎么现在会住在罗果静家里呢？公爵用这些念头来安慰自己，终于怀着惊悸不定的心情到了伊慈玛意洛夫团。

使他大吃一惊的是：教师夫人那里今昨两天不但没有听见娜司泰谢·费里帕夫娜的事情，而且全家都跑出来，像看奇迹似的看他。教师夫人家里人数很多——全是姑娘，从七岁起到十五岁，一岁一个。她们随着母亲拥了出来，把他团团围住，张大了嘴望着他。她们的身瘦脸黄的、披着黑头巾的婶母跟着走出来，最后又来了祖母，一个戴眼镜的老太婆。教师夫人坚持请他进去坐一会儿，公爵也就照办了。他立刻猜出她们完全知道他是什么人，她们很清楚地知道他的婚礼应在昨天举行，所以非常想把结婚的情形盘问一下，还要盘问一下那件怪事，就是他竟会向她们问娜司泰谢·费里帕夫娜在什么地方，其实她现在应该和他一块儿同住在伯夫洛夫司克才对，但是她们客气得不好意思问。他用简单地叙述，满足了她们对于婚事的好奇心。她们开始惊异，又是叹息，又是呼喊，使他不能不把其余的事情多半都讲出来，因此讲的不过是主要的梗概。几个聪明的、惊慌的太太经过商议以后，决定最先应该见到罗果静，向他弄明白一切。假如他不在家（这是应该打听清楚的），或者他不愿意说，便上谢苗诺夫团去见一位德国太太，娜司泰谢·费里帕夫娜的女友，她和母亲同住在一处；娜司泰谢·费里帕夫娜由于心慌意乱想要躲藏起来，也许会在她们那里过夜。公爵非常颓丧地站了起来；据她们讲，“他的脸色惨白得厉害”；他的两条腿简直站不稳了。他终于从嘈杂异常的语声中，辨明她们打算同他一起出去寻访，所以问他在城里的住址。但他并没有住址，所以她们劝他住在旅馆里。公爵想了一下，给她们留下一个旅馆的地址，就是五个星期以前他昏厥过去的那个旅馆。他后来又上罗果静家里去。这次罗果静家里不但没有开门，甚至连老太太住处的门也没有开。公爵去找看院人，好容易才在院内把他找到；看院人忙着做什么事情，爱搭不理地，甚至连瞧都不瞧一眼，但是到底肯定地宣布说，帕尔芬·谢敏诺维奇“从大清早就出去，上伯夫洛夫司克去了，今天不会回家来”。

“我等一等，也许他晚上会回来的吧？”

“也许一个礼拜也不回来，谁知道他呢。”

“这么说，他昨儿晚上到底是住在家里的吧？”

“住是住在家里。”

所有这一切都是可疑的，而且是奇怪的。看院人在这时间内也许接到了新的训令：刚才他还极好说话，现在简直支吾起来了。公爵决定过两小时再去一次，假如有必要的话，也可以在房屋附近守候一下。现在他还存着德国女人家里的那个希望，于是就驱车到谢苗诺夫团去了。

但是到了德国女人的家里，她甚至弄不明白他前来的目的。他从几句泄露出来的话中，猜出那个德国女人在两个星期以前和娜司泰谢·费里帕夫娜吵了架，所以这些日子没有听到关于她的任何事情，现在也竭力表示，她并没有兴趣去听，“哪怕她嫁给全世界所有的公爵，也由她去。”公爵连忙走出去了。他忽然想到，她也许会像上次一样到莫斯科去了，罗果静当然跟踪前去，也许同她一块儿去。“至少总要找出一些踪迹来！”但是他记起他必须去住客栈，所以忙着到李铁因大街去了，旅馆里立刻给他开了一间房间。茶房问他要不要吃点儿东西，他心不在焉地回答说愿意吃，后来一转念就恨起自己来了，因为吃饭要费去他半小时的工夫，后来才想到，他把茶房端来的凉菜留着不吃，也没有什么关系。在这个阴沉而闷热的走廊里，他产生了一种奇怪的感觉，这种感觉正在很痛苦地努力变为一个思想；但是，他怎么也猜不出，这个新出现的思想究竟是什么。后来，他精神恍惚地从客店里走了出去；他觉得头发晕，但是往哪里去呢？他又跑到罗果静家里去了。

罗果静没有回来，按铃也没人开门；他按罗果静母亲的门，有人开门，也说帕尔芬·谢敏诺维奇不在家，三两天不会回来。使公爵感到苦恼的是：人家仍旧用那种粗野的好奇眼光注视着他。这一次，他完全没有找到看院人。他和以前一样，走到对面的人行道上，向窗内看望，他在闷人的暑热中走了半小时，也许还要更久；但这一次并没有动静；窗户没有开，白窗帘一动也不动。他最后想到，以前一定只是自己的幻觉；那些窗户显然已经非常模糊，早就没有擦拭了，即使果真有人从玻璃前向外看望，也是看不清的。他想到这层觉得很快活，便又上伊慈玛意洛夫团去见教师夫人了。

教师夫人已经在家里等候他。她已经去了三四处地方，甚至还绕到罗果静家里去过：可是，连一点儿影子都没有。公爵默默地听着，走进屋内，坐在沙发上，开始看望大家，似乎不明白人家对他说什么话。奇怪的是：他一会儿注意力很强，一会儿忽然精神恍惚到不可收拾的地步。全家人之后谈起说，他在那天显出十分奇怪的样子，“也许当时已经完全注定了。”他终于立起身来，请求参观一下娜司泰谢·费里帕夫娜住过的房间。那是两间又高又大、十分敞亮的房间，家具很讲究，价钱一定不便宜。据这些太太讲，公爵注视屋内的每一件东西，看见小桌上有一本翻开来的、从图书馆借来的书，那是本法文小说《波华荔夫人》[1]，他发现翻开的那一页被折了起来。他要求把那本书带走，但是人家说书是从图书馆里借来的，不能拿走，他当作没听见，把书放进自己的口袋里。他在敞开的窗户旁边坐下，看见一张牌桌，上面用粉笔画着许多字，便问：谁在这里玩过牌？她们对他讲，娜司泰谢·费里帕夫娜

1　法国作家福楼拜的作品。

每天晚上和罗果静玩“捉傻瓜”“五百分”“磨坊主人”“惠斯特”“胜牌”等，各式各样的牌都玩。他们是最近从伯夫洛夫司克搬到彼得堡来以后才玩起牌的，因为娜司泰谢·费里帕夫娜总嚷着太闷，抱怨罗果静坐一整个晚上，默默地也不说一句话，所以她时常哭泣；第二天晚上，罗果静突然从口袋里取出纸牌，娜司泰谢·费里帕夫娜笑了。他们开始玩牌。公爵问，他们玩的牌在哪里？但是这里没有牌，牌总是由罗果静带来，放在口袋里，他每天带来一副新牌，之后又带回去。

太太们劝他再上罗果静家里去一趟，要狠狠地敲门。不过现在先别去，等到晚上再去。她们说：“他也许会在家的。”教师夫人自告奋勇，傍晚前一定到伯夫洛夫司克去找达里亚·阿莱克谢夫娜：那边会不会知道一点儿消息呢？她请公爵晚上十点钟再来，无论如何要来一趟，好商定明天该怎么办。无论人家怎样安慰他，鼓舞他各种信念，而公爵的心里已经完全绝望了。他怀着无由形容的苦闷，步行走回旅馆。暑热难当的、尘土飞扬的彼得堡，重重地压在他身上；他在粗暴的或喝醉的人们中间推搡着，无目的地注视人们的面庞，也许走了很多的弯路；当他走进自己房间时，差不多已经完全是黄昏了。他决定休息一会儿，然后再上罗果静家去，照人家劝他的那样做。他坐在沙发上，两肘靠在桌上，沉思着。

谁知道他想了多少时候，谁知道他想的是什么。他惧怕许多事情，并且痛苦而烦恼地感到他十分惧怕。他想起魏拉·莱白及娃；然后他又想，在这件事情上莱白及夫也许知道什么，即使不知道，也会比他知道得多，而且容易些。然后他想起和罗果静去找伊鲍里特的事情。然后他又想起罗果静本人：最近在诵经的时候，之后在公园里，都见过他，再就是在旅馆的走廊里突然看见他，那时罗果静躲在一角，拿着刀子等候他。他现在回想起罗果静的眼睛，当时在黑暗中望着他的那对眼睛。他哆嗦了一下，刚才那个突如其来的念头，现在忽然又钻进他的脑子了。

他心想，假如罗果静在彼得堡，那么，哪怕他一时躲了起来，结果终归会上他那里，会上公爵那里去，怀着好意或坏意，像从前一样。无论怎样说，假如罗果静为了什么原因必须来找他，那么，他一定会到这里来，再到这个走廊里来。罗果静不知道他的地址，但也许会想到公爵落脚在以前的客栈里；至少会试着到这里来找他……假如十分有必要的话。谁知道，他也许十分有这个必要吧？

他这样想，不知是什么原因，他觉得这个想法是完全可以成立的。假如他对于这个想法仔细研究一下，他无论如何也弄不明白：譬如，罗果静为什么忽然需要他？他们俩为什么不可能相遇呢！但是，这个念头十分痛苦。“假如他很适意，他是不会来的。”公爵继续想道，“假如他不适意，那才会来呢；要知道，他是一定不会适意的……”

他既然怀有这样的信念，便应该待在旅馆房间内等候罗果静；但是，他好像不能忍受这种新的念头，跳起来，抓住帽子，就跑走了。在走廊里，差不多已经完全黑暗了。“他现在不会忽然从角落里跑出来，在楼梯上拦住我吗？”——他走到那个熟悉的地方以后，闪动了这个念头。但是，并没有人跑出来。他步出大门，走上人行道，夕阳西下时拥到街头的浓密人群，使他感到很惊讶（彼得堡在夏季永远是如此），他朝郭洛霍瓦耶街上走去。在离开旅馆五十步路的第一个交叉路口，人群里忽然有人碰他的胳膊肘一下，在他的耳边轻声说：

“列夫·尼古拉耶维奇，跟我走，老弟，有事情。”

这就是罗果静。

说也奇怪：公爵忽然很高兴地，几乎像说不出话来似的，讲述他刚才如何在旅馆走廊里等候罗果静。

“我到那里去过的，”罗果静突然回答说，“咱们走吧。”

公爵对于罗果静的回答非常惊讶。但是，他的惊讶至少是在两分钟以后，也就是他醒悟过来的时候。当他理解罗果静的回答以后，他害怕了，开始向罗果静窥望。罗果静在前面走着，离他有半步远，眼睛一直向前看，而不看对面走过来的任何人，只用机械似的谨慎态度给大家让路。

“你既到旅馆去过……为什么不到房间里来找我？”公爵突然问。

罗果静站住了，看了他一眼，想了一想，好像完全不了解问话似的说道：

“我告诉你，列夫·尼古拉耶维奇，你从这里走，一直走到我家，你知道吗？我从街那边走。你要留神，我们不要一起走……”

他说完以后，穿过街心，向对面的人行道走去，并且回头看公爵是不是向前走，他看见公爵站在那里，瞪着眼睛看他，便用手朝郭洛霍瓦耶街的那面一挥，自己走去，一面还时时回头看公爵，叫公爵跟着他走。他看见公爵明白他的意思，在街另一面的人行道上走，并不穿过街去找他，显然放了心。公爵心里想，罗果静一定是要留神看一个什么人，怕在路上忽略过去，因此他转到另一个人行道上去了。“只是他为什么不说，他要注意看什么人呢？”他们就这样走了五百多步，不知为什么，公爵忽然打起哆嗦来了；罗果静还不住地回头观看，虽然次数少了一些；公爵忍不住，就用手向他打招呼，罗果静立刻穿过大街，走到他面前来。

“娜司泰谢·费里帕夫娜难道在你家里吗？”

“在我那里。”

“今天早晨是你从窗帘后面看我了吗？”

“是我……”

“怎么你……”

但是，公爵不知道往下要问什么，怎样结束他的问题；而且，他的心跳得很厉害，连说话都困难了。罗果静也沉默着，照旧看着他，似乎有点儿沉郁的样子。

“我走啦，”他忽然说，又准备转到另一边人行道去，“你自己走吧。让我们在街上分开来走……我们这样好些……在不同的两边走……你会知道的。”

最后，当他们从两个不同的人行道上转入郭洛霍瓦耶街，走到罗果静家门前的时候，公爵的大腿又发软了，几乎寸步难移。那时已经是晚上十点钟左右。老太太那边的窗子还和上午一样敞开，罗果静那边的窗子还是紧闭着，在朦胧的夜色里，垂着的白窗帘好像更加显眼。公爵从一边的人行道上走到房屋跟前；罗果静从另一边的人行道上走上了台阶，向公爵挥手。公爵走到台阶上去。

“现在连看院人也不知道我回家来。我刚才说到伯夫洛夫司克去，对母亲也是这样说的，”他带着狡猾的，几乎满意的微笑低声说，“我们进去吧，不会有人听见的。”

他手里已经握着钥匙。他走上楼梯时转过身来，提醒公爵放轻脚步。他轻轻地开了自己房间的门，放公爵进去，蹑手蹑脚地跟在公爵后面走着。他锁上了门，把钥匙放在口袋里面。

“我们走吧。”他微语着。

他从李铁因大街的人行道上起，就是小声讲话的。他在外貌上虽然很平静，但在内心里，却是惊慌万分。当他们走进大厅，到了书房前面的时候，他走到窗户跟前，很神秘地向公爵招手：

“你今天早晨按铃叩门的时候，我立刻就猜出是你来了。我蹑着脚走到门前，听见你和伯夫努奇耶夫娜说话。天刚亮的时候我就已经对她说：假如你，或是你派什么人来，或是其他任何人，跑来敲门，无论如何不许说我在家。假如你自己来找我，那就更不许说我在家了。当时我把你的名字告诉了她。之后你一出去，我心里想：他现在会不会站在那里窥望，在街上守候呢？于是，我就走到这个窗子前面，揭开了窗帘，一看，你果然站在那里，直看我……事情就是这样。”

“可是，娜司泰谢·费里帕夫娜……在哪里呢？”公爵上气不接下气地说。

“她……在这里。”罗果静迟疑了一下之后，慢慢地说。

“在哪里？”

罗果静朝公爵抬起眼睛，盯着看他。

“来吧。”

他仍然小声地、不慌不忙地、慢吞吞地，仍然用从前那种奇怪的沉思神情说。就是在讲到窗帘的时候，他也似乎想借着这种话说出别的什么事情，虽然他的讲述好像是自然流露出来的。

他们走进书房。这间屋子里，在公爵上次来过以后，发生了一些变动：屋子中间挂着绿绸的帷幔，两头留下出入口，使书房和放着罗果静床铺的凹室分开。出入口挂着沉重的帷幔。屋内很黑；彼得堡夏季的白夜开始发暗了，假如不是月圆的话，在罗果静的黑屋子里，窗帘又都垂着，很难看清什么东西。固然，他们还可以看到对方的面孔，只是不很清楚罢了。罗果静的脸色和往常一样惨白，他的眼睛盯着公爵，发出强烈的光芒，但是一动也不动。

"你不能点支蜡烛吗？"公爵说。

"不，不必，"罗果静回答说，他拉住公爵的手，把公爵拉到椅子那里。他自己坐在对面，把椅子向前移了一下，他的膝盖差不多和公爵的膝盖碰到一起了。在他们中间，稍微偏向一旁，放着一张小圆桌子。"你坐下，让我们先坐一会儿！"他说，似乎劝公爵略坐一会儿。两人沉默了一分钟。"我早就知道，你一定又会去住那个旅馆，"他开始说，就好像某些人在谈主要问题之前，有时总是先从与正事没有直接关系的枝节上谈起。"我一进走廊，心里就想：也许他就坐在那里等候着我，正如我在这种时候等候他一样。你到教师夫人那里去过吗？"

"去过。"公爵勉强说出来，他的心跳得很厉害。

"我也想到这一层了。我想，一定会发生议论的……后来又想，我要把他领到这里来过夜，在一块儿过这一夜……"

"罗果静！娜司泰谢·费里帕夫娜在哪里？"公爵忽然微语着，站了起来，四肢直打哆嗦。罗果静也站了起来。

"在那边。"他微语着，向帷幔那里点头。

"睡着了吗？"公爵小声说。

罗果静又像刚才似的，盯看了他一下。

“咱们就去吧！……不过你……好啦，咱们就去吧！”

他微微地掀起帷幔，站住了，又转身对公爵说：“你进去吧！”

他朝帷幔后面点头，请他先进去，公爵走进去了。

“这里黑。”他说。

“看得出来的！”罗果静喃喃地说。

“我勉强看得出……那张床铺。”

“你走近些。”罗果静小声提议说。

公爵又走近了一步、两步，便站住了。他站在那里，仔细观看了一两分钟。两个人立在床旁，始终没有说出来一句话。公爵的心跳跃着，在这屋内，在屋内的死般沉寂之中，好像听得出来似的。但是，他的眼睛已经看得出来，可以看清整个床铺；有个人在床上睡着，一动也不动，听不见一点儿声响和一丝呼吸。睡觉的人用白被单连头蒙住，四肢的线条模模糊糊地看得出来。从凸起的样子看，可以看出这人挺直了身体，躺在那里。周围十分零乱，在床的尽头，在床旁的软椅上，甚至在地板上，乱放着脱下来的服装，一件阔绰的白绸衣裳，还有鲜花和缎带。摘下来的钻石，零乱地在床头桌子上闪着光。在床的一端堆着揉成一团的花边。从被单下面露出一个光着的白脚尖，搭在那花边上；这个脚尖好像是用大理石雕成的，死板得十分可怕。公爵望着，感到他越看下去，屋内越显得死气沉沉，十分寂静。一只睡醒了的苍蝇突然嗡嗡起来，从床上飞过，到了床头就不出声了。公爵哆嗦了一下。

“我们出去吧。”罗果静推了推他的胳膊。

他们走了出去，又坐在原先那两只椅子上，仍然是面对面。公爵哆嗦得越来越厉害，一直用疑问的目光盯着罗果静。

“我看出，列夫·尼古拉耶维奇，你在那里打哆嗦，”罗果静终于说，“差不多就和你那次的不舒服一样，你记得吧，在莫斯科那一回？要不就像你在昏厥以前的样子。我想不出现在该怎么样对付你……”

公爵倾听着，用尽全力去了解，他的眼神还带着询问的神气。

“那是你吗？”他终于朝着帷幔里点点头，“是……我……”罗果静小声说，垂下了眼皮。

沉默了约五分钟。

“因为，”罗果静忽然继续说下去，仿佛他的话并没有中断似的，“因为假如你得了病，现在昏厥了过去，还发出呼喊，那么也许从街上或者从院内有人听见了，便会猜到屋内有人过夜；他们会上来打门，走进来……因为他们全以为我不在家。我没有点蜡烛，就为了使街上和院子里都看不出来。因为，当我不在家的时候，我把钥匙带走。我不在家，连着三四天不会有人进来打扫屋子，这是我定下的规矩。所以，为了使人家不知道我们住在里面……”

“等一等，”公爵说，“今天早晨，我问过看院人和那个老太婆：娜司泰谢·费里帕夫娜是不是在这里过夜来的？这么说，他们已经知道了。”

“我知道你问过的。我对伯夫努奇耶夫娜说，娜司泰谢·费里帕夫娜昨天来过一趟，但是只在我家待过十分钟，当天就回伯夫洛夫司克去了。他们不知道她在这里过夜，没有一个人知道。昨天我们也是偷偷走进来的，和今天带你来的时候一样。当时在路上的时候，我心里还想，她一定不愿意悄悄地走进来。但是，哪里是这样！她小声说话，蹑着脚走路。她拉起衣裳的下摆，为了不让它发出声音，竟捧在手里，在楼梯上还亲自用手指点着威吓我——这是因为她老害怕你。她在火车上跟疯子一模一样，这完全是由于害怕的缘故。她自己打算到我家里来住宿；我起初想送她回到教师夫人的住宅去，哪里行！她说：‘天一亮他就会上那里去把我找着，你先让我躲避一下，明天天一亮就上莫斯科。’她以后还想上奥略尔去。她躺下睡觉的时候还说要上奥略尔……”

“等一等，你现在怎么办？帕尔芬，你现在打算怎么办？”

“我不放心你，你在那里不住地打哆嗦。我们一块儿在这里住一夜。床只有那一张，我想可以把两只沙发上的枕头取走，就在这里，在帷幔旁边，并排搭一个铺，一半给你，一半给我，咱们好一块儿睡。因为人家一走进来，就会到处侦察和寻觅，一看到她，马上就会把她抬出去。他们一定盘问我，我说是我干的，他们一定马上把我带走。所以，让她现在躺在我们身边，躺在我和你的身旁……”

“是的！是的！”公爵热烈地表示赞成。

“这么说，我们就是不承认，也不许他们抬走了。”

“无论如何也不！”公爵下决心说，“不行，不行，不行！”

“我也下了这样的决心，无论如何，老弟，也不把她交给任何人！我们悄悄地过上一夜。我只是今天早晨从家里出去一小时，其余的时候一直在她身边。后来到了晚上，才出来找你。我还怕天气闷热，发出气味。你闻到气味没有？”

“也许闻到的，但我不知道。等到明天早晨，一定会发出气味来的。”

“我用漆布把她盖住，用一块上好的美国漆布，漆布上面又盖上被单，打开了四瓶日达诺夫牌的消毒药水放在那里。现在还放着。”

“这和他们在那里……在莫斯科所做的一样吗？”

“因为有气味的缘故，老弟。你知道她是怎样躺着的……明天早晨天一亮，你去看一看。你怎么啦？你站不起来吗？”罗果静看见公爵直打哆嗦，立不起身来，就带着惊惧的神情问。

“腿走不动啦，”公爵喃喃地说，“这是吓的，我知道……等这股怕劲一过去，我就可以起来……”

“等一等，让我先来铺床，你可以躺一下……我也和你躺下去……我们来听……因为我，老弟，还不知道……我，老弟，现在还不完全知道，所以预先对你说，让你预先知道一切情况……”罗果静一边喃喃地说出这些含混不清的话语，一边开始铺床。显然，他也许在今天早晨就已经想出这样铺床的方法。昨天夜里，他自己睡在沙发上面。一张沙发上面本来睡不下两个人，而他现在硬要同睡在一起，所以他费了许多力气，在整个屋子里奔忙，他把两只沙发上的大小不同的枕头拿起来，放到帷幔出口的附近。床铺总算胡乱地搭好了；他走到公爵身旁，温柔地、欢欣地拉他的手，把他扶了起来，领到床铺那里去；但是，当时他发现公爵自己能走了。这么说，“怕劲儿已经过去了”。不过，公爵仍然直打哆嗦。

“老弟，这是因为天气。”罗果静把公爵放在左边的好枕头上，自己倒在右边，没有脱衣裳，将两手压在脑后，他忽然开始说：“今天太热，自然会有气味……我害怕开窗户；母亲那里有几盆花，现在正开着许多花，发出好闻的香味，我想把它们搬来，但是怕伯夫努奇耶夫娜猜到，因为她是很好奇的。”

“她是很好奇的。”公爵附和着说。

“我们买几束花，把她周围都放上花怎么样？不过，老弟，如果把她放在花堆里，我觉得看起来会很难过！”

“你听着……”公爵好像茫无头绪地问，好像正在寻觅应该说什么话，而又似乎立刻忘掉了，“你听着，请你告诉我，你用什么方法把她弄死的？用刀子吗？就是那把吗？”

“就是那把……”

“你再等一下！帕尔芬，我还要问你……我要问你许多话，向你问一切事情……但是，你最好先对我说，从开始就说，使我明白：你是打算在我结婚之前，在举行婚礼之前，在教堂门前，用刀子杀死她吗？你打算没打算？”

“我不知道打算没打算……”罗果静冷冷地回答说，似乎对于这个问题感到几分惊异，莫名其妙似的。

“那把刀子从来没有带到伯夫洛夫司克去吗？”

“从来没有带去。关于这把刀子，我只能对你说这一些话，列夫·尼古拉耶维奇，”他沉默了一会儿之后，补充说，“我今天早晨把它从锁住的抽屉里取出来，因为这件事是在早晨三点多钟干的。那把刀子始终放在我的一本书里。……并且……并且，我还觉得奇怪的是：那把刀子好像只插进一俄分半……或者两俄分……在左胸上……而血流只有半匙流到衬衫上面，多一点儿也没有……”

“这个，这个，这个，”公爵忽然十分惊慌地抬起身来，“这个，我知道，这个我读过的……这叫作内部流血……也有不流一点儿血的。假如正戳在心上……”

“等一等，你听见没有？”罗果静忽然很迅速地打断他的话，很惊慌地在垫枕上坐起来，“你听见没有？”

“没有！”公爵也是迅速地、惊惧地说着，向罗果静看望。

“有人走！听见没有？在大厅里……”

两人开始倾听。

“我听见的。”公爵坚决地微语着。

“有人走吗？”

“有人走。”

“要不要关门？”

“关吧……”门关上了，两个人又躺下来。沉默了许久。

“哎哟，是的！”公爵用以前那种惊慌的、匆忙的声调微语说。他好像又产生了一个念头，生怕又丧失它，甚至在床上跳了起来。“是的……我想要……那副牌！那副纸牌……听说你和她玩过牌？”

“玩过。”罗果静沉默了一会儿之后说。

“那副牌……在哪里？”

“牌在这里。”罗果静更多地沉默了一会儿说。

“这不是吗……”他从衣袋里掏出一副已经玩过的、用纸包好的纸牌，递给公爵。公爵接到手里，但是似乎带着惊疑的样子。新的、忧郁的、不快的情感压着他的心；他忽然明白，在这时候，而且已经有许多时候，他尽说着他所不应该说的话，做着他所不应该做的事，他手里握着的这副牌，他那样喜欢的一副牌，现在对他竟不能有一点一滴的帮助。他站起来，把两手一举一拍。罗果静纹丝不动地躺着，似乎没听见也没看见他的行动；但是他的眼睛在黑暗里闪着亮光，睁得很大，呆呆凝视着。公爵坐在椅子上，开始恐惧地望着他。过了半小时；罗果静忽然大声地、粗暴地呼喊、哗笑，似乎忘却应该低声说话：

“那个军官，那个军官……你记得她把那个军官，在音乐厅上，怎样鞭打，你记得不记得，哈——哈——哈！还有那个见习士官……见习士官……见习士官跳了过来……”

公爵充满新的恐怖，他从椅子上跳起来。在罗果静平静下来的时候（他忽然平静下来了），公爵轻轻地向他俯过身去，和他并肩坐着。公爵的心跳得很厉害，呼吸很重，开始仔细看他。罗果静并不回头看他，似乎把他忘掉了似的。公爵观看着，等候着；时间一直飞驰，天色开始发亮了。罗果静有时忽然声音很大，锐利刺耳地，说着一些不连贯的话；有时喊叫和狂笑起来，那时候，公爵就把一只哆嗦着的手向他伸出，轻轻地去碰他的头，他的头发，抚摩那头发，抚摩他的脸颊，别的他不能做什么了！他自己又开始哆嗦，他的腿又似乎忽然不能动弹了。有一种完全新的感觉啃嚼他的心，带来了无尽的烦闷。天已完全亮了；公爵终于躺到枕头上，似乎完全陷入了瘫痪无力和绝望的状态，他的脸紧贴在罗果静的惨白的、不动的脸上，泪水从他的眼睛里流到罗果静的脸颊上，但是他当时也许已经不知道自己在流泪，已经一点儿也不知道。

至少说，在过了许多小时以后，门开了，人们走进屋来的时候，他们发现凶手失去知觉，发着寒热。公爵一动不动地坐在垫枕上，守在他的身旁；当病人每次发出呼喊或呓语的时候，公爵就忙着用哆嗦的手去抚摩他的头发和脸颊，似乎在温柔地安慰他一般。但是，他已经一点儿也不明白人家问他什么话，不认识走进屋来的、围住他的人们。假如施涅台尔本人现在从瑞士跑来看他以前的学生和患者，他一定会想起公爵到瑞士治病第一年内有时发生的情况，现在会像当时那样挥着手说一声：“白痴！”

尾声

教师夫人赶到伯夫洛夫司克以后，就去找从昨天起心绪不宁的达里亚·阿莱克谢夫娜，对她讲出她所知道的一切，把达里亚·阿莱克谢夫娜完全吓呆了。两位太太马上决定和莱白及夫接洽，而莱白及夫由于是自己房客的朋友，而且又是房主，也感到极度的惊慌。魏拉·莱白及娃把她所知道的一切也都说了出来。根据莱白及夫的劝告，他们决定三个人全都到彼得堡去，以便赶快防止“那件可能发生的事情”。因此，第二天上午十一点来钟，当着警察、莱白及夫、太太们，以及罗果静的弟弟谢敏·谢敏诺维奇·罗果静（他住在偏屋内）的面，把罗果静的屋子打开了。看院人供出他昨天晚上看见帕尔芬·谢敏诺维奇同一个客人从台阶上走进去，似乎是偷偷摸摸的。这个口供帮助了案件顺利地进行。在得到这个口供以后，大家就毫不迟疑地打破那扇按铃没有人开的门。

罗果静害了两个月脑炎，病愈以后，就受到侦查与审判。他对一切都直供不讳，令人完全满意。由于他的供词，公爵从最初起就没有受到连累。罗果静在审讯时一句话也不说。他并不表示反对那位能说善辩的律师，律师很明确地且合乎逻辑地证明他所犯的罪是脑炎的结果，被告在犯罪以前很久，由于心情郁闷，就已经患上这种病。但是，他本人并没有补充什么话来证实律师的论点；他仍旧明白而且正确地讲述和追忆这件杀人案的一切细小情节。他由于具有可以从宽处理的情节，结果被判处徒刑十五年，充军西伯利亚。他很严肃地、默默地、“沉郁地”倾听这个判决。他的一大笔财产，除了只有一小部分最初花在酗酒上面以外，全部遗留给他的兄弟谢敏·谢敏诺维奇，使他的兄弟十分愉快。罗果静的母亲继续活在人世，有时似乎怀念爱儿帕尔芬，但是她已经记不清楚：上帝已经使她的理智和心灵意识不到她那忧郁家庭中发生的惨剧。

莱白及夫、开历尔、筛纳、波奇成和本书中的许多别的人物仍旧活着，变化很少，我们几乎没有什么可说的。伊鲍里特在异常惊慌中死去了，他死得比预期的时间还早一点儿，即在娜司泰谢·费里帕夫娜死后两个星期。郭略对于这件事非常惊愕；他和母亲完全和好了。尼娜·阿历山大洛夫娜替他担心，因为他那沉郁的样子和他的岁数不合；他也许会变成一个很能干的人。至于公爵未来的命运，一部分是由他的热心奔走决定的：他早就看出叶夫格尼·柏夫洛维奇·拉道姆司基与他最近所交的一切朋友有所不同。他首先到拉道姆司基那里去，把所发生的事件的一切详情，尽其所知，都告诉了这个人，而且还讲述了公爵现在的情况。他没有看错人，叶夫格尼·柏夫洛维奇热情地关心不幸的“白痴”的命运。由于这个人的努力和照顾，公爵又出国到瑞士施涅台尔的疗养院去了。叶夫格尼·柏夫洛维奇本人也出了国，打算久居欧洲，公然自称为“俄国的完全多余的人”。他时常地，至少三个月一次，到施涅台尔那里去访病友。但是，施涅台尔越来越皱眉，越来越摇头；他暗示出，公爵的脑子已经完全受伤了；他并没有肯定地说不能治好，但是在暗示时显出极忧愁的样子。叶夫格尼·柏夫洛维奇把这一切全放在心上；他是个有感情的人，只从郭略常给他信，而他有时也写回信这一点，就可以得到证明。此外，我们还发现他的性格中有一个奇怪的特点，因为这个特点很好，所以我们赶紧来把它宣扬一番：叶夫格尼·柏夫洛维奇在每次访问施涅台尔的医院以后，除了给郭略写信以外，还要发封信给彼得堡的一个人，把公爵现下的病情做一番详细的、同情的报告。在这些信里，除了恭恭敬敬表示忠诚以外，有时开始出现坦率地叙述关于观点、概念和情感的内容（而且越来越多），开始吐露了类似亲密友好感情的东西。和叶夫格尼·柏夫洛维奇通信（虽然通信的次数很少），而且博得他如此注意与尊敬的人，原来就是魏拉·莱白及娃。我们怎么也弄不清这种关系是怎样产生的；当然是在公爵发生那件事情时开始的，那时候，魏拉·莱白及娃忧愁过甚，竟至病倒。不过，他们究竟是怎样相识和发生友谊的，我们并不详细知道，我们所以提起这些信来，主要是由于内中有几封讲到叶潘钦一家的消息，尤其是阿格拉耶·伊凡诺夫娜·叶潘钦娜的消息。叶夫格尼·柏夫洛维奇从巴黎草草写了一封信来，其中报告说，阿格拉耶和一个波兰流亡伯爵发生了极简短的、不寻常的情谊以后，忽然嫁给他了。这事是违背她的父母的意旨的。即使她的父母最后表示同意了，那也只是因为怕这事情闹出大乱子来。沉默半年之后，叶夫格尼·柏夫洛维奇又写了一封长信，详细报告他的女友说，他在最后一次到瑞士施涅台尔教授那里去的时候，曾经遇见叶家全家（不过要除去伊凡·费道洛维奇，他由于公务在身留在彼得堡），还有施公爵。这次的会面是很奇怪的。他们大家遇见叶夫格尼·柏夫洛维奇时，表示十分欢喜；阿台拉意达和阿历山大拉不知为什么很感谢他，说他细心照顾了不幸的公爵，丽萨魏达·博罗可菲耶夫娜看见公爵病体垂危，真心地哭起来了。看起来，对他过去的种种都宽恕了。施公爵讲了几句聪明的吉祥话。叶夫格尼·柏夫洛维奇觉得他和阿台拉意达还不十分情投意合；但是将来总有一天，那个烈性子的阿台拉意达会自愿地、真心地为施公爵的智慧和经验所征服，这已经是必然的事情了，况且，她家所受的种种教训对她起了很大的作用，特别是最近阿格拉耶和波兰流亡伯爵的那桩事情。叶家在阿格拉耶嫁给这位伯爵时所担心的一切，在半年内已经全都实现了，还加上那些无从想象的意外花样。原来这个伯爵并不是什么伯爵，即使他真是个流亡者，那也是由于他在过去有一段黑暗的、暧昧的历史。他用那种为祖国悲伤的志士风度迷住了阿格拉耶，而且使她迷恋很深，甚至在出嫁以前，她就参加了波兰国外复兴委员会和一个天主教著名神父所主持的忏悔集会，这个神父完全征服了她的灵魂。他向丽萨魏达·博罗可菲耶夫娜和施公爵提供关于伯爵的巨额财产的千真万确的情报，这样巨额的财产是非常空前的。不但如此，在他们结婚后半年内，伯爵和他的朋友（就是那个著名的神父）竟促使阿格拉耶跟娘家完全吵翻了，因此她家里的人已经有好几个月没有见她面了……一句话，本来是有许多话可讲的，但是丽萨魏达·博罗可菲耶夫娜，她的女儿们，甚至施公爵，由于被所有这些“恐怖手段”吓坏了，当他们和叶夫格尼·柏夫洛维奇谈话的时候，都怕提起某些事情来，虽然他们也知道，用不着他们讲出，他对阿格拉耶·伊凡诺夫娜最后的恋爱史也很熟悉。可怜的丽萨魏达·博罗可菲耶夫娜很想回俄国去。据叶夫格尼·柏夫洛维奇说，她愤怒和偏激地对他批评国外的一切：“不管到哪里，都没有人会烤面包，到了冬天，像地窖里的老鼠一样受冻。”她说，“但是在这里，我对这个可怜的人，总算作了一场俄国式的哭泣。”她指着已经完全认不出她的公爵，很激动地补充说：“我们已经消遣够了，应该听从理智了。所有这一切，所有这国外的一切，你们整个欧罗巴这一切，只不过是一个幻想，我们大家在国外也只是一个幻想，你们记住我的话，你们等着瞧吧！”当她和叶夫格尼·柏夫洛维奇分手的时候，几乎愤怒地结束了她的话。

三
个
圈

经典就读三个圈　导读解读样样全

三个圈
独家文学手册

导 读

毛姆笔下的陀思妥耶夫斯基[1]

作者：威廉·萨默塞特·毛姆

（英国小说家、剧作家，代表作《月亮与六便士》）

1 本文节选自毛姆的《巨匠与杰作》（*Ten Novels and Their Authors*）。——编者注

（一）

费奥多尔·米哈伊洛维奇·陀思妥耶夫斯基生于一八二一年。他的父亲在莫斯科圣玛利亚医院当外科医生，是贵族身份。陀思妥耶夫斯基好像十分看重这一点，因为在他被判刑时，他所谓的身份随之被剥夺，这让他十分痛苦；获释之后，他便央求有权势的朋友帮他恢复贵族身份。俄国的贵族和欧洲其他国家不同，一个人只要在政府达到不太高的级别就可以获得贵族身份，而且这个头衔好像也没有什么意义，只不过是让你有别于农民和商人，可以以绅士自居罢了。事实上，陀思妥耶夫斯基一家属于贫穷的职业白领阶层。他的父亲很严厉，为了给七个子女提供良好的教育，他不仅不允许自己奢侈享受，也不容忍舒服适意地生活；孩子们从小得到的教育就是必须习惯吃苦受难，这样以后才能够承担起生活的责任和义务。他们全都挤在医院医生宿舍的两三个房间里。孩子们不管什么时候都不能独自出门，手里没有零花钱，身边也没有朋友。他们的父亲除了领医院的薪水外，还开了私人诊所赚钱，因此渐渐地有了积蓄，并在距离莫斯科几百英里的地方买下了一座小小的庄园。从那之后，每到夏天，母亲都会带着孩子们去那里。那也是他们第一次尝到自由的滋味。

陀思妥耶夫斯基十六岁那年，母亲去世了，父亲送他和哥哥米哈伊尔到圣彼得堡军事工程学校上学。米哈伊尔因为体弱而被学校拒绝，就这样，费奥多尔不得不和他唯一在乎的人分开了。他孤独、苦闷。父亲不愿抑或是不能寄钱给他，因此他不仅买不起本子、靴子这样的必需品，甚至也交不起学校的日常费用。他的父亲安排好两个最大的孩子之后，又把另外三个孩子托付给莫斯科的一个姨妈，之后就不再行医，带着两个小女儿回乡下的庄园去了。他开始酗酒。他对孩子们一向严厉，如今对庄园里的农奴也很残暴。最终，他被几个农奴杀死了。

这时的陀思妥耶夫斯基十八岁。他对学业没有热情，不过成绩不错，从军事工程学校毕业之后，他被分到了作战部工程处。他继承了父亲的一部分产业，再加上薪俸，每年有五千卢布的收入。这笔钱在当时相当于三百英镑多一点。他租了一间公寓，多了一个奢侈的爱好——打台球。他在生活上挥霍无度，一年后，他辞掉了工作，因为他觉得工程处的活儿“淡如土豆”，此时的他已经负债累累。他一辈子都背着一身债，晚年也是如此。他花钱大手大脚，根本无可救药，即便不知节俭的习性让他陷入绝望，他也始终没有毅力去克制自己的任性。他的一个传记作者认为，他这种挥金如土的恶习在一定程度上是因为他缺乏自信，挥霍能够给他带来一时的权力感，满足他过分的虚荣心。稍后我们就会看到，这种不幸的缺陷会让他陷入何等难堪的境地。

陀思妥耶夫斯基在军事工程学校念书的时候就开始写小说，不过只写了一部分，后来他决定以写作为生，于是就接着写完了整本小说。这本小说叫《穷人》。他在文学界一个人也不认识，不过他认识一个叫格里戈罗维奇的人，格里戈罗维奇又有个熟人叫涅克拉索夫[1]，此人正打算办一份评论，格里戈罗维奇于是就把小说拿给对方看。有一天，陀思妥耶夫斯基很晚才回到住处。这天晚上，他给一个朋友读了自己的小说，并和对方讨论了起来。凌晨四点，他一路走回家。他没有上床睡觉，而是打开了窗户，在窗边坐着。突然门铃声响了，他吓了一跳。格里戈罗维奇和涅克拉索夫冲进了房间，两个人激动得差点哭出来，还一遍一遍地拥抱他。原来他们读了小说，两个人轮流朗读，就这么读完了，这时候

1　德·瓦·格里戈罗维奇（1822—1900），俄国作家，是陀氏在军事工程学校的同学；尼·阿·涅克拉索夫（1821—1878），俄国诗人，陀氏的《穷人》即发表在他创办的《祖国纪事》杂志上。

时间已经很晚了，但他们还是决定过来找他。他们还说："就算他睡着了，咱们也得把他叫起来。这事可比睡觉重要多了。"第二天，涅克拉索夫把稿子拿给了别林斯基，别林斯基是当时最重要的批评家，而他也热情高涨，和另外那两位一样。小说出版了，陀思妥耶夫斯基一举成名。

成名让他无所适从。帕纳耶娃-戈洛瓦乔夫夫人[1]记述了陀思妥耶夫斯基来家里拜访时给她留下的印象："一眼就看得出，这个新来的年轻人极为神经质且性格敏感。他个子矮小，身材瘦削，长着浅色的头发，一脸病容，灰色的小眼睛紧张不安地转来转去，苍白的嘴唇不停地抽动。在场的人他差不多都认识，可他好像还是很腼腆，也没有加入聊天。大家想让他放下矜持，让他感到自己是我们这个圈子里的一员，所以接二连三地引导他开口，但都是徒劳无功。不过，这个晚上之后，他倒是常常登门，那份拘谨也渐渐消失了：他甚至……会跟人争论，好像仅仅是为了和别人唱反调，就不惜当着所有人的面说谎。究其原因，他年轻气盛，又有些神经质，以致完全没有自制力，还会过分炫耀他作为作家的傲慢自负。换句话说，他一踏进文坛就一鸣惊人，因此不禁头昏脑胀，加上文学界的大人物都对他赞誉有加，他得意忘形。于是，像大多数敏感的灵魂那样，对那些初入文坛时表现平平的年轻作家，他无法掩饰高人一等的心情……他对别人吹毛求疵，一副自以为是的口气，说明他自认比同伴们高明得无以复加……陀思妥耶夫斯基总是疑心所有人都企图贬低他的才华；每一个简简单单的字眼里，他都能读出别有用心的意思，认为不是抹黑他的作品，就是侮辱他的人格。因此，他每次到家里来都带着一身戾气，巴不得吵起来，好把满腔怨气都狠狠地发泄到他自己认定的诋毁者身上。"

借着作品带来的成功，陀思妥耶夫斯基签下了几份合同，准备创作一

1　阿·雅·帕纳耶娃（1820—1893），俄国作家、文艺沙龙主人，她在《回忆录》中记述了陀氏、果戈理、屠格涅夫等诸多大文豪的逸闻；戈洛瓦乔夫是其第二位丈夫的姓。

部长篇小说和几部短篇小说。他拿到了预付稿酬，整天花天酒地，朋友们好意劝诫他，但他却和他们吵了起来，甚至和别林斯基也闹翻了。别林斯基给了他莫大的帮助，但他不相信对方对自己抱着“纯粹的欣赏”，而他自诩是个天才，是俄国最伟大的作家之一。他欠的债越来越多，所以只好匆匆忙忙地赶工。他很久之前就得了一种无名的神经紊乱，如今病了，他害怕自己会害疯病，又担心染上肺痨。这种情况下他写出来的短篇小说都无甚价值，长篇小说也令人难以卒读。当初那些对他赞不绝口的人如今开始猛烈地抨击他，大家普遍认为他已经江郎才尽了。

（二）

一八四九年四月二十九日凌晨[1]，陀思妥耶夫斯基被捕，并被关到了彼得保罗要塞的监狱。他当时加入了一个青年小组，他们受到西欧风行的社会主义观念影响，一心想实施某些改革措施，尤其是解放农奴和取消审查制度。小组每周聚会一次，大家互相交流想法。为了秘密传播小组成员的文章，他们还弄了一台印刷机。警察盯上他们已经有一段时间了，小组成员全都在同一天被逮捕。关了几个月之后，他们接受了审判，其中十五人被判死刑，陀思妥耶夫斯基就是其中之一。一个冬天的早上，他们被押到行刑地点，正当士兵准备执行枪决之时，一位传令官赶到，宣布死刑改为发配西伯利亚服苦役。陀思妥耶夫斯基被判流放鄂木斯克服刑四年，期满后服兵役。被带回彼得保罗要塞之后，他给哥哥米哈伊尔写了这样一封信：

今天，十二月二十二日，我们被押送到谢苗诺夫校场。当场对我们宣读了死刑判决，让我们吻过十字架，在头上折断

1　陀氏因加入彼得拉舍夫斯基小组被捕，被捕的日期实际为四月二十三日。

佩刀，套上殓衣（白衬衣）。三个犯人并排站在刑柱前等待行刑。我是第六个，因为每次念三个人的名字，所以我在第二批，只有不到一分钟好活了。我想到了你，我的哥哥，还有你的家人；最后那一刻，我唯一想的就是你，我第一次发觉我是多么爱你，我挚爱的哥哥！我拥抱了站在我身边的普列谢耶夫和杜罗夫[1]，和他们诀别。最后，停刑的信号响了，绑在刑柱上的犯人又被带回原处，接着对我们宣读了皇帝陛下的宽恕令。之后又宣布了最终判决……

陀思妥耶夫斯基在《死屋手记》中描写了牢狱生活的可怖，有一点值得一提。他写道："新的犯人进来两个小时之后，就和其他犯人亲如一家、融洽相处了。但是，对于绅士、贵族，情况就截然不同了。无论他多么谦逊、和善、聪明，到头来还是会遭到一致的痛恨和鄙视，没人会理解他，更加没人会信任他。绝不会有一个人把他当成朋友或者同志，即便随着岁月的流逝，他也许至少不再是被侮辱的对象，但他仍然不能随心所欲地生活，也摆脱不了一个让他备受折磨的想法：他形单影只，是个外人。"

其实，陀思妥耶夫斯基还算不上这样了不得的绅士，他的出身和他的生活一样卑微，除了一段短暂的春风得意外，他一直一贫如洗。他的朋友兼狱友杜罗夫得到了所有人的喜爱。看起来，陀思妥耶夫斯基感到孤独，并忍受着孤独带来的痛苦，至少一部分原因是他性格的缺陷：他自负、自恋、多疑、暴躁。另一方面，在两百个同伴中感到孤独，这又迫使他开始自我反省。他写道："精神上孤独的我，把所有自己过去的生涯重温了一遍，逐一检查过去的一切，在回首往事中，严厉地批判自

---

1 阿·尼·普列谢耶夫（1825—1893），俄国诗人，被改判流放乌拉尔斯克十年；谢·杜罗夫（1815—1869），俄国诗人、翻译家，同陀氏一起被改判服四年苦役。

己。”[1]他唯一可以阅读的书就是《新约》，于是他翻来覆去地读。《新约》对他影响至深。从那以后，他心存谦卑，也开始压抑一切正常的人性欲望。他写道：“在一切事物面前都要抱着谦卑之心，想想你过去的人生，想想你未来可能带来的影响，想想你的灵魂深处潜藏着多么巨大的卑鄙、狭隘和奸恶。”牢狱生活至少暂时让他收敛了傲慢专横的性格。监狱让他从一个革命者摇身一变成了沙皇权威和既定秩序的坚定拥护者。监狱也让他成了癫痫病人。

出狱之后，他被派到西伯利亚的一个边陲小城当列兵。虽然那里生活艰苦，但他接纳了这份苦，既然他犯了罪，就理应受到惩罚。他已经得出结论，他宣传改革的活动是有罪的。他给哥哥写信说：“我没有怨言；这是我必须背负的十字架，我罪有应得。”一八五六年，因为一位老同学为他说情，他得以晋升军衔，生活从此有所改善。他交了几个朋友，还恋爱了。他倾慕的对象叫玛丽亚·德米特里耶娃·伊萨耶娃。这个女人的丈夫遭到贬谪，嗜酒如命，又得了肺痨，命不久矣。她还有一个年幼的儿子。据描述，她长得相当漂亮，中等个子，非常苗条，热情奔放。关于她的资料似乎很少，只知道她性格多疑、善妒，喜欢自虐，和陀思妥耶夫斯基一样。他成了她的情人。但好景不长，她丈夫被调离陀思妥耶夫斯基驻扎的村子，去了四百英里之外的另一个边防哨所，并死在了那里。陀思妥耶夫斯基写信向玛丽亚求婚。新寡的玛丽亚犹豫不决，一部分原因是两个人都穷困潦倒，另一部分原因是她已经移情别恋，看上了一个“高尚又体贴”的年轻教师韦尔古诺夫，并做了对方的情妇。深陷情网的陀思妥耶夫斯基为此怒火中烧，但因为他热衷于折磨自己，也兴许因为他作为小说家，容易把自己当成小说中的人物，于是他做出了一个很有其典型特点的举动。他宣布韦尔古诺夫在他心里胜似

1　参见江苏凤凰文艺出版社2023年版《死屋手记》，陀思妥耶夫斯基著，耿济之译。——编者注

亲兄弟，并恳求一个朋友寄些钱过来，好让玛丽亚和她的意中人结婚。

不过，他虽然扮演了一个伤心欲绝的角色，准备牺牲自己成全他的挚爱，但同时他也不用承担什么严重的后果，因为那位寡妇看准的是最有利的机会。韦尔古诺夫虽然“高尚又体贴”，可惜身无分文；而陀思妥耶夫斯基如今是一名士官，应该不久就会得到赦免，而且他也没有理由写不出其他成功的作品。一八五七年，两个人结婚了。他们什么钱也没有，陀思妥耶夫斯基到处借钱，一直借到没处可借为止。他又一次投身文学创作之中，但是因为有前科，他需要获得出版许可，这件事可不容易。婚姻生活同样不容易。事实上，这段婚姻非常不如意，陀思妥耶夫斯基将一切都归咎于妻子疑神疑鬼、异想天开的性格。他没有注意到，他自己也还是那么没有耐性、爱逞口舌之快、神经质、不自信，和声名鹊起的时候没什么两样。好几篇小说开了头，就被他放在了一边，又开始写别的，最后他完成的东西很少，而且也都没什么价值。

一八五九年，在他自己的恳求以及朋友的斡旋下，他获准回到圣彼得堡。哥伦比亚大学的欧内斯特·西蒙斯教授[1]有一本研究陀思妥耶夫斯基的著作，这本书趣味盎然，也很有教益，其中公正地评论说，陀思妥耶夫斯基为了重获行动自由所采取的手段为人所不齿。“他写了几首爱国诗，一首为皇太后亚历山德拉祝寿，一首歌颂亚历山大二世加冕，还有一首是悼念尼古拉一世的挽歌。他写信向当权者求情，还有一封是写给新即位的沙皇本人的。他在信里发誓说自己爱戴这位年轻的君主，并把对方比作一视同仁普照众生的太阳，他还表示愿意为君主献出生命。他对以前犯下的罪行供认不讳，信誓旦旦地表示已经悔改，只是现在还在为已然丢弃的观念受苦。”

他带着妻子和继子在首都安顿下来。他当初离开的时候是个囚犯，

1 欧内斯特·西蒙斯（1903—1972），美国学者，著有《陀思妥耶夫斯基：小说家的诞生》（*Dostoevsky: The Making of a Novelist*）。

如今十年过去了，他和哥哥米哈伊尔一起创办了一份文学杂志，名为《时代》，他为这份杂志创作了《死屋手记》以及《被侮辱与被损害的》。杂志办得很成功，他的生活宽裕起来。一八六二年，他把杂志交给米哈伊尔负责，自己去了西欧旅行。他不喜欢这些地方。他觉得巴黎是个“特别无聊的镇子”，那里的人见钱眼开、气量狭小。伦敦穷人的悲惨境遇和富人的道貌岸然让他感到震惊。他去了意大利，但对艺术不感兴趣，他在佛罗里达逗留了一周，却没有去乌菲齐美术馆，而是读了雨果的四卷《悲惨世界》来打发时间。他没去罗马，没去威尼斯，就返回了俄国。他对妻子的爱已经荡然无存，而妻子感染了肺结核，如今长期卧病在床。

在出国前的几个月，时年四十岁的陀思妥耶夫斯基认识了一个年轻女人，这个女人写了一篇短篇小说，想在他的文学杂志上发表。她叫波琳娜·苏斯洛娃，二十岁，是个处女，长相标致，不过为了让别人知道她思想先进，她剪了短发，还戴着墨镜。陀思妥耶夫斯基迷上了她，回到圣彼得堡后就勾引了她。后来，因为一位撰稿人的一篇文章，杂志很不幸地被封禁了，于是他决定再次出国。他给出的理由是要去治疗癫痫，他的病情越来越重，已经有一段时间了，不过这其实只是一个借口，他真正的目的是去威斯巴登赌钱，因为他琢磨出一套能让庄家破产的法子，此外，他还和波琳娜·苏斯洛娃约好了在巴黎幽会。他把患病的妻子留在离莫斯科不太远的弗拉基米尔镇，从贫困作家基金会那里借了钱，然后就动身了。

他在威斯巴登输掉了大部分的钱，好不容易离开赌桌，是因为他对波琳娜·苏斯洛娃的热情胜过了他对轮盘赌的热情。两个人说好了一起去罗马，但在等待他的间隙，这个思想先进的年轻女士和一个西班牙医学生短暂地发生了一段情事；对方抛弃了她，她因此情绪低落，女人对这种事情是很难会心平气和的，她也拒绝和陀思妥耶夫斯基继续之前的关系。他接受了女方的决定，提议两个人以“兄妹”的身份前往意大利，女方大概也正百无聊赖，所以就同意了。他们手头拮据，只好时不时地当掉各种小玩意儿，这段关系也因此更加难以继续。这次旅行并不愉快，于是，经过了几个星期的“相互折磨”之后，他们分道扬镳。陀思妥耶夫斯基返回了俄国，此时他的妻子快要不行了。六个月之后，玛丽亚去世了。在给朋友的信中，他是这样说的：

> 我的妻子，那个深爱着我、我也爱得无以复加的人，在莫斯科去世了，一年前，她因为患了肺痨，搬到了莫斯科休养。我也跟在她身边，整个冬天，我始终寸步不离地守在她床边……我的朋友，她爱我胜过一切，而我对她的爱恋更是无法用言语表达。然而，我们共同的生活却并不幸福。哪天见到您的时候，我会从头到尾说给您听。至于现在，我只想说，除了我们在一起过得不幸福之外，我们对彼此的爱从来没有消减，痛苦越大，我们的感情也就越深厚。也许这会让您觉得奇怪，不过这就是事实。她是我所认识的最美好、最高尚的女人……

陀思妥耶夫斯基有些夸大了他的痴情。那个冬天，他曾两次回到圣彼得堡，和哥哥筹划创办新的杂志。这本杂志和《时代》不同，不再有自由主义倾向，而且以失败告终。米哈伊尔生了一场病，很快就去世了，他留下了一大堆债务。陀思妥耶夫斯基不得不帮忙照顾哥哥留下的孤儿寡母，还有他的情妇和情妇的一个孩子。他从一个有钱的姨妈那儿借了一万卢布，但一八六五年，他不得不宣布破产。他手上有一万六千卢布的借条，还有五千卢布是口头债务。债主都很难缠，为了躲避这些人，他又一次从贫困作家基金会借了钱，此外还签了一份小说的限期合同，拿到了预付稿酬。带着这些钱，他去了威斯巴登，又一次来到赌桌前碰运气，并且还约了波琳娜。他向波琳娜求婚，女方拒绝了。很明显，即使她曾经爱过他，如今也不爱了。不妨推想一下，波琳娜当初委身于他，是看中他是个有名的作家，还是杂志社的编辑，兴许有利用的价值，但如今杂志没了。他本来就其貌不扬，如今四十五岁了，秃顶，还患有癫痫。想必最让女人恼怒的，莫过于一个令她在生理上反感的男人贪恋她的肉体了，不客气地说，要是这个男人还不依不饶，那么她估计还会恨他。据我猜想，这应该就是波琳娜的心态吧。对于她变心的事，陀思妥耶夫斯基另有一番理解，更能满足他自己的虚荣心。后面我会在适当的时候谈到这一点以及这件事对他的影响。两个人把钱都输光了，陀思妥耶夫斯基写信给屠格涅夫，他和屠格涅夫争吵过，还厌恶和鄙视对方，但还是找人家借钱。屠格涅夫借给他五十泰勒[1]，波琳娜于是拿着钱去巴黎了。陀思妥耶夫斯基一个人在威斯巴登又待了一个月。他贫病交加，只能老老实实地坐在房间里，免得刺激食欲，因为他没有钱去满足。他过得如此潦倒，以致要写信给波琳娜要钱。女方看来已经展开了另一段恋情，好像是没有回信。他又开始写书，用他自己的说法，是迫于无奈、分秒必争。这本书就是《罪与罚》。最终，他给流放西伯利亚时期的一个老朋友写的求助信得到了回复，这笔钱让他得以离开威斯巴登。因为朋友的进一步帮助，他终于设法回到了圣彼得堡。

在写《罪与罚》的时候，他想起自己还签了一份限期交稿的合同。这份无良合同规定，要是他违约，出版商就有权在之后九年里无偿出版他所有的作品。现在交稿日期近在眼前，陀思妥耶夫斯基却一筹莫展。好在一个朋友灵机一动，建议他找个速记员，他照做了，并且用二十六天的时间就写完了一本小说，这本小说名叫《赌徒》。这个速记员叫安娜·格里戈里耶夫娜，二十岁，相貌平平；不过她干练、务实、有耐心、忠诚，而且钦佩陀思妥耶夫斯基。一八六七年初，两个人结婚了。他的继子还有哥哥留下的孤儿寡母料到他不会再像之前那么资助他们，都对这个可怜的姑娘恨之入骨，也处处为难她，弄得她苦不堪言，最终

1 泰勒，德国的旧银币。

她只好劝说陀思妥耶夫斯基再次离开俄国。他也再次负债累累。

这一次他在国外一住就是四年。一开始，安娜·格里戈里耶夫娜发觉和这个著名作家在一起生活很艰难。他的癫痫越来越严重。他脾气暴躁、行事鲁莽、虚荣自负。他还在和波琳娜·苏斯洛娃通信，这让安娜更难以心安。但是，安娜是一个极为识大体的年轻女人，她把不满都藏在了心里。两个人去了巴登—巴登，陀思妥耶夫斯基又去赌钱了。他照例又把钱都输光了，又照例给有希望帮忙的人挨个写信，一次次地借钱，而只要钱一到手，他就溜到赌桌上去把钱输掉。两个人把所有值钱的东西都当掉了，租住的地方越来越简陋，有时候几乎连肚子都填不饱。安娜怀孕了。下面这段文字摘自他写的一封信，而此时他刚刚赢了四千法郎：

> 安娜·格里戈里耶夫娜恳求我说，赢了四千法郎就该满足了，我应该马上起身离开。可是还有一个机会，轻而易举，一次就可以把钱全都赢回来。有例子吗？除了我自己赢过外，每天都能看到有人一次赢两万、三万法郎（那些输钱的人你是看不见的）。世界上有圣人吗？他们不需要钱，可我需要。我押的钱不够我输的。我最后那点儿东西也要输没了，我气得发疯。我输了。我把衣服当掉了，安娜·格里戈里耶夫娜把她所有的东西都当掉了，那是她仅有的一点儿首饰了。（她真是个天使！）在倒霉的巴登，我们躲在铁铺楼上那两个小房间里，她是多么耐心地宽慰我，是多么心力交瘁啊！终于，什么都没有了，全都输光了。（哼，那些卑鄙的德国佬。他们统统都是放高利贷的，是无赖、流氓。房东知道我们收到钱之前没处可去，故意涨了房租。）最后我们不得不逃走，离开巴登。

他们的孩子在日内瓦出生了。陀思妥耶夫斯基继续赌钱。那笔本该用来购买妻女生活必需品的钱被他输掉了，他懊悔极了；可是每次口袋里有了几个法郎，他就又匆匆地跑去赌场。三个月后，婴儿夭折了，他痛苦万分。安娜·格里戈里耶夫娜又怀孕了。夫妇俩拮据得厉害，陀思妥耶夫斯基不得不开口向没什么交情的人借钱，五法郎、十法郎，好给自己和妻子买点吃的。《罪与罚》广受好评，他又开始写另一本书。这本书叫《白痴》。出版商同意每个月给他两百卢布，但他那个不幸的癖好总是让他陷入困境，他不得不一次次地索要预付稿酬。《白痴》反响平平，他又写了另一本小说，名为《永久的丈夫》，之后又写了一本更长的小说，名叫《群魔》。这期间，随着情况恶化，据我理解就是他们交不起房租的意思，陀思妥耶夫斯基带着妻子和孩子不断地搬家，但是他们两个都想家了。他一直都没有打消对欧洲的厌恶。巴黎的文化和独特，德国的闲适和音乐，阿尔卑斯的壮美，瑞士湖泊宜人而神秘的美，托斯卡纳的优雅可爱，作为艺术瑰宝的佛罗伦萨，这些都无法打动他。他认为西方文明带着资产阶级趣味，颓废、腐败，并且深信这种文化即将分崩离析。他在从米兰寄出的一封信里写道："我在这里变得迟钝、狭隘，我要和俄国脱节了。我需要俄国的空气和俄国的人民。"他认为，要是不回俄国，他就永远都写不完《群魔》。安娜也渴盼回家，但是他们没钱，出版商已经把连载版权的相应稿酬都预付给了陀思妥耶夫斯基。他走投无路，只能再次给出版商写信求助。前两期连载已经在杂志上发表了，出版商担心拿不到后几期的内容，于是给他们寄来了路费。陀思妥耶夫斯基一家就这样回到了圣彼得堡。

这时是1871年。陀思妥耶夫斯基五十岁，还有十年可活。

《群魔》受到读者的好评，这本小说抨击了当时的青年激进分子，为作者赢来了保守派的朋友。这些人认为可以利用他，就反对改革一事为政府发声，于是请他到一份名叫《公民》的官方刊物当编辑，薪酬很高。他干了一年，之后因为和出版方意见不合，就辞职了。安娜当时说服丈夫让她来出版《群魔》，这次实验成功了。从那以后，安娜把他的作品编成不同版本出版，获利颇丰，他往后的生活再也不用为钱发愁了。他最后几年的生活可以一笔带过。他以《作家日记》为题，时不时地写一些杂文。这些文章大受欢迎，他开始以导师和先知自居，很少有作家不想扮演这样的角色。他成了一个热烈的斯拉夫派。在他看来，俄国群众间充满了兄弟之爱，他认为这是俄国民族独特的天赋，他们渴望为全人类无私奉献，这是拯救俄国痼疾乃至全世界病痛的唯一希望。历史的发展表明，他过于乐观了。他写了一本名为《少年》的小说，最后又写了《卡拉马佐夫兄弟》。他名望日盛，到1881年他突然去世之时，很多人都把他视为当时最伟大的作家。据说他的葬礼是“俄国首都有史以来最引人注目的民心反映”。

（三）

我在讲述陀思妥耶夫斯基生平的时候尽量没有加以评论。他给人的印象是这个人极其不讨人喜欢。虚荣是艺术家的通病，不论是作家、画家、音乐家、演员都不能幸免，但陀思妥耶夫斯基的虚荣心令人发指。他似乎从来都没有想过，别人听到他滔滔不绝地谈论自己、谈论自己的作品时会感到厌烦。也许这是必然吧，和虚荣心相辅相成的，就是缺乏自信，也就是如今所说的自卑情结。或许正是因为这种心理，他才如此毫不掩饰地表示看不起同辈作家。一个性格坚毅的人，即便经受过牢狱之灾，也不至于变得这么卑躬屈膝；他接受了对自己的判决，认为那是他反抗权威罪有应得，但这也没有妨碍他想尽办法要免去处罚。这一点是说不通的。我在前面讲到了他如何自轻自贱，请求有权有势的人物帮忙。他完全没有自制力。每次被七情六欲冲昏头脑的时候，就顾不得谨慎或是体面了。所以，他在第一位妻子奄奄一息的时候还能置她于不顾，去巴黎找波琳娜·苏斯洛娃，他回到妻子身边，也是因为他被那个轻浮的年轻女人甩了。不过，最能反映他这种弱点的莫过于他的赌瘾了。赌钱让他一次次地陷入窘境。

读者应该会记得，陀思妥耶夫斯基为了应付合同，写了一部较短的小说叫《赌徒》。这本小说写得并不好，主要的价值就在于他把那个倒霉鬼的心理描写得生动真切，因为那是他真实的内心感受。读过之后你就会明白，为什么尽管赌钱让他丢脸，给他还有爱他的人带来了痛苦，让他做出了不光彩的行为（贫困作家基金会借钱给他是为了让他写作，而不是去赌），让他不断地向人开口借钱，弄得那些人不胜其烦，为什么尽管他要面对这些，也还是没办法抗拒诱惑。他喜欢出风头，其实凡是具有创作天赋的人，不管从事的是哪种艺术，或多或少都有这样的心理；他曾经描述过，手气好的时候很可以满足这种不足为训的心理。一群人都围在那个幸运的赌徒身边，注视着他，就好像他并非凡俗之人。大家又是惊叹，又是佩服。他成了所有人关注的焦点。对一个生来就内向到病态的可怜人，这是莫大的慰藉啊！赢的时候，一种权力感油然而生，让他如痴如醉；他感觉自己是命运的主人，他的聪明、他的直觉都无懈可击，让他可以掌控运气。

他笔下的赌徒发出了这样的感慨："只要展现出意志力，一个小时里，我就能改变自己的命运。意志力是最了不得的。要记住七个月前在轮盘堡[1]彻底输光之前的情形。唉！那个例子就说明了决心是多么了不起。我当时已经输得精光，一个子儿都没有了。我正要离开赌场，这时发现背心口袋里还剩一个荷兰盾，于是想：'看来晚上还能吃上饭。'但走出了一百步，我改变了主意，又回去了。我押上了那一盾……这种感觉真的很奇特，一个人在一个陌生的国度，远离家乡和朋友，不知道这一天吃不吃得起饭——而你把最后那一盾押上了，除此之外就一无所有了。我赢了，二十分钟之后，我走出赌场，口袋里装了一百七十盾。这是事实。有时候最后一个盾就能让你翻盘。假如我当时灰心丧气了呢？假如我当时不敢冒险呢？"

1 轮盘堡，小说中虚构的地名。

陀思妥耶夫斯基的授权传记作者是他的老朋友斯特拉霍夫[1]；关于这本传记，斯特拉霍夫给托尔斯泰写了一封信，艾尔默·莫德[2]在《托尔斯泰传》中附上了这封信，以下是他的译文，内容略有删节：

> 在写作过程中，我始终都要和一种厌恶感做斗争，尽力压抑自己的反感……我认为陀思妥耶夫斯基既不是一个善良的人，也不是一个幸福的人。他道德败坏，生活堕落，嫉妒心重。他一生都放纵于激情，倘若他没那么睿智，或者没那么邪恶，他一定会因此变得可笑又痛苦。在给他写传记的时候，我清晰地察觉了我心里的这些感觉。在瑞士，他曾经当着我的面训斥仆人，态度极为恶劣，以至于这个仆人终于爆发，对他说："可我也是人！"我记得这句话让我大受触动，当时风气自由的瑞士正盛行这种人权观念，而这句话的对象正是一个总在向全世界宣扬人文情怀的人。类似的场景司空见惯；他控制不了自己的脾气……最糟糕的是，他从来不忏悔自己那些肮脏的行径，还引以为傲。肮脏的行径对他有种魅力，他对此还扬扬得意。维斯科瓦托夫（一位教授）告诉我说，陀思妥耶夫斯基曾经大肆吹嘘自己犯下的恶行……尽管有种种劣迹，他却沉迷于一种乏味的多愁善感和高尚的人文梦想，而正是这些梦想，正是他的文学思想和作品倾向让他受到了大家的喜爱。总而言之，所有这些小说都是要为作者开脱，也说明一个人可以坏事做尽，同时又无比高尚……

诚然，他的多愁善感令人乏味，他的人文情怀一无是处。他基本不

---

1 尼·尼·斯特拉霍夫（1828—1896），俄国文学批评家。

2 艾尔默·莫德（1858—1938），英国翻译家，和妻子路易斯共同翻译了托尔斯泰的多部作品，并著有《托尔斯泰传》（*The Life of Tolstoy*）。

认识什么“人民”，他虽然把俄国复兴的希望寄托在人民身上而不是知识分子身上，却对他们受苦受难的命运缺乏同情。他猛烈地抨击那些想帮助人民减轻疾苦的激进分子。对于穷人的悲惨境遇，他提出的治疗办法是“歌颂他们的苦难，从中总结出一种生活方式。他反对切实的改革，而是提出从信仰和神秘中寻求慰藉”。

陀思妥耶夫斯基以前犯下的恶行让他的崇拜者深感不安，他们一致表示事情不足为信。安娜声称陀思妥耶夫斯基从来没有和自己说过这件事。斯特拉霍夫显然是道听途说；不过也有一件事能证明这个说法：陀思妥耶夫斯基在悔恨之余将这件事告诉了一个老朋友，朋友建议他说，有一个忏悔的方式就是把罪行坦白给他在世界上最讨厌的人。这个人就是屠格涅夫。陀思妥耶夫斯基初登文坛时，屠格涅夫对他赞誉有加，还给过他资金上的帮助，但陀思妥耶夫斯基讨厌屠格涅夫，因为屠格涅夫做派“西化”，而且是贵族出身，有钱又有名。于是他找屠格涅夫坦白了自己的恶行，对方听了一言不发。陀思妥耶夫斯基顿了一顿。也许就像安德烈·纪德分析的那样，他以为屠格涅夫会像他自己（陀思妥耶夫斯基）笔下的人物那样，伸开双臂拥抱他，一边亲吻他一边泪流满面，这样他们就能重归于好，但是什么都没有发生。[1]

“屠格涅夫先生，我必须告诉您一件事。”陀思妥耶夫斯基说，“我必须告诉您一件事。我深深地鄙视自己。”他等着屠格涅夫开口，对方还是一声不吭。接着，陀思妥耶夫斯基发火了，他大喊道：“不过我更鄙视您。我的话说完了。”他冲出房间，重重地摔上了门。预想的一幕没有上演，而没有哪个作家比他更能驾驭这样的场景了。

奇怪的是，他两次把这段令人震惊的情节写在了小说里。《罪与罚》中的斯维德里盖洛夫坦白了自己的这一丑恶行径，《群魔》的一个章节里，斯塔夫罗金也坦白了这一罪行，不过陀思妥耶夫斯基的出版商

1　出自纪德《陀思妥耶夫斯基》（*Dostoïevsky*）。

拒绝刊发。也许有一点值得注意，那就是陀思妥耶夫斯基借《群魔》中的一个人物恶毒地嘲讽屠格涅夫。这一段描写又无聊又愚蠢，唯一的效果就是让一部散漫的作品更加散漫，而且看起来这样做只是让陀思妥耶夫斯基借机宣泄怨愤的。恩将仇报的作者也不是只有他一个。在和安娜结婚之前，陀思妥耶夫斯基展现了他惊人的不解风情：他把这个丑恶的故事讲给了他当时追求的姑娘，只不过是当成虚构的故事来讲的。而我认为，这正是事情的真相。他和自己小说中的人物一样，热衷于自我贬低。我觉得，他把这件不光彩的事情当成个人经历讲给别人听，这不无可能。无论如何，虽然他这样指控自己，但我不相信他真的犯下了这桩骇人听闻的罪行。我冒昧地认为，这是一直以来萦绕在他脑海中的白日梦，让他又着迷又害怕。他笔下的人物就常常做白日梦，他自己多半也是如此。实际上，我们每个人都会做白日梦。而小说家的白日梦，拜他的天赋所赐，八成比大多数人都更缜密、更详尽。有时候，这些白日梦足够可信，可以用到小说里，之后就被他忘在脑后了。在我看来，陀思妥耶夫斯基大概就是这种情况。他把这个可耻的故事两次写到了小说里，之后就失去了兴趣。他没有和安娜说过，也许就是这个原因。

陀思妥耶夫斯基虚荣、嫉妒、好辩、多疑、懦弱、自私、爱吹牛、靠不住、不体贴、眼界低、气量小。简而言之，他这个人面目可憎。然而，这并不是完整的故事。否则，很难想象他能够创造出阿辽沙·卡拉马佐夫这样一个几乎称得上所有小说中最迷人的人物，也很难想象他能够创造出圣人般的佐西马神父。陀思妥耶夫斯基是最不会轻易苛责人的。在狱中服刑的时候，他认识到，一个人可能犯下了可怕的罪行，杀人、强奸、抢劫，但对待同伴时也会展现出勇敢、慷慨、善良的美好品质。他乐善好施，无论是乞丐还是朋友需要钱，他总是会伸出援手。他在自己一贫如洗的时候，还想方设法凑钱接济嫂子、哥哥的情妇、他不成器的继子，还有那个嗜酒如命、一无是处的弟弟安德烈。他们从他身上揩油，一如他从别人身上揩油，而他非但不心生怨恨，似乎还为自己力不从心而苦恼。他对安娜又爱又敬又佩服；在他看来，安娜无论在哪方面都胜过自己。令人感动的是，在离开俄国的四年里，他总是害怕安娜整天面对自己会渐渐心生厌烦，并为此痛苦不已。他简直不敢相信，自己终于遇到了这样一个人，能够容忍他的种种缺点，全心全意地爱着他。

我想不出还有哪个人身上为人和作品之间的对立会超过陀思妥耶夫斯基。大概这种对立在每一个具有创造力的艺术家身上都存在，只不过在作家身上表现得更为明显，因为作家的媒介是文字，他们的行为和思想之间的矛盾会更令人震惊。也许创造的天赋在童年和少年时期是一种正常的能力，要是创造力过了青春期仍然存在，那就成了一种病。如果要茁壮成长，就必须要以正常的人类品质作为代价，就好比甜瓜施了粪肥更甜，这种能力只有在混杂着劣迹的土壤里才会变得生机勃勃。陀思妥耶夫斯基能跻身世界一流小说家之列，是因为惊人的创意；而这样的创意并非来自他身上的善，而是来自他身上的恶。

（四）

巴尔扎克和狄更斯创造了无数的人物。这两位作家为众生的千差万别而着迷，他们的想象力来自他们所看到的众生百态以及使每个人与众不同的独特个性。不论善恶，不论贤愚，每个人都是他自己，因此都是可以善加利用的素材。我怀疑陀思妥耶夫斯基感兴趣的对象除了他自己外，还有就是那些对他有密切影响的人。他有点儿像那种人，对于美丽的物件，他们只有自己拥有了才会在意。有很少几个人物就够了，他甘愿让这些人物在一本本小说里反复出现。《卡拉马佐夫兄弟》中的阿辽沙，也是《白痴》中的梅思金公爵，只是减去了癫痫；《群魔》中的斯塔夫罗金，不过是对《罪与罚》中的斯维德里盖洛夫进行了进一步的刻画；《罪与罚》中的主人公拉斯科尔尼科夫，是《卡拉马佐夫兄弟》中伊万的翻版，只是性格没有那么强硬。这些人物全都是陀思妥耶夫斯基饱受折磨、扭曲病态的情感幻化而来的，而他的小说中的女性人物类型甚至更少。《赌徒》中的波琳娜·亚历山德罗夫娜、《群魔》中的莉莎维塔、《白痴》中的娜斯泰谢、《卡拉马佐夫兄弟》中的卡捷琳娜和格露莘卡，形象全都是来自同一个女人，她们是直接以波琳娜·苏斯洛娃为原型的。这个女人给他带来的痛苦、给他施加的种种侮辱，正是他满足受虐心理的轻轻一点。他知道那个女人恨他，他很肯定那个女人也爱他。因此，以她为原型的那些女性人物都想掌控和折磨她们所爱的男人，同时又想屈服于对方，由他来折磨自己。她们歇斯底里、满心怨恨、心思歹毒，因为波琳娜就是这样的人。分手几年后，陀思妥耶夫斯基在圣彼得堡遇见了她，并且又一次向她求婚。对方拒绝了。他无论如何也不相信女方其实就是不喜欢他，因此生出了一个念头，也许是为了挽救自己受伤的自尊心吧：一个女人极为看重自己的处女之身，要是一个男人让她失去了童贞而又不是她的丈夫，那么她对这个男人的感情就只有恨。

“你不肯原谅我，”他对波琳娜说，“因为你曾经把身子给了我，你现在要为此报复我。”

陀思妥耶夫斯基深信这就是实情，因此不止一次把这个想法用到了小说里。《卡拉马佐夫兄弟》中的格露莘卡在故事开始之前曾被一个波兰人勾引，虽然她后来被一个富商包养，但她觉得只有嫁给勾引自己的人才能得到救赎。还有，《白痴》中的娜斯泰谢无法原谅托茨基，因为这个男人勾引了她。我认为，陀思妥耶夫斯基的这种心理是错的。处女之身的特殊意义，其实是男性的杜撰，一部分是出于迷信，一部分是出于男性的虚荣心。当然，还有一部分是因为不希望孩子是别人的。可以这么说，一个男人，就像饿了要吃饭一样理所当然，在满足性欲的时候，对性关系的对象可以不抱有任何特别的感情；而女人，如果不是因为爱情，或者至少是因为感情，那么她只会把发生性关系当成是一件麻烦事，她之所以接受，要么是当成一种义务，要么是为了取悦对方。一个处女把“身子”给了一个她不感兴趣或者很厌恶的男人，对她而言这只能是一种不愉快的、痛苦的经历。如果说除此之外她还会有其他的感情，我是无论如何也不相信的。要说这段经历让她在多年后仍然耿耿于怀，甚至连性格都变了，我觉得难以置信。

陀思妥耶夫斯基深知自己有正反对立的双重性格，并且把这种性格赋予了笔下每一个固执任性的人物。那些性格温和的角色，比如梅思金公爵和阿辽沙，虽然温柔可爱，但奇怪的是，他们无法打动人。不过，其实“正反对立”这个词本身就意味着把人性简单化了，而这并不符合事实。人无完人。人的主要目的是利己，否认这一点很蠢；不过一个人也能做出高尚的无私之举，否认这一点也很蠢。我们都知道，在危难时刻，人会成就不可思议的壮举，展现自己和其他人都预想不到的高尚品质。斯宾诺莎告诉我们，“每一个自在的事物莫不努力保持其存在”[1]；然而，我们都知道，为了朋友而舍弃生命的人也并不少见。人性是复杂的，善与恶、好与坏、自私与无私、各种各样的恐惧和直面恐惧的勇气、引诱他走上不同道路的倾向和偏好全都交织在一起，那么多不协调的元素能够同时存在于一个人身上，这已经很不可思议了。更令人难以置信的是，这些元素还能够相互容忍，构成一个可以以假乱真的和谐体。陀思妥耶夫斯基创作的人物却没有这些复杂的性格。他们的欲望是征服，是屈服，是缺少柔情的爱和充满恶意的恨。他们怪就怪在缺少人类的正常特点。他们只有激情。他们没有自制力，也没有自尊心。他们作恶的本能不会消失，无论是教育、人生经历还是让人避免自取其辱的体面感，都无济于事。因此，按照常识来看，这些人物的举动好像都荒谬至极，动机也是无比牵强。

西欧人看到他们不可理喻的行为会感到诧异，如果说能够接受的

1　参见商务印书馆2011年版《伦理学》，斯宾诺莎著，贺麟译。——编者注

话，那也是认为俄国人理所当然会做出这些行为。然而，俄国人真的是这样吗？陀思妥耶夫斯基那个年代的俄国人是这样吗？屠格涅夫、托尔斯泰都和他生活在同一个时代。屠格涅夫笔下的人物就非常接近普通人。我们也都认识一些年轻的俄国人，就像托尔斯泰笔下的尼古拉·罗斯托夫那样，快乐、粗心、奢侈、勇敢而深情，都是正直的小伙子；我们起码也都认识几个年轻的姑娘，就像尼古拉的妹妹娜塔莎一样，美丽、迷人、天真、善良；在我们本国，也不难找到像皮埃尔·别祖霍夫伯爵那样的人，胖胖的、傻傻的，为人慷慨，心地善良。陀思妥耶夫斯基声称，他笔下的那些怪人比真实生活还要真实。我不理解他这句话。一只蚂蚁就像一位大主教那么真实。如果他这句话的意思是这些人物的道德情操远比庸碌之辈高尚，那他想错了。如果艺术、音乐和文学可以让人弃恶从善、抚慰痛苦，让灵魂从人性的枷锁中获得部分的解放，那他们对这些也一无所知。这些人物没有文化可言。他们举止凶暴。他们以折磨别人为乐，对别人粗鲁无礼，只是为了伤害和侮辱对方。在《白痴》中，瓦尔瓦拉朝哥哥脸上啐了一口，因为她不满意哥哥求婚的对象；而在《卡拉马佐夫兄弟》中，德米特里向霍赫拉科娃太太借钱遭到拒绝，虽然她也根本没有义务借那一大笔钱给他，但他一怒之下，在女主人招待他的房间里往地板上啐了一口。这些人物都令人发指。不过，他们也都有趣极了。拉斯科尔尼科夫、斯塔夫罗金、伊万·卡拉马佐夫和艾米丽·勃朗特笔下的希斯克利夫以及梅尔维尔笔下的亚哈船长是一类人，他们都充满了生命的悸动。

解　读

陀思妥耶夫斯基书信

陀思妥耶夫斯基曾多次给朋友写信，谈及《白痴》的写作情况以及写作期间的生活境况。这些信件真实地反映了陀氏创作《白痴》的背景和初衷。

1. 致阿·尼·迈科夫

（一八六七年十月九日，日内瓦）

我没有给您写关于我工作的事，也没什么好写的。只有一条：我必须努力工作，非常努力地工作。与此同时，癫痫把我彻底击垮了，每次发作后我都连续四天无法集中精力工作。当初在德国多好啊！这该死的日内瓦。我们将会怎么样？我不知道！而写长篇小说是我唯一的救赎。最糟糕的是，这本来应该是一部非常好的长篇小说，不可能不好，这是必须的。可是我的才能完全被疾病压垮了，这部小说又怎么会好呢？我还拥有想象力，甚至还不错，这一点我前几天在写小说时就感受到了。神经也还健全，但是记忆力衰退了。一言以蔽之，我喊着“乌拉”投入到了小说创作中！全神贯注，孤注一掷，听天由命吧！够了，不说了。

2. 致阿·尼·迈科夫

（一八六七年十二月三十一日，日内瓦）

这就是发生在我身上的事：工作并受苦。您知道写作意味着什么吗？不，谢天谢地，您不知道！看来，您从未按照订单和预约篇幅写作，因而也就没有经历过地狱般的折磨。我从《俄国导报》借了那么多钱（太可怕了，四千五百卢布！）。今年初，我真的希望诗情不会把我抛弃，诗意的想法会不时闪现，并在年底前艺术地展开，而我也就有机会让大家满意了。这对我来说似乎是很有可能的，因为我经常感到艺术思想的概念在我的头脑和心灵中闪现。但终究只是昙花一现，所以我必须把它们完整地呈现出来。灵感总是不期而至，我却又难以预计它何时降临。如果心中出现了完整的形象，我就可以进行艺术加工，甚至可以马上做出准确无误的预估。好吧，整个夏天和秋天我都在组合不同的想法（有时会出现一些奇思妙想），但是凭经验我感觉到一些想法是虚假的，或是难以实现的，或是不长久的。好不容易确定了某种想法，开始工作，写了很多，但是到了公历十二月四日，我让一切都见鬼去了。我向您保证，这部小说可能很平庸，正是它的平庸，而不是绝对的好，让我极其厌恶。我不需要这样的小说。那么，我该怎么办呢？毕竟已经十二月四日（公历）了！同时，我将我的生活状况作如下陈述：

我有没有写信告诉过您——我不记得了（我什么都不记得了）——在我所有的资金都用完后，我写信给卡特科夫，请求他每月寄给我一百卢布？好像函告过。他同意后，他们便开始按时给我寄钱。在我写给卡特科夫的感谢信中，我肯定语气诚恳地答应过，一定会给他小说，会在十二月将大部分小说寄给编辑部。（当然，我当时写得很顺，而且已经写了那么多！）然后我写信给他说，我有一笔特别的开支，这一次（十二月）能否从确定给我的款项（五百卢布）中寄给我两百卢布，而不是一百卢布。他同意了，并在十二月寄来了钱，就在我销毁小说的那一天。我该怎么办？我所有的希望都破灭了（我终于意识到——毕竟，小说是我主要的希望。如果我写出令人满意的长篇小说，那么我就能偿还欠编辑部和您的钱，还能给帕沙和艾米莉亚·菲奥多芙娜寄一笔钱，我自己也将得以生存；如果我写了一部优秀的长篇小说，就可以出售第二版，也许会得到一些稿费，就可以支付一半或三分之二期票债务，我就能够返回圣彼得堡）。但是一切都破灭了。收到了卡特科夫寄来的两百卢布，我给他写了一封确认信，承诺一定为期刊第一期寄去长篇小说；请他原谅，因为小说的第一部将晚点儿寄到编辑部，但一定会在俄历一月一日[1]前寄到；并请求他，没有我的小说就不要出版《俄国导报》第一期（要知道每期杂志都不会早于月中出版）。

然后我开始绞尽脑汁地构思一部新的长篇小说（因为我的整个未来都与此休戚相关)，无论如何我都不想继续走老路，也不能够。从公历十二月四日到十二月十八日（包括十八日），我一直在构思。平均而言，我每天（至少）构思六个布局。我的头脑一直在转啊转。我怎么没有发疯？我自己也不明白。终于在十二月十八日（公历）坐下来写新小说，一月五日（公历）我把第一部的前五章（约五个印张）寄给编辑部，并保证于一月十日（公历）再寄出第一部的剩余两章。昨天，即一月十一日（公历），我寄出了这两章，这样我已经全部寄出了小说的第一部，共计六个或六个半印张。

他们将在十二月三十日（俄历）收到第一份稿件，一月四日（俄历）收到第二份稿件。因此，如果他们愿意的话，小说的第一部仍然可以在一月号上刊出。小说的第二部（当然，还一句也没有写），我保证在二月一日（俄历）之前寄给编辑部，一定准时寄。

请您理解，我的朋友，我哪里还有工夫想到给人写信呢？试问，我又能写点儿什么呢？因此，作为一位仁慈的人和我的好朋友，请您理解并原谅我迫不得已的疏于问候，况且，这段时间我过得非常艰难。

现在来谈谈这部长篇小说，以便结束这个话题——其实我自己也不知道我寄出去的是什么东西。但是，我能说的是，这不是一部值得炫耀的作品，也不会引起轰动效应。有个想法已经折磨了我好久，但我不敢动笔用它来写小说，因为这个想法太难处理了，我没有做好准备，尽管它很诱人，我很喜欢它。这个想法就是：塑造一个绝对完美的人物形

---

1 俄历与公历相差十三天，只要把俄历的日期加上十三天，换算成相应的月份和日期，就是公历日期了。——编者注

象。在我看来，没有什么比这件事更难做的了，尤其是在我们这个时代。当然，对此您会完全同意。这个想法以前曾在某个艺术形象中闪现过，但只是碎片，现在需要完整的形象；然而我的绝望处境迫使我选取了这一尚未成熟的想法。就像玩轮盘赌冒险一样："也许，在笔下，思想会发展成熟！"这是不可原谅的做法。

总的来说，布局已定。接下来，细节不时闪现，这很吸引我，支撑着我的创作热情。但是整体呢？但是主人公呢？因为我小说的整体是通过主人公呈现的，我就是这么设计的。我应该塑造一个形象，他能在我的笔下充分发展吗？请您想象一下，自然而然地发生了一些可怕的事情：原来，除了男主角之外，还有一个女主角，因此，竟然出现了两个主角！！！[1]而且，除了这些主角之外，还有两个角色，绝对重要，与主角差不多。（我必须交代清楚的次要人物数不胜数，毕竟小说共有八部。）四位主角中，有两位的形象已在我心中非常清晰地显露出来，一位至今尚未明确[2]；而第四位，也就是主要的角色，即第一主角的形象，还极其模糊[3]。也许在我的内心深处，他并非模糊不清，而是极其难以描写。无论如何，我都需要花上两倍的时间（至少）来写。

依我看，第一部还很薄弱。但我觉得，仍可挽救，因为还未受到任何损害，而且还可以在今后几部中得到令人满意的发展（噢，但愿如此！）。本质上第一部只是楔子，只需要做到以下一点：能唤起读者对下文的好奇心。但对此我不能作出正确判断。我只有一个读者，她就是安娜·格里高利耶夫娜。她倒是非常喜欢第一部分，但她毕竟不能成为我作品的裁判。

1　指这时在长篇小说《白痴》中已经定型的两个人物形象，即娜司泰谢·费里帕夫娜和罗果静。——俄编注

2　也许指的是尚未成形的形象阿格拉耶。——俄编注

3　的确如此，小说的第一部已经寄往莫斯科，而陀思妥耶夫斯基还在打磨重要主人公的性格特征。——俄编注

在第二部，我应该完成最终布局（但并不是一切都解释清楚）。那里将有一个场景（主要场景之一），但它应该如何呈现？——虽然已写成草稿，而且还写得很不错。

总的来说，一切都取决于未来，但我期待您的严格评判。第二部将决定一切：这是最难写的一部。但是也请您来信谈谈第一部（虽然我真心知道它并不好，但还是请您谈谈）。另外，我恳求您，《俄国导报》一出版，您就告知我，我的小说是否已在上面发表。我依旧非常担心，稿子是否寄晚了。小说在一月出版对我来说极其重要。看在上帝的分儿上，请立即通知我，好让我知道，哪怕只写一两句也行。

在寄第一部时，我在给卡特科夫的信中谈到了这部长篇小说，内容几乎与我写给您的一模一样。这部小说叫作《白痴》。然而，没有人能自己评判自己，尤其是在一时冲动的时候。也许，第一部也不错。如果我没有开发主要角色，那么就会根据整个布局的规律出作品。这就是为什么我如此急不可耐地等待您的评判。但是关于这部小说，我已经谈得够多了。自十二月十八日（公历）以来，这项工作让我极度兴奋，以至于我无法思考，也无法谈论其他任何事情。现在我要谈谈自我上次给您写信以来我们在这里的生活。

我的生活当然就是工作。但好在现在由于每个月按时寄来的一百卢布，我一点儿也不穷了。我和安娜·格里高利耶夫娜节俭点儿过日子，已经完全够用了。但是眼前面临着一笔开销，我们需要哪怕少量的储备。一个半月后，安娜·格里高利耶夫娜（她极其顺利地度过了妊娠反应期）将使我成为父亲。您自己能明白，这将产生多大的费用。我将请求编辑部在这段时间内每月寄来两百卢布，他们一定会寄的。我已经给他们寄去了几乎相当于一千卢布的稿件。到二月五日，我将再寄价值一千卢布的稿件（也许是很好的、更主要的、更有轰动效应的稿件），因此我就可以要求更多的稿费。顺便说一句，亲爱的，如果不是因为我把已经写好的小说毁了，那么，当然，新年前我就可以把您借给我的钱还您了。但是现在，我请求您再等我两个月左右，因为在寄出第二部分稿件之前，我不能再向编辑部要更多的稿费了。不过，到时候我一定会还钱的。但最主要的，也是我最最担心的是，帕沙发生了什么事？我的心在流血，一想到他，加上我在十二月遭受的文学折磨，简直让我感到绝望！他在做什么？十一月和十二月我没有给他寄过钱，但他在十一月之前就没给我写信了。通过您转交给他最后一笔钱（来自卡特科夫的六十卢布）时，我给他写了一封长信，还托他打听一件事，这件事对我来说非常重要，但他做起来却很容易。我求他回答我，他却未回只言片语。看在上帝的分儿上，给我写写他的情况吧，写什么都可以。他是在恨我吗？还是怎么了？为什么？为什么?！他是不是因为我从仅有的一点儿钱中分出一些寄给他，并迫不及待地等着下次再寄？不，他不可能恨我。我不把这一切归咎于他心眼儿不好，而是认为他办事欠考虑，甚至不敢下决心写封信，因为他在二十岁之前连乘法口诀都不敢学。

他住在艾米莉亚·菲奥多芙娜家，并欠着钱，尽管我在十一月之前给他寄去了足够的钱。当时我还通过您，给艾米莉亚·菲奥多芙娜付过钱。但是十一月和十二月的情形又如何呢？他们自己也过得很艰难。费佳在工作，但他养活不了全家；而我得再过一个月才能汇款（当然是通过您，我求求您，亲爱的，卡特科夫的钱将直接寄到您那里。不要嫌弃我的请求，也不要把他们视为负担！他们都是些可怜人。而我是您终生的仆人，我会向您证明，我是多么感激您为我所做的一切）。明天我会给费佳寄信。他们还住在阿隆金的房子里吗？我正是让帕沙写信告知我阿隆金的名字和父称[1]（我忘记了），以便写信给阿隆金。阿隆金信任我，但是如果我没有回复任何消息，他会把他们赶走的，因为我为他们租房作了担保。可无论是帕沙还是艾米莉亚·菲奥多芙娜，都没有回答关于他的名字和父称的问题。我怎么能给阿隆金写信，而不称呼他的名

1 在俄国人的称呼中，名字加父称是尊称，直呼其姓是不礼貌的。

字和父称呢？他是个商人，会觉得受到了冒犯。

不过，也许我会早点儿给他们寄钱，虽然在等待分娩期间我们也非常需要钱。尽管我们生活中不缺必需品，但我们的东西一直在被抵押。每次收到钱，我们就赎回来，到月底再抵押出去。安娜·格里高利耶夫娜是我真正的助手和安慰者，她对我情意绵绵。当然，我们俩在性格上有很多不同。（她向您和安娜·伊万诺夫娜鞠躬致意。她非常爱您，因为您非常欣赏她所崇拜的母亲。她在各方面都高度评价你们两位——您和安娜·伊万诺夫娜，并且深深地、热切地、最真诚地尊重你们。）

由于日内瓦的天气寒冷，我们必须忍受物质缺乏的诸多不便。噢，如果您能了解这个民族是多么愚蠢、愚昧、渺小和野蛮就好了！旅行时乘车路过还体会不到什么。不过，您住在这儿试试看！但是现在我甚至无法向您简要描述我的印象，积累得太多了。在这个卑鄙的共和国，资产阶级的生活已经发展到了令人无法容忍的程度。在各管理部门甚至整个瑞士，党派林立，争吵不断，极度贫困，一切都非常平庸，当地工人甚至抵不上我国工人的一根小拇指，所见所闻都非常荒谬，道德败坏。唉，要是您能知道他们心目中的善恶观就好了。他们发展水平低，人们对商贸中酗酒、偷窃、欺诈等行为习以为常；然而，也有一些好的特征，使得他们比德国人高出许多。（在德国，最让我印象深刻的是人们的愚蠢，非常愚蠢，愚蠢得无以复加。）而在我国，才智过人的尼古拉·尼古拉耶维奇·斯特拉霍夫也不想了解真相，他总说“德国人发明了火药”。他们的生活就是这样的！而我们在这一时期形成了一个伟大的国家，经历了无尽的苦难，却能够忍受得住，没有丧失俄国思想，这思想将使世界复兴，我们巩固了这一思想。但关于这一切没什么好谈的！我如此想念俄国，如此向往祖国，确实感到自己是个不幸的人！我读报纸，读《莫斯科新闻报》和《呼声报》，每期都一字不落地读。感谢《呼声报》的新方向。我有好多好多话想跟您谈，我的朋友，郁积在心中的话太多太多啦！但也许今年我就可以当面拥抱您。我期待着您的来信。看在上帝的分儿上，请给我写信吧，亲爱的。在我阴郁无聊的孤独生活中，您的来信是我唯一的安慰。安娜·格里高利耶夫娜觉得，只要和我在一起，就很幸福。但是我既需要您，也需要祖国。

3. 致索·亚·伊万诺娃

（一八六八年一月一日，日内瓦）

然后，大约三周前（公历十二月十八日），我又动笔写另一部长篇小说，开始没日没夜地工作。这部长篇小说的想法我早已有之，而且很喜欢，但太难表达了，很长一段时间我都不敢动笔；而我现在着手写它，完全是因为我处于几乎绝望的境地。小说的主旨是塑造一个绝对美好的正面人物形象。世界上没有比这更困难的事了，尤其是现在。所有的作家，不仅是我国的，甚至是所有欧洲的作家，无论谁致力于描绘绝对美好的事物，总会感到力不从心。因为这是一项不可能完成的任务。美是理想，而这种理想，无论是我们的理想，还是欧洲文明的理想，都还有待实现。世界上只有一位绝对美好的人物，那就是基督，所以这个无与伦比的、无限美好的人物的出现无疑是一个登峰造极的奇迹。（整本《约翰福音》说的就是这个意思，他认为全部奇迹只在于绝美的化身和绝美的呈现。）我扯得太远了。我只提一下，在基督教文学中的所有美好人物中，最完美的是堂·吉诃德。但他之所以完美，是因为他同时也很有趣。狄更斯笔下的匹克威克（他的想法比堂·吉诃德的弱得多，但仍然很强大）也很有趣，并以此取胜。作者同情被嘲笑的、不知道自身价值的美好人物，而这也会引起读者的同情。这种激发同情心的做法就是幽默产生的秘诀。冉·阿让[1]也是一个强有力的尝试，但他之所以

1　法国作家雨果的长篇小说《悲惨世界》的主人公。

能引起同情，是因为他的极度不幸和社会对他的不公。在我的长篇小说中没有类似的情节，完全没有，因此我非常担心会彻底失败。有些细节可能还不错，但整部小说恐怕会很无聊。小说篇幅很长。我在二十三天内写完第一部，前几天寄出去了，肯定不会引起轰动。当然，这还只是一个楔子，幸好不会有所损害，因为里面几乎没作任何解释，也没有提出任何建议。我唯一的愿望是它至少能引起读者的好奇心，这样他就会读第二部。我今天开始写第二部，我会在一个月内写完（我一生都是这样工作的）。我觉得，它会比第一部更扎实些，也更重要些。亲爱的朋友，祝福我取得哪怕点滴成功吧！这部小说叫作《白痴》，我把它献给您，也即献给索菲亚·亚历山德罗夫娜·伊万诺娃。亲爱的朋友，我多么希望这部小说哪怕稍许值得献给您啊。无论如何，我不能做自己的裁判，尤其是在像现在这种头脑发热的情况下。

4. 致阿·尼·迈科夫

（一八六八年二月十八日，日内瓦）

虽然我不写信是问心有愧，但要知道我确实几乎没有时间回信，尽管我曾几次力图给您写信。为了按期完成长篇小说的第二部，我全神贯注、竭尽所能地写作。我不想让它完全毁掉，因为太多的事情取决于它的成功；然而，我现在甚至不求它成功，但求不要完全失败，从而在随后的几部分还可以加以弥补，因为这部小说会很长。终于寄出了第二部（晚了很长时间，不过好像还来得及）。我能告诉您什么呢？我无法对自己作出评判。我甚至丧失了任何观点。我喜欢第二部的结尾[1]，但须知那只是我喜欢，读者会怎么说呢？其他的都和第一部一样，显得比较呆

1 实际上指《白痴》第一部的最后一章，即在娜司泰谢·费里帕夫娜家过命名日的场景。

板。我只求读者读起来不会觉得无聊，不敢再奢望任何成功。

亲爱的朋友，您答应过我，在读完第一部后立即寄给我您对它的看法，所以我每天都去邮局，但是没有收到信，可能您已经收到了《俄国导报》。我得出一个明确的结论：小说相当差劲，而您出于礼貌，不好意思，也不忍心直截了当地告诉我这一事实，所以您拖着不回信。而我正需要知道真相！我渴望听到一些反馈，听不到反馈真是痛苦。

5. 致阿·尼·迈科夫

（一八六八年七月二十一日，沃韦）

这段时间我一直很不幸。索尼娅的死使我和我的妻子悲痛万分。我的健康状况不佳，癫痫多次发作，沃韦的气候令我神经失调。

只要一有钱，我就打算离开沃韦。［但是，不管怎样，如果您马上回信，就按照以前的地址：Vevey (Lac de Genève) poste restante。］

我对长篇小说[1]非常不满，简直到了厌恶的地步。我曾想拼命工作，但是做不到，内心很难受。现在我将尽最后的努力来写第三部。如果我能把长篇小说修改好，我就会恢复健康；如果不行，那我就跟着一起完蛋。

6. 致阿·尼·迈科夫

（一八六八年十月二十六日，米兰）

您的来信使我感到高兴并受到鼓舞，因为我的精神状态很差。首

1 指《白痴》。

先，工作让我筋疲力尽。近一年来，我每个月都要写三个半印张的稿子——这是很繁重的工作。其次，这里没有俄国的生活环境，周围没有俄国人的印象，但对我的创作来说，这一切是必不可少的。最后，虽说您称赞我这部长篇小说的创意，但到目前为止写得并不出色。令我难过的是，如果我提前，在一年之内写好这部小说，然后花上两三个月的时间誊写和修改，那么出来的成品就不是现在这个样子了，我敢保证。现在，我自己把一切都搞明白了，对此看得很清楚了。

所以我直接从我自己、从长篇小说开始写这封给您的信。但首先我想解释一下我的状况，从中您可以更清楚地看到未来。我的情况是这样的：如果一整年连续写作，那么一个月内就写不出超过三个半印张的稿子——这是事实。由此会得出这样的结果：今年我写不完这部长篇小说，只能发表它最后一部，即第四部的一半。一个月前，我还希望把小说写完，但现在我可看清楚了——办不到！同时，第四部（内容丰富，有十二个印张）是我所有的用意和希望所在！现在，当我仿佛透过玻璃看清一切时，我痛苦地相信，在我的文学生涯中，我还从未有过比为第四部拟订的详细计划更美好、更丰富的艺术构思。可那又怎么样？我必须拼命赶进度，写啊写，没时间再看一遍，快马加鞭，结果还是来不及！且不说我自己，我把《俄国导报》置于何地？我有何颜面去见卡特科夫？卡特科夫曾经如此高尚地对待我。他们不得不在明年把长篇小说的结尾登在增刊里，而这对杂志来说已经是一种损失了！我甚至决定给他们写信，拒绝领取明年我所有作品的稿酬，以弥补该杂志因增刊印刷而造成的损失。但这又极大地损害了我的经济利益。

这里的生活对我来说太难了。我已经连续六个月没有读过俄文读物，一本俄语书和一份俄文报纸都没有读过。还有一点，这里完全与世隔绝。春天，在我们失去了索尼娅之后，我们搬到了沃韦。然后安娜·格里高利耶夫娜的母亲来到我们这里。但沃韦这地方会令人沮丧（当地所有医生都知道这一点，但当我咨询时他们却没能预先告诉我）。在沃韦生活的最后一段时间，我和我的妻子都病倒了。两个月前，我们通过西米隆搬到了米兰。这里气候更好，但生活成本更高，雨水多，此外，无聊得要命。安娜·格里高利耶夫娜很有耐心，但她思念俄国，我们都为索尼娅哭泣。我们过着阴郁的、修道院般的生活。安娜·格里高利耶夫娜的性格是敏感活跃的，她在这里无事可做。我看到她很忧郁，虽然比起一年半前，我们彼此更加相爱了，但是让她和我一起过着这样一种悲伤的、修道院般的生活，我依然心情沉重，感到非常难过。未来，天知道会怎么样。如果小说写完了，我至少可以更自由些。回到俄国，简直想都不敢想。我身无分文，这意味着一回去就要被关进债务拘留所。要知道我是无法在那里工作的。我一个癫痫病人，无法忍受监狱生活，因此我无法在监狱里写作。我将如何偿还债务，我将如何生活？如果债权人能给我一年安静的时间（他们在三年内连一个月都没有让我安静过），那么我将在一年后用作品来偿还欠他们的钱。无论我的欠债有多少，都只占我已经用工作偿还的债务的五分之一。我当初离开俄国就是为了写作。但是有关《白痴》的想法几乎破灭了，就算有或者会有一些价值，作用也不大，要产生轰动效应才能出第二版。几个月前我还曾盲目指望《白痴》能出第二版，指望它能给我带来点儿钱。现在，连小说都还没有完成，就不用考虑出第二版了。如果我回到俄国，我会知道该做什么和怎么赚钱，因为过去我确实赚到过钱。而在这里，我思想愚钝，目光短浅，远离俄国；呼吸不到俄国的空气，也见不到俄国人。

7. 致阿·尼·迈科夫

（一八六八年十二月十一日，佛罗伦萨）

我赶紧给您回信，我亲爱的朋友阿波隆·尼古拉耶维奇，的确是急于回信，因为很想跟您说说心里话。请想象一下，我给自己增加了什么负担？好像我曾经给您写过信，说我被《白痴》的结尾难倒了，来不及在十二月号上发表，再赶也来不及。我把我所犯的错非常坦诚地告诉了卡特科夫，也就是说，只能在明年将小说的结尾以增刊的形式发给订阅者。现在我突然决定不这样做了（不过我不知道《俄国导报》编辑部是否会同意我的决定）。我决定写完所有内容，包括第四部和结尾，以便在今年十二月号上全部刊出，但是《俄国导报》的十二月号会稍晚几天出版。今天我将写信通知卡特科夫，俄历一月十五日之前，《白痴》的结尾部分会寄到编辑部，它前面的几章将陆续寄出，每五天寄一次。关键是他们每年的十二月号都会延期，甚至下一年度的一月号比上一年度的十二月号出版得更早些。因此，这一期即使在一月二十日（俄历）之前出版，也只是稍晚了些。我不知道他们将如何决定。但是从今天开始，我不得不在四周内写出并寄去七个印张的稿子。我突然发现，我能够在不破坏小说结构的前提下做到这一点。此外，所有余下的部分我已经或多或少地写有草稿，每个字都熟记于心。如果有《白痴》的读者，他们或许会为结局的出其不意而感到略微惊讶；但是，只要他们稍作思考，当然会同意它就应该这样结束。总的来说，这个结局是成功的，也就是说，它是一个自然而然的结局。我不是在谈论这部长篇小说本身的价值。当我写完后，我会给您——我的朋友写信，谈谈我自己对它的看法。

所以，这就是我现在的处境。与此同时，我已经积累了四封必须回复的信，至少是我自己极想要回复的信。当然，您无法想象，您的来信使在此地的我感到多么振奋。自从五月以来，我就没读到过一份俄国报纸！我只收到《俄国导报》这一种杂志，收到杂志的那天如同过节般快乐。顺便说一句：我正在给尼古拉·尼古拉耶维奇写信，请他把《曙光》给我寄到佛罗伦萨来，从第一期开始寄，否则我无以度日。如果他们愿意的话，就让他们在《曙光》的编辑部里记个账，毕竟，也许我们会结账的。现在，请您自己判断一下，像您这样久经考验、患难与共的朋友的来信对我来说多么珍贵。当您在信中写到您与斯特拉霍夫的几次谈话时，我仿佛亲临现场一般。我还收到了斯特拉霍夫的来信，他告诉了我很多文学界新闻，而且我很高兴听到有关丹尼列夫斯基的文章《欧洲和俄国》的消息，尼古拉·尼古拉耶维奇是将其作为一篇重要文章来谈的。我向您承认，自一八四九年以来，我没有听到过有关丹尼列夫斯基的任何消息，但有时会想到他。我记得他曾是一位十分狂热的傅立叶主义者。现在，他从傅立叶主义转向了俄国，重新成为俄国人，并热爱自己的故土和本质！瞧，我们可以根据什么去识别一个心胸开阔的人！屠格涅夫从一位俄国作家变成了德国人——同样，瞧，我们可以根据什么去识别一个卑鄙无耻的人。同样，我永远不会相信已故的阿波隆·格里戈里耶夫的话，说别林斯基最终会成为一个斯拉夫主义者。别林斯基最终不会成为这样的人，他只是个讨厌的家伙，仅此而已。他曾经是个大诗人，但未能进一步成长。他最终可能会在此地做某个贵妇人的跟班，在集会上做她的妇女方面问题的顾问，他会忘记说俄语，而德语终究没有学会。您知道谁会是新俄国人吗？就是那个在保罗·普鲁士时代曾是分裂派信徒的农民，《俄国导报》六月号上发表过一篇附有摘要的关于他的文章。这不是未来俄国人的典型，但他肯定是未来俄国人中的一员。

但是一谈这个话题，就会谈起来没完。亲爱的，我倒想得到您友好的建议：我该怎么办？当然，我只向您一个人请教。没必要让别人知道我的家务事。事情是这样的：一个月后我将结束为《俄国导报》所做的工作。《白痴》总共有大约四十二个印张。我已从他们那里预支了七千卢布（包括我在婚礼前借的和为一些小事借的钱）。是的，高达七千卢布。的确，事实证明，我们在这段时间里年平均生活费达两千卢布，包括来回路费、买衣服、生孩子等一切开支——在圣彼得堡，我们当然办不成这许多事。据我计算（不细算），我还欠《俄国导报》编辑部一千卢布。也许，他们不会为此烦恼，知道我会赚钱还他们的。但问题是：我该如何生活？这部长篇小说完成后，我还能再坚持两个月左右，可是之后怎么办呢？向卡特科夫求助？如果他们打算继续与我合作，那么，当然，他们会按我的要求寄钱；但对我来说，最糟糕的是，我仍然不知道我将根据什么条件与他们合作。也就是说，我将作为一位欠了编辑部钱的作家为他们写稿，我理解这一点。但是他们从来不回信，以至于我不知道他们是否喜欢我的长篇小说，愿不愿意与我合作；然而，即使仅从金钱角度考虑，了解这一点也非常重要。

万恶的债主最终会把我逼死。我当初做得不好，跑到国外来了。真的，还不如去蹲债务拘留所。如果我能在那里与他们达成一份协议就好了——可我又做不到，因为我本人不在那里。

我之所以这么说，主要是因为我脑海中已有两到三个出版物的雏形，完成它们只需要如犍牛般机械性地工作，同时，这无疑会给我带来金钱。毕竟，我在这方面有时是取得过成功的。我现在想到的还有：一部篇幅巨长的长篇小说，它的名称是《无神论》（看在上帝的分儿上，只不过我们之间说说）；但在我动笔之前，我需要阅读无神论者、天主教徒和东正教徒撰写的几乎所有书籍。即使在工作得到全力支持的情况下，要完成这部长篇小说至少也得花两年时间。人物已经出现了：是一个我们这个阶层的俄国人，上了年纪，受教育程度不高，但也不是没有受过教育，也不是没有军衔——突然间，他在已经上了年纪的时候，丧失了对上帝的信仰。他一生都任公职，从未有过越轨行为，直到四十五岁。他在各方面都无过人之处。（可以从心理学层面来解释，他感情丰富，是一个人，还是一个俄国人。）对上帝失去信心这件事对他影响巨大。（长篇小说的情节本身和布局都很宏大。）他在年轻一辈、无神论者、斯拉夫派、欧洲派、俄国的狂热分子、隐居修行者和牧师之间上蹿下跳，最终他不仅找到了基督，也找到了俄国大地，找到了俄国基督和俄国上帝。（看在上帝的分儿上，不要告诉任何人，但对我来说是这样的：我一定要写好这最后一部长篇小说，否则死不瞑目，我要说出全部想法。）啊，我的朋友！我对现实和现实主义的看法与我国的现实主义者和批评家完全不同。我的理想主义比他们的更现实。上帝啊！理智地谈一谈我们这些俄国人过去十年来在精神发展中所经历的一切，难道现实主义者们就不会大喊大叫说这是天方夜谭吗！然而这却是古已有之的、真正的现实主义！这才是现实主义，只不过更深刻，而他们的现实主义则很肤浅。柳比姆·托尔措夫[1]实际上并非微不足道，然而这却是他们的现实主义所能容忍的全部理想化的东西。这种现实主义可真深刻——无话可说！用他们的现实主义无法解释百分之一的现实的、真实发生过的事实；而我们甚至用我们的理想主义预言过事实，它的确发生了[2]。

亲爱的，请不要嘲笑我的自尊，但是我就要像保罗一样："别人不称赞我，我就自己称赞自己。"

8. 致尼·尼·斯特拉霍夫

（一八六九年二月二十六日，佛罗伦萨）

非常感谢您，心地善良、受人尊敬的尼古拉·尼古拉耶维奇，感谢您对我如此关心。我的健康状况照旧，也就是说，癫痫发作得比在圣彼得堡时要轻些。最近，也就是这一个半月，我一直忙于完成《白痴》。请您按照您的承诺给我写信，谈谈您对《白痴》的看法，我急切地等待着您的意见。我对现实（艺术中的现实）有自己独特的看法，大多数人

1　奥斯特洛夫斯基的剧作《贫非罪》中的主人公。斯拉夫派的评论家，尤其是阿·格里戈里耶夫，非常喜欢这个剧本。——俄编注

2　作者指的是在莫斯科发生的一个著名案件——大学生达尼洛夫杀死放高利贷者及其女仆。案件发生的时间与作者发表《罪与罚》的时间正好相同。——俄编注

称之为近乎奇妙和非凡的东西，有时对我来说却正是现实的本质。在我看来，现象的平常性和对现象的刻板观点还不是现实主义，甚至恰恰相反。在各种报纸的每一期上，您都会看到对最真实、最古怪的事实的报道。对于我们的作家来说，它们太离奇了，所以就不加以研究。但它们却是现实，因为它们是事实。谁会注意到它们，解释它们，并将它们记录下来呢？它们是每时每日都在发生的，并非罕见的。如果我们的艺术家的思想深度不能超过他们所描写的人物，例如赖斯基（冈察洛夫所描写的人物）的思想深度，那将会怎么样呢？赖斯基是个什么样的人？是以一种刻板方式描写的具有伪俄国特征的人，他什么都动手干，提出宏大的目标，却连一件小事也完不成。多么老套、陈腐而又空洞的想法，甚至是完全错误的！这是一种别林斯基在世时就有过的对俄国人性格的诽谤。这种对现实的看法和洞察是多么浅薄和低劣，而且一再被重复。这样我们就会忽视全部现实。谁会注意到事实并加以深入研究呢？我不想谈论屠格涅夫的中篇小说，鬼知道那是什么东西！难道我那奇异的《白痴》不是真实存在的，而且最平常的现实吗？是的，就是在现在，在我们那些脱离了大地的社会阶层中应该存在这样的人物，这些阶层在现实中正变得不可思议，不过没什么好说的。在这部长篇小说中，有很多地方是仓促写成的，有不少地方写得冗长，很失败，但也有一些地方写得很成功。我不是要赞扬这部长篇小说，而是要维护我的想法。请给我写信，尽可能坦率地写下您的意见。您骂得越厉害，我就越欣赏您的诚意。《俄国导报》没有来得及在十二月刊登小说的结尾，他们承诺将它印作增刊。我估计它将随同第二期赠送。我希望您能把结尾读完。我现在的处境很麻烦，不过我自己对我的长篇小说也有很多不满之处，我还是它的亲生父亲呢。

这部长篇小说[1]的主题思想让我非常感兴趣。这与金钱无关，而是

1 指作者先前提到的长篇小说《无神论》。

恰恰相反。我感到，比起《罪与罚》，《白痴》在读者中产生的效果要差一些。这就是为什么现在我的自尊心又增强了，我想再次造成轰动效应。而在《曙光》上引起人们的注意，对我来说比在《俄国导报》上更有利可图。

9. 致索·亚·伊万诺娃

（一八六九年三月八日，佛罗伦萨）

一八六七年，卡特科夫本人当着柳比莫夫和编辑部秘书的面告诉我，他们又增加了五百名订阅者，并将其归功于《罪与罚》。我相信，《白痴》不可能为杂志带来新订阅者，对此我感到抱歉。但令我感到高兴的是，尽管小说显然失败了，他们仍然支持我。他们抱歉地通知我，他们无法在杂志的第十二期上刊登《白痴》的结尾，但他们会单独发送给订阅者。可是这对我来说是最糟糕的事情。以您为例，您收到小说的结尾了吗？请写信告知。顺便说一句，今年他们依旧会把《俄国导报》给我寄到这里来，也许他们会把增刊和第二期一起寄来。已经有人从圣彼得堡来信坦诚地告诉我，虽然很多人批评《白痴》，虽然它有很多缺点，但每个人（那些阅读它的人）都饶有兴趣地读它，而这正是我所需要的。至于缺点，我完全同意大家的看法，主要的原因是，我对自己的缺点也非常恼火，甚至想写一篇自己批评自己的文章。斯特拉霍夫想把他对《白痴》的分析意见寄给我，而他并不属于我的赞美者之列。

我一直在跟您谈我自己，但是既然已经开始了这个话题，那么就请您，我的亲爱的，继续听下去吧，因为这些文学情况按照某种组合构成了我现在和未来的一切以及回归俄国的条件。我多么多么想拥抱你们所有人，多么想经常和你们在一起，这也许会实现！更不用说，我的朋友（您完全理解），对我来说，我的文学事业有其庄严的一面，有我的目标和希望（不是为了名利和金钱，而是为了实现我的艺术和诗学的观念的结合。也就是说，我希望在我辞世之前，尽可能完整地表达出对某些事物的看法）。现在我已经有了一个构思，以长篇小说的形式来表现。这部小说叫作《无神论》，我想我会在这部长篇小说中把自己的想法都倾诉出来。请想象一下，我的朋友，在这里我无法写这部小说。为了写这部小说，我必须身处俄国，耳闻目睹，并直接参与俄国的生活。还有一点，这部小说我必须写上两年。但在这里我无法做这件事，因此我不得不写点儿别的东西。这一切让我在国外的生活越来越不堪忍受。您知道吗，现在我没有六千或者至少五千卢布现金是回不了俄国的。起初我曾指望长篇小说，也就是《白痴》取得成功。如果它获得了与《罪与罚》同样的成功，那我就有这五千卢布了。不过现在这些打算都得往后推了，天知道我什么时候才能回到俄国。而我必须，必须回去。您在信中谈到了屠格涅夫和德国人。屠格涅夫在国外才思枯竭，才华丧失殆尽，连《呼声报》也注意到了这一点。我倒不害怕我会德意志化，因为我讨厌所有的德国人，但我需要俄国。离开俄国，我将失去最后的力量和才能。我感受到了这一点，全身心地感受到了。

10. 致阿·格·科夫纳

（一八七七年二月十四日，圣彼得堡）

尊敬的阿·科夫纳先生：

久久没有回复您，因为我是个病人，并且在极其辛苦地编写我的月刊。此外，每个月我都要回几十封信。还有一点：我有家庭，还有其他一些事情和任务要完成，忙得没有时间积极地生活，更不可能写长信，对您尤其如此。

我很少读到比您给我的第一封信更聪明的东西（您的第二封信是专

业性的），我绝对相信您所说的关于您自己的一切。对于曾经犯下的罪行，您表述得非常清楚和明白（至少对我而言），虽然我之前并没有详细了解过您的案件，现在至少也以您的判断方式来看待它了。

您评论了我的几部长篇小说。关于这一点，我当然和您没什么好说的。但令我高兴的是，您把《白痴》选为我所有长篇小说中最好的一部。请您想象一下，我已经听到过这种评判五十次左右了，如果不是更多的话。这本书每年都在销售，而且销售量在逐年增加。我现在之所以谈到《白痴》，是因为每个告诉我它是我最好的作品的人，其精神气质都有一些特别之处，这总让我感到既惊讶又欢喜。如果您有相同的精神气质，那对我来说就更好了。当然，如果您说的话是真诚的。不过即使不真诚，也……

我们不谈这些了吧。我希望您不要灰心，您已经开始从事文学工作了——这是一个好兆头。至于把您的作品发表在什么地方，我不知道该怎么跟您说。我只能到《祖国纪事》编辑部与涅克拉索夫或萨尔蒂科夫谈一谈，我一定去谈，而且是在读完这些作品之前谈，但我并不指望在那里会取得成功。他们虽然对我很友好，但已经拒绝过一次由我推荐并送到他们编辑部的一个人的稿件。这是在去年，他们连包装都没打开就拒绝了，其依据是：这样一个人，不管他写什么，他们都不能刊登，杂志要保护它的旗帜……所以我就离开了。但我还是要去谈谈您的情况，理由是：如果是在我已故的哥哥办《时代》杂志的时候，只要您的喜剧或者中篇小说有点儿符合杂志的方向，毫无疑问就会被发表，即使您尚在狱中。

注意，我不太喜欢您信中的那几句话，您说您对在银行的所作所为没有丝毫悔意。可是否存在某种至高无上的东西，它高于理性的论证和各种合适的情况，每个人都必须遵守这种东西（换句话说，就像一面旗帜）呢？也许您十分聪明，不会因为我坦率和冒昧的意见而感到委屈。首先，我自己并不比您和任何人强（这根本不是虚伪的客套话，再说我为什么要这么做呢？）；其次，如果我在心里以我自己的方式为您辩护（正如我邀请您为我辩护一样），我为您辩护，总比您自己为自己辩护要好些。这一点似乎没有讲清楚。（顺便作一个小比喻：一个基督徒，即一个完美、高尚、理想的基督徒，他说："我必须与小人物们分享我的财产，并为他们所有人服务。"可一个公社社员却说："是的，你必须与我，一个渺小贫穷的人，分享你的财产，你必须为我服务。"基督徒说的是对的，而公社社员说的不对。）不过，现在也许您更无法理解我想说的话了。

现在来谈谈犹太人。正如我上面所说，不可能在一封信中详细讨论这些话题，尤其是和您谈。您太聪明了，您明白即使写上一百封信，我们也解决不了这样一个有争议的问题，只会让自己徒受折磨。我可以告诉您，我已经收到了其他犹太人寄来的此类信件，特别是最近我收到了一封犹太妇女寄来的有思想的、高尚的署名信件，她也对我进行了尖锐的指责。我想我会在《作家日记》二月号上针对犹太人的这些指责写几句（我还没有开始写，因为不久前癫痫发作，我至今仍然生病）。现在我可以告诉您，我根本不是犹太人的敌人，而且从来都不是他们的敌人。正如您所言，他们已经存在了四十个世纪，这证明这个民族有着极其强大的生命力，这种生命力不可能不在历史进程中形成不同的国中之国。在我们俄国的犹太人中，不可否认也存在着一个极强的国中之国。如果是这样，那么他们怎么可能不与国家的根本，即俄国民族发生（即使是局部地发生）冲突呢？您指的是犹太知识分子，但是须知您也是知识分子呀。请看看您是多么讨厌俄国人，而这只是因为您是犹太人，即使您也是个知识分子。在您的第二封信中，有好几行文字谈到了六千万俄国人的道德和宗教意识。这些是充满极端仇视的言论，极端仇视。但是您作为一个聪明人，应该明白在这个问题上（在俄国平民多大程度上是基督徒这个问题上），您绝对没有评判的资格。我永远不会像您谈论俄国人那样谈论犹太人。在我五十年的人生中，我看到的犹太人，无论是善良的，还是邪恶的，都不愿与俄国人坐在一起吃饭，而俄国人却不嫌弃与他们坐在一起。到底是谁恨谁呢？谁不宽容谁呢？说犹太民族是一个被羞辱和欺凌的民族，这算什么奇思妙想！相反，倒是俄国人在犹太人面前处处受到羞辱，因为犹太人几乎享有完全平等的权利（他们甚至可以做军官，而在俄国这就是一切）。此外，他们拥有自己的法律、自己的法规和自己的立场，受到俄国法律的保护。

不过不谈了吧，这话题太大了。我从来不是犹太人的敌人。我有些犹太朋友，有男有女，即使是现在，他们还就各种问题来找我征求意见。他们在读《作家日记》，尽管他们像所有犹太人一样，对犹太人问题很敏感，但他们并不敌视我，相反，他们常来我家。

至于科尔尼洛娃案，我只能说您什么都不了解，所以也就无权进行评判。但您是个愤世嫉俗的人，通过您这种观点看一个人的内心和行为，只能沉溺于物质享乐……

您曾被判处在劳役队中服劳役四年，需要干活，还是怎么样？如果是这种情况，我就替您感到害怕了。您必须忍受住，不能成为无赖。但是，如果您对人持有这样的观点，您又从哪里汲取力量呢？

关于您对上帝和永生的看法——我不打算和您谈。我向您发誓，我二十岁时就已经知道这些异议（您所有的异议）了！请别生气，这些异议的原始性让我感到惊讶。可能您是第一次考虑这些话题。难道我看错了？尽管您给我写了信，但我根本不了解您。您的（第一封）信很吸引人，我由衷地想要相信您是完全真诚的。即使您不真诚，那也没关系，因为在这种情况下，不真诚本身就是一件非常复杂和愚蠢的事情。请相信，我与您握手时充满诚意。但是振作起来，去完成您的理想吧。毕竟，迄今为止，您一直在寻找它，或者没有？

怀着深深的敬意

您的费·陀思妥耶夫斯基

欢迎您从《白痴》走进
读客三个圈经典文库

亲爱的读者，感谢您选择读客三个圈经典文库。

我们的封面统一使用“三个圈”的设计，读者可以凭借封面上形式各异的“三个圈”找到我们，走进经典的世界。

你想成为什么样的人？

对你来说什么是重要的？

这个世界应该是什么样子？

我们在生命中遇到的这些问题，或许可以在浩如烟海的文学经典中找到答案。

跟随读客三个圈经典文库，认识世界、塑造自我，成为更好的人！

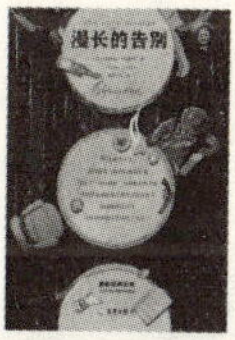

《漫长的告别》

《西西弗神话》

《人间失格》

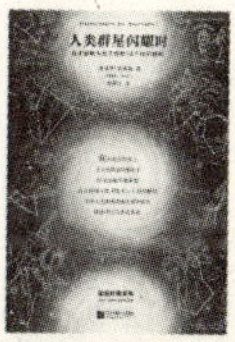

《人类群星闪耀时》

《鼠疫》

《小王子三部曲》

《局外人》

《月亮与六便士》

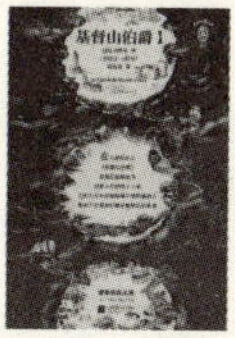

《基督山伯爵》

《罗生门》

读客三个圈经典文库

精神成长树

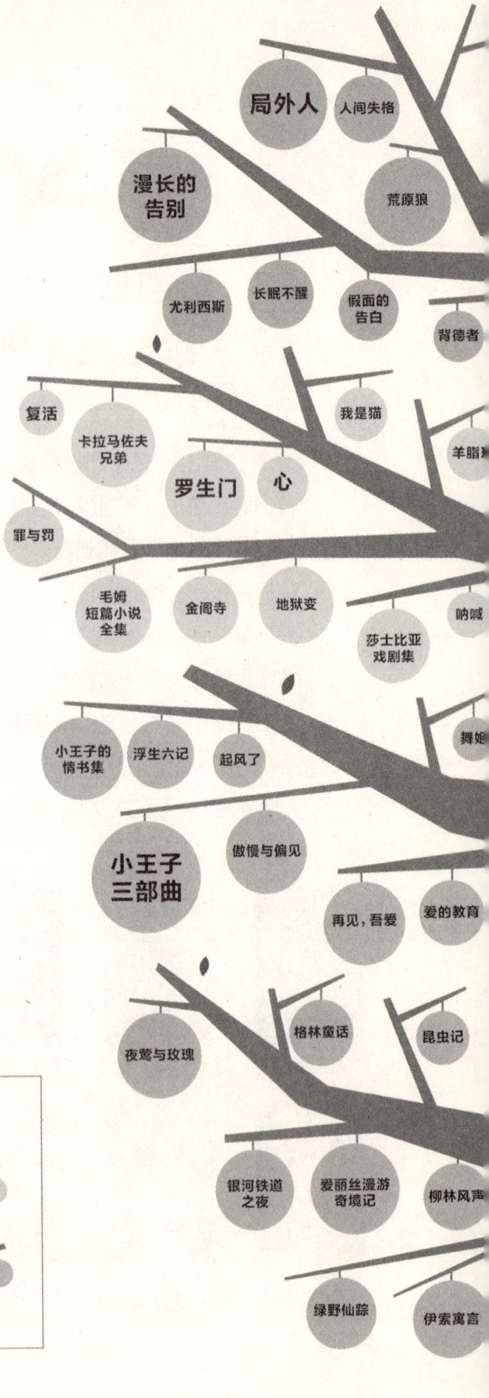

你想成为什么样的人？
对你来说什么是重要的？
这个世界应该是什么样子？

我们在生命中遇到的问题，每个时空的人都经历过，一些伟大的人留下一些伟大作品，流传下来，就成了经典。正是这些经典，共同塑造并丰富着人类的精神世界。

我们重新梳理了浩若烟海的文学经典，为您制作了精神成长树。跟随读客三个圈经典文库，汲取大师与巨匠淬炼的精神力量，完成你自己的精神成长！

树干：

不同的精神成长主题，您可以挑选任意感兴趣的主题进行深入阅读

例如：
寻找人生意义
探索自己的内心
拥有强大意志力
理解复杂的人性
…………

枝丫上的果实：

我们为您精选的经典文学作品

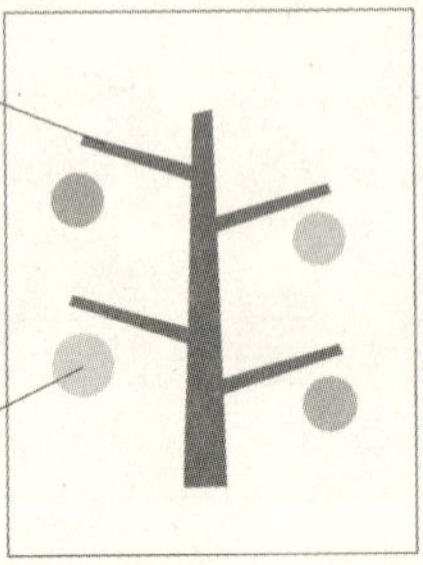

精神成长树示意图